FAIRE L'AMOUR ET FAIRE LA GUERRE

Guillaume Apollinaire

Faire l'amour et faire la guerre

Textes réunis et présentés par Jean-Pierre Guéno

LE PASSEUR
ÉDITEUR

Dans la collection
« Le Passeur Poche »

Correspondances

Bettina von Arnim et Johann Wolfgang von Goethe, *Le monde n'a pas besoin de savoir que tu m'aimes*
George Sand et Eugène Delacroix, *Je serais folle de vous si je ne l'étais d'un autre*
George Sand et Gustave Flaubert, *Tu aimes trop la littérature, elle te tuera*

www.lepasseur-editeur.com

ISBN : 978-2-36890-757-3

Avant-propos

Faire l'amour et faire la guerre. À partir du 10 août 1914, Guillaume Apollinaire décide qu'il n'a pas d'autre choix. Entre le 4 avril 1915, date de son départ pour le front et le jour de sa mort, le 9 novembre 1918, Guillaume Apollinaire fait l'amour comme il fait la guerre. Même méthode au cœur du même chaos. C'est sans doute de sa part une stratégie secrète et subtile pour survivre au cœur de l'apocalypse. Créer pour contrer le néant et résister à la destruction. Canaliser son énergie vitale en érotisant tout ce qui passe, les femmes de sa vie, comme les tranchées. Exorciser la mort en cultivant l'obsession de la beauté des choses, de la guerre et de l'amour. Ne jamais perdre l'œil du peintre-poète. Exprimer les merveilles de la bataille, qu'elle soit amoureuse ou guerrière. Conjurer en permanence, combattre ses trois compagnes de toujours, celles qui le harcèlent depuis sa petite enfance, et contre lesquelles il lutte en permanence : l'angoisse, la tristesse et la solitude.

Comme Gérard de Nerval dans *El Desdichado*, Apollinaire, qui avait signé des poèmes sous le nom de Guillaume Macabre dès l'âge de 16 ans, aurait pu écrire :

> Je suis le Ténébreux, le Veuf, l'inconsolé
> Le prince d'Aquitaine à la tour abolie
> Ma seule étoile est morte, et mon luth constellé
> Porte le Soleil noir de la Mélancolie.

Mais il cache son jeu et son désenchantement profond derrière un engouement de surface.

« Je suis l'homme le plus abandonné qui soit » écrit-il à Gide en 1911. Rajoutant la même année, lors de son séjour à la prison de la santé :

> Je suis Guillaume Apollinaire
> Dit d'un nom slave pour vrai nom
> Ma vie est triste toute entière
> Un écho répond toujours non
> Lorsque je dis une prière

Sept muses partagent la guerre de Guillaume : cinq femmes, dont trois rousses, et deux allégories.

La peintre Marie Laurencin dont il s'est séparé depuis deux ans après cinq années de vie commune, mais à laquelle il ne cesse d'envoyer les poèmes qu'il édite, pour qu'elle les lise ou pour qu'elle les illustre. Marie était rousse.

Louise de Coligny-Châtillon, la belle aristocrate libérée séduite à Nice en septembre 1914 et avec laquelle il échange 220 lettres et 76 poèmes avant de rompre avec elle en mars 1915 sans pour autant cesser de lui écrire. Louise était rousse.

Madeleine Pagès rencontrée dans un train le 2 janvier 1915, celle qui devient sa fiancée épistolaire en août 1915, celle qu'il n'épousera en fin de compte jamais, la femme fantasmée par excellence, avec laquelle il échange, jusqu'en novembre 1916, plus de 200 lettres en un an, dont la plupart constituent jusqu'à son retour d'Oran en janvier 1916, une véritable lune de miel épistolaire. Madeleine était brune.

La poétesse Jeanne Burgues-Brun alias Yves Blanc, sa marraine de guerre, dont il reçoit des vers avec trois mois de retard en avril 1915 et qui ne répondra jamais à ses ardeurs. Jeanne était brune.

Amélia, dite Jacqueline Kolb ou encore « Ruby », la jolie rousse de 27 ans, l'artiste peintre qui l'ensoleille en novembre 1917 et qu'il épouse le 2 mai 1918, six mois et sept jours avant sa mort.

Dans chacune de ses lettres, dans chacun de ses poèmes épistolaires destinés à Marie, Louise, Madeleine, Jeanne ou Amélia, Guillaume Apollinaire s'adresse toujours en filigrane et simultanément à deux allégories, la mort et la guerre, qui sont à leur manière ses deux maîtresses les plus fidèles. La mort, l'allégorie de « l'ombre » qui hante ses vers de poète combattant ; la mort qui le précède et qui le suit, avec la fidélité d'une épouse fatale et assidue : elle vient mordre une première fois le crâne de « l'homme cible », le 17 mars 1916. *Homme cible*, c'est le titre prémonitoire d'une toile de Chirico qui le représente en ombre chinoise avec sur la tempe un cercle blanc. Et puis la mort va étreindre le poète jusqu'à l'étouffer dans les fièvres de la grippe espagnole, deux jours avant l'armistice du 11 novembre 1918.

Et la guerre bien sûr, la septième muse du poète. Celle qui devient bel et bien l'une des femmes de sa vie avant que la mort ne demeure son épouse pour l'éternité.

Jamais les sept muses de Guillaume Apollinaire en temps de guerre n'avaient été réunies sous un même regard, dans un même voyage épistolaire : celui du vivier, du florilège de ces correspondances croisées, de ces lettres truffées de poèmes qui composent un gigantesque calligramme en réunissant Marie, Louise, Madeleine, Jeanne, Jacqueline, l'amour, la vie, la mort et la guerre dans un même océan manuscrit. C'est à présent chose faite, un siècle après la disparition de l'inventeur du surréalisme.

Réincarner Guillaume Apollinaire dans sa correspondance, c'est un peu rappeler que la poésie est le fruit de sa vie quotidienne : la plupart de ses vers composent des poèmes épistolaires envoyés sous enveloppe à ses muses, bien avant d'avoir été publiés sous forme de recueils.

Cet ouvrage relève en fait de l'orgie épistolaire et poétique. Guillaume Apollinaire ne cesse d'y faire l'amour avec les mots, niché dans l'ineffable lit de sa tendresse.

Jean-Pierre Guéno

1
Le souvenir de Marie

Après cinq ans d'une liaison orageuse, Guillaume Apollinaire rompt avec Marie Laurencin en juin 1912. Il finit alors par déménager au 202 boulevard Saint-Germain pour oublier le quartier d'Auteuil où il était proche de Marie, mais qui lui devient très douloureux. Cette muse qui l'a fait souffrir d'amour à 30 ans lui a été présentée par son ami Picasso qui cherchait à l'éloigner de sa compagne Fernande Olivier. Apollinaire et Marie Laurencin ont formé un faux ménage à partir de juillet 1907, chacun continuant de vivre chez sa mère. Leur union libre ne débouche pas sur le mariage et souffre des excès d'alcool, de la violence et du caractère dominateur du poète. Marie, par ailleurs bisexuelle, est à la fois lasse de sa jalousie, de ses infidélités, de son érotomanie, et peut-être aussi de ses assiduités, elle que l'on dit frigide. Elle le trahit en 1911 avec celui qu'Apollinaire baptise « le Fopoîte » (faux poète), l'écrivain allemand Hanns Heinz Ewers.

Guillaume rumine sa peine. Il ne cessera jamais d'aimer Marie. Ils continuent à communiquer sur des sujets ayant trait à leurs créations respectives. Il lui envoie systématiquement les poèmes qu'il publie pendant la guerre. Il exhibe son souvenir dans une lettre à Lou en janvier 1915 : « Marie Laurencin ravissamment faite, un des plus gros derrières du monde et que je transperçais avec un âcre plaisir. » Il arrive que l'on ne sache pas en cette même année 1915 si certains de ses vers sont inspirés par Marie, par Louise, par Madeleine ou par l'absence cruelle de présence féminine dans les tranchées. Les plus belles lettres d'amour écrites à Marie sont sans doute les poèmes qui lui sont dédiés au moment où leurs liens se détériorent et qui ont en partie été réunis dans Alcools *à la veille de la guerre. Pour Guy, aimer Marie, c'est aussi entrer dans l'univers de sa peinture. La plupart de ses textes célèbrent les amours défuntes du poète en les transfigurant : « Chacun de mes poèmes est la commémoration d'un événement de ma vie, et le plus souvent il s'agit de tristesse » écrit-il à André Breton le 14 février 1916. « Les hommes ne se séparent de rien sans regret, et même les lieux, les choses et les gens qui les rendirent les plus malheureux, ils ne les abandonnent point sans douleur. » écrit-il à la même époque dans* Le flâneur des deux rives. *Guillaume Apollinaire n'a jamais fait son deuil de Marie Laurencin, comme il ne fait jamais son deuil d'aucune des femmes qu'il a pu aimer.*

LA BOUCLE RETROUVÉE

Il retrouve dans sa mémoire
La boucle de cheveux châtains
T'en souvient-il à n'y point croire
De nos deux étranges destins

Du boulevard de la Chapelle
Du joli Montmartre et d'Auteuil
Je me souviens murmure-t-elle
Du jour où j'ai franchi ton seuil

Il y tomba comme un automne
La boucle de mon souvenir
Et notre destin qui t'étonne
Se joint au jour qui va finir

Calligramme, 1918

CRÉPUSCULE

À Mademoiselle Marie Laurencin.

Frôlée par les ombres des morts
Sur l'herbe où le jour s'exténue
L'arlequine s'est mise nue
Et dans l'étang mire son corps

Un charlatan crépusculaire
Vante les tours que l'on va faire
Le ciel sans teinte est constellé
D'astres pâles comme du lait

Sur les tréteaux l'arlequin blême
Salue d'abord les spectateurs
Des sorciers venus de Bohême
Quelques fées et les enchanteurs

Ayant décroché une étoile
Il la manie à bras tendu
Tandis que des pieds un pendu
Sonne en mesure les cymbales

L'aveugle berce un bel enfant
La biche passe avec ses faons
Le nain regarde d'un air triste
Grandir l'arlequin trismégiste

Alcools, 1913

Le pont Mirabeau est le pont qu'emprunte Guillaume Apollinaire lorsqu'il revient de chez Marie Laurencin avant leur rupture. Le poème publié en février 1912 sonne la fin des amours de Guillaume avec Marie et leur entrée dans le champ du souvenir. Marie est la première des sept muses qui accompagne Guillaume projeté dans la Grande Guerre.

Sous le pont Mirabeau coule la Seine
Et nos amours

Faut-il qu'il m'en souvienne
La joie venait toujours après la peine.

Vienne la nuit sonne l'heure
Les jours s'en vont je demeure

Les mains dans les mains restons face à face
Tandis que sous
Le pont de nos bras passe
Des éternels regards l'onde si lasse

Vienne la nuit sonne l'heure
Les jours s'en vont je demeure

L'amour s'en va comme cette eau courante
L'amour s'en va
Comme la vie est lente
Et comme l'Espérance est violente

Vienne la nuit sonne l'heure
Les jours s'en vont je demeure

Passent les jours et passent les semaines
Ni temps passé
Ni les amours reviennent
Sous le pont Mirabeau coule la Seine

Vienne la nuit sonne l'heure
Les jours s'en vont je demeure

Alcools, 1913

MARIE

Vous y dansiez petite fille
Y danserez-vous mère-grand
C'est la maclotte qui sautille
Toute les cloches sonneront
Quand donc reviendrez-vous Marie
Les masques sont silencieux
Et la musique est si lointaine
Qu'elle semble venir des cieux
Oui je veux vous aimer mais vous aimer à peine

Et mon mal est délicieux
Les brebis s'en vont dans la neige
Flocons de laine et ceux d'argent
Des soldats passent et que n'ai-je
Un cœur à moi ce cœur changeant
Changeant et puis encor que sais-je
Sais-je où s'en iront tes cheveux
Crépus comme mer qui moutonne
Sais-je où s'en iront tes cheveux
Et tes mains feuilles de l'automne
Que jonchent aussi nos aveux
Je passais au bord de la Seine
Un livre ancien sous le bras
Le fleuve est pareil à ma peine
Il s'écoule et ne tarit pas
Quand donc finira la semaine

Alcools, 1913

Soigne-toi Coco chérie, je fais une pièce
Je te baise partout et pense à toi sans cesse
C'est toi mon souvenir et c'est toi ma richesse
Tes cheveux sont ma vigne et tes pieds mon haras
Mon dernier souffle encor toi seul tu l'auras
À pied je m'en irai tout à l'heure à Guérande
Cette lettre à la poste apporter en offrande
Nos cœurs font un Echo
Qui dit bonjour « Coco »
À bientôt ma chérie
Je t'adore Marie

Alcools, 1913

De par son mariage avec le baron allemand Otto von Wätjen en juin 1914, Marie Laurencin devient la Baronne von Wätjen. Elle est déchue de sa nationalité française. Pendant toute la Grande Guerre, elle s'exile en Espagne avec son mari qui devient alcoolique et violent.

Elle est alors pour Guillaume Apollinaire « Tristouse Ballerinette » et vit successivement à Madrid, à Malaga, à Barcelone puis à nouveau à Madrid.

Lorsqu'il fait tirer à 25 exemplaires polygraphiés un petit livre de vers intitulé Case d'Armons, *en juin 1915, Guillaume Apollinaire en envoie un à Marie Laurencin. L'artilleur est devenu fantassin, et il lui écrit depuis les tranchées.*

Décembre 1915

Ma chère Marie,

Vous trouverez ci-contre ma nouvelle adresse. J'ai reçu votre carte et vous remercie. J'espère que vous travaillez. Vous ne me dites pas si vous avez reçu le petit bouquin, en échange de quoi vous m'aviez promis quelque chose, dessin ou aquarelle, je ne sais plus. D'ailleurs en ce moment comme tous les gens oublient leurs promesses. Chérie m'avait promis mon portrait en artilleur elle a tant tardé que je ne suis plus artilleur et ne vais plus à cheval. Il faudrait que j'arrive au capitaine pour remonter à cheval. Pour le moment ce sont les tranchées. Vous en avez sans doute lu des descriptions sur les journaux mais il faut avoir vécu cette vie pour s'en rendre compte. [...] Au revoir ma chère Marie, donnez-moi de vos nouvelles bientôt.

C'est à Madrid que Marie apprend la mort de Guillaume, son ancien amant. Considérée comme une femme de Boche, elle restera en exil forcé jusqu'en avril 1920 et ne rejoindra définitivement Paris qu'en 1921.

2

Le corps de Louise

C'est un homme « libre » et encore solitaire qui décide de s'engager pour la France et de demander la nationalité française lorsqu'éclate la Grande Guerre. On lui a pourtant proposé de partir pour la Suisse afin d'y attendre la fin des hostilités. Il ne répond à aucune obligation puisqu'il n'est pas français.

Un ami mobilisé l'invite à Nice. Il y rencontre Louise de Coligny-Châtillon le 27 septembre 1914, vers midi, dans le vieux Nice, au restaurant Boutteau. Le soir même, ils fument ensemble de l'opium.

Divorcée depuis deux ans d'Emmanuel de Coudenhove, Louise habite chez la cousine de son ex-mari Edmée de Marotte de Montigny, à Saint-Jean-Cap-Ferrat. Elles sont toutes les deux infirmières bénévoles à l'hôpital militaire et mènent une vie très indépendante et quelque peu légère. Louise a 33 ans. Guillaume en a 34. Elle est la première des quatre femmes qui vont réellement partager la guerre du poète. Il la baptise « Lou ». Lou telle que la décrit son ami André Rouveyre : « Elle est toute jeune, spirituelle, dégagée, frivole, impétueuse, puérile, sensible, insaisissable, énervée, un peu éperdue en quelque sorte ; à peine arrivée, déjà partie, à peine partie, déjà revenue et repartie, paraissant ainsi, tant aux après-midi, aux soirées, aux fêtes et aux cérémonies aristocratiques, sous des aspects riants et craintifs, osés et retenus, que la nuit, s'exténuant aux lumières, aux fêtes jusqu'à l'aube, avec sa petite cour de familiers. Elle semble ignorer jusqu'à l'ombre de la modération et de la discipline de soi les plus minces... » « *Gracieuse et novice aventureuse, frivole et déchaînée, prodigue à la fois et avare de soi, imprudente et osée, et plutôt d'ailleurs pour la frime que pour l'enjeu.* »

Dès le 28 septembre 1914, le poète écrit sa première lettre à sa nouvelle muse.

Nice, 28 septembre 1914

Vous ayant dit ce matin que je vous aimais, ma voisine d'hier soir, j'éprouve maintenant moins de gêne à vous l'écrire.

Je l'avais déjà senti dès ce déjeuner dans le vieux Nice où vos grands et beaux yeux de biche m'avaient tant troublé que je m'en étais allé aussi tôt que possible afin d'éviter le vertige qu'ils me donnaient.

C'est ce regard-là que je revois partout, plutôt que vos yeux de cette nuit dont mon souvenir retrouve surtout la forme et non le regard.

De cette nuit bénie j'ai avant tout gardé devant les yeux le souvenir de l'arc tendu d'une bouche entr'ouverte de petite fille, d'une bouche fraîche et rieuse, proférant les choses les plus raisonnables et les plus spirituelles avec un son de voix si enchanteur qu'avec l'effroi et le regret où nous jettent les souhaits impossibles je songeais qu'auprès d'une Louise comme vous, je n'eusse voulu être rien autre que le Taciturne.

Puissé-je encore toutefois entendre une voix dont le charme cause de si merveilleuses illusions !

Vingt-quatre heures se sont à peine écoulées depuis cet événement que déjà l'amour m'abaisse et m'exalte tour à tour si bas et si haut que je me demande si j'ai vraiment aimé jusqu'ici.

Et je vous aime avec un frisson si délicieusement pur que chaque fois que je me figure votre sourire, votre voix, votre regard tendre et moqueur il me semble que, dussé-je ne plus vous revoir en personne, votre chère apparition liée à mon cerveau m'accompagnera désormais sans cesse.

Ainsi que vous pouvez voir, j'ai pris là, mais sans le vouloir, des précautions de désespéré, car après une minute vertigineuse d'espoir je n'espère plus rien, sinon que vous permettiez à un poète qui vous aime plus que la vie de vous élire pour sa dame et se dire, ma voisine d'hier soir dont je baise les adorables mains, votre serviteur passionné.

Guillaume Apollinaire

Louise ne tombe pas instantanément dans les bras du poète. Il lui faut la courtiser, lui envoyer d'autres lettres et des poèmes. Il lui faut patienter, ronger son frein. Elle ne lui accorde que des « avant-goûts ».

3 octobre 1914

Vous étiez ce matin toute charmante et de la façon la plus inattendue. Dans votre robe à fleurs, on eût dit un écureuil s'ébattant à travers une roseraie en Perse.

J'avais pensé à vous la nuit entière sans pouvoir dormir. Veille la plus brûlante et la plus cruelle. Car je n'ai cessé de vous voir mutine et langoureuse à la fois. Un moment j'ai fermé très fort les yeux pour tâcher de dormir et je voyais un jardin éblouissant de grenadiers dont les fruits étaient vos seins multipliés à l'infini et plus dignes que les pommes d'or gardées par les Hespérides d'être conquis par un héros.

En sortant, j'étais certain de vous rencontrer. Sur le pas de ma porte j'ai trouvé Robert Mortier qui a voulu m'accompagner. Il voulait m'entraîner vers la Gare et j'ai refusé obstinément, sûr que vous alliez passer.

Je n'ose plus guère vous dire que je vous aime car des choses aussi profondes obligent en quelque sorte ceux à qui on les écrit.

Mais je peux bien vous répéter que je ne cesse de penser à vous et que c'est là l'occupation la plus délectable, mais hélas ! la plus morose, puisque ni les projets ni même les souhaits n'en peuvent être le résultat.

Toutefois, vous semblez être bonne et vous m'avez dit que vous seriez sensible à l'amour. Vous m'obligeriez infiniment et me rempliriez de joie en venant un de ces jours et bientôt, vous promener avec moi toute seule. Je m'efforcerai de ne pas vous ennuyer ni avec ma peine dont vous êtes l'objet ni avec quoi que ce soit qui puisse vous être désagréable. J'écrirai demain à Paris afin que si cela était possible vous ayez mes livres puisque vous m'avez fait l'honneur de me les demander. Je souhaite d'avance qu'ils vous amusent et je les recommande à votre indulgence.

Au demeurant, je vais en écrire un pour vous tout exprès et nul doute qu'inspiré par une passion aussi violente et puisque c'est de vous qu'il s'agit, d'une essence aussi délicate, je n'écrive là mon livre le plus rempli de cette humanité qui est à mon gré la seule chose digne de toucher les hommes et d'être recherchée par un écrivain.

J'aurais voulu déjà écrire un poème pour vous. Il m'eût été trop personnel et n'eût dépeint que les sentiments que vous avez éveillés en moi et aussi votre grâce. Mais, en somme je ne connais rien de vous sinon que je vous trouve infiniment jolie et digne d'être aimée même sans espérance de retour.

Je voudrais tant savoir tout de vous et je ne sais rien, sinon que vous avez été mariée et ne l'êtes plus. Je n'ose plus parler de vous avec Siégler qui doit bien se douter que je suis amoureux de vous. Et me voilà réduit à tout imaginer de vous en me fondant sur vos cheveux fauves, sur vos yeux au regard étrange, sur votre franchise et sur la joie qui s'éveille en moi quand je vous vois et je ne vous ai vue que trois fois. Mais tel est le pouvoir de fascination que vous exercez sur moi comme une autre Mélusine, que vous m'êtes après tout familière ; qu'il me semble que je vous ai toujours connue, toujours aimée et que je n'ai jamais pu aimer que vous, que je n'ai aimé que vous et que je n'en aimerai jamais d'autre.

Ce ne sont pas là paroles vaines puisque je n'ai jamais écrit cela à aucune femme et que jusqu'ici même quand je croyais aimer je retenais beaucoup de moi-même et que même quand j'ai cru souffrir je souhaitais avant tout la prompte fin de ma peine, au lieu qu'aujourd'hui je demande à ce qu'elle dure autant que la vie et c'est en foi de quoi je baise vos mains adorées.

Votre serviteur à vie,

Guillaume Apollinaire

Jeudi 8 octobre 1914

Mon amie très délicieuse et très adorée

Mon amie très délicieuse et très adorée, je ne vous répète pas tout ce que j'ai fait depuis mercredi puisque j'ai pu vous le dire à midi. J'aime mieux vous mettre un petit poème idéogrammatique bien niçois et qui est formé d'un œillet d'une figue et d'une pipe à opium.

La mielleuse figue octobrine
seule a la douceur de vos lèvres
qui ressemblent à sa blessure
lorsque trop mûr le noble fruit
que je voudrais tant cueillir
paraît sur le point de choir
ô figue ô figue désirée
bouche que je veux cueillir
blessure dont je veux mourir.

C'est dans cette fleur que
bat mon cœur qui sent
si bon et d'où
monte un beau ciel de nuées
aromatiques enfants de cet oeillet plus vivant
que
vos mains
jointes
ma bien
AIMEE
et plus pieux encore que vos ongles.
Et puis voici l'engin avec quoi pêcheur
JE
Capture l'immense monstre de ton oeil
Qu'un art étrange abîme au sein des nuits profondes

Mercredi 14 8bre 1914

Je me permets de vous rappeler, chère amie, que bien que ma part soit la plus belle il me déplairait, ce soir si nous ne sommes que trois, d'être une barrière sentimentale, une fortification – on sait ce qu'elles valent sous les feux croisés d'un flirt homérique quant aux épithètes. Si bien que vous pouvez me donner le soin de votre défense ou encore établir une fois pour toutes l'attitude que doit garder notre ami, ou bien, au contraire, me mettre moi-même à l'écart.

Si bien que ces choses fondées sur des bases solides je puisse me mêler à une conversation qui promet d'être brillante.

À moins encore que pour me dédommager d'avoir attendu hier, vous ne vouliez passer une longue soirée amicale avec moi seul. Je vous lirai des choses neuves, vous parlerai de ma pièce, vous inventerai des histoires et demanderai des conseils, car j'ai une grande confiance en ce qu'on pourrait appeler nos mauvais goûts combinés.

Auquel cas, je ne vous ferai pas la cour, acceptant l'amitié que vous me proposez et que je ne trahirai jamais, gentille et belle amie.

Si cette dernière alternative vous convient vous pourriez en arrivant devant Vogade – si vous ne voyez pas Borie – déclarer que vous veillez et ne voulez pas aller à Victoria et après dîner laisser S. P. reconduire votre cousine tandis que vous me demanderiez de faire un tour avec vous avant de vous reconduire.

La chose s'arrangerait bien comme cela. Mais il en sera comme vous voudrez, car je ne suis plus qu'un ami, bien décidé à vivre une amitié qui vaut, vous l'avez dit, la peine d'être vécue.

La main très amie de

Guillaume Apollinaire.

20 octobre 1914

Ma chère amie,

Je suis très grippé et je crois qu'il vaudra mieux en effet remettre notre excursion à un jour où le soleil sera revenu. Je crois que jeudi est trop proche. Je tâcherai si la grippe le permet d'aller vous voir demain à la sortie du Ruhl.

Merci de votre gentille lettre, signée je ne sais pourquoi de votre patronyme simplement comme si vous étiez le fils aîné de votre famille.

Si bien que lisant vos lettres j'ai l'air de lire des lettres de garçons.

Si vous craignez de vous compromettre en m'écrivant, ne signez pas, je saurai toujours reconnaître l'écriture.

Toutefois, ne croyez pas qu'un petit nom au bas d'une lettre soit plus compromettant qu'un patronyme ; c'est, ma foi, le contraire qui serait vrai.

Et dans l'amitié qui nous lie tout cela n'a plus aucune importance, votre mystère étant resté là où est mort mon silence.

Ma main très amie,

Guillaume

Mardi soir

Après tout je suis content de vous aimer comme je vous aime, vous qui êtes la grâce et tout ce qui reste aujourd'hui de la grâce.

Je regrette seulement de ne pas vous avoir rencontrée plus tôt. Mais n'importe, vous aimant maintenant j'ai la plus belle part de la vie d'aujourd'hui. Je n'ose pas me figurer l'avenir mais le présent est délicieux puisque je vous aime. Vous semblez vous étonner que je ne sois point jaloux. De quoi donc ? Peut-on faire que je vous aime moins ? Vous même ne pourriez pas faire cela. Mon amour n'est pas à la merci de vos jeux et quand vous êtes heureuse, c'est pour moi le plus grand bonheur. Je voudrais pouvoir être mis à l'épreuve comme vous le dites et vous prouver combien je vous aime vraiment et hors du goût violent que je puis avoir de vous, que j'ai pour vous. Je n'ai pas écrit beaucoup de lettres d'amour de ma vie, encore que j'en aie reçu, mais en général je n'aime pas écrire de lettres, mais cette fois j'éprouve une sorte de volupté à vous dire tout simplement que je vous aime. Je voudrais pouvoir vous le répéter sans cesse. Je suis désolé que S. P. vous ait raconté l'incident ridicule où était mêlé B.

Le plus drôle ç'a été la scène chez Vogade ce soir. La petite dame en rouge était furieuse et moi j'avais envie de rire. Vous étiez amusante au possible avec votre blouse garibaldienne et le sac à malices que vous colportez si délicieusement de St-Jean à Nice.

Après j'ai eu en me promenant avec vous le sentiment le plus triste de ma vie celui de vous aimer et de ne pas encore être ami d'amitié avec vous. Et je me suis un moment demandé et je me le redemande encore si ce n'est pas cela qu'il faudrait ambitionner par-dessus tout.

Cela doit vous faire penser que je suis devenu bien calme. Mais n'en croyez rien. Je suis de plus en plus agité. La nuit dernière a passé sans sommeil comme l'autre, des moustiques d'une part et votre très gracieuse apparition de l'autre. Le sommeil ne résistait point à des ennemis aussi résolus. Vous écrivez vos lettres dans la chambre à S. P. Je vous écris dans la mienne et je baise infiniment vos mains qui savent si bien étreindre.

Votre serviteur,

Guillaume Apollinaire

À Lou

Hommage respectueusement passionné
Oliviers vous battiez ainsi que font parfois ses paupières
Par ce livre dur et précis dans la joie
Apprenez ô Lou à me connaître afin de ne plus m'oublier
Mais perché sur l'abîme je domine la mer comme un maître
JE VOUS SALUE LOU
COMME FAIT VOTRE ARBRE PRÉFÉRÉ
LE PALMIER PENCHÉ
DU GRAND JARDIN
MARIN SOULEVÉ COMME UN SEIN
Votre chevelure pareille au sang répandu
Mourir et savoir enfin l'irrésistible éternité
Guillaume Apollinaire
Et je place ici même malgré vous
Votre pensée la + secrète

Guillaume Apolli

À madame la comtesse L. de Coligny-Chatillon

Le 2 novembre à Nice où elle soigne des blessés de la guerre

Je donne de tout mon cœur de flacon d'eau-de-vie
Et suis son serviteur

Son admirateur
Et son ami taciturne
Guillaume Apollinaire

Samedi

Mon trésor adoré, j'ai songé tout le jour à votre gaîté charmante et à ces mélancolies soudaines pendant lesquelles je voudrais vous prendre, ma Lou, vous caresser et vous consoler doucement. Plût à Dieu, que vous fussiez en peu de temps très heureuse. Je vous ai dit que je le pensais et je le crois encore.

Puis, juste avant d'écrire cette lettre, en me promenant du côté des Ponchettes, des gamines grandes filles de quatorze à quinze ans qui montraient leur derrière aux vagues – spectacle imprévu – m'ont fait éclater de rire et je ne sais pourquoi en revenant j'ai seulement pensé à la nuit de mercredi à jeudi où j'ai trouvé une Lou si exquise et à un moment peut-être si à moi. Le souvenir savoureux et nocturne ne voulait pas me quitter et je crois qu'il m'entraîne encore.

Ici, bizarrerie sur bizarrerie, S. P. est revenu dans la maison. Il habite maintenant mon ancienne chambre. Il a dit à Mme B. ce que je lui avais dit moi-même. Mais ça ne l'a pas plus intéressée que la première fois. Elle a l'air de s'en f... complètement. D'ailleurs c'est S. P. qui me l'a dit car je me suis mis à travailler le soir et n'ai pas été chez B.

S. P. m'a dit encore que B. lui avait raconté l'histoire de Mémée. C'est comme ça, tout Nice connaît l'anecdote et il paraît que le soldat la raconte de la façon, je veux croire, la plus fausse ou du moins la plus éhontée.

Préparez bien vos oreilles ma chère amie, je vais dire à S. P. que d'après vous on a calomnié Mémée et que du moment que vous le dites on doit vous croire, car une femme qui en défend une autre doit toujours être crue.

À lundi, chère divinité de mon cœur, Lou au nom chinois et à l'esprit attique. Je baise vos mains, vos pieds et vos paupières meurtries et battues comme celles des biques énamourées.

À bientôt mon amour,

Gui

Dimanche 29 nov. 1914

Mon Lou je vous aime chaque jour mille fois davantage que la veille.

Je suis revenu triste de vous avoir quittée si jolie et si gracieuse dans la nuit.

J'espère que vous vous êtes couchée et vous êtes bien reposée comme vous en aviez l'intention.

En route, dans le tram j'ai retrouvé *le petit Niçois* que j'avais oublié de vous donner.

J'y ai lu une merveilleuse page militaire, le récit de la bataille de l'Ourcq qui sauva Paris et fut une phase importante de la bataille de la Marne. Ce récit est un vrai chef-d'œuvre de clarté. C'est ce que l'on a écrit de mieux depuis la guerre. Et du moment qu'on peut encore écrire si bien le français tout va bien. Car les choses se répondent et vont ensemble dans tous les ordres où elles peuvent naître.

Le soleil est merveilleux, il fait briller comme un saphir le pan de mer que je vois de ma fenêtre. Dans sa clarté je vous vois aussi, mon Lou adoré, votre image ne me quitte point non plus que le son de votre voix et vos jolis récits ingénus dont l'écho sonne toujours en moi y éveillant mille tendresses qui y dormaient et qui maintenant vous tendent leurs bras ouverts.

Le plus beau des Lou, vous aurez, mon amie, tout le bonheur que vous méritez, c'est une chose dont je suis certain.

Vous avez l'âme la meilleure et la plus simple que je connaisse et votre espièglerie fleurit comme un jardin au printemps.

Je me prépare à une grande démarche tout à l'heure, chez B.

Je vous raconterai les détails et vous les écrirai même.

En attendant, je mets nos deux orgueils côte à côte dans un fauteuil bien sagement en les priant de ne pas trop s'ennuyer jusqu'à demain et je vais m'habiller afin d'aller à la Marine savoir quelles mesures on a prises pour résister aux Turcs et proposer le jeune Lou de mer de Pont-Saint-Jean pour assurer la défense du port de Nice.

Je vous baise très respectueusement les mains, mon amie, et suis *toujours* votre très fier et très obéissant serviteur

Guillaume Apollinaire

Mardi

Cette nuit encore, mon cher trésor, sachant que j'allais vous revoir aujourd'hui, je n'ai pu fermer l'œil. Je n'ai pas profité de la permission que vous m'aviez donnée l'autre jour parce que toute chair me paraissait insipide après avoir eu l'avant-goût de la vôtre et aussi pour les raisons que je vous dirai.

Et pensant à vous, sinon sans espoir du moins avec un espoir si précaire et tout de circonstances, je me sens si malheureux que je souhaite que les démarches de Borie aboutissent le plus vite possible et que je puisse partir. Dans le cas où vous auriez oublié la promesse que vous m'avez faite d'une mèche de vos cheveux je vous la rappelle ici.

Je n'ai cessé de baiser ces précieuses démêlures que j'ai gardées avec moi-même la nuit.

C'était là quelque chose de vous et quelque chose d'infiniment sacré et plus digne encore, si haut je la place, que la chevelure de Bérénice d'être mise au rang des constellations.

Je baise vos mains chéries, ma chérie, et suis pour toujours votre serviteur.

Guillaume Apollinaire

Fatigué d'attendre, irrité par les avancées et les reculades de Lou, déçu, désespéré, Guillaume précipite son engagement militaire. Le 6 décembre, il rejoint la caserne du 38e régiment d'artillerie de campagne à Nîmes, non sans avoir écrit la veille à Louise.

Samedi soir 5 décembre 1914

Mon Lou très chéri,

Je partirai demain matin pour le 38e rég. d'artillerie de campagne à Nîmes d'où je vous écrirai.

Ma démarche au conseil de révision a été imprudente. Il a fallu m'engager hier. C'est pourquoi j'ai été si triste aujourd'hui, triste à mourir et vous aussi qui sentiez quelque chose d'anormal.

Je vous adore mon Lou et vous êtes mon seul regret. Je n'ai pas le courage d'en écrire plus long.

Si vous ne m'en voulez pas trop d'une chose inévitable, écrivez-moi parfois quand vous aurez mon adresse et soyez heureuse comme vous le méritez, mon adorée, je baise vos mains que j'aime, je ne sais plus que vous dire car je n'ai plus de forces vis-à-vis de vous, adorée adorable.

Votre

Guillaume Apollinaire

10 Xbre 1914

Mon Lou adoré, je t'écris de la cantine. Le papier est déjà taché, il le sera beaucoup plus tout à l'heure, mais il n'y a qu'ici, que dans le brouhaha j'ai un peu de tranquillité. Ce matin lever dans la nuit, appel dans la pluie. Entre-temps café, après l'appel on nous distribue du pain et une tablette de chocolat. Le brigadier me désigne pour être de plat avec un autre poilu. À six heures et demie on me montre à seller dans l'écurie qui sent bon comme l'amour. À huit et demie au manège où je vois mes camarades faire le tape-cul. J'irai après-midi. À 9 ½, manœuvre à pied on me fait manœuvrer à part. À dix heures et demie je vais chercher la soupe et le rata à la cuisine. Pas très rigolo – On bouffe. Je rapporte le plat et les saletés tout seul, je fous le camp au plus vite pour qu'on ne me fasse pas vider ces ordures – Et voilà, Lou Adoré. Je n'ai plus que quelques minutes, je mange une poire et bois une chopine. À midi moins le quart il faut que je sois lavé et rasé pour aller seller. Il est onze heures et quart. Le quartier est consigné jusqu'à 5 h. ½. Lou adoré, je te promets de t'aimer toute ma vie et de n'aimer jamais que toi. Tu es ma seule femme à jamais et toujours, toujours je te serai fidèle. J'ai reçu les deux cartes dans l'enveloppe et ai beaucoup ri.

Cette nuit, Lou, je me suis aperçu que ma chaîne s'était cassée. Toutes les médailles s'étaient répandues dans mon lit et je les ai toutes récoltées une à une, serré dans mon petit lit, puis je les glissais dans mon porte-monnaie. J'ai bien embrassé les tiennes, Lou exquis. Je pense à toi, à ton corps adorable, à ta chère âme si simple et si profonde. Au revoir, petit Lou, à tout à l'heure. Je vais travailler.

On m'a remis le paquet. Mon Lou est exquis, mon Lou est tout pour moi, mes lèvres sont pour toujours sur les tiennes, chère, toi, la plus chère partie de moi-même.

Je bois mon dernier verre de vin à ta santé et t'embrasse de tout mon cœur.

À ce soir.

Guillaume Apollinaire
et Guillaume Kostrowitzky
2e canonnier-conducteur
38e régt d'artillerie
78e batterie
Nîmes

Quelques jours plus tard, Lou cède enfin à Guillaume qui écrit à son ami Serge Férat le 15 janvier 1915 : « Ça a duré un mois. J'ai connu alors l'adorée, j'ai souffert un mois et demi. J'ai signé finalement, ai tout rompu et suis parti à Nîmes sans laisser mon adresse ni mon nom polonais. Le lendemain de mon arrivée au corps elle était à la porte de la caserne et est restée 9 jours ici. »

C'est donc à Nîmes, dans l'une des chambres de l'hôtel du Midi, que Wilhelm Apollinaris Albertus de Kostrowitzky et Geneviève, Marguerite, Marie-Louise de Pillot de Coligny-Châtillon s'aiment avec ardeur, du 7 au 16 décembre 1914.

Dimanche 13 décembre 1914

Mon Gui à moi,

Je pense que tu es dans ton petit dodo à la caserne… et que tu fais de jolis rêves où il est beaucoup question de moi… je suis bien fatiguée et ne peux plus respirer avec cet affreux rhume ! Je viens t'embrasser longtemps, doucement, sans t'éveiller... et te dire de très jolies, très tendres choses, tout bas, dans l'oreille... et qui font partie de tes rêves d'or... je te dis surtout : je t'aime... je t'aime... je t'aime... je suis à toi... pour toujours... et... prends-moi dans ton rêve... toute... toute... Je vais aussi faire dodo... et rêver...

Louise

Après neuf jours de lune de miel, les nouveaux amants sont séparés. 280 kilomètres les séparent : Guillaume reste à Nîmes, Louise repart à Nice.

Nîmes, 16 Xbre 1914

Mon Lou adoré, je t'écris de la cantine, car je ne sais pas si on nous laissera sortir ce soir. Il est arrivé aujourd'hui une chose que je regrette infiniment et qui en même temps est un gage pour l'avenir. La petite chaîne que tu m'avais mise au bras droit s'est accrochée pendant que j'étais à cheval et je l'ai perdue, je l'ai cherchée. Mais au contraire du tyran Polycrate qui, ayant voulu sacrifier quelque chose à la chance qui lui souriait trop et ayant jeté son anneau, le retrouva dans le ventre d'un poisson qu'on lui servit le lendemain, je n'ai pas retrouvé ma petite chaîne dans l'arène du manège où nous étions.

Je le sens tout de même sur moi, tes médailles me protégeront avec ta chère image et tu me mettras l'autre morceau de la chaîne quand j'irai à Nice, mais au bras gauche.

Ce matin, coliques, à six h. ½ j'ai sellé, le logis d'écurie était le Parigot si correct du tram. Ensuite manège où j'ai perdu la chaîne, ensuite promenade dans des chemins impossibles au milieu des coups de canons car on faisait du tir réel. Je crois que c'est pour nous habituer.

Mon petit Lou adoré, j'ai en toi une confiance absolue, comme tu dois l'avoir en moi et toutes nos promesses seront remplies.

Te voilà maintenant au bord de cette mer divine où nous nous sommes aimés, où je t'ai dit mon amour pour la première fois, embrasse pour moi Kiss et Tika qui gambadent maintenant joyeusement autour de toi. Ce soir si je sors j'écrirai les lettres qu'il faut.

J'ai envoyé un de mes portraits à Jane Mortier, l'autre à ma mère, j'enverrai la 3e photo à mon frère.

Mon Lou exquis, tout était aujourd'hui si triste autour de moi. Tu partais, les baies amères du laurier qui abonde dans les garrigues nîmoises semblaient pâlir pour ton départ. Tout s'attristait. La gloire elle-même, qui nous appelle et qui pour moi est représentée par ta possession entière et définitive, tremblait comme des larmes, ô rosée d'un matin triste, ô rosée s'égouttant des feuilles de laurier.

Maintenant que te voilà à Baratier, Lou aimé, soigne bien ton rhume.

Le mien va mieux.

Je pense à tes cheveux, ô belle aux cheveux d'or sombre, Lou qui sais si bien souffrir, Lou que toute l'armée de Nîmes a désirée, je t'adore moi qui suis à la fois ton conducteur et ton servant.

Pense à moi dans le beau jardin des Hespérides où tu demeures. Écris-moi comme tu l'as dit et numérote bien tes lettres surtout les premiers jours.

Je t'embrasse mille fois sur tout ton corps adorable et sur ta bouche par où tu m'as donné ton âme quand je te donnais la mienne en échange.

Gui

2e can.-conduc. 38e rég. d'art. de Camp.
70e batterie. Nîmes.

Pr les permissions de 24 h. on part de Nîmes à 3 h. de l'après-midi, on arrive à Nice à 11 h et qq. chose et l'on repart le lendemain à 4 h. Donc nous aurons la nuit. Tu prendras une chambre au Cecil et viendras m'attendre à la gare.

Nîmes le 17 décembre 1914

Je t'écris, ma Lou exquise, après avoir reçu ta chère carte de ce matin. Tu es maintenant à Nice, tu vas prendre le tram pour Pont-Saint-Jean, tu vas revoir Kiss et Tika. Tu vas rêver au bord de la mer bleue.

Ce soir pour nous grand événement, on inspectera à 9 h. les membres génitaux de tous les hommes du 38e – mince de bille ; les soldats, qui parlent franc, appellent cela la revue des queues, pardon ma Lou de l'expression.

Donc pour la permission si je l'ai de 24 h., ce sera comme je t'ai écrit hier : dép. de Nîmes à 3 h.

après-midi, arrivée à Nice 11 h. du soir. Dép. de Nice 4 h. du lendemain. Je compte sur toi pour bien organiser la chose.

Maintenant, poème :

Je pense à toi mon Lou ton cœur est ma caserne
Mes sens sont tes chevaux ton souvenir est ma luzerne

Le ciel est plein ce soir de sabres d'éperons
Les canonniers s'en vont dans l'ombre lourds et prompts

Mais près de toi je vois sans cesse ton image
Ta bouche est la blessure ardente du courage

Nos fanfares éclatent dans la nuit comme ta voix
Quand je suis à cheval tu trottes près de moi

Nos 75 sont gracieux comme ton corps
Et tes cheveux sont fauves comme le feu d'un obus qui éclate au nord

Je t'aime tes mains et mes souvenirs
Font sonner à toute heure une heureuse fanfare

Des soleils tour à tour se prennent à hennir
Nous sommes les bat-flanc sur qui ruent les étoiles

Je te quitte pour ce soir ma Lou, je reprendrai demain ma tâche préférée : t'écrire, c'est-à-dire vous sentir près de moi, mon adorée.

J'espère que tu as fait un bon voyage, mais je crains qu'il ne t'ait fatiguée, repose-toi donc avant de retourner au Ruhl. Dors beaucoup pour être forte, ma Lou, et surtout je t'en supplie ne te fais pas souvent menotte. Rien ne rend neurasthénique comme cet exercice.

Écris-moi de jolies lettres. Ce soir, je suis triste et fatigué d'avoir eu mal au ventre dans le froid qu'il fait ici aujourd'hui.

Je t'embrasse partout, Lou, sur tes mains, sur ta bouche, sur tes pieds, sur l'enflure exquise que tu transportes et qui te fait te balancer comme un beau navire.

À bientôt Lou, et pour toujours, ton fidèle à jamais,

Guillaume Apollinaire

Nîmes, le 17 déc. [19]14

Je viens mon Lou adoré de recevoir la lettre que tu as mise mardi soir à la poste, c'est jeudi, elle a mis deux jours pour venir. Elle était, plutôt elle est bien belle mon chéri, digne non seulement de toi mais de nous. Le Dr Robin ne se trompe point, tu écris merveilleusement. Je viens de lire les journaux italiens. La situation est excellente pour nous. Les Serbes viennent de battre les Autrichiens. *Le Temps* que j'ai lu aussi parle même d'ouverture de paix faite aux Serbes par les Autrichiens mais je n'ai pas vu trace de cela dans les journaux autrichiens. Toutefois Anglais et Français progressent en France, les Serbes en Autriche, les Allemands ont un échec en Pologne, et un sous-marin anglais est entré dans les Dardanelles où il a coulé un cuirassé turc. La parole de Joffre aux Alsaciens reconquis, *vous êtes Français pour toujours* est plus que rassurante dans la bouche d'un tel homme. Donc, mon amour, confiance et courage. Ce matin, j'ai fait du trot *pour de bon* pour la première fois et pendant plus d'une heure. Cela m'a donné mal au ventre, pas plus. On m'a dit qu'au début le cheval en tape-cul produisait cela. Pour le reste aucun mal. Pourvu que ça dure. Plusieurs de mes camarades blessent. – L'adjudant qui est un homme charmant bien élevé, mais *à cheval* c'est le mot sur la discipline, m'a dit que pour la première fois que je faisais du trot ce n'était pas mal. En revenant, il m'a fallu panser le cheval, ce qui est embêtant. À 1 heure on nous a emmenés au loin dans la campagne, pour nous faire assister à du tir réel. C'est très émouvant. *Comme à la guerre*, disent nos s/officiers qui reviennent du front, *comme à la guerre moins les risques*. Après 14 km à pied pendant lesquels je pensais à toi qui aimes tant le footing, manœuvre du canon. En route, on chantait des chansons et chaque fois qu'une femme était signalée au loin, on gueulait, c'est le cas de le dire :

Une pucelle à l'horizon
Tontaine
Une pucelle à l'horizon
Tonton

Et quand on passait près de la femelle, si elle était vieille, on ajoutait en chœur :

Mais ce n'était qu'une illusion
Tontaine
Mais ce n'était qu'une illusion
Tonton

Si elle était jeune, au contraire :
Ce n'était pas une illusion, etc.

Je suis maintenant avec un groupe du peloton où il n'y a que des polytechniciens, des centraux et des gens très riches de Nîmes, surtout un gros type nommé F***. Je crois qu'ils sont tous tantes. Je regrette mes jeunes gens simples de l'autre groupe et mon premier maréchal des logis, qui n'était certes pas meilleur type que celui-ci, mais bien meilleur instructeur, ce qui compte. Mon Lou adoré, j'ai en somme passé une bonne journée, sauf un peu mal au ventre, je suis gai et dispos, je viens de prendre un thé au rhum, j'ai vu partir des obus, j'ai appris à trotter, j'ai fait une belle promenade. Je t'aime, tu m'aimes, que me faut-il de plus. À bientôt donc, mon très cher chéri, je t'embrasse et te respire partout, ma tubéreuse de Nice, mon jasmin de Grasse, ma baie de laurier de Nîmes. Je baise ton pied et ta bouche ma bien-aimée.

Guillaume

Nîmes le 18 Xbre 1914

Mon Lou à moi,

J'ai reçu aujourd'hui tes lettres II et III. Tu penses si je les ai lues avec avidité et avec quelle joie. Je suis content que tu aies trouvé le liseur pour Toutou. Envoie-lui mes meilleures amitiés. Moi, je t'adore. Je ne passe pas près du square où est l'hôtel du Midi sans une émotion à la fois terrible et délicieuse. Cependant, je n'ai pas osé repasser près de l'hôtel même. Je ne vis plus qu'avec l'espoir de ma permission du jour de l'an en attendant la grande permission de la paix. J'ai battu aujourd'hui ma veste avec un martinet. Tu peux deviner ce que j'ai pensé. Mon Lou chéri, je t'aime pour ta beauté si précieuse et tellement gracieuse, je t'aime aussi et tout autant pour ta grande bonté, ce cœur d'or qui m'a déjà donné tant de preuves d'amour et d'amitié encore dont je te serai toujours infiniment reconnaissant. Je songe à tes yeux,

> Au lac de tes yeux très profond
> Mon pauvre cœur se noie et fond
> Là le défont
> Dans l'eau d'amour et de folie
> Souvenir et Mélancolie

Je songe à ton regard de volupté et de douleur tendre qui m'a tant touché le jour où je t'ai vue la première fois avec ton grand chapeau cavalier et ta blouse orange où s'est concentré pour moi désormais tout le soleil. Je songe à nos étreintes, à nos baisers affolés, à nos frissons, à nos tendresses, à ces tendres disputes de Saint-Jean et de Nîmes après quoi la réconciliation était si exquise. Dis-moi tout ce que tu as fait à Nice et à Baratier depuis ton retour. Tout ce que tu fais, voilà mes seules nouvelles. En toi, se résume l'univers, tu es pour moi le microcosme des scolastiques et c'est très juste, car tu es ma beauté et par conséquent toute la nature, ô mon seul, mon plus grand, mon très cher amour.

La vie ici s'écoule avec la même violente monotonie toujours. Ce matin de 7 à 9 ½ cheval, trot, mouvements d'assouplissements au trot. Je fais des progrès. Le reste toujours semblable. J'ai acheté une ceinture de flanelle et je vais bien, sauf que je n'ai pas dormi, car jusqu'à une heure du matin j'ai été de garde dans les couloirs pour empêcher les poilus de venir y changer leur poisson d'eau. Tu parles si c'était triste. Tout seul dans les couloirs de la caserne par un froid qui m'a paru terrible. J'ai réagi. Ça m'a fait du bien, ça m'a trempé, cette première garde avec une consigne à exécuter, et ça m'a même guéri du mal de ventre, par la volonté que j'avais de résister au froid malgré que je n'avais pas de manteau. Ton souvenir veillait avec moi et je lui disais mon amour pour toi, mes rêves et mes espérances. À demain, ma couronne de laurier, je t'embrasse sur toutes les feuilles ; même celles qui sont à l'envers et je mordille délicieusement tes baies si glorieuses. Ton

Gui.

Nîmes, le 19 Xbre [19]14

Mon cher petit Lou,

J'ai reçu enfin la lettre où tu me parlais du chien, jolie lettre que j'aime. Je te l'ai renvoyée avec tes autres lettres afin que tu me la gardes. J'ai reçu ce soir la lettre où tu me parles de ton départ pour Épinal puis la carte où tu me dis différer le départ. Donc, au nouvel an à Marseille ou à Nice, – si toutefois j'ai ma permission – j'y compte bien. Mais comme une épidémie de scarlatine a éclaté à la caserne et qu'on a consigné des chambrées heureusement pas dans mon bâtiment, je crains un peu qu'on ne supprime les permissions ; mais ne t'affole pas, ce n'est qu'une crainte à moi qui vis dans l'attente de cette permission. Ne t'affole pas trop pour le cheval. Il faut faire ce qu'il faut. Je commence à bien trotter et aujourd'hui déjà je me laissais aller au trot la tête sur la croupe du cheval les jambes et les bras ballants. On ne risque pas de tomber et ça donne beaucoup d'assurance. Aujourd'hui surprise. Pendant qu'on attendait le logis pour l'hippologie, un camarade du peloton dit : « Tiens voilà un brigadier décoré de la Légion d'honneur, nous lui devons le salut. » Je me tourne et reconnais Saglio, inspecteur des Beaux-Arts et connu en peinture sous le nom de Drésa. Il a fait plusieurs décors pour le théâtre des Arts et devait faire les décors des *Indes Galantes* et celui des *Fêtes Galantes* de Debussy, pour l'Opéra. Je le connais bien et ai eu souvent l'occasion de parler de lui dans mes articles. Nous nous sommes donné rendez-vous et nous avons passé une heure au café à causer. Il a 45 ans et s'est engagé, il part lundi avec une batterie de 100 à tir rapide pour Versailles. Je viens de le quitter pour t'écrire.

Mon Lou adoré, je t'adore, je ne pense qu'à toi et je ne veux vivre que pour te rendre heureuse de toutes mes forces. Je voudrais que cela fût mon sort unique. C'est désormais ma seule ambition.

J'ai peur que Jeanne Mortier ne m'envoie le pardessus à moi qui n'en ai que faire. Évite cela. J'ai écrit à ma femme de ménage, à la concierge, au dentiste.

Je t'enverrai les lettres pour ce peuple incessamment.

Demain, dimanche. Ce 2e dimanche va me paraître triste sans toi. J'appréhende cette promenade dans Nîmes seul.

Je commence à être plus débrouillard et j'ai trouvé aujourd'hui plus d'une heure pour m'astiquer. Je bouchonne et masse mon cheval comme si j'avais fait cela toute ma vie. Mais, je suis impatient que cela finisse pour t'aimer à loisir et passionnément comme tu le mérites. Adieu, mon Lou adoré, je vais rentrer doucement à la caserne. Baisers partout partout et mon amour à toi pour toujours.

Gui

Nîmes, 20 Xbre 1914

Mon petit chéri,

C'est dimanche, ce matin je n'avais pas demandé de permission. Aussi à 9 heures pansage. J'ai étrillé au moins huit chevaux, j'en ai mené boire autant. En les ramenant à l'écurie un d'eux m'a marché sur le pied. J'ai vu 36 chandelles et j'ai cru que j'avais le pied écrasé. Mais, ç'a été vite passé. Maintenant nous pourrions sortir de midi à 2 ½ mais ça ne vaut pas la peine, je sortirai à 4 h ½. Un des charretiers de ma chambrée s'appelle Albin-Michel. Je lui ai demandé s'il était parent de l'éditeur parisien qui m'avait demandé un livre sur l'Arétin il y a 2 ans. C'est son cousin. Les scènes tAntACULAIRES se succèdent sans interruption. Je crois que j'aurai ma permission de 24 heures, pas plus par exemple. Je mange maintenant complètement à la chambrée.

Après la soupe de 10 heures je mange avec mon pain une tablette du chocolat que tu m'as donné et ça va. Je vais boire un coup de vin et une pomme. Avec cinq ou six sous à déjeuner et le soir 70 centimes pr le café j'en ai assez. Environ un franc un franc cinquante par jour au plus.

J'ai reçu ta lettre et ce soir au Café j'écrirai à Sembat, ministre de l'Instruction publique et des Beaux-Arts, à Philippe Berthelot, directeur du ministère des Affaires étrangères, à Léon Bailby directeur de *l'Intransigeant* pour ton autorisation.

J'espère et je souhaite de tout mon cœur qu'on te l'accorde.

Mon petit enfant chéri, pour la ceinture de flanelle la mesure n'a aucun intérêt car il faut qu'elle fasse plusieurs fois le tour du corps, en tout cas elle n'est pas nécessaire maintenant. Tu t'en occuperas quand j'aurai été à Nice. Envoie-moi des nouvelles de Kiss et de Tika. Dis bonjour à Mémée. Elle est rudement égoïste cette petite bonne femme-là. C'est incroyable et pas joli du tout.

Je crois en effet qu'il faut compter sur un an de guerre mais pas se désespérer. Qu'est-ce que tu veux, c'est notre destinée qui veut que nous vivions dans de telles catastrophes.

Période martienne, celle où nous sommes. Je crois qu'elle sera plus longue encore que tout ce qu'on dit et peut-être ne verrons-nous pas la tranquillité complète avant 1930.

Pour ce qui est de cette guerre actuelle, je crois qu'elle se terminera pour l'hiver prochain. Mais avant comment faire. Les Serbes viennent de battre les Autrichiens, mais les Russes viennent de se faire foutre une tatouille par les mêmes Autrichiens. Et il se poursuit en ce moment une bataille navale dont l'issue est encore inconnue. Finalement ce sera encore la valeur et la force françaises qui décideront de la victoire finale mais au prix de combien de sang !

Voilà mon amour adoré, je te prends toute dans un grand spasme. Je t'embrasse, je baise tes chers petits seins roses et insolents qui semblent des brebis broutant des lys et des violettes et j'embrasse éperdument les douces et infiniment précieuses toisons d'or pâle qui sont celles qu'Argonaute sans vaisseau et devenu équestre je veux conquérir à jamais pour notre bonheur sans fin, ma chérie.

Gui

Nîmes, le 20 D.[bre] 1914

Ma chérie, d'après des renseignements obtenus ici, tu pourrais obtenir un billet de chemin de fer jusqu'à Chaumont où se trouve le quartier général du 2e corps d'armée dont fait partie le 62e d'artillerie. Là, l'autorité militaire pourrait t'autoriser à aller à Épinal. Dans la zone des armées on peut circuler à pied avec un simple laissez-passer délivré par l'autorité militaire. J'écris par le même courrier à Sembat et à Mme Berthelot.

Ma chérie, je suis retourné à 4 h aux écuries pour la botte et pour donner à boire aux chevaux, à quatre je suis sorti. J'ai fait un tour dans Nîmes et suis revenu au café.

Je pense à ton grand cœur, ma chérie, à ton dévouement pour tes soldats, à ta bravoure qui te fait mépriser tout danger pour aller même au front. Je t'admire ma chérie et t'adore. Quand je songe que tu m'aimes, ma tant aimée, je me demande si je suis digne d'un tel bonheur et mon seul désir est d'être de plus en plus digne de ton amour. Ce matin, peu d'hommes, de brigadiers, de logis étaient venus aux écuries. On a pris les noms de ceux qui y étaient et ensuite le lieutenant a fait afficher cette violente apostrophe : « Les gradés et les hommes qui ce matin n'étaient pas aux écuries laissant tout le travail à leurs camarades sont des LACHES. » Le dernier mot écrit en caractères gras était souligné trois fois. Tu penses si j'ai été fier de ne pas m'être défilé pour cette corvée nécessaire. Je ne me serais pas consolé d'être traité de lâche.

Demain je vais reprendre mon train-train de semaine, tape-cul, astiquage, théorie, manœuvre à pied, canon.

On m'a parlé aussi de l'armée de Garibaldi. Ce n'est pas sérieux. On leur a laissé faire le geste mais on ne se sert pas d'eux et sur le front on réforme les Italiens en masse. Je l'avais toujours pensé, on ne veut pas que l'Italie qui ne se décide pas puisse dire que beaucoup de ses nationaux sont morts au service de la France. On a raison. Ma chérie, mon amour si grand pour toi trouve moyen de grandir encore dans l'absence et il grandira sans cesse quand nous serons l'un près de l'autre. Il est comme un grand oiseau qui planerait plus haut que les aéroplanes, il monte sans cesse, oiseau angélique, dans les sublimes régions de l'éther – pas celui de Nice qui sonnait toutes ses cloches à toute volée à tous tes sens – Et c'est plus haut que l'éther même qu'un jour, purs esprits nous nagerons éternellement unis dans l'éternelle volupté de la vie la plus forte, la plus douce, la plus tendre, après nous être aimés par tous nos sens, si aiguisés pourtant, ô ma chérie infiniment sensible et infiniment voluptueuse.

Je viens de lire *Le Temps*, ces sacrés Anglais, sont vraiment des marins dégénérés. Les Allemands bombardent leurs ports comme ils veulent, c'est dégoûtant. Pendant ce temps, c'est toute la force virile française qui doit supporter le choc. Les Russes semblent s'y mettre. Souhaitons que la victoire soit proche. Je t'aime passionnément.

Gui

Nîmes, le 21 Xbre [19]14

C'est aujourd'hui, ma chérie, le jour le plus court de l'année. J'ai reçu ta lettre où tu me faisais part de ta déconvenue pour l'East Rand. Ces gens du Crédit Lyonnais sont idiots et malhonnêtes. Il s'agit d'une valeur au porteur, on doit donc la vendre facilement. Va à la *Société Générale*, dis que tu as tes bordereaux d'achat à Paris, que tu veux vendre cette action East Rand parce qu'elle baisse toujours, et qu'heureusement tu n'en as qu'une seule et que tu veux t'en débarrasser. Moi, j'ai mon bordereau d'achat à Paris, mais c'est une pièce nullement nécessaire et dont tu peux te passer et commençant par décliner et en prouvant ton identité, mais ne parle pas de moi. L'action est à toi. Tu l'as achetée 110 francs, c'est le prix que je l'ai payée et tu vois ce qu'on perd dessus. Tu n'as qu'à promettre ta clientèle à la banque, parle au directeur de l'agence et on te fera facilement cette petite opération. Je pose en ce moment des jalons pour avoir de l'argent mais je crains que ce ne soit difficile. Tâche toi de ton côté d'en avoir pour toi ma chérie et s'il le faut sacrifie-moi à ton bonheur et ta tranquillité. Jeanne Mortier est partie rejoindre son mari. J'ai demandé la permission pour le premier – Dès que j'aurai les renseignements exacts je te les enverrai et je te télégraphierai la veille. Je t'ai écrit chaque jour mais de Nîmes à Nice les lettres mettent quatre jours. Elles ne mettent que deux jours pour venir de Nice à Nîmes. C'est bizarre mais c'est comme cela. Nous avons commencé aujourd'hui la manœuvre du mousqueton. Je me demande si je serai nommé brigadier aussi vite que j'ai cru au début, car on dit qu'il n'y aura qu'une vingtaine de brigadiers de nommés et nous sommes près de soixante-quinze au peloton. Et pour le moment il y en a de bien plus forts en tout que moi. Je vais tâcher de les rattraper. Je ferai mon possible mais je ne sais si je réussirai. Surtout que la plupart de mes camarades sont ici depuis deux mois et ont fait leurs classes dans les batteries ce qui leur donne une avance considérable, leur instruction militaire étant complète. J'ai cependant l'impression que s'il y en avait plus de 20 je pourrais en être. Mais 20 sur 75 ça me paraît en dehors de mes cordes. Enfin, je ferai mon possible ma toute chérie.

Les lettres mettant quatre jours pour arriver à Nice celle-ci te parviendra le jour de Noël et j'en profite ma chérie pour t'exprimer tous les souhaits que je forme pour ton bonheur. Ton petit Noël, Lou adoré, se bornera à ces pauvres souhaits d'un pauvre soldat qui t'adore. Je souhaite l'année prochaine célébrer avec toi un Noël plus étincelant. Avec mes souhaits, je t'envoie, mon tout adoré, mille baisers pour qu'ils se posent oiseaux palpitants sur toutes les parties de ton corps exquis et savoureux. Je t'aime, ma chérie, de toutes mes forces et je sens de plus en plus la cruauté d'être séparé de toi. Je suis triste ce soir, mon Lou, triste d'une tristesse noire. Pardonne-moi, la tristesse de ta lettre d'aujourd'hui m'a été au cœur. Il me semble que nous sommes entourés de méchancetés. Il faut être forts cependant et résister de toutes ses forces au manque de joie, à la tristesse de l'absence, à tout le chapelet des choses interminablement mélancoliques afin qu'au printemps il puisse refleurir en une belle couronne de fleurs amoureuses et glorieuses. Je t'embrasse de tout mon amour, ma chérie, à demain. Ton

Gui.

Guillaume vit sur un nuage. Il est comblé. Mais Lou a déjà la tête et le corps ailleurs. Elle n'est pas fidèle. Elle continue à fréquenter son ami et amant Gustave Toutaint, dit « Toutou ». Ses lettres se font plus rares. Elle commence à prendre ses distances.

Mardi 22 décembre 1914

Mon Petit Lou chéri,

Pour la première fois je n'ai rien reçu de toi. Je suis navré. Mais je sais ce que tu m'as dit et je mets la faute sur le compte de la poste. Ne m'oublie pas, ma chérie, tu me rendrais très malheureux. Ce matin il avait gelé, la terre était dure. Au trot dans la carrière il y a eu plusieurs chutes de cheval parmi lesquelles la mienne. J'avais de plus une selle cassée et je suis parti en bombe sur le côté. Tous mes os ont craqué, mes reins ont été douloureux et je me suis vite relevé pour ne pas recevoir de coups de pied. Je n'avais rien et me suis mis à rire avec tout le monde. À 1 heure nous sommes ressortis en promenade, cela a été bien jusqu'aux portes de la caserne près de quoi mon cheval a glissé dans la boue et moi pardessus l'encolure je suis tombé sur les mains et ai éclaté de rire de nouveau. Malheureusement le cheval était tombé à genoux. On ne m'a rien dit parce que je l'ai vite bouchonné aux genoux mais j'aurais pu avoir huit jours de prison, sale perspective. Enfin pas de mal pour le moment. Ces deux chutes m'ont donné plus de sûreté. L'adjudant est venu me demander si je ne m'étais pas fait mal, il m'a dit que ceux qui tombaient au début faisaient ensuite de bons cavaliers.

Ensuite j'ai eu visite d'incorporation, sorte de comédie obscène et puante où l'on grelotte à poil devant un major qui ne vous regarde guère. Moi on a déclaré *constitution très bonne tempérament nerveux* ce qui m'a réjoui après mes deux chutes de cheval.

Voilà, mon amour, mais Jeanne Mortier a foutu le camp, elle a envoyé mes affaires chez moi par les Messageries. C'est idiot, ma concierge en fera je ne sais quoi. Arriveront-elles jamais ? Enfin pourvu que tu aies le pardessus je me fous du reste.

Je t'adore, ma chérie, et vais bouffer en compagnie d'un camarade qui m'a invité. Je ne pouvais guère refuser car je lui ai rendu service à son arrivée.

Je commence donc à ne plus être un bleu. Je t'embrasse passionnément partout et toujours.

Guillaume

Nîmes, 23 décembre 1914

Ma chérie, une mauvaise nouvelle à t'annoncer. Je crois, d'une façon presque certaine, que je n'aurai pas de permission pour le nouvel an. La faute en est aux compagnies de chemin de fer. Les simples soldats n'ont plus droit aux express. Dans ces conditions, il faut par train omnibus 38 heures pour aller de Nîmes à Nice. Je suis désolé. On n'accordera pas, très, très probablement, de permissions pour Nice. Si on me l'accordait je te télégraphierais. Mais n'y compte pas. J'irai demain trouver le lieutenant commandant ma batterie pour lui demander si je peux espérer avoir 48 heures vers le 15 janvier par exemple, auquel cas j'irai à Nice alors. En tout cuirassons-nous contre toutes les éventualités même les plus désagréables. Depuis deux jours pas de lettres de toi. Je suis navré. Aujourd'hui cependant j'ai reçu les oranges qui m'ont rappelé le jardin des Hespérides où tu vis ma déesse, ma fable, ma mythologie. Je te remercie, mais j'ai vu que tu as payé un franc de recommandation. Ne m'envoie plus, ma chérie. C'est trop cher pour un simple soldat. Aujourd'hui 3e chute de cheval. Je ne [me] suis rien fait. J'avais un cheval qui ruait. À la première ruade je n'ai pas bronché, à la seconde j'ai foutu le camp. Ensuite, on m'a vacciné contre la variole. J'ai reçu du Dr Cornons un certificat qui me dispensera de la pénible vaccination contre la typhoïde. La nuit j'ai chaud dans mon petit lit, mais le matin et à 4 h. il fait un froid de chien. Une bonne nouvelle : un soldat d'une chambrée voisine, voyageur en nouveautés et qui est de Nice, m'a offert de partager la chambre qu'il a en ville et que lui prête pendant tout son séjour ici une cliente. Demain à 4 h. je vais faire ma toilette à fond et je pourrai garder là quelques affaires, des lettres ou autre chose. La vie de caserne est rudement em… Je ne te cache pas que si tu me relèves de la promesse que je t'ai faite, je demanderai à partir pour le front le plus tôt possible. Au moins plus d'imprévu ! Plus d'aventures ! Et moins de tracasseries. Ma toute chérie, aime-moi bien, écris-moi. Si je ne t'avais pas, si tu n'étais ma constellation, mon étoile polaire, mon guide, je serais sans ressort et me laisserais aller à l'abrutissement inhérent à la vie de caserne. Mais je songe à ton joli corps de fée, à ta tendresse, à ce cœur si noble et si pur qui palpite en toi. Je me reprends alors à espérer. Je crois en toi, ma chérie, tu es ma foi, mon espérance et mon amour. Prie pour moi puisque tu es croyante et espérons bien vite des victoires où j'aie ma part afin que tu puisses être aussi fière de moi que je suis fier de toi. Mon amour exquis, donne-moi aussi des nouvelles de Toutou, qui par son amour pour toi et par celui que tu as pour lui est désormais pour moi une partie de moi-même. À nous deux nous saurons tant t'aimer et te dompter, belle rétive, que tu seras la plus heureuse des femmes entre les plus heureux des hommes. Je te baise partout et prends toute ta volupté en un spasme que je souhaite éperdument. Si tu savais comme j'ai envie de toi !!!!

Gui

Nîmes, le 24 décembre 1914

Lou adoré, je suis triste cette veille de Noël car voici le 3e jour que je ne reçois pas de lettre de toi. Tu m'oublies terriblement. Et dans ce cas je ne sais s'il faut me désoler ou t'en vouloir. Il y a des moments où je t'en veux de m'oublier ainsi, j'ai envie de te cravacher. J'ai essayé aujourd'hui un martinet et un fouet de conducteur, les deux vont bien et je crois que tu y goûteras si tu ne tiens pas tes promesses.

Pourquoi n'écris-tu pas ? C'est insensé de me laisser ainsi sans nouvelles. J'en ai les nerfs malades.

Finalement j'aurai ma permission pour Nice et elle sera de 48 heures sur lesquelles beaucoup seront consacrées au voyage. Je te télégraphierai tout à l'heure.

Reçu lettre de Rouveyre, et d'un tas de gens. Mon ami Raynal m'envoie une coupure de l'*Ouest-Éclair* qui est rigolote. Un poète prisonnier allemand déclarait que les plus grands poètes français actuels étaient Jules Romains et Guillaume Apollinaire. Or, ces deux poètes qui en effet ont une situation à peu près identique dans les lettres sont des ennemis. Tu connais G. Apollinaire ; Romains est dans une mairie.

Pour ma part d'ailleurs je ne déteste pas Romains ni son talent. Mais c'est un type qui manque de franchise. Mais la déclaration du prisonnier allemand est roulante. Ne me perds pas la lettre de Raynal et la coupure.

Écris-moi. J'ai mangé avec délices les oranges de Baratier. J'en ai donné dans ma chambrée et il m'en reste une pour mon petit Noël demain matin.

J'ai aussi demandé la permission de la botte pour demain. Je sortirai, si on me l'accorde, après le pansage et ne rentrerai que le soir.

Mais toi, Lou, écris-moi, dis-moi ce qu'il y a, ce qui se passe, ne me laisse pas inquiet. J'ai reçu des nouvelles d'Albert, mon frère.

Il y avait ce soir au courrier 42 lettres pour moi. J'ai paraît-il battu le record de tous les régiments de Nîmes où se trouvent en ce moment 17 000 hommes. Mais parmi ces 42 lettres pas une de mon Lou, mon Lou m'oublie. Mon Lou ne songe pas qu'il me rend malheureux et que s'il doit me rendre malheureux, il eût mieux valu qu'il ne vînt pas me faire de promesses, puisque j'étais parti sans espoir, maintenant qu'il a lui comme une certitude, s'il s'éteignait il faudrait rudement serrer les dents pour se reprendre.

Écris-moi, je t'adore mais je suis furieux. Écris-moi, Lou !

Gui

Noël, 1914

Noël ! Ma chérie, j'ai reçu aujourd'hui deux lettres de toi – je suis joyeux, joyeux ! Il fait un froid de chien et un soleil magnifique. Je suis sorti avec l'étui à revolver et les éperons neufs. J'ai la permission de la botte et j'aurai celle du 1er de l'an, te télégraphierai heures d'arrivée. Tiens-toi prête !

Mon trésor pardonne-moi ma tristesse dans les dernières lettres. Je ne recevais rien de toi ! D'abord, j'ai reçu aujourd'hui tes lettres VIII et X. Il me manque le IX. Moi je ne numérote plus parce que je m'y perds. Je date, et j'écris tous les jours. Mon ventre va bien, la ceinture de flanelle m'a guéri, mon derrière est toujours indemne. Les détails sur ma permission ne pourraient être encore que vagues. Je sais que j'aurai 48 heures, mais 24 seront consacrées au voyage. J'arriverai à Nice sans doute le soir. Mais je te télégraphierai cela. Tu me demandes plus de précision, je l'aime beaucoup, mais dans le militaire beaucoup de choses sont imprécises pour le simple soldat. D'ailleurs l'adage du quartier c'est : *Il ne faut pas chercher à comprendre*. Ce que tu me dis sur ta façon de te faire menotte toute la nuit m'a bouleversé. J'ai eu une impression de désir voluptueux d'une force fantastique. Je t'adore ma chérie. Je te désire. Je m'introduis en toi de toute ma virilité. Je me bande comme l'arc de Nemrod. Je te serre et te broie dans mes bras. Je darde toute ma force vitale en toi. Je prends tes lèvres. Je palpe ton beau derrière adoré. Je le baise. Je te bois là où ta toison exquise est une dentelle délicate et soyeuse, la blonde, dentelle je crois passée de mode, mais que j'aime. Ma chérie, je te désire à en rugir. Maintenant, réponse à la lettre X : je ne suis plus triste mon amour du moment que tu m'aimes. Et je ne sais plus à quelles méchancetés je faisais allusion. Sans doute à l'égoïsme de Mémée. Qu'a-t-elle dit de mon engagement ? Je le sais bien, ma chérie, rien ne pourra jamais nous séparer, mais ces jours où j'étais sans nouvelles de toi, je ne sais pourquoi, j'étais devenu jaloux sottement, et me figurais que tu étais allée à Marseille sans me le dire. Oui, ma chérie, NOS PAROLES sont échangées et des êtres comme nous ne manquent pas à leur parole. Tu as raison de me gronder. Je suis une grande bête quand je doute et m'affole. Je te confierai tout. Mais souvent ma nervosité l'emporte et mon imagination m'emporte. Lou, que tu sais bien dire les paroles qui consolent. Tu es un instrument de musique exquise. Les airs que tu sonnes m'enivrent et me transportent au ciel. Tu es ma musique, ma poésie, mes neuf Muses, mes trois Grâces. Oui, chérie, gronde-moi bien, je n'ai pas le droit de douter, car libres l'un et l'autre nous nous sommes donnés librement et devons penser comme tu penses, *pour être dignes l'un de l'autre*. Oui, chérie, ne parlons pas de notre bonheur. J'écrirai ce soir à Rouveyre que je t'ai rencontrée plusieurs fois, que j'ai essayé de flirter avec toi, mais que ça n'a pas réussi, que nous sommes bons camarades, c'est tout. Donc, tu peux si tu lui écris, écrire sur ce ton. D'ailleurs, il n'est pas nécessaire que tu lui écrives. Je croyais que Jane Mortier était partie. Oui, bon Noël ma chérie, *notre Noël c'est notre amour*. Tu le dis, en poétesse archidivine. Hier soir nuit de réveillon. M. F*** m'a invité à réveillonner dans sa chambrée, il avait apporté des victuailles et une vingtaine de bouteilles de Champagne. Mais, j'ai décliné l'invitation. Je ne pourrai la lui rendre et n'ai pas envie d'être son obligé. Je me suis donc couché sagement après l'appel. À 10 heures des brigadiers sont venus chercher le brigadier de chambrée pour réveillonner et comme il ne voulait pas se lever, ils ont fait partir son lit en bombe.

Pour se venger il a fait partir en bombe les lits de ses deux voisins, l'un d'eux a fait partir le mien. Je l'ai refait, les pieds sur le pavé.

Les brigadiers sont partis, un homme s'est mis à changer son poisson d'eau [uriner] sur les dalles. Un autre a fait retomber mon lit. Un fouet de conducteur était pendu près de mon lit. Je l'ai pris et en ai cinglé vertement l'idiot qui gueulait. Là-dessus, bacchanale ! Un Mentonnais essaye d'enfiler un Niçois, un autre type, de Grasse, s'est mis à se faire menotte en public. On avait allumé une bougie. C'était une priapée insensée ! Plusieurs lits sont encore partis en bombe. Puis les lits refaits, ces hommes, la plupart Niçois, Grassois ou Mentonasques se sont mis à chanter exquisement, impression inoubliablement mélancolique. Niçois, Grassois ou Mentonasques sont de race ligure et *ligure* est un mot d'origine celtique qui autant que je me souvienne signifie : *qui a une belle voix.* J'ai pu vérifier la vérité de cette appellation. On s'est donc endormi vers 3 h. et ce matin vers 5 h. avant l'appel je me suis réveillé au grincement des lits qui crissaient en cadence. La plupart de mes camarades de chambrée se faisaient menotte comme ma Lou fait dans son dodo à Baratier. Les plaisanteries fusaient. C'était tordant. Après, je suis descendu pr changer mon poisson d'eau (ici, on dit changer l'eau aux olives !) et ne pas être tenté de faire comme eux en pensant à toi.

À l'appel on nous a donné deux barres de chocolat, à 8 h. pansage, à 10 h. lettres, à 10 heures ½ repas : lapin, salade avec œufs durs et anchois, gruyère, confiture, cigare et café. Tu vois que le gouvernement soigne bien ses hommes le jour de Noël. Ce soir, il y a dinde, mais je ne rentrerai pas.

Nos camarades versés au 10e à Versailles sont partis hier, bien équipés avec des chevaux bien harnachés. C'était épatant ! Ils vont bientôt partir pour le front avec les pièces de 100.

Ce matin à 7 h. j'ai dit l'angélus, de même à midi. J'ai été à l'église mais trop tard pour la messe. J'ai regardé la crèche. J'ai élevé mon âme. J'ai prié pour que Dieu protège notre amour.

Le directeur du *Mercure de France* m'a écrit. Il est possible que cette publication reprenne. Ce serait en ce cas 50 francs par mois. Ce n'est pas grand-chose mais toujours ça. Je n'ai pas encore de nouvelles de Sembat min. de l'Instr. publique et des Beaux-Arts à qui j'ai écrit à Bordeaux pour avoir ta permission pour la zone des armées. Il est possible qu'il faille que tu lui écrives aussi. Je lui ai donné ton adresse. Juge toi-même de ce que tu dois faire.

Au revoir ma chérie, je t'embrasse de tout mon cœur, de toute ma force, de toute ma virilité sur tout ce que je désire, sur tes seins roses et merveilleux. Tes lettres sentent bon les parfums de Grasse. Ce matin à l'écurie j'ai trouvé un pinson mort de froid, mais encore tiède. Je voulais lui masser le cœur pour essayer de le faire revivre, mais le vieil adjudant de ma batterie, me l'a demandé pour le porter au mess, et le manger : « ça fera mon dinde » m'a dit ce couillon, j'ai été obligé de le lui donner. Mais je l'aurais volontiers giflé… Je t'aime et te prends toute.

Guil

La fumée de la cantine est comme la nuit qui vient
Voix hautes ou graves le vin saigne partout
Je tire ma pipe libre et fier parmi mes camarades
Ils partiront avec moi pour les champs de bataille
Ils dormiront la nuit sous la pluie ou les étoiles
Ils galoperont avec moi portant en croupe des victoires
Ils obéiront avec moi aux mêmes commandements
Ils écouteront attentifs les sublimes fanfares
Ils mourront près de moi et moi peut-être près d'eux
Ils souffriront du froid et du soleil avec moi
Ils sont des hommes ceux-ci qui boivent avec moi
Ils obéissent avec moi aux lois de l'homme
Ils regardent sur les routes les femmes qui passent
Ils les désirent mais moi j'ai des plus hautes amours
Qui règnent sur mon cœur mes sens et mon cerveau
Et qui sont ma patrie, ma famille et mon espérance
À moi soldat amoureux, soldat de la douce France

Nîmes, 26 Xbre 1914

Mon amour très chéri, aujourd'hui 2 lettres de toi IX et XII. Tu penses si je suis content. Quartier libre encore mais comme il faut revenir à 3 h. pour l'abreuvoir, je n'ai pas osé demander la permission de la botte l'ayant eue hier et comptant la demander demain. Je te télégraphierai l'heure de mon arrivée à Nice. Si Jane Mortier est encore à Nice, je voudrais bien reprendre dans mes affaires quelques choses et une valise, la noire dont tu te moquais tant, pour garder en ville, dans la mansarde où le Niçois dont je t'avais parlé m'a mené hier. D'ailleurs, on peut avoir ici de bonnes chambres à 20 fr. par mois. On m'en a offert une dans une famille. Je verrai si on a de l'argent. Cependant toutes nouvelles pas bonnes. Un brigadier qui a sa femme à Compiègne a dit qu'elle lui a écrit qu'on allait évacuer cette ville. Et Compiègne prise, c'est Paris menacé, investi peut-être et alors adieu projets charmants, argent à venir ! Ma chérie, moi je t'adore chaque minute davantage. Ta dépêche d'hier a été pour moi un bonheur exquis. Oui ! mon Noël c'est ton amour et ta dépêche t'amenait si près de moi que je l'ai baisée mille fois. Je ne m'étonne pas que tu ailles prier Dieu à l'église. Toutes les grandes questions, a dit Donoso-Cortes (si ce ne sont pas les propres termes c'est du moins le sens), toutes les grandes questions, toutes les grandes choses, vont à la théologie ou en viennent. Rien d'étonnant que notre amour, la plus grande chose que nous connaissions, ma chérie, aille vers Dieu.

J'ai écrit pour Épinal, si donc tu fais une supplique à Sembat mini. de l'instr. pub. et des b. arts à Bordeaux, en rappelant ma lettre et mes deux noms, dis les localités que tu veux atteindre.

Oui chérie j'ai eu le plus beau Noël possible – ton amour !

Chérie, je tiendrai toutes les promesses que je t'ai faites. Non, je ne te demande pas de m'en relever et je ne veux en rien jamais te faire de peine. J'ai du courage pour tout, sauf pour tout ce qui pourrait te menacer toi et notre amour.

Je t'envoie aujourd'hui la coupure de l'*Ouest-Éclair* que j'ai oubliée l'autre jour.

Mon secrétaire Jean Mollet m'a écrit. Je lui avais écrit en disant que j'étais amoureux définitivement. Je t'envoie sa lettre d'autre part. Elle t'amusera, surtout la phrase : « Mais toi quelle est cette histoire, est-ce vraiment la grrande amour !!! et dure-t-elle encore, je te souhaite d'ailleurs bonne chance mais je t'assure que cela m'épate que le papillon délicat se soit posé sur une fleur et n'en bouge plus. Il y a certainement quelque chose de changé dans la machine. »

J'ai bien ri et l'ai engueulé dans ma réponse. Ce brave imbécile a vraiment une mauvaise opinion de moi. Mais je ne peux lui expliquer toute la force de cet amour qui est pour moi plus que le ciel, ma toute chérie.

Tu m'as fait plaisir en me disant que Toutou est content de moi. Il est logis, c'est mon supérieur et les éloges des supérieurs vont au cœur du simple troupier. Fais-lui toutes mes amitiés.

Je t'envoie aussi la lettre d'Eugène Montfort, ami à moi, mais qui en somme n'avait pas beaucoup cultivé cette amitié depuis six mois, car il a été témoin au mariage de M. L. simplement parce que le mari de celle-ci, Allemand d'ailleurs, avait pris des actions dans sa revue *Les Marges*.

Tu vois d'ailleurs qu'il ne parle que de pourfendre les Boches après avoir mendié leur argent puisqu'il avait beaucoup d'actionnaires allemands, Kessler entre autres, et que moi dans ma revue *Les Soirées de Paris*, je n'ai jamais voulu d'argent allemand, sauf des abonnés, car on ne peut empêcher quelqu'un de s'abonner à une revue.

Voilà, ma chérie, à bientôt. Je t'aime de toutes mes forces, de toute mon âme, de tout mon cœur, de tout mon être.

Il fait un froid de chien. Je t'embrasse partout et mords tes lèvres. Tu fais le lézard au soleil, belle indolente. Et Kiss et Tika ? tu ne me donnes jamais de leurs nouvelles.

J'ai visité hier le musée de Nîmes, pour y voir l'original du portrait de *Lucrèce Borgia* dont la reproduction ornait mon livre *La Rome des Borgia* paru en 1913 et qui a eu beaucoup de succès. Ce musée est pauvre d'ailleurs. J'ai été aussi à la Maison Carrée où il y a quelques belles choses. Je t'aime et t'embrasse.

Gui

Nîmes, le 27 Xbre 1914

Mon amour adoré, voilà pour la permission, je partirai de Nîmes soit le jeudi à 3 du matin c'est-à-dire la nuit du mercredi au jeudi, si à Tarascon on me laisse prendre l'express j'arriverai à Nice le jeudi à midi et demie, vois l'heure exacte de mon arrivée toi-même.

Sinon, je partirai le jeudi à 8 h. du matin pour arriver à Nice à 5 h. ½ toujours si on me laisse prendre l'express (seconde classe), voir toujours à la gare de Nice l'heure exacte d'arrivée.

Enfin si je ne peux prendre que l'omnibus j'arriverai à Nice à 11 h. et quelque chose du soir. Voir toujours l'heure de l'arrivée à Nice.

Je ne repartirai que le samedi dans la nuit. Télégraphie-moi où tu m'attendras exactement. Moi je télégraphierai de Nîmes ou de Marseille en cas de retard.

Pour l'hôtel le *Cécil* est bien. Un Niçois d'ici me dit d'aller au *P.L.M. Palace* avenue de la Gare, propriétaire Monsieur Lattès. Le voir lui, lui dire qu'on vient de la part de Monsieur Dulla, artilleur au 38e qui lui envoie le bonjour et qu'il fasse les prix les moins chers. Il paraît que c'est complètement neuf, chauf. cent., eau chaude, etc. Enfin, vois toi-même là où nous serons le mieux, car surtout il faut être bien.

Télégraphie vite où exactement je te trouverai. Soit à la gare, soit ailleurs. Que ce moment me tarde mon amour adoré.

J'ai reçu aujourd'hui 3 lettres de toi, VII, XI et XIII. La poste est donc aussi fantaisiste pour moi que pour toi. J'espère que maintenant tu as reçu le n° II. J'espère que ton rhume est bien fini, maintenant Mémée est bien gentille de me comparer à Polin, pour compléter la ressemblance il faudrait le mouchoir de Don Jaime. Elle oublie toutefois que Polin n'est pas artilleur mais biffin ! Je suis heureux que tu songes à ma chaîne et il me tarde d'être de nouveau enchaîné. Pas de réponse du Ministère, et toi ? Ma chérie, ta lettre XI m'a fait un plaisir adorable. J'ai reçu aujourd'hui une gentille lettre de Jane Mortier. Oui, chérie, même la souffrance ne compte pas au prix de notre amour.

Pour la lettre XIIIe, chère petite, elle m'a trouvé plein de courage. Mais tu te trompes, notre apprentissage sera de 3 mois au plus même si on nous fait devenir logis. N'oublie pas que nous sommes ici peu d'hommes de l'active. La plupart des 3 000 hommes de notre caserne sont des vieillards bons à garder les voies. Mais je ne ferai rien pour partir, je te l'ai promis. Je suis content que tu sois fière de moi, et si tu savais combien je suis moi fier de toi, mon adorée ?

Ce n'est pas la correspondance d'Aurel qui a été retrouvée dans le linge sale, mais celle de Berthe M.... Aurel ne m'a jamais écrit que des lettres de consœur à confrère. C'est d'ailleurs une femme irréprochable.

Bien heureux que le pardessus serve à quelque chose. Je t'envoie du laurier cueilli pendant une promenade à cheval.

Le directeur de *l'Intransigeant* m'a écrit. Je t'adore, je te veux jusqu'à en mourir et t'embrasse partout ma toute chérie.

Guil

Nîmes, 28 Xbre 1914

Mon Lou,

Ci-inclus la lettre de ma femme de ménage et son adresse. Écris-lui pour la trouver en avril, c'est une très bonne femme, très adroite et qui lave très bien.

J'ai reçu aujourd'hui ta lettre XIV. Je n'ai pas encore télégraphié. Je télégraphierai en partant – Je t'ai écrit hier les détails de ma permission – Je ne doute pas, ma chérie, mais tu comprendras que l'histoire de l'officier épatant n'est pas pour me faire plaisir. Je suis très fier et très content qu'on te fasse de l'œil, mais je voudrais que ça ne te touchât point. Que Diable ! tu es à moi et le seul œil, *c'est l'œil du maître* a dit La Fontaine, ne l'oublie pas. Je ne veux pas faire le jaloux idiot. Il est bien des choses que je te permettrai et me permettrai. Mais, *je veux* que ça vienne de moi. Et en tout cas, pas tant que je serai ici sauf Toutou qui t'aime assez pour que tu l'aimes aussi. Ensuite on verra, mais pas de nouveaux godelureaux, je t'en prie, Lou, sois sérieuse. Il faut que tu sois la femme la plus heureuse du monde. Mais par moi, par moi, entends-tu –

Au demeurant, je t'adore. Ce matin je suis monté au manège. Cheval idiot qui ruait. Je ne suis pas tombé, mais pour sortir j'ai changé de cheval. Nous avons fait une promenade épatante, dans des chemins impossibles qui descendaient à pic, 20 centimètres de large, ravin à gauche buissons épineux à droite, j'avoue que la perspective de ma permission m'a enlevé beaucoup d'assurance, enfin, mon cheval a été épatant. J'ai pensé me casser la gueule 40 fois, mais rien. Ensuite sur la route grosse émotion, nous allions par deux, le cheval de mon voisin a rué et a cassé d'un coup de pied la jambe de celui qui suivait, Combet, brave garçon qui m'a offert une chambre épatante à 20 francs par mois chez ses parents. Je t'en reparlerai – On s'est arrêté et on est revenu au pas, Combet pleurait, en arrivant à l'infirmerie il paraît qu'on a dû lui faire une opération, on lui a arraché un tas de bouts d'os. *Ça ne m'a fait aucune impression.* Et c'est bizarre ça m'a rassuré. En tout cas je sens que demain j'aurai la frousse. La permission est trop près et si je me cassais la gueule avant je ne m'en consolerais pas. Au pansage, mon voisin, garçon de ferme, m'a raconté une très belle histoire. Celle des œufs de coq.

Les coqs, d'après lui, font un œuf tous les sept ans, il est gros comme un œuf de moineau, et n'a pas de jaune. Si on le fait couver, il en sort un petit serpent.

Hier soir, dîné à *la Grille*, on m'a rendu le flacon de pilules de Dioscoride que mon Lou y avait oublié lors de son déjeuner solitaire à ce restaurant. Je te rapporterai ces pilules roses en allant à Nice –

Dis à Jules de faire attention, car on est en train de ramasser tous les Belges, jusqu'à 32 ans paraît-il.

Ici nous avons eu *les Joyeux* qui ont fait beaucoup de scandale en ville. – Ils partent après-demain pour le front. Pauvres gens, ils vont en première ligne – ils sont nourris d'un pain pour 4 jours, et n'ont qu'une capote pas de veste. Têtes brûlées mais beaucoup de braves types. Hier, à la Fontaine, plusieurs jolies filles ont tenté d'entrer en conversation mais j'ai peu répondu et n'ai surtout pas pris de rendez-vous. Il y avait surtout deux sœurs, venues de Nancy, réfugiées, mais réfugiées à leur aise qui avaient envie d'être consolées, mais j'ai mon Lou, et ne veux rien d'autre.

La batterie est consignée pour piquet d'incendie. Je t'écris de la cantine. Si je sors, t'écrirai encore et t'embrasse mille fois partout et te prends toute. Ton

Gui

Nîmes, le 28 Xbre 1914

Ma chérie, le plus probable arriverai à Nice le jeudi à 5 ½ par l'express voir heure juste ou 11 h. ½ voir heure juste. Télégraphierai de toute façon, télégraphie où tu seras.

Inclus, mon portrait en artilleur par Picasso, garde-le précieusement, car c'est un dessin extrêmement précieux. Je le ferai mettre sous verre après la guerre.

Ce soir je tousse fortement, mais ça vient de ce que j'ai trop fumé, batterie consignée, mais sorti quand même.

T'embrasse mille fois, t'adore, je t'aime, tu me reverras avec un commencement de moustache, car on nous force à la laisser repousser.

Apporte avec toi, à Nice, le carnet de chèques. J'attends avec impatience la permission. Ensuite c'est ton retour à Nîmes que j'attendrai avec impatience.

Ce qu'on va tirer de coups, surtout si je ne repars que dimanche soir.

Mon Lou exquis et adorable, je t'embrasse partout, partout. Je te désire en ce moment à faire sauter ma braguette d'artilleur.

J'ai embrassé mille fois ton portrait et je t'assure que si [ce] n'était pas une chose que je ne veux pas faire, je me serais fait menotte en le regardant.

J'y retrouvais ton regard si plein de voluptés, si cochon et si joli.

Je suis content que tu aies pu tirer parti du manteau, je suis sûr qu'il te va à ravir.

Lou je t'adore. Aujourd'hui, jour mouillé, bruine, boue.

Embrasse tes seins pour moi, ces beaux pigeons au bec rose et que j'adore.

Comment, tu vas de Saint-Jean à Nice à pied, je ne reconnais plus mon Lou à ce footing. Je t'aime de toutes les façons, je te souhaite, je t'appelle, je te serre à te briser, tu es ma chose, ma petite esclave au gros derrière.

Je pense à toi sans cesse. Rapporte aussi tes lettres à Nice que je les relise, dans les entractes que l'amour voudra bien nous laisser les plus courts possible.

Je te lèche partout, te bois, t'adore, Lou adorable, je te prends toute, comme mon bien, mon seul bien, ma seule chose précieuse, la seule chose qui vaille la peine qu'on la désire, la seule chose qui vaille la peine qu'on soit soldat pour la défendre. Tu es cela mon Lou adoré, je t'embrasse.

Guil

Nîmes, le 29 Xbre 1914

Mon Lou, renseigne-toi bien sur les heures justes d'arrivée. Télégraphie où tu attendras. Hier soir dans le lit, j'ai senti vivement cette promiscuité où l'on est toujours seul, cet isolement où on ne peut jamais s'isoler – C'est la caserne – Je voulais penser à toi. C'était mon seul souhait de songer fortement à mon Lou chéri en m'endormant. Je sentais que tu es mon véritable amour, le seul, en réalité et que les deux autres fois que j'ai cru aimer n'existaient point, c'était de l'amitié, et la première fois, de la concupiscence, mais pas de l'amour. Je n'ai vraiment aimé qu'en toi ma chérie. Je tiens à toi par la chair, le cœur et l'esprit, par plusieurs conformités d'humeurs et peut-être de goûts, oui aussi de goûts, bien que parfois, pour les choses ordinaires de la vie, ils semblent un peu se contrarier, ce qui aiguise notre amour. Pas moyen de penser à toi. Tous les types de ma chambrée, la chambrée 33, veulent que je fasse un livre dont ils ont trouvé le titre : *Les poilus de la 33*. Ce n'est pas mal pour des charretiers, chacun me racontait son histoire et je ne souhaitais que pouvoir penser à toi. J'étais furieux. Ensuite la conversation des poilus a dégénéré et est devenue gaillarde, gauloise même. *Exemple d'histoires racontées cette nuit :* M. et Mme Nazol s'en vont visiter l'exposition de Marseille. En arrivant Mme Nazol s'arrête devant un marchand de noix de coco. « Qu'est-ce que c'est, Nazol ? » dit-elle à son mari. Le marchand, un Arabe de la Canebière, s'empresse : « Ce sont des œufs d'éléphants », dit-il, et Madame Nazol s'écrie aussitôt : « Nazol, achète-m'en pour 10 francs nous aurons des petits éléphants. » Ce qui fut dit fut fait. M. et Mme Nazol rentrèrent chez eux chargés de leur précieux fardeau… Deux jours après Mme Nazol rencontre Mme Pettalugue : « Mme Pettalugue, venez voir les beaux œufs d'éléphants que Nazol m'a achetés à l'exposition de Marseille. » – « Pas possible ! allons-y vite », dit Mme Pettalugue. En effet Mme Nazol emmène Mme Pettalugue. « Mon mari couve les œufs, passez la main sous la couverture et prenez bien garde de ne pas les casser » – « Oh ! Madame Nazol, c'est bien vrai, ma foi, que ce sont des œufs d'éléphants je sens déjà une trompe qui remue. »

Voilà le genre. Je viens de recevoir ta XVe lettre – je t'enverrai le télégramme pr avertir de mon arrivée.

Va chez le dentiste indiqué, fais passer ta carte, dis que tu viens de la part de Jane Mortier. Il ne te fera payer que le travail achevé et tu ne le payeras qu'après la guerre. Ce n'est pas malhonnête. On est dans une telle époque, qu'on ne peut guère à l'occasion agir autrement. D'ailleurs, on ne paye pas vite les dentistes en temps de paix, je ne vois pas pourquoi on les payerait plus vite en temps de guerre.

Pour les oranges tu es vraiment trop gentille. Tu dois comprendre que je ne suis pas moins impatient que toi de faire pan pan dans les granges. Car moi, même pas menotte. Te réserve tout. Pense toujours à toi, t'adore au point de ne plus rien voir d'autre, de ne plus penser même aux poèmes pour le moment, *mon Lou en crème fouettée !* Je suis aujourd'hui très courbaturé parce que me suis découvert en dormant. Mais autrement vais bien, et suis tendu en ce moment vers toi mon Lou, si étais près de toi, qu'est-ce que tu prendrais dans ton petit jardin secret si joli, si gracieux, si bien fait, si savant en torsions, en happements, si habile à serrer jusqu'à la limite de la consommation de toutes les forces vives de nos deux amours étroitement enlacés.

Gui

Reçu lettre de Berthelot – – Lui écrirons de Nice pr ta permission, si pas de nouvelles de Sembat –

Nîmes, 29 Xbre 1914

Mon Lou la nuit descend tu es à moi je t'aime
Les cyprès ont noirci, le ciel a fait de même
Les trompettes chantaient ta beauté mon bonheur
De t'aimer pour toujours ton cœur près de mon cœur
Je suis revenu doucement à la caserne
Les écuries sentaient bon la luzerne
Les croupes des chevaux évoquaient ta force et ta grâce
D'alezane dorée ô ma belle jument de race
La tour Magne tournait sur sa colline laurée
Et dansait lentement, lentement s'obombrait
Tandis que des amants descendaient de la colline
La tour dansait lentement comme une sarrasine.
Le vent souffle pourtant il ne fait pas du tout froid
Je te verrai dans deux jours et suis heureux comme un roi
Et j'aime de t'y aimer cette Nîmes la Romaine
Où les soldats français remplacent l'armée prétorienne
Beaucoup de vieux soldats qu'on n'a pu habiller
Ils vont comme des bœufs, tanguent comme des mariniers

Je pense à tes cheveux qui sont mon or et ma gloire
Ils sont toute ma lumière dans la nuit noire
Et tes yeux sont les fenêtres d'où je veux regarder
La vie et ses bonheurs la mort qui vient aider
Les soldats las, les femmes tristes et les enfants malades
Des soldats mangent près d'ici de l'ail dans la salade
L'un a une chemise quadrillée de bleu comme une carte
Je t'adore mon Lou et sans te voir je te regarde
Ça sent l'ail et le vin et aussi l'iodoforme
Je t'adore mon Lou embrasse-moi avant que je ne dorme
Le ciel est plein d'étoiles qui sont les soldats
Morts ils bivouaquent là-haut comme ils bivouaquaient là-bas
Et j'irai conducteur un jour lointain t'y conduire
Lou que de jours de bonheur avant que ce jour ne vienne luire
Aime-moi mon Lou je t'adore Bonsoir
Je t'adore, je t'aime adieu, mon Lou ma gloire

Gui

Nîmes, le 30 Xbre 1914

Mon Lou, tu recevras sans aucun doute cette lettre après m'avoir vu. Qu'elle soit, en tout cas, un témoignage de l'impatience que j'ai de te revoir. Ce matin réveillé à 3 ½. Pensé à toi de façon épatante et si me suis pas fait menotte, c'est bien que c'est pas dans mes idées. Mais t'ai aimée tellement en rêvant tout éveillé que tu as bien dû en ressentir quelque chose. Mon Lou, je crois bien que je partirai à 3 h. du matin avec les logis et les brigadiers. Mon cœur bat d'impatience et tu sais à quel point je peux m'affoler par l'impatience. C'est fantastique. Impossible de lire la théorie. Il faut que je t'écrive et je t'écris à la cantine où depuis hier j'ai pu avoir – en prêt – un encrier et une plume, en séduisant la fille du cantinier. En tout bien tout honneur d'ailleurs, inutile je crois de te l'ajouter. Les Joyeux cantonnés au champ de tir de Massillan sont consignés. Ce matin, il y en avait trois à la prison chez nous car c'est chez nous qu'on les met en prison. Je les ai vus. Ils allaient à la visite et un de ces bougres que je regardais m'a déclaré qu'il se souviendrait des artilleurs et que s'il se rencontrait au front avec les poilus du 38e ce n'est pas sur les Prussiens qu'il tirerait. J'avoue que cette déclaration faite par cette espèce d'apache que je sentais résolu et sans aucune sorte de peur m'a fait froid dans le dos. Si je rencontre les Joyeux au front, je tâcherai si je peux de les protéger – artilleur – et qu'ils reviennent des préventions que la prison du 38e leur a suggérées contre nous. C'est la première grande tristesse depuis que je me suis engagé, cette déclaration. Mon Lou, le ciel est bleu comme les veines à fleur de tes seins. Tu vas me revoir le derrière intact, je suis le seul du peloton qui n'est pas blessé et je t'assure que je ne suis pas peu fier car l'opinion générale était que je serais indubitablement blessé. Il faut maintenant que je me débrouille pour trouver un manteau ou une capote au moins. Depuis que je suis ici je rends en partie mon estime aux Niçois ; ils ne sont pas fanatiques de la caserne et de la guerre, discutent, désapprouvent. Mais les lâches ce ne sont pas eux, mais les Marseillais. Ah ! les Marseillais, des poèmes de pusillanimité. Certes ce sont eux qui ont fait la mauvaise réputation du XVe corps. Car ici dans l'ensemble l'esprit est bon. Si j'étais voix autorisée, je renverrais les Marseillais à leur commerce et à leur Canebière. Ils me dégoûtent et quand on a parlé avec un de ces salops on se sent découragé. Tu sais mon Lou que je veux que tu me sois fidèle. Mais si jamais tu flirtais même de loin et innocemment avec un Marseillais, je ne te le pardonnerais pas. Marseille et sa région te sont consignés, le reste aussi, mais les Marseillais ne méritent que le mépris des hommes et le dédain complet des femmes.

Lou, ton télégramme m'a fait plaisir, plaisir, je t'adore, je t'aime et te veux toute en tout, que tu ne me caches rien, que je [ne] te cache rien et que notre amour soit le plus beau, le plus complet que l'on ait jamais éprouvé sous le ciel. À demain Lou exquis.

Guil

Le 2 janvier 1915, alors qu'il vient de passer une courte permission avec Lou et qu'il rejoint sa caserne de Nîmes, Guillaume Apollinaire rencontre Madeleine Pagès dans le train de Nice à Marseille. Il en rend compte immédiatement dans une lettre à Lou. Il ne sait pas encore à quel point cette rencontre va compter dans sa vie. Madeleine vit en Algérie. Avec Guillaume, ils ont parlé de poésie. Il lui a promis de lui faire parvenir Alcools. *Elle lui a donné son adresse. Il ne lui écrira que le 16 avril suivant, après avoir rejoint le front.*

Tarascon, le 2 janvier 1915

Mon Lou adoré, une fois ta silhouette très aimée disparue dans le brouillard qui embrumait ce matin la gare de Nice, je me suis mis à lire *Le Cri de Paris*. Il y avait avec moi dans le wagon un monsieur et une jeune fille. À Cannes la conversation s'est engagée, le Monsieur habite Draguignan et s'appelle Portal, il a été en classe avec mon frère. La jeune fille est professeur de lettres au Lycée de jeunes filles d'Oran, assez intelligente d'ailleurs et je crois honnête. À Marseille, j'ai filé laissant ma capote et mon panier, été déjeuner au Vieux Port, en toute hâte. Beaucoup d'officiers anglais et de soldats hindous. De Marseille à Tarascon esquinté. Ai dû dormir et même ronfler. Enfin à 2 h. 20 Tarascon, temps superbe. La dernière fois j'ai visité sommairement Beaucaire et Tarascon avec le soldat du 1er génie Victor Amiot dont je t'ai parlé, aujourd'hui je décide de visiter Tarascon plus à fond et ai été récompensé. Vieilles rues, vieilles gens, vieilles maisons, des coins délicieux partout, la Mairie est très jolie, décorée d'une statue de Ste Marthe écrasant la Tarasque, le Château, l'église Ste-Marthe, le panorama du Rhône avec sa végétation grisâtre. En face le Château, une vieille maison très jolie portes ouvertes. J'entre, un cloître très gracieux, que je visite sans que personne m'embête, je monte jusqu'en haut. Ensuite voyant que j'ai du temps je me dis que je dois t'écrire et voilà.

Mon Lou tu m'as donné deux jours merveilleux de permission et deux nuits de folie. Je suis encore dans l'enivrement. J'en suis quasi hébété. Mon train pour Nîmes est à 5 h. 17. En attendant, je pense à toi, je pense que je t'aime, mille fois plus encore qu'à Nîmes, où je t'aimais déjà beaucoup plus qu'avant. Songe à tes promesses et que tu m'appartiens. Bonjour à Mémée. Soigne ton petit estomac. Je t'embrasse mille fois partout et aussi sur les parties fouettées qui s'agitaient si charnellement ces nuits dernières.

J'oubliais de te dire à propos de ma visite à Tarascon que j'y ai découvert une rue du Prolétariat qui m'a paru bien nommée car elle était misérable à souhait.

Là-dessus, je te répète, mon Lou, que je t'adore, que rien n'est plus beau pour moi que ton corps, ton regard, ton sourire. Que je veux que tu m'aimes encore plus que tu ne fais. Tu dois m'aimer de tout l'amour que tu as pour moi en y ajoutant le total des amours passés. Ainsi fais-je moi-même pour toi et si je t'adore, mon Lou, j'ajoute à cette adoration tout ce que j'ai pu éprouver pour d'autres femmes, car tu es pour moi tous les amours, mon Lou, et je dois te rapporter tous les battements de mon cœur, ceux même d'avant que nous nous connaissions. Mille baisers.

Gui

Nîmes, 3 janvier 1915

Mon adorable Lou chéri, je t'ai écrit hier à Tarascon mais n'ai mis la lettre qu'à Nîmes en arrivant. Tout s'est bien passé. À midi télégraphié mais bureau Saint-Jean fermé tu auras le télég. demain matin. J'ai dormi comme un loir. Ai maintenant devant moi 75 frs. sûrs par mois, c'est pas beaucoup mais un commencement. Si j'en trouve encore autant tu pourras presque venir ici. J'espère d'ailleurs trouver plus. Mon chéri, je t'adore, mais suis revenu triste des éloges que tu m'as faits de tes amours d'avant. Je me demande comment moi qui n'ai point de grands avantages physiques à aucun point de vue pourrai rivaliser avec le souvenir d'aussi beaux garçons. Et je te dis ceci Lou. Réfléchis bien et si tu dois manquer à tes promesses un jour, dis-le de suite, avant qu'il ne soit trop tard. Maintenant pris par cette vie militaire je pourrai supporter une séparation d'avec toi tandis que plus tard, cela pourrait devenir pénible pour l'un comme pour l'autre, toi et moi. Donc réfléchis. Le maître abdique sa puissance jusqu'à la réponse définitive de l'esclave. Après quoi, il sera maître pour toujours ou renoncera pour toujours au pouvoir qu'il tenait de l'esclave *volontaire*. Voilà, Lou ! Réfléchis bien, pèse tout, sache tout, fais pour le mieux, pense à toi, pense à moi. Pour le reste je t'aime plus que jamais, mais avec plus de sérieux que jamais. Toi aussi Lou, aime-moi avec sérieux ou bien ne m'aime plus. Mais, n'attise point inutilement ma jalousie. Je t'envoie dans une autre enveloppe, plusieurs lettres parmi quoi une de Remy de Gourmont qui est, je crois, un des meilleurs, peut-être le meilleur écrivain français d'aujourd'hui, une lettre de Mollet, 3 lettres de femmes, la mère et les 2 filles. La lettre non signée est de Mireille (15 ans) dont j'espère tu pourras faire tout ce que tu voudras, je te la donnerai. Elle est charmante. Toi, attention à menotte, veux pas que tu sois malade. Aujourd'hui sorti avec des logis, qui au contraire de ceux dont je t'avais parlé prétendent que nous ne partirons pas du dépôt avant un an. C'est excessif. Il est certain que si on a de l'argent et que tu es là, je resterai volontiers, mais si tu n'es pas là, je ferai l'impossible pour foutre le camp. Je vais tenter quelque chose – (pas pour partir, aie pas peur) mais prie Dieu que ça réussisse, très important.

Je t'aime. Le voyage m'a esquinté, vaseux toute la journée. Demain, lundi, on recommence. Il y a des poilus qui disent que je pourrai avoir une perme dans qqe temps, d'autres que je peux m'attacher une gamelle jusqu'à Pâques. On verra bien, vive la France et mon Lou si chéri. Dis-moi si tu as pu faire qq. chose de mon chapeau. Il y a pour moi un paquet à la batterie, ça doit être les gants d'Aurel. J'espère que les poux de Cremnitz nous porteront bonheur. Souviens-toi de la gare de Riquier et de ta mauvaise humeur, dès patron-minette, le 2 janvier. Je t'adore et te prends.

Gui

Nîmes, le 4 janvier 1915

Mon chéri, ne prends pas ma lettre d'hier trop au tragique. Mais elle est sérieuse songes-y bien. Arrivé aujourd'hui à reconstituer comme fixe en principe 125 frs par mois, c'est 50 frs de plus que hier. Je t'adore, mon chéri, de toute mon âme. Mais il me semble que tu m'aimais moins ces derniers jours à Nice. Songe bien, songe bien. Reçu d'Aurel une superbe paire de gants bleus en laine et une paire de chaussettes en laine. Pas mal n'est-ce pas ?

Aujourd'hui événement considérable, le capitaine Arnaud, commandant notre dépôt, a parlé avec moi pendant un quart d'heure. Conversation très bien. C'est un homme très distingué, il m'a serré la main pour finir.

Mon chéri, si tu m'aimes prie bien pour ce que je pense et dont je ne veux pas te parler encore. Comme événement singulier, il est arrivé à la caserne mais pas à la batterie, une des tantes les plus connues de Paris, L*** connu sous le nom de La Baronne. Je ne le connais pas encore mais me promets de regarder de près ce phénomène. Aujourd'hui j'ai commandé pour la première fois. Ça n'a pas été trop mal paraît-il. Nous avons tellement trimé que je suis esquinté.

Aujourd'hui dîné avec le Niçois dans sa taule. Ouvert le panier aux mille oranges et mandarines. J'en ai apporté quelques-unes au logis qui m'a laissé sortir la nuit. Dis à Mémée que ses conseils ne sont pas tombés dans l'oreille d'un sourd. T'envoie lettre précieuse de Picasso, autre de Picabia qui dit s'occuper de toi, le peut, et le fait s'il le dit. Il promet 100 balles pr le 15 que je mettrai de côté pour ton séjour ici.

Il ne fait pas mauvais maintenant. Cependant ce soir brouillard. Picabia annonce la fin de la guerre pour dans 6 semaines. C'est important. Car il m'avait prédit la guerre au mois de mars dernier.

Aime-moi, Lou, et je souhaite que tu me rendes volontairement toute l'autorité que j'ai droit d'avoir sur toi. Grand mouvement en ce moment à la caserne, on renvoie les hommes jusqu'à la classe 89 incluse. C'est de bon augure. Parmi les livres que je t'ai indiqués à acheter, s'il te reste 3 francs disponibles achète le *Ptit Ami* de Léautaud, très intéressant et très singulièrement touchant.

Je suis extrêmement fatigué, et même un peu déprimé mais le moral est bon. J'espère que le tien l'est aussi.

Pas de lettre de toi, ni hier ni aujourd'hui mais j'ai confiance.

Je crois que je vais dormir profondément Lou adoré.

Demain cheval toute la journée. Je serai probablement encore plus fatigué qu'aujourd'hui.

Je crois que cette semaine va me paraître longue, longue.

Je t'aime, t'adore, t'embrasse, te prends toute mon Lou exquis, mon Lou adoré, ma chérie, mon âme et mon tout.

Ton Guil

Nîmes, 5 janvier 1915

Ma chérie, Dieu que les postes mettent de temps à m'apporter les lettres de mon Lou ! Je n'ai rien de toi encore aujourd'hui.

Toutefois, aujourd'hui bonne nouvelle ! Tu sais que Mémée m'avait dit qu'il fallait être officier comme d'une chose facile et que je t'ai écrit de prier pour que quelque chose réussît.

Je me suis donc démerdé et ai quitté aujourd'hui le peloton des élèves brigadiers pour entrer à celui des élèves officiers de réserve, autrement dit É. O. R. dans lequel vu ma réputation civile je suis entré sans examen ni concours sur décision du capitaine commandant le dépôt. Tu parles si ça a fait du pétard dans la caserne. Alors maintenant la vie se complique bougrement car le travail devient fantastique. J'ai tous les jours 3 heures de cheval. Voilà d'ailleurs ce que j'ai fait aujourd'hui où j'ai débuté comme É. O. R. 7 ½ à 9 cheval, trot, assouplissements à cheval, bouchonnage jusqu'à 9 1/4, 9 1/4 à 10 h. artillerie théorique – (difficile), 10 à 11 déjeuner, astiquage, 11 à midi instruction intérieure, midi à 2 h. cheval, trot et galop, 2 à 3 ½ artillerie pratique, 4 à 4 ½ manœuvre à pied.

Voilà Lou, prie bien que je supporte cela, nous sommes trois, un ingénieur, un mathématicien pur et moi. Le logis qui nous enseigne est un ingénieur de la Marine, un vrai savant. Enfin, maintenant, je ne puis plus me comparer qu'à Napoléon à Brienne quand il se préparait à devenir sous-lieutenant d'artillerie. La comparaison est osée d'ailleurs, mais enfin elle est séduisante. Demain je vais probablement quitter la batterie pour passer à la 69ᵉ et je coucherai probablement dans une chambre à part avec des logis, nous ne serons que quatre dans la chambre. Finies les corvées ! Voilà mon chéri, prie bien pour que je réussisse dans ces travaux difficiles.

Je t'aime de toutes mes forces, mon chéri. J'ai reçu aujourd'hui un petit paquet de nougat venu d'Hendaye, frontière espagnole, je me demande qui me l'a envoyé.

Pour le reste, je suis encore sous l'émotion de tous les événements de la journée, l'opéra se complique. Je suis d'ailleurs éreinté de toutes mes chevauchées. Mais je suis très bien portant, je crois qu'É. O. R. j'aurai plus de facilités pour les permissions et peut-être pour quelques couchages en ville quand tu seras [ici], mon Lou que j'aime plus que tout au monde, mon Lou si beau, mon Lou dont j'attends l'assentiment définitif à ma puissance, mon Lou à qui je l'ai faite sentir, cette puissance dans nos nuits de Nice, quand tu t'amusais à me narguer et que je me suis vengé de façon si cuisante sur tes jolies fesses aimées. Mon Lou, ma langue dans tous les replis de ton corps ; je te prends toute et de partout à la fois, même de là où ça te fait si peur et si mal. Ma bouche sur la tienne et mon regard dans le tien.

Gui

Nîmes, le 6 janvier 1914

Ma reine, ta lettre est bien, mais ne l'adresse pas à Mᵐᵉ Berthelot qui n'a pas d'autorité sur son mari, mais à Berthelot lui-même, *Mr Philippe Berthelot, au min. des aff. étrang.* PARIS. Les ministères sauf celui de la guerre sont à Paris et plus à Bordeaux. Pour Mme Agutte écris *aux soins de M. Marcel Sembat ministre du Travail, au ministère,* PARIS. J'ai reçu aujourd'hui 3 lettres de toi, deux du trois et celle du cinq janvier. Ton cœur ne t'a pas trompée, je suis bien rentré. Content de coulichonnette. Repose-toi bien. Que tu es bonne et mignonne de m'écrire même quand tu es malade. Je suis heureux que les vers t'aient plu. Je t'en écrirai d'autres. Ici on ne se repose jamais. Mais il a toujours fait beau temps. Oui-une bonne permission, mon adorée, mais je me demande si j'aurai une permission le 15 enfin, j'essayerai. Le bruit circule que les dépôts seraient rapprochés du front, Vincennes, Satory ou Neufchâteau, c'est possible, pas certain, rien de certain, il se peut que ce soit comme le bruit qui nous faisait aller à Nice. Je te souhaite de réussir pour Toutou.

Ta lettre du 5, bien que je n'aie pas celle du 4, me rassure et me fait bien plaisir, car j'y vois que tu es bien à moi, et moi aussi à chaque instant je t'aime davantage.

Aujourd'hui 2e jour d'élève officier ; je ne sais plus aujourd'hui si malgré tout on ne me fera pas passer ce concours dont on m'avait dispensé hier. Enfin on verra et pr aujourd'hui j'ai continué à travailler au peloton des élèves officiers, nous sommes maintenant cinq, on nous a ajouté un prof. de philo au collège d'Apt et un avocat de Nice, le 1er est idiot, le second est en plus cocu, d'après ce que m'a dit le Niçois qui me prête en partie sa chambre. Je suis fatigué, fatigué du pas, du trot et du galop. Enfin pas blessé encore et pas tombé. Je n'ai plus de corvées, mais elles sont avantageusement remplacées par le surcroît de travail que nous avons.

Depuis 2 jours je suis profondément abruti. Il est vrai qu'on nous fait rudement travailler, mon Lou adoré. J'aimerais mieux te tenir contre moi, corriger tes révoltes, baiser tes lèvres et tout ton corps exquis que d'être ici et cependant ceci est beau aussi. On m'a dit que mon inscription au peloton des É. O. R. retardait de plusieurs mois mon départ au front aussi je te laisse juge s'il faut que j'aille jusqu'au bout ou que je demande à partir après avoir été nommé logis ? Je te laisse juge et t'obéirai mais songe à mon honneur, Lou chéri, ne l'oublie pas. Je t'adore et t'embrasse mille fois.

Guil

Nîmes, 7 janvier 1915

Mon Lou adoré, j'ai reçu aujourd'hui ta jolie et gentille carte et ta lettre du 5 écrite chez Vogade. Je t'adore, mon Lou, tu sais écrire de si gentilles choses tournées si joliment que je t'adore encore plus quand je te lis. Aujourd'hui cheval, leçon d'artillerie au tableau, déjeuner avec le grand mathématicien qui a été chercher pour moi et lui à manger aux cuisines, on a mangé épatamment : bouillon, bœuf et pois chiches aux oignons et au vinaigre. Tu n'aurais pas été à la noce. – À midi cheval, à 2 h. canon, à 4 h. théorie. Tu vois si c'est rempli et les 5 élèves officiers étaient esquintés. L'avocat de Nice s'appelle C***, d'après les renseignements il est cocu. – Bruit à la caserne, à la fin du mois on irait à Versailles ou bien à Lyon, au fond on ne sait rien.

Ce matin il a fallu que j'explique au tableau les différentes mesures angulaires, puis que je parle des trajectoires, puis du problème du défilement. Tu vois si je deviens calé. D'ailleurs c'est intéressant. Le projectile est un petit astre dont il s'agit de connaître la vie, les propriétés afin de le diriger au but. C'est évidemment très poétique et tu le comprends sans faire d'artillerie.

Mon Lou adoré, que je voudrais recevoir une réponse à ma lettre de lundi. Tu sais que je t'aime infiniment. Mon amour pour toi est aussi un projectile, un petit astre, un obus qui part de moi, décrivant une trajectoire qui t'atteint sans cesse et éclate de façon à t'envelopper de toutes les forces que je mets à t'aimer.

Reçu aujourd'hui lettre de mon cher maître Élémir Bourges de l'académie Goncourt. Il vit sans bonne, vu la dureté des temps.

Reçu aussi lettre de Blaise Cendrars, un poète suisse qui à mon avis constitue avec moi et Fleuret la seule trinité de poètes qui aient aujourd'hui un talent véritable et du lyrisme.

Il s'est engagé au 3e rég. de marche du 1er étranger et est maintenant près du front. Comme il ne peut pas dire où il est (étant d'un rég. étranger), il m'a écrit : « je ne peux pas vous dire où nous

SOMME », pour me faire comprendre qu'il est dans la Somme. Comme cette guerre excite l'ingéniosité !

Je suis un peu moins fatigué qu'hier, mais c'est égal, je le suis tout de même et n'ai pas encore pu rien écrire pour *le Petit Niçois*, je le ferai dimanche. Je suis étourdi par le cheval, et il me semble tout le temps qu'il bronche sous moi. Il y a évidemment en ce moment un peu d'affolement dans mon esprit. Le travail intensif en est cause. Et il paraît qu'il va falloir que nous travaillions encore plus. Je me demande quand. J'attends dimanche avec impatience pour me reposer un peu. Prie pour moi, ma gosse adorée, afin que je supporte tout, je t'embrasse mille fois, baisant ton corps exquis, ta chair miraculeuse, ton cul de Houri, je t'aime mon Lou et te prends toute.

Gui

Nîmes, 8 janvier 1915

Ma chérie, je ne t'envoie pas de télégramme parce qu'il embrouillerait tout. Je te renvoie ta lettre. Rajoute ce que tu veux. Écris à Mme Berthelot ou à M. Berthelot. À ton choix. Mais je n'ai pas écrit à Mme B. mais à M. B. Fais comme tu penses. L'histoire du soldat malade me paraît bien. Mais je suis trop esquinté pour bien juger de ces choses. Pardonne-moi. Toujours même situation : 4 h. de cheval, etc. Je crois que tu n'as pas encore reçu ma première lettre de Nîmes depuis mon retour.

Qu'est-ce que c'est que cette histoire de commissariat de police ????

Mon ptit Lou inquiet, si tu m'aimes pas d'inquiétude ! il fait beau temps. J'ai reçu un chandail envoyé par la femme du sculpteur Archipenko. Moi, je t'adore, mon Lou, je vais chercher un petit appartement pour toi, dès que tu sauras quand tu viens. Je commence à n'être plus que cavalier et artilleur, impossible de rassembler deux idées qui n'aient pas trait à ces deux états qui sont les miens toute la journée. J'en rêve la nuit. C'est de la fatigue, dans quelques jours j'y serai habitué, mais c'est dur. Le soir il faut apprendre les leçons. C'est d'ailleurs assez difficile avec un tas d'instruments compliqués. Le plus extraordinaire c'est que je ne suis pas encore blessé au derrière. Mais j'ai l'esprit un peu troublé et affolé par le grand nombre de choses nouvelles qu'il faut apprendre à la fois et Dieu sait s'il y en a.

Je pense le plus souvent possible et ce sont mes seuls doux instants à mon Lou adoré, dont je veux avoir seul tout l'amour, toute la tendresse, toute la passivité. Je veux que tu sois obéissante en tout, jusqu'à la mort et pour t'y réduire, belle indomptée, ce sont tes fesses que je veux cingler, tes grosses fesses veloutées qui s'agitent, s'ouvrent et se ferment voluptueusement quand je suis dessus à les fouetter. Je te les fouetterai jusqu'au sang jusqu'à ce qu'elles semblent un mélange de framboise et de lait. Ces deux belles éminences doivent prendre à juste titre la robe rouge cardinalice et je me charge de la leur donner. Je te les ferai tordre de douleur et de délices jusqu'à ce que pantelante je te prenne profondément, bouche à bouche et si tu ne te rends pas c'est le supplice du pal que je te réserve, je t'enculerai jusqu'à la racine de ma queue et te ferai crier de douleur en défonçant ce beau derrière qui ne mérite pas autre chose et pour lequel j'ai eu trop de pitié jusqu'à présent. Je te ferai aussi apprendre l'artillerie et si tu ne sais pas tes leçons de façon à épater Toutou lui-même, ce sont encore tes fesses joufflues qui en supporteront les conséquences. Tu vois, mon Lou, tu peux préparer ton arrière-train et le secouer en marchant, belle chaloupeuse, il n'y coupera pas, je te le cinglerai de la belle façon jusqu'à ce que tu me supplies à genoux de t'épargner. Ce que je ferai si ça me plaît. Ton maître,

Gui

Mon Lou adoré,

Voilà enfin le jour arrivé pour l'examen d'élève officier. Il a fallu le passer finalement quand même et je ne sais ce qu'il me réserve car pour passer un examen comme celui-là il vaudrait mieux sortir de l'école primaire comme la plupart des jeunes gens qui m'entourent qu'être un poète apprécié dans plusieurs parties du monde. Enfin ! Je t'écris de la salle même d'examen après avoir achevé mon devoir français : *L'air atmosphérique, ses propriétés physiques et chimiques*. Il y a belle lurette que je ne sais plus rien de cela aussi je n'ai rien mis ; j'ai aussi achevé ma composition d'histoire sur les guerres du règne de Louis XV que j'ai oubliées aussi et que pris au dépourvu je n'ai pas eu le temps de rapprendre. Ah ! Tout ça n'est pas brillant, je ne sais ce qui sera la conclusion de tout ça. En tout cas ce soir je couche dans une pièce de maréchaux des logis, nous sommes 4 mais je reste encore à la 70e bat. Dans tout ce déluge d'imprévu et d'émotions, tes deux lettres d'aujourd'hui où tu devines ma lettre du 3 et y réponds, m'ont causé une joie inouïe. Je me fiche de toutes ces compositions du moment que tu m'aimes et me le prouves si gentiment, si complètement. Je te prends mon Lou, tu es à moi, je t'adore, je t'aime, je n'aime rien autre que toi. Oui, tu es moi-même et je suis toujours en toi comme tu es toujours là. Baisers, mon Lou, je m'énerve. Nous sommes Bd. Gambetta, un autre côté de Nîmes que tu ne connais pas, à l'Artillerie. Demain, dimanche, nous revenons pour l'examen d'arithmétique, l'algèbre, la géométrie, toutes choses que comme tout poète qui se respecte j'ignore complètement. –

Je reprends ma lettre après la sortie de l'examen. Je ne peux rien préjuger. J'ai été dîner et me revoilà au café. Demain aux mathématiques je vais sécher complètement. Après-demain lundi, examen d'intonation. Lou, mon Lou, maintenant la lettre du 3 si tu la reçois déchire-la car elle est sans objet... Tu as tout changé en mon âme. Ne sois pas triste, tu es adorable et je t'aime. Je te dis tout. Dis à Toutou que je l'aime beaucoup et suivrai tous ses conseils. Mon Lou, je ne suis pas méchant, je t'adore et cela m'affole souvent que tu sois loin de moi.

Oui, ma Lou, tu es ma Lou à moi, ma chose vivante que j'aime infiniment, mon bijou précieux, ma petite perle ronde comme ton derrière, comme tes deux petits seins infiniment jolis et si joliment fleuris de deux roses sans épines. Tu te donnes toute et je te prends toute comme tu te donnes ma toute chérie, oui, nous sommes ensemble pour toujours oui, tu m'as tout dit, et tu es si à moi et si en moi que tu devines tout de moi. Il y a une correspondance unique et inouïe entre nos âmes. Non, je n'ai plus de noir après tes lettres et tu me rends infiniment heureux. Ne sois pas triste, mon Lou. Ne sois pas triste puisque je ne suis plus triste.

Je suis ce soir un peu affolé par tout ce remue-ménage d'examen, par mon déménagement dans une chambre de sous-off. Je vais voir demain matin si j'ai mieux dormi. Lou, quand je pense à toi, je me raidis d'une façon inexprimable, tout mon être crie vers l'amour, l'amour c'est toi, toi en tout, tes cheveux de braise, tes chers yeux profonds et doux, la tendresse consentante de tout ton corps, la douceur merveilleusement savoureuse de ta salive, la saveur de ta chair secrète si enflammée, les torsions de ton corps. Il me semble que je te pénètre partout même là où tu le crains, il me semble. voir tes soubresauts quand je te fais sentir que tu m'appartiens, que j'ai droit sur toi, droit de te mater, de te faire souffrir, droit d'anéantir ta fierté et ta volonté, il me semble voir ton orgueil fléchir et ta bouche me rendre hommage devant et derrière. Il me semble te voir déjà quand nous irons plus loin sur l'échelle de l'amour et que toutes les folies ouvriront leurs écluses pour nous entraîner au courant de la passion. Lou, tous les torrents de mon être rouleront en toi, je veux te fatiguer de toutes les façons et que tu demandes grâce à ton amant qui ne te l'accordera que si ça lui plaît. Je t'adore, je t'embrasse.

Gui

Nîmes, le 10 janvier 1915

Mon Lou adoré,

Ce matin suite du concours. Les mathématiques. Naturellement j'ai séché sur toute la ligne, on n'a pas idée de demander des math. à un poète. Enfin ! Demain examen d'artillerie. Tu comprends comme ça peut être brillant ! Il y a un mois que je suis là ! Puis concours d'intonation. Je me demande ce qui va résulter de tout cela. Bref, en sortant de ce fameux concours, j'ai mangé une fougasse qui est la fouace de Rabelais sans doute et ressemble aux fougassettes de Grasse. Te souviens-tu ? Elles sentaient la fleur d'orange. Dieu, que ces temps idylliques d'innocence sont loin. Et comme j'aime mieux ce temps-ci qui est plus dur mais où tu m'aimes et es à moi. Ensuite, j'ai fait une promenade jusqu'à la Fontaine, suis retourné au temple de Diane et là ai surtout lu les marques de tâcherons, les inscriptions que les compagnons du tour de France ont laissées dans ces vieilles pierres au XVIIe et au XVIIIe siècle. Lajoie Bourguignon, La Verdure Bourguignon, La jeunesse Dophinet, etc, etc, et les dates, 1695, 1742, etc, et les équerres, les compas, tout ça m'a touché. Ensuite cathédrale, ensuite coiffeur où nous fûmes ensemble, c'est eux qui veulent me louer la chambre, le fils était avec moi au peloton des brigadiers. J'ai vu la chambre, pas mal, tu pourras prendre l'eau à la cuisine, il y a les waters, si la cuisine n'est pas louée tu pourras t'en servir pr faire chauffer l'eau, sinon lampe à alcool, la chambre 20 frs par mois, la pension qui se prend tout près et où il n'y a que 5 à 6 personnes, cuisine de famille, 60 frs par mois, ensemble 80 frs ; chauffage, service, éclairage, je n'en sais pas le prix mais avec une vingtaine de francs par mois ça fera le compte soit une 100e de francs par mois.

La chambre est près du théâtre. Je crois que c'est pas mal. Ensuite déjeuner chez mon ami de Nice, puis promenade dans le vieux Nîmes, à l'hôtel de ville entré et vu au plafond de la cage d'escalier 4 crocodiles suspendus, le crocodile est je crois dans les armes de Nîmes.

Enfin je t'écris. J'ai reçu hier soir à la rentrée au quartier à 9 h. ta lettre envoyée de Nice la veille de mon arrivée en permission, cette lettre est adorablement gentille et si je l'avais reçue avant je n'aurais pas écrit la lettre du 3 que tu n'as pas reçue. Je t'adore, je te mange de baisers, je te désire de toutes mes forces. Je voudrais te prendre.

J'oubliais de te dire qu'hier soir, j'ai couché pour la 1re fois dans la chambre avec les maréchaux des logis. Tu parles si je suis mieux. Pas de comparaison. Je suis si bien que je me demande si ça durera. Dans le vieux Nîmes ai vu, rue Trésorerie, une sorte d'agence de location où on annonce chambres meublées depuis 12 frs. Mais je crois l'autre chose à 20 frs mieux. J'irai voir tout de même. Jane Mortier m'a écrit que tu ne lui as pas encore écrit.

Maintenant on reparle du départ du régiment pour Vincennes, mais je ne sais pas ce qu'il peut y avoir de vrai là-dedans.

Je t'adore mon Lou et par moi tout t'adore
Les chevaux que je vois s'ébrouer aux abords
L'appareil des monuments latins qui me contemplent
Les artilleurs vigoureux qui dans leur caserne rentrent
Le soleil qui descend lentement devant moi
Les fantassins bleu pâle qui partent pour le front pensent à toi.
Car ô ma chevelure de feu tu es la torche
Qui m'éclaire ce monde et, flamme, tu es ma force
Dans le ciel les nuages
Figurent ton image
Le mistral en passant
Emporte mes paroles
Tu en perçois le sens
C'est vers toi qu'elles volent
Tout le jour nos regards
Vont des Alpes au Gard
Du Gard à la Marine
Et quand le jour décline
Quand le sommeil nous prend
Dans nos lits différents
Nos songes nous rapprochent
Objets dans la même poche
Et nous vivons confondus
Dans le même rêve éperdu.
Mes songes te ressemblent
Les branches remuées ce sont tes yeux qui tremblent
Et je te vois partout toi si belle et si tendre.
Les clous de mes souliers brillent comme tes yeux
La vulve des juments est rose comme la tienne
Et nos armes graissées c'est comme quand tu me veux

Ô douceur de ma vie, c'est comme quand tu m'aimes.
L'hiver est doux, le ciel est bleu,
Refais-me le, refais-me le
Toi ma chère permission
Ma consigne ma faction.
Ton amour est mon uniforme
Tes doux baisers sont les boutons
Ils brillent comme l'or et l'ornent
Et tes bras si roses si longs
Sont les plus galants des galons
Un monsieur près de moi mange une glace blanche
Je songe au goût de ta chair et je songe à tes hanches
À gauche lit son journal une jeune dame blonde
Je songe à tes lettres où sont pour moi toutes les nouvelles du monde
Il passe des marins, la mer meurt à tes pieds
Je regarde ta photo tu es l'univers entier
J'allume une allumette et vois ta chevelure
Tu es pour moi la vie cependant qu'elle dure
Et tu es l'avenir et mon éternité
Toi mon amour unique et la seule beauté

Gui

Louise se fait de plus en plus distante et feint de rester en partie indifférente aux salves poétiques qui ne cessent de jaillir dans les missives de son amant qui lui écrit souvent plusieurs fois par jour.

Nîmes, le 11 janvier 1915

Je suis content, mon Lou, j'ai reçu aujourd'hui deux lettres et une carte de toi. D'abord l'adorable lettre où tu réponds à Ma lettre du 3. Mon Lou jamais plus je ne douterai de toi De mon côté, Lou, je t'aime aussi à jamais et pour toujours. Tu es pour toujours ma maîtresse adorée et je suis ton maître. Nous nous sommes donnés l'un à l'autre de telle façon que rien ne pourra plus nous séparer, même la mort. Tu dois avoir le second brouillon et tes lettres à B. et à Mme A. sont certainement envoyées.

L'histoire d'élève officier est pour le moment compromise. L'examen a continué toute la journée. Les résultats sont maintenant acquis mais nous ne les connaîtrons que ce soir ou demain.

Quels sont tous ces amis à toi qui rappliquent à Nice et quelle est cette histoire de commissariat de police dont tu m'as fait espérer le récit et dont tu ne m'as plus reparlé ?

C'est très gentil à toi d'avoir envoyé des oranges à Jane Mortier. Elle en sera certainement très touchée.

Oui, Lou, je crois en toi, en nous, je crois, je crois, je t'aime, je suis content, je te prends tout. Tu es la GRANDE CHOSE.

Mon Lou tu ne peux te figurer comme je t'ai désirée hier et cette nuit. Je m'imaginais ton corps, cette chère humidité de la grotte mystérieuse où gîte la volupté. J'ai imaginé que si tu ne me répondais pas comme je voulais, lors de notre prochaine rencontre, je t'aurais mise nue à quatre pattes comme une chienne. Je t'aurais fouaillée pendant que ta bouche m'aurait bu et si je ne t'avais pas jugée suffisamment humiliée je t'aurais piétinée. J'aurais foulé aux pieds ton ventre et ton derrière tour à tour sous les clous de mes souliers d'artilleur. Et meurtrie je t'aurais empalée. Ta lettre est venue et je songe que je te serre dans mes bras et te faisant menotte longuement, longuement, longuement.

Lou il fait froid ce soir. Je vais coucher pour la troisième fois dans la chambre des sous-off. Nous sommes quatre dont avec moi, mon camarade le grand mathématicien Nicolini, personnage inénarrable, le logis Nicolas et le logis Husson ou Busson, inspecteur d'enseignement et pédant, comme un instituteur allemand. Mais on fait ce qu'on veut, lumière quand on veut, pas d'appel, un soldat fait mon lit. C'est épatant. Pourvu que ça dure. Aujourd'hui donc continuation de l'examen, aptitudes au commandement. Je crois avoir bien commandé. Le colonel Pastoureau de la Besse m'a fait appeler, m'a dit qu'il ne pouvait pas encore préjuger des résultats du concours, car c'est un concours. Puis il m'a cité les poètes qui ont été soldats, il n'a d'ailleurs trouvé qu'André Chénier, qui, au demeurant, n'a jamais été soldat. Tout ça dans son bureau j'étais au *portez armes* avec le mousqueton, jugulaire au menton. Enfin, demain les résultats ! Je t'embrasse mille fois, mon Lou adoré et te bois aussi, ma chérie.

Gui

Nîmes, le 12 janvier 1915

Mon Lou adoré, hier soir donc en rentrant à la caserne, trouvé dans notre chambre de logis Nicolini aussi inquiet que moi sur le concours. Moi, très grippé, ai été à l'infirmerie, pris cachet aspirine, tisane de bois de réglisse et comprimés de chlorate de potasse, puis rôdé avec le mathématicien Nicolini pour savoir les résultats, rien appris, ensuite été dans la chambre de notre instructeur l'ingénieur Latty, logis et neveu de l'archevêque d'Avignon, il nous a dit que le rassemblement serait à huit heures, là-dessus le vaguemestre de la 69, Giraud, baryton à l'Opéra-Comique, nous a conviés à voir dormir le garde-boule de la 69. Il dormait comme un ange calot en tête, cigarette à la bouche, on a fait du chahut, le baryton a chanté, on a usé un briquet à allumer sa cigarette, on l'a attaché sur son lit, finalement au moyen d'une allumette on lui a enflammé la moustache, il s'est dressé sur son lit le visage en flamme, a brisé ses liens et est retombé sur le côté gauche en ronflant. Ce fut une scène inénarrablement rigolote. Là-dessus on a été se coucher. Comme on n'avait rassemblement qu'à 8 h. je me suis levé à 7 h., on m'a apporté le café chaud au lit, je me suis lavé à fond, été à l'infirmerie prendre un bol de tisane, à la cantine ai mangé un anchois aux oignons, puis au rassemblement.

Nous sommes partis 38e en tête, puis 55e, 2° de montagne, coloniale, train des équipages et 19e à travers la ville jusqu'à l'état-major de l'artillerie. Attendu jusqu'à 9 h. Alors le colonel Pastoureau de la Besse et le capitaine Arnaud sont arrivés et le colonel a commencé son laïus : souvenirs de jeunesse, avertissement que les grades seront à titre provisoire et retirés après la guerre sauf pour ceux qui les auront gagnés un à un, puis discours sur nos aptitudes diverses : « C'est ainsi, m'a-t-il dit, devant tous les poilus, que j'ai eu le plaisir d'apprécier votre esprit, votre éducation et que vous m'avez procuré la satisfaction raffinée de parler de poésie avec vous » (je t'ai dit hier notre dialogue, mais tout le monde et M. Latty dit que je lui ai tapé dans l'œil au brave colonel). Puis il a parlé de nos devoirs, bon exemple, « quelques-uns d'entre vous n'ont même pas leurs souliers cirés ». Involontairement j'ai regardé mes pieds : « Ce n'est pas pour vous, m'a-t-il dit encore, vous vous tenez très bien ! » Je commençais à être rassuré. Puis il nous a dit qu'on finissait le classement. Nous nous sommes égaillés sur le boulevard Masséna, nous avons pris d'assaut les pâtisseries et à 10 h. ½ on nous a rappelés. Alors retour du colonel, du commandant du 19e, du capitaine du 38e et des officiers examinateurs des compositions. Alors on a déclaré que j'étais classé 1er pour le style et la composition française (ce que j'ai pu mettre de moqueries dans ces choses-là est inimaginable ;) et que Nicolini était premier pour les sciences. Puis on a dit qu'on formerait deux pelotons, un pour les jeunes, qui à la fin du peloton seront s'ils réussissent nommés aspirants et un autre pour nous, plus âgés, plus cultivés, qui serons successivement nommés brigadiers, logis et au bout de trois mois si nous donnons satisfaction serons nommés sous-lieutenants de réserve. Les grades seront temporaires pour les jeunes et définitifs pour nous autres. Ceux qui n'étaient pas nommés étaient rudement déçus. Là-dessus Arnaud s'est approché et nous a dit qu'il nous nommerait brigadiers bientôt et nous a dit que nous continuerions à être instruits par Latty, nous restons les mêmes :

moi ; Kaufer, ingénieur maritime de Toulon dont la grand-mère est cousine du père d'Athanoux ; Nicolini ; le prof. de philo. du collège d'Apt, D*** ; l'avocat niçois, C*** ; et deux nouveaux : un type du 19e ; et un poilu de ma batterie nommé Murat. Le commandant du 19e nous a pris Nicolini et moi pour nous avertir que notre peloton durerait moins que l'autre et qu'il fallait en mettre, il a dit que nous nous complétions l'un l'autre au point de vue des connaissances générales et qu'il fallait faire un échange en travaillant ensemble. Puis le colonel a repris la parole, pour nous dire que nous avions quartier libre jusqu'à 9 heures. Alors nous sommes partis, le logis Latty, Kaufer, D*** et moi déjeuner à l'hôtel de Nice, ensuite promenade et maintenant café pour t'y écrire, je les ai semés. Voilà, Lou, le détail des événements relatifs à cette extraordinaire histoire des élèves officiers. Je suis brisé par la grippe et l'émotion. Mais je t'adore et te désire infiniment. Latty a dit que nous ne ferions que cheval et artillerie et surtout des tirs réels. Car pour l'artillerie je passe aussi pour être un des meilleurs, quoique je n'y connaisse pas encore grand-chose et il faut paraît-il que notre peloton de sept poilus soit le plus fort pour l'artillerie.

J'ajoute qu'il y a eu quelques surprises – moi, par exemple, je ne croyais pas que je passerais et parmi les jeunes un joli et gentil garçon nommé G*** qui avait très bien commandé et qui est très amusant au point de vue amoureux ; (il est aussi bien pour hommes que pour femmes) a été refusé, de même Bisaiou qui n'avait peut-être pas été épatant au point de vue commandement mais qui est extrêmement joli, une vraie jolie fille blonde, très bien élevé d'ailleurs. Maintenant donc, nous restons dans nos petites piaules de logis, un soldat fait mon lit, pas d'appel, si tu viens le couchage en ville au moins 1 fois par semaine devient facile, plus de pansage, plus de balai, plus d'épluchage de patates. Parmi les plus contents il y avait le type de la coloniale, gentil garçon. Dans la coloniale l'avancement pour les canards de 2e classe est presque impossible, il faut 10 ans pour devenir brigadier, le type du train était enchanté aussi. On leur a dit à l'un et à l'autre qu'ils n'avaient pas été brillants mais qu'on les prenait parce qu'ils étaient seuls de leur régiment. Sur ceux du 2e de montagne de Nice on n'en a pris qu'un, les autres étaient navrés. Ils m'ont dit que leur service de canonniers à pied avec sac et marches dans les montagnes était très dur et qu'ils avaient espéré pouvoir améliorer leur sort. Le colonel leur a dit qu'ils avaient été aussi nuls les uns que les autres et qu'on en prenait un pour ne pas sacrifier entièrement de la chance et que celui qui avait été pris pouvait estimer avoir de la chance, car on l'avait tiré au sort. D'ailleurs la poste où j'ai été t'envoyer le télégramme était pleine des poilus reçus qui envoyaient un télégramme à peu près identique.

Mon Lou, je veux te reparler maintenant de l'Amour
Il monte dans mon cœur comme le soleil sur le jour
Et soleil il agite ses rayons comme des fouets
Pour activer nos âmes et les lier
Mon amour c'est seulement ton bonheur
Et ton bonheur c'est seulement ma volonté

Ton amour doit être passionné de douleur
Ma volonté se confond avec ton désir et ta beauté.
Ah ! Ah ! te revoilà devant moi toute nue
Captive adorée, toi la dernière venue
Tes seins ont le goût pâle des kakis et des figues
de barbarie
Hanches, fruits confits, je les aime, ma chérie
L'écume de la mer dont naquit la déesse
Évoque celle-là qui nait de ma caresse.
Si tu marches, Splendeur, tes yeux ont le luisant
D'un sabre au doux regard prêt à se teindre de sang
Si tu te couches, Douceur, tu deviens mon orgie
Et le mets savoureux de notre liturgie
Si tu te courbes, Ardeur, comme une flamme au
vent,
Des atteintes du feu jamais rien n'est décevant
Je flambe dans ta flamme et suis de ton amour
Le phénix qui se meurt et renaît chaque jour.
Chaque jour
Mon amour
Va vers toi ma chérie
Comme un tramway
Il grince et crie
Sur les rails où je vais
La nuit m'envoie ses violettes
Reçois-les car je te les jette.
Le soleil est mort doucement
Comme est mort l'ancien roman
De nos fausses amours passées.
Les violettes sont tressées.
Si d'or te couronnait le jour
La nuit t'enguirlande à son tour.

Mon Lou mon amour, je t'embrasse mille fois, je te prends toute passionnément, de toutes mes forces, de partout, je te prends, je t'aime je t'adore, je ne vis que pour [que] tu sois à moi, ma chose, ma chose obéissante et adorable.

Gui

Nîmes, le 13 janvier 1915

Mon Lou, reçu ta lettre du dix et tu peux penser si l'histoire du capitaine Foutriquet m'a amusé. Ne te désespère pas pour Toutou et puisque l'histoire du parent malade peut compliquer les choses renonces-y – Vois toi-même. Je ne sais pas, je ne peux pas donner de conseils à ce propos, Lou adorée, parce qu'ici on n'a aucun renseignement sauf qu'il paraît que les permissions se donnent beaucoup plus difficilement maintenant qu'avant le nouvel an.

Dis bonjour à Toutou et dis-lui combien je souhaite que tu réussisses. Je suis grippé depuis hier. Je vais prendre des tisanes, des comprimés d'aspirine à l'infirmerie où l'on est très gentil. Aujourd'hui on nous a félicités de nos succès d'examens. Tu parles si je suis content. Maintenant, j'ai encore un scrupule malgré ce que tu peux dire car il paraît que même si je réussis à devenir officier je ne partirai pas sur le front avant six mois peut-être huit... Qu'en penses-tu, sérieusement et sans égoïsme, mon Lou ? Écris-le moi. Aujourd'hui champ de tir, on nous a fait aller sur les arrière-trains comme servants et je t'assure qu'on est rudement mal sur ces arrière-trains.

Maintenant, il paraît qu'on ne peut être officier dans le régiment où on a suivi le peloton. Si je pouvais aller à Nice ce serait épatant ! Mais je ne sais rien encore.

Lou, encore une fois je veux que tu ne te fasses pas menotte trop souvent. Je vais être jaloux de ton doigt. Je veux que tu me dises quand tu t'ais fait menotte et que tu résistes un peu. Je serai obligé de te corriger. Tu ne fais aucun effort de ce côté. Tu es merveilleusement jolie ; je ne veux pas que tu te fanes en t'épuisant par les plaisirs solitaires. Je veux te revoir épatamment fraîche, sans quoi tu recevras des claques comme un écolier qui s'est branlé au lieu d'apprendre ses leçons. Quand on était au collège on faisait un trou à sa poche droite, on passait la main et on faisait ça pendant toute l'étude. Yeux cernés. Mais je ne veux pas qu'une grande fille comme toi qui a un cul superbe et a déjà fait cornard son mari, se branle comme un petit garçon pas sage. Si tu fais ainsi, c'est le fouet que tu auras, ma gosse, le fouet pour te mater. Tu auras beau faire métalliser ton derrière, je te fesserai jusqu'au sang, de manière que tu ne puisses plus t'asseoir. Ton cul payera pour ton petit con, ma chérie. Je te désire éperdument. Je n'en puis plus. Je ne sais si on me donnera une permission pr Nice avant longtemps. Il me tarde que tu sois là. Si tu savais comme j'ai envie de faire l'amour, c'est inimaginable. C'est à chaque instant la tentation de saint Antoine, tes totos chéris, ton cul splendide, tes poils, ton trou de balle, l'intérieur si animé, si doux et si serré de ta petite sœur, je passe mon temps à penser à ça, à ta bouche, à tes narines. C'est un véritable supplice. C'est extraordinaire, ce que je peux te désirer. Tu m'as fait oublier mes anciennes maîtresses à un point inimaginable. Pourtant elles étaient jolies. Je ne les vois plus que comme de la m... de. L'Anglaise qui était épatante, blonde comme la lune, des tétons épatants, gros et fermes et droits, qui bandaient dès qu'on les touchait et la mettaient de suite en chaleur, un cul mirobolant énorme et une taille mince à ravir. Elle n'est plus rien. Marie L. ravissamment faite, un des plus gros derrières du monde et que je transperçais avec un âcre plaisir. Elle n'est pas plus que du crottin. Toi seule, mon Lou adoré, ma chère captive, ma chère fouettée, toi seule existes. Mon Lou je me souviens de notre 69 épatant à Grasse. Quand on se reverra on recommencera. Si ça continue, je me demande si je ne serai pas obligé de me faire menotte moi aussi en ton honneur. C'est tout de même malheureux d'être privé de toi. Le désir au fur et à mesure qu'il s'accroît devient un supplice. Je te couvre de baisers partout, tes chers pieds que j'aime tant je leur fais petit salé, entre chaque doigt, je remonte le long du mollet que je mordille, tes belles cuisses, je m'arrête au centre et parcours longtemps de la langue la cloison qui sépare tes deux trous adorés. Je les adore toutes, les neuf portes sacrées de ton corps, le vagin royal où bouillonne la cyprine voluptueuse que tu me prodigues ô chérie et d'où s'épanche l'or en fusion de ton pipi mignon, l'anus plissé et jaune comme un Chinois où pénétrant je t'ai fait crier de douleur âcre, la bouche adorable où ta salive a le goût des fruits que j'aime le mieux, les deux narines où j'ai mis ma langue et qui ont une saveur salée délicieusement délicate et ces deux oreilles si chaudes, si nerveuses. Les neuf portes de ton corps sont les entrées merveilleuses du plus beau, du plus noble palais du monde. Que je l'aime ma chérie. J'oubliais tes deux yeux chauds et salés comme la mer et plus profonds que ses gouffres. Neuf portes, ô mes neuf muses, quand vous entrouvrirai-je encore ? Ma chérie, ma chérie, tu ne peux pas imaginer à quel point je te voudrais. Dis-moi quels sont ces amis à toi qui sont maintenant à Nice. Lou, je ne veux pas que tu t'ennuies, amuse-toi je ne veux pas que tu t'embêtes mais je ne veux pas non plus que tu ailles plus loin que tu ne dois, et ça tu le sais toi-même. Mais Lou pas trop de menotte. Écris, fais quelque chose. Je t'embrasse, je t'aime, je t'adore, je te suce, je te baise, je t'encule, je te lèche, je te fais feuille de rose, boule de neige, tout tout tout absolument tout mon adorée, je te prends toute. Ton

Gui

Nîmes, 14 janvier 1915

Mon petit Lou, reçu ta lettre du 12 pour laquelle tu auras une rude fessée que je veux que tu me rappelles toi-même si je l'oubliais. Tu es bien au chaud, à tirer ta flemme et voilà que tu te mets à douter de moi. Moi, je peux douter de moi par fatigue, je ne sais quoi, mais toi, tu vas douter de moi, qui suis ton maître, qui ai tous les droits, toutes les puissances sur toi. C'est insensé. Je t'apprendrai mon Lou que tu m'appartiens et je trouve que tu considères bien à la légère le pouvoir que j'ai sur toi. Je veux que tu aimes tout ce que je te ferai. Il n'y a pas de mal de moi à toi. Tu dois être heureuse de tout ce que je te ferai et tu dois embrasser passionnément le fouet que je brandirai, et tu devras me demander très sincèrement encore. Ce n'est pas seulement ton imagination qui doit être en jeu, c'est aussi ton derrière, ton gros cul qui doit souhaiter les coups comme une grande volupté, si c'est mon bon plaisir de lui en donner, comme tes joues doivent être heureuses des gifles que je puis leur flanquer, si ça me dit. Coups ou baisers ce doit être aussi épatant pour toi, du moment que ça vient de moi. Les coups doivent être seulement considérés comme de gros baisers, et les baisers comme de petits coups. Si quand tu es à froid, tu redoutes les gros baisers, sois si exquise, si passionnée, si adorable que tu ne mérites que les petits coups de ma bouche. Mais tu sais que je t'aime autant dans ma sévérité que dans ma douceur, de même que [le] plus petit bout de ta chair est aussi chéri par moi que le reste, mon amour adoré – Tu vois, amour chéri, que tu devinais juste, puisqu'en effet pour la composition de français j'ai été classé le 1er. Tu as eu des vers avant-hier, je t'en enverrai chaque fois que j'aurai le temps d'en faire. Ne les perds pas car je les réunirai (les meilleurs) en volume et je n'en ai pas copie car je te les écris directement.

[Nîmes, le] 14 janvier 1915

Lou, je viens de recevoir ta lettre du 11. C'est le Psalmiste, ma chérie, qui dit que la crainte du Seigneur, etc., le Psalmiste, c'est-à-dire le roi David lui-même et il s'y connaissait ce poète merveilleux ancien chef de brigands, un des plus grands rois du monde et un des 9 de la Renommée.

Maintenant nous sommes 9 à notre peloton, Dieu veuille aussi que ce soient les 9 de la Renommée.

Je viens de lire *l'Action française* – Sembat est ministre des Travaux publics, ne l'oublie pas quand tu écriras à sa femme c'est d'ailleurs pour ça que je t'écris. C'est la 2e lettre aujourd'hui. Écoute, quand tu viendras à Nîmes, tu chercheras toi-même. Les chambres pas chères abondent. Celle que je te dis est bien centrale, chez des gens gentils, très propre. Tu me prends décidément pour un noc, incapable de te trouver une piaule sous prétexte que tu es sensitif, je le sais bien, mon Lou, et c'est une des raisons pour quoi je t'adore.

Enfin je bouge plus pour ta chambre mais nom d'une pipe viens vite. J'ai envie de toi. Qui sont ces Desmazières avec qui tu t'es pouffée ? Tu m'as l'air de ne pas t'embêter loin de moi, grand rat doré. Je t'aime et t'embrasse partout mille fois.

Gui

Mon ami Léautaud m'a écrit une lettre touchante que je t'envoie, il a mis cent sous dedans et n'est pas riche du tout. J'en ai pleuré. Il y a aussi une carte de L. de G. Frick qui est un de ceux qui aiment le mieux ce que je fais – je savais qu'il se bat depuis le 1er jour. Il m'écrit qu'il récite mes poèmes aux poilus dans les tranchées. C'est plus intéressant mon Lou que la baronne. Je t'aime.

Nîmes, le 15 janvier 1915

Mon pauvre petit Lou, j'ai reçu aujourd'hui 2 lettres bien tristes de toi – celle du 2 et celle du 13 (entre parenthèses te prie de toujours dater tes lettres, le jour de la semaine ne suffit pas) celle du 2 a mis 13 jours à venir, la cave de Folicon s'y présente comme une immense caverne pas engageante du tout tu venais de me quitter…

Ta lettre du 13 plus triste. Toutou est toujours dans l'artillerie mais il est agent de liaison, ce que nous serons probablement pour commencer quand nous irons au front. Justement la leçon était aujourd'hui là-dessus. Au début de la guerre, le service des liaisons étant imparfait il est arrivé que l'artillerie française a tiré sur l'infanterie française. Or l'infanterie doit être protégée par l'artillerie. L'agent de liaison est le lien entre l'infanterie 1re ligne et l'artillerie qui la protège, il renseigne l'une et l'autre sur leurs positions réciproques et évite le fratricide sacrilège. C'est un poste important et assez dangereux, mais ce n'est pas l'infanterie. L'agent de liaison a beaucoup d'initiative à montrer, il est presque toujours en route et seul. Poste assez dangereux mais où on a l'avantage d'être seul et de pouvoir être dissimulé (défilé de l'ennemi est le terme plus exact) assez facilement. J'ai interrogé le logis Jaboulet qui a été agent de liaison, il a été blessé d'un éclat d'obus, mais il dit qu'on risque moins que dans beaucoup de postes parce qu'on ne combat pas. C'est bien moins dangereux que d'être colonel d'infanterie, capitaine d'artillerie et brigadier de tir dans l'artillerie. C'est un poste de confiance. Il se peut qu'on attrape quelque chose mais on n'est presque jamais visé. En tout cas, ça n'a rien à voir avec l'infanterie.

Voilà, mon Lou.

Les agents de liaison sont très nombreux, officiers ou sous-officiers, car l'important dans une armée c'est que tous les corps, toutes les armes puissent coopérer de façon efficace.

Ne te fais pas trop de souci mon Lou puisque Toutou t'a promis d'être prudent et qu'en principe il ne participe pas aux combats.

Soigne-toi, ne t'énerve pas. Mémée est-elle guérie ? Salue-la de ma part. Ne sois pas si triste, mon Lou adoré.

J'ai eu la grippe ces jours derniers, vais mieux ce soir. Tombé de cheval, pas fait de mal. Ce n'est pas comme mon camarade C*** de Nice qui est tombé au galop la tête contre un mur, je l'ai cru mort, on l'a transporté à l'infirmerie. Je ne sais pas ce qu'il est devenu. '

Je t'aime beaucoup. Je suis fatigué, fatigué, mais je suis assez gai. Aujourd'hui nous avons étalonné nos mains pour pouvoir mesurer les distances avec les doigts. Je t'embrasse.

Gui

Nîmes, le 16 janvier 1915

Mon Lou,

J'avais écrit à Borys pour la permission et aussi pour le peloton des élèves officiers. Il a écrit aujourd'hui au colonel et au capitaine. C'était trop tard pour le peloton d'É. O. R. mais j'espère que Borys étant dans ces dispositions, ça pourra influer sur l'examen final, car évidemment, il y aura beaucoup de recalés à l'examen final. En tout cas le capitaine m'a fait appeler aujourd'hui et m'a dit que j'avais 24 h. pour dimanche prochain. Je tâcherai de partir à la même heure pour arriver à la même heure ; en tout cas, si je ne suis pas à ce train, ce sera comme pour l'autre fois ; renseigne-toi sur les trains possibles et sois là, retiens la chambre et télégraphie dès le reçu de cette lettre ou bien si tu pars pour le front télégraphie pour que je renonce à la permission.

Reçu ta lettre du 14, tu passes de mauvaises heures et Toutou vaut bien cela, mon pauvre petit Lou, tu as raison de l'aimer ainsi et je t'approuve, mais ne t'affole pas, Toutou ne risque rien, c'est moi qui te le dis, je l'aime trop moi-même pour qu'il lui arrive quelque chose. Ne t'affole pas, n'écris à personne, tous les postes sont dangereux dans la guerre et celui de Toutou ne l'est pas plus que celui de la plupart des acteurs de cette lutte. Tu sais que je ne voudrais pas te tromper et que je ne suis pas menteur, chérie. Agent de liaison c'est agent de liaison et il se peut qu'on soit tué en chemin, mais on risque moins tout de même qu'en prenant part aux combats. Les postes les plus dangereux dans l'artillerie sont brigadier de tir et capitaine. Le reste c'est la chance. Donc pas d'affolement. D'ailleurs Toutou n'a pas été autre chose jusqu'à présent qu'agent de liaison d'après ce que j'ai compris, il ne risque pas plus maintenant qu'avant, sauf qu'il s'avance plus, mais pas jusque dans la tranchée de 1re ligne, le colonel d'infanterie restant en arrière de son régiment. Pascal n'en sait pas plus que moi puisque son instruction ne porte pas sur ces points qui font au contraire partie de la mienne, ne lui écris pas, avec le mauvais esprit que je lui connais, il t'affolerait. D'ailleurs, Toutou blessé, ce serait pour lui le repos et il ne risque guère à moins de malchance que des éclats d'obus égarés, et il serait bien étonnant qu'ils fissent autre chose que le blesser. Tu sais que j'ai l'habitude de voir les choses au pire afin de ne pas être surpris, donc ma lettre – celle-ci – est pessimiste et en l'espèce elle doit te rassurer, je t'assure mon Lou, Toutou nous reviendra…

Je t'aime mon Lou, n'aie pas bobo, tu as bien fait d'écrire ainsi à M. B. et Mme S. ; je n'avais pas pensé à ce domicile particulier pourtant je crois bien que les Berthelot n'habitaient pas Bd. du Montparnasse en 1910 – ils y habitent maintenant, j'ai oublié le numéro. Enfin les lettres parviendront toujours.

Mme Agutte, c'est le nom de peintre de Mme Sembat, c'est sa femme légitime et pas sa maîtresse. Tu as bien fait d'écrire à Mme Mortier.

Fais l'effort pour ne pas te faire menotte, fais-le, il le faut, je le veux, maîtrise-toi, un peu de volonté. Tu as besoin d'être corrigée, c'est pour ton bien et parce que je t'aime qu'il faut que j'en vienne là. Et il faut que je le fasse d'autant plus sévèrement que je t'aime davantage. Tu dois faire plier ton orgueil devant mes ordres, tu es à moi, tu dois m'obéir. Je ne veux pas que tu t'affoles, si tu t'affoles encore comme cela, je me fâcherai et ce sera pire que tout ce que je t'ai dit et que tu sais.

Le *Mercure de France* t'a-t-il envoyé mon volume de *l'Arétin* ?

Donc écris vite pour la permission. Je t'adore, mais ne t'affole pas, ne t'attriste pas, mais aussi dans les moments tranquilles ne te laisse pas aller à faire le noc. Tu es extraordinaire et il me semble que tu mérites plus de sévérité que je n'en ai encore eu. Prends garde, Lou, prends garde, ne me rends pas méchant en faisant des bêtises, toi qui es digne de ne pas en faire, qui ne dois pas en faire. Voyons, Lou, réfléchis un peu, tu es intelligente, tu es d'une race merveilleuse, et des fois tu agis comme un petit noc, allons un peu de fierté, elle doit se développer d'autant plus qu'elle s'est abaissée devant moi, je te l'ai dit, cet abaissement volontaire de ton orgueil doit augmenter ta volonté, ta fierté, toutes tes facultés quand elles s'exercent pour tout autre que moi, je suis ton roi, ton souverain, ton maître, le reste est à toi, tu as tous les droits dessus. Tu as beaucoup de revanches à prendre dans la vie, tu as mon appui et Toutou est à ta disposition, avec tes deux amis tu es la reine du monde entier. Avec moi et Toutou Lou, avec le reste Louve, voilà ce que tu dois être. Mesure, modère la menotte, qu'elle ne t'emprisonne pas, qu'elle ne t'annihile pas, chérie, belle chérie. Domine tes désirs comme ton amant modère les siens qui sont aussi vifs je te jure que les tiens, car il te désire de toutes ses forces, toi mon Lou qui es la plus désirable des femmes, la plus belle fille du monde, et j'espère que dimanche elle pourra me donner tout ce qu'elle a, j'en ai une envie folle, je t'aime.

Gui

Parallèlement à son initiation au métier d'artilleur, le poète ne cesse d'activer le feu de son amour et de sa poésie. Ses mots et ses vers sont comme autant d'obus incendiaires. Ses lettres flambent, de plus en plus souvent truffées de poèmes.

Nîmes, le 17 janvier dimanche 1915

Mon chéri, je t'ai écrit hier pour ma permission, je tâcherai de partir dans la nuit du vendredi pour arriver samedi à midi, sois aux trois trains comme tu devais l'être l'autre fois, mais renseigne-toi des heures d'arrivées qui ont pu changer, télégraphie pour savoir si c'est entendu, ou dans le cas où tu serais partie pour que je renonce à ma permission. Dans le cas où tu aurais ta permission pr Toutou, tâche de faire coïncider ma permission et ton passage à Marseille, où nous resterions le temps de la permission. Télégraphie donc pour savoir si c'est bien ainsi. Si la permission se passe à Nice, toujours au P. L. M. n'est-ce pas ?

Je te demande encore, mon Lou, de m'envoyer des nouvelles de Toutou dans chaque lettre. Comment vont tes affaires avec ta mère ?

Hier soir j'ai demandé la permission de la journée avec le Niçois Dulla qui partage sa chambre en ville avec moi. Le cuisinier de la batterie est son propre boucher de Nice. Il lui a donné une entrecôte, que notre voisine nous a fait cuire avec des pommes de terre. Sortis à huit heures, on a pris une douche, rasés, on a été entendre la messe en musique à Saint-Paul, près du théâtre, ensuite bien déjeuné, entrecôte aux pommes, roquefort, oranges de Baratier, 1 litre de vin du Gard. Cette nuit je m'étais couché à 11 h. Le ciel était merveilleux, le dicton latin dit du ciel de Nîmes qu'il est égyptien, caelum aegyptiacum. Aujourd'hui mistral et beau temps.

Je t'envoie un article du *Niçois* où Aurel parle gentiment de moi et cite une de mes lettres. Garde-moi l'article. Je te demande encore, mon Lou, de répondre à mes lettres. Si tu les lis, réponds-y. Si tu ne les lis pas… Obéis-moi, Lou ! Sans quoi, je t'assure que je me fâcherai, pan pan pour de bon. Je voudrais que tu sois tellement à moi, que je n'aie qu'à te bercer dans mes bras et te prendre et que je n'aie jamais à te fesser autrement que pour m'amuser et t'exciter un peu, mais si tu continues à être désobéissante, il faudra que j'apporte un fouet de conducteur et tu verras. Pour menotte de même, je veux que tu fasses des efforts pour t'y livrer plus rarement. Tu comprends, je ne te demande pas de renoncer à cette récréation, mais de ne pas t'y livrer tous les soirs, car ainsi tu en abuses, t'abîmerais et je veux mon Lou aussi joli toujours que quand j'ai commencé de l'adorer, je veux même qu'il embellisse sous ma domination. Pour cela je veux que sincèrement tu me dises, c'est-à-dire m'écrives chaque fois que tu t'es fait menotte, JE LE VEUX. Je sais bien, du premier coup tu n'arriveras pas à exercer suffisamment ta volonté, mais peu à peu, tu te domineras. Résiste d'abord une fois de temps en temps… Ainsi fais-le toi après reçu de cette lettre en pensant que je t'adore, que je te désire, que je pense à ta nudité exquise de Salomé se branlant devant la tête coupée du Baptiste. Pense combien j'aime tes seins qui sont comme d'exquises meringues sur lesquelles aurait neigé un coucher de soleil rose. Regarde tes belles fesses tremblantes que j'ai fouettées avec délices et dont les palpitations me font tressaillir rien qu'à m'en souvenir. Cette Suisse de ton corps est plus agréable et plus belle que toutes les Alpes avec le mont Blanc, le Righi et le mont Rose. Regarde tes beaux yeux dont les regards se déroulent comme des câbles qui nous ont liés à jamais. Pense que je t'aime autant avec l'âme qu'avec le corps et le lendemain pleine de cette pensée résiste, ne te fais pas menotte. Songe à la douceur, au charme de nos entretiens, contemple ton esprit charmant dont j'adore les traits inattendus et si aigu, songe à cette belle intelligence qu'est la tienne dès que tu veux la porter vers le beau idéal et où je veux me regarder toujours avec complaisance. J'ai vu aujourd'hui à un coin de rue du vieux Nîmes cette annonce singulière en gros caractères : *La maison Platon n'a pas de succursale*. Elle a bien raison, la maison Platon, qu'elle reste où elle est, elle n'a pas une succursale en notre amour qui n'est point, qui ne peut pas, qui ne pourra jamais être platonique, mais il faut que nous nous aimions autant hors de la chair que dans la chair. Pour moi je t'aime autant en l'un qu'en l'autre et je t'assure que ce n'est pas peu dire. Il faut donc que ta vie ne soit pas confinée dans ta chair, il faut que parfois tout ton cerveau, toute ton âme, tout ton cœur se mettent entre ton doigt délicat et ton bouton délicieux et en empêchent le voluptueux contact.

C'est l'hiver et déjà j'ai revu des bourgeons
Aux figuiers dans les clos. Mon amour, nous bougeons
Vers la paix, ce printemps de la guerre où nous sommes.
Nous sommes bien. Là-bas, entends le cri des hommes.
Un marin japonais se gratte l'œil gauche avec l'orteil droit
Sur le chemin de l'exil voici des fils de rois
Mon cœur tourne autour de toi comme un kolo où dansent quelques jeunes soldats serbes auprès d'une pucelle endormie
Le fantassin blond fait la chasse aux morpions sous la pluie
Un belge interné dans les Pays-Bas lit un journal où il est question de moi
Sur la digue une reine regarde le champ de bataille avec effroi
L'ambulancier ferme les yeux devant l'horrible blessure
Le sonneur voit le beffroi tomber comme une poire trop mûre
Le capitaine anglais dont le vaisseau coule tire une dernière pipe d'opium
Ils crient. Cri vers le printemps de paix qui va venir. Entends le cri des hommes.
Mais mon cri va vers toi mon Lou tu es ma paix et mon printemps
Tu es, ma Lou chérie, le bonheur que j'attends.
C'est pour notre bonheur que je me prépare à la mort
C'est pour notre bonheur que dans la vie j'espère encore.
C'est pour notre bonheur que luttent les armées
Que l'on pointe au miroir sur l'infanterie décimée
Que passent les obus comme des étoiles filantes

Que vont les prisonniers en troupes dolentes
Et que mon cœur ne bat que pour toi ma chérie
Mon amour, ô mon Lou, mon art et mon artillerie.

Gui

Lettre à lire tout entière !!!
Nîmes, le 18 janvier 1915.
Ci-joint un chèque de 111 francs que tu toucheras et mettras de côté pour toi ou moi selon les besoins

Lou adoré ! 3 choses de toi ce matin, mot où tu demandes adresse de Pascal. Il n'écrit plus – je ne sais ce qu'il est devenu. Je n'ai pas l'adresse sous la main, te l'enverrai si tu en as besoin. À propos de ta lettre du 15, si tu me dis tout, tu es gentille et je t'aime. Pour ce qui concerne Mora, la question ne repose pas seulement dans les promesses que tu es assez noble pour tenir mais aussi dans ton âme et ton désir. Je t'ai dit que je voulais que tu sois ma chose librement, par conséquent l'accomplissement de tes promesses ne me suffit pas, il me faut ta vie, ton sang, chaque respiration de ta poitrine, chacun de tes désirs et tout l'assentiment de ta volonté, de ton corps, de ton esprit. Donc, cela signifie que rien de ta vie passée ne peut subsister en toi comme délectation. Tu dois tout oublier pour n'être plus que mienne, petite comtesse de Coligny ! Ce n'est pas un sacrifice que j'estime te demander là, c'est la moindre des choses. Ce n'est pas la dernière chose au demeurant que je te demande. Tu es liée et libre.

Tu peux encore refuser, mais pour m'aimer il faut toujours te lier davantage à moi et tu me posséderas d'autant mieux que je t'aurai plus à moi, le plus complètement possible… Si tu m'annonces déjà que ton juillet est pris, tu es le meilleur juge de tes sentiments et de ta volonté, ta plus sage volonté à mon égard… Et je te le dis, je ne suis pas jaloux de ce qui pourrait se passer entre toi et les autres… tu le sais d'ailleurs… mais je suis jaloux de toi, de ce que tu sois complètement à moi et tes dernières lettres montrent un affairement et des tas de préoccupations (naturellement pas de Toutou qu'il s'agit) qui me privent de ton obéissance, de ta tendresse, et presque de tes lettres qui s'accourcissent comme les jours en automne. Je ne m'affole pas de tes amis, mais, Lou, je connais Nice. – Fiche-toi bien des gens, ce ne sera qu'ainsi que tu retrouveras cette force de caractère, cette puissance qui doivent être ton apanage et dont tu ne dois abdiquer qu'en ma faveur.

Qu'est-ce que ces renseignements de Matte ? En tout cas pour ma permission de dimanche – il vaudrait peut-être mieux que tu ne m'entraînasses pas déjeuner à Baratier comme lui.

Je recevrais volontiers des lettres comme celles en question mais évidemment je ne suis pas favorisé comme le fameux blessé.

J'aime bien que tu aies trouvé jolie la lettre du petit conducteur. – La lettre d'Yvonne Prath est moins mal que tu ne crois, je t'expliquerai comment. En tout cas, elle est très gentille, et très gentiment, en camarade un peu d'argent chaque mois, c'est rudement gentil tout de même, par les temps où nous sommes. Tu m'écris « je t'adore » à la fin de cette lettre, mais je ne sais pas si tu pensais beaucoup à cela… Ta lettre du lendemain si courte me révèle que tu ne lis pas mes lettres… (À propos de ta lettre du 16.) Alors, si tu ne les lis pas, pas la peine que moi qui de ma vie n'ai écrit à quelqu'un tant de lettres et surtout de si longues m'échine à t'en écrire. Je vais cesser tout simplement. Tu me promets toujours de longues lettres et tu ne lis même pas les miennes. Elles sont longues parce que je pensais te faire plaisir. Mais je te prie de m'excuser. Dorénavant elles seront plus courtes et d'accord avec les tiennes.

Mais non, Lou, arrivée ici, tu descendras au Nice jusqu'à ce que tu aies trouvé – c'est rien – Je regarderai tout de même – En tout cas, et c'est là que je dis que tu ne lis pas mes lettres, car dans la lettre où je parlais de la chambre, je parlais aussi de la pension que tu aurais prise avec tes propriétaires – braves gens – dans une pension de 5 à 6 personnes, cuisine de famille, où l'on t'aurait servie à 9 h. si tu avais voulu – Mais je ne veux pas te gronder – Non je ne connais pas Nîmes mieux que toi – je connais même très mal cette ville où il fait aujourd'hui un froid de Loup. Tandis que je voudrais qu'il y fît un chaud de Lou.

Maintenant, je te prie de plus me chiner sur le métier de poète. Je sais bien que c'est gentiment mais c'est une habitude que tu prendrais facilement. D'abord être poète ne prouve pas qu'on ne puisse faire autre chose. Beaucoup de poètes ont été autre chose et fort bien – (je t'écris à la cantine – excuse ce papier, Lou chéri –). D'autre part, le métier de poète n'est pas inutile, ni fou, ni frivole. Les poètes sont les créateurs, (poète vient du grec et signifie en effet créateur et *poésie* signifie création) – Rien ne vient donc sur terre, n'apparaît aux yeux des hommes s'il n'a d'abord été imaginé par un poète. L'amour même, c'est la poésie naturelle de la vie, l'instinct naturel qui nous pousse à créer de la vie, à reproduire. Je te dis cela pour te montrer que je n'exerce pas le métier de poète simplement pour avoir l'air de faire quelque chose et de ne rien faire en réalité. Je sais que ceux qui se livrent au travail de la poésie font quelque chose d'essentiel, de primordial, de nécessaire avant toute chose, quelque chose enfin de divin. Je ne parle pas bien entendu des simples versificateurs. Je parle de ceux qui, péniblement, amoureusement, génialement, peu à peu peuvent exprimer une chose nouvelle et meurent dans l'amour qui les inspirait. Voilà, Lou, encore une lettre trop longue, si tu la lis, bien, sinon je me vengerai en poète, c'est-à-dire divinement et tu sais que la vengeance est le plaisir des dieux. Je t'aime, mon Lou, mais suis fâché que dans tes lettres de maintenant tu sembles moins fortement à moi, ce semble, qu'il y a quelques jours. Mais je suis content tout de même en prévision de la permission.

Je t'aime, Amour.

Gui

19 janvier 1915

Ma chérie,

Je tâcherai de partir vendredi à 8 h. pour arriver à Nice *samedi* matin à six heures. Donc couche au

P. L. M. la nuit du vendredi au samedi – sous mon nom, puis si je ne suis pas arrivé le matin sois à la gare à midi, puis en te renseignant sur l'heure juste sois aux autres trains si je ne suis pas arrivé à midi.

Donc sois à la gare à midi si je ne suis pas arrivé par le train du matin, mais ne sois pas à ce train du matin, reste couchée au P. L. M.

Je vais t'écrire encore tout à l'heure à la cantine.

Télégraphie une seconde fois pour que je sache si t'as compris cette lettre et surtout reçue.

Ton Gui

Je vais travailler ton artillerie.

19 janvier 1915

Mon Lou adoré, je suis fatigué, enrhumé mais bien portant en somme. – Ne sois pas triste mon Lou, tout s'arrangera, sois gaie. Je voudrais te câliner, te dorloter, te dire des choses très douces. Sois calme, mon chéri, ma jolie. Je te dis toute la vérité, mon Lou, je ne me permettrai pas, à toi que j'aime, de dire autre chose. Tout est dangereux dans la guerre, mais le poste de Toutou ne l'est pas plus que bien d'autres et l'est moins que beaucoup d'autres. Que dis-tu illusions, mon chéri, il s'agit d'espérance, de confiance, courage, ne perds pas courage. Prie, prie pour tout ce que tu aimes et surtout résignation, sacrifice. Lou, les femmes doivent être résignées en cette affaire.

Toutou et moi t'adorons, nous reviendrons. Toutou sera près de toi, tu le reverras bien portant, mon Lou chéri. Pas de folie, de la force, de la grandeur d'âme, du rire, notre instructeur Latty neveu de l'archev. d'Avignon a eu son frère bien aimé tué il n'y a pas longtemps. Il est gai et je t'assure qu'il aimait son frère, sacrifice, sacrifice. Surtout pas de peur pour Toutou, il est protégé et ne risque rien et surtout pas la mort, donc, tranquillité ! Tranquillité. Acquiers la tranquillité par le renoncement.

Crois-moi, ce que je te dis est la vérité. Le camarade va mieux mais est bien abruti. Moi rien au derrière. De plus en plus de travail. Aujourd'hui service en campagne à pied dans le mistral déchaîné et la glace, c'était mortel, c'est pour la lecture de la carte, la topographie et l'orientation. Aussi pas sorti ce soir. Si ton mari était ici, le vent de maintenant le décornerait. Pas de neurasthénie, c'est idiot, mais si tu es déprimée supprime menotte jusqu'à ce que tu ailles mieux. C'est absolument nécessaire.

Mon Lou, je t'aime aussi comme pauvre conducteur de 1915 que je suis. Je t'aime de toutes mes forces et de tout mon courage.

Notre peloton s'est augmenté de 3 types du 19e dont un logis ; nous sommes 11. Il y a des types très chics comme genres. Je crois que les mathématiques vont faire changer de caractère. C'est bizarre ces petites choses-là. Je n'aurais jamais cru que j'aurais le courage d'apprendre des choses aussi singulières. Ça rentre cependant et je crois bien que je suis un des premiers du peloton jusqu'à présent.

D'ailleurs, je ne veux pas travailler en dehors du peloton, un quart d'heure, une demi-heure au plus, si ça n'allait pas, tant pis.

Je t'envoie un brin de sauge cueilli dans ma promenade d'aujourd'hui –

Et le rendez-vous Matte ?
Et le petit officier Vogade ?
Et Athanoux ?
Quelles nouvelles ?...
Et la grippe Mémée ?
Que dit Jules à propos de Matte ?
À quand coulichonnette ?
As-tu reçu le chèque ?
Quoi de nouveau au Ruhl ?
Et la M[ise] de Ferrière ?
Et Ellissen ?
Et le Dr Grinda ?
Et chez Boutteau ?
Et le commandant des zouaves ?
Et mon ami le Pouilleux ?
Que dit Billy ?
Que dit Mogi ?
Que dit Mora ?
Et toi que leur dis-tu ?

J'ai vu hier une chose drôle au possible et aujourd'hui la chose la plus drôle du monde. Hier ! un type à poil aux lavabos – Aujourd'hui ? Un type en pyjama mauve et en pantoufles dans un couloir –

Une devinette. Quelle différence entre toi et Poincaré ?

Réponse. Quand tu entres dans ma chambre mon membre se lève quand Poincaré entre à la Chambre tous les membres se lèvent.

Il y a dans ma chambre un logis de 48 ans majestueux, quand il dort, c'est magnifique et antique. Il est de Salon, qui fut la patrie du prophète Nostradamus qui est un grand poète.

Je t'aime comme on ne pourrait pas aimer plus. Tu es belle, exquise et le seul lou du monde qui vaille la peine de vivre. À SAMEDI.

Gui

As-tu reçu ma lettre où je demande un 2e télégramme ?

Nîmes, le 20 janvier 1915

Lou adoré, je t'écris de chez mon camarade Nicolini qui habite rue de la Biche. Sa femme mathématicienne comme lui est jolie et ses deux petites filles aux joues rouges comme des pommes d'api, Yolu, 2 ans ½, et Mi, 4 ans ½, sont des enfants très intelligents et bien portants comme dans les images anglaises. Je vais faire tout le possible pour partir vendredi soir. Je t'adore, mon Lou. Aujourd'hui nous avons été au tir du 90, jamais je n'ai eu si froid, il gelait à pierre fendre. Malgré les gants d'Aurel j'avais l'onglée, les oreilles me faisaient mal, me brûlaient de façon épouvantable, mes camarades étaient comme moi d'ailleurs. On a tiré seize coups de canon, puis on nous a ramenés à 11 h. et 4 avec 14 km dans le derrière, à midi on a retrotté. J'ai eu le cheval au trot le plus sec du monde. Je suis descendu parce que j'en avais assez, on m'a donné un autre cheval au trot presque aussi sec. Enfin j'en avais assez, sur treize que nous sommes maintenant au peloton nous étions 6. Les autres se reposaient. Le soir je suis esquinté et tu dois le voir à ma lettre. Mon Lou, Madame Nicolini va aussi regarder pour les chambres, moi je t'embrasse, je t'aime, je t'adore et je souhaite te voir le plus vite possible. Et ensuite que tu sois ici le plus vite possible. J'espère que pour toi Nîmes aura moins froid et que pendant ma permission à Nice, Nice mettra sa belle robe.

Mon chéri, on va se mettre à table, chez Nicolini, et je vais cesser ma lettre en t'embrassant mille fois de toutes mes forces, mon Lou très adoré.

Tu sais que je n'ai pas eu de lettre de toi aujourd'hui, mais ton télégramme d'hier au soir m'a fait le plus grand plaisir, on me l'a apporté au lit à 9 heures. Je l'ai lu et relu, je l'ai sur moi, je l'ai embrassé. Hier j'ai mis dans ma seconde lettre un brin de sauge cueilli dans la garrigue, garde-la, c'est une plante merveilleuse, exquise dont l'histoire légendaire et botanique est pleine de détails. Je t'embrasse sur la bouche, les seins, les pieds, les mains, et t'adore.

Ne sois pas triste, tout s'arrangera, les beaux temps vont revenir. Ton

Gui

Nîmes, le 21 janvier 1915

Mon beau ptit Lou, reçu 2 lettres du 18 et du 19. Content que tu sois content – ça c'est pour lettre 18. Tu vois mon Lou que mes renseignements pas faux. Content que t'aies laissez-passer n'importe comment – Tu es fou pr Toutou versé dans l'infanterie – TOUTOU NE PEUT PAS ÊTRE VERSÉ DANS L'INFANTERIE. Mais moi en ai plein le cul de toute leur géométrie algèbre cheval artillerie et le fourbi de reste. On attige avec nous, c'est rien de le dire faut le sentir. Si ça continue je demande moi à être versé dans l'infanterie... C'est pas vrai d'ailleurs mais en ai plein le cul et suis un des meilleurs élèves du peloton. Tu piges le moral des autres. Sous prétexte que nous devons arriver vite on abuse vraiment. Hier et aujourd'hui on nous a fait geler tout le jour, aujourd'hui gelée jusqu'à 4 h. de 4 à 5 pluie perpétuelle. Je t'assure que si t'étais pas là demanderais à ne jamais être officier de ma vie. Lou, si Toutou pas en danger, Paris est en danger depuis quelques jours – Je t'en dis pas plus long. Je commence à désirer fin de la guerre. Je suis content que tu te sois amusée lors de la visite de Matte. Je te souhaite aussi de bien t'amuser pendant sa visite – mais oui, Lou, je t'aime, je t'aime plus que je ne puis dire, je t'adore, je ne pense qu'à toi – Et je te désire d'une façon folle. Réponse à la lettre du 19 – injuste, non – t'attrape pas, tu te trompes – je t'adore – Pourquoi admirerai-je que tu m'écris tous les jours – Je le fais bien moi qui ai plus affaire ou à faire et plus fatigant que toi – Mais je t'aime et j'adore tes lettres c'est pourquoi j'en veux – Rouspéter, moi, non – Tu sais bien que je ne t'enchaîne que par tes propres chaînes – Tu es libre, mais quand tu n'écris pas détaillé ai de la peine – Alors ? – Je ne pense pas que tu m'aimes moins – mais t'en veux de me sacrifier un peu à tes plaisirs niçois moi qui ai emmerdements nîmois.

J'ai dit que tu lisais pas mes lettres parce qu'il semblait cela d'après ta lettre. C'est tout, t'es mignon, gentil tout plein – Fatiguée, toi, mon Lou. T'ai dit que pour anémie viande de cheval mais tu veux pas me croire et pas menotte, nom d'une pipe, pas menotte.

Tu dois m'être soumise, tu dois, je me donne tout à toi, mais comme ton maître qui t'adore, tu dois être à moi, sans quoi… Ton orgueil doit plier puisque je t'aime – Tu ne dois jamais en faire à ta tête sans quoi me perdras – Je veux pas que tu te forces, je veux que tu sois à moi par *nature*. C'est vrai que je t'aime comme tu es et que tu es plus moi qu'aucune femme l'a été, mais c'est ça qu'il faut garder. – Je t'adore, à samedi, matin si je peux, midi si possible, heure que je pourrai – t'adore.

Gui

22 janvier 1915

Bonsoir Lou, t'écris pas ce soir car je pars cette nuit ou demain en permission. T'adore.

Gui

Tarascon, le 25 janvier 1914
Achète pr 1 sou *Les atrocités allemandes en France* rapport officiel – fantastique et peut-être même parfois curieux.

Mon Lou adoré ! Me voici à Tarascon par temps froid et un soleil merveilleux. Ce matin, pas pu payer à l'hôtel, tu l'as fait à ma place. À la gare attendu assez longtemps au bureau militaire. Enfin, on me donne la permission de prendre le train. Il faisait un temps magnifique. J'avais le cœur gros, j'étais triste, triste et fatigué. Dans le train, peu de monde en seconde, je trouve un bon coin. Je lis les journaux. À Cannes monte un adjudant-chef du 7e chasseurs avec brassard d'interprète. Je crois reconnaître un ancien camarade de collège, mais ses cheveux rares et grisonnants me font hésiter ainsi que l'indication 7e qui étant donné l'uniforme fantaisie pouvait aussi se rapporter au 7e d'artillerie. Or, je me souvenais que le type en question plus vieux que moi avait fait son service aux Alpins vers 1895. Je le prenais pour un sous-lieutenant. Aux Arcs je ne résiste plus et lui demande s'il est chasseur alpin – Réponse affirmative – Alors nous sommes anciens camarades de collège vous vous appelez Gérard. Stupeur du type, je lui dis mon nom – Reconnaissance. On parle des anciens copains. Un tel tué, Mouléon mort, son frère sans doute aussi etc etc – Il est interprète avec l'armée anglaise et revenu du front est maintenant à Marseille pour attendre les troupes australiennes. M'a confirmé bons renseignements sur Anglais, très chics, très confortables, soldats médiocres, Hindous aussi sauf les Gourkas qui sont très bons soldats. M'a dit que Nice et tout Midi plein d'espions chargés d'exploiter mauvais sentiments du Midi pour essayer de fomenter révolte. Donc l'espion dont tu m'as parlé est très possible. Faut pas hésiter à démasquer, mais avec grande, très grande prudence. Car faut pas se tromper. Je ne sais comment on est arrivé à parler d'absinthe. M'a affirmé qu'à Marseille on en avait comme on voulait. M'a proposé un Pernod. Et en effet à l'arrivée m'a emmené dans un bar assez chic et a demandé 2 tranchées. Aussitôt le barman a préparé sous le comptoir, en les cachant comme dans une tranchée, les 2 Pernods que nous avons bus.

Après, déjeuné seul au buffet de la gare très bien pr 2 francs, ça s'appelle repas militaire. Beaucoup d'officiers anglais, tous assez vieux d'ailleurs. Puis à midi 50 départ, une grosse dame enrhumée en face de moi. Elle avait 4 mouchoirs étalés sur un journal, près d'elle. Chaque fois qu'elle avait envie de se moucher, se mouchait dans premier très fort, puis dans le second moins fort, puis dans le 3e faiblement et enfin finissait de s'essuyer avec le 4e presque propre. À Arles les mouchoirs étaient dans un état tel qu'elle a pris le journal et l'a posé avec les quatre mouchoirs pour qu'ils séchassent sur le plancher du compartiment, à l'endroit où une plaque de métal indique l'emplacement de la bouillotte qui était brûlante. Quand je suis descendu à Tarascon les 4 mouchoirs étaient presque frits sous la surveillance de la dame qui les retournait de temps en temps avec sollicitude. Voilà tout le pastisse de mon voyage jusqu'en ce sinistre Tarascon plein de goumiers et de hussards. Nîmes m'attend ce soir et moi je pense à toi, mon Lou, t'aimant de tout mon cœur et triste un peu encore mais moins que ce matin. Ce temps gris d'hier m'avait désolé. D'après Gérard la place de Toutou n'est plus très dangereuse aujourd'hui, mais il y a seulement deux mois elle aurait été encore très dangereuse. Mais maintenant on fait très attention et le rôle d'agent de liaison serait devenu presque agréable. De même pour les interprètes. Il en mourait encore il y a deux mois environ 60 pour cent, il n'en meurt plus maintenant que 3 pour cent. Mon Lou, écris-moi gentiment mais ne te fatigue pas, écris court quand tu seras fatiguée. Amuse-toi, n'aie pas d'idées tristes et n'oppose plus aussi violemment ton gentil esprit au mien. Souvent je présente de façon paradoxale des opinions qui ne le sont pas énormément, juge-les, ne les condamne pas immédiatement et ne perds pas confiance en moi. J'ai oublié le martinet. Peut-être as-tu pensé à le reprendre. Fais à Mémée mes amitiés. Lu le journal italien. Un article sur la durée de la guerre. On y donnait les opinions des milieux autorisés français. Dans certains de ces milieux on dit que du train où nous avançons il faudra 15 ans pr arriver à Cologne, dans d'autres on dit un siècle. Ces chiffres sont des plaisanteries en ce sens qu'il faudra par conséquent trouver un autre moyen de dénouer la guerre. C'est pourquoi on essayera une offensive violente sur tous les fronts au printemps. Sinon ce sera à la diplomatie à faire vite le nécessaire. Car on ne peut pas faire durer trop longtemps tout ça. J'oubliais que Gérard m'a dit que tous les hommes sur le front depuis commencement auraient congé d'ici au printemps avant l'offensive générale. Donc Lou je crois bien que verras bientôt Toutou. Je t'aime, mon Lou, de toutes mes forces. Je suis à toi et espère tout de ton âme merveilleusement belle. J'ai en moi le souvenir complet de ta chair – N'oublie pas d'aller chez le dentiste – A l'instant où j'écris pas un détachement de goumiers à cheval. C'est très joli. Je t'embrasse mon Lou, et ton souvenir me réchauffe.

Gui

GUIRLANDE DE LOU

Je fume un cigare à Tarascon en humant un café
Des goumiers en manteau rouge passent près de l'hôtel des Empereurs
Le train qui m'emporta t'enguirlandait de tout mon souvenir nostalgique
Et ces roses si roses qui fleurissent tes seins
C'est mon désir joyeux comme l'aurore d'un beau matin.

*

Une flaque d'eau trouble comme mon âme
Le train fuyait avec un bruit d'obus de 120 au terme de sa course
Et les yeux fermés je respirais les héliotropes de tes veines
Sur tes jambes qui sont un jardin plein de marbres
Héliotropes ô soupirs d'une Belgique crucifiée.

*

Et puis tourne tes yeux ce réséda si tendre
Ils exhalent un parfum que mes yeux savent entendre

L'odeur forte et honteuse des Saintes violées
Des sept Départements où le sang a coulé

*

Hausse tes mains Hausse tes mains ces lys de ma fierté
Dans leur corolle s'épure toute l'impureté
Ô lys, ô cloches des cathédrales qui s'écroulent au nord
Carillons des Beffrois qui sonnent à la mort
Fleurs de lys fleurs de France ô mains de mon amour
Vous fleurissez de clarté la lumière du jour

*

Tes pieds, tes pieds d'or, touffes de mimosas
Lampes au bout du chemin, fatigues des soldats
Allons c'est moi ouvre – la porte je suis de retour enfin
C'est toi assieds-toi – entre l'ombre et la tristesse
Je suis couvert de – boue et tremble de détresse
Je pensais à tes pieds d'or pâle comme à des fleurs
Touche-les ils sont – froids comme quelqu'un qui meurt

*

Les lilas de tes cheveux qui annoncent le printemps
Ce sont les sanglots et les cris que jettent les mourants
Le vent passe au travers doux comme nos baisers
Le printemps reviendra, les lilas vont passer

*

Ta voix, ta voix fleurit comme les tubéreuses
Elle enivre la vie ô voix ô voix chérie

Ordonne ordonne au temps de passer bien plus vite
Le bouquet de ton corps est le bonheur du temps
Et les fleurs de l'espoir enguirlandent tes tempes
Les douleurs en passant près de toi se métamorphosent
Écroulements de – flammes, morts frileuses, hématidroses –
En une gerbe où fleurit La Merveilleuse Rose

Nîmes, 27 janvier 1915

Mon Lou très chéri, pas de lettre de toi, en revanche une carte extraordinaire de Marie Laurencin. Je t'envoie cette carte embarrassée, singulière et où elle mêle la guerre, ma revue *Les Soirées de Paris*, une demande de nouvelles corrigée par *après la guerre*. Au lieu de signer Baronne de Waetjen qu'elle est maintenant, elle a mis Marie Laurencin. Que faut-il faire ? En réalité, je n'en sais rien. J'ai envie simplement de la remercier brièvement et poliment de sa carte. – Nous sommes dans une période de froid. Je suis courbaturé. Depuis ma permission, spleen. Je pense à toi, mon aurore boréale dans ce froid polaire. Je t'adore et pense à nos bonnes nuits en liberté. J'espère qu'elles reviendront bientôt. Salue de ma part ton palmier de Baratier. Il me tarde, mon Lou chéri, que je t'aie en liberté pour mieux te mater. Tu es follement indépendante. Il faut que je te fasse plier que tu le veuilles ou non. Je pense parfois comme toi-même que tu es ce fameux petit garçon qu'il faut châtier dans cette admirable position où tu lèves ta croupe comme une jument qui pétarade. Envoie-moi la photo pour Rouveyre. – Qu'il me tarde d'être avec toi à Paris pour que nous organisions ces merveilleuses soirées dont nous avons parlé. Je sais où je t'attacherai, mon esclave adorée, et nous aurons aussi un noble chevalet où t'étendre, victime royale. Je te fouetterai avec le calme qu'il faut, avec tout le confortable que mérite une aussi belle captive. En ce moment c'est à ta taille divinement souple que je pense, à cette taille qui n'a jamais été entravée et par surcroît ma pensée s'arrête sur ta croupe que je n'ai pu marquer dimanche. Elle se balance orgueilleuse comme un ballon captif que fouetterait le soleil de ses rayons impitoyables.

J'annonce à ma mère les oranges –

Les oranges me font penser à tes seins infiniment exquis. J'ai chanté à Tarascon tes mains si maladroites qu'elles sont pures, car elles ne connaissent point l'attouchement et ne s'y livrent point avec bonne volonté. Ô Lou, la plus pudique des impudiques !

Donne-moi des nouvelles de Toutou. En ce moment tu dois bien t'amuser à Baratier avec Mémée et Matte. À Nice, aussi, ô allumeuse, la plus terrible des allumeuses, ô pétroleuse.

Jane Mortier m'a écrit que si les Berthelot ne répondaient point, c'est qu'ils ne pouvaient rien. Et c'est bien possible. Je souhaite donc que tu puisses réussir au moyen des relations de Matte. Néanmoins, je suis persuadé que Toutou aura un congé dans quelque temps. Lou, écris-moi. Moi, je te désire pour le moment. Je ne sais comment exprimer tout ce que j'éprouve en pensant à toi, mais c'est nouveau. Je crois que je vais t'aimer d'une façon nouvelle et que je vais t'envelopper plus fortement d'amour et de puissance par la volonté. J'ai idée d'un livre dont je vais t'envoyer les feuillets au fur et à mesure qu'ils seront écrits. Rappelle-le moi, si je l'oubliais. Ton

Gui

qui t'adore et te prend tout entière et te plie à volonté.

Nîmes, 28 janvier 1914

Mon petit Lou tout adoré, reçu ta lettre de mardi – (mets la date) – Oui, j'étais triste à Tarascon, triste à mourir. Le temps était terriblement pâle. Te félicite de fréquenter des gens aussi épatants que ceux que tu cites. Seulement, petit Lou, une observation, la bonne règle veut qu'on n'emploie point la particule lorsqu'on ne fait pas précéder le nom de Monsieur, Madame, Mademoiselle, ou du prénom. Ainsi on dirait de toi *M*[me] *de* C. ou *Lou de* C. mais la *jolie, la merveilleuse* C. Il n'y a d'exception à cette règle que pour les noms d'une ou deux syllabes commençant par une voyelle. Ex. : *les d'O.* famille, je crois, normande, ou bien *d'Assas* comme dans le cri fameux : *À moi, d'Assas, voilà l'ennemi !* Mais on doit dire : *les Bourbon, les Coligny, les Pierre feu, les Morville*. Tu m'en veux pas, Lou ? Je t'en veux pas pour le képi. Mémée et toi avez raison et je te remercie de me le dire. Seulement crois que c'est surtout par distraction et, malheureusement, je suis aussi distrait dans le civil que dans le militaire. Je suis poète, Lou, et les poètes sont souvent distraits, témoin La Fontaine, Gérard de Nerval et d'autres. Néanmoins tu as raison de me faire cette observation et je te prie de m'excuser auprès de Mémée et de tous ceux que mon képi aurait pu choquer. Je t'assure que les Polonais nés à Rome et qui n'ont jamais quitté la France depuis leur plus tendre enfance sinon pour de courts voyages d'études sont à même de savoir des usages que l'on méconnaît aussi bien en France qu'ailleurs, car en France on n'en observe plus guère. Au demeurant je suis poète, soldat pour le moment – Je ne tiens à être ni homme du monde, ni homme chic, surtout si ça doit m'empêcher de rêver. C'est insensé ce que de petites femmes comme Mémée dont le langage ferait rougir tous les canonniers de tous les régiments réunis peuvent être à cheval sur un képi. Et le moyen de soulever un képi qui supporte un aussi gros derrière. Enfin, c'est une façon de me reparler de Tarascon. Race où cependant on n'est pas si con que tu veux bien me le faire entendre et qui sait fort bien se faire tuer quand il faut, képi en tête pour les Français et surtout pour les Françaises, témoin les Polonais morts en si grand nombre dans l'armée de Napoléon qui ne leur en sut aucun gré. Il est vrai que Mémée est de nation belge, que les Belges se croient tout permis, même de manquer d'indulgence à l'égard d'un canonnier franco-polonais. Pas moyen de lui en vouloir d'ailleurs puisque c'est une charmante espiègle. D'autre part, si je savais qu'on devait enlever son képi chez Vogade, j'ignorais qu'en tenue militaire on saluait une femme en enlevant son képi, même dans la rue. Ce n'est pas réglementaire. J'ai demandé ça à plusieurs logis que la question a troublés. Je tâcherai de demander cela à un officier quoique je sois certain que tu as raison, surtout en ce qui concerne les gradés ou officiers. Mais je ne sais pas si notre commandant d'armes si à cheval si les règlements autoriserait la même chose chez les canonniers nîmois. Enfin, trêve de balivernes, je t'adore, mon Lou, et cette gentille lettre me met du soleil au cœur. Tu es mignonne, intelligente, indulgente. Une chanson d'amour qu'on chante ici finit

Aie pitié de ton pauvre artilleur.

Toi tu en as pitié sans qu'on te le demande. Aussi es-tu la plus adorée, car tu es la plus exquise et la plus belle de toutes les amantes d'artilleur.

D'ailleurs, il faudra que tu aies souvent pitié de ton artilleur, car si tu t'épates d'un fait comme le képi chez Vogade, tu auras lieu d'être épatée encore souvent.

Pour le moment je t'adore comme un fou. Je pense à tes yeux quand tu m'aimes, à ta bouche, blessure profonde. Je me souviens de l'adorable position que tu avais prise samedi, fesses très élevées dans tout leur développement et entre elles cet épais bourrelet de chair brune et grasse où s'ouvre la bouche perpendiculaire et muette que j'adore. Elle s'ouvre chaque fois que ta croupe s'agite. Elle semble sur le point de parler, et moi, maître armé du fouet de justice je cingle cette mappemonde merveilleuse. Toi tu souffres en ton orgueil, tu pâtis et l'amour change en volupté la souffrance que tu ressens. Ta croupe s'agite plus fort à mesure que je fouette plus fort, elle monte toujours plus haut, me dévoilant toute ta pudeur tuméfiée et humide. La prochaine fois, il faudra que tu t'écartes mieux pour que je puisse schlaguer aussi ton entrefesson ombreux où gît cette pastille jaune dont tu es si avare. L'autre jour tes soubresauts étaient brusques comme ceux d'une carpe sortie de l'eau.

De mon bras gauche je serrais ta taille infiniment flexible et de la main gauche je pressais ton ventre. J'aime aussi à palper tes seins tendres et tièdes, doux comme des pis de chèvre, et Lou que j'adore ensuite te chevaucher en partant comme tu imites si bien.

Je crois que tu as entièrement raison à propos de Caillaux et je te fais amende honorable, quoique je reste dans ma pensée sur Mme Caillaux. D'ailleurs, notre discussion avait lieu surtout sur cela, car je n'ai jamais discuté la malhonnêteté certaine de Caillaux. On vient d'arrêter son ancien chef de cabinet Desclaux sous l'inculpation de vol de fournitures militaires. C'est dégoûtant. On devrait fusiller des gens comme ça.

Amour chéri, tu dis que tu seras bientôt près de moi. J'ai honte parfois de mon bonheur et de mon inaction loin de la guerre. Si je ne t'avais pas fait de promesse, il y a des moments – à Tarascon par exemple – où je demanderais à être versé dans l'infanterie pour partir plus vite. Je trouve qu'il y a trop de monde dans nos dépôts. Surtout trop de lâches.

J'espère que dans mes papelards tu gardes soigneusement toutes tes lettres, mots, télégrammes, j'y tiens. Ils sont adorables.

Que dit la Karageorge sur la durée de la guerre ? T'ai-je parlé d'un peintre cubiste et polonais arrêté parce qu'on avait pris ses dessins pour des plans et amené enchaîné à Nîmes où il a fini par être remis en liberté. Il y fait des portraits. Il est venu me trouver hier au café pr que je lui donne des adresses à Paris. Il en a assez de Nîmes. – Il fait un peu moins froid aujourd'hui et nous avons vu un peu de soleil. Je t'adore, je t'adore, je t'adore, je te prends toute entière partout et prends ta bouche dans la mienne.

Gui

Nîmes, le 29 janvier 1915

Mon Lou très adoré – reçu aujourd'hui ta lettre de mercredi – (date donc). Je suis bien content que tu t'amuses et sois joyeuse. Content aussi que tu voies Toutou. Qu'a-t-il donc *comme santé*, qu'est-ce que tu veux dire ? Ici, il refait un froid de vieux chien – Pendant que tu seras là-bas, je ne vais pas vivre et serai sans cesse inquiet. L'histoire de Mora est amusante, celle de Zyp aussi, mais tu sais que veux pas de pas de partage surtout avec quelqu'un que je connais pas – Évidemment Mme Mortier toujours illisible. Ai spleen encore surtout si tu vas sur le front, mais suis content à cause de Toutou et de toi qui en es si contente. C'est sans doute mon képi qui a indisposé momentanément Mémée chez

Vogade, merci d'avoir envoyé panier d'oranges à Maman. Reçu aujourd'hui lettre du seul homme avec qui fait des vraies blagues, j'avais 19 ans, lui 17. Mon admirateur disciple L. de G. Frick m'en parlait dans une carte que t'ai envoyée. Il m'a écrit enfin lui-même. C'est amusant. Sa lettre est drôle d'ailleurs. Aujourd'hui il part 600 hommes de notre dépôt pour le front, tu vois qu'on ne veut pas nous laisser moisir ici, on pousse l'instruction de ceux qui restent et il paraît que dans deux mois nous ne serons probablement plus ici mais au feu. Il est arrivé pas mal de nos blessés de l'active. Il paraît que le 38e est un des rég[ts] d'artillerie les plus éprouvés, surtout comme officiers. Surtout n'en déduis rien pour moi car si je deviens officier on me changera de régiment. Je t'aime aujourd'hui mon Lou comme hier, comme demain. Je fais toujours des vers pour les fiancées des canonniers et les fais toujours bien, car en les faisant je pense à toi. Je t'aime et il me tarde cependant de partir. Si tu étais là serais sans doute moins impatient, mais toi pas là ! ! J'ai changé de cantine aujourd'hui pour l'autre où il y a de très jolies filles. C'est même extraordinaire. C'est plus agréable de voir de belles filles que de vilaines. Aussi la fille de l'autre cantinier me fait une gueule de fleurs blanches. Cette nuit presque pas dormi, presque tout le temps été excité en ton honneur. Tu peux te vanter de te faire désirer par un 2e c. c. mon petit Lou. Il y a un soldat qui bouffe un gâteau à la crème en face de moi. On dirait qu'il fait mimi, tu sais, et le derrière de la belle Juliette est dans mon dos, charnu, dur, bien séparé. Ça me fait penser au tien et si je te tenais ce n'est pas un gâteau à la crème que je mangerais.

Adieu Lou adoré, je vais seller mon cheval, nous mettons les étriers maintenant, faisons du trot enlevé et du galop. Mais il fait bien bien froid, voudrais être dans tes bras qui sont mon paradis. Aime-moi bien, je t'adore de toutes les couleurs et sous toutes les coutures. Je t'embrasse, te serre, te baise sur la bouche, langue dedans, dents contre dents. Vive l'amour, mon Lou, et vivent les artilleurs. Ton

Gui

Nîmes, 30 janvier 1915

Mon petit Lou adoré,

Pas de lettre de toi ce matin. Il fait froid. Ce matin réveillé à 3 h ½ pas pu me rendormir, pensé à toi, à tes yeux dans la volupté, pensé à mille choses à faire ensemble, pensé même à être deux pour t'amuser. Enfin, toutes sortes de folies que je laisse à développer par ton imagination. En tout cas, ton regard ne m'abandonne point, il est d'une fidélité délicieusement obsédante. – Je t'écris comme hier de la cantine et une horrible serveuse vient de verser du café sur la table, quelques gouttes sont tombées sur le papier, j'ai quitté la cantine aux belles filles et suis retourné à l'autre où on est mieux – Je reviens donc à ce matin. Imaginé des liens (chez moi à Paris) pour t'attacher sérieusement sans trop froisser tes poignets. T'expliquerai cela. Ai pensé aussi aux délicieuses chevauchées longues et serrées que tu fis à Nîmes toi cavalière, moi cheval. T'en souviens-tu ? Le réveil est venu interrompre ces belles idées. – Hier après t'avoir écrit à midi, sellé, nous avons été loin sauter des murs, passer parmi les arbres, beaucoup, beaucoup de trot, puis recherche d'emplacement de batteries, etc, retour à 5 h. Sortie. Au Tortoni causé avec un médecin major des Sénégalais, retour du front et passant ici pour vérifier les inaptes. Il m'a dit que c'était une vraie boucherie et que chez Sénégalais le cadre gradé entièrement sacrifié, médecin à 300 mètres du feu parce qu'officiers savent que leurs hommes ne les relèveront pas et veulent sentir les médecins tout près. On forme en Algérie 40 régiments de nègres. Après coucher et t'ai raconté la nuit, ce matin ai dit au revoir à ceux qui partaient sur le front et que je connaissais. Ils étaient contents. J'avais presque envie de demander à les suivre comme servant. Car ce peloton que je suis est dur. Je n'ose le comparer à l'enfer, mais c'est un vrai purgatoire. Et je t'assure que je ne suis pas seul à penser ainsi.

Maintenant sitôt lettre finie vais aller seller pour la seconde fois, car avons fait deux h. manège ce matin puis mathématiques d'artillerie théorique.

Mon Lou adoré, je m'embête loin de toi. Je m'embête.

Toi, j'espère que tu t'amuses beaucoup – que tu t'excites – que tu passes le temps par conséquent le mieux possible pour une gentille Lou comme tu l'es.

Je ne peux pas demander la journée demain car on a supprimé les permissions pour toute la batterie à cause de types manquant à l'appel le matin. Demain vais me lever à 7 h. vais t'écrire jusqu'à 11 h. et ficherai le camp en ville pour y mieux penser à toi.

Il est l'heure Lou, je t'embrasse mille fois et continuerai ma lettre ce soir –

Je continue ma lettre, mon Lou, je t'aime à l'infini. J'espère une belle lettre de toi ce soir. Je pense à tes yeux qui m'ont appris à t'aimer.

Voici, mon Lou, quelques mots de l'argot spécial, je crois, au 38e.

Le Pastisse, ce mot s'applique à tout ce qui est un peu embrouillé. La guerre c'est le pastisse, si on se met en pagaille quand on est à cheval ou à pied, c'est le pastisse ; tout notre travail, c'est le pastisse, le mot vient du patois de Nice.

Le Balesse, un type, un poilu quelconque. J'en noterai d'autres au fur et à mesure que je les remarquerai.

J'oubliais une histoire singulière. Il y a 2 jours ai été dire bonjour aux poilus de la 33e mon ancienne chambrée. Le conducteur qui a écrit la jolie lettre que je t'ai envoyée, mécontent du morceau de viande qu'on lui avait donné, un assez gros morceau composé surtout de graisse, l'a enfilé en signe de mépris. Il y a fait un trou, a sorti ce que je n'ose pas dire et qui était long et mince comme chez les chiens et les Chinois, une sorte de crayon, quoi, et l'a enfoncé dans la viande et activant les mouvements est allé jusqu'au bout au milieu des hurlements de joie de la chambrée tout entière, puis le morceau de viande d'où dégouttait le fluide vital qu'il y avait dardé, il l'a lancé par la fenêtre où il est allé tomber sur un adjudant surnommé *tête de mort* qui malheureusement a vu la fenêtre d'où c'était tombé, est monté et finalement toute la chambrée, brigadier en tête, a couché le soir à la botte. Heureusement qu'il n'a pas su ce qu'il y avait dans la bidoche et moi je me suis félicité de n'être plus de la chambre 33.

Mon Lou, je t'embrasse, mille fois, te prends dans mes bras, menotte, menotte et bois ton âme par ta bouche, ma très, très chérie.

Gui

Tu sais je veux que tu gardes mes lettres, mais veux pas que tu les montres à qui que ce soit.

SI JE MOURAIS LÀ-BAS

Si je mourais là-bas sur le front de l'armée,
Tu pleurerais un jour, ô Lou, ma bien-aimée.
Et puis mon souvenir s'éteindrait comme meurt
Un obus éclatant sur le front de l'armée,
Un bel obus semblable aux mimosas en fleur.

Et puis ce souvenir éclaté dans l'espace
Couvrirait de mon sang le monde tout entier :
La mer, les monts, les vals et l'étoile qui passe,
Les soleils merveilleux mûrissant dans l'espace
Comme font les fruits d'or autour de Baratier.

Souvenir oublié, vivant dans toutes choses,
Je rougirais le bout de tes jolis seins roses,
Je rougirais ta bouche et tes cheveux sanglants.
Tu ne vieillirais point, toutes ces belles choses
Rajeuniraient toujours pour leurs destins galants.

Le fatal giclement de mon sang sur le monde
Donnerait au soleil plus de vive clarté,
Aux fleurs plus de couleur, plus de vitesse à l'onde,

Un amour inouï descendrait sur le monde,
L'amant serait plus fort dans ton corps écarté…

Lou, si je meurs là-bas, souvenir qu'on oublie,
Souviens-t'en – quelquefois aux instants de folie,
De jeunesse et d'amour et d'éclatante ardeur, –
Mon sang c'est la fontaine ardente du bonheur !
Et sois la plus heureuse étant la plus jolie,

Ô mon unique amour et ma grande folie !

30 janv. 1915 Nîmes

La nuit descend,
On y pressent
Un long, un long destin de sang.

Nîmes, le 1er février 1915

Mon cœur, enfin, deux lettres de toi, des 29 et 30 janvier, il me manque le 28 – Lou exquis, tes lettres sont mignonnes tout plein et je voudrais bien être dans ce Baratier transformé en maison de fous. Je suis heureux aussi que tu ailles au front et très jaloux que Matte ait réussi ce que j'ai pas pu réussir. Ce matin on nous adjoint un nouvel élève, jeune homme de l'École des Chartes nommé Léonard et qui est un admirateur, sérieux parce qu'il a tout lu, même mon livre des *peintres cubistes*. Il a protesté quand j'ai été arrêté, à cette époque il était à Louis-le-Grand et son pion était Nicolini. Tu vois comme les choses vont. Ai oublié de t'écrire hier que samedi dîné chez Nicolini. L'aînée de ses filles (Mimi 5 ans) est d'une intelligence remarquable et te ressemble un peu, à tes yeux, c'est extraordinaire et ça m'a fait une impression fantastique de m'apercevoir de cela, j'ai aussitôt été comme ivre ; Je t'ai vue là près de moi, enfant, enfant pure dans un petit lit. C'était délicieusement doux. Mme Nicolini s'occupe de la chambre, mais je persiste à croire que toi tu trouverais mieux. Enfin, ce soir ou dans 2 ou 3 jours j'irai voir la chambre trouvée. Aujourd'hui beau temps et froid moyen. Je suis fou de joie. Tu penses, deux lettres de toi et 2 lettres épatantement gentilles. Je t'adore, jaloux que ton derrière soit couleur de nègre et que je ne sois pas le dessinateur de ce *Black and White.* Bien pour la question homme du monde. Je suis ton maître, ton élève, tout le tremblement, c'est merveilleux, un vrai pastisse comme on dit ici en niçois.

Mon Lou, l'homme du monde soulève son képi pour te saluer de loin et l'amant t'embrasse partout. Le maître voudrait te fesser gentiment pour affirmer sa domination. Il te prendrait sous le bras, et assis sur une chaise, tandis que ton derrière serait bien en l'air, il soulèverait ta jupe, écarterait ton pantalon fendu, soulèverait la courte chemise et pan pan mon ptit lou. Puis quand tes yeux seraient bien langoureux, tes yeux merveilleux, on cesserait et pimpam dans les miches.

Je t'adore et suis content mais si tu ne viens ici que le 15 je suis volé de deux semaines et même plus puisqu'il faudra que tu sois à Paris le 15 avril. Je me trompe, pardonne-moi, je suis pas volé, puisque tu pourras rester au moins six semaines. Je suis content, content, mon Lou exquis, et vais aller seller dans une grande allégresse qui me vient de toi et qui va vers toi et qui me transporte dans un vertige si délicieux que j'y voudrais mourir dans tes bras en plongeant mes yeux dans tes yeux, dans l'amour parfait et terrible. Ton

Gui

Nîmes, le 1er fév. 1915

Amour ! Je te récris ce soir, encore tout joyeux de tes lettres. Dans le petit conte en vers sans prétention que je t'ai envoyé hier, il y a une faute de versification autant que je me souvienne.

Devant moi un logis
Il faut
Devant moi, ce logis
ou *Dans la rue, un logis*

Comme c'est en vers réguliers, que je consacre les vers réguliers à la correspondance et que je les écris au courant de la plume comme s'il s'agissait de prose, je suis très jaloux qu'il n'y ait aucune faute de versification. Lou je t'adore et t'adorant je me souviens de toute ma vie passée, de mes amours insipides auprès de celui qui est maintenant toute ma vie.

Ma vie parsemée en arrière de doux regards de femmes comme une prairie où paraissent quelques fleurs est maintenant un beau parterre où ton regard est à la fois toutes les plus belles fleurs du monde.

Qu'est-ce que le passé ? qu'importe l'avenir ? quand le présent est aussi merveilleusement royal que celui que tu m'as donné. Ô Lou, Lou câline et tendre, je t'adore car tu es ce que l'univers a de plus parfait, tu es ce que j'aime le mieux, tu es la poésie, chacun de tes gestes est pour moi toute la plastique, les couleurs de ta carnation sont toute la peinture, ta voix est toute la musique, ton esprit, ton amour toute la poésie, tes formes, ta force gracieuse sont toute l'architecture. Tu es pour moi le résumé du monde, il disparaîtrait qu'en toi je retrouverais toute la nature si belle en tout temps et partout. Ô Lou bien aimée, sois bénie pour m'avoir donné un amour inouï, plus fort que tous les amours qu'aient jamais éprouvés les hommes. Sois bénie pour t'être donnée complètement, sans restrictions. Sois bénie d'être belle comme tu l'es, sois bénie dans tes yeux, dans ta bouche, sois bénie dans tes seins qui sont comme de petites juments faisant des caprioles, sois bénie dans tes lombes où vibre la noire et terrible volupté, sois bénie dans tes jambes qui sont comme de beaux canons peints en blanc, sois bénie en tes pieds qui sont les socles du plus beau monument que la terre ait vu, ton corps de déesse, sois bénie en tes pieds qui sont forts et que j'ai baisés un jour, les croyant difformes et qui ont la beauté des pieds des femmes grecques qui marchaient toujours à pied. Je t'adore. Sois bénie en ta chevelure qui est comme du sang versé. Je t'aime. Bonsoir Amour.

Gui

Au cours de l'hiver 1915, Guillaume n'est pas encore physiquement engagé sur le front d'une guerre qui a déjà tué en six mois plus d'un tiers des 1 500 000 poilus qui continueront à perdre la vie pendant encore près de quatre ans de combats.

2 février 1915

Les soldats s'en vont lentement
Dans la nuit trouble de la ville.
Entends battre mon cœur d'amant.
Ce cœur en vaut bien plus que mille
Puisque je t'aime éperdument.

Je t'aime éperdument, ma chère.
J'ai perdu le sens de la vie
Je ne connais plus la lumière,
Puisque l'Amour est mon envie,
Mon soleil et ma vie entière.

Écoute-le battre, mon cœur !
Un régiment d'artillerie
En marche, mon cœur d'artilleur
Pour toi se met en batterie,
Écoute-le, petite sœur.

Petite sœur je te prends toute
Tu m'appartiens, je t'appartiens,
Ensemble nous faisons la route,
Et dis-moi de ces petits riens
Qui console qui les écoute.

Un tramway descend vitement
Trouant la nuit, la nuit de verre
Où va mon cœur en régiment
Tes beaux yeux m'envoient leur lumière
Entends battre mon cœur d'amant.

Ce matin vint une mésange
Voleter près de mon cheval.
C'était peut-être un petit ange
Exilé dans le joli val

Où j'eus sa vision étrange.

Ses yeux c'était tes jolis yeux,
Son plumage ta chevelure,
Son chant les mots mystérieux
Qu'à mes oreilles on susurre
Quand nous sommes bien seuls, tout les deux

Dans le vallon j'étais tout blême
D'avoir chevauché jusque-là.
Le vent criait un long poème
Au soleil dans tout son éclat.
Au bel oiseau j'ai dit : « Je t'aime »

Nîmes, le 2 février 1915

Mon ptit cœur, ta lettre du 31 janvier m'a fait encore plus de plaisir si possible que les deux lettres reçues hier. Très amusantes les histoires de farces et de chahut. Ça me ramène aux romans du temps de la Révolution (Pigault-Lebrun et d'autres) qui sont pleins de scènes semblables. Farces dangereuses en ce sens qu'elles finissent toujours par un couchage et pourvu que ce ne soit pas toi je m'en fiche. Gentille, gentille, tu es merveilleusement gentille. Ta lettre me dit des choses adorables et qui me consolent – Tu es le biniou de la chanson – Non, je ne veux pas partir si je t'ai, tu penses bien, je t'adore et si tu m'aimes je suis à toi où tu veux. Je ne t'aime pas comme tu m'aimes ? Lou ! C'est un vrai sacrilège de dire ça, je t'adore, rien ne peut dépasser mon amour pour toi, Lou chérie ! Comment peux-tu croire que je puisse m'occuper d'autres femmes – Tu es folle – Je ne pense qu'à toi – J'ai pu dire qu'il y avait quelque part une jolie fille. J'aime mieux voir une jolie fille qu'une laide, mais je me fous de toutes les filles sauf toi, je n'en désire aucune sinon toi. Oui tu es ma maîtresse archichérie, Lou chérie. Je ne regarde avec vice aucune femme. Depuis que je te connais, je ne vois que toi et dans l'amour que j'ai pour toi, il ne peut y avoir de vice, tout est pur et légitime, car je t'aime pour toujours, je suis à toi pour jamais et jamais je ne désirerai d'autre femme que toi. Et ça c'est l'amour pur, ô Lou ! Non ! Lou je ne suis plus impatient, je t'adore, c'est de l'éternité, ça, et l'impatience ne peut se concilier avec l'éternité.

Je suis un peu triste parce que depuis 1 mois et demi pas de nouvelles de mon frère à Mexico. Le pays est toujours en révolution, mon frère envoie de ses nouvelles régulièrement, un type de mon peloton qui vient de là-bas a reçu des lettres de Mexico, il y a 5 jours, alors je me demande comment il se fait que je n'aie pas de nouvelles d'Albert. Tu sais, j'aime beaucoup mon petit Albert, esprit si droit, intelligence fine, plein de bon sens, travailleur, volontaire et très doux. Très pieux, il avait voulu se faire prêtre et très joli garçon, il était tant que je l'ai connu aussi chaste que St Louis de Gonzague ou St Stanislas Kostka qui fit pénitence toute sa vie pour avoir regardé une femme avec plaisir. Je me demande ce qu'il est arrivé dans ce sacré pays d'Indiens et d'érotisme sanglant qu'est le Mexique. Mon Lou, je t'adore, tes lettres sont si tendres, si jolies qu'elles me feraient tout voir en rose si les temps n'étaient pas si terribles. Si nous n'étions pas comme en était dans lointain Moyen Âge de tous les dévergondages de l'esprit, de l'ironie lyrique, de la danse macabré et des terreurs de l'an Mil. Nous sommes dans une époque assez semblable à celle-là, c'est aujourd'hui le temps de l'Angoisse, mon Lou, et l'amour le plus joli, le plus profond, le plus décidé, c'est-à-dire le nôtre, n'est pas grâce à la destinée exempt de cette angoisse qui peut aller jusqu'à nous faire mépriser la vie. Mais, Lou très belle, ma reine, je t'aime et tu es la vie, ma vie, donc puisque je t'aime, j'aime la vie.

Gui

2 février 1915

Lou, je reprends mon petit entretien avec toi, entretien quotidien, parfois biquotidien et qui est le seul charme de ma vie nîmoise. Ces courts instants où je converse par lettre avec toi sont les meilleurs de ma journée, ils abolissent – pas tout à fait hélas ! – les distances. Il me semble alors que tu es un peu devant moi. Et le reste disparaît. Non pas que ma vie actuelle soit médiocre. Loin de là. Elle est au contraire telle que j'aurais regretté qu'elle ne fût pas cela, en de pareilles et si grandioses circonstances. Mais, Amour Chéri, tu es pour moi le plus beau de la vie et le plus noble de la terre. Je t'aime pour tout ce que tu es pour moi, pour tout ce que tu sais m'écrire, pour la façon dont tu peux agir et comme j'aime infiniment ta beauté, ton corps, tes gestes, ta voix et tout ce qui paraît de toi, que rien n'est plus parfait à mon gré que mon amour, tu es la grâce vivante, ta démarche évoque la formule du poète *patuit incessu dea* (Rien qu'à ta démarche on voit que tu es une déesse – *je traduis librement).* J'aime ton esprit romanesque et ton caractère fier que j'adore faire plier. J'adore tes baisers infinis, l'électrique souplesse de ton corps, tes récits, tes aventures et ton langage plein d'afféterie et sans affectation. Tu es un petit diable bien mignon. Je suis content que tu ne t'ennuies pas et suis si heureux que tu viennes et aussi de ta promesse de revenir après ton déménagement de Paris. C'est épatant ce que je peux t'aimer. Je n'ai jamais aimé comme ça. Il me semble que je t'ai toujours aimée, que je te connais depuis ton enfance, depuis que tu comparais ton derrière à celui des autres petites du couvent. Je voudrais Lou que tu aies pour moi, pour me l'envoyer ou me l'apporter, l'autre photo de Desgranges celle où tu es sérieuse. Ce n'est pas trop de 2 portraits de mon Lou très chéri. Puis quand tu seras à Paris tu m'enverras aussi un portrait de toi en pied pour que mon œil retrouve le corps tant aimé de ma chérie. Comment peux-tu penser que j'aie des idées pour une autre femme ? L'autre jour à Nice, au *Petit Niçois*, j'avais oublié de te le dire, on m'avait donné lettre d'introduction pour une générale de Nîmes, mari sur front, très jolie paraît-il, galante et une fille très jolie et abordable, aussi, j'ai jeté la lettre quand je l'ai retrouvée il y a quatre ou cinq jours. Ça me serait désagréable de devoir être galant ou de flirter avec quelque femme que ce soit, si belle soit-elle pour les autres, pour moi elle n'existe point puisque je t'ai toi qui es toute la beauté du monde : Ève, Hélène, Messaline, Agnès Sorel, toutes les beautés que le monde renomme ne sont que dalle auprès de mon Lou chéri que j'embrasse de toutes mes forces partout même sur son gros derrière de petit garçon désobéissant qu'il faut fouetter pour donner plus de reliefs à ses appas de jolie fille. Je t'aime. Ton

Gui

LA MÉSANGE

Les soldats s'en vont lentement
Dans la nuit trouble de la ville.
Entends battre mon cœur d'amant.
Ce cœur en vaut bien plus de mille
Puisque je t'aime éperdument.

*

Je t'aime éperdument, ma chère,
J'ai perdu le sens de la vie
Je ne connais plus la lumière,
Puisque l'Amour est mon envie,
Mon soleil et ma vie entière.

*

Écoute-le battre mon cœur !
Un régiment d'artillerie
En marche, mon cœur d'Artilleur
Pour toi se met en batterie,
Écoute-le, petite sœur.

*

Petite sœur je te prends toute
Tu m'appartiens, je t'appartiens,
Ensemble nous faisons la route.
Et dis-moi de ces petits riens
Qui consolent qui les écoute.

*

Un tramway descend vitement
Trouant la nuit la nuit de verre
Où va mon cœur en régiment
Tes beaux yeux m'envoient leur lumière
Entends battre mon cœur d'amant.

*

Ce matin vint une mésange
Voleter près de mon cheval.
C'était peut-être un petit ange
Exilé dans le joli val
Où j'eus sa vision étrange.

*

Ses yeux c'était tes jolis yeux,
Son plumage ta chevelure,
Son chant les mots mystérieux
Qu'à mes oreilles on susurre
Quand nous sommes bien seuls, tous deux

*

Dans le vallon j'étais tout blême
D'avoir chevauché jusque-là
Le vent criait un long poème
Au soleil dans tout son éclat.
Au bel oiseau j'ai dit : « Je t'aime ! »

3 février 1915

Tu m'as parlé de vice en ta lettre d'hier
Le vice n'entre pas dans les amours sublimes
Il n'est pas plus qu'un grain de sable dans la mer

Un seul grain descendant dans les glauques abîmes
Nous pouvons faire agir l'imagination
Faire danser nos sens sur les débris du monde
Nous énerver jusqu'à l'exaspération
Ou vautrer nos deux corps dans une fange immonde
Et liés l'un à l'autre en une étreinte unique
Nous pouvons défier la mort et son destin
Quand nos dents claqueront en claquement panique
Nous pouvons appeler soir ce qu'on dit matin
Tu peux déifier ma volonté sauvage
Je peux me prosterner comme vers un autel
Devant ta croupe qu'ensanglantera ma rage
Nos amours resteront pures comme un beau ciel
Qu'importe qu'essoufflés muets bouches ouvertes
Ainsi que deux canons tombés de leur affût
Brisés de trop s'aimer nos corps restent inertes
Notre amour restera bien toujours ce qu'il fut
Ennoblissons mon cœur l'imagination
La pauvre humanité bien souvent n'en a guères
Le vice en tout cela n'est qu'une illusion
Qui ne trompe jamais que les âmes vulgaires

3 février 1915

La trompette sonne et résonne,
Sonne l'extinction des feux.
Mon pauvre cœur, je te le donne
Pour un regard de tes beaux yeux.

Et c'est l'heure, tout s'endort,
J'écoute ronfler la caserne,
Le vent qui souffle vient du Nord,
La lune me sert de lanterne
Un chien perdu crie à la mort.

La nuit s'écoule, lente, lente,
Les heures sonnent lentement

Toi, que fais-tu, belle indolente
Tandis que veille ton amant
Qui soupire après son amante,

Et je cherche au ciel constellé
Où sont nos étoiles jumelles
Mon destin au tien est mêlé
Mais nos étoiles où sont-elles ?
Ô ciel, mon joli champ de blé…

Hugo l'a dit célèbre image
Booz et Ruth s'en vont là-haut
Pas au plafond sur le passage
Comme au roman de Balao
Duquel je n'ai lu qu'une page

Un coq lance « cocorico »
Ensemble nos chevaux hennissent
A Nice me répond l'Echo
Tous les amours se réunissent
Autour de mon petit Lou de Co

L'inimaginable tendresse
De ton regard parait aux cieux
Mon lit ressemble à ta caresse
Par la chaleur puisque tes yeux
Au nom de Nice m'apparaissent

La nuit s'écoule doucement
Je vais enfin dormir tranquille
Tes yeux qui veillent ton amant
Sont-ce pas ma belle indocile
Nos étoiles au firmament

Massillan, 3 février 1915

Excuse mon papier, ma très belle chérie – Nous avons été ce matin au champ de tir, il fait tellement froid que je me suis esquivé. Je n'ai pas emporté de gants. Il m'était impossible de rester là-bas – Je me suis arrêté dans une auberge. Je reprendrai le rang dans ma colonne quand elle repassera. Je n'ai pas d'autre papier, sous les mots d'amour que j'inscris ici, il y a des notes d'artillerie. J'ai gardé ta lettre d'hier pour la relire aujourd'hui. Petit Lou, j'ai pensé en venant ici à quelles beautés célèbres on pourrait te comparer et j'ai reconnu que tu as le sublime de toutes et les dépasses encore, car tu es incomparable. Tu as la cruauté lascive de Salomé la danseuse, tu as la beauté fatale d'Hélène qui entraîne tous les hommes après toi, tu as les grands yeux égyptiens cerclés de noir de l'Égyptienne Cléopâtre. Tu as la grande bouche voluptueuse de la noire reine de Saba, tu es pieuse comme La Vallière parmi les Carmélites, tu es tacite comme la Maintenon, tu as été infidèle comme Thérésia Cabarrus qui devint Madame Tallien et mourut princesse de Chimay, tu es fidèle dans l'infidélité comme la Créole Joséphine. Tu as le bon sens de l'Épouse du Taciturne, et tu as cet orgueil qu'il faut bien briser, que tu sais devoir être brisé, que tu aimes à sentir brisé sous les coups, qui est de toi, qui est mon petit Lou et qui te distingue de toutes les femmes, peut-être seule la Madeleine avait-elle cela et encore, ce n'était pas une orgueilleuse comme toi. Lou chérie, je voudrais te rendre plus illustre que toutes ces femmes. Je voudrais que grâce à moi ta beauté resplendisse sur le monde comme celle du Parthénon, que tout le monde te dise plus belle qu'Hélène, que ton renom de grâce soit plus grand que le renom de hauteur de la tour Eiffel. Il y eut autrefois une belle Toulousaine, je crois, qu'on appela la Belle Paule, car tel était son prénom, son amant la chanta, chanta toutes ses beautés même les plus secrètes et l'opuscule qui contient la description de ces appas n'est pas seulement aujourd'hui un monument de l'amour qu'il éprouvait pour elle, mais encore une rareté bibliographique. Ce n'est pas cette gloire obscure que je veux pour toi. Il y a déjà plus de gloire vraie dans celle de la belle Péronne qu'aima Guillaume de Machaut, le prince des poètes de son temps. Ç'est de son nom que vient le terme de péronnelle. Il est employé en mauvaise part bien qu'elle-même fût une fille de talent et bien spirituelle. Mais son renom quoique on l'ait oubliée elle-même et bien qu'un peu péjorative est plus grand que celle de la belle Paule. Ce n'est pas assez. Je veux pour toi une gloire comparable à celle d'Hélène et le dessein de te rendre aussi glorieuse ne peut que m'être profitable puisque pour l'accomplir il faudra que l'Amour me donne le génie, plus que le génie, du grand aveugle Homère.

Pardonne-moi, Lou, tout ce pédantisme d'un matin glacial, n'y vois que le témoignage de mon ingéniosité à vouloir t'aimer chaque jour davantage et différemment que la veille. Pardonne encore ce papier. J'arrive au bout et vais préparer mon cheval pour retourner au champ de tir voir ce qui s'y passe. Ton

Gui

Nîmes, le 3 février 1915

C'est la troisième fois que je t'écris aujourd'hui, mon Lou ; d'abord cette nuit je t'ai fait un petit poème ci-joint. Ensuite à Massillan une longue lettre et maintenant après avoir reçu ta lettre du 1er février je te récris à la cantine. C'est phénoménal comme ta lettre me fait plaisir et me désespère à la fois. Je suis content pour Toutou et pour toi et navré de tous les retards. Je suis dans une mauvaise passe. Esquinté par le cheval. Je l'ai dit à l'instructeur, demain je ne veux pas aller à cheval. Nous ne sommes pas assez forts. On nous fait faire des bonds, des histoires impossibles dans la campagne nîmoise qui est comme un squelette. Ça a l'air d'un cimetière. Rien que des pierres coupantes pareilles à des ossements. Accidents tous les jours. Des branches ont esquinté la figure de 2 de mes camarades, un troisième est encore tombé au galop, esquinté le genou et démis l'épaule. Moi, je suis fatigué, je ne peux plus serrer les genoux. Hier examen d'artillerie, j'ai eu la meilleure note, mais on nous esquinte. On a diminué la nourriture… Enfin ! Tout ça est sans intérêt. – *(Ta lettre, je l'adore.)* Aujourd'hui décision ministérielle qu'on ne nomme plus de sous-officiers dans les dépôts mais seulement au front. Alors, je me demande si on y nommera des officiers. Je t'assure que si ça continue je demande à devenir servant et je renonce à tous galons, d'autant plus qu'en partant avec une batterie de 120 je peux avoir des galons en étant servant. Maintenant nous avons des bourrins argentins qui sont grands comme des éléphants, qui marchent comme des ours et foutent des coups de pied de côté, c'est vraiment rigolo. – Enfin ! mon ptit Lou, tu vois que je n'ai de joie que par toi, par tes lettres, par ta présence désirée, espérée. Alors, il faut attendre encore au moins 20 jours avant ton arrivée ? Du coup je ne sais plus quoi écrire ! Alors peu à peu ce sont mes prévisions qui se réalisent pour la guerre ? ! Tu m'annonces petit à petit ce que je te disais – Je suis en train d'espérer l'entrée de la Roumanie dans le bal actuel. Ça pourra avancer les choses. Écris-moi, Lou, des lettres plus détaillées et parfois plus longues. Je suis avide de tout ce que tu dis et fais. Ainsi vous avez tous pris une cuite à Baratier ? Et vous vous êtes bien amusés. Tant mieux. Saint-Jean devait être très joli sous la neige. J'aurais voulu voir cela : les oranges sous la neige ! ! Maintenant, il fait meilleur ici. Le vent est tombé, le soleil brille. Je t'aime, mon ptit Lou, et t'espère pour bientôt. Et les lettres des bienheureux, rappliquent-elles toujours avec autant d'abondance ? Mora toujours furieux, Zyp toujours insinuant, Mogi toujours suisse. Les gigolos niçois papillonnent-ils toujours ? – Et la photo pr Rouveyre ? Alors quand pars-tu au front ? Mon beau ptit Lou, je t'aime et te prends de toute, tant que je peux. Je te récrirai sans doute encore ce soir, jamais écrit tant de lettres à quelqu'un qu'à toi, je ne me reconnais plus, mais je t'adore.

Gui

PARCE QUE TU M'AS PARLÉ DE VICE...

Tu m'as parlé de vice en ta lettre d'hier.
Le vice n'entre pas dans les amours sublimes.

Il n'est pas plus qu'un grain de sable dans la mer,
Un seul grain descendant dans les glauques abîmes.

*

Nous pouvons faire agir l'imagination,
Faire danser nos sens sur les débris du monde,
Nous énerver jusqu'à l'exaspération
Ou vautrer nos deux corps dans une fange immonde,

*

Et liés l'un à l'autre en une étreinte unique,
Nous pouvons défier la mort et son destin
Quand nos dents claqueront en claquement panique ;
Nous pouvons appeler soir ce qu'on dit matin.

*

Tu peux déifier ma volonté sauvage,
Je peux me prosterner comme vers un autel
Devant ta croupe qu'ensanglantera ma rage,
Nos amours resteront pures comme un beau ciel.

*

Qu'importe qu'essoufflés, muets, bouches ouvertes
Ainsi que deux canons tombés de leur affût,
Brisés de trop s'aimer, nos corps restent inertes !
Notre amour restera bien toujours ce qu'il fut…

*

Ennoblissons, mon cœur, l'imagination !
La pauvre humanité bien souvent n'en a guères.
Le vice en tout cela n'est qu'une illusion
Qui ne trompe jamais que les âmes vulgaires.

Nîmes, le 3 février 1915

Mon petit Lou, c'est la 4e fois que je t'écris aujourd'hui – je t'envoie ci-incluse ma lettre du 30 janvier qui m'a été retournée – pas d'adresse ! avais oublié de l'écrire. Je t'embrasse mille fois et vais t'écrire un petit poème aussitôt ma lettre finie. Le temps a été beau cet après-midi. Je suis plus patient, ce qui est une façon de t'aimer davantage. Il y a eu encore un départ aujourd'hui. Ce n'est pas long, un départ. On désigne les hommes le soir, ils partent le lendemain matin. D'ailleurs ils ne sont plus aussi bien équipés que ceux partis il y a un mois. On ne nous permet plus d'approcher ceux que nous connaissons pour leur dire au revoir. J'avoue que je trouve cela un peu brutal et un peu expéditive la façon de ne leur donner pas le temps de dire ouf ! Nos plaques d'identité à tous sont prêtes comme nos livrets. Je me demande si nous resterons – je dis moi – jusqu'à juin. Enfin, si tu le crois, je veux bien et parce que je t'ai. Sans quoi… Je t'aime, Lou, t'adore, te suce la bouche, te baise partout, partout, ma chérie, ma consolation, mon amour, ma gloire. Je te serre dans mes bras et t'y garde longtemps de toutes mes forces, pour toujours. Ton

Gui

NOS ÉTOILES

La trompette sonne et resonne,
Sonne l'extinction des feux.
Mon pauvre cœur je te le donne
Pour un regard de tes beaux yeux,
Un mouvement de ta personne.

*

Et c'est dix heures, tout s'endort,
J'écoute ronfler la caserne,
Le vent qui souffle vient du Nord,
La lune me sert de lanterne
Un chien perdu crie à la mort.

*

La nuit s'écoule lente, lente,
Les heures sonnent lentement
Toi, que fais-tu, belle indolente
Tandis que veille ton amant
Qui soupire après son amante ?

*

Et je cherche au ciel constellé
Où sont nos étoiles jumelles
Mon destin au tien est mêlé
Mais nos étoiles, où sont-elles ?
Ô ciel, mon joli champ de blé !

*

Hugo l'a dit, célèbre image,
Booz et Ruth s'en vont là-haut,
Pas au plafond, sur le passage,
Comme au roman de Balao
Duquel je n'ai lu qu'une page.

*

Un coq lance « cocorico ».
Ensemble nos chevaux hennissent.
À Nice, me répond l'Écho,
Tous les Amours se réunissent
Autour de mon ptit Lou de Co…

*

L'inimaginable tendresse
De ton regard paraît aux cieux
Mon lit ressemble à ta caresse
Par la chaleur puisque tes yeux
Au nom de Nice m'apparaissent.

*

La nuit s'écoule doucement
Je vais enfin dormir tranquille.
Tes yeux qui veillent ton amant,
Sont-ce pas, ma belle indocile
Nos étoiles au firmament ?

Si on ne peut vendre l' – *East Rand* reprends la ! –

Nîmes, le 4 février 1915

Mon cœur, t'as rien compris à l'endroit où se passaient les vers, c'est la Promenade de *la Fontaine* à Nîmes, ce sont d'anciens bains romains, tu te souviens, c'est l'endroit le plus joli de Nîmes, il y a 2 gigolos, mais les esclaves sont des filles. – Le prince Karageorgewitch qui est *tellement intelligent ! avec un charme slave exquis* t'a dit que la guerre pouvait durer 2 ans – Guillaume Apollinaire qui [est] tellement stupide, sans charme exquis bien qu'un peu slave, t'a dit la même chose. Aussitôt tu admires, petite snobinette, le rasta serbe, avec autant de décision que tu engueulais Guillaume Apollinaire, le traitant de pessimiste, de voyeur en noir, lui disant que tu ne parlerais plus guerre avec lui, etc., etc. Souviens-toi, Lou, que tout ce que je t'ai dit se vérifiera, tu as beau ne pas me croire, c'est cependant ainsi. Je ne t'en veux pas. Mais ton esprit, au lieu de s'efforcer à se lier au mien, ne cherche qu'à s'en défier, n'y voulant voir que déséquilibre, étrangeté et peut-être pis. Suis très vexé, tu sais mon Lou, très très vexé, mais pas fâché du tout, tes révoltes contre ma logique m'amusent au plus haut point. J'ai bien plus confiance en toi puisque je finis par céder le pas à tes idées, à y céder en apparence, car j'attends toujours le moment où tu m'annonceras la même chose que je t'ai dite quand tu la tiens d'une autre source que la mienne et que tu crois plus autorisée.

Fille de peu de foi, je n'ai peut-être pas d'habileté pratique, mais je t'assure que mes jugements sont rarement en défaut. C'est chez moi raisonnement et instinct et même l'instinct vient avant : c'est peut-être ma seule qualité d'ailleurs. Maintenant, je pense cependant, mon Lou, qu'il peut y avoir des causes intérieures qui influent pour hâter la solution. T'expliquerai... mais, on ira au moins jusqu'à la fin de l'année. – Mon Lou, raconte-moi le détail de tes menottes et de tes excitations, raconte-le complètement, ça m'amuse infiniment, bien plus même. Ne crains pas que je me fâche des détails quels qu'ils soient, tout ce qui t'excite d'où et de qui ça vienne m'intéresse. Ce n'est pas gentil à toi de m'en priver... Tu prends toujours mes énervements et mes tristesses momentanées pour des particularités d'un caractère trop jaloux. Tu te trompes, Lou. Je t'aime et si tu m'aimes, c'est assez. Reçu une lettre de la petite fille de 15 ans que je te destine. Comme tu peux voir, elle me fait une sorte de déclaration *A vous pour la vie*. Je ne lui ai rien dit, ni rien fait pour qu'elle écrive cela. Tu vois que je peux te la destiner, elle te plaira beaucoup. Sa sœur a un gosse ! ! La petite qui m'écrit me dit d'embrasser son amie la nièce du préfet à Nîmes. C'est rigolo. Tu peux être sûre que je ne m'en soucie pas. C'est toi mon Lou que je voudrais... baiser, mon Lou chéri, et reproduire seul avec toi toutes les scènes de la Fontaine, l'une après l'autre. À bientôt, mon Lou, je suis beaucoup plus tranquille, depuis que j'ai pris la décision de lâcher le peloton si on m'y emmerde trop... D'ailleurs je crois que je ne le quitterai pas, mais, enfin, je me fous pas mal des galons après tout et guerre pour guerre, je la ferai bien comme ça viendra. Il est possible qu'on nous nomme bientôt brigadiers, mais on ne sait jamais ici ce qui va se passer. Je t'aime, ton

Gui

L'érotisme des « lettres-poèmes » de Guillaume est aussi la rançon de la continence forcée que lui impose sa vie d'encaserné.

4 février 1915

Mon Lou mon Cœur, mon Adorée
Je donnerais dix ans et plus
Pour ta chevelure dorée

Pour tes regards irrésolus
Pour la chère toison ambrée

Plus précieuse que n'était
Celle-là dont savait la route
Sur la grand-route du Cathai
Qu'Alexandre parcourut toute
Circé que son Jason fouettait

Il la fouettait avec des branches
De laurier-sauce ou d'olivier
La bougresse branlait des hanches
N'ayant plus rien à envier
En faveur de ses fesses blanches

Ce qu'à la Reine fit Jason
Pour ses tours de sorcellerie
Pour sa magie et son poison
Je te le ferai ma chérie
Quand serons seuls à la maison

Je t'en ferai bien plus encore
L'amour la schlague et cotera
Un cul sera noir comme un Maure
Quand ma maîtresse arrivera
Arrive ô mon Lou que j'adore

Dans la chambre de volupté
Où je t'irai trouver à Nîmes
Tandis que nous prendrons le thé
Pendant le peu d'heures intimes
Que m'embellira ta beauté

Nous ferons cent mille bêtises
Malgré la guerre et tous ses maux
Nous aurons de belles surprises
Les arbres en fleur les Rameaux
Pâques les premières cerises

Nous lirons dans le même lit
Au livre de ton corps lui-même
C'est un livre – qu'au lit on lit –

Nous lirons le charmant poème
Des grâces de ton corps joli

Nous passerons de doux dimanches
Plus doux que n'est le chocolat
Jouant tous deux au jeu des hanches
Le soir j'en serai raplapla
Tu seras pâle aux lèvres blanches
Un mois après tu partiras
La nuit descendra sur la terre
En vain je te tendrais les bras
Magicienne du mystère
Ma Circé tu disparaîtras

Où t'en iras-tu ma jolie
À Paris dans la Suisse ou bien
Au bord de ma mélancolie
Ce flot méditerranéen
Que jamais jamais on n'oublie

Alors sonneront sonneront
Les trompettes d'artillerie
Nous partirons et ron et ron
Petit patapon ma chérie
Vers ce que l'on appelle le Front

J'y ferai qui sait des prouesses
Comme font les autres poilus
En l'honneur de tes belles fesses
De tes doux yeux irrésolus
Et de tes divines caresses

Mais en attendant je t'attends
J'attends tes yeux ton cou ta croupe
Que je n'attende pas longtemps
De tes beautés la belle troupe
M'amie aux beaux seins palpitants

Et viens-t'en donc puisque je t'aime
Je le chante sur tous les tons
Ciel nuageux la nuit est blême

La lune chemine à tâtons
Une abeille sur de la crème.

ADIEU

L'amour est libre il n'est jamais soumis au sort
O Lou le mien est plus fort encor que la mort
Un cœur le mien te suit dans ton voyage au Nord

Lettres Envoie aussi des lettres ma chérie
On aime en recevoir dans notre artillerie
Une par jour au moins une au moins je t'en prie

Lentement la nuit noire est tombée à présent
On va rentrer après avoir acquis du zan
Une deux trois À toi ma vie À toi mon sang

La nuit mon cœur la nuit est très douce et très blonde
O Lou le ciel est pur aujourd'hui comme une onde
Un cœur le mien te suit jusques au bout du monde

L'heure est venue Adieu l'heure de ton départ
On va rentrer Il est neuf heures moins le quart
Une deux trois Adieu de Nîmes dans le Gard

Nîmes, le 4 fév. 1915

Lou ma chérie, bien content que t'aies ta permission. Espère que tu réussiras bien. Salue bien Toutou de ma part. Toutes mes amitiés. Dis-lui que je l'aime beaucoup et que suis sûr de l'aimer plus encore quand le connaîtrai. Enfin garde-toi bien dans ce voyage dangereux pr une petite femme et que Dieu te garde, mon amour. Pas d'imprudences d'aucune sorte – Fais-moi savoir où je dois continuer à t'écrire et s'il faut t'écrire. Dis aussi si m'écriras. Tâche de m'écrire. Tu m'as pas répondu au sujet de la carte de *Marie L* ? Maman a bien reçu les oranges. Était très contente. Aujourd'hui mal au ventre toute la journée. Ce matin laudanum, cet après-midi élixir parégorique et bismuth, suis très très faible, prends un thé au rhum. Je ne mange pas. Ai frissons. Si t'as pas de lettre de moi, c'est pas ma faute, mais des postes, car t'écris plusieurs par jour plutôt qu'une. Et ton pognon ? comme tu dis si voyoutement l'as-tu reçu ? Tu me reparles de Borys, c'est un type qui ne m'intéresse plus du tout sauf pour obtenir des permissions.

Ta lettre du 28 janvier toujours pas arrivée ? Perdue ? ou pas écrite ? mon Lou. Et la guerre, penses-tu que j'ai raison maintenant ? Ce sera peut-être moins long, mais peut-être pas beaucoup. En tout cas, c'est simple, si ça dure peu de temps c'est que la France et ses alliés sont vaincus, plus ça dure, plus certitudes de notre victoire augmentent. Le temps est notre allié. Il est l'ennemi des Allemands qui auraient eu besoin que ça allât vite. Donc, patriotiquement, faut souhaiter que ce soit long. Voilà ! Voilà, petit Lou impatient. Envoie-moi tes impressions de voyage complètes chaque jour, toutes crues, ce sera très intéressant. Tu auras le temps en voyage, tu as un stylographe. Dis bien à Toutou combien je souhaite que le rude baiser septentrional soit compensé par les tiens qui sont si doux. Dis-lui que je manie le millième et le décigrade avec brio et que je vais commander bientôt mon premier tir avec transport de tir (8 obus). Ce sera sans doute avec le 90. Dis-lui que s'il avait par hasard un sitomètre de rabiot, il me rendrait service en me l'envoyant par toi, car ça m'épargnerait une dépense de 25 francs. Il faut que j'achète la réglette et d'autres petites choses. Demande-lui aussi si on emploie beaucoup la hausse décalée (au 75) sur le front.

Voilà mon Lou, quelques commissions pour ton charmant maréchal des logis.

Sur ces recommandations, qui j'espère te parviendront encore avant ton départ, je clos ma lettre en t'embrassant, en te câlinant, en te caressant, en te serrant bien fort, bouche contre bouche – Si t'y penses, apporte-moi, boîte bi-oxyne de voyage – (1 fr. 75) et, saluée par nos glorieux canons, entre, radieuse, ô reine de mon cœur et reine de beauté, dans la zone des armées prosternées devant toi dans les tranchées triomphales.

Gui

RÊVERIE SUR TA VENUE

Mon Lou, mon Cœur, mon Adorée,
Je donnerais dix ans, et plus,
Pour ta chevelure dorée,
Pour tes regards irrésolus,
Pour ta chère toison ambrée

Plus précieuse que n'était
Celle-là dont savait la route,
Sur la grand'route du Cathai
Qu'Alexandre parcourut toute,
Circé que son Jason fouettait.

Il la fouettait avec des branches
De laurier-sauce ou d'olivier,
La bougresse branlait des hanches
N'ayant plus rien à envier

En faveur de ses fesses blanches.

Ce qu'à la Reine fit Jason
Pour ses tours de sorcellerie,
Pour sa magie et son poison
Je te le ferai, ma chérie,
Quand serons seuls à la maison.

Je t'en ferai bien plus encore !
L'amour, la schlague et cœtera…
Un cul sera noir comme un Maure
Quand ma maîtresse arrivera…
Arrive, ô mon Lou que j'adore !

Dans la chambre de volupté
Où je t'irai trouver à Nîmes,
Tandis que nous prendrons le thé,
Pendant le peu d'heures intimes
Que m'embellira ta beauté

Nous ferons cent mille bêtises…
Malgré la guerre et tous ses maux
Nous aurons de belles surprises :
Les arbres en fleur, les Rameaux,
Pâques, les premières cerises…

Nous lirons dans le même lit,
Au livre de ton corps lui-même
C'est un livre qu'au – lit on lit –
Nous lirons le charmant poème
Des grâces de ton corps joli.

Nous passerons de doux dimanches
Plus doux que n'est le chocolat,
Jouant tous deux au jeu des hanches.
Le soir j'en serai raplapla,
Tu seras pâle aux lèvres blanches.

Un mois après tu partiras…
La nuit descendra sur la terre.
En vain, je te tendrai les bras
Magicienne du mystère,

Ma Circé, tu disparaîtras...

Où t'en iras-tu, ma jolie ?
A Paris, dans la Suisse ou bien
Au bord de ma mélancolie :
Ce flot méditerranéen
Que jamais, jamais on n'oublie ?

Alors sonneront, sonneront
Les trompettes d'artillerie.
Nous partirons et ron et ron
Petit patapon, ma chérie,
Vers ce qu'on appelle le Front

J'y ferai, qui sait ? des prouesses
Comme font les autres poilus,
En l'honneur de tes belles fesses,
De tes doux yeux irrésolus
Et de tes divines caresses.

Mais en attendant, je t'attends.
J'attends tes yeux, ton cou, ta croupe...
Que je n'attende pas longtemps
De tes beautés la belle troupe
M'amie aux beaux seins palpitants

Et viens-t-en donc puisque je t'aime
Je le chante sur tous les tons...
... Ciel nuageux... la nuit est blême...
La lune chemine à tâtons...
Une abeille sur de la crème...

DANS UN CAFÉ À NÎMES

Vous partez ? – Oui ! c'est pour ce soir –
Où allez-vous ? Reims ou Belgique !
Mon voyage est un grand [trou] noir
À travers notre République
C'est tout ce que j'en peux savoir –

Y fûtes-vous ? – Dans la Lorraine
J'ai fait campagne tout d'abord ;
J'ai vu la Marne et j'ai vu l'Aisne,
J'ai frôlé quatre fois la mort
Qui du Nord est la souveraine.

J'ai reçu deux éclats d'obus
Et la médaille militaire.
Blessé, c'est dans un autobus
Que je m'en revins en arrière
Près d'un espion en gibus.

Il voulait fuir. Mes mains crispées
L'étranglèrent. Ce vilain mort
Me servit de lit. Les Napées
Et toutes les Nymphes du Nord
Sur le chemin s'étaient groupées –

Et disaient d'une douce voix,
Tandis que couleur d'espérance
Bruissait le feuillage des bois
« Bravo ! petit soldat de France. »
Puis je fis un signe de croix… –

Caporal qui vas aux tranchées
Heureux est ton sort glorieux !
Là-bas, aux lignes piochées,
À vos fusils impérieux
Les victoires sont accrochées !

Dans un dépôt, nous, canonniers
Attendons notre tour de gloire,
Vous êtes partis les premiers ;
Nous remporterons la victoire
Qui se jette au cou des derniers. –

Canonnier ayez patience !
Adieu donc ! – Adieu, caporal ! –
Votre nom ? – Mon nom ? L'Espérance !
Je suis un canon, un cheval,
Je suis l'Espoir… Vive la France !…

Nîmes, le 6 février 1915

Daté mes lettres d'hier du 4 par erreur – Aujourd'hui ta lettre du jeudi 4 – Donc tu pars, t'écrirai demain dimanche 1re fois et mercredi 2e fois. – Mais je ne comprends pas bien pourquoi pas tous les jours puisque tu écris bien à Toutou tous les jours, et qu'il t'écrit aussi tous les jours. Puisque tu ne reçois aucune lettre sous ton nom comprends pas du tout ces bizarres précautions. Je suppose que ça vient de ce que Toutou ne sait pas que je t'écris chaque jour et que tu m'écris de même et que tu crains de le peiner en le lui disant – qu'en retour, tu ne m'écriras pas plus et que je me brosserai à Nîmes.

Donc, quand tu recevras donc cette lettre, tu seras dans la belle capitale de la Lorraine, dans la capitale du roi Stanislas, dont l'histoire me séduit infiniment. Je me suis beaucoup amusé en lisant la vie de son nain Ferry. Tu entends peut-être gronder le canon ! Je t'ai écrit hier de dire mille choses de ma part à Toutou, je te les répète au cas où tu partirais avant d'avoir reçu ma lettre. Embrasse-le sur les deux joues. Dis-lui que je suis son ami et que je suis sûr que notre amitié augmentera encore quand nous nous connaîtrons. Demande-lui s'il n'aurait pas un sitomètre de trop à m'envoyer par toi. Enfin mon Lou que Dieu te garde et que N. Dame te protège, toi, petite femme courageuse et simple très gentiment. Reviens saine et sauve du front, ma chérie. Tu sais combien je t'aime, je vais être anxieux pendant tout ce voyage. Je voudrais bien que tu aies eu à Baratier avant ton départ les lettres que je t'ai écrites, ces jours derniers, c'est fantastique comme les postes sont bizarrement faites.

Enfin fais bonne provision d'impressions intéressantes que tu me raconteras. Je t'envoie une amusante coupure de *l'Écho de Paris :* un fait divers singulier et rigolo.

Je ne t'écris pas très longuement aujourd'hui parce que je suis invité à dîner par mon ami Nicolini et vais m'occuper de ta chambre.

Ma sollicitude t'accompagne, tu es mon constant souci et ma suprême consolation.

Je t'aime de toutes mes forces. Pas de poème aujourd'hui je t'en ai fait des masses ces jours derniers. Si pourtant, dis à Toutou ce vers sur l'artillerie, je l'ai pris dans un petit poème envoyé à mon ami André Dupont, l'homme le plus méchant de Paris, et je l'ai inscrit sur mes cahiers d'artillerie

L'Artillerie est l'art de mesurer les angles

Mille baisers, je t'adore, je te baise sur la bouche, ma toute adorée. Ton

Gui
pour la vie.

Guillaume reste très seul à Nîmes, confiné dans sa caserne. Au fil des semaines, l'hiver reprend ses droits : l'euphorie des premiers jours est déjà bien lointaine.

Lou ne cesse de s'éloigner, ses lettres s'espacent et se raréfient. Guillaume fait semblant d'accepter que l'amitié remplace l'amour.

7 février 1915

Les moutons noirs des nuits d'hiver
S'amènent en longs troupeaux tristes
Les étoiles parsèment l'air
Comme des éclats d'améthystes

Là-bas tu vois les projecteurs
Jouer l'aurore boréale
C'est une bataille de fleurs
Où l'obus est une fleur mâle

Les canons membres génitaux
Engrossent l'amoureuse terre
Le temps est aux instincts brutaux
Pareille à l'amour est la guerre

Ecoute au loin les branle-bas
Claquer le drapeau tricolore
Au vent dans le bruit des combats
Qui durent du soir à l'aurore

Salut salut au régiment
Qui va rejoindre les tranchées
Dans le ciel pâle éperdument
Sur lui la victoire est penchée

Mon cœur embrasse les deux fronts
Front de Toutou front de l'armée
Ce qu'ils ont fait nous le ferons
Au revoir ô ma bien-aimée

Nîmes, le 7 février 1915

Ma Lou adorée – Hier soir dîné chez Nicolini et vu quelques appartements. Rien de fameux dans Nîmes même cher. Ce que j'ai trouvé de mieux est dans la maison de Nicolini – C'est 40 francs par mois, deux pièces, une grande, une petite. La grande a une fenêtre au midi et une à l'est, ce sont les meilleures expositions, elle donne sur un jardin, c'est très tranquille, la petite a une fenêtre au midi, dans la grande un lit assez grand, un autre petit lit de fer qui servira de divan avec des étoffes, un grand bureau épatant avec des tas de tiroirs, fauteuil, chaises, table ronde, suspension à gaz, dalles comme partout à Nîmes, mais on donnera descente de lit et tapis sous la table, cheminée, pendule, placard, rideaux.

Dans la petite, toilette, évier pour vider l'eau, fourneau à gaz, suspension à gaz, table, chaise, seau pour besoins naturels ! (pas moyen d'avoir cabinets à Nîmes, ici ils sont dans le jardin, alors un ou deux seaux dans la pièce cuisine remplaceront cela et seront descendus le matin par la femme de ménage). Il y aura également une bonbonne pour l'eau de la journée que la femme de ménage montera le matin du puits ou de la fontaine, car il y a un puits dans le jardin et une fontaine au bout de l'enclos, dans la rue de la Biche. La maison est bien, jouissance du jardin qui est bien, proximité de promenades jolies, bon air, tranquillité, pas de boutiques et cependant proximité de boutiques pour les provisions. On est séparé, pas de promiscuité, 3 locataires. Au rez-de-chaussée un lieutenant du

19e et sa famille, au 1er à droite Nicolini et sa famille, à gauche toi, tes chiens et parfois ton artilleur Gui.

Voici le plan. Au-dessus de toi belle terrasse vérandah avec belle vue sur le mont du Plan et où tu pourras mettre au besoin linge à sécher. Tu auras linge, assiettes, ustensiles de cuisine – Il faudra acheter un bidet, chose peu commune à Nîmes. C'est à dix minutes à pied du 38e.

La propriétaire a promis une femme de ménage dans les prix normaux et doux. Tu la garderas une ou deux heures le matin. À midi tu feras ta petite popote toi et tes chiens (Il y a des boucheries de cheval à Nîmes) ou bien tu t'arrangeras avec Mme Nicolini, si elle te plaît, sinon non, le soir moi parti tu referas la petite popote. J'ai acheté aujourd'hui un bout d'indienne ancienne pour jeter sur le lit divan. Je vais chercher d'autres petites choses et tâcher d'arranger cela qui est en soi pas mal de la façon la plus séduisante possible. Le jardin est joli et touffu. Voilà ! Dis ce que tu en penses ? – J'ai reçu aujourd'hui la lettre extraordinairement suggestive où tu me parles de la poésie *le Rêve*. Tu penses ce que ça a pu me faire. Été sur le point de me faire comme tu as fait. Mais ai résisté. Ça n'a pas été loin d'ailleurs. Il était moins cinq. J'ai relu la lettre au moins vingt fois depuis ce matin. – Vais acheter une cravache… les cavaliers ont besoin de cet instrument !

Vais acheter une cravache
En peau de porc, jaune en couleur,
Si je n'en trouve que macache
Prendrai mon fouet de conducteur.

Aujourd'hui journée du 75, les jeunes filles de Nîmes parcourent les rues vendant des petits drapeaux, en voici un pour Toutou. Embrasse-le bien pour moi. C'est lui qui te remettra cette lettre. Ce soir vais redîner chez Nicolini. Je t'enverrais bien poèmes, mais préfère les garder pour te les remettre ici. Je t'attends, mon Lou, avec une impatience auprès de quoi l'impatience que me décrit si bien ta jolie lettre d'aujourd'hui n'est rien. Demain, ne t'écrirai pas. T'écrirai mercredi encore par Toutou puis me conformerai à tes prescriptions. En tout cas sois prudente, mon Lou adorée, qui vas sur le front avant moi – Tu sais que j'en suis un peu vexé d'être ici à faire l'élève officier – On nous a reversé un nouvel élève, un ingénieur chimiste nommé Bergognon. – Je suis donc vexé de me balader ici pendant que tu risques ta vie sur le front. Heureux Toutou ! Ce héros a d'ailleurs mérité pleinement la visite que tu vas lui faire. Comme il doit être content et toi. Tu me raconteras vos émotions de la première minute. Donc dis bien à notre Toutou que je l'aime beaucoup, beaucoup.

Les moutons noirs des nuits d'hiver
S'amènent en longs troupeaux tristes.
Les étoiles parsèment l'air
Comme des éclats d'améthystes.

Là-bas tu vois les projecteurs
Jouer l'aurore boréale.
C'est une bataille de fleurs
Où l'obus est une fleur mâle

Les canons membres génitaux,
Engrossent l'amoureuse terre.
Le temps est aux instants brutaux.

Pareille à l'amour est la guerre.

Écoute au loin les branle-bas,
Claquer le drapeau tricolore
Au vent, dans le bruit des combats
Qui durent du soir à l'aurore.

Salut, salut au régiment
Qui va rejoindre les tranchées.
Dans le ciel pâle éperdument
Sur lui la victoire est penchée

Mon Cœur, embrasse les deux fronts
Front de Toutou, front de l'armée.
Ce qu'ils ont fait, nous le ferons.
Au revoir, ô ma bien-aimée

À bientôt, donc, ma chérie, je t'embrasse partout, partout, baisers très forts, je t'adore, je ne pense qu'à toi, tu es l'amour unique, l'amour mystique, l'amour charnel, tout l'amour ensemble. Je te prends toute et pour toujours, pour toujours. Ton

Gui

SONNET DU HUIT FÉVRIER 1915

Lundi, huit février, ma biche
Ma biche part.
Suis inquiet, elle s'en fiche…
Buvons du marc…

Vrai qu'au service de l'Autriche
(Patate et lard)
Le militaire est très peu riche
Je m'en fous, car

Il peut bien vivre d'Espérance,
Même il en meurt,
Au doux service de la France

Un Artilleur,
Mon âme à ta suite s'élance,
Adieu, mon cœur !

Nîmes, poème du 9 février 1915

Le miroir
Je me regarde dans ce miroir
et c'est toi que je vois
Toi ma Lou qui me ressembles comme l'inverse reflet
de mon âme virile forte et très passionnée !
La maison carrée
J'élève aussi un monument
au dieux charmant et doux
c'est toi mon petit Lou
tu es le dieu et la déesse hermaphrodite
je t'ai créée et je t'adore
Divinité prêtre et prêtresse
Amant maîtresse
mais tu es aussi la victime
qu'il faut immoler sur l'autel
à toi-même mon Lou
qui es la divinité lascive que j'implore
Le canon
VIVE LA France

bonjour ma Lou
Par ce canon de 75
je t'envoie les baisers que tu AIMES
mon amour s'emboîte dans ton amour
comme s'il coulissait dans un rail de tramway.
Tu es dans un train lointain. Tu marches à pied.
Il pleut à Nîmes des grands ressorts d'horlogerie
ô Lou

Le jour s'est levé comme un sabre
et je t'aime mon Amour

autant que j'aime le jour
Le portrait de Lou
Reconnais-toi
Cette adorable personne c'est toi
Sous le grand chapeau canotier
OEil
Nez
la bouche
Voici l'ovale de ta figure
Ton cou exquis
Voici enfin l'imparfaite image
de ton buste adoré
vu comme à travers un nuage
Un peu plus bas
c'est ton cœur qui bat
L'orange
J'ai reçu ta lettre de Toulon je t'adore
À BIENTÔT LOU
Il pleut ici tristement et je suis triste mon LOU
Les oranges de baratier sont les meilleurs de la France.
Elles ont la saveur de ta chair chaude
Comme le soleil semblable à ces oranges

Le 10 février 1915

Le poème d'avant-hier *Mirage de guerre* montre, Lou, à quel point nous avons les mêmes pensées à tout instant, ta lettre de Toulon m'apportait en une phrase suggestive la même idée singulièrement blessante pour ton orgueil et dont tu seras châtiée pour l'avoir eue. Cette lettre est d'ailleurs un chef-d'œuvre. Tu es un écrivain charmant et puissant. Tu sais l'art des développements et connais les mots qui peignent. Toute la scène avec l'Anglais est épante comme gradation, mais tu en seras châtiée aussi. Tu comprends bien qu'il ne m'est pas possible de tolérer des déportements aussi ridicules. Et tes histoires avec Matte et Mémée qu'est-ce que c'est encore ? Tu as dit que tu raconteras tout. Il faut le faire. Je ne suis pas jaloux du tout, mais enfin il ne faut pas que notre amour devienne un lupanar ouvert à tous les passants. Moi, je n'agis pas comme ça. Marie L. m'a écrit ne lui ai pas répondu sans ta permission, t'ai envoyé la carte. Tu n'as pas daigné m'en parler. Elle a récrit hier une longue lettre, vais répondre samedi pr que tu aies le temps de t'y opposer, mais non seulement tu corresponds avec tous les bienheureux, mais encore flirtes avec des inconnus. Pendant ce temps, je mène une vie ascétique, chaste je ne pense qu'à toi, même quand la petite Mireille m'écrit c'est à toi que je rapporte ses gentillesses. Il est vrai que tu es mignonne aussi et m'écris parfois de belles lettres, témoin celle d'hier, si bandatoire. Tu parles. Je l'ai lue encore tout à l'heure. Elle témoigne d'un vice insensé et je t'adore – Mais tu as un fameux toupet en disant que j'ai développé ces goûts en toi. Je t'ai prise comme tu étais, ma tendre captive et tu avais tout cela dans le sang. Mon camarade de Nice est parti hier soir réformé. Il a offert un dîner à tout casser.

Nîmes le 12 février 1915

Quatre jours mon amour pas de lettre de toi
Le jour n'existe plus le soleil s'est noyé

La caserne est changée en maison de l'effroi
Et je suis triste ainsi qu'un cheval convoyé
Que t'est-il arrivé souffres-tu ma chérie
Pleures-tu Tu m'avais bien promis de m'écrire
Lance ta lettre obus de ton artillerie
Qui doit me redonner la vie et le sourire
Huit fois déjà le vaguemestre a répondu
« Pas de lettres pour vous » Et j'ai presque pleuré
Et je cherche au quartier ce joli chien perdu
Que nous vîmes ensemble ô mon cœur adoré
En souvenir de toi longtemps je le caresse
Je crois qu'il se souvient du jour où nous le vîmes
Car il me lèche et me regarde avec tendresse
Et c'est le seul ami que je connaisse à Nîmes
Sans nouvelles de toi je suis désespéré
Que fais-tu Je voudrais une lettre demain
Le jour s'est assombri qu'il devienne doré
Et tristement ma Lou je te baise la main

Mon cœur écris-moi, écris-moi, je ne sais pas pourquoi tu ne m'écris pas. Écris. Il faut que je retienne l'appartement. J'ai préparé un tas de choses et même acheté un coquetier en buis sculpté autrefois par un forçat de Toulon et qui représente une fois la Cène et de chaque côté la Flagellation. Je ne sais plus que penser. Je suis triste. Je n'écoute plus les cours avec ardeur, je m'embête, ma Lou m'oublie-t-elle ? C'est insensé ! ce qu'on peut être inquiet. Qu'est-ce qu'il y a ? Tu es partie dans un tel état de surexcitation que je me demande ce qui est arrivé à tout point de vue. Écris, tu dois être près de Toutou maintenant. Encore mes amitiés au gentil maréchal des logis. Mais, sacré nom d'une pipe, écris-moi. Si tu crois que Nîmes a de quoi vous consoler de l'attente d'une lettre, tu te mets le doigt dans l'œil. Écris donc, Lou, je suis furieux que tu me laisses ainsi dans l'inquiétude malgré tes promesses. Lou, les postes peuvent-elles avoir de si longs retards ? C'est insensé. Je suis comme un train qui va partir. Je bous d'impatience. Écris donc. Dis quand tu reviens. Écris. Écris. Cette attente est insupportable. Ceci est ma troisième lettre depuis que tu as quitté le bord de la mer et le jardin des Hespérides où tu vivais. Je te prends toute, ma bouche dans la tienne.

Gui

Nîmes, le 23 fév. 1915

Mon ptit Lou,

Reçu ta lettre du 17. Tu es avec Toutou, bien heureuse et aussi bien contente. Gentille lettre. Me doute bien que t'as eu aventures pendables. Enfin te verrai au 1er mars et suis content. Le derrière en sang depuis huit jours. Un cheval plus dur que les autres, n'y ai pas coupé. Suis content et de bonne humeur. T'as pas besoin de faire popote. Si Mme Nicolini veut pas, tu auras une bonne. Faut que tu te reposes et manges pas cuisine d'hôtel. T'attarde pas à Baratier. Ai peur de partir avec brevet de chef de section mais 2e can.-cond., car je crois qu'on ne donne plus aucun grade au dépôt mais sur le front. C'est dur, les batteries attelées, mais enfin, me ferai vite grader sur le front. Ai été inquiet mais savais bien que tu ne pouvais écrire. T'aime et t'adore. 2 formules qui me résument mais si pas sage tu verras, serai sévère, Lou, comme un précepteur pour son élève indiscipliné.

Temps très beau. Ai trouvé bel appartement pour toi et tes petits chiens.

Pour me consoler de ton absence, ai appelé Lou ma jument blanche. Si écris à Toutou envoie lui mes amitiés.

Tes lettres du front pas très tendres. T'écris pas volontiers méchant Lou.

Pour popote feras comme voudras, mais le soir ne pourras guère aller au restaurant après neuf heures, mangeras chez toi.

Suis content des belles perspectives que tu annonces. Tant mieux, vive la victoire. Sens-toi pas tant l'âme de soldat, nous sommes là pour ça, sens-toi l'âme d'une gentille petite Lou bien obéissante. Et je crois que tu t'es rudement indisciplinée au milieu de l'armée.

Je t'embrasse, t'aime comme tu m'aimes, si tu m'aimes je t'aime, sinon pas du tout, mais en attendant t'adore de toute la force que me donne soleil de Nîmes et exercices équestres que nous faisons chaque jour. Te prends toute.

Gui

Nîmes, le 26 fév. 1915

Ptit Lou,

Je t'ai écrit à Baratier il y a 3 jours mais j'ai oublié de mettre *ne pas faire suivre* et ai peur que Jules t'ait renvoyé la lettre.

Écris quand tu viendras ou télégraphie. Le plus tôt sera le mieux car je crois que tu n'auras pas l'occasion de revenir ici après le 15 avril, époque où je partirai.

Une nouvelle circulaire ministérielle interdit de grader dans les dépôts, nous partirons donc aussitôt instruits comme 1ers canonniers-conducteurs et ne serons nommés qu'au front après avoir fait nos preuves. Donc, on nous a prévenus et dès instruits départ avec certificats constatant nos connaissances, brevets, etc., mais simples 1ers canards, c'est-à-dire bricolant avec un attelage de deux chevaux.

Baisers.

Gui

Nîmes, le 27 fév. 1915

Chère amie,

Tu es libre de rester auprès de Toutou autant que tu voudras et j'en suis charmé pour lui, que j'aime beaucoup, et pour toi aussi.

Néanmoins je te préviens que si tu veux me revoir avant mon départ, il est peut-être temps que tu viennes – ce n'est d'ailleurs pas pour te presser que je te le dis –

Mais une récente circulaire ministérielle interdit de donner des grades dans les dépôts. Je vais avoir trois mois de service, mes classes seront finies et l'on fera partir au plus vite ceux de mon peloton pour qu'ils puissent gagner leurs grades sur le front.

Je partirai donc *très vite* comme conducteur. Ce qui n'est peut-être pas le rêve, mais enfin, le commandant a dit qu'il nous donnerait des certificats constatant travail et aptitudes. Mais tout ça est peu souriant car il est peut-être plus difficile de se distinguer comme canonnier que comme gradé. Enfin !

La question n'est pas là.

Reçu ta lettre et celle de Toutou aujourd'hui.

J'y réponds aussitôt. Je renonce à la chambre qui t'attend depuis un mois. Je vais dédommager aujourd'hui la propriétaire. Tu chercheras où loger toi-même, s'il te plaisait de venir à Nîmes.

Je te dis tout cela, encore une fois, non pour te presser, mais simplement pr te mettre au courant. Et te prie une autre fois, si tu m'annonces quelque chose, de te tenir à tes promesses dans la mesure du possible. Car par ta faute j'ai passé un mois désagréable ce qui n'aurait pas été si tu m'avais prévenu de tous tes retards.

Maintenant, je suis fait à l'idée de ta non venue et tu peux faire comme tu veux, sauf qu'à partir du 7 mars, on pourra me faire partir quand on voudra et en me prévenant seulement la veille au soir pour le lendemain matin.

Je te dis donc au revoir, ma chère amie, à moins que ce ne soit adieu. J'espère que quand tu seras libre – si nous n'avons pas l'occasion de nous revoir – il te plaira de reprendre notre correspondance et comme tu es d'un commerce agréable, j'y concourrai en te répondant régulièrement dans la mesure de mes moyens et du possible.

Dis bien des choses à Toutou. Sa lettre m'a causé le plus vif plaisir. Elle m'inquiète cependant car je vois que tu cours de véritables dangers et je serais désolé qu'il t'arrivât la moindre chose. Je suis charmé d'autre part de savoir que tu t'amuses et que tu es pleine de bravoure. Tu as raison de n'avoir pas de secrets pour Toutou, cependant ne lui raconte pas de choses à tort et à travers. Car bien des choses déformées – même par une aussi belle bouche que la tienne – peuvent donner une très fausse idée de quelqu'un et il me jugerait mal peut-être à tort. Voilà l'essentiel de ce que j'ai à te dire. Pour le surplus je te baise les mains.

Gui

Notre départ sera du 7 mars au 15 avril, on ne sait pas au juste quand. Remarque que c'est une faveur qu'on nous et me fait en nous faisant partir avant notre tour. Et c'est une faveur telle que rien ne pourrait me la faire refuser. Au demeurant je t'ai promis de rien faire pour partir, mais il va sans dire que je ne dois surtout rien faire pour rester.

6 mars 1915

Mon amie, reçu ta lettre du 27 fév. aujourd'hui – Je te le répète tu es libre de faire comme tu veux sans que je t'en veuille en aucune façon. Je suis triste voilà tout. Qu'est-ce que cette date fixe à laquelle tu dois être à Paris ? Et pour qui ? ne réponds pas sur ce point si tu préfères ne rien m'en dire. Dans ma lettre du 28 t'ai expliqué vaguement la situation militaire en ce moment et qui est très précaire. Je me doute que je ne te verrai pas avant mon départ. Tu devais être ici (ne reparlons même pas de ce qu'écrivais de Baratier). Tes rares lettres du front ont dit *le 1er mars* puis le *10* puis le *16* (celle d'hier). Elle signifie peut-être BERNIQUE !

Je t'ai dit : si une nouvelle circulaire n'intervient pas, permettant donner grades au dépôt, je ne serai pas ici le 15 avril, peut-être même pas le 1er, car à partir de demain 7 je peux partir et probablement pas pr le même Front que Toutou, mais contre les Turcs, toutes les troupes de Nîmes partent contre Turcs ou pr aider les Serbes.

Donc grandes chances pr ne pas se revoir, mon aimée, mais t'en veux pas trop (car même si parfois je te déteste de tant m'oublier, à l'instant où je t'aime le moins, c'est que je t'adore.) –

Seulement faut savoir ce que tu fais, amie : 1re chambre 40 frs par mois, elle était louée pour toi et ai transigé à 30 francs, depuis j'avais reloué un autre appartement mieux toujours pour toi près de la poste et des Arènes, 60 frs par mois, je retransige à 30 frs. pr dédommager proprio ; soit 60 frs que j'aurais mieux aimé que tu dépensasses en voitures ou pr aller à Arles. Mais argent pas important puisque j'en gagne un peu – Ce qui m'agace c'est ta date fixe à Paris – Pas pour rien ou quelque chose, adorée, va, mais parce que je sens là-dessous une sorte de petit mensonge et que je déteste les mensonges quand on s'aime et même quand on est amis. Pour le reste fais ton devoir comme tu veux, surtout si c'est pour Toutou, ne crains pas que je t'en veuille. D'ailleurs, je ne t'en veux de rien. Si par un hasard extravagant et presque improbable, le ministère de la Guerre permettait que sans grades nous puissions passer notre examen de chef de section au dépôt, il se pourrait que nous restassions ceux de mon peloton et moi jusqu'au 1er mai. Et j'aurai peut-être avant cette date l'honneur et le bonheur de baiser ta main.

En tout cas, si tu venais en *mars* selon une promesse qui ne se réalisera sans doute pas – et que je sois encore là – descends à l'*hôtel du Midi* comme l'autre fois, tu y seras mieux et tu seras libre de manger à l'*hôtel de Nice* ou même au *Midi*. L'important est que tu sois bien.

Pour le reste ta lettre m'angoisse terriblement à cause des dangers que tu cours, ma chérie, elle m'affole. Je suis malade de la précédente déjà et n'ai plus de goût à rien, à rien. Le moral est bon, mais tout cela m'ébranle, je crains d'être moins bien portant et si je pars, de partir dans mauvaises conditions. Au demeurant, il fait très beau. Ah ! mon adorée, ton amour m'avait fait du bien, mais s'il était vrai que tu m'aimais moins il valait mieux ne pas me redonner à Nîmes ce à quoi j'avais pu renoncer volontairement en partant de Nice le 6 décembre 1914. Voilà, Amour, tout ce que mon cœur d'amant te peut dire et là-dessus il se renferme dans le silence. Tu étais devenue ma joie, mon espoir, mon courage, je suivais tes conseils même dans ton dessein de faire d'un poète un homme du monde accompli, c'eût été beau et tu aurais joué là un rôle important dans l'histoire des lettres ; mais chérie, sois sûre que je garde de toi un des meilleurs souvenirs que puisse avoir un poète. Si je te dis des bêtises ou des choses injustes, pardonne-moi, amie, mais de toute façon embrasse

Toutou pour moi. Moi aussi, va, je t'embrasse de toute mon âme.

Gui

Si je partais ces jours-ci écrirai carte à Toutou pr qu'il te la montre et une lettre à Baratier avec mention *ne pas faire suivre* mais si tu veux manquer ou as manqué AU FOND de tes promesses écris une lettre pr finir et adieu, mon très cher amour !

Quand les deux amants se revoient à Marseille le 28 mars 1915, Lou est ailleurs. Pour elle, la page est tournée. Apollinaire se porte volontaire au prochain départ pour le front.

Nîmes, le 11 mars 1915

De toi depuis longtemps je n'ai pas de nouvelles
Mais quels doux souvenirs sont ceux où tu te mêles,
Lou, mon amour lointain et ma divinité,
Souffre que ton dévot adore ta beauté !
C'est aujourd'hui le jour de la grande visite
Et, tous, mon cher amour nous partirons ensuite.
C'est question de jours. Je ne te verrai plus
Ils ne reviendront pas les beaux jours révolus…

Sais-je, mon cher amour, si tu m'aimes encore ?
Les trompettes du soir gémissent lentement
Ta photo devant moi, chère Lou, je t'adore
Et tu sembles sourire encore à ton amant.

J'ignore tout de toi ! Qu'es-tu donc devenue ?
Es-tu morte es-tu vive et l'as-tu renié
L'amour que tu promis un jour au canonnier.

Que je voudrais mourir sur la rive inconnue !

Que je voudrais mourir dans le bel orient
Quand, Croisé, j'entrerai fier dans Constantinople.
Ton image à la main, mourir en souriant
Devant la douce mer d'azur et de sinople !...

Ô Lou, ma grande peine, ô Lou, mon cœur brisé,
Comme un doux son de cor ta voix sonne et resonne,
Ton regard attendri dont je me suis grisé
Je le revois lointain, lointain et qui s'étonne

Je baise tes cheveux, mon unique trésor,
Et qui de ton amour furent le premier gage
Ta voix, mon souvenir, s'éloigne, ô son du cor.
Ma vie est un beau livre et l'on tourne la page

Adieu mon Lou mes larmes tombent
Je ne te reverrai plus jamais
Entre nous deux ma Lou se dresse l'Ombre

Et souviens-toi parfois du temps où tu m'aimais

L'heure
Pleure
trois
fois

À treize heures trente on ira chez le major
savoir si l'on est apte à partir
ensuite l'on chantera
Prenons-les par le flan
Rantanplan tire lire.

Garde-moi bien toutes les lettres que tu m'as écrites
Et dont tu n'es que la dépositaire
Tu dois me les rendre quoi qu'il arrive
À moins que je ne meure
Ce qui se peut fort bien
Mon Lou, mon Lou chéri, j'ai des baisers plein les lèvres

Je t'en mets sur les yeux, sur tes cheveux
Fauves, partout, partout des baisers affolés
Amour en cristal de Baccarat
Amour brisé en mille morceaux
Quel verrier miraculeux
Pourrait te raccommoder !
J'entends le vent se plaindre au-dessus des garrigues
Et ronfler la caserne aux cent mille fatigues
Un chien pleure à la mort comme mon cœur saignant
Je perds tout sauf l'honneur ainsi qu'à Marignan.
J'ai perdu mes amours. Où sont-elles allées ?
Sont-ce elles dont j'entends les plaintes désolées ?
Ô tête trop lourde, front en feu, mes yeux tristes
Ô pourpres avenirs comme des améthystes
Trajectoires de vie que mon cœur va suivant
Comme un obus lancé qui traverse le vent.
La nuit est temps propice à celui qui soupire
J'ai goûté le meilleur je vais goûter le pire,
Mais je t'aime ma Lou, comme on n'a pas aimé
Et quand tu seras vieille, enfant, mon cœur mon âme
Souviens-toi quelquefois de moi

FLÈCHE SAIGNANTE

Je porte au cœur une blessure ardente
elle me vient de toi ma Lou
LOU M'A PERCÉ le cœur
J'ai le cœur percé
c'est Lou
J'aime Lou

Adieu mon Lou chéri, je t'aime infiniment
Si je pars avant de t'avoir revue
Je t'enverrai mon adresse
Et tu m'écriras si tu veux

Adieu, mon Lou, je baise tes cheveux
Adieu, mon Lou, Adieu

Gui

Nîmes, 17 mars 1915

Ma chère amie,

N'en parlons plus, tu as bien fait, tout ce que tu fais est bien et il n'y a rien à y redire. N'empêche que tu m'as fait être lâche pour la première fois de ma vie. Car toi qui as de si bons tuyaux tu ne sais rien sur ce qui se passe à notre dépôt de Nîmes. Je fais partie d'une division spéciale d'É. O. R. formée par le colonel et par les commandants des 2 régiments de Nîmes. Elle n'a rien d'officiel, on y a mis les gens distingués de 30 ans et au-dessus. Nous devions passer par tous les grades jusqu'à celui de s/lieut. une fois passé l'examen de chef de section, mais la circulaire du ministre parue vers le 10 fév. a tout changé et comme nous n'avons aucune existence officielle, nous continuons le cours par grâce des commandants mais sommes à la disposition de nos batteries pr les départs une fois 3 mois de service. J'y suis. On a passé la visite et lundi on formait une batterie de 90 pr aller à Bizerte et de là en Turquie. On a demandé à notre peloton des volontaires pr partir comme brigadiers faisant fonction de logis. On en demandait 2 et ce sont deux autres qui partent, pas moi, car lâche que j'étais, je n'avais pas de tes nouvelles et en espérais. Voilà, ma chère amie où peut conduire la passion. *Je ne me le pardonnerai jamais et ferai tout mon possible pr réparer cette faute et partir* (puisque tu ne m'aimes plus) *même comme 2ᵉ conducteur* avec la batterie de 120 qui va être formée bientôt. Tout cela d'ailleurs ne t'intéresse pas. D'autre part sans te demander autre chose, je te demande, *mime maintenant que je ne veux plus t'aimer et veux être guéri de toi*, comme ultime satisfaction, de quitter le front où tu n'es pas à ta place, où tu dois donner du souci à tout le monde et en particulier à Toutou. Je ne te demande nullement de venir me trouver (sacrifice fait), non, ne viens pas ici, c'est absolument inutile puisque tu ne m'aimes pas et que bientôt je ne t'aimerai plus non plus, mais pars de là-bas pour ma tranquillité, pour que je puisse travailler avec courage. Tu m'as anéanti pendant ces 2 mois, si je n'ai pas eu une fièvre cérébrale ce n'est pas de ta faute, mais je suis en plein dans l'anémie cérébrale. Je comprends tous tes sentiments et les respecte mais de ton côté rends-toi compte de ce que j'ai pu souffrir. Dimanche à bout de force après je ne sais combien de jours sans nouvelles, (après ta lettre précédente de Baccarat) j'ai envoyé carte recommandée à Toutou pr avoir nouvelles, ai envoyé lettre (non compromettante pr toi) à Jules pr savoir si tu étais en bonne santé – Enfin, si je n'avais pas eu de lettre de toi, aujourd'hui 17 date fixée par toi pour ta venue je me tuais demain 18. Maintenant c'est fini, je veux ne plus t'aimer, on souffre, on souffre, puis on apprend à ne plus souffrir. Pr notre rencontre à Marseille (car c'est là que tu me fixeras sans aucun doute, par dernière ironie, un illusoire et dernier rendez-vous), n'y compte pas. On ne donne plus de permissions pr Marseille à moins d'un cas de force majeure et je n'en trouverai aucun en l'occurrence.

Ne me crois pas méchant, ma chère amie. Je ne t'ai pas aimée égoïstement, tu te trompes, et me fais injure bien gratuitement ; si je t'ai demandé de revenir, c'est surtout à cause des dangers que je savais et que Toutou ne me cachait pas dans les mots qu'il joignait à tes lettres, je ne t'en ai rien dit pr ne pas t'épouvanter toi-même. Bref, je ne demande absolument rien pour moi, mais reviens, ne viens pas ici, va où tu veux, tu es libre, fais ce que tu veux puisque tu ne m'aimes pas tu peux bien aimer qui tu veux, mais ôte-moi le souci de te savoir là-haut, je ne te demande que cela – Si tu vas à Paris, mets chez ma concierge, 202 Bd. St.-Germain, mes lettres et aussi celles que tu m'as écrites (qui m'appartiennent) à moins que tu ne veuilles pas me donner ces lettres que j'aurais toujours relues avec plaisir comme un exquis monument de ma vie en 1914-1915. En ce cas, tu es encore libre d'agir comme tu veux. Je ne t'en veux nullement, tu as embelli ma vie pendant quelques mois, tu m'as fait des serments qui m'ont exalté. Ils m'ont mis quelque temps au-dessus des autres hommes. J'y ai cru et ai été heureux. Donc je dois t'en être et t'en suis extrêmement reconnaissant. Je serai toujours, si tu veux, ton ami et même sans amour tu peux, étant femme et au nom des souvenirs que ton nom m'évoque, compter sur moi en tout et pour tout, sauf naturellement que si je ne t'aime plus, *comme ma volonté le fera en quelques jours*, je ferai toutes les choses que tu as droit d'exiger de moi je les ferai, dis-je, *amicalement* et non plus *amoureusement*. J'aime beaucoup Toutou, chère amie, mais je souffre un peu (plus beaucoup maintenant), d'être toujours la cinquième roue à ta voiture. J'aime bien qu'il soit tout, mais c'est un peu embêtant de n'être rien du tout.

Enfin ne te fais pas de bile pr moi, si tant est que tu t'en sois jamais fait, je ne suis plus fâché, plus du tout. *Lorsque l'amour meurt*... Je suis seulement encore très inquiet à cause des dangers que tu cours et cette inquiétude me rend malade. Voilà.

Guil

J'envoie copie de cette lettre à Baratier au cas improbable où tu serais partie quand elle arrivera là-haut.

Je n'ai mis – je crois – dans cette lettre que la vérité. Mais si tu me trouvais injuste à ton égard ou si tu croyais qu'il y ait là quelque chose qui puisse froisser Toutou (même s'il ne lit pas la lettre) déchire-la et voilà.

Un peu plus tard ce même 17 mars.

Content d'en avoir fini avec le Titanic copié 2 fois.

Maintenant que ta décision seule peut faire que notre situation respective demeure ou change, puisque j'ai pris une décision que ta prochaine lettre – je te prie d'y prendre garde – peut seule changer, je vais un peu mieux.

Pardonne le papier, n'en ai pas d'autre pour le moment.

Embrasse Toutou de ma part et si tu ne viens pas et veux encore correspondre avec moi, envoie-moi un récit de tes aventures. Je suis tout curieux de les connaître.

J'en ai eu aussi, mais sans aucun doute moins intéressantes que les tiennes.

Je te les raconterai si tu me racontes les tiennes comme t'as promis.

J'ai trouvé une curieuse photo de toi, sur une plage de sable. – Je ne t'en dis pas plus. Amusant n'est-ce pas ? et bizarre !

Si tu veux m'envoyer une petite photo de Desgranges, tu me feras plaisir, celle que j'ai commence à s'abîmer.

Mais si tu veux pas, tant pis.

Tu comprends, un maître auquel on n'obéit pas, n'est plus un maître et comme je ne veux pas être esclave, j'aime autant la liberté réciproque.

J'ai été de garde au champ de tir il y a quelques jours, la nuit devant la poudrière, j'ai demandé beaucoup de choses aux étoiles filantes.

Le lendemain soir j'ai manqué m'évanouir en ne trouvant pas de lettre de toi à la caserne.

C'est la 1re fois de ma vie que j'aie eu vraiment mal à la tête.

Enfin, pardonne-moi, ce Titanic, surtout s'il doit te peiner, mais ne pouvais faire autrement que de l'écrire. Ne t'en écrirai plus, vu, maintenant qu'ai mis choses au point.

Amis ?

Gui

Nîmes, le 19 mars 1915

Chère Lou,

Pr te montrer que suis pas égoïste. Si ça doit mieux t'arranger aller directement à Paris du front, vas-y. Tu viendras après si tu veux et si je suis là.

Je n'avais pas pensé qu'en effet ça te fera voyage plus court aller directement à Paris.

Enfin feras comme tu veux. Moi, je commence à faire des efforts de volonté afin de n'être plus amoureux de toi. Bonjour à Toutou et je te baise la main.

Gui

Excuse-moi de ce que tu as cru être de l'égoïsme. Il est vrai que tu m'avais tellement écrit de fois que tu serais là au commencement février que maintenant que c'est fin de mars, j'ai pu avoir une désillusion surtout dans circonstances pareilles. Enfin, bref tu feras comme voudras.

Si tu es encore au front quand liras cette lettre t'engage à partir. C'est pas la place d'une femme et si toutes les mères, épouses ou autres faisaient comme toi… Je ne comprends pas comment des gens sérieux peuvent prendre la responsabilité de te faire courir tant de dangers.

Bref, il est défendu à une femme d'être où tu es et je te le répète, ce n'est pas la place d'une femme. Je suis sûr que Toutou est de mon avis.

Gui

Nîmes, le 24 mars 1915

Lou, mon ptit Lou, ai fait mon possible pr aller à Marseille et pouvoir y rester jusqu'au lundi soir, mais en faisant des pieds et des mains suis arrivé à peine à une permission de 24 h. qui n'est pas encore signée.

Mais je crois l'avoir.

Donc, je partirai samedi à 11 h. serai à Marseille à 2 h. et partirai de Marseille le dimanche soir à 11 heures.

Je coucherai au Terminus s'il y a de la place.

Si je n'ai pas ton télégramme à temps, comme tu n'arriveras à Baratier que samedi, envoie le télégramme au Terminus de Marseille, sans quoi j'attendrai à tous les trains du dimanche arrivant de Nice.

À dimanche donc, petit Lou. Je t'embrasse.

Gui

Nîmes, le 25 mars 1915

Pris garde hier, c'est pourquoi ai écrit peu.

En reviens ce soir huit heures.

Si moi, je n'avais pas ma permission, télégraphierais au

Terminus de Marseille au nom *Coligny*.

Le Terminus est à la gare même.

FACTION

Je pense à toi, ma Lou, pendant la faction
J'ai ton regard là-haut en clignements d'étoiles

Tout le ciel, c'est ton corps, chère conception
De mon désir majeur qu'attisent les rafales
Autour de ce soldat en méditation

Amour, vous ne savez ce que c'est que l'absence
Et vous ne savez pas que l'on s'en sent mourir.
Chaque heure infiniment augmente la souffrance.
Et quand le jour finit on commence à souffrir
Et quand la nuit revient la peine recommence

J'espère dans le Souvenir, ô mon Amour
Il rajeunit, il embellit, lorsqu'il s'efface.
Vous vieillirez, Amour, vous vieillirez un jour.
Le Souvenir au loin sonne du cor de chasse
Ô lente, lente nuit, ô mon fusil si lourd

LA CEINTURE

La Muse
Depuis longtemps déjà je t'ai laissé tout seul
Cependant me voici t'apportant mon mensonge
Poète, sois joyeux, tu sembles un linceul ;
Regarde-moi, c'est moi, je ne suis pas un songe.

Le Poète
Ô Muse, je tremblais de ne plus te revoir
Voici ton doux regard, voici ta robe ouverte
Et ta ceinture enfin qui me fait concevoir
Un exquis dénouement devant cette mer verte

L'Amour
Va, ne t'excite pas ta Muse qui revient
Ne t'aime maintenant plus qu'à travers l'espace
Mais prends-lui deux baisers comme un suprême bien
Et sois content surtout, puisque tout lasse et passe

Le Poète
Mais, Amour, tu sais bien que je suis maladroit
Dérobe sa ceinture et m'en fais ma couronne

Je me contenterai de penser à l'endroit
Où pressait ce ruban sur sa belle personne

La Muse
Poète, me voici, j'ai deux baisers pour toi
Je t'aimerai toujours d'un amour platonique
Mais toi tu m'appartiens, je suis ta seule loi
Et reçois ma ceinture en un don magnifique

Le Poète
J'adore ta ceinture, ô Muse, mon amour
Elle est ronde comme le monde et ta mamelle
Elle est ouverte au centre, ainsi ta bouche pour
Rire, et longue comme un vers à rime éternelle
Elle est mon art, elle est ma vie et ma douleur
Elle est l'illusion, elle est toute lumière
Elle la grande beauté, la multiple couleur
Et ma muse en second puisque part la première.
Elle est ta forme aussi car elle a pris ton corps
Elle a saisi ton corps comme une belle proie
Va-t'en, va-t'en là-bas vers les Ests et les Nords
Où t'entraînent l'Amour, la Bravoure et la Joie
Et quand je m'en irai là-bas ou bien ailleurs
Ma muse me suivra, ta ceinture idéale
Irréel arc-en-ciel aux sept belles couleurs
Qui décorent ce soir le ciel sur la mer pâle

La Muse
Adieu, je pars, adieu tu m'attends à jamais
L'Amour s'impatiente et la nuit va descendre

Le Poète
Eh ! que m'importe à moi, puisque moi je t'aimais
Ce soir, j'ai dénoué ta ceinture à jamais
Et toi tu n'as de moi pas même un brin de cendre

L'Amour
Espère dans l'Amour, Poète, il reviendra
Te ramener ta Muse avec sa robe ouverte
Ce que l'Amour a dit, Poète, il le fera
Adieu, la nuit descend et la mer n'est plus verte

Le Poète
Adieu, petit Amour, petit enfant ingrat.
Enfin, me voici seul dans la nuit incolore.
Toi, qui n'existes pas, CEINTURE, je t'adore

Nîmes, le 29 mars 1915

Lou, cette bizarre et ma foi, fort agréable entrevue de Marseille a été l'objet de mes méditations dès le train. Je tiendrai donc toutes mes promesses, toutefois, en modelant mes sentiments sur les tiens de la même façon que je voudrais modeler une coupe à champagne sur un de tes merveilleux totos. Ainsi ta crise se répète en moi avec toutes ses conséquences. Ce qui, d'ailleurs, est heureux à tous égards.

Dorénavant, Lou, je t'en prie, pas de mensonges en tes lettres, comme celui de ta prochaine venue à Nîmes après le 15 avril quand tu savais n'y point devoir venir. Si c'est par bonté que tu me mens comme conseillait Toutou qui ne me connaît pas, c'est que tu me connais mal. Si c'est par vice, évidemment je n'y peux rien. Mais si ce n'est pas absolument nécessaire à ton bonheur ne me mens plus. Le mensonge me dégoûte quand il entre dans ma vie d'amant ou d'ami. Je sais bien qu'il y a parfois beaucoup d'héroïsme à ne pas mentir. Tu dois à ton sang de ne pas mentir et surtout à moi qui ne me suis jamais montré déloyal envers toi. D'ailleurs, si tu mens, je me mettrai aussi à mentir et il y aura une double crise de mensonge, car ne l'ignore pas, les poètes savent aussi bien mentir que les ptits Lous. Ne prends pas ceci pour un

Titanic, tout au plus un Zeppelin et qui n'espère pas produire un effet plus grand que ces fameux dirigeables allemands. Nous ne nous appartenons l'un l'autre pas entièrement en temps de crise. Notre amour, en ce moment n'a qu'une réalité restreinte, amortie si l'on peut dire. S'il fallait en parler, il faudrait l'envisager dans l'espace. Nous nous aimerons toujours et quoi que tu fasses je t'aimerai à la folie. Ce sont des promesses qu'il m'est doux de tenir. Et c'est ainsi que considéré dans l'espace comme une figure géométrique cet amour tend à devenir aussi inefficace qu'un Zeppelin. Ne pense pas que je veuille railler, car je tiens beaucoup à cet amour de Gui pour Lou et Toutou a raison avec l'auteur de *l'Imitation*, je tiens plus à celui-là qu'à celui de Lou pour Gui. Ils sont l'un et l'autre extrêmement forts (après tout, je ne peux parler que du mien, mais je crois et j'aime à croire l'autre dans le même cas), extrêmement forts comme sentiments, pour le reste, ils sont *en sommeil* comme disent les francs-maçons et pour l'instant prêtent moins au grand lyrisme poétique et charnel qui les avait trop exaltés un moment.

Voilà adresse de l'avocat à voir de ma part (téléphoner s'il est à Paris) : *Maître José Théry 28 place Saint-Georges*. Lui expliquer qu'on ne peut le payer maintenant mais seulement s'il y avait résultat. Inutile recommander tact au Lou. Cet avocat est un homme bien et désintéressé. Bon avocat d'affaires. Il est mon collabo au *Mercure de France* et était mon avocat au moment de *la Joconde*. Voilà, Lou. À demain.

Gui

Courmelois, fin mai/début juin 1915

L'ATTENTE

On attend le moment de gagner la victoire
On espère l'amour, on espère la gloire
On cueille des lilas
Derniers lilas pareils à des baisers très las
On attends des baisers plus doux que cette lune
Et les fleurs du printemps tombent l'une après l'une
La couille de Japonais rôtie et remplie de chiures de mouche
Le puceron du rosier
C'est une perspective mieux que celle de Nevsky
Une couleuvre avec un archevêque
Le pape est généralissime
On a joué la Brabançonne et les nerpruns fermaient l'horizon
On portait des poteaux télégraphiques de rechange
Les alluvions les plus récentes
Ô tranchée blanche ouverte comme un œuf à la coque
Les grenouilles immobiles la tête hors de l'étang
Tes cheveux aussi doux que des morceaux de sucre
Il y a une horloge qui ne montre que le blanc de l'œil
Tes nichons rempliraient un quart de cavalerie
Escalier en spirale plus beau roman des temps modernes
Elle a des poils en fils de fer barbelés
Narines chevaux de frise
Mais où est le sycophante pour que je revoie
Au moins la figue
Cette petite fille avait le grade de commandant
Toutes tatouée des seins exactement comme des bananes
Il y a ici un ancien marin qui a sodomisé un Hindou

Le veau d'or a tiré son coup
La boulangère est avec le Sénégalais
Les cages dorées où sont les Japonaises
Nuit et nuit et les lilas qui meurent
Il faut tourner rapidement en suivant une courbe
du second degré
Pour revenir aux jours les plus charmants des jours
passés qui pleurent
Un servant
fait comme Diogène faisait et se branle devant
l'Armée
il y a aussi quelqu'un
Qui se fait pomper le cyclope avec une pompe à
bicyclette

Nîmes, le 30 mars 1915

Petit Lou très chéri, ne prends pas trop garde à la lettre d'hier. Elle est dépitée, non railleuse. Ta lettre de Marseille est charmante et j'en aime tout. Je ne suis pas rentré à Nîmes aussi triste que tu as pu le penser. Ma dépression et ma nervosité de Marseille ont vite disparu. Je me suis retrouvé face à face avec la raison et la volonté qui quoi qu'en puisse penser Toutou ont leur valeur et leur vertu très efficace. D'autre part JE SAIS que tu m'appartiens plus que tu ne crois peut-être et cela suffit à me rendre légères les peines qui sans cela seraient les plus affreuses. Je sais que tu es un peu plus à moi que tu ne penses maintenant et malgré tout et toi et le reste je sais bien que *même un officier d'état-major très intelligent* me céderait sur des points essentiels dans ton esprit de fille intelligente. Tu vois de quelle tranquillité épatante Marseille m'a doué à mon départ. Ma chérie, c'est entendu, nos promesses sont entières, les miennes seront entièrement tenues et il est inutile de me les rappeler puisqu'il m'est extrêmement doux de les tenir. Je t'en prie d'autre part, si tu aimes que je t'écrive, et si tu veux que je t'écrive librement, sans contrainte, ne montre pas mes lettres, sauf à Toutou. Sans cela je ne me sens plus libre et tu me gênerais beaucoup en me choquant profondément. Et tu sais faut pas trop choquer ton Gui !!!! D'autre part, si tu veux être véridique, je te dirai aussi tout ce qui m'arrivera. Mais faut aussi que tu sois vraie. D'ailleurs songe comme ça peut être rigolo et vicieux, le cas échéant.

Dès le 1er mai j'irai tous les soirs au mois de Marie, je prierai pour toi, pour Toutou, ma mère, mon frère et moi-même.

Le fauteuil vert sera toujours dans ma mémoire, je souhaite qu'il ne sorte pas non plus de la tienne.

Hier soir, ma pièce de vers finie et envoyée avec la lettre, je suis rentré au quartier fatigué de 2 jours sans sommeil. Il était de bonne heure, peu ou pas d'artilleurs dans la rue, une jeune fille m'a demandé son chemin. J'avais le temps, je l'ai accompagnée. Elle était charmante, figure un peu fatiguée comme je les aime, corps jeune. Nous avons parlé. Très libre, mais ça ne prouve rien. D'après ce que j'ai compris, eu un amant pas trop aimé. Souhaite l'amour. Connaît tout. Enfin, chez elle, 8 rue Porte Cancière, a voulu que j'entre, présenté au père et à la mère, charmants, veulent que j'aille souvent chez eux, ont mis une chambre à ma disposition et j'y couche samedi où je peux découcher. D'ailleurs toute notre chambre découche le samedi. J'étais seul à ne pas le faire. Je ne sais quelle aventure se prépare là. Ni de mon côté, ni de l'autre. Elle est très libre, mais ça ne prouve rien et j'ai peu de temps à moi. Mais enfin je m'y attelle puisque j'ai ta permission. Je te demande aussi celle de pouvoir y donner quelque chose de moi, sans quoi, je ne pourrais m'amuser complètement et c'est un peu nécessaire. D'ailleurs, ne crains rien, je reste entièrement ton ami dévoué. (D'ailleurs, rien n'est fait encore). Je reste plus même je reste ton amant et toi, à ce que j'ai compris à ta lettre, tu ne restes pas ma maîtresse pour l'instant et surtout dans tes lettres. Nos promesses sont entières, notre franchise doit être entière. Deux libertés qui s'aiment ne sont pas antagonistes. Alors, petit amour, l'avenir est à nous plein de douces promesses. Ne crains pas que je viole les miennes. Toi, ne sois jamais mensongère et nous nous aimons à jamais. J'espère que tu ne m'en voudras nullement, puisque je suis tes conseils. Je te dirai d'ailleurs tout ce qui se fera ! ! s'il se fait quelque chose. Toi aussi dis-moi *tout ce que tu feras*. Je ne te dirai pas son nom, tu ne le voudrais pas et c'est impossible. J'ai pu te dire des petites choses pr la petite fille ou Marie L. Mais c'était sans importance. Ici, c'est plus puisque c'est une jeune fille d'une famille très bien et à qui on doit la discrétion. En tout cas ne crains rien pour mon amour, qui est plus profond que jamais et plus éthéré, mon petit Lou. Je t'aime beaucoup, beaucoup et avec une douceur infinie et infiniment calme. Donc, Lou, ne me choque plus par des mensonges inutiles vraiment entre nous. Si nous sommes amis, le mensonge devient idiot et moi je suis *entièrement* ton ami. Je voulais encore t'écrire autre chose mais je l'ai oubliée. Je la retrouverai sans doute demain et te l'écrirai. Au revoir, ma chère petite amie. Je t'embrasse.

Gui

Je rajoute deux pages à la lettre. À partir de demain je t'enverrai des lettres dont les parties qui ne seront pas intimes formeront un livre : *Lettres à Lou* ou bien *Correspondance avec l'ombre de mon amour*. Je les écrirai au recto des pages seulement afin qu'elles puissent être imprimées et la partie intime sera à part la plupart du temps. Je te les écris à toi, mais tu me les reprêteras pour l'impression et je te les rendrai ensuite. Je t'enverrai chaque jour ce que j'en aurai écrit, mais chaque lettre ne sera pas faite en un jour, tu les recevras en plusieurs jours. Si c'est parfois décousu, je remanierai après la guerre. Enfin tu es libre de lire ou ne pas lire. Ça t'est destiné, mais il ne s'y agira pas que de toi, mais aussi beaucoup de moi et de bien d'autres choses. Tout à l'heure en sortant de la caserne vu la jeune fille qui revenait de se promener, elle est descendue avec moi jusqu'à l'église où on prend le tram. Nous sommes restés 5 minutes ensemble. Je lui ai demandé pourquoi elle m'avait demandé son chemin puisqu'elle devait le connaître, habitant Nîmes. Mais il paraît qu'il y a près de 10 ans qu'elle voyage en Angleterre, en Suisse et elle est revenue il y a huit jours de Suisse et connaît mal Nîmes. Elle m'a dit des choses amusantes sur les querelles entre Francophiles et Germanophiles de Bâle où elle était. Elle m'a demandé le chemin me prenant pr un officier à cause de mon képi bleu clair et finalement m'a dit être heureuse de me connaître. Elle n'a rien lu de moi. Mais a entendu une conférence où on parlait beaucoup de moi. C'est une fille intelligente et cultivée. Certes, elle ne te vaut pas, par cet esprit endiablé qui te distingue ; mais comme nous sommes séparés, ma chérie, c'est un excellent passe-temps qui ne doit pas te gêner, ni t'être désagréable en rien. Tu es la déesse dans les nuages et on ne dort que rarement avec les déesses. Elle n'est qu'une mortelle et à défaut de déesse, les canonniers sensés tâchent de dormir avec les mortelles. Toi d'ailleurs, ma chérie, et ce n'est pas moi qui te le reprocherai, tu ne t'es pas embêtée jusqu'à maintenant, et ce n'est pas à Toutou non plus qu'il faudrait le reprocher puisque ce délicieux berger d'obus explosifs a peu dormi avec la déesse. Il est vrai qu'il a droit à la vérité lui et non pas moi. Enfin pour revenir à cette gosse, elle a filé derrière Saint-Baudile et suis venu m'asseoir au Tortoni. Il se peut que si je ne peux te faire venir à Nîmes, je tâche d'aller deux jours à Paris embrasser ma mère et te voir par la même occasion, si ce t'est agréable. Et toute crise gardée nous pourrons si tu veux nous promener ensemble. Mais c'est pas sûr et si ça t'embête, dis-le, je resterai en ce cas simplement à Chatou. Mais tout ça, pas sûr. Le nouveau commandant paraît très content de nous. Il est moins moule qu'Arnaud et il se peut bien qu'on parte dans très bonnes conditions et qu'on arrive vite aspirant ou sous-lieutenant. Tout ça pas sûr évidemment, puisque des circulaires quotidiennes dérangent tout. Écris à Toutou que je l'embrasse fort, que je l'admire plus fort encore. Enfin, qu'il me botte sur toute la ligne. Et bien plus que tu ne peux croire et que lui ne pourrait le savoir. D'ailleurs il me botte tant, que c'est à cause de lui que tu me bottes par surcroît, car si Toutou n'avait été ton répondant, il est certain que j'aurais mal jugé le ptit Lou à Marseille. Mais du moment que tu bottes Toutou c'est que je peux aussi me laisser aller à ma tendance naturelle qui est que tu me bottes d'une façon éternelle, scellée par les promesses les plus émues et peut-être dans un des plus émouvants moments que j'aie connus. J'ai dû être un peu ridicule même, mais je ne le regrette pas. Enfin mon ptit Lou suis très content de toute l'aventure. Et l'avenir qui se prépare pr nous est charmant, pas de jalousie et nous amusant ensemble ou séparément serons les plus heureux amants du monde si chacun de nous veut bien tenir ses promesses avec joie et même avec passion et n'avoir *pas un seul mensonge* pour tromper l'autre. C'est la vraie fidélité. Si tu veux t'y tenir, tu seras la femme la plus épatante qu'un poète ait jamais connue et une telle muse est capable de faire de celui qu'elle aime à la façon que tu as promise le plus grand poète du monde. Voilà, Lou, dis toujours si tu as besoin de quoi que ce soit. Dis-le, si je peux le ferai, sinon conseillerai, mais crains pas de dire. Faut tout dire. Puisqu'on est amis, même à l'instant où on est moins amants. Surtout chez nous, ces mots ont des sens profonds et il n'y a pas d'état-major qui tienne, ça compte bien ces choses-là. Baisers des pieds à la tête.

Gui

Nîmes, le 31 mars 1915

Mon ptit Lou, ci-joint la première Lettre du livre à venir. *Ombre de mon amour*...

Tu serais bien gentille de chercher dans mes papelards le *Bon Panama* et de me l'envoyer en recommandant la lettre. Tu peux faire cette dépense. Je t'enverrai un peu d'argent ces jours-ci.

Envoie le *Bon Panama* par retour de courrier.

Et prends bien garde aux Zeppelins
Aux Zeppelins de toute sorte
Ceux des Boches sont pas malins
Ceux des Français sont bien plus pleins
Et prends bien garde aux Zeppelins
Chaque officier français en porte

Aujourd'hui rien de neuf, pas vu la Donzelle, mais reçu lettre de la sœur de la petite fille. Elle me rappelle de douces choses. Je crois que je consacrerai à cette lettre ma deuxième lettre *d'Ombre de mon amour*. Je vais tâcher de faire une pièce avec les impressions que j'ai depuis que suis ici. C'est peut-être la meilleure solution pr gagner beaucoup d'argent. Je vais y penser et j'en ferai des parties que je t'enverrai au fur et à mesure. J'alternerai. Quand je serai disposé à travailler à la pièce, ferai la pièce, sinon, *Ombre de mon amour ;* comme ça je ne perds pas mon temps.

D'après ce qu'on nous a dit aujourd'hui, nous passerons le 20 avril ce difficile examen pour le brevet de chef de section. Si tu as un peu d'amitié pour moi, prie bien, ô mystique bizarre, prie bien pr que je le réussisse. Car c'est un papier qui représente pas mal de choses et surtout la faculté de pouvoir devenir officier facilement. Mais, les matières sont si nombreuses que j'ai la trouille parfaite de ne pas le réussir.

J'ai été ce soir à la préfecture pr regarder encore dans le bouquin et ai en effet trouvé la 2e photo où tu es avec Kiss ou Tyka, je sais pas, tu as l'air d'une diablesse ou d'une extraordinaire bohémienne. C'est une photo affolante. A propos, renvoie-moi les 2 miennes qui valent rien et que je veux envoyer à un journal qui me les demande. Dimanche, me ferai faire d'autres, mieux, par un amateur qui a un bon appareil.

Voilà, mon vieux, je t'embrasse sur la bouche, malgré notre crise, et voudrais bien savoir comment t'as trouvé Paris en y revenant. Tâche de bien m'exprimer ça, car tous ceux à qui l'ai demandé savent pas exprimer ce qu'ils voient et toi, faut avouer que tu sais le faire beaucoup mieux que beaucoup de mes chers confrères. À demain, ma vieille consœur. T'embrasse.

Gui

Envoie-moi le *Bon Panama* avec les papiers qui l'accompagnent et qui sont épinglés avec lui.

OMBRE DE MON AMOUR...

1re lettre à la Comtesse de C.-C.

Nîmes, le 31 mars 1915

Ombre de mon amour, les initiales du grand nom qui est le tien, inscrites plus haut me rappellent celles de mon métier actuel : 2e c. c. dans un régiment d'artillerie de campagne. Tu es C-C aussi, belle ombre et c'est pourquoi entre toutes armes tu marques une préférence pour l'artillerie montée.

Souffre que cette première lettre destinée, je ne sais pas encore comment d'ailleurs, à former jointe à un certain nombre d'autres, un ouvrage qui sera le reflet de ma vie pendant la guerre à partir d'aujourd'hui jusqu'au jour où je redeviendrai civil ou bien jusqu'au jour... Ô Mort, grande mort bleuâtre... Souffre donc que cette première lettre adressée non seulement à toi seule, mais encore aux humains à venir, ne contienne que des préliminaires.

Belle ombre, tu es belle entre toutes les femmes, et cela provient avant tout de ton regard qui a quelque chose de douloureusement voluptueux. Avec cela ton visage est marqué de toutes les lassitudes que l'abus de la volupté trace sur le visage des femmes. Je ne dirai rien de tes oreilles, de ton nez, de ta bouche qui est grande et savoureuse, parce que je les aime tels qu'ils sont et que je les trouve difficiles à décrire. Toutefois, j'ajouterais touchant ton regard que lorsqu'il est hors la volupté et les moments d'esprit inattendus et surprenants qui te distinguent, il devient parfois insistant et gênant par le snobisme imprévu qu'il accompagne.

Je dirai une autre fois ton corps aux neuf portes, hérauts qui annoncent ta grâce forte et souple, hérauts en nombre égal aux neuf Muses et tu portes sur toi les neuf Muses, en nombre égal aux neuf de la Renommée et tu portes sur toi les neuf de la Renommée, en nombre égal aux neuf Preuses et tu es toi, les neuf Preuses. Mais ton esprit est sans égal, il est électrique et diabolique, il est capable de tuer ce qu'il atteint, il est précis et s'aiguise en pénétrant.

Deux ou trois miracles, ou du moins j'appelle ainsi des coïncidences qui m'ont frappé, nous ont mis en rapport. Un amour naquit de cette rencontre et désignée comme tu l'es pour le Vice majeur (car il fut celui d'Ève qui écouta le serpent sifflant comme un fouet), tu te trouvas fatalement en ma possession, puisque je possède le pouvoir magique de châtier et de dominer.

Les mauvais temps où nous vivons, ta situation précaire en ces temps ainsi que la mienne, m'ont forcé à laisser de côté mes prérogatives mais je n'y renonce point et la mystique flagellation que subira alors l'ombre de mon amour te fera comprendre pourquoi Xerxès, le roi perse, fit fouetter la mer.

Tu es infidèle aussi comme la mer ; vingt-quatre mâles t'ont prise dans leurs bras (et je serai bien tenté d'y ajouter un vingt-cinquième). D'autres expériences encore ont parachevé ta doctrine amoureuse.

Et l'amour, s'il a orné ta vie, te l'a faite plus dure qu'à beaucoup de femmes.

Tu es peu scrupuleuse, mais tu mérites et soutiens des amitiés profondes, l'une surtout qui t'est chère entre toutes et mon souhait serait que tu voulusses y joindre définitivement la mienne.

Mais tu penses aussi avec quelque douceur à ce matelot américain qui fut ta chose...

Nous deux, chère ombre de mon amour, sommes en guerre, comme l'est aujourd'hui le monde presque tout entier et c'est à ton cœur que je fais la guerre avec mon orgueil.

Il faut que je redevienne ta loi.

Je descends de Rurik, ce chef des Varègues qui fut le premier roi et le premier législateur de la Russie.

Il faut que je redevienne ta loi.

Et nous voici séparés pour longtemps, toi, souffrant et t'amusant de ton côté ; moi, peinant et cherchant une joie de mon côté.

Ce soir, le ciel est ouvert devant moi comme un journal déployé. Quelques nuages vagabonds y forment en caractères bien nets un communiqué dont je ne veux pas te donner les détails, mais dont voici l'ensemble, que tu ne dois montrer à personne avant la fin de la guerre.

Elle sera longue. Elle n'a pas encore vraiment commencé. Dieu, que ce sera extraordinaire et effrayant quand ça commencera. Et après, prenons garde à la faiblesse, ce sera le grand tournant à cause des requins qui se tiennent aux aguets dans le Pacifique et ailleurs. Au lieu de pelotons d'élèves officiers on devrait faire des pelotons d'élèves diplomates. Mon Dieu, comme ils manquent, et ceux que l'on n'appelle plus maintenant que les Boches, semblent avoir en ce moment une diplomatie très active...

Mais, ombre de mon amour, ne sois pas triste, tu retrouveras après la guerre ton ami le plus cher et sans doute aussi celui qui n'est que le second : 2e c.c., pour toi, ô 1re C.C.

Et me voici, prophétique et seul, dans ce vieux Nîmes romain où j'espère, si possible, un amour nouveau pour samedi, tout en laissant entier, profondément, durement entier, celui qu'il me plaît d'éprouver pour toi que j'aime aujourd'hui à peine comme une femme, mais comme l'Amour même, mais comme la Poésie, comme la Science. On croit que c'est ainsi que Dante aima Béatrice, et Pétrarque, sa Laure. Et je sais aujourd'hui combien des amours aussi dépouillés peuvent être charmants.

Enfin, ombre de mon amour, je te prends dans le dessein de ne plus t'abandonner. Celui qui a su prendre la Science, la perd-il ? Il faut pour cela la mort, ou la folie, ou la fièvre.

Or, je souris en terminant cette première lettre. Je souris avec un peu de pitié, car je voudrais te savoir très heureuse et que tu sois en chair et os mais non comme une ombre, Ombre attendrissante de mon amour.

Ici, je termine cette première lettre didactique, prophétique et parfois lyrique.

Et je souhaite qu'elle te plaise, comme te plaisait l'ouistiti que tu as vu à Marseille jouant sur le cou d'un type « extraordinaire ».

G. A.

Nîmes, 1er avril 1915

Ma pauvre petite chèvre,

Reçu aujourd'hui télégramme, hier rien, mais aujourd'hui le petit poisson bleu des ondes télégraphiques. J'ai ainsi de mon petit Lou bien malheureux un mignon poisson d'avril.

Voilà : j'écris alors ce soir pour arranger chose avec l'autre grand dentiste.

Toutefois si très pressée va chez Monsieur Hénique, 14 ou 16, place du Havre, en face gare Saint-Lazare. Là, tu lui diras que tu viens de ma part. Que je lui présente mes amitiés et irai le voir aussitôt après guerre. Feras la grande dame toutes voiles dehors. De façon à ce qu'il fasse tout travail et tu ne le payeras pas à la fin, je le payerai, moi, plus tard. Mais ne lui dis pas cela. Enfin, tu es assez fine pr tout arranger. Je lui dois 50 ou 80 fr. je ne sais plus. C'était mon dentiste avant que Tzanck me fit son offre pr rien. C'est pourquoi avais plaqué Hénique. S'il t'en parle, dis-lui que je le payerai, mais que suis mobilisé. Surtout dis pas que j'ai un autre dentiste. C'est un brave homme et un bon dentiste mais vaut pas Tzanck évidemment. En tout cas, s'il doit te mettre une couronne, exige qu'elle soit en or pur. De toute façon, arrange-toi pour que travail soit fait, après on verra.

Alors, t'as été Bd. St.-Germain, t'as vu ma maison ? Envoie le *Bon Panama*, oublie pas. – *Hénique ne me connaît que sous mon nom G. de Kostrowitzky* et je ne sais pas s'il sait quelque chose de Guillaume Apollinaire.

Suis curieux de recevoir ta première lettre de Paris. Fait ici un temps épatant. C'est pas un jour que coucherai rue Porte Cancière mais 2. La nuit du Samedi-saint à Pâques et celle de Pâques au lundi de Pâques. C'est épatant. Donne-moi nouvelles de Toutou. M'embête un peu par ce beau temps à devoir étudier le canon de 90 tout l'après-midi, mais samedi me propose de m'en donner pr mes 2 mois et plus d'emmerdement. En tout cas, ne crains rien, t'as mes promesses, comme j'ai les tiennes et il est entendu, mon pauvre petit, que comptons profondément l'un sur l'autre, quelle que soit la durée de la séparation qui commence.

Alors, il t'est arrivé une sale blague, ta belle bouche t'inquiète, le ciment a cédé, et la dent du fond abîmée te paraît avoir une virulence supérieure à celle du formol ?

J'espère qu'en te rapportant le télégramme de Marseille on t'en a remboursé le montant.

Je te quitte ; écrirai ce soir la 2e lettre d'*Ombre de mon amour*. Dis-moi ce que tu penses de cette œuvre inspirée par ce sacré petit Lou que j'aime beaucoup et qui est la plus mignonne et la plus gentille petite amie indomptée que le genre féminin, l'éternel féminin ait jamais produit.

Tu peux chanter comme dans la poésie de Jules Laforgue :

> Je suis la femme. On me connaît.

Oui, on te connaît et comme toutes les femmes, tu mérites une correction quotidienne pour que tu deviennes droite. Pauvre Lou, je souhaite que tu deviennes comme je veux, pour ton bonheur, et ton caprice y trouvera plus que son compte. Au revoir.

Gui

Dis à Hénique que je ne l'avais pas oublié. Mais avais pas eu le temps, l'aller voir, irai après guerre.

OMBRE DE MON AMOUR...

Ombre de mon amour, j'ai reçu aujourd'hui le gentil billet banlieusard que tu m'as envoyé. Il est écrit sur le papier à lettres de ton grand ami que j'aime aussi. J'ai bien reconnu que tu avais acheté toi-même ce papier.

Allons, chère ombre, voici que selon une juste métamorphose tu t'es pour moi changée en torche et flamme tordue, flamme couleur de tes propres cheveux, c'est la liberté que tu éclaires, toi qui est la rébellion.

Je sais pourquoi j'ai tant aimé à Nice cette flamme orange qui parut un midi sur la place Masséna, c'est que j'aime par-dessus tout cette liberté, cette rébellion, mais je les aime contre la liberté même et contre la rébellion même,

Ô naturel désir pour l'homme être roi
On est revêtu de la carte de son royaume
Les fleuves sont des épingles d'acier semblables à
tes veines où roule l'onde trompeuse de tes yeux
Le cratère d'un volcan qui sommeille mais n'est
pas éteint
C'est ton sexe brun et plissé comme une rose sèche
Et les pieds dans la mer je fornique un golfe heureux
C'est ainsi que j'aime la liberté
Et je veux qu'elle seule soit la loi des autres
Mais je suis l'ennemi des autres libertés

Je t'apporte aujourd'hui mon apologue comme don du premier avril. Il finit en queue de poisson.

C'était pendant mon dernier voyage de Marseille à Nîmes. Tu m'as vu au départ. J'avais sommeil et nous étions entassés comme les abeilles de l'essaim. Tous les soldats s'étaient couchés dans le couloir. J'étais seul debout. Tout-à-coup tout tourna autour de moi. Je me trouvai transporté dans un bouge de je ne sais quelle cité marine d'une colonie anglaise. Au centre de la pièce, il y avait un tapis sur lequel plusieurs couples, matelots et putains, faisaient la bête à deux dos. Autour de la salle qui était grande des consommateurs de même sorte buvaient. Une vieille qui était là avec une grande bouche à dents mauvaises me regarda avec tant de douceur que lorsqu'elle se leva, il s'était formé entre son regard et le mien une connivence qui m'entraîna comme une chaîne et nous nous trouvâmes dans une large voie nocturne bordée de parcs. Nous pénétrâmes dans l'un d'eux et l'ayant traversé nous nous trouvâmes près d'un joli lac qui reflétait la lune et un bungalow que l'on avait élevé sur son bord.

« Monsieur, me dit la vieille, c'est à vous de pêcher dans le joli lac et nul doute que vous ne soyez content de votre capture. »

Elle me fit un effroyable sourire et piqua une tête dans le joli lac. Je rêvai un instant sur la rive tandis que la lune y sanglotait. Puis une barque gracieuse en bois d'amourette, avec des rames d'ivoire, s'étant avancée, je ne pus me retenir d'y monter. L'intérieur était capitonné d'un velours turquoise...

J'ai interrompu mon apologue un moment, la gosse est venue me prendre au Tortoni ce qui est extraordinaire... de la part de son père, pour dîner chez eux ce soir. J'y suis et j'écris en attendant le dîner, sur du papier à lettres qui est le sien...

J'en étais donc à la nacelle en bois d'amourette. J'y trouvai une jolie canne à pêche en écaille et me souvenant du conseil de la vieille je jetai ma ligne et bientôt je sentis que ça avait mordu. Je tirai et il vint au bout de ma ligne une jeune femme nue qui tenait l'hameçon entre les dents. Ses seins étaient aussi jolis que les tiens ce qui n'est pas peu dire ; on eût dit que deux jeunes chats montraient là leur museau rose. Je ramenai ma balancelle vers la rive tandis que ce mignon poisson qui était de ma pêche se secouait en tendant le derrière, en le faisant rentrer, en faisant les mines les plus amusantes. Elle sauta gracieusement sur la rive. Je la suivis et elle m'entraîna doucement vers le bungalow et à ce moment le soleil se leva et brusquement il n'y eut plus devant moi qu'une chienne qui me regardait d'un regard si pitoyable que je ne pus m'empêcher de prendre quelques rayons au soleil et d'en fouetter à tour de bras cette malheureuse bête qui se sauva en hurlant et il ne resta à sa place qu'une sorte de nuée où apparaissaient les traits des amantes d'antan une à une et ensemble distinctes quoique confondues. Tu étais au-dessus transparente certes et la plus visible quoique au-dessus de toi, il se forma je ne sais quelle image plus neuve, dont je ne sus pas alors distinguer les traits et toutes, toutes comme des scylles vous finissiez en queue de poisson…

Maintenant, on vient me chercher…

Si tu étais venue à Nîmes l'affaire du dentiste se serait beaucoup mieux arrangée…

Je ne t'ai pas parlé de la lettre d'hier, mais aujourd'hui elle ne m'intéresse plus…

Je ne peux plus écrire, car on essaye de lire.
À demain, Ombre de mon cher amour.

Vendredi saint
1915

Mon Lou Chéri,

Comme tu voudras ! Ta remplaçante, ton *successeur* comme tu dis, a un tempérament épatant, c'est *La Forêt de l'Argonne* où je pars demain, 2e c.c. et volontaire dans une batterie de 75, la 43e du 38e. (Groupe du commandant Maurel ou Morel.) T'enverrai adresse dès qu'arrivé.

Jusque-là écris ici. Tes lettres me rejoindront et j'en aurai plusieurs en même temps. À moins que l'amie ne soit aussi peu fidèle que la maîtresse… *J'écris à la concierge et au gérant.*

Mais oui, Lou, je veux bien ce que tu veux, mais je me demande si, étant l'amie de Toutou comme tu l'es, tu pourras être la mienne aussi ? ! ? ! Je me demande pourquoi tous les mensonges de Nice et de Nîmes ? ! ? Choisis tes fleurs rares, moi j'ai l'Argonne, des souvenirs et pas de rancune, ni de jalousie. Car je sais bien que si je reviens, te raurai, beau Lou. Aujourd'hui naturellement pas de lettre d'*Ombre de mon amour*. Tâcherai d'en faire au front.

Amuse-toi bien. – Lou, tu ne m'étonnes pas. Mais je te le demande en grâce, explique-moi ce que tu es toi-même. Je ne comprends pas bien. Et une fois pour toutes, dis-moi ce que sommes l'un par rapport à l'autre. Interroge-toi bien pour savoir, et t'es-tu toujours moquée de moi ? Je t'assure que ma curiosité est vivement en éveil et ne crains ni de me faire de la peine, ni que j'aie du ressentiment.

Je suis encore plus sérieux que tu ne peux croire. J'ai une grande volonté, et malgré des instants bizarres de marasme, beaucoup de décision.

D'ailleurs, c'est un service à me rendre que m'éclairer sur moi-même.

Ma permission, petite amie, était subordonnée à ta réponse et sur ta réponse, je vais faire dodo avec cette jolie Argonne de mon cœur.

T'écrirai demain au départ et en route.

En effet, mon appartement est des plus singuliers du monde, comme je suis moi-même. Mais faut le voir dans tout son apparat. T'en as pas idée comme ça !

Amie, puisque je veux encore te donner ce nom, envoie-moi le bon Panama et ma *chaîne de montre*. Je m'en servirai pour mettre au bras avec ma médaille. J'aime mieux ma chaîne, souvenir de mon petit frère chéri qu'ai pas vu depuis 2 ans et demi qu'une mauvaise chaîne en fer comme on en donne. Je suis habillé et tout équipé. Naturellement, pas le sou, mais m'en fous. Espère qu'on m'en enverra un peu au front.

Et puis vaut mieux partir. M'embêtais ici. Je ne suis pas fait pour être trop longtemps dans un dépôt. J'aime mieux faire la guerre et, s'il faut mourir, mourir comme mes aïeux qui tous étaient des guerriers.

En relisant ta lettre, je la trouve si mignonne que je suis presque tenté de te croire et te croyant, ma chérie, si tout ce que tu dis est vrai, je t'embrasse partout et te prends toute en te laissant libre entièrement, ne souhaitant qu'une chose, d'être une petite fleur exotique que tu admettrais parfois dans la petite gerbe dont tu parles avec un cynisme que j'adore.

Mais t'en prie, une fois pour toutes, plus de mensonges. Trouve moyen de me faire une place spéciale, quelque chose d'aussi singulier que moi et mon appartement, une place spéciale dans ton cœur, mets-m'y avec une badine ou une cravache, et nous nous entendrons à jamais comme t'as promis. Mais trouve cette place. J'ai maintenant 2 photos avec ta chienne.

Mon Lou, ton Gui se lie à toi comme le lierre à l'arbre qu'il décore et je t'étouffe de baisers.

Pas jaloux du tout. Je me tords au fond de tout toi. Je crois parfois te comprendre. Mais c'est tes mensonges qui me gênent encore. Et si tu y renonces nous aurons une amitié épatante entremêlée avec ton assentiment de joies charnelles soudaines et intermittentes.... Si toutefois je reviens des bras de l'Argonne.

Au revoir, mon Lou, et t'écrirai mes impressions. Garde-les, elles me serviront plus tard.

Gui

Je me demande si tu trouveras cette place que je demande ? Suis pas jaloux de Toutou. Mais comme il a une place que ses sacrifices méritent. Moi jamais eu l'occasion d'aucun sacrifice, c'est ennuyeux. Écris en tout cas pr que je sache à quoi m'en tenir.

2 avril

Post-Scriptum

Voilà la photo trouvée, je garde celle que m'as envoyée.

Baisers, et écrirai d'en route.

Tu es libre et nous sommes amis-amants, veux-tu ? Ça ce serait plus épatant encore, tout faire, tout se dire, être des dieux !

Gui

Samedi saint

Avant Départ. Écrirai en route. Écrire tout ; est-ce entendu ? et expliquer ce qui sera tenu des promesses faites depuis novembre dernier. Dire bonjour à Toutou. Enverrai adresse dès qu'arrivé. Écrire ici en attendant. M'envoyer bon Panama et chaîne de montre. Dire ce qui en est avec Hénique. Pas encore réponse pour l'autre dentiste. Ai écrit concierge et gérant. M'écrire si promesse m'écrire tous les jours sera tenue. Me tenir au courant faits et gestes avec détails qui m'amuseront et me récréeront. Le voyage va être long. Je pars cette nuit à 2 heures 45. Embrasse de tout mon cœur.

Gui

Jour de Pâques

Avignon – me voici en route, voyage fantastique. Raconterai détails. Chargé comme un mulet – On ne dort plus. Pâques que je n'aurais jamais imaginées. Je prie Dieu pour toi que j'aime infiniment et mystiquement. C'est pour que tu sois heureuse ici-bas et ailleurs que j'accepte avec bonheur toutes ces souffrances qui commencent.

Gui

Le Teil. Un quart d'heure d'arrêt. J'ai vu la 1re hirondelle, volait à droite mais temps pluvieux. Je prie beaucoup pr toi petite amie adorée – Nous sommes six, j'ai avec moi Berthier dont j'ai parlé dans la *Vie anecdotique* du *Mercure* – Il a voulu partir avec moi nous sommes 6 en tout. À partir d'Avignon avons pris les 1res, je crois que ne changeons plus jusqu'à Châtillon s/ Seine. Embrasse.

Gui

Le 6 avril 1915, l'artilleur Guillaume Apollinaire rejoint la 45e batterie dans la région de Mourmelon-le-Grand, en Champagne-Ardenne. Le conscrit engagé volontaire a définitivement cédé la place au soldat. Dans l'esprit de Lou, la belle histoire d'amour qui les a unis est en fait révolue. Elle va continuer à générer des traces épistolaires, des échos, des reflets qui vont permettre au poète de continuer à lui parler d'amour jusqu'à l'été, jusqu'à ce qu'il vive dans ses lettres une autre passion avec une autre jeune femme rencontrée dans le train trois mois plus tôt.

Lyon-Vaise, 4 avril 1915
Jour de Pâques

Six heures du soir. Mon petit Lou très chéri. Je t'écris sans savoir si même je dois t'écrire et si mes lettres te font plaisir. Nous sommes en gare de Lyon-Vaise. Je t'écris sur mon sac individuel. Il paraît que nous allons non en Argonne mais à Mourmelon-lc-Petit dans le groupe de 90 du 38e 43e batterie qui a été amochée. Dès que j'ai su que définitivement t'étais plus à moi, en ai eu un peu de peine, peut-être même beaucoup.

Je suis fidèle comme un dogue

ai-je écrit dans *Alcools* et tu aurais dû te douter que tout ce que je disais de te tromper était pas vrai. Pour le moment, je préfère mourir et ferai possible pour cela. Si pas possible, on verra.

Mais, suis maintenant tout autre qu'avant. Amuse-toi ma chérie puisque tu en as les occasions. Moi je pars de la façon la plus dure et le voulant. On avait bien essayé de m'empêcher de partir. J'ai persisté lâchant peloton et tout. Le comt du Dépôt m'a nommé 1er soldat parce qu'il ne pouvait donner d'autres galons.

Enfin je suis consolé et content parce que je ne suis ni embusqué ni lâche.

Et que j'avais peur que tu me regardes comme embusqué toi qui as été sur le front. Suis rudement content de ma décision. Un soldat est un soldat. Faut partir, on a besoin de toutes les énergies. Les énergies polonaises surtout. C'est le pays qui a le plus souffert de cette guerre, ma Pologne. Si mon sacrifice peut le sauver, me servirai avec joie de mon grand fouet de conducteur. Sommes la race la plus noble et la plus malheureuse du monde, mais la plus brave. Il faut pas mentir à son sang. Me sens l'âme des chevaliers d'autrefois. Tu es ma dame et on aimait sa dame, sans espoir de toucher son cœur. Ainsi t'aimé-je. Si tu veux envoie-moi tes couleurs. Les porterai sous la vareuse et mourrai en les embrassant s'il faut mourir. Parait que bataille est dure près de Reims où nous allons. Amants-amis ! que serais content si c'était possible. Mais si pas possible aime mieux savoir.

Comme la vie est profonde. Refais ce voyage que j'ai [fait] tant de fois enfant, les cheveux longs et blonds, les yeux graves. Pensais pas le refaire simple soldat allant au *Brazas* (brasier) comme disent les gens du midi.

Je suis transporté d'enthousiasme de partir. Maintenant une nouvelle vie commence. Celle où le caractère peut se montrer ce qu'il est. Demain matin zone des armées. Mon ptit Lou très chéri, t'aime profondément, pas charnel du tout, t'aime comme si t'étais déjà un ange. Si je meurs, j'espère que te souviendras de ton poète.

Le petit Berthier, ce brigadier poète dont j'ai parlé dans la *Vit anecdotique*, dont t'ai donné les épreuves a été épatant. Dès qu'il a su que son maître en poésie partait a fait des pieds et des mains pour partir. C'est mignon comme tout, il a 21 ans. 4 poilus avec nous. Il fait fonctionnaire logis, je fais fonctionnaire brigadier. Sommes en 1re. Sommes bien. Mais chargés comme des ânes pour les transbordements.

Populations enthousiastes en route. Train militaire. Les autres wagons occupés par le génie.

Au départ les 4 poilus étaient piteux, pleuraient comme des femmes. Ils vont mieux. Tous conducteurs. L'amour est mon péché. Il faut que j'en fasse le profond sacrifice. Je suis homme et peux le faire. Toi Lou, Adieu, sois heureuse. Si veux m'écrire, fais-le, mais pas se forcer, surtout pas se forcer. Bonjour à Toutou. Enfin, si je meurs, j'ai beaucoup aimé, pas à plaindre, car c'est la plus belle chose du monde qu'aimer et être aimé et tu m'as bien aimé quelques jours du moins ? ! ? Aimerais bien savoir cela, mais la vérité. Où est la vérité ? Savoir la vérité. Être c'est savoir la vérité quelle qu'elle soit. J'envie un peu Toutou, qu'il ait ton amitié.

Lou, te moque pas de moi, puisque t'ai tant aimée.

La seule récompense que demande c'est vérité toujours vérité et te tiens quitte du reste.

Toi, fais attention à ta vie, ne te fie pas au 1er venu, mon Lou, sois pas malade surtout. Prends garde à *ta gerbe*, de la bien choisir. Pas trop menotte. Aime un brave garçon, pas de goujats. Fixe-toi une fois. Sois pas errante du cœur.

Âme de mon âme, élève-toi toujours puisque tu as quelque chose en toi de très élevé avec des choses moins grandes. Donnerais mon sang pour que tu sois heureuse. Ton fameux *successeur* doit t'étonner un peu tout de même. Avoue que je sais presque aussi bien mentir que toi ? !

Déjà, deux nuits sans sommeil. J'espère dormir cette nuit. Enfin, Lou, t'embête pas, sois heureuse, c'est le principal. Le reste est subsidiaire et faut pas s'en soucier. Seulement veux savoir le plus vite possible que serons l'un à l'autre ? Et te gêne pas, me faut avant la vérité. Car je l'aime par-dessus tout.

T'embrasse.

Gui

Dijon. Le Jour de Pâques

Mon Lou adoré,

Je me souviens de Menton parce que suis avec un type de Menton. Te souviens-tu ? Et Sospel, et Monaco. Prends pas garde à l'écriture on écrit en marche. Si tu peux pas lire, lis pas. Nous amusons comme des fous.

T'aime beaucoup. Mais si fallait te détester te détesterai vite – Je prie pour toi, mon Lou adoré. Demande argent dont tu as besoin. T'en enverrai.

Le détachement du 38e est le plus beau détachement de France.

Tu penses si Dijon me fait penser à toi ? !!!

Dis à Toutou de m'écrire un mot sur toi, dès que pourras lui donner mon adresse.

Il connaît mon Lou, à moi, que rien ne m'empêchera de reprendre, qu'il me dise vérité et plus que la vérité !

T'adore et t'embrasse mille fois.

Gui

Châtillon-sur-Seine. Lundi de Pâques

Nous quittons le P.L.M. pour le réseau de l'Est. Mon enfant chéri, tu reposes en paix. Je t'embrasse et te berce. J'ai dormi cinq heures et suis reposé. Nous rions et chantons comme des fous. Vive la France et mon ptit Lou. Je t'embrasse.

Gui

5 avril 1915

Ptit Lou, nous allons vers Chaumont.

TRAIN MILITAIRE

Nous marchons, nous marchons d'un immobile pas.
Nous buvons au bidon à la fin du repas.
Le dernier arbre en fleurs qu'avant Dijon nous vîmes
(Car c'est fini les fleurs des environs de Nîmes,)
Était tout rose ainsi que tes seins virginaux.
Ma vie est démodée ainsi que les journaux
D'hier et nous aimons, ô femmes, vos images.
Sommes dans nos wagons comme oiseaux en cages.
Te souvient-il encor du brouillard de Sospel ?
Une fillette avait ton vice originel...
Et notre nuit de Vence avant d'aller à Grasse ?
Et l'hôtel de Menton ?... Tout, passe lasse et casse...
Et quand tu seras vieille, ô ma jeune beauté
Lorsque l'hiver viendra après ton bel été,
Lorsque mon nom sera répandu sur la terre
En entendant nommer Guillaume Apollinaire
Tu diras « Il m'aimait » et t'enorgueilliras.
Allons ! ouvre ton cœur. Tu m'as ouvert tes bras.

*

Les souvenirs ce sont des jardins sans limite
Où le crapaud module un tendre cri d'azur.

La biche du silence éperdu passe vite.
Un rossignol meurtri par l'amour chante sur
Le rosier de ton corps où j'ai cueilli des roses.
Nos cœurs pendent ensemble au même grenadier
Dont les fleurs de grenade entre nos cœurs écloses
En tombant une à une ont jonché le sentier.

*

Les arbres courent fort, les arbres courent, courent
Et l'horizon vient à la rencontre du train.
Et les poteaux télégraphiques s'enamourent,
Ils bandent comme un cerf vers le beau ciel serein.
Ainsi beau ciel aimé, chère Lou que j'adore
Je te désire encore, ô paradis perdu.
Tous nos profonds baisers je me les remémore.
Il fait un vent tout doux comme un baiser mordu,
Après des souvenirs, des souvenirs encore...

Lou,

Cette nuit après Dijon, nous avons été survolés par un Zeppelin, à qui notre train avait été signalé par des espions sans doute. On a tout éteint. Maintenant plus de population. Tout ce pays est désert, profondément désert. Rien que des soldats. Et pour le moment on n'en voit pas encore beaucoup. Le ciel vient de se couvrir et des gouttes commencent à tomber. Il fait tiède. Pas de feuilles aux arbres. Les paysages paraissent tristes quand on arrive du midi où ils sont si riants.

Dans mes lettres pour pouvoir te dire ce qui se passe, j'emploierai certaines phrases dont voici la signification :

Il fait beau – signifiera : il y a une bataille.

Il fait très beau – signifiera : Bataille en notre faveur.

Le temps est incertain – signifiera : Bataille perdue.

Ces quelques phrases suffiront pr te renseigner sur les événements. Déjà plus de journaux. J'en ai lu hier. C'est pas fameux. Cette expédition des Dardanelles me paraît fort aléatoire. Expédition purement diplomatique pour faire marcher les Balkaniques et je crois qu'on s'est trompé. La diplomatie allemande ne semble pas endormie. Elle a agi et nous avons eu le coup de la Grèce et voilà celui de la Bulgarie. Quand je vois tant de maladresse, j'en ai la rage au cœur et l'impéritie de nos diplomates me navre. Dis-moi tout ce que tu fais et comment tu vas. Nous changerons de train à Chaumont. J'y mettrai cette lettre à la poste. J'espère que tu pourras la lire. Je te prends toute, que tu veuilles ou non, en ce moment ai le droit de te prendre. Je te prends profondément de toutes mes forces et prends dans ma bouche ta langue dure et exquise. Je claque tes belles fesses. Envoie-moi encore des belles photos de toi. Si on revient quelle noce ! ? Tu m'as promis un voyage et que je voudrais connaître Toutou. Envoie-moi tes couleurs que je les porte sur moi. Au revoir, beaux yeux. T'écrirai sans doute tout à l'heure encore. J'aime tant causer avec toi et en t'écrivant il me semble que nous parlons ensemble. C'est extraordinaire, ce que ce pays est désert. Je t'embrasse mille fois.

Gui

Chaumont, 5 avril 1915

Mon ptit Lou,

Je t'ai écrit une longue lettre que tu recevras dans 4 ou 5 jours, car j'ai fait la bêtise de la mettre à la poste ici à Chaumont, où on les retient longtemps. Décidément, c'est bien l'Argonne. Une dame qui dîne au buffet en face de moi, se charge de mettre cette carte à Paris où elle part ce soir.

Je t'embrasse mille fois, baisers, baisers partout, mon ptit Lou chéri.

Écris vite surtout, amuse-toi, t'embête pas, sois bien portante. Je t'aime beaucoup, que tu m'aimes ou non je m'en fous et te prends toute, je te mords la bouche.

Gui

Le 5 avril 1915
Entre Bar s/ Aube et Troyes

Ptit Lou, je profite de l'obligeance d'un voyageur qui va à Paris pour t'envoyer cette lettre. On me dit que Paris est plein d'embusqués, surtout embusqués dans l'aviation. C'est dégoûtant tout simplement. Je pense beaucoup à mon ptit Lou. Je l'aime et c'est suffisant. Tout le reste n'existe pas. Cette Champagne est un pays extrêmement triste. On a déjà vu des huttes de soldats. C'est très curieux. Mais t'as déjà vu tout ça, ptit Lou, honneur de l'Artillerie. Écris-moi vite, que je sache comment tout va.

Ici, on entend d'autres conversations qu'à Nîmes. On n'entend parler que de guerre, que de guerre. Dis-moi comment est Paris ? Je t'aime beaucoup mon ptit Lou. En route, des blessés, mais avons pas vu de prisonniers. J'aurais bien voulu en voir.

Que fait Toutou ?

Tu sais que j'ai écrit à la concierge et au gérant.

Mon ptit Lou, j'espère te revoir bientôt. C'est très singulier. Il me semble que je te reverrai bientôt. Nous avons fait jusqu'à maintenant bon voyage, très agréable, presque un voyage d'agrément. En ce moment, la pluie se mêle au soleil, c'est le diable qui se bat avec sa femme.

J'ai vu de jolis patelins que j'aurais voulu visiter avec toi.

On ira après la guerre faire une gentille balade, si je reviens, mais enfin, j'espère bien en revenir de ce fameux brasier.

Enfin, Lou, au revoir. Quand t'auras cette lettre, je serai arrivé et t'enverrai aussitôt mon adresse.

IL Y A

Il y a des petits ponts épatants
Il y a mon cœur qui bat pour toi
Il y a une femme triste sur la route
Il y a un beau petit cottage dans un jardin
Il y a six soldats qui s'amusent comme des fous
Il y a mes yeux qui cherchent ton image
Il y a un petit bois charmant sur la colline
Et un vieux territorial pisse quand nous passons
Il y a un poète qui rêve au ptit Lou
Il y a un ptit Lou exquis dans ce grand Paris
Il y a une batterie dans une forêt
Il y a un berger qui paît ses moutons

Il y a ma vie qui t'appartient
Il y a mon porte-plume réservoir qui court, qui court
Il y a un rideau de peupliers délicat, délicat
Il y a toute ma vie passée qui est bien passée
Il y a des rues étroites à Menton où nous nous sommes aimés
Il y a une petite fille de Sospel qui fouette ses camarades
Il y a mon fouet de conducteur dans mon sac à avoine
Il y a des wagons belges sur la voie
Il y a mon amour
Il y a toute la vie
Je t'adore
Au revoir mon ptit Lou

Châlons s/ Marne

Petit Lou – sommes arrivés à Châlons à huit heures. Couchons dans la salle d'attente et repartons demain matin à 7 h. Pour Mourmelon, c'est décidément notre destination. Je sais pas encore si c'est Mourmelon-le-Petit ou Mourmelon-le-Grand. Mais l'un et l'autre sont près de Reims. Nous n'avons connu notre vraie destination que ce soir. Traversé pays désolé depuis Troyes. De grandes batailles ont eu lieu là. Des voyageurs, gens du pays, nous les ont racontées. Des choses extraordinaires. Des soûleries impardonnables ont retardé la victoire. Il n'y a pas que les officiers boches qui ont bu trop de Champagne – Les villages n'existent plus. C'est fantastique. Mais j'ai confiance. Si les intrigues contre Joffre ne réussissent pas, je crois qu'il nous donne la certitude de la victoire. Je t'embrasse fort, fort, fort.

Gui

Gui aime Lou.

Au revoir
Lou

Gui.

Envoi du 1er CC
G. de Kostrowitzky
38e art 70e batt
Nîmes Gard

À présent Guillaume est sur le front. Il se bat. Il fait et décrit l'amour dans ses lettres avec la même ardeur, avec les mêmes images qu'il fait et décrit la guerre dans les tranchées. Il continue à « voir la vie en rose », mais note bien que « L'avion de l'amour a refermé ses ailes » et que « partout à la ronde on trouve des tombeaux ».

6 avril 1915

Ma petite amie Lou, me voici au front, t'écrirai plus longuement dès que j'aurai le temps. Écris-moi vite. Tu trouveras mon adresse sur la carte. Je te dirai mes impressions quand je pourrai t'écrire plus longuement. Je pense beaucoup à toi. Avons fait très bon voyage, un peu long et lent seulement. Je t'embrasse.

Gui

Mourmelon-le-Grand, 6 avril 1915

Ma Lou, je coucherai ce soir dans les tranchées
Qui près de nos canons ont été piochées.
C'est à douze kilomètres d'ici que sont
Ces trous où dans mon manteau couleur d'horizon
Je descendrai tandis qu'éclatent les marmites
Pour y vivre parmi nos soldats troglodytes.
Le train s'arrêtait à Mourmelon le Petit.
Je suis arrivé gai comme j'étais parti.
Nous irons tout à l'heure à notre batterie.
En ce moment je suis parmi l'infanterie.
Il siffle des obus dans le ciel gris du nord
Personne cependant n'envisage la mort.

*

Et nous vivrons ainsi sur les premières lignes
J'y chanterai tes bras comme les cols des cygnes
J'y chanterai tes seins d'une déesse dignes
Le lilas va fleurir. Je chanterai tes yeux
Où danse tout un chœur d'angelots gracieux.
Le lilas va fleurir, ô printemps sérieux !
Mon cœur flambe pour toi comme une cathédrale
Et de l'immense amour sonne la générale.
Pauvre cœur, pauvre amour ! Daigne écouter le râle
Qui monte de ma vie à ta grande beauté.
Je t'envoie un obus plein de fidélité
Et que t'atteigne, ô Lou, mon baiser éclaté

*

Mes souvenirs ce sont ces plaines éternelles
Que virgulent, ô Lou, les sinistres corbeaux
L'avion de l'amour a refermé ses ailes
Et partout à la ronde on trouve des tombeaux

*

Et ne me crois pas triste et ni surtout morose
Malgré toi, malgré tout je vois la vie en rose
Je sais comment reprendre un jour mon petit Lou,
Fidèle comme un dogue, avec des dents de loup ;
Je suis ainsi, mon Lou mais plus tenace encore
Que n'est un aigle alpin sur le corps qu'il dévore

*

Quatre jours de voyage et je suis fatigué
Mais que je suis content d'être parti de Nîmes !
Aussi, mon Lou chéri, je suis gai, je suis gai
Et je ris de bonheur en t'écrivant ces rimes.

*

Cette boue est atroce aux chemins détrempés.
Les yeux des fantassins ont des lueurs navrantes.
Nous n'irons plus au bois, les lauriers sont coupés,
Les amants vont mourir et mentent les amantes.

*

J'entends le vent gémir dans les sombres sapins
Puis je m'enterrerai dans la mélancolie
Ô ma Lou, tes grands yeux étaient mes seuls copains.
N'ai-je pas tout perdu, puisque mon Lou m'oublie !

*

Dix-neuf cent quinze, année où tant d'hommes sont morts
Va-t'en, va-t'en, va-t'en aux Enfers des Furies
Jouons, jouons aux dés ; les dés marquent les sorts
J'entends jouer aux dés les deux artilleries

*

Adieu, petite amie, ô Lou, mon seul amour
Ô mon esclave enfuie,

Notre amour qui connut le soleil, pas la pluie
Fut un instant trop court.

La mer nous regardait de son œil tendre et glauque
Et les orangers d'or
Fructifiaient pour nous. Ils fleurissent encor.
Et j'entends la voix rauque

Des canons allemands crier sur Mourmelon
Appel de la – tranchée. –
Ô Lou, ma rose atroce, es-tu toujours fâchée
Avec des yeux de plomb ?

*

Ô Lou, Démone-Enfant aux baisers de folie
Je te prends pour toujours dans mes bras, ma jolie.

*

Deux maréchaux des logis jouent aux échecs en riant.
Une diablesse exquise aux cheveux sanglants se signe à l'eau bénite.
Quelqu'un lime une bague faite avec l'aluminium qui se trouve dans la fusée des obus autrichiens.
Un képi de fantassin met du soleil sur cette tombe.
Tu portes au cou ma chaîne et j'ai au bras la tienne
Ici, on sable le champagne au mess des sous-officiers.
Les Allemands sont là derrière les collines
Les blessés crient comme Ariane
Ô noms plaintifs des joies énormes
Rome, Nice, Paris, Cagnes Grasse Vence, Sospel Menton, Monaco, Nîmes
Un train couvert de neige apporte à Tomsk, en Sibérie, des nouvelles de la Champagne
Adieu, mon petit, Lou, adieu
Adieu. Le ciel a des cheveux gris

Le 7 avril 1915

Ptit Lou, maintenant on est tout à fait en avant. On peut pas plus. Et c'est beaucoup plus loin qu'étais hier. Peux pas dire plus. C'est fantastique – Il fait beau.

Il faut, mon ptit Lou pour que tu aies été où tu as été et y être restée que tu aies dormi avec tous les officiers, car je vois bien les difficultés que t'as dû subir. Mais t'étais pas en avant. T'étais comme étions hier avec l'État-Major. Mais ce n'est rien. C'est en avant que c'est grandiose.

Ici on vit dans les bois. Les obus ne m'ont fait aucune impression et pour saluer mon arrivée nous en avons eu le plus grand nombre qu'il y ait eu depuis que nos batteries sont ici, mais peux pas te dire où. Écris-moi, ptit Lou, des choses sur toi, ce que tu fais et toutes les cochoncetés surtout. Ça me récréera surtout dans les débuts de mon séjour ici. J'en ai inventé d'épatantes depuis quelques jours. Pas expérimentées encore. Je réserve cela après guerre. Mais elles sont épatantes et tout à fait neuves.

Ici c'est la bonne vie sauvage. Nous vivons comme les Cow-Boys du Far West. En somme Toutou est heureux qui peut parfois se reposer dans un village. Mais la vie de cow-boy a aussi ses agréments. Ces sales Boches sont là tout près. Enfin, ce matin 150 obus ont été tirés où j'étais, tué personne, pas même un cheval. On passe le temps à faire des bagues. Envoie-moi la mesure de ton annulaire, j'en ferai une très jolie avec une belle devise. Donne-moi nouvelles de Toutou, mais rien écrire sur la guerre, car les lettres seraient arrêtées. Je me demande si je te reverrai jamais. Ça c'est le plus aléatoire. Enfin, comme tu sais, mon ptit Lou, tu fais comme tu veux ! J'espère que tu voudras bien m'écrire selon tes promesses. Mais si tu ne tiens pas cette promesse-là, ça ne fera qu'une de moins et je n'en suis plus à une promesse près.

Enfin, quelle que soit la promesse que tu voudras bien tenir, j'en serai heureux.

Ce qui me fait penser qu'après tout tu es capable de quelque gentillesse c'est ton sentiment pr Toutou. J'ai fait tout ce que j'ai pu pr te montrer que je t'aimais et avec désintéressement. À toi de savoir si tu dois mépriser cet amour ou non. Mais j'aimerais bien que tu fixasses tout cela dans ton esprit afin que je sois renseigné.

L'atmosphère du front est en somme très agréable. Il n'y a que toi qui manques et qui manqueras longtemps.

Tu m'as écrit que *quelle que fût la durée de cette séparation qui commence il fallait que nous comptions l'un sur l'autre*. Je sais bien comment tu peux compter sur moi mais j'aimerais savoir en quoi et comment je puis compter sur toi. Écris-le-moi, et fais-le moi aussi écrire par Toutou qui te connaît bien et qui, je crois, sait dire la vérité.

Enfin, mon petit Lou, je t'aime beaucoup et j'ai un moral épatant. Je croyais que voir ça de près pouvait vous faire manquer le cœur, mais ça ne m'a rien fait du tout et en suis bien content. Ça n'empêche pas que ce soit fantastique.

L'amour, vois-tu Lou, est la grande chose sérieuse de ma vie, et tu es le grand amour.

Ça, c'est vrai et vrai pour toujours. Si tu t'en fous, dis-le, je m'efforcerai de changer.

Mais je te souhaite de ne pas t'en moquer, car mon amour a la vertu de grandir, d'orner ce qu'il aime et je te voudrais vraie et au-dessus de toutes les femmes, t'embrasse.

Gui

G. de Kostrowitzky 1er c.c.
38e artillerie de camp.
45e batt. Secteur postal 59

Les blessés peuvent bien crier : poilus français et allemands continuent à s'égorger aux Éparges. La barbarie bat son plein. Dans la région d'Ypres, les Allemands inaugurent l'utilisation des gaz asphyxiants.

8 avril 1915

Ptit Lou, le seul livre qui se trouve ici est un petit dictionnaire médical dans lequel je trouve ceci qui t'intéressera (d'après ce que tu disais à Marseille) :

« Hypertrophie des petites lèvres. – Sous l'influence d'attouchements répétés... les petites lèvres ou nymphes peuvent acquérir un développement exagéré et faire saillie en dehors de l'orifice des grandes lèvres ou fente vulvaire. Cette hypertrophie occasionne une grande gêne dans la marche ; la muqueuse s'excorie, etc. Il est facile de remédier à cette infirmité par une petite opération sans danger, qui consiste à exciser toute la portion des nymphes qui débordent hors de la vulve. On enserre leur racine entre les mors d'une pince longue de plusieurs centimètres et on coupe tout le tissu resté libre. En affrontant avec des serres fines ou des points de suture les bords de la muqueuse, il ne se produit pas d'hémorragie et on obtient une guérison rapide. »

Petit Lou, si tu rencontres à Paris des ennemis à moi, défends-moi si tu veux ou non, mais surtout dis-leur que j'ai à leur disposition 5 lettres. T'en rencontreras sûrement. Ici mon ptit Lou, on vit sous terre. C'est curieux. Mais tout ça manque évidemment de femmes et Toutou est un type rudement heureux de t'avoir eue là-bas. Envoie-moi la mesure de ton annulaire pr te faire une bague. Je tâcherai demain si possible de faire des vers. La vie est dure, je suis avec Berthier. Il faut que nous creusions notre demeure. Il faut être tout ; terrassier, maçon, serrurier, charpentier, tout.

C'est une vie grandiose qui ne va pas sans une mélancolie lyrique extraordinaire. Les obus gémissent d'une façon déchirante.

Moi, je pense à toi. J'y ai pensé toute la nuit en regardant les étoiles et j'ai donné ton nom à l'une d'elles dont je ne savais pas le nom. Elle se trouve un peu à droite et au-dessous du baudrier d'Orion. Alors, je cause avec ce ptit Lou, changé en étoile, et comme elle palpite et que sa lueur a un peu celle de ton regard elle me consolera infiniment dans les nuits claires comme celle d'hier.

Les nuits ici sont extrêmement animées, attaques, déplacements, les routes sont encombrées de convois. C'est une vie singulièrement noctambule que mènent les gens du front.

Je crois bien qu'il faudra en arriver à menotte. Écris-moi des lettres qui au moins autorisent cette suprême ressource, même s'il ne s'agit pas de moi, mais d'autres, mais qu'il s'agisse surtout de toi.

Tu seras rudement gentille si tu fais ça. Enfin, on verra et peut-être même arriverai-je à une chasteté parfaite en ton honneur, ô ptit Lou adoré.

Lou, quels sacrifices faut-il encore faire pour que tu aies pour moi des sentiments qui soient pas tout à fait, mais presque ceux que t'as pr Toutou ?

Mais quels beaux souvenirs j'ai de toi à Grasse, quand je te tenais sur le canapé, comme un petit garçon que l'on va fouetter, t'avais peur [illisible], je t'ai forcée à tenir les fesses hautes, tes grosses fesses merveilleuses, hautes sous la lumière et la schlague commença, tu te tordais, ouvrant et refermant ton petit derrière...

Et à Nîmes, quand je t'ai prise entièrement là où tu ne voulais pas avant, te souviens-tu. Je t'ai eue vaincue, complètement vaincue et t'aurai encore. Il me tarde de recevoir des nouvelles de toi, mais ici je crois que la poste est moins rapidement faite que du côté de Toutou.

Enfin, mon ptit Lou, ménage ta santé, te fatigue pas, qu'on ait la joie de revoir tes merveilleux totos de vierge pure !!! ? Et puis au fond tu es pure, petite Démone-Ange-Enfant que j'adore, singulier mélange de *La-plus-grande-joie* et de *La-plus-triste-vie*. Je voudrais contribuer avec mon ami inconnu Toutou à te rendre tout cela exquis et que tu sois désormais après la guerre *La-vie-la-plus-délicieuse*.

On dort au-dessus de l'eau. On s'en f... totalement. Si on pouvait vite f... les Boches dehors, je coucherais bien volontiers sur la dure chez moi, sur une planche à côté de mon lit pendant 3 ans.

Ces bougres de cochons sont là, on voit leurs tranchées. Qu'on voudrait être un grand inventeur et trouver quelque chose qui leur fasse l'effet que la mort-aux-rats fait aux rats et aux souris.

Mon Lou, la voix des obus est un véritable miaulement, ils miaulent comme des chats amoureux. C'est fantastique. On voit les Taubes et l'on fait des devinettes : quel est le comble de la propreté pour un aviateur en campagne ? *Réponse* : Prendre son Taube tous les matins.

Hier au village où j'étais revenu chercher mes paquets, le curé nous a parlé, il était nu-tête. C'est un brave homme mais sale ! Ses cheveux étaient dans un état ! Je lui ai dit : « Vous devriez pas sortir sans vous couvrir la tête. » Il m'a répondu : « Je sors maintenant sans képi (textuel) depuis que j'ai vu des soldats me crier *À bas la calotte*, comme je n'en mets plus, ils ne peuvent plus le crier. »

Le ciel est aujourd'hui mélancolique, je ne verrai sans doute pas ce soir la petite étoile qui palpite si bien et que j'ai appelée Lou.

Je te la montrerai après la guerre et nous la regarderons ensemble.

On voit pas mal d'avions, et on se terre aussitôt sous peine de prison, pour ne pas être repérés, mais pas encore vu de Zeppelin, ça doit être plus curieux, il me semble.

Te souviens-tu du petit voyage en auto que nous fîmes à Beaumont-sur-Vesle dans la Marne, l'an dernier. J'y ai pensé tous ces jours, car le pays rappelle un peu cet endroit délicieux.

Mon petit Lou, au revoir, je t'écrirai demain ; me suis plus déshabillé depuis départ de Nîmes, essayerai le faire ce soir, mais je me demande si je ne gèlerai point. Dis-moi comment fait Toutou ? et s'il ne se déshabille que quand il couche dans un lit. Il est vrai que nous ne couchons jamais dans des lits, mais il y en a qui se déshabillent. Il est vrai qu'ils sont bien habitués à la température tandis que je ne le suis pas encore. T'embrasse, ma Lou.

Gui

1915 8 avril au soir

Mon Amour,

Je suis pr quelques jours à l'échelon à 1 km. de nos tranchées. C'est en pleine forêt marécageuse quelques huttes en roseaux. Je songe à Robinson, aux trappeurs. Je t'écris à la lueur tremblante d'un bout de bougie. Il a plu, maintenant le ciel est clair. La bataille commence dans la nuit, je ne sais où, mais pas loin et je l'entends distinctement, ininterrompue. On dirait que le diable fait moudre son café. C'est fantastique, avec les lueurs des obus qui miaulent et éclatent comme si c'était quelque grand roi qui donnerait un feu d'artifice en l'honneur de ta beauté. Aujourd'hui nous n'avons reçu qu'un petit nombre d'obus. Je vois à peine ce que je t'écris. Je suis dans une batterie exclusivement composée d'hommes du Nord qui n'ont pas de nouvelles de leur famille restée dans les pays envahis. L'étoile nommée ptit Lou est là qui me regarde avec douceur, peut-être même avec tendresse. Mon cœur, c'est curieux, comme ici on pense avec tendresse très, très douce à ceux qu'on aime. On ne souhaite que leur bonheur complet. Je souhaite le tien très complètement et je le souhaite ardemment. Mon cœur est devenu comme une meule rougie au feu et qui tourne en écrasant tous les anciens désirs, les anciennes ambitions. J'entends miauler tous ces petits chats volants. Combien j'aimerais mieux la voix d'un ptit Loup. J'ai regardé aujourd'hui la petite photo avec le chien enveloppée dans ce gentil petit mot où il est dit que Gui et Lou… Sur cette photo tu as un air étrangement diabolique que je ne t'ai pas encore vu et que je veux connaître pour participer de ton mystère profond. Ah ! cette photo ! Tu as l'air d'une de ces dames égyptiennes qui, toujours inassouvies, s'en allaient sur le bord de la mer pour y violer les cadavres des matelots jetés là par les naufrages. 0 profond, profond ptit Lou, toi la sœur de mon esprit, ô sœur incestueuse ! Âme de mon âme, je t'adore ! – L'après-midi la grêle est tombée, elle tombait au plus profond de moi-même abattant les moissons que l'amour y avait semées. Je me sens moi-même comme une forêt très lointaine dans laquelle s'en va une toute petite lumière qui tremble et qui semble sur le point de mourir. Et maintenant, ptit Lou, c'est comme une exquise hallucination. Tu es là tout près de moi, tu me redis ces mots très doux que tu m'avais écrits, pendant ton voyage de Baratier à Nîmes. Tu me redis tout cela, tu me calmes, tu es douce, douce et moi aussi je me sens doux et merveilleusement tendre. J'étais un enfant de quinze ans à peine quand j'ai connu entièrement les joies de l'amour, mais je ne l'ai jamais éprouvé aussi fortement que pr mon petit Lou. Un bizarre insecte de la forêt, un insecte qui ressemble à un tout petit cochon, se promène sur le papier de ma lettre, il est de bon augure. Je ne sais quand je recevrai de lettre de toi. Depuis quelques jours, il n'arrive pas de lettres ici paraît-il. Donc, mon ptit Lou chéri, sois contente puisque je suis content. Fais tout ton devoir envers Toutou, va auprès de lui dès que tu pourras. Aime-le bien de toutes les façons. Et amuse-toi aussi tant que tu pourras. Il ne faut pas que tu sois malheureuse en rien. Quand t'auras besoin de quelque chose, si je peux le faire le ferai toujours. Je veux surtout que tu sois très heureuse avec tous tes désirs satisfaits. J'ai été un peu égoïste un moment, mais ce n'est pas ma nature et ça ne dure pas, ce n'est pas profond, c'est un simple oubli du rôle de poète qui comme le roi donne tout de lui-même, le premier à toute l'humanité, le second, à son peuple… Tu es pour moi l'un et l'autre. Amuse-toi mais pas crapuleusement, Lou, que Mémée ne corrompe pas ton gentil langage mignon, qui est un de tes charmes. Tu ne dois avoir qu'un vice raffiné, mon petit page ambigu.

Je me demande si je reviendrai de cette extraordinaire aventure, c'est possible mais c'est tout ce que l'on peut dire. Je voudrais te revoir comme je t'ai laissée et le caractère pas gâché. Je t'écris longuement ces jours-ci parce que je ne sais pas ce que j'aurai à faire dans quelque temps. Si je vois que je m'embête trop et que j'ai le cafard trop fortement, j'aurai toujours la ressource de demander à aller chez les fantassins où la vie ne traîne point.

Mon petit Lou, je t'embrasse tout doucement ta langue dans ma bouche, dans un baiser à mourir. La fusillade continue, les mitrailleuses crépitent. Ceux qui n'ont pas entendu ces choses émouvantes ne peuvent s'en faire une idée. Tu les as entendues et tu n'es pas une novice de cette profonde émotion du front. Les journaux ne reflètent nullement ce qu'est la guerre. C'est que les journalistes qui la décrivent ne la connaissent point... On vient de me donner une lampe pour finir ma lettre. Il est dix heures. Il faut que je dorme. Hier soir, peu dormi, joué jusqu'à une heure du matin.

Mon cher petit Lou, je t'adore,
Mon très cher petit Lou je t'aime,
Ma chère petite étoile palpitante je t'aime
Corps délicieusement élastique je t'aime
Vulve qui serre comme un casse-noisettes je t'aime
Sein gauche si rose et si insolent, je t'aime
Sein droit si tendrement rosé, je t'aime,
Mamelon droit couleur de champagne non champagnisé je t'aime
Mamelon gauche semblable à une bosse du front d'un petit veau qui vient de naître je t'aime
Nymphes hypertrophiées par tes attouchements fréquents, je vous aime
Fesses exquisement agiles et qui se rejettent bien en arrière, je vous aime
Nombril semblable à une lune creuse et sombre je t'aime
Toison claire comme une forêt en hiver je t'aime
Aisselles duvetées comme un cygne naissant je vous aime

Chute des épaules adorablement pure je t'aime
Cuisse au galbe aussi esthétique qu'une colonne
de temple antique je t'aime
Oreilles ourlées comme de petits bijoux mexicains
je vous aime
Chevelure trempée dans le sang des amours je
t'aime
Pieds savants, pieds qui se raidissent je vous aime
Reins chevaucheurs, reins puissants, je vous aime
Taille qui n'a jamais connu le corset, taille souple
je t'aime
Dos merveilleusement fait et qui s'est courbé pour
moi je t'aime
Bouche, ô mes délices, ô mon nectar je t'aime
Regard unique regard-étoile je t'aime
Mains dont j'adore les mouvements je vous aime
Nez singulièrement aristocratique je t'aime
Démarche onduleuse et dansante je t'aime,

Ô petit Lou, je t'aime, je t'aime, je t'aime et quand je le rajouterais encore, ce serait toujours le même mot. C'est celui-là même, je t'aime. Tout cela, si tu veux bien, naturellement car je ne veux te forcer en rien, pas même à te laisser aimer, tu sais, petit Lou, adieu donc, et à demain, si j'ai le temps d'écrire, mais jusqu'à nouvelle décision de ta part, t'enverrai chaque jour quelque chose.

Gui

9 avril 1915

Mon petit Amour – Je t'envoie ci-inclus deux croquis de notre demeure, l'intérieur et l'extérieur. Je fais depuis aujourd'hui fonction de brigadier à l'échelon, 6e pièce. Je suis dans une cabane en roseaux. Un feu brûle toujours dans la cabane, car on fait la cuisine par pièce. Nous sommes seuls dans la forêt. Les Boches n'avaient pas repéré jusqu'ici ma batterie et son échelon. Mais notre échelon a dû être repéré, car hier soir après que je t'eus écrit ma lettre, c'est-à-dire vers 11 heures, on a commencé à tirer sur notre forêt. Nous avons reçu trente obus, mais un peu trop longs ce qui fait que nous n'avons rien eu. D'ailleurs les obus éclataient mal. Ce matin tous les hommes ont couru chercher les fusées dans l'espoir d'en trouver en aluminium pour les bagues, mais toutes les fusées étaient en cuivre, déconvenue. Nos chevaux ont été calmes, ce qui fait qu'on n'a eu aucune pagaye. Ces obus boches sont de très mauvaise qualité. La forêt est sur un marécage, on est dans l'eau. On vit ici comme Robinson dans son île, un peu plus nombreux seulement. Les hommes de ma pièce sont tous de braves gars du Nord, de l'Aisne et de l'Oise. Un seul Niçois. La plupart n'ont pas de nouvelles de leur famille restée dans les pays envahis et pas le sou. Aussi la cabane a-t-elle été dénommée *Villa des Fauchés*.

On ne regrette et souhaite ici qu'une chose : *la FEMME la phâme*, ça nous affame et Dieu sait si souvent la femme est infâme. Pour le reste c'est l'enthousiasme, le patriotisme simple et parfait et je crois que ma batterie est une des plus braves de l'armée française. Personne ne rechigne aux corvées, à rien. J'ai pas de couverture. On n'a pas voulu m'en donner à Nîmes et j'en ai pas trouvé à acheter. Si je m'en tire dans cette humidité, avec mon couvre-pied, j'aurai une rude santé. Les débuts sont bien. On mange dehors devant la cabane et les hommes y ont fait un jardin minuscule avec des parterres de pensées et de pâquerettes et des inscriptions : *Honneur, Patrie, Campagne, 1914-1915.* Cette forêt est émouvante. Elle contient le patriotisme, l'amour profond et désespéré. Chaque branche défeuillée est un vœu de bonheur, un vœu timide pour soi, un vœu de bonheur ardent pour les autres, surtout pour l'autre, celle qu'on aime. Nos officiers sont gentils. Ils vivent comme nous, mais sous terre à la batterie à 1 km. d'ici. Notre capitaine est très intelligent, c'est un professeur de Polytechnique, aussi il connaît son affaire et notre batterie n'a jamais eu d'à-coups, tout y marche bien et mécaniquement, on y a même l'électricité, produite sur place.

Il est dommage qu'on ait à signaler de mauvaises choses dans la population civile des environs. Je ne comprends pas qu'on ne force pas tous les civils à foutre le camp.

J'aime mieux être avec ces gars du Nord venant tous du 42e d'artillerie qu'avec les zigoteaux du Midi, flanchards et déprimants. L'eau ne manque pas. On peut se laver à loisir. C'est encore une veine.

J'ai fait mon testament en ta faveur, en cas d'accident quelconque. Il n'y a pour le moment puisque la Pologne n'existe pas encore – que des tableaux. Tu n'as vu aucun tableau de valeur, *ils sont tous cachés* avec ma collection de statues africaines. Il y a ma bibliothèque, et mes livres qui en temps de paix rapportent de 3 à 4 mille francs par an. Tout ça n'est pas grand-chose et pardonne-moi de n'avoir pas plus à te laisser. Le détail est dans le testament. J'ai donné ton nom pr que tu sois prévenue en cas d'accident. C'est dans mon livret matricule. En ce cas, tu préviendrais le secrétaire de la rédaction de *l'Intransigeant*, 12 rue du Croissant, et le dire du *Mercure de France*, 26 rue de Condé. Ma mère serait prévenue car j'ai donné son nom avec le tien.

Je te prie, Lou, de ne montrer mes lettres à personne, je serais très gêné. Et je crois que je t'aimerais beaucoup moins si tu répandais le secret de mon amour.

Si je mourais, n'oublie pas surtout les droits d'auteur sur *Alcools*. Je ne les ai pas touchés, et pas fait de traité, par conséquent c'est un livre qui est entièrement à moi. Tu ferais aussitôt un traité avec le *Mercure* selon les habitudes de la maison. C'est un livre qui seul dans 4 ou 5 ans rapportera dans les deux mille francs par an et plus tard il peut rapporter plus encore. Je n'ai pas eu le temps, au moment de la mobilisation, de faire de traité pr *le Poète assassiné* qui est imprimé et corrigé ; l'éditeur est *L'Édition*, 4 rue de Furstenberg. Il faut faire un traité, 50 centimes par volume comme droit d'auteur pr le 1er mille, 60 centimes par volume pour le 2e et le 3e mille, 75 centimes par volume pour les mille suivants jusqu'au 10e mille et 1 franc par volume à partir du 10e mille.

Pour *l'Hérésiarque* il y a 2 ans que j'ai pas fait de compte avec Stock son éditeur. Il faudra voir ce que j'ai à y toucher et consulter mon traité qui est chez moi, j'indiquerai où dans le testament. D'ailleurs, l'éditeur a le double du traité.

Il y a aussi un manuscrit au *Mercure : les Diables amoureux,* faire un traité comme pr *le Poète assassiné.*

Il y a encore un livre tout prêt à paraître, imprimé, broché à l'Édition, 4 rue de Furstenberg, *Les 3 Don Juan ;* faire un traité de 2 francs par volume, comme droits d'auteur.

T'embrasse.

Gui

Tout ceci ne t'intéressera pas en ce moment que je suis encore en vie. Mais si je meurs, relis cette lettre avec attention, d'ailleurs j'espère que Toutou sera là pour s'occuper de tout cela à ta place.

Gui

La guerre vécue par l'artilleur Guillaume Apollinaire est à la fois moderne et archaïque : c'est une guerre d'artillerie qui pulvérise les combattants. Un tiers des morts ne seront pas identifiés et viendront grossir les bataillons des « soldats inconnus » morts pour leur patrie. Au printemps 1915, Guillaume qui ne deviendra fantassin à sa demande qu'en novembre reste un peu plus éloigné des tranchées de première ligne où les assauts se dénouent à l'arme blanche et où les masques à gaz donnent aux combattants un air moyen-âgeux.

Le 10 avril 1915

I

Le ciel est étoilé par les obus des Boches
La forêt merveilleuse où je vis donne un bal

La mitrailleuse joue un air à doubles croches
Mais avez-vous le mot – Mais oui le mot fatal –
Aux créneaux, aux créneaux, laissez là les pioches

*

On sonne GARDE A VOUS rentrez dans vos maisons
CŒUR OBUS éclaté qui sifflait sa romance
Je ne suis jamais seul, voici les deux caissons
Tous les dieux de mes yeux s'envolent en silence
Nous vous aimons ô Vie et nous vous agaçons

*

Les obus miaulaient un amour à mourir
Les amours qui s'en vont sont plus doux que les autres
Il pleut, Bergère, il pleut et le sang va tarir.
Les obus miaulaient. Entends chanter les nôtres
Pourpre Amour salué par ceux qui vont périr !

*

Le Printemps tout mouillé, la Veilleuse, l'Attaque
Il pleut, mon âme, il pleut, mais il pleut des yeux morts.
Ulysse, que de jours pour rentrer dans Ithaque !
Couche-toi sur la paille et songe un beau remords
Qui, PUR EFFET DE *L'ART*, soit aphrodisiaque.

II

Je t'écris, ô mon Lou, de la hutte en roseaux
Où palpitent d'amour et d'espoir neuf cœurs d'hommes
Les canons font partir leurs obus en monômes
Et j'écoute gémir la forêt sans oiseaux

*

Il était une fois en Bohême un poète
Qui sanglotait d'amour puis chantait au soleil
Il était autrefois la comtesse *Alouette*
Qui sut si bien mentir qu'il en perdit la tête,
En perdit sa chanson, en perdit le sommeil

*

Un jour elle lui dit « Je t'aime, ô mon poète »
Mais il ne la crut pas et sourit tristement
Puis s'en fut en chantant : « Tire-lire *Alouette* »
Et se cachait au fond d'un petit bois charmant.

*

Un soir, en gazouillant son joli tire-lire
La comtesse *Alouette* arriva dans le bois :
« Je t'aime, ô mon poète, et je viens te le dire
Je t'aime pour toujours. Enfin je te revois.
Et prends-la pour toujours, mon âme qui soupire »

*

Ô cruelle *Alouette* au cœur dur de vautour
Vous mentîtes encore au poète crédule.
J'écoute la forêt gémir au crépuscule.
La comtesse s'en fut et puis revint un jour :
« Poète, adore-moi, moi, j'aime un autre amour »

*

Il était une fois un poète en Bohême
Qui partit à la guerre on ne sait pas pourquoi.
Voulez-vous être aimé, n'aimez pas, croyez-moi !
Il mourut en disant : « Ma comtesse, je t'aime »
Et j'écoute à travers le petit jour si froid
Les obus s'envoler comme l'amour lui-même.

III

Te souviens-tu, mon Lou, de ce panier d'oranges
Douces comme l'amour qu'en ce temps-là nous fîmes
Tu me les envoyas un jour d'hiver à Nîmes
Et je n'osai manger ces beaux fruits d'or des anges.

*

Je les gardai longtemps pour les manger ensemble
Car tu devais venir me retrouver à Nîmes.
De mon amour vaincu les dépouilles opimes
Pourrirent. J'attendais. Mon cœur, la main me tremble !

*

Une petite orange était restée intacte
Je la pris avec moi quand à six nous partîmes
Et je l'ai retrouvée intacte comme à Nîmes,
Elle est toute petite et sa peau se contracte.

*

Et tandis que les obus passent, je la mange
Elle est exquise ainsi que mon amour de Nîmes
Ô soleil concentré, riche comme mes rimes
Ô savoureux amour, ô ma petite orange !

*

Les souvenirs sont-ils un beau fruit qu'on savoure ?
Le mangeant, j'ai détruit mes souvenirs opimes.
Puissé-je t'oublier mon pauvre amour de Nîmes !
J'ai tout mangé : l'orange et la peau qui l'entoure.

*

Mon Lou, pense parfois à la petite orange
Douce comme l'amour, le pauvre amour de Nîmes,

Douce comme l'amour qu'en ce temps-là nous fîmes.
Il me reste une orange :
un cœur, un cœur étrange.

IV

Tendres yeux éclatés de l'amante infidèle,
Obus mystérieux…
Si tu savais le nom du beau cheval de selle
Qui semble avoir tes yeux !

*

<table>
<tr><td>mon</td><td>Car c'est Loulou, mon Lou, que mon cheval</td></tr>
<tr><td>cheval</td><td>se nomme,</td></tr>
<tr><td>se nomme</td><td>Un alezan brûlé,</td></tr>
<tr><td>Loulou !!</td><td>Couleur de tes cheveux, cul rond comme une pomme,</td></tr>
<tr><td></td><td>Il est là tout sellé.</td></tr>
</table>

*

<table>
<tr><td>c'est très</td><td>Il faut que je reçoive, ô mon Lou, la mesure</td></tr>
<tr><td>sérieux, envoie</td><td>Exacte de ton doigt</td></tr>
<tr><td>le diamètre</td><td>Car je veux te sculpter une bague très pure</td></tr>
<tr><td>de ton annulaire en millimètres</td><td>Dans un métal d'effroi.</td></tr>
</table>

Mon petit Lou, j'ai dû interrompre ma lettre en vers, je la reprends en prose. Je t'aime beaucoup, my love, ma Lou. On entend la mitrailleuse moudre le café, un avion nous survole. Dans la forêt, on bâtit une nouvelle cabane. Le ciel s'éclaircit. Le vent est tombé. Mon cœur est calme. Je n'ai encore pu dormir dans la cabane. Manque d'habitude. Hier soir j'ai enlevé mes souliers pour la première fois depuis mon départ de Nîmes. Aujourd'hui, me suis lavé à fond au puits dans la forêt sous la pluie. Que fais-tu ? T'amuses-tu ? Ne t'embête pas surtout. D'ailleurs suis pas trop en peine pour cela. On entend aussi nos canons. Ceux des Boches se taisent en ce moment. Par les temps clairs sur les hauteurs on aperçoit la plus actuelle des cathédrales. Je t'embrasse. Ma bouche sur la tienne.

Gui

11 avril 1915

Ptit Lou, hier après que je t'eus [envoyé] ma lettre on est venu m'avertir que j'étais nommé agent de liaison et que je commencerai ma fonction de suite. Je remplace un maréchal des logis qui a été tué récemment. Dans ces conditions j'espère que les 2 galons rouges ne tarderont pas, puisque j'en ai déjà un. Ensuite, on tâchera de gagner les autres, bien qu'il y ait bien peu de nominations dans l'artillerie. Ainsi si je suis nommé brigadier et Berthier logis, ce seront les premières nominations dans la batterie depuis les six mois que la batterie est à la guerre. Mais pour le moment je reste à l'échelon ; si Berthier est nommé logis, il me quittera pour aller avec les canons. Nous ne creuserons pas notre tanière. Il ira dans une de celles déjà creusées et je resterai dans ma hutte avec mes conducteurs dont le Niçois est épileptique !! Aussitôt la bonne nouvelle, j'ai fait seller mon cheval et je suis parti avec le brigadier, qui remplace depuis trois jours le marchis tué, pour qu'il me montrât le chemin de l'endroit où j'irai tous les matins. Mon cheval est épatant, je m'étais trompé, il n'est pas alezan brûlé, mais noir, tout noir avec une étoile blanche en tête et des yeux cochons. Ma selle est merveilleuse ! J'étais dans une joie inexprimable. La pluie avait cessé. Il était cinq heures. J'étais rudement fier. Quatre mois de service et se rendre déjà utile même dans un poste subalterne mais dangereux et de confiance, ça a de quoi donner une belle idée de soi-même à un poète dont le métier ressemble en somme assez à celui des putains, puisque comme celles-ci nous prostituons nos sentiments au public. Enfin, nous sommes partis, sortis du bois, traversé des terres, arrivés à la grand-route, là grand trot, contourné un village, dans un chemin de boue et de fascines. Là, la canonnade commence. Je m'en souviendrai toujours. C'était épatant. Le brigadier Laurent qui est de Roye, me dit : « D'ici les Boches nous voient, faut passer vite et s'ils tirent pas hésiter à descendre de cheval et se cacher derrière un arbre. » Arrivés à la hauteur de la forêt superbe où nous devions aller et qui est bien plus belle que celle où nous logeons, un miaulement déchirant et Pan ! un fusant éclate dans les arbres à 25 mètres et à 15 mètres de hauteur. Des feuilles volent. Les chevaux sont habitués. On les met au galop dans les terres sur la lisière et nouveau miaulement, Pan ! à la même hauteur et un peu plus près mais pas dans les arbres, si bien qu'on a vu la fumée jaune-rougeâtre qui est restée longtemps en l'air. Ça a été tout, ensuite ils ont tiré plus à gauche sur une des batteries du groupe, mais pas la nôtre qui est à même hauteur, mais plus à droite. Puis on est entré dans le joli bois, là on a laissé les chevaux dans une hutte et on a continué le chemin à pied, en passant sur d'extraordinaires ponts en roseaux et en osier.

On est revenu de même, mais sans accompagnement de fusants.

Il est six heures du matin, je repars à 7 heures et demie, mais seul cette fois.

Je t'écris ces choses, parce que je sais bien que tu t'en fous pas mal, sans quoi je les aurais dissimulées pour pas t'effrayer. D'ailleurs, ça n'a rien d'effrayant. Mais je les note pour retrouver ces impressions après la guerre, impressions toutes fraîches, prises sur le vif et tout de même c'est à toi que je les écris, je ne sais pourquoi, par une dernière faiblesse, n'ayant pu vaincre encore ma tendresse. Enfin, j'espère que tu voudras bien garder mes lettres, surtout celle-ci où est consigné le récit, bien simple il est vrai, de mon véritable baptême du feu. Tu voudras aussi me prêter cette lettre après la guerre.

Je t'aurais aussi demandé de m'acheter un liseur porte-carte et de l'encre à stylo. Je t'aurais envoyé de l'argent pour cela. Mais tu as déjà à t'occuper de Toutou et moi je ne compte pas dans ta vie, laissons donc cela.

Pour le reste, je suis content, et rudement content d'être sur le front. Quand j'aurai huit mois comme Toutou, je commencerai sans doute à m'embêter. Pour le moment, je suis en plein enthousiasme et la fonction que l'on m'a assignée l'augmente encore.

Les quatre mois de dépôt m'avaient déprimé ainsi que la fin malheureuse de notre amour :

Et il vaut mieux être ici, soldat fier et discipliné, que ronger un regret, un regret d'amour, surtout quand il s'applique à une inconstante comme tu l'es. Je reste ton ami, mais je sais tout, Lou. Je sais quand tu m'aimas moins, je sais même que dans peu tu ne m'écriras même plus. D'ailleurs tu me l'as laissé entendre suffisamment à Marseille. J'y suis fait. Te gêne pas. D'ailleurs, je sais bien aussi que je te raurai un jour. Je suis têtu comme un âne quand je m'y mets ! En tout cas, pour le moment je profite de mon reste bien maigre et tes lettres seront toujours les bienvenues.

Voilà, P'tit Lou, les nouvelles du front. Que dit Toutou, de tout cela ? et dis-lui que je l'embrasse amicalement. Car je ne suis pas un ami inconstant et je reste malgré tout un amant fidèle tant que j'aime et tant qu'il me semble que l'objet aimé est digne, serait-ce même très peu, de mon amour. Un amour, P'tit, qu'au contraire de ce que tu supposes, je ne prodigue pas. Mais, je ne déteste pas que l'Amour me fasse parfois souffrir. C'est là une source intarissable de poésie. Il est vrai qu'il faut que la souffrance ne dure pas trop longtemps.

T'embrasse.

Gui

12 avril 1915

Mon Lou, pas de lettres encore ! Le temps est long. Aujourd'hui été aux tranchées, puis chez le commandant, puis à B., le gros bourg le plus proche, d'où je t'ai envoyé mon adresse. Suis fatigué. Espère dormir, car ai pas dormi encore depuis que suis ici. Mais pas d'obus. La canonnade pète toujours, mais assez lointaine. Aux tranchées c'est fantastique. Les tranchées des fantassins. Nos batteries sont à 1 100 m. des tranchées boches. Donc c'est pas loin. L'adjudant observateur d'artillerie, faut le trouver et pour un novice pas facile. Boyaux étonnants. Il paraît que les tranchées de notre secteur sont les plus belles du front. Boyau Bonaparte, boyau du commandant, que sais-je ? C'est, je te dis, fantastique. Au bout, tout créneaux comme au Moyen Age. On voit les Boches à 140, 150 mètres. Gourbis, cuisines couvertes de mousse, trous de repos profonds de 12 mètres. Ah ! Mon Lou ! Faut l'avoir vu pr s'en faire une idée. Évidemment, toi, qui as été voir Toutou, tu sais tout ça, je ne te l'écris que pour me relire après la guerre, et garder la mémoire de tout cela qu'aucun journal n'a décrit. Formidable tout cela. À ne pas croire si on ne l'a pas vu. Et la terre marneuse de la Champagne, sur soi, sur les fantassins !!! Pas d'attaque à ce moment. J'espère avoir l'occasion d'y aller au moment du feu. Mais, nom d'une pipe de nom d'une pipe, ces créneaux sont à donner le cauchemar. Le colonel d'infanterie n'est pas là naturellement et t'as rien à craindre pr Toutou, à moins qu'il ne fasse absolument le même métier que moi. Il paraît que j'aurai à lui porter souvent des notes mais je ne lui suis pas spécialement affecté. C'est là un poste plus tranquille et qui mène plus facilement aux honneurs, le mien ne mène qu'à l'honneur. Tous les soirs à 9 heures, je vais aux tranchées porter les lettres, le matin au commandant. Ça change, tout de même, de tout, même de toi. Enfin, ptit Lou, tout va bien dans le meilleur des mondes. Une seule chose importe, c'est que je supporte l'humidité de ce bois marécageux. Maintenant, je te sens auprès de moi comme jadis, toute petite dans mes bras, me racontant tes choses gentilles, me donnant ta bouche, ta langue savoureuse. Dis-moi, quand coulichonnette. Ça me rapprochera de toi de savoir tes *affaires*.

Ptit Lou, pourquoi donc qu't'es si méchante, quand on t'aime. T'es aussi rigolote que la guerre. Tu sais que je t'en veux pas, parce que je sais bien que te raurai. Mais enfin, t'es trop méchante et ça vaut vraiment pas la peine d'être méchante avec ton Gui qui demande pas mieux que tout ce que tu veux même à son détriment. T'aimerais peut-être mieux si tu m'aimais, mais t'aimerais peut-être pas plus. Enfin, t'as raison, t'es mon ptit Lou quand même et tu ne le sais que trop, p'tite vaque ! Coups de canons sur Perthes !!!

La lampe à la lueur de quoi je t'écris est un verre suspendu sur un quart attaché à un fil de fer. Elle est alimentée par de la graisse de bœuf gardée par les hommes et rognée sur leur ration puis fondue, la mèche est constituée par le brin d'un bonnet coton appartenant par un poilu de ma pièce qui l'a destiné pour cet usage. Mon ptit Lou, un feu de chêne à gauche, un tronc d'arbre pour écrire, la veilleuse devant et je t'adore.

Journaux, on sait plus ce que c'est. On lit vaguement le communiqué. Mais on peut se flatter que ce qu'on t'a dit quand t'as été voir Toutou est de la couillonnade pure et simple. Tu verras ce que je te dis. Je m'épate qu'un homme intelligent comme celui que tu dis ait pu énoncer des choses aussi bêtes. Mon pauvre ptit Lou, il y a bien gens bêtes dont tu te doutes pas. Cependant toi t'es pas bête, mais snob épouvantablement. Ça t'empêche de bien comprendre la vie, le vice et peut-être même l'amour et ça t'empêche surtout d'être vraiment heureuse. Tu verras ça. J'aurai ma revanche. Et peut-être plus tôt que tu ne crois. Tu veux rien comprendre ni à ce que je suis ni à ce que je puis être. C'est peut-être ton tort. Car peut-être ton désamour m'empêchera-t-il d'être tout ce que je voulais être et par toi j'aurais pu être plus qu'un, que deux, que mille hommes. Mais n'en parlons plus, tout ça perdu, enterré, foutu. Ainsi va la vie, à cause des femmes. Et quand on dit de quelqu'un c'est un con, on sait bien ce que parler veut dire. Bonjour à Toutou.

T'embrasse très fort. Vive la France.

Gui

13 avril 1915

AGENT DE LIAISON

Le 12 avril 1915 tormoha
L'ombre d'un homme et d'un cheval au galop se
profile sur le mur

Ô sons Harmonie Hymne de la petite église bombardée tous les jours
Un harmonium y joue et l'on n'y chante pas
Mon cœur est comme l'horizon où tonne et se prolonge
La canonnade ardente de cent mille passions
Ah ! miaulez. Ah ! miaulez les chats d'enfer

Le 12 avril 1915
Ô ciel ô mon beau ciel gemmé de canonnades
Le ciel faisait la roue comme un phénix qui flambe
Paon lunaire rouant Ainsi-soit-il
On disait au soleil Mahomet Mahomet
Je suis un cri d'humanité
Je suis un silence militaire
Dans un bois de bouleaux de hêtres de noisetiers
Ensoleillé comme si un trusteur y avait jeté ses banques
Je me suis égaré
Canonnier n'entendez-vous pas ronfler deux avions boches
Mettez votre cheval dans le bois Inutile de le faire repérer
Adieu mon bidet noir
Un pont d'osier et de roseaux un autre un autre
Une grenouille saute
Y a-t-il encore des petites filles qui sautent à la corde
Ah ! petites filles
Y a-t-il encore des petites filles
Le soleil caressait les mousses délicates
Un lièvre courageux levait le derrière
Ah ! petites et grandes filles
Il vaut mieux être cocu qu'aveugle
Au moins on voit ses confrères
Enfermons-nous ensemble en mon âme
Ô mon amour chéri qui portes un masque aveugle
Une petite fille nue t'en souviens-tu
T'en souviens-tu

Étouffait une colombe blanche sur sa poitrine
Et me regardait d'un air innocent
Tandis que palpitait sa victime.
Soldat Te souviens-tu du soir Tu étais au théâtre
Dans la loge d'un ambassadeur
Et cette jeune femme pâle et glorieuse
Te branla pendant le spectacle
Dis-moi soldat dis-moi t'en souviens-tu
Te souviens-tu du jour où l'on te demanda la schlague
Devant la mer furieuse
Dis-moi Guillaume dis-moi t'en souviens-tu
Après les ponts le sentier Attention à la branche
Brisée
Ah ! Brise-toi mon cœur comme une trahison
Et voilà la Branche brisée
Un carré de papier blanc sur un buisson à droite
Où est le carré de papier blanc
Et me voici devant une cabane
Que précède un luxe florissant
De tulipes et de narcisses
À droite canonnier et suivez le sentier
Enfin je ne suis plus égaré
Plus égaré
Plus égaré
Tu peux faire mon Lou tout ce que tu voudras
Tu ne me mettras plus mon Lou dans l'embarras
Une baïonnette dont on ne sait si elle est boche française ou anglaise sert de tisonnier

Entends chanter les flammes dans la petite cabane

Vous avez un laissez-passer
Agent de liaison
Le mot
C'était c'était la Ville où Lou je t'ai connue
Ô Lou mon vice
Le 12 avril 1915

Un agent de liaison traversait au galop un terrain découvert
Puis le soir venu il grava sur la bague
Gui aime Lou
Le 12 avril 1915 Tormoha Manitangène
Lamahona
Lamahonette
Un homme de ma batterie pêchait dans le canal
Y a partout des sentinelles
Baïonnette au canon devant le commandant d'armes
Je m'en fous amenez-moi votre lieutenant
Enfin je me tirai de cette infanterie
Je ne sais pas comment
Te souviens-tu du jour où cette fille sage
S'arracha quatre dents
Afin de te donner un précieux témoignage
De son amour ardent
L'ombre d'un cavalier et d'un cheval s'allonge sur le sol
La villa du Cafard est dans le bois de X
Les chatons des noisetiers nuancent les mousses
Et les lichens sont pâles
Comme les joues de Lou quand elle jouit
Quel prince du Bengale donne un feu d'artifice cette nuit
Et puis
Et puis
Et puis je t'aime

14 avril 1915

Lou, pas de lettres encore ! Il me semble que je n'ai plus d'amis ; que le monde entier m'oublie. – Pour le demeurant, je suis bien. J'ai rajeuni de dix ans. Tous les matins et tous les soirs balade à cheval tout seul, libre comme l'amour.

J'ai fait vœu de chasteté. Il y a cependant des femmes et l'on cite des officiers qui font la noce. Je ne sais pas si c'est vrai. Enfin, la chasteté ne règne pas sur le Front. Toi, qu'est-ce que tu as dû prendre ! Et je ne m'étonne pas que tu aies cru devoir me raconter à Marseille des boniments à la peau de… Toutou. Dis-lui bien que je l'embrasse tout plein. Donc, je serai chaste. Et je me sens si grandi par cette résolution que je ne redoute plus aucune fatigue.

Toi, ma pauvre chérie très chérie, prends garde, il paraît qu'il y a de belles maladies vénériennes à gagner aux Armées et parmi *tous* les grades.

Je t'aime infiniment avec une profonde douceur, sans rien de charnel. Je suis ton plus grand ami, sans que tu t'en doutes, et voudrais que tu fusses tout simplement très, très heureuse.

On s'habitue à la canonnade. Je ne t'en parle même plus. D'ailleurs depuis hier soir, c'est moins fort.

Que je suis heureux d'avoir eu la force de faire vœu de chasteté et de me sentir la force de l'observer pendant tout le délai que je me suis fixé ! Quel bonheur de n'être plus dominé par l'amour charnel, de n'être plus la proie d'un désir, de se dominer soi-même enfin, afin de dominer un jour les autres.

Ô Lou, ma très chérie,
Faisons donc la féerie
De vivre en nous aimant
Étrangement
Et chastement.

Nous ferons des voyages
Nous verrons des parages
Tout pleins de volupté,

Des ciels d'été
Et ta beauté !

Mes mains resteront pures
Mon cœur a ses blessures
Que tu me panseras
Puis dans mes bras
Tu dormiras

Par de jolis mensonges,
Des faux semblants, des songes
Tu feras qu'éveillé
Ait sommeillé
Émerveillé

Ce cerveau que je donne
Pour ta grâce, ô démone,
Ô pure nudité
De la CLARTÉ
Du pâle été.

Ainsi, j'évoque celle
Qui te prendra, ma belle,
Par l'Art magicien
Très ancien
Que je sais bien :

Les philtres, les pentacles
Les lumineux spectacles
T'apportent agrandis
Les Paradis
Les plus maudits.

Nous aurons, je te jure,
Une volupté pure
Sans ces attouchements
Que font, déments,
Tous les amants

Et purs comme des anges
Nous dirons les louanges
De ta grande beauté

Dans ma Clarté
De Pureté.

Douce, douce est ma peine !
Ce soir je t'aime à peine
Mon cœur, fini l'hiver !
Il vient d'Enfer
Du feu, du fer.

J'ai charmé la blessure
De cette bouche impure !
Aime ma chasteté,
C'est la Clarté
De ta beauté.

C'est le désir de vivre et d'aimer qui sauve Guillaume. Il lui faut compenser la chasteté que lui imposent les combats. Répondre aux orgies de la mort par celles de ses fantasmes.

Le 15 avril 1915

Pas de nouvelles et de personne. Les postes se moquent de nous. Comme agent de liaison je me perds tous les jours. Les sentiers, les routes sans carte, c'est à ne pas s'y retrouver. Tout à l'heure j'irai aux tranchées des fantassins.

Mon Lou, les passions humaines sont singulières. Sur le Front, la morale n'existe plus surtout parmi les hommes, les simples soldats dont je suis. Les rêves les plus étranges s'extériorisent en paroles ardentes la nuit. Beaucoup d'hommes rêvent qu'ils dorment avec leur fille ou leur sœur et ne s'en cachent pas. Ils en parlent le jour avec délices, c'est la délectation morose dans toute son horreur. Et il est bien curieux à remarquer que l'inceste apparaît toujours en maître aux époques troublées. L'histoire le prouve et ici quotidiennement j'assiste à de l'histoire.

Mon cœur, j'ai regardé longtemps ce soir
Devant l'écluse
L'étoile, ô Lou, qui fait mon désespoir
Mais qui m'amuse

Ô ma tristesse et mon ardeur, Lou, mon amour
Les jours s'écoulent
Les nuits s'en vont comme s'en va le jour
Les nuits déroulent
Le chapelet sacrilège des obus boches.
C'est le printemps
Et les oiseaux partout font leurs bamboches.
On est contents

On est contents au bord de la rivière
Dans la forêt
On est contents. La mort règne sur terre
Mais l'on est prêt.

On est prêt à mourir pour que tu vives
Dans le bonheur
Les obus ont brûlé les fleurs lascives
Et cette fleur

Qui poussait dans mon cœur et que l'on nomme
Le souvenir
Il reste bien de la fleur son fantôme
C'est le désir :

Il ne vient que la nuit quand je sommeille ;
Vienne le jour
Et la forêt d'or s'ensoleille
Comme l'Amour !

Les nuages s'en vont courir les mondes
Quand irons-nous
Courir aussi tous deux les grèves blondes ?
Puis à genoux
Prier devant la vaste mer qui tremble
Quand l'oranger
Mûrit le fruit doré qui te ressemble
Et sans bouger

Écouter dans la nuit l'onde cruelle
Chanter la mort
Des matelots noyés en ribambelle.
Ô Lou, tout dort

J'écris tout seul à la lueur tremblante
D'un feu de bois
De temps en temps un obus se lamente
Et quelquefois

C'est le galop d'un cavalier qui passe
Sur le chemin
Parfois le cri sinistre de l'agace
Monte. Ma main

Dans la nuit trace avec peine ces lignes
Adieu mon cœur
Je trace aussi mystiquement les signes
Du Grand Bonheur

Ô mon amour mystique, ô Lou, la vie
Nous donnera
La délectation inassouvie
On connaîtra

Un amour qui sera l'amour unique
Adieu mon cœur
Je vois briller cette étoile mystique
Dont la couleur

Est de tes yeux la couleur ambiguë
J'ai ton regard

Et j'en ressens une blessure aiguë
Adieu, c'est tard

Adieu, mon ptit Lou. J'entends dans le lointain, le moulin à café, tac, tac, tac. Les chevaux hennissent et remuent. Aujourd'hui, il a plu dans la matinée, j'ai été trempé. Je me suis séché à un grand feu de frêne dans notre hutte. Je pense à toi, à toi de Grasse, Nice, Menton et Nîmes, à toi dans l'église de Marseille. Il est 2 heures du matin. Tout à l'heure je descendrai dans les sapes revoir ces pauvres fantassins. Je t'embrasse.

Gui

16 avril 1915

Mon Lou, je suis donc retourné aux tranchées des fantassins pr service. Je devais trouver l'adjudant observateur que naturellement n'ai pas pu trouver après l'avoir cherché pendant six heures dans les tranchées sans arrêter de marcher de boyau en boyau.

Je me suis mieux rendu compte aujourd'hui de ce que sont ces tranchées : *Muraille de Chine*, plus frêle que cette muraille de Chine dont on se moquait tant dans les récits de voyages où j'en ai lu la description.

Voici donc, ma chérie, mon odyssée dans cette pâle cité du silence, de la monotonie.

Je suis parti à pied à huit heures, le matin, passé aux positions de notre batterie prendre les ordres. Dormegnie, le conducteur non monté de ma pièce, me rejoint pr que je le fasse entrer avec moi dans les tranchées. Le secrétaire du commandant qui passe en sens inverse me montre ma nomination de brigadier. Le tireur de ma pièce, nommé Braque, veut m'expliquer où se tient l'adjudant, mais il s'embrouille si bien qu'il finit par venir avec nous. En route, nous nous arrêtons pr examiner des tas d'obus non éclatés, de tous les calibres. Enfin nous joignons une batterie d'un autre régiment. On installe les 75. Zzzzz pan, un obus explosif éclate à 4 mètres de nous : un 88 autrichien. Tout le monde court, sauf nous qui ne savons que faire car nous ne connaissons pas les gars de cette batterie où nous nous trouvons. Zzzz pan, second obus à deux pas. Heureusement que les éclats restent dans le trou ou bien vont je ne sais où. Enfin, on n'a reçu que de la terre et des branches. Les gars de la batterie inconnue nous appellent à leur tanière. Nous y allons. Ces servants sont de l'Orne, tous Normands. Les obus tombent successivement. Puis silence. On repart. Les tranchées blanchoient dans la plaine. On dirait qu'on fait le Métro. Nous arrivons aux tranchées et entrons dans le premier boyau. 2 mètres de haut, 1 mètre de large. Jusqu'à un mètre et demi depuis le sol, c'est de la craie : blanc de neige. Tout cela est d'une propreté minutieusement extraordinaire. Pas un fétu de paille, pas un papier. Tous les 4 ou 5 mètres, un garage semi-circulaire permet à un homme de se mettre de côté, afin de laisser passer ceux qui viennent en sens contraire. En face, se trouve un puisard. Les boyaux ont des noms : *Boulevart Bonaparte, Boulevart Allemand, Boulevart*

Mort aux Boches, Boyau Fabert, Boyau Gabrielle, Boyau de la Rose, Boyau de la Marquise, Boyau des Foireux. Tout cela s'entrecroise infiniment. C'est, je te l'ai dit, la muraille de Chine, mais en creux. C'est un vrai dédale. Minos avec sa tête de vache s'y croirait dans son labyrinthe, qui était carré somme toute, mais pas d'Ariane, les Arianes sont complètement absentes.

De féminin
Nous n'avons rien
À part Rosalie-Baïonnette

dit la chanson du front. Très peu de soldats. Parfois une sentinelle près des créneaux. Parfois dans un trou on voit des pieds, poilus dont on voit les pieds et qui dorment. Parfois un type avec un seau de confiture ou avec un seau de vin. Et les boyaux s'entrecroisent. Une balle siffle, Crrrss, puis 7 ou 8 sifflent ensemble. Au bord d'un trou un sergent lit un volume des œuvres de Walter Scott. Kilomètres, kilomètres ! Les créneaux de 1re ligne sont des bottes de bois mince, sans cul ni couvercle autour desquelles on a mis de petits sacs de terre. J'ai vu aussi une ardoise percée d'un trou. Mais toujours ces créneaux laissent voir que la cloison est mince entre nous et les Boches. C'est frêle et cela a du chic. C'est fait avec rien. Il y a là de la grâce, ma foi, oui, de la grâce féminine. C'est quelque chose comme un chapeau délicat à la mode parisienne. Solide, non pas, léger, léger. Les soldats sont rares. L'un d'eux fait sécher au soleil une chape de mouton. Nous prenons un boyau très peu creux ; on fait un kilomètre à 4 pattes. Puis un boyau profond, devant un bois de bouleaux et de noisetiers. Je saute sur le talus pour te cueillir une branche de noisetier devant les tranchées de 1re ligne, te l'enverrai avec la bague. Je trouve aussi une violette ci-incluse. Je te l'envoie avec d'autres fleurs ou plantes trouvées dans les tranchées. Cette équipée me vaut une petite éraflure au front et une engueulade verte d'un adjudant d'infanterie. Enfin, nous arrivons au milieu des hussards. Je cherche notre adjudant où il doit être : un poste d'écoute à 30 mètres des Boches. On ne le trouve pas. Un poilu sculpte une femme à poil dans la craie des tranchées, cette nudité immaculée est d'un pompier lamentable. Une cloche (une sonnaille comme les vaches en ont en Suisse est suspendue dans un angle). Dessus on a dessiné à la craie un membre génital. Sur les sacs des créneaux, on lit : « On les aura ! », « Quand même », etc., etc. Je ne trouve pas mon adjudant du 38e. À 4 heures, je me décide à m'en revenir avec les deux poilus et ma cargaison de fleurs et de plantes, brins d'églantier, de noisetier, pimprenelle, myosotis, aconit, pâquerettes, etc. Un poilu qui polit une bague d'aluminium nous raconte que, depuis deux jours, les Boches envoient des bombes pleines de tessons de bouteille. On revient par le *boyau de la Marquise* qui mène à l'arrière. Il y a un puits très profond, des commodités effrayantes. Des poilus se débarbouillent, s'épouillent, etc. Hors des tranchées quelques-uns cultivent un bizarre petit bout de jardin planté par eux ou leurs prédécesseurs.

Voilà le voyage, mon petit Lou. On est revenu par le bois. Aux positions de tir de la batterie on a mangé et bu et nous avons repris le chemin de nos demeures. J'ai reçu ta gentille lettre du 13. En effet l'histoire de Toutou est amusante. Il n'a oublié que les combinaisons L et L

G P

P G

J'ai le front qui me fait un peu mal et en ce moment je dois courir à pied et non à cheval pendant le jour. Comment vont tes petits chiens ? J'envoie une carte à Toutou. Je ne t'ai jamais envoyé de carte pas convenable et de ma vie, je n'ai correspondu avec une grue. Enfin, quoi, tu es de mauvaise humeur ! Moi je m'en f...

Donc la violette vient de la zone neutre entre tranchées françaises et boches. On va chercher des canards sauvages, j'en avais trouvé 2 petits mais ils se sont sauvés.

Je t'écris dans la forêt. Le soleil joue sur le papier et un bel insecte vert se promène sur la table. Loulou, mon cheval, qui est si gentil est derrière moi qui fait des grâces sous l'abri de roseaux. Mon petit Amour, je pense à ta beauté. La nuit, j'ai ton étoile. Le jour, on espère le vaguemestre, les lettres sont rares. Je ne sais pourquoi on fait si mal la poste pour les Armées. Donc, petit Lou, je t'adore, je t'aime bien. Je t'aime bien, bien. Ta lettre d'hier était bien gentille, mais elle contenait peu, peu, 4 pages, mais peu, peu. Je crois qu'il y [a] plus dans mes lettres de soldat ? N'est-il pas vrai, m'amie ?

Gui

Le 18 avril 1915

Mon petit chéri, il est 6 heures, le vaguemestre vient de venir il n'avait pas de lettre de toi. Je suis triste à penser que tu puisses être malheureuse, mon très cher amour. J'ai fini ma journée, je lis un roman à 13 sous, *les millions du trappeur*. Je pense que ton déménagement est fini. Que tu vas faire gentiment dodo et que tout va redevenir rose, si la paix ne tarde pas trop... Que dans ton dodo, tu vas faire de jolis rêves, où il sera peut-être même un peu question de moi. Je viens t'embrasser gentiment et ce soir quand tu te coucheras j'irai encore t'embrasser câlinement puis je te bercerai, comme ma gosse chérie, et quand tu dormiras je te veillerai en t'embrassant longtemps, doucement, sans t'éveiller. Je te dirai aussi, ma très jolie, de très jolies, de très tendres choses, tout bas à l'oreille sous tes jolis cheveux dont j'adore la couleur sanglante, émouvante ; ce que je te dirai si gentiment, si tendrement fera partie de tes jolis rêves, ma chérie. Je te dirai surtout : je t'aime, je t'aime, je t'aime encore, je suis à toi malgré toi pour toujours et je te prendrai toute, toute, pantelante dans un beau rêve où nous nous adorerons. Je te prendrai toute et ferai aussi le rêve avec toi que tu es le petit garçon pas sage du poème...

Mon Lou, ma chérie Je t'envoie aujourd'hui la première pervenche
Ici, dans la forêt on a organisé des luttes entre les hommes
Ils s'ennuient d'être tout seuls, sans femme, faut bien les amuser le dimanche

Depuis si longtemps qu'ils sont loin de tout ils savent à peine parler
Et parfois je suis tenté de leur montrer ton portrait pour que ces jeunes mâles
Réapprennent en voyant ta photo
Ce que c'est que la beauté.
Mais cela c'est pour moi, c'est pour moi seul
Moi seul ai droit de parler à ce portrait qui pâlit
À ce portrait qui s'efface
Je le regarde parfois longtemps une heure, deux heures
Et je regarde aussi les 2 petits portraits miraculeux
Mon cœur
La bataille des aéros dure toujours
La nuit est venue
Quelle triste chanson font dans les nuits profondes
Les obus qui tournoient comme de petits mondes,
M'aimes-tu donc, mon cœur, et ton âme bien née
Veut-elle du laurier dont ma tête est ornée ?
J'y joindrai bien aussi de ces beaux myrtes verts
Couronne des amants qui ne sont pas pervers.
En attendant voici que le chêne me donne
Sa guerrière couronne

Et quand te reverrai-je, ô Lou, ma bien-aimée
Reverrai-je Paris et sa pâle lumière
Trembler les soirs de brume autour des réverbères
Reverrai-je Paris et les sourires sous les voilettes
Les petits pieds rapides des femmes inconnues
La tour de Saint Germain des Prés
La fontaine du Luxembourg
Et toi mon adorée, mon unique adorée
Toi mon très cher amour ?
Je t'aime tout plein
tout gentiment
Mon joli ptit Lou
et je t'embrasse

Gui

Dimanche 18 avril 1915

Mon petit rat tout roux de la tête, tu comprends si ta lettre d'hier m'a retourné. Voilà : je t'enverrai tout l'argent que je pourrai. Je peux pas beaucoup. Et je te l'ai dit. Je fais partie d'une batterie extrêmement pauvre, tous des régions envahies. Naturellement, dès les nominations avec le titre de comte qui est sur le livret matricule on m'a mis du mess, pas pour moi, mais pour améliorer l'ordinaire des sous-offs de l'Echelon. Demande à Toutou si j'ai le droit sans froisser personne de ne pas manger au mess. Ça revient assez cher et j'aime mieux t'envoyer tout à toi que de faire l'idiot dans cette forêt où je me contente très bien de l'ordinaire qui est très abondant comme vivres et comme tabac. Tu comprends que je me contente du tabac de troupe et que ce n'est pas pr ajouter une goutte de Dubonnet ou un verre de vin mousseux que je voudrais risquer de te priver du peu que je peux te donner. Toutou est militaire plus que moi. Demande-lui conseil pour moi et pour toi ma grande chérie. Ma lettre du 17 doit contenir quelque chose, pas beaucoup, t'enverrai quand aurai reçu. Ce matin, ma petite enfant, j'ai eu très peur, bataille d'aéros au-dessus de moi et comme je pensais à ta lettre d'hier une trouille insensée. *Le garde à vous* sonnait dans tous les villages et sur le front il signifie *abritez-vous*. Je t'assure que j'avais peur pas pour moi mais à cause de ta lettre et tu peux me croire, grande chérie, je ne suis pas menteur. Le ciel très bleu se meublait de petits nuages blancs. Je sentais que j'étais seul à découvert. J'avais peur. Puis j'ai vaincu cela et mis mon cheval au galop. Au village que je dois traverser et qui est criblé par les obus, l'harmonium ne jouait pas dans l'église. J'ai arrêté mon cheval, attaché à un pommier et été où sonnait la musique, un hangar où on disait la messe. Un capitaine d'infanterie était le prêtre, les cierges étaient nombreux sur des chandeliers de bois qui s'appellent des ifs, en voici la forme le hangar était plein de hussards habillés de gris comme les élèves des asiles d'orphelins. On chantait

Nous voulons Dieu, c'est notre père,
Nous voulons Dieu, c'est notre roi.

J'étais très, très ému, mais ça m'a donné beaucoup de courage. J'ai essuyé ensuite 3 obus qui ont abattu ou plutôt mâché 3 poteaux télégraphiques. Le commandant m'a défendu de circuler le jour à cheval et ça m'embête de m'envoyer toutes ces balades à pied. En revenant, rencontré des musiciens d'une musique militaire d'infanterie qui allaient donner un concert à un autre village. Les ai suivis, ai écouté le concert. Et suis revenu tard, ai presque rien mangé, avais pas faim. Mon enfant adorée, faut pas être malheureuse. Je n'ai pas été gentil dans mes lettres parce que malgré toi je te considère comme m'appartenant et me révolte. Voilà pourquoi je n'ai pas été gentil. Mais tu sais bien que pauvre grande chérie je t'aime beaucoup et voudrais que tu sois très heureuse.

Que te dire de plus ? Rien, sinon que te prends dans mes bras et te câline beaucoup. Tu me connais mal. Tant pis pour toi, chérie, et quel dommage que t'aies un tel cœur d'artichaut. Mais t'en veux pas, cependant, ptit Lou, garde bien mon amitié. Elle n'est pas rien, va ! Ton

Gui

19 avril

Mon petit Lou exquis pas moyen de t'envoyer de mot aujourd'hui. Je t'écris au crayon mon stylo est vide.

Au soleil
J'ai sommeil !
Lou je t'aime
Mon poème
Te redit
Ce lundi
Que je t'aime
Lou, Loulou
Me regarde
Ce ptit Loup
Se hasarde
A venir
Voir courir
Sur ma lettre
Le crayon.
Voudrais être
Un rayon
Qui visite
Mon ptit Lou.
Vite vite
Je te quitte
Et vais vite
Sur Loulou

Gui

Le 20 avril 1915

Mon cœur, encore aujourd'hui au crayon. On a traversé des étangs. Loulou en avait jusqu'aux genoux. Suis fatigué. Je t'embrasse fort, fort, fort, de toutes mes forces. Je voudrais t'aimer longtemps longtemps, côôôchon. Je me demande si t'es maintenant chez moi. T'en parlais pas dans tes dernières lettres. Que fais-tu ? mon petit chéri très belle et très exquise. Suis entouré de fantabosses, me tarde d'être revenu à ma forêt, suis las. Je t'aime mon petit Lou. Je ne peux pas te dire mieux, parce que je ne sais que ça. C'est toujours la même chanson et elle me semble toujours nouvelle. Il y a un petit pont charmant au loin et une route par où arrivent 2 cavaliers en bonnet de police, il y a aussi un petit village au loin dans les arbres en fleurs, il y a une vieille femme courbée qui ramasse des salades sans doute. J'entends un bruit de forge pas loin, sans voir la forge. Les fantassins font tous des bagues pr leur femme, leur bonne amie, pour les officiers. Je t'enverrai la mienne dès que t'auras déménagé.

Un rossignol en mal d'amour
Chante et rechante tour à tour
Sur le mode
Majeur
Puis le mode mineur
Et je voudrais qu'il prît le ton de l'ode
Afin de chanter à ce déclin de jour
Ma très chère ptit Lou, toi ma très chère amour

Gui

Le 21 avril 1915

Mon Lou, mon Lou chéri, adoré, exquis. Je suis content content : des tas de lettres de Nîmes qui sont de toi et 1 lettre où tu dis être chez moi. Hier et avant-hier à cheval, pas pu t'écrire de lettre, ai pas rencontré de boîte aux lettres ni de poilu pr me renseigner, et étais pressé, pressé. T'ai écrit les 2 billets ci-joints parce qu'aucun jour sans t'écrire, Lou merveilleux que j'adore. Procédons par ordre : 1° t'ai envoyé encore rue Angélique Vérien des lettres le 18, 1 contenait un petit billet ; *l'as-tu eue ?* 2° ta dernière lettre reçue à Nîmes et que t'ai renvoyée ! disait que le lendemain tu me raconterais ton *voyage « qui n'est pas cochon »*, l'as-tu fait ? La lettre en ce cas serait perdue 3° Enfin, dans ta lettre du 6 reçue hier, tu dis que tu me diras le lendemain ce que moi, Gui, je serai pour toi, Lou, et tu ajoutes : « *tu seras content* ». Nom d'une pipe, j'attends avec impatience cette joie-là. Maintenant je vais reprendre la série des lettres adorables reçues hier soir et y répondant c'est pour moi l'occasion de les relire. J'ai le bon Panama et je te remercie. – Ta lettre du Vendredi saint est un amour, ta lettre du 3 avril approuve l'idée du bouquin je le continuerai donc et beaucoup de ce qui est et sera dans mes lettres quotidiennes en fera partie. N'aie pas peur, aucune indiscrétion gênante pour toi ne fera jamais partie d'aucun bouquin de moi. J'aime trop ton cher vice pour en parler et quant aux deux douzaines en question, dans le livre on réduira ça à 2 ou 3 ou même 4 unités ? ! ? Mais rien qui puisse être une indiscrétion sur *notre cher roman à nous*, ma chérie, ce serait un sacrilège épouvantable et je t'adore. *Tu es ma Muse* mais bien plus que cela encore. Je t'embrasse partout et te serre à te briser et suis, chérie excité *à l'instar* de la tour Eiffel ! Ta lettre du 5, mon Lou, est extraordinaire et l'ayant lue, ayant lu 20 fois les mots si singulièrement spécieux qui la composent, cher petit Lou, mon *âme depuis ce temps tremble et s'étonne.* C'est entendu, mon cher Louveteau, tu es l'être le plus franc du monde et ce n'est sans répugnance que je m'étais décidé à essayer de croire le contraire. Lou ! Lou pour ce qui me concerne aucune *nécessité* ne me séparera jamais de mon amour. La combinaison Hénique aurait marché quand même… Ta lettre du 6 est ma lettre chérie. Tu dis : « Je t'aime autant que tu m'aimes, sois-en bien sûr… et je n'aurai jamais de secrets pour toi. » Je t'adore. Je reconnais qu'il y avait des invraisemblances dans mon invention. Toutefois, il est vrai que la petite Marthe (de Paris) qui écrit tous les jours et dont je viens aussi de recevoir un paquet de lettres avec les tiennes offre de venir à Nîmes. Tu trouveras la lettre dans celles que je te renvoie et que tu laisseras chez moi. Tu peux d'ailleurs déchirer la sienne. À propos de ta charmante lettre du 7, écris donc à Toutou de m'envoyer la copie de ta « description détaillée et pittoresque sur le vif de *mon* extraordinaire home ». C'est pour moi rigoler, mon Lou ! À propos de l'Égyptien qui se dessèche : j'ai toujours nourri de la méfiance à l'égard des Égyptiens. Étant gosse, 6 ans, dans un grand hôtel de la Côte d'Azur, un Égyptien qui me trouvait à son goût m'avait fait voler par un garçon. Ça a été un drame épouvantable. Ma mère a mis 6 heures à me retrouver... vierge d'ailleurs... Et le petit gigolo adorable ?... Pour ton mot du 8, merci, ma tant aimée, d'avoir gardé les lettres de ton Gui. Enfin le mot du 17 où tu es chez moi depuis une heure ! Je te prends... comme tu le veux et je t'aime tout plein, raide comme un 75, mon amour. C'est une situation adorablement épouvantable.

Donc ces deux jours ai eu à aller loin et ai dormi par terre. Heureusement il faisait beau temps. Aujourd'hui le temps est couvert, ce matin il pleuvotait. Pas d'obus depuis 3 jours. Me suis mis en route à huit heures. Dans le bois ai relu tes lettres, le 75 aurait bien épousé Menotte, mais ai résisté quoique bien envie. Aujourd'hui t'envoie la bague. Inventé un tub derrière la cabane avec Berthier : une cuve, une planche pr les pieds et un seau en toile, le tout à côté du puits. Hier en revenant ai pris le premier tub, au soleil, et un taube ronflait au-dessus tandis qu'on était à poil. Ce matin ai pris le tub à 4 h. 1/2, il pleuvait et c'était épatant de recevoir la pluie dans la forêt. Berthier d'ailleurs est charmant 22 ans, grand et très gentil. Il est poète et mécanicien, chimiste, je ne sais quoi, encore. Reçu à Centrale au dernier concours. Je le reverrai après la guerre.

Demain jeudi je retourne aux tranchées. Parmi les impressions oubliées l'autre jour, il y a celle des betteraves. J'en ai goûté une. Ça a exactement le goût d'un morceau de sucre avec la consistance du radis noir. T'ai-je dit la nudité des tranchées ? C'est extraordinaire. La nudité est toujours peu excitante et c'est un de tes charmes les plus exquis que même à poil tu restes excitante, mais la nudité des tranchées a quelque chose de chinois, d'un grand désert asiatique, c'est propre et désolé très silencieusement. Hier, ai eu une impression effroyable. Je passais dans un village mort. Un hussard, blond, jeune, l'air franc et robuste, joli aussi m'aborde : « Brigadier, où est le major ? » – « Ici, je ne sais pas, je ne connais que le nôtre à B. » – « Je peux aller qu'ici, j'ai le pied droit qui pourrit. » Trois heures après je repasse au même village, je revois mon hussard. Il me crie : « Je l'ai trouvé. » – « Qu'est-ce qu'il t'a dit ? » – « Il m'a dit que mon pied allait pourrir et qu'il n'avait rien pour l'empêcher. » – « Enfin, il ne t'a rien fait ? » – « Il m'a mis de la teinture d'iode et fait donner une chaussure plus grande. » – « Mais, enfin, on va te soigner. » – « On peut pas, je vais ce soir à la Marquise (c'est les tranchées) avec le sac et mon vieux, qu'est-ce que tu veux ? c'est comme ça, à la revoyure. » J'étais glacé de voir ce gosse si gentil et si simple avec son pied qui pourrissait. Je ne sais d'ailleurs pas ce que ça veut dire, peut-être la vérole ! Pauvre gosse. Mon Lou très chéri, je te prends dans mes bras et je t'embrasse longtemps, longtemps. Ta langue dure comme un poisson de mer parcourt ma bouche et m'affole, tes yeux chavirent comme deux grands Dreadnought touchés par un sous-marin. Puis, ma chérie, je te courbe et vergette l'adorable cul de mon petit garçon pas sage, tu le hausses et l'abaisses, ma Lou exquise en l'écartant comme un bel ange qui respire au paradis. Alors, c'est dit, ma grande gosse, tu es à moi pour toujours et t'auras plus de secrets pour moi.

Dis à Toutou que je l'aime bien, pas de la même façon que toi, mais enfin beaucoup, sandwich ou non – Madame Mortier a écrit, elle demande des nouvelles de toi. En ce moment, dans la forêt, les oiseaux gazouillent, le soleil est revenu et les conducteurs pour passer le temps luttent à mains plates, le torse nu. L'un s'est passé à la suie pour faire le nègre. C'est rigolo comme tout. On m'a écrit pour faire une exposition de mes poèmes-idéogrammes à New York. Si ça se fait, ce sera épatant. À demain, petit Lou adoré, je t'embrasse tout plein et te prends toute, toute de toutes les façons. C'est le moment des morilles, on va en chercher le matin et on en mange deux fois par jour, ça a la saveur chérie de ta bouche. Donne-moi aussi des nouvelles de Toutou. Je t'aime, je t'aime et je veux toujours t'aimer. Le front ne fait plus mal. On fume du tabac américain qu'on a distribué en surplus. C'est un don anonyme, paraît-il. Alors le campement a l'air d'un campement de chercheurs d'or en Californie. Je t'adore ma chérie et te caresse doucement bouche dans ma bouche. Ton

Gui

22 avril 1915

Il est minuit et demie, mon Amour, et nous attendons. À 7 heures, Alerte !, en une heure, on était prêt et depuis ce temps on attend dans la nuit noire, tout éteint. J'écris dans ma cabane, un logis m'a prêté sa lampe électrique de poche et Berthier m'éclaire pendant que je t'écris. J'espère que ce sera une fausse alerte, car attendre encore des lettres de toi, loin peut-être aux Darda, dont on reparle ici, ça m'embêterait considérablement. J'ai reçu aujourd'hui ton prit mot épatant « Mystère et pommes de terre frites ». T'as vu le communiqué du 20 – Vives actions d'artillerie dans le secteur de R. C'est surtout jusqu'au 18 que ça se passait, depuis c'est les 60 ou 70 obus quotidiens, c'est rien du tout –

*

SCÈNE NOCTURNE DU 22 AVRIL 1915

GUI CHANTE POUR LOU

Mon ptit Lou adoré Je voudrais mourir un jour
que tu m'aimes
Je voudrais être beau pour que tu m'aimes
Je voudrais être fort pour que tu m'aimes
Je voudrais être jeune jeune pour que tu m'aimes
Je voudrais que la guerre recommençât pour que
tu m'aimes
Je voudrais te prendre pour que tu m'aimes
Je voudrais te fesser pour que tu m'aimes
Je voudrais te faire mal pour que tu m'aimes
Je voudrais que nous soyons seuls dans une
chambre d'hôtel à Grasse pour que tu m'aimes
Je voudrais que nous soyons seuls dans mon petit
bureau près de la terrasse couchés sur le lit de
fumerie pour que tu m'aimes
Je voudrais que tu sois ma sœur pour t'aimer
incestueusement
Je voudrais que tu eusses été ma cousine pour
qu'on se soit aimés très jeunes
Je voudrais que tu sois mon cheval pour te che-
vaucher longtemps, longtemps

Je voudrais que tu sois mon cœur pour te sentir toujours en moi.
Je voudrais que tu sois le paradis ou l'enfer selon le lieu où j'aille
Je voudrais que tu sois un petit garçon pour être ton précepteur
Je voudrais que tu sois la nuit pour nous aimer dans les ténèbres
Je voudrais que tu sois ma vie pour être par toi seule
Je voudrais que tu sois un obus boche pour me tuer d'un soudain amour

LILITH ET PROSERPINE
(AUX ENFERS)

Nous nous aimons sauvagement dans la nuit noire
Victimes de l'ascèse et produits du désespoir
Chauves-souris qui ont leurs anglais comme les femmes

LE PTIT LOU

Faut pas parler comm' ça, on dit coulichonnette

LILITH

J'ai créé la mer Rouge contre le désir de l'homme

PROSERPINE

J'ai fait sortir de son lit le Léthé
J'en inonde le monde comme d'un hippomane

L'OISEAU D'ÉTERNITÉ
DU MOUTIER DE HEISTERBACH

Je suis l'éternité
Mort belle de la Beauté
Je mords la mirabelle de l'Été
Flambant Phénix de la Charité

Pélican de la prodigalité
Aigle cruel de la Vérité
Rouge-gorge de la sanglante clarté
Corbeau de la sombre bonté
Qu'est devenu le moine hébété

la prière la joie
Abaissement qui élève Ah ! Ah ! Ah ! Ah !
Le maître fut l'élève Je commande et mande
Aimer n'être pas aimé Je nais du mal à Samarcande
Fumée, belle fumée Mais il ne faut pas que j'attende

le remords
Toutes deux appelez-moi votre père
Et l'Art est notre fils multiforme
Je m'ouvre la poitrine, Entrez ! c'est votre demeure
Il y a une horloge qui sonne les heures

la 45e batterie du 38e
Les chevaux hennissent Éteignez les lumières
Les caissons sont chargés Empêchez les hommes
de dormir
Entends miauler les tigres volants de la guerre

Gui

Je pense à toi ma Lou et ne pense pas à dormir

le ptit lou
Je suis dans ton dodo et de loin près de toi

le monde ou bien les gens du monde
Mon petit Lou je veux te reprendre
Oublie tes soldats pour mes fêtes.

l'avenir
Lou et Gui et vous Toutou faut que voyez tous trois
De merveilleux rivages
Une ville enchantée comme Cordoue

En Andalousie. Les gens simples séduits par votre cœur
Et votre fantaisie
Vous donneront des fleurs, des cannes à sucre
Vous pourrez voir encore plus loin si vous voulez
La Nature des tropiques
Une ville blanche ; à vingt minutes de la ville un
petit pays
sur la mer avec de belles maisons dans des parcs
Vous louerez un palais où de toutes les fenêtres
Lou touchera les palmes avec ses mains
Les chevreaux, les ânes, les mules ravissantes
Comme des femmes
Et aussi expressives quant au regard seront avec vous

Gui

L'avenir m'intéresse et mon amour surtout
Mais l'art et les artistes futurs ne m'intéressent pas.
À Paris, il y aura la Seine
Et le regard de mon ptit Lou

chœur des jeunes filles mortes en 1915

Quand les belles furent au bois
Chacune tenait une rose
Et voilà qu'on revient du bois
N'avons plus rien entre les doigts

Et les jeunes gens de naguère
S'en vont, ne se retournent pas
Ceux qui nous aimèrent naguère
Emportent la rose à la guerre

Ô mort, mène-nous dans le bois
Pour retrouver la rose morte
Et le rossignol dans le bois
Chante toujours comme autrefois

Gui

23 avril 1915

Mon Amour,

Lu et relu ta mignonne petite lettre du 19. Tu es tout près de moi dans mon colombier.

Amour-Roi
Dites-moi
La si belle
Colombelle
Infidèle
Qu'on appelle
Petit Lou,
Dites, où
Donc est-elle
Et chez qui ?
Mais chez Gui –

Tu lis des bouquins menottiers, mais tu pourrais au moins dire les titres pour qu'on sache et donner ton jugement sur ce que tu lis. Il y a d'ailleurs beaucoup d'imbécillités. Dis à ma concierge que si elle reçoit des lettres envoyées par le brigadier G. de Kostrowitzky à Monsieur Guillaume Apollinaire qu'elle te les donne, car pr ne pas multiplier les envois à toi, je m'en envoie que tu peux décacheter ; dans le prochain et premier envoi de ce genre, il y a un journal américain où on a reproduit un de mes poèmes, tu déposeras ces papelards chez moi, simplement.

Je ne sais si je me trompe mais il me semble que les pauvres poilus de ma pièce sont plus intelligents, les conducteurs aussi bien que les servants.

Tu m'as écrit, Lou, que tu avais bons tuyaux et que nous nous reverrions vite.

J'avoue que malgré tout rien, ma chérie, ne laisse encore supposer cela. Oh ! la lenteur !

Tu sais que ma méthode, Lou, est d'observer ce qui tombe sous mes sens pour en déduire ce qui est au-dehors de mes sensations immédiates. Je crois qu'une petite chose, quelle qu'elle soit donne l'image d'une plus grande encore et des plus grandes toujours ou des plus petites encore, à l'infini.

24 avril 1913

Tu penses, ma très chérie, si l'histoire de Lou donnant une fête à ses amis dans le colombier ou perchoir de Guillaume Apollinaire m'a amusé. D'ailleurs tu n'as pas vu ce perchoir dans sa splendeur, avec ses précieuses statues nègres, chinoises, ses beaux tableaux. Comme tu le vois, il ne donne pas l'idée de ce qu'il est en réalité en temps de paix. Ainsi, mon petit Lou, c'est sur le *De figuris* que tu es tombée ; c'est un manuel classique d'érotologie ; il traite de toutes les formes du baiser, mais autant qu'il m'en souvienne il y est peu question de ton cher vice. Les notes de Forberg sont d'ailleurs bien faites et indiquent une science profonde de l'antiquité, mais quand je te reverrai, te ferai connaître bien mieux cette antiquité, si elle t'intéresse, et des formes autres du baiser, plus profondes encore, et des spintries mieux arrangées. Je t'en prie, Lou, ne montre pas mes lettres, en aucun cas, si tu veux que je t'écrive comme je fais, sans me gêner et comme à quelqu'un dont j'estime l'âme très très proche de la mienne. Le *De figuris*, qui ne sont que des notes, des *hors d'œuvre*, comme disait en grec ce chaste Forberg, ont le tort d'être une compilation, c'est pédantesque comme toutes les compilations. Tu trouveras d'ailleurs chez moi plusieurs des ouvrages dont Forberg donne des extraits, ainsi *Félicia ou Mes Fredaines* en 4 ou 5 éditions, dont l'une reliée en demi-maroquin citron est la meilleure, celle de 1793 et d'autres, parmi lesquelles l'édition de *Félicia*, que j'ai redonnée l'an dernier. En tout cas, chérie, ne me fais pas chiper mes livres. Il y a des gens très bien qui ne se font aucun scrupule de chiper des bouquins ou d'en emprunter sans jamais les rendre. Aussi n'en prête à *personne*. On a maintenant trop de mal à trouver les livres curieux. Je suis bien content que ça t'amuse d'être chez moi. Si je t'y revois, je t'initierai à bien des choses étranges, raffinées, uniques, dont tu n'as pas idée avec tout ton esprit et dont je n'ai pas encore parlé avec toi, car il faut pour cela des esprits royaux et qui s'entendent et se comprennent en tout, pour tout et malgré tout. Et tu sauras ainsi bien des énigmes, ton esprit s'élargira, ton intelligence prendra tout l'essor qu'elle mérite, ma tant chérie. Mais faut être digne de cela… faut rester digne de nous… toi comme moi. Moi, j'ai toujours fait ce que j'ai pu pour être digne de moi devant moi-même ; ensuite, j'ai tous les droits pour moi devant toi. Toutou demande mon adresse. Je lui ai écrit une carte il y a près d'une semaine. Demain, je t'écrirai longuement, le vaguemestre arrive, faut que je boucle. Je t'embrasse mille fois, mille fois, Lou !

Gui

24 avril 1915

J'ai réfléchi, ma chère amie, n'envoyez pas la chaîne. Elle me gênerait ici et après tout j'en ai déjà une qui ne me gêne point et m'est plus précieuse encore.

Je mets à vos pieds, ma chère amie, les hommages respectueux de votre admirateur.

Gui

Vos lettres ne mettent généralement que 3 jours à me parvenir, mais les miennes mettant autant, cela fait un écart d'une semaine entre nos réponses.

Gui

25 avril 1915

Ma chérie, n'envoie pas de liseur, pas besoin. Tous les jours à peu près la même chose. Je connais le chemin. Pas la chaîne non plus. Ni l'encre, elle m'encombrerait après tout. Il n'y a pas moyen de s'installer. On est toujours sur le qui-vive, donc il ne faut pas d'encombrement sinon celui de tes lettres adorées.

Tu ne m'avais pas écrit que tu allais chez moi, je ne l'ai su que par tes lettres de Nîmes et comme tes lettres de Paris n'en parlaient pas, j'attendais, ne sachant rien à ce sujet. Va donc chez Hénique le dentiste, relis la lettre qui en traite, essaye, que diable, si ça ne réussit pas, ce ne sera qu'une démarche inutile et c'est tout. Compte toujours pr avoir une réponse à tes lettres 8 à 9 jours. Tu l'écris, elle met deux, trois ou quatre jours à me parvenir, je réponds, compte autant pour que la réponse te parvienne. Quand, ma pauvre Lou, te décideras-tu à ne pas mener cette vie effrayante et peut-être inutile dont tu parles !!!

Tes lettres ma chérie me vont toutes au cœur, je les adore, longues ou courtes.

Mon Lou, comment se fait-il que les hommes pouvant se forcer à l'ascétisme absolu, à la sagesse complète, par devoir, par sacrifice, un ptit Lou ne le puisse pas ?

Je ne te le reproche nullement. Tu ne te connais que deux amis, n'est-ce pas assez ? Alors tu veux en avoir d'autres ?

Je me doute bien à quoi les mots *preuves, définitivement* et *des amis pour toujours* soulignés dans ta lettre peuvent faire allusion. Mais je suis tranquille, tu ne trouveras ni 2 Gui ni 2 Toutou. D'ailleurs qu'est-ce qu'on ferait à plus ? La Trinité est un nombre parfait, mais plus nenni. Et je sais bien qui serait sacrifié, *bibi*, qui ne s'y résignera pas d'ailleurs et qui, s'il vit, saura bien se défendre et te reprendre.

Mais, éliminer, ma chérie, c'est la vie, puisque la morale exige même un homme, une femme, c'est tout, la morale et la religion ! Des cœurs royaux pourraient s'entendre à 3, mais plus ? ! Je ne parle ni de passades, ni de ce que tu appelles gentiment des caprices et qui n'importent guère.

Enfin, mon Lou, je te comprends si bien que je t'aime et t'aimerai toujours.

Entre parenthèses – et ceci pas pour nous – ce qu'il y a de terrible dans les longues guerres, ce sont les retours. Les Pénélopes sont rares et les hommes rusés comme Ulysse encore plus. J'ai toujours maintenant présente à la mémoire cette effrayante histoire contée par Balzac : *Le colonel Chabert*. C'est un colonel du 1er Empire, passé pour disparu pendant la retraite de Russie ; il revient, un jour, retrouve sa femme mariée, de nouveaux enfants, sa femme est heureuse. Il doit disparaître. Ce que cela se reproduira après cette guerre des Nations !! J'en frémis un peu d'y penser. Passons à la lettre du 22. Ma chérie, tu m'envoies des choses bonnes comme ton ptit cœur. Tu es trop gentille. Mais ne dépense rien, sauf les choses nécessaires quand te demanderai, et demanderai rarement. J'ai bonne santé et me contente très bien de l'ordinaire. Débarrassé du mess ; Berthier s'en est retiré aussi.

Il fait froid aussi ici, et dans une forêt marécageuse, les pieds dans l'eau dans les huttes inondées, tu peux, te figurer la situation.

T'es bien mignon de me dire qu'on refera pan pan, j'en suis sûr et ce sera bien autre chose que jadis, gradation en tout, tu verras. T'auras jamais connu ces choses-là. C'est plus nouveau même que les idéogrammes poétiques et tu penses si ce nous sera agréable d'inventer quelque chose en amour !!

Au revoir, mon Lou très chéri, je t'adore.

Gui

J'ajoute ici, mon ptit Lou, que *l'Intransigeant* m'a demandé un poème. Je me souvenais de celui que t'ai envoyé pr toi : *Le ciel est constellé par les obus des Boches*... Je l'ai envoyé... On m'a écrit pour me demander de modifier les deux derniers vers trop... hum !... hum !... Je l'ai fait. Tu les liras dans l'*Intran*. Toutefois, puisqu'ils t'appartiennent et que le livre où ils paraîtront te sera dédié, je n'ai pas osé mettre ton nom sur un poème paraissant dans l'*Intran* sans être certain que ça ne t'embêterait pas. Renseigne-moi à ce sujet pour une autre fois.

Mettre les chiens chez Maman, lui écrire 10, villa Lambert, Chatou (Seine et Oise), lettre suit.

Respectueusement.

Gui

26 avril 1915

Mon ptit Lou très chéri,

Pas de lettre de toi aujourd'hui, hier assisté à la messe, prié pour toi, on chantait et je chantais aussi

Ô miraculeuse
Qu'on raille là-bas
Aux bords de la Meuse
Garde nos soldats
Ave Ave Ave Maria
Ave Ave Ave Maria
Douce et maternelle
Vois le repentir
De la France si belle
Qui ne peut périr
Ave etc
C'est la pécheresse
Au cœur enflammé
Absous ses faiblesses

Elle a tant aimé
Ave etc

Je pensais à toi pendant qu'on chantait cela, ma toute chérie, et je pensais avec ferveur à mon ptit Lou, que je voudrais si gentille, si mignonne, comme tu mérites de l'être avec cet esprit supérieur, primesautier, français, charmant qui est le tien, ma toute chérie. Après on a chanté

Mais au plus fort de la mêlée
Quand les obus fauchent les rangs
Ô Jeanne d'Arc dans la vallée
Compte les morts et les mourants

Prends de nouveau ta place
Au front des régiments
Et va bouter hors d'Alsace
Jusqu'au dernier des Allemands (bis).

J'étais ému extrêmement et je dessinais ce que je t'ai envoyé. Mon ptit Lou chéri, je veux que tu sois heureuse, je veux t'aimer pour ça. Mais je veux en retour que tu sois mon amie complètement. Et une vraie amie doit beaucoup à l'amitié. À l'Amitié, sais-tu bien ce que ça veut dire, ma petite enfant, on ne peut avoir 36 amitiés.

Aujourd'hui tristesse, Berthier a dû monter à la batterie de tir, j'irai le voir chaque matin, en allant au commandant. Je me construis une cabane pr habiter seul. C'est amusant comme tout de fabriquer sa maison. Après la paix... je tâcherai d'acheter un terrain et je fabriquerai un rendez-vous pr l'été. Ça m'amusera énormément de fabriquer ça. Je te raconterai comment j'ai fait et surtout comment j'ai meublé ma villa du front. En tout cas, j'ai une glace, une cuvette, une cuve pr le tub, un matelas en varech et un traversin, ça peut t'épater mais c'est comme ça, une table aussi. Ç'a été difficile à se procurer, mais j'ai ça. En ce moment, calme complet. Maman m'a écrit une lettre amusante que te renvoie pr que la mettes chez moi. Elle conçoit la guerre avec un luxe ! Une vraie balade au bois de Boulogne, quoi. Les lettres de Nîmes ont renvoyé aussi une lettre de la môme Marthe, avec sa photo que je t'envoie, tu mettras ça dans ma collection. J'attends tes photos avec une impatience fantastique. J'aimerais bien des photos où on te voit, comme les photos de Desgranges, les petites photos c'est gentil, je les aime bien, mais je préfère, tu le comprendras, celles où on voit quelque chose.

Enfin quoi, mon Lou, je ne m'en fais pas, ça ne vaut pas la peine. Je prends la vie comme elle vient et les obus idem. Tu es mon seul souci. Aujourd'hui sans lettre de toi, je suis sur des charbons ardents. Demain te ferai des vers. Aujourd'hui beaucoup de travail pas amusant. T'en dis pas plus. T'écris sais pas bien comment et ma lettre doit être d'un décousu. Pas le temps de la relire et c'est pas d'aller dans le monde, coquin de bonsoir, qui me rend si pressé. J'attends avec impatience aussi la lettre de Toutou. Je l'aime bien et je suis sûr que sa lettre m'éclairera beaucoup sur mon ptit Lou. Je t'embrasse tout plein, je t'adore, je te prends toute, ma toute chérie, et te berce doucement en te câlinant gentiment, gentiment.

Gui

26 avril 1915

Mon petit Lou, ta lettre d'aujourd'hui m'a rempli de stupéfaction. Prends garde avec ta vie de patachon !!! de ne pas me faire donner congé de mon appartement après la guerre. J'y suis très bien. Ne fais pas de bruit, je t'en supplie, n'y reçois pas trop de poilus. C'est une maison où il y a un sénateur et je ne sais quoi encore. Je t'en supplie, mon Lou, tu me ferais un tort irréparable, si je me trouvais sur le pavé après la Guerre. Je ne paye pas mon loyer pendant la guerre et après la guerre on attendra, mais pour ça faut pas que des ptit Lou viennent faire les fous là-dedans. Vue de loin la vie que tu mènes a quelque chose d'insane. Pendant que nous trimons ici et attrapons peut-être la crève, on bamboche à Paris !

Pour les chiens, ils ne seront jamais mieux que chez ma mère qui les adore. En tout cas si tu la vois ne parle de rien, ni si j'avais de l'argent ou non, si j'en ai, si j'en gagne. J'ai dit à Maman que t'avais été très gentille pr moi, et que comme t'avais besoin d'aller à Paris pr tes affaires je t'avais prêté mon appartement. Dis que sommes très amis, il ne sera pas question d'amants, naturellement. Offre-lui de payer nourriture et contributions des chiens. Je t'en enverrai le montant selon tes indications et tu lui enverras. Car relations tendues et faut faire bien attention entre Maman et moi. –

Dis pas que t'ai rien confié, affaires ou papelard. Si elle te demande dis que tu crois que tout est chez les Mortier et que tu ne les connais pas.

Les chiens seront très bien. Il n'y a que des chiennes chez elle et un vieux cocker magnifique.

Tes toutous seront dans le jardin et ne risquent pas de faire pan pan.

Je crois que c'est la meilleure combinaison. Écris-lui. Je l'ai prévenue par lettre aujourd'hui.

J'attends toujours avec beaucoup d'impatience la lettre de Toutou.

IL FAIT MAUVAIS TEMPS en ce moment et de toutes les façons.

Tu sais que les paquets pr soldats sont gratuits, ils sont donnés dans les gares ou dans les établissements de petite ou grande vitesse. Renseigne-toi à ce sujet, pas pr moi, à qui tu n'auras que rarement, j'espère, pauvre ptit Lou, à envoyer de paquets, mais pr Toutou.

Beaucoup de poilus reçoivent ici gratuitement des paquets, assez gros, de chez eux.

Demande à la femme de ménage comment va *Pipe* ma petite chatte ?

Dis-moi si as reçu les 50 balles.

Surtout n'envoie pas le liseur inutile en ce moment, n'envoie pas la chaîne non plus, inutile, et j'ai la tienne que j'adore.

Qu'est-ce qu'on dit à Paris ? Ici la soupe c'est toujours potage, pas d'Italie malgré les dires des journaux.

Alors toujours beaucoup d'embusqués et surtout des embusqués de l'arrière en bleu horizon qu'on ne voit pas !!!

Si j'étais une jolie femme, j'en cognerais un dans la rue et je dirais : « Pardon, Msieu, je vous avais pas vu ! »

Ici l'horizon ne se porte plus et je crois qu'on a raison. Est-ce que tu reçois toutes mes lettres ? Elles sont toutes datées et doivent se suivre. Je te prends dans mes bras mon ptit Lou et t'embrasse mignonnement tandis que tes belles paupières battent comme des pétales de fleur de pécher, ma jolie, mon tout.

Ton

Gui

La nuit
S'achève
Et Gui
Poursuit
Son rêve
Où tout
Est Lou
On est en guerre
Mais Gui
N'y pense guère.
La nuit
S'étoile et la paille se dore :
Il songe à Celle qu'il adore

Nuit du 27 avril 1915

Alors que la rupture entre Lou et Guillaume est consommée, le poète continue à développer dans les lettres qui lui sont destinées, cette hyper-sensualité qui caractérise sa volonté de vivre et de survivre.

28 avril 1915

Jolie bizarre enfant chérie
Je vois tes doux yeux langoureux
Mourir peu à peu comme un train qui entre en gare

Je vois tes seins, tes petits seins au bout rose
Comme ces perles de Formose
Que j'ai vendues à Nice avant de partir pour Nîmes
Je vois ta démarche rythmée de Salomé plus capricieuse
Que celle de la ballerine qui fit couper la tête au Baptiste
Ta démarche rythmée comme un acte d'amour
Et qui à l'hôpital auxiliaire où à Nice
Tu soignais les blessés
T'avait fait surnommer assez justement la chaloupeuse
Je vois tes sauts de carpe aussi la croupe en l'air
Quand sous la schlague tu dansais une sorte de kolo
Cette danse nationale de la Serbie

*

Jolie bizarre enfant chérie
Je sens ta pâle et douce odeur de violette
Je sens la presqu'imperceptible odeur de muguet de tes aisselles
Je sens l'odeur de fleur de marronnier que le mystère de tes jambes
Répand au moment de la volupté
Parfum presque nul et que l'odorat d'un amant
Peut seul et à peine percevoir
Je sens le parfum de rose rose très douce et lointaine
Qui te précède et te suit, ma rose

*

Jolie bizarre enfant chérie
Je touche la courbe singulière de tes reins
Je suis des doigts ces courbes qui te font faite
Comme une statue grecque d'avant Praxitèle
Et presque comme une Eve des cathédrales
Je touche aussi la toute petite éminence si sensible
Qui est ta vie même au suprême degré
Elle annihile en agissant ta volonté tout entière
Elle est comme le feu dans la forêt

Elle te rend comme un troupeau qui a le tournis
Elle te rend comme un hospice de folles
Où le directeur et le médecin-chef deviendraient
Déments eux-mêmes
Elle te rend comme un canal calme changé brusquement
En une mer furieuse et écumeuse
Elle te rend comme un savon satiné et parfumé
Qui mousse soudain dans les mains de qui se lave

*

Jolie bizarre enfant chérie
Je goûte ta bouche ta bouche sorbet à la rose
Je la goûte doucement
Comme un khalife attendant avec mépris les Croisés
Je goûte ta langue comme un tronçon de poulpe
Qui s'attache à vous de toutes les forces de ses
ventouses
Je goûte ton haleine plus exquise que la fumée
Tendre et bleue de l'écorce du bouleau
Ou d'une cigarette de Nestor Gianaklis
Ou cette fumée sacrée si bleue
Et qu'on ne nomme pas

*

Jolie bizarre enfant chérie
J'entends ta voix qui me rappelle
Un concert de bois, musette hautbois, flûtes,
Clarinettes, cors anglais
Lointain concert varié à l'infini
Tu te moques parfois et il faut qu'on rie
Ô ma chérie
Et si tu parles gentiment
C'est le concert des anges
Et si tu parles tristement, c'est une satane
triste
Qui se plaint

D'aimer en vain un jeune saint si joli
Devant son nimbe vermeil
Et qui baisse doucement les yeux
Les mains jointes
Et qui tient comme une verge cruelle
La palme du martyre

*

Jolie bizarre enfant chérie
Ainsi les cinq sens concourent à te créer de nouveau
Devant moi
Bien que tu sois absente et si lointaine
Ô prestigieuse,
Ô ma chérie miraculeuse
Mes cinq sens te photographient en couleurs
Et tu es là tout entière
Belle
Câline
Et si voluptueuse
Colombe, jolie, gracieuse colombe
Ciel changeant, ô Lou, ô Lou
Mon adorée
Chère, chère bien-aimée
Tu es là
Et je te prends toute
Bouche à bouche
Comme jadis
Jolie bizarre enfant chérie

Gui

29 avril 1915

Mon petit chéri,

Il ne m'a manqué je crois que quelques-unes des lettres envoyées à Nîmes. Quand tu m'écris appuie bien sur 38e car il y a aussi par ici la 45e batterie d'un autre régiment d'Artillerie.

La lettre du 18 qui contenait les 20 francs a été encore adressée rue Angélique Vérien Ne me remercie pas, je ne fais que mon devoir puisque je suis ton *grand ami*. Seulement je veux de toi et secret (avec Toutou non, c'est entendu) et confiance. Mais je ne veux rien avoir de commun même pour en être apprécié, loué, estimé, avec les autres fleurs rares que je n'aurais pas choisies, donc *motus* avec tout le monde Si tu crois qu'il faut qu'on me remonte le moral, tu te trompes, mon Lou, et ne m'estimes pas beaucoup. Je sais prendre des responsabilités et les soutenir jusqu'au bout sans défaillance. Je peux parfois au début d'une décision avoir ce trouble, cette profonde douleur comme en eut le Christ qui dans le jardin des Oliviers connut la sueur de sang, l'hématidrose, mais ensuite c'est fini et je marche droit. Donc tout ce que tu dois me dire c'est la vérité. Gui demande à Lou si les *moments*, les *étapes* seront rares ? En tout cas, Gui qui a franchi depuis presque un mois la zone des étapes et qui se trouve dans la zone de l'avant sur la ligne de feu est dégagé de tout et adore son Lou qui est aussi pour lui une chose si chère et si jolie !

Que Lou dise à Gui si les dessins de Gui l'amusent, et lui plaisent, si les vers lui plaisent aussi, qu'elle dise aussi en détail ce qu'elle fait, ce qui amusera bien Gui qui sur le front se figurerait le ptit Lou affolé dans Paris et y faisant mille galipettes…

Que Lou qui connaît mal la botanique se méfie aussi de ses instincts de jardinière et ne cultive pas de fleurs vénéneuses ! Gui n'a pas besoin de dire à Lou qu'aucune fleur rare ne doit être cultivée au perchoir de Gui, du moins la nuit, ce serait pour Gui le congé certain de son appartement auquel il tient pour diverses raisons, ne serait-ce que parce que Lou y a perché.

Pour le reste Gui aime Lou comme il est et sait bien qu'il lui fera doubler et redoubler les étapes en question. Gui fait le fou sur les routes, prend des bains dans un charmant ruisseau plein d'iris dans la jolie forêt, pas celle qu'il habite, l'autre. Il ne jongle pas avec les obus mais les regarde jongler tout seuls en se demandant parfois si tout cela est vrai, si Gui est Gui, si la terre est la terre et s'il n'a pas été brusquement transporté dans une autre planète.

Gui demande encore une fois à Lou ses couleurs, parce que s'il fallait mourir, il veut mourir sous les couleurs de sa dame comme faisaient les chevaliers.

Mon Lou, je reprends ma lettre après qu'elle a été tachée de pétrole, pardonne-moi. C'est parce que l'on vient de m'appeler pr me donner l'adorable paquet que tu m'as envoyé que j'ai mis ma lettre de côté et qu'elle s'est tachée. Quelle fée exquise tu fais ! Tu es mille délices ! Je ne croyais pas qu'un paquet pouvait faire autant de plaisir. Figure-toi ! Des tas de petites photos de mon Lou adoré carte postale. Tu es exquise dans toutes, chérie, mon espiègle, c'est charmant tout cela, t'en reparlerai demain, ai déjà mangé 2 pâtes de fruits et en ai donné 5 à 3 maréchaux des logis et à 2 brigadiers. J'en donnerai pas d'autres parce que ça me vient de toi. J'ai déjà mis la médaille à mon cou.

Je vais fumer une cigarette de Maryland et serai très heureux. Mon Lou, t'adore. T'as acheté la boîte à la Civette ! T'es gentil comme tout. – Autre chose avant de finir, une demande : Combien de *grands amis ?* Chacun n'est-il pas un numéro *inédit ?*... Et chacun n'a-t-il pas une case spéciale ? Tout ça, outre Toutou naturellement, Toutou dont j'espère chaque jour une lettre... Je serai toujours le grand ami-amant de Lou et je la prends toute comme elle dit et souligné 4 fois.

Gui

30 avril 1915

Ma chérie, il est bien vrai décidément que les jours se suivent et ne se ressemblent pas. Hier ta lettre exquise et le petit paquet. Aujourd'hui ta méchante lettre. Je tiens si peu à mon épithète que j'y ai renoncé entièrement dès que j'ai eu tes lettres. Je suis parti de Nîmes l'âme un peu triste. Ta première lettre reçue ici était peu aimable, le seul passage un peu drôle et aussi peu aimable d'ailleurs était relatif au sandwichage et tu disais à ce propos « *vous êtes aussi dégoûtants l'un que l'autre* ». J'ai cru que Toutou se moquait de moi et que tu m'avais représenté à lui sous des couleurs si singulières qu'il fallait corriger cela. Qu'ai-je écrit exactement ?... Voilà en tout cas la carte presque textuellement : « *Mon cher petit Toutou chéri. Votre lettre sur sandwich dont m'a parlé Lou était bien spirituelle. Excusez-moi. Surtout ne me jugez pas avant de me connaître. J'aime Lou, j'aime vous.*

Mais dites à Lou de ne pas me mentir. J'aime beaucoup la vérité. Gui. »

Tu vois que ce n'est pas méchant. Dis à Toutou de t'envoyer la carte. Tu verras que c'est ça. En tout cas, si tu crois que j'ai mal agi, je te prie de m'excuser toi-même et d'excuser surtout l'état un peu hagard où j'étais en arrivant sur le front, surtout qu'en outre à ce moment il y avait ici pas mal d'actions violentes.

Pour la chaîne t'ai écrit de ne pas l'envoyer, le liseur non plus. Ne pourrais-tu pas réclamer la lettre du 18 avec le billet qui est dedans ? Dis-moi où il faut envoyer quand pourrai t'envoyer quelque chose.

Excuse aussi que ce soit si peu…

Mon petit, ne me gronde pas trop pendant que je suis si loin. Aujourd'hui, suis si triste de cette lettre et hier étais si content !

En tout cas, ne pense pas que j'aie voulu exciter Toutou contre toi,… je ne lui écrirai plus… nous sommes trop loin pour nous comprendre… Écris-lui qu'il m'a mal compris. En tout cas suis désolé d'une carte si mal interprétée.

Comme commission rien d'autre que la *bi-oxyne*, boîte de voyage, 1 fr. 50 ou 1 fr. 75 (je ne sais plus exactement), c'est tout. Il y a du frêne ici, inutile d'en envoyer. Tu peux envoyer le paquet gratuitement en demandant les renseignements dans une gare ou dans un bureau de grande ou petite vitesse.

Je suis très, très froissé, mon Lou, que tu aies pu croire que j'aie voulu mettre quelque chose entre toi et Toutou. Je vous aime tous deux. J'ai essayé de te le prouver à toi que j'aime d'amour et d'amitié. Lui, je l'aime d'amitié, et espère bien le lui prouver. À moins qu'après tout une mort rapide ne me délivre de tous ces ennuis quotidiens, si tu ne m'aimes plus, si tu ne me crois pas, alors j'en aurai vite assez de cela.

Assez sur ce point…

J'espère une lettre plus gentille de toi demain. Je l'espère et comme je suis énervé à l'excès aussitôt ma lettre finie je vais seller et faire quelque vingt-cinq km. sur Loulou. Puis ce sera l'heure de rentrer dans la hutte.

Mais ne m'écris plus de lettres comme celle d'aujourd'hui qui est hargneuse. Tu écrirais à quelqu'un qui t'a fait une mauvaise action, n'écrirais pas autrement.

Me reprocher la carte à Toutou c'est comme me reprocher les lettres d'il y a 20 jours. Tu me disais que je t'eng… Ensuite il n'en a plus été question. Dis à Toutou que c'est fini cette histoire-là et ici on a vraiment des choses assez dures à faire pour que mon ptit Lou ne vienne pas jeter la détresse dans le cœur de Gui.

Gui a peut-être été stupide, mais Lou a été méchante.

Seulement Gui sait bien que Lou n'est pas méchante au fond et la tristesse et la mauvaise humeur de Gui se dissiperont après qu'après sa balade à cheval Gui aura regardé en détail les charmantes photos d'hier.

Lou n'a-t-elle pas reçu la bague ?

Enfin, enfin, enfin, tu es rudement fâchée. C'est pas mignon. Te fâche pas, te fâche pas, t'en fais pas, t'en fais pas.

Voilà mon ptit Lou, une fois pour toutes, TU N'ES PAS MENTEUSE, et j'en suis rudement content.

Ah ! J'ai surtout écrit cette carte à Toutou parce que tu m'avais montré une lettre où il disait : « *Si vous croyez que les nerfs de Gui ne puissent supporter* (je ne sais plus quoi) *ne lui dites pas la vérité.* » T'en souviens-tu ? – Alors aussitôt arrivé ici, lui ai écrit la carte incriminée. Écris-lui cette raison qui est la vraie, car j'ai peur de lui écrire maintenant. *Toutou !* TOUTOU !! Allons Lou, un baiser quand même.

Gui

2 mai 1915

Mon ptit Lou, c'est mon 4e dimanche ici, et il y a un mois que je partais de Nîmes. Toi mon ptit chéri que deviens-tu ? Tu cultives les fleurs rares ! Enfin, mon ptit Lou, ne t'embête pas. Je n'envierai jamais personne si j'ai toute ta confiance.

J'ai regardé le calendrier dans la hutte qui sert de bureau à la batterie. C'est aujourd'hui la fête de saint Athanase et c'est avec une bizarre volupté que, simple brigadier perdu dans une forêt, j'exerce mon esprit et aiguise ma mémoire sur ce docteur de l'Église, ce docteur de l'abstraction en qui se sont alliées ces forces extrêmes mais si ingrates pour qui les emploie : la science et l'humilité.

Mon esprit parcourt le temps à rebours et pardonne-moi ma toute chérie de t'entraîner avec moi. Nous voici au IVe siècle, en 325, au concile de Nicée, un jeune homme, beau et persuasif s'y leva soudain et confondit l'hérésiarque Arius. C'était Athanase. À 30 ans, il était évêque d'Alexandrie. L'année après c'est la mort de l'impudique Fausta étouffée dans un bain, puis c'est Hélène inventant la Sainte-Croix. Sainte Hélène ! devant elle, mère du 1er empereur chrétien, tombe cette troublante, indécente, diabolique statue de la Volupté, qui, depuis l'Empereur Adrien, se dressait comme le plus grand des sacrilèges sur le Calvaire.

Après la mort de sainte Hélène, c'est Athanase persécuté. Je ne me souviens plus des détails de cette histoire byzantine. On l'accuse d'impudicité, de viol, de meurtres, de magie. Une jolie femme nommée Timothée l'accuse de viol, de plus encore, de stupre qui est le viol des vierges, enfin voilà Athanase exilé à Trêves d'où est partie la 1re armée qui ait envahi le sol français durant cette guerre et qui était alors la Capitale des Gaules. Je ne me souviens plus guère de la suite de cette pieuse histoire que m'a rappelée le calendrier.

Je reprends ma lettre que j'avais dû interrompre. Ici on fait des lettres en 5 ou 6 fois.

Aujourd'hui, j'ai déjeuné à midi et dans une salle à manger ce qui ne m'était plus arrivé depuis longtemps. J'ai vu des gens, des femmes, mais moins jolies que celles de l'autre jour dans la cave comme t'ai dit et qui étaient rien du tout à côté de toi.

Enfin me voilà revenu dans la forêt. J'attends le vaguemestre qui hier n'a pas apporté de lettre du ptit Lou.

Il fait un temps lourd, très chaud et très orageux. J'ai maintenant ma cabane à deux. Je suis pas mal sur mon matelas de varech, et nous nous sommes fait avec mon camarade une belle salle de bain en branches de sapins et 2 puisards, un pour prendre l'eau, l'autre pour la jeter. Les grenouilles commencent à coasser et font plus de chahut encore que les oiseaux, mais la nuit il y a un crapaud qui fait tinter sa note pure et claire comme le clair de lune épars sur les champs de bataille. Sur le canal, j'ai vu passer une péniche et deux jeunes filles, une brune, une rousse se peignaient sur le pont. J'ai pensé avec mélancolie que ce serait peut-être le bonheur, être sur cette péniche, marinier, mari d'une de ces filles, puis j'ai pensé que cette idée que j'ai eue là était sans doute le mieux de cette histoire et que j'ai eu ainsi le meilleur de ce bonheur-là qui s'est dissipé comme s'en allait la péniche au fil du canal et comme s'éteint à l'instant même une des délicieuses cigarettes que tu m'as envoyées.

Lou, chérie, et ta bouche ! Et le moral ! Et l'excitation ! Ma chérie, sois heureuse, c'est tout ce qu'on te demande.

Ici nous tâchons d'être les plus forts. C'est ce qui nous importe à nous, et par conséquent c'est pour le bonheur de celles que nous aimons que nous sommes ici, combattant ces Boches aux sentiments factices, à l'âme infecte et qui sont l'opprobre de l'humanité !

Je t'adore de tout mon cœur, mon cher ptit Lou adorable et adoré.

Si ai bien compris l'heureuse fleur rare n'appartient pas à la flore mais à la faune et faut supposer que c'est un matou ?!?

T'embrasse.

Gui

3 mai 1915

Mon petit Lou très chéri,

Je comprends bien toutes les raisons, le printemps, les fleurs, et ne t'en veux pas du tout, ptit Lou de mon cœur.

Je souhaite que tu réussisses avec la sœur de Tzanck. Je voudrais aussi que tu allasses (!) ou envoyasses (!) quelqu'un rue Angélique Vérien pour voir si par hasard la lettre ne se retrouverait pas avec son ptit fafiot.

Alors, c'est vrai, mon joli rat musqué, il faut aussi que je compte entièrement sur toi ? ! Et on est amis pour la vie ! Si tu savais ce que ces gentilles dispositions de l'esprit de mon Lou à mon égard me font plaisir, tu serais contente.

J'ai reçu une lettre d'un sous-préfet de mes amis, qui envie mes sensations *fortes et exquises*. C'est tout de même étonnant ce que les poilus de l'arrière et de l'intérieur qui font l'amour tant qu'ils veulent, ne risquent rien et couchent dans un bon lit ont du culot, je te leur f… ai avec plaisir des coups de bâton.

C'est tout [de] même extraordinaire ce qu'il y a encore d'embusqués ! Et on parle de prendre les femmes aux armées, mais qu'on prenne d'abord tous les hommes…

J'ai interrompu ma lettre pr monter à cheval dans la nuit noire sans lune, été aux tranchées dans l'encombrement impressionnant des nuits du front. Sentinelles partout. Le mot. Puis la rase campagne. Les réflecteurs puissants qui balayent l'obscurité. Des fusées lumineuses perçant les ténèbres, la fusillade, c'était fantastique.

J'ai cueilli aujourd'hui des fleurs que je mets sur ma lettre, il y a là le premier lilas.

Quel an, ma chérie, pourrons-nous aller cueillir ensemble le 1er lilas ?

Ici rien de neuf que la guerre, canon, tout tonne, tonne et retonne.

Que pense-t-on à Paris de la durée ? Moi j'ai bien mon idée mais ne la dis pas.

L'Italie oui ou non va-t-elle marcher ou veut-elle nous faire attendre sous l'orme comme moi à Marseille ?

Mon ptit Lou, aurais voulu voir le pigeonnier avec ses beaux iris noirs et ses œillets mutins, fripons dont tu parles si bien.

Enfin, Lou chéri, je t'embrasse mille fois.

Toujours pas de lettre de Toutou. Peut-être n'a-t-il pas le temps du tout. Moi, je mets tout le jour, aux moments libres, à t'écrire, je me demande si j'y arriverai toujours.

Baisers forts forts.

Gui

Renvoie-moi mes vilaines photos de Nîmes. T'en enverrai d'autres. Vais en faire faire. Ai beaucoup changé. Je me servirai utilement de ces photos nîmoises.

4 mai 1915

N'en jette plus, la cour est pleine. Je vois bien que nous sommes amis définitivement. Noc ! Louftingue ! Stupide ! C'est plus que je n'aurais osé espérer. Je n'ai jamais écrit que tu aurais fait du scandale… je t'ai priée de ne pas en faire… pas la même chose ; mais pas voulu te faire de peine. Je te prie donc une fois de plus de me pardonner ma noquerie, mon louftinguisme et ma stupidité.

Tu me pardonneras encore, mais je me suis engagé pour défendre ton pays. Ce n'est donc pas pour te f…, toi, ma chérie, à la porte. Et je me demande pour qui tu me prends. Voyons, t'ai-je jamais laissé supposer que j'étais ou goujat, ou inconstant ? Je ne t'en veux pas parce que je t'aime pas seulement pour le coucher ; je m'en fous après tout, il y en a d'autres, ni pour rien de toi, mais pour toi seule mon pauvre petit si secouée par l'amour et par la vie !!!, toi que j'aime bien malgré que t'aies aussi un sale caractère. Ça fait deux sales caractères qui, ma foi, vont bien ensemble !

Mais t'es amusante comme tout. Alors tu ne me diras plus rien ??? Tant pis pour toi puisque je suis ton poète, il faut que je puisse chanter tes faits et gestes et pour cela que je les connaisse. Donc si tu ne me dis rien tu perds quelqu'un qui sait apprécier ton esprit et tes aventures.

Je voudrais aussi savoir si j'ai le droit de te parler à cœur ouvert et de t'engueuler de temps en temps sans que tu te mettes en rogne ?

5 mai 1915

Mon ptit Lou chéri,

J'ai reçu, aujourd'hui, le brin de muguet du 1er mai. Merci ! J'ai reçu aussi un mot de Toutou.

Ce mot a mis plus de 10 jours à me parvenir, parce qu'il s'était trompé de secteur. Dans ce simple petit billet j'ai vu quelle nature d'élite était Toutou. Tu as bien raison de tant l'aimer et bien plus que moi qui après tout ne mérite peut-être en effet pas ton gentil amour. Toutou le mérite entièrement. Il est bien plus chic que moi. Mais, ptit Lou, si mince que soit mon mérite, je ne t'en aime pas moins tout plein. Je t'écris dans une clairière de notre forêt. Je ne vois au-dessus de ma tête que le ciel. Je me sens libre, isolé comme une parcelle cosmique qui nage dans l'éther, soumise uniquement aux lois – peut-être contestables elles-mêmes – de la gravitation. Il me semble que je suis seul au monde dans un lieu qui est comme un véhicule magique sur lequel je parcours l'univers. Le faible frémissement de la brise de mai est le courant d'air provoqué par la course de la planète. Le mugissement sourd des canons lointains est le clapotement des liquides intérieurs causé par la révolution de l'immense marmite de campement qu'est notre terre autour de son axe. La plus minime partie de cette terre à laquelle je suis rivé est maintenant invisible et je ne vois plus que le ciel qui est peut-être aussi mon amour pour toi. Tout souvenir de société, lois, mœurs s'évanouit. Je fais galoper mes pensées comme j'ai fait galoper ce matin le jeune Loulou tandis que nous passions près du petit pont qu'observent les Boches, je fais galoper mes pensées librement, follement et je m'enivre ainsi jusqu'au vertige : tel le fakir qui oublie tout dans la contemplation d'un point quelconque de son corps. Je n'adore pas plus la nature que l'Indien n'adore son nombril. Au contraire, conscient d'être placé en tête de la création, je nourris un certain dédain pour les formes inférieures de la vie. Je comprends bien que les productions de la raison doivent en partie être plus logiquement conçues que celles de la Nature inconsciente, et surtout être plus profitables à l'Homme qui les créa dans un but d'utilité ou d'agrément personnels. Mais la matière première de ses œuvres, il la puise dans la Nature et quoique l'Homme soit arrivé à produire, à l'aide des machines, de l'air et de la lumière, je préfère encore le soleil avec ses vibrations d'amour que la Science ne peut surpasser et l'atmosphère avec sa source d'oxygène inépuisable. Poète, j'aime la Nature comme une servante qui m'est nécessaire pour m'apporter les impressions, les images dont je tisse mes conceptions, et, homme, c'est un plaisir pour moi d'amener cette esclave puissante, cette adversaire implacable, de l'amener par ruse à se mettre à la disposition de ma volonté. Mon Lou, je t'adore et te prends toute.

Gui

6 mai 1915

Mon ptit Lou chéri,

Je n'ai rien eu de toi aujourd'hui, par contre nous avons reçu une pluie torrentielle qui a traversé mon pauvre abri et tout est trempé sauf mon papier à lettres. Mon matelas, mon sac, tout. C'est la plus forte pluie, paraît-il, depuis le commencement de la guerre ; à 4 heures le soleil a reparu, d'ailleurs il ne fait pas froid, mais à 7 heures a commencé un bombardement fantastique. Il n'est rien arrivé, mais les commotions ont été si répétées que j'en ai mal au cœur, comme des nausées, et suis d'une lassitude immense, d'autant plus que la nuit dernière n'ai pas pu dormir. Je crains que Toutou, ne s'illusionne un peu sur *les jours prochains*... Ici on se prépare à je ne sais quoi, mais moi qui trotte je vois... J'étais plus gai et plus fort hier avec le gentil muguet. Aujourd'hui suis sombre, mes camarades aussi. Berthier n'a pas supporté la vie ici et une méningite s'est déclarée, on l'a transporté à l'infirmerie à B. et on l'évacuera, paraît-il, demain. Je perds ainsi mon meilleur, mon seul ami ici et un vide immense se fait autour de moi. Ma seule consolation est de t'écrire, de bavarder avec toi qui peut-être ne t'intéresses plus à mes lettres ! mais non ; tu les aimes bien tout de même mes pauvres lettres de noc et de louftingue et de stupide... Pardonne-moi ma tristesse, mon ptit Lou, faut pas que je sois triste. D'ailleurs, je crois que je vais déjà mieux. Tu as raison de vouloir qu'on dresse Tyka maintenant, car l'époque la plus favorable pour essayer les chiens est le printemps. Le chien qui fera de bons arrêts à cette époque sera meilleur encore en automne.

Alors, tu ne veux plus rien me dire de ce que tu fais ? – D'après les lettres que je reçois de gens très solides, je crois que les embusqués sont de plus en plus nombreux et sur l'arrière tous les postes tranquilles sont occupés par des officiers et des sous-offs de l'active. Je trouve tout cela singulier et me demande parfois s'il n'y a pas un peu de folie dans l'air. As-tu reçu la petite bague ? J'ai lu aujourd'hui dans *le Journal* un petit article relatif à nos bijoux en aluminium boche. Tu dois être en voyage, en ce moment. Bon voyage, mon Lou, je te prends dans mes bras et je t'embrasse gentiment, virilement.

Ton

Gui

7 mai 1915

Oh ! la mignonne lettre, mon Lou chéri. Alors tu ne m'en veux plus et tout ce que tu dis est fort raisonnable. J'ai tort complètement et te prie de me pardonner. – Tu me racontes la fable de l'ours et de l'amateur de jardins où celui-ci devient une amatrice de fleurs rares et l'ours en effet c'est moi, mais n'ai pas de maître, tout au plus une maîtresse – si on peut dire – puisque l'ours, encore sauvage, vit dans les bois – Cependant, Lou, ne prends jamais mes considérations pour des reproches. L'ours n'est pas dompté, mais s'il grogne, parfois, il ne lance pas de pavés, même pas de petits pavés. Pr le dentiste commence toujours à te faire faire le travail. On ne paie pas d'avance j'espère ; laisse tout faire, on verra bien après. Fais faire le travail, c'est ça le principal. Tu compliques, je crains, une chose simple – Surtout ne m'engueule pas pour cette timide observation dont je m'excuse aussitôt… avec une de ces envies de te faire mettre à genoux devant moi !! tu sais !!!

Non, pas reçu la lettre sur la bague… perdue !! D'ailleurs, bien simple JE RÉPONDS toujours à tes lettres. J'attends la mesure de ton doigt. Après tout, ne m'envoie pas la bioxyne. Je me la ferai envoyer par quelqu'un d'autre. Toi, ptit Lou, t'as pas le sou –

T'enverrai cinquante francs en lettre recommandée après-demain –

Quel est cet ET que tu cites après le vaguemestre à propos de ma carte à Toutou ? Est une orchidée, une tulipe ou la fleur du mancenillier ? J'ai écrit à Toutou, qui m'a écrit, comme je t'ai dit – il ajoute qu'*il est très, très difficile de l'étonner*. Dis-lui qu'après les charmants sandwichs imaginés de concert, je conçois qu'il ne doit pas être facile de l'étonner et que d'ailleurs l'étonnement n'est pas un but, mais qu'homme sandwich, c'est déjà une position sociale. T'embrasse fort mon Lou.

Gui

8 mai 1915

Non, ptit Lou, il y a sur la bague quelque chose de plus gentil encore et c'est « Je t'aime, Lou. » Ta carte d'aujourd'hui est plus courte mais plus pleine de choses exquises que certaines lettres plus longues. Mon chéri, je t'écris chaque jour et quand t'ai pas écrit un jour te le dis le lendemain – mais t'écris chaque jour. Mon ptit Lou chéri, je ne te boude jamais, jamais, tu le sais bien, mon amour très chéri, ma Lou. J'écris la lettre avant la venue du vaguemestre, s'il rapporte le mandat il sera dans cette lettre, sinon le mettrai demain.

Je suis peut-être stupide quelquefois, mais toi tu es parfois bien méchante – Tant mieux pour l'histoire du dentiste – Explique-moi. Mais explique-moi toujours tout, mon chéri, je ne sais pourquoi, tu te méfies parfois de moi, ou te froisses, faut pas, faut pas. Tu sais bien, j'espère, que je t'aime vraiment, pas banalement. – Tu dis que tu m'aimes, alors, laisse-toi aller gentiment à mon amour. Tu te laisses aller à celui de Toutou, laisse-toi aussi aller au mien. Puisque tu dis qu'il m'aime bien, et que tu sais que je l'aime aussi, alors laisse-toi aller gentiment à ce double amour. Mais non, il faut tout le temps te repêcher, te reprendre, tu fuis, on dirait parfois que t'es mécontente d'être aimée. Puis, c'est tout-à-coup un mot délicieux comme celui d'hier – À propos, mets la date plutôt que le jour – et quand tu n'écris pas, avertis dans la lettre suivante. D'autre part, comme les endroits où je passe sont de plus en plus arrosés – si par hasard – faut penser à tout – tu recevais une nouvelle pas amusante à mon propos – *n'en dis rien* – comme ça tu pourras rester tranquillement dans le pigeonnier. Envoie-moi d'autres photos de toi, mon chéri, ça ne fait rien si t'es pas seule – Plus j'aurai d'images de mon Lou, plus je serai content – Envoie pas la bi-oxyne – me la procurerai autrement.

Hier, nuit, allant à la batterie, dans un bois, un poilu débouche sur moi, je le vois quand il est sur moi. En temps ordinaires, dans ces cas-là, au coin d'un bois, on s'entend demander « La Bourse ou la Vie. » Pas du tout. C'était un poilu qui voulait me demander de faire toucher par le vaguemestre un mandat qu'il m'a confié. Amusante image de guerre.

Envoie vite la mesure de la bague – mais garde aussi la première.

Chérie, aujourd'hui, grande sensualité – te désire beaucoup, beaucoup, très, très excité – Ai regardé longtemps la petite photo où t'es dans l'herbe, visage tourné à gauche de profil, un beau bras nu jusqu'au coude et un air de jouir, de jouir – Tu es ravissante dans ce petit tableau exquis et je voudrais bien t'avoir, nue, ton joli derrière bien en l'air, bien obéissante... Je t'adore, mon petit chéri. – Il y a maintenant dans notre forêt beaucoup de douleurs et aussi de maux d'yeux. – Les hommes pensent beaucoup à leurs femmes et j'entends beaucoup parler de faire menotte...

Moi, chérie, j'obtiens par la force des choses une grande perfection de mœurs qui résulte du genre et de la règle de ma vie actuelle. J'apprends à ne compter que sur moi-même, à ne jamais demander conseil à personne, à toujours prévoir les conséquences d'un acte. Cela ne m'empêche point d'ailleurs d'être un imaginatif, un poète, et peut-être même parfois et en certaines choses un névrosé, comme toute ma génération née et élevée dans le siècle de l'extrémité et de l'activité vitale excessive.

T'adore, t'adore, t'adore, t'adore.

Gui

9 mai 1915

Ptit Lou, pas de lettre de toi hier – T'ai envoyé hier un mandat de 50 frs. – T'envoie aujourd'hui dans un autre pli deux amusants fragments de papier de tenture second empire. Je les ai décollés dans une maison complètement réduite en ruines et j'ai découpé les deux sujets – turcos et cantinières – vieillard parlant à des enfants – C'est de l'imagerie amusante et rare celle des papiers de tenture et il y a des collectionneurs qui s'y intéressent. En 1913, je crois, il y a eu une exposition de papiers de tenture au musée du Louvre et elle a eu du succès. J'espère que ça t'amusera, vu surtout les conditions où se trouvaient ces deux images. Tu dois maintenant être revenue dans le pigeonnier... Raconte-moi quelque chose d'amusant, dans une de tes prochaines lettres, ce que t'as fait quand t'as été voir Toutou, par exemple. Je suis curieux, tu diras ; mais enfin après tout, tu sais bien que je ne suis pas si jaloux et voudrais bien participer un peu, de loin, aux amusements du ptit Lou. – Raconte-le moi, ce que je te demande avec détails circonstanciés, comme tu sais bien les mettre quand tu veux. Nouvelles photos aussi. Ai un grand désir de photos du ptit Lou très chéri. C'est pas gentil d'avoir pas confiance en moi. On est tellement amis que ça me peine de supposer que tu ne veuilles pas me raconter quelque chose. Et puis tout ce que tu as à raconter doit être si amusant, si suggestif pour un homme du front si privé par conséquent d'amusements quels qu'ils soient. Il y a en ce moment ici des lilas en masse. J'en ai un bouquet énorme sur ma petite table dans ma cagnat lilas mauves et lilas blancs, ils embaument au point qu'il me semble que c'est toi que j'embrasse. Il fait aujourd'hui un temps magnifique avec de la brise. Ce matin ai été à la messe dans un autre village qu'avant. C'était un fantassin prêtre qui officiait et étant arrivé vers la fin j'ai assisté au déshabillage du prêtre et ça faisait un drôle d'effet de voir cet officiant se transformer peu à peu en simple soldat. Ensuite, j'ai passé près d'un cheval mort, gonflé, les organes génitaux en prolapsus. Il en est monté un nuage de grosses mouches mordorées qui faisaient une musique comme un harmonium lointain ou une harmonie cristalline. Que dit le gentil Toutou ? qui a passé déjà huit mois de cette vie dure dangereuse et monotone du front. D'après ce que tu disais, il semble qu'il y ait plus de civils de son côté que du mien. Hier à 6 heures ai dû aller à un village où se trouve un état-major installé dans un délicieux petit château XVIIe siècle. Boiseries de l'époque, parc magnifique, aux formes superbes. Je croyais rêver. Nous pauvres hommes des bois, nous sommes devenus de véritables sauvages et le moindre luxe, maintenant, nous étonne, les ululements des oiseaux nocturnes, le glissement de la couleuvre, le grignotement des rats, le chant du rossignol, la scie du râle des genêts, le miaulement des obus, les fleurs, les frondaisons, voilà notre luxe. Mais enfin de temps en temps on rigole tout de même. Te raconterai demain quelques-unes des choses drôles que j'ai vues ou entendues.

Deux brins de myosotis dans ma lettre, ça veut dire *ne m'oubliez pas* et surtout n'oublie pas la mesure de la bague qu'il me fera tant plaisir de faire et surtout de réussir au moins aussi bien que la première. Mon ptit Lou te prends dans mes bras et t'embrasse bien bien fort et je prends ta langue.

Gui

10 mai 1915

Mon ptit Lou très chéri,

J'ai eu ta lettre de Gray, donc il n'y avait pas d'interruption entre tes lettres : mardi et mercredi ; c'est simplement à cause de la poste que je n'ai pas eu de mot de toi avant-hier. Tu penses encore que je boude, mais maintenant j'espère bien que tu sais que non, mon Lou très chéri, et que je n'ai pas un si *sale petit caractère* que ça. N'est-ce pas, petit Lou adoré ? Je t'aime mon chéri et tu me plais infiniment, car s'il y a quelque chose d'amusant dans le monde aujourd'hui, mon pauvre chéri, c'est la manière dont le ptit Lou a mis de la fantaisie charmante dans la vie. Il serait véritablement à désirer qu'un esprit plus élevé que le mien en étudiât tous les détails si délicieux pour les transporter dans le domaine de la poésie, car ils relèvent du lyrisme le plus pur et le plus subtil, car j'ose juger qu'il ne serait pas inutile que la civilisation en profitât et que les hommes pussent admirer une aussi tendre, une aussi vivante, une aussi élégante variété. Je me permettrai, mon adorée, de t'en présenter un jour quelques essais. Ce sera un entretien convenable à ton esprit si délié. Ils te divertiront et te feront mieux connaître toi-même. Tu es dans un âge où l'amusement et les jeux sont permis aux femmes ; mais en même temps, tu dois donner quelques-unes de tes pensées à des réflexions sérieuses. Je tente d'écrire mes lettres de façon que tu en rencontres quelques-unes dans ces missives venues des armées. L'apparence en est souvent puérile, je le confesse, mais ces puérilités, peut-être, Lou adoré, servent parfois d'enveloppe à des vérités importantes, et pour ne pas me répéter, je clos – sans enveloppe – ma carte-lettre. Je t'adore.

Gui

11 mai 1915

Mon chéri, mon adorée,

Reçu hier la jolie lettre datée de Chalindrey et mise à la poste à Paris – Mais si, tu es un charmant ptit qui fait bien, bien plaisir à son Gui qui t'en adore toujours davantage. L'histoire de l'incendie dans le cœur du beau lieut[t] de Gray m'a amusé infiniment. Je demande des détails complets. Tu m'as envoyé un délicieux petit poème, exquis comme toi, parfait comme toi. C'est sans aucune faute de versification. Tu es plus que ma muse, mon aimée, tu es la poésie même.

RÊVERIE

Ici-bas tous les lilas meurent
Je rêve aux printemps qui demeurent
Toujours
Ici-bas les lèvres effleurent
Sans rien laisser de leur velours…
Je rêve aux baisers qui demeurent
Toujours

POÈME DU PETIT LOU

I

Le vrai, mon Enfant, c'est ton Rêve…
Tout meurt, mon Cœur, la joie est brève
Ici ;
Mais celui que l'Amour élève

Est délivré de ce souci :
Pour lui, toujours dure le Rêve
Ici...
Amours passés, fleur qui se fane :
Illusion pour le profane,
Mais nous
Broutons la Rose comme l'Ane,
Rose qui jamais ne se fane
Pour nous...

II

Un seul bouleau crépusculaire
Sur le mont bleu de ma Raison...
Je prends la mesure angulaire
Du cœur à l'âme et l'horizon...

C'est le galop des souvenances
Parmi les lilas des beaux yeux
Et les canons des indolences
Tirent mes songes vers les cieux

III

Ton amour, ma chérie, m'a fait presqu'infini
Sans cesse tu épuises mon esprit et mon cœur
Et me rends faible comme une femme
Puis comme la source emplit la fontaine
Ton amour m'emplit de nouveau
De tendre amour, d'ardeur et de force infinie

IV

C'était un temps béni nous étions sur les plages
Va-t'en de bon – matin pieds nus et sans chapeau –
Et vite comme va la langue d'un crapaud
Se décollaient soudain et collaient les collages

Dis, l'as-tu vu Gui au galop
Du temps qu'il était militaire
Dis, l'as-tu vu Gui au galop
Du temps qu'il était artiflot

À la guerre ?

C'était un temps béni : le temps du vaguemestre
On est bien – [plus] serré que dans un autobus –
Et des astres passaient que singeaient les obus
Quand dans la nuit survint la batterie équestre

Dis, l'as-tu vu Gui au galop
Du temps qu'il était militaire
Dis, l'as-tu vu Gui au galop
Du temps qu'il était artiflot
À la guerre ?

C'était un temps béni : jours vagues et nuits vagues,
Les marmites donnaient aux rondins des cagnats
Quelque aluminium où tu t'ingénias
À limer jusqu'au soir d'invraisemblables bagues

Dis l'as-tu vu etc.

Mon Lou adoré, le vaguemestre est là, je t'adore, te désire, te prends toute de toutes mes forces, t'aime, t'aime, t'aime ma chérie, mon petit garçon pas sage chéri, prends-moi dans tes petits bras, vive la France et mon ptit Lou.

Gui

1915, c'est l'année des offensives. Pour gagner 4 ou 5 kilomètres, l'armée Française sacrifie entre 30 et 40 poilus par mètre gagné. Les « troupeaux » des hommes vont à l'assaut comme à l'abattoir.

12 mai 1915

Je rêve de revoir mon ptit Lou pour toujours
Ô nuances des frondaisons pendant les matins lourds

Creux où joue le jour comme aux cassures d'un velours
Ô temps, souffre qu'en moi-même je retourne en arrière
Dans les commencements de cette longue guerre
Voici la mer et les palmiers
Et cette grande place où tu la vis naguère
Sous son grand canotier

Ô temps, reviendra-t-il le temps où nos deux âmes
Comme deux avions ennemis se rencontreront
Pour l'idéal combat où mon Lou tu réclames
La verge d'Aaron.

Puisque tu es, cœur éternel : La FEMME
Et que je te connais
Onde qui fuit, porte sur rien, insaisissable flamme
Ou gamin pied de nez

Ou bien, ô mon cher cœur, tu es cette musique
Qui monte nuit et jour du creux des bois profonds
Et tes bras blancs levés en geste prophétique
Annoncent ce que font
Et tout ce que feront les longs troupeaux des hommes
Venus sous ton regard chargé de volupté
Te crier leur Désir, dire ce que nous sommes
Et ce qu'avons été

Puis s'en aller mourir par le matin livide
Afin que tes beaux yeux aient le droit de choisir
L'esclave le plus beau pour orner ton lit vide
Afin de t'assouvir.

Et s'en aller mourir par le matin livide
Afin que ton caprice ait le droit de choisir
L'esclave encor plus beau pour orner le lit vide
Selon ton bon plaisir

Ô Lou, je te revois sur la grand place à Nice
Dans le matin ambré...

Un obus vient mourir sur le canon factice
Que les Boches ont repéré.

Gui

Dans sa lettre écrite le 13 mai 1915, l'érotisme de Guillaume explose comme à son apogée. C'est le chant du cygne pour un poète qui a su ouvrir toutes les portes du corps de Lou mais qui ne les ouvrira plus.

13 mai 1915

Ptit Lou, Rien de toi hier, mais sans doute aurai-je quelque chose aujourd'hui, peut-être même 2 lettres ! Celle d'hier et celle d'aujourd'hui. J'en serais rudement content.

EN ALLANT CHERCHER DES OBUS

Toi qui précèdes le long convoi qui marche au pas
Dans la nuit claire…
Les testicules pleins, le cerveau tout empli d'images neuves…
Le sergent des riz pain sel qui jette l'épervier dans le canal bordé de tilleuls…
L'âme exquise de la plus Jolie me parvient dans l'odeur soudaine des lilas qui déjà tendent à défleurir dans les jardins abandonnés

*

Des Bobosses poudreux reviennent des tranchées blanches comme les bras de l'Amour

*

Je rêve de t'avoir nuit et jour dans mes bras
Je respire ton âme à l'odeur des lilas

*

Ô Portes de ton corps
Elles sont neuf et je les ai toutes ouvertes
Ô Portes de ton corps
Elles sont neuf et pour moi se sont toutes refermées

*

À la première porte
La Raison Claire est morte
C'était, t'en souviens-tu le premier jour à Nice
Ton œil de gauche ainsi qu'une couleuvre glisse
Jusqu'à mon cœur
Et que se rouvre encore la porte de ton regard de gauche

À la seconde porte
Toute ma force est morte
C'était t'en souviens-tu dans une auberge à Cagnes
Ton œil de droite palpitait comme mon cœur
Tes paupières battent comme dans la brise battent les fleurs
Et que se rouvre encore la porte de ton regard de droite

À la troisième porte
Entends battre l'aorte
Et toutes mes artères gonflées par ton seul amour
Et que se rouvre encore la porte de ton oreille de gauche

À la quatrième porte
Tous les printemps m'escortent
Et l'oreille tendue entends du bois joli
Monter cette chanson de l'amour et des nids
Si triste pour les soldats qui sont en guerre

Et que se rouvre encore la porte de ton oreille de
droite

À la cinquième porte
C'est ma vie que je t'apporte
C'était t'en souviens-tu dans le train qui revenait
de Grasse
Et dans l'ombre, tout près, tout bas
Ta bouche me disait
Des mots de damnation si pervers et si tendres
Que je me demande, ô mon âme blessée
Comment alors j'ai pu sans mourir les entendre
Ô mots si doux, si forts que quand j'y pense il me
semble que je les touche
Et que s'ouvre encore la porte de ta bouche

*

À la sixième porte
Ta gestation de putréfaction, ô Guerre, avorte
Voici tous les printemps avec leurs fleurs
Voici les cathédrales avec leur encens
Voici tes aisselles avec leur divine odeur
Et tes lettres parfumées que je sens
Pendant des heures
Et que se rouvre encore la porte de ta narine de gauche

À la septième porte
Ô parfums du passé que le courant d'air emporte
Les effluves salins donnaient à tes lèvres le goût
de la mer
Odeur marine, odeur d'amour, sous nos fenêtres
mourait la mer
Et l'odeur des orangers t'enveloppait d'Amour
Tandis que dans mes bras tu te pelotonnais
Quiète et coite
Et que se rouvre encore la porte de ta narine de
droite

À la huitième porte
Deux anges joufflus veillent sur les roses tremblantes qui supportent
Le ciel exquis de ta taille élastique
Et me voici armé d'un fouet fait de rayons de lune
Les amours couronnés de jacinthe arrivent en troupe
Et que se rouvre encore la porte de ta croupe
À la neuvième porte
Il faut que l'amour même en sorte
Vie de ma vie
Je me joins à toi pour l'éternité
Et par l'amour parfait et sans colère
Nous arriverons dans la passion pure ou perverse
Selon ce qu'on voudra
À tout savoir à tout voir, à tout entendre
Je me suis renoncé dans le secret profond de ton amour
Ô porte ombreuse, ô porte de corail vivant
Entre les deux colonnes de perfection
Et que se rouvre encore la porte que tes mains savent si bien ouvrir

Gui

L'AMOUR, LE DÉDAIN ET L'ESPÉRANCE

Je t'ai prise contre ma poitrine comme une colombe qu'une petite fille étouffe sans le savoir
Je t'ai prise avec toute ta beauté ta beauté plus riche que tous les placers de la Californie ne le furent au temps de la fièvre de l'or
J'ai empli mon avidité sensuelle de ton sourire, de tes regards, de tes frémissements
(J'ai eu à moi, à ma disposition ton orgueil même quand je te tenais courbée et que tu subissais ma puissance et ma domination)
J'ai cru prendre tout cela, ce n'était qu'un prestige

(Et je demeure semblable à Ixion après qu'il eut fait l'amour avec le fantôme de nuées fait à la semblance de celle qu'on appelle Héra ou bien Junon l'invisible.
Et qui peut prendre, qui peut saisir des nuages ? qui peut mettre la main sur un mirage ? et qu'il se trompe celui-là qui croit emplir ses bras de l'azur céleste !
J'ai bien cru prendre toute ta beauté et je n'ai eu que ton corps
Le corps hélas n'a pas l'éternité
Le corps a la fonction de jouir mais il n'a pas l'amour
Et c'est en vain maintenant que j'essaye d'étreindre ton esprit
Il fuit, il me fuit de toutes parts comme un nœud de couleuvres qui se dénoue
Et tes beaux bras sur l'horizon lointain sont des serpents couleur d'aurore qui se lovent en signe d'adieu
Je reste confus, je demeure confondu
Je me sens las de cet amour que tu dédaignes
Je suis honteux de cet amour que tu méprises tant

Le corps ne va pas sans l'âme
Et comment pourrais-je espérer rejoindre ton corps de naguère puisque ton âme était si éloignée de moi
Et que le corps a rejoint l'âme
Comme font tous les corps vivants
Ô toi que je n'ai possédée que mortel)

*

Et malgré tout, cependant que parfois je regarde au loin si vient le vaguemestre
Et que j'attends comme un délice ta lettre quotidienne mon cœur bondit comme un chevreuil lorsque je vois venir le messager

Et j'imagine alors des choses impossibles puisque
ton cœur n'est pas avec moi
Et j'imagine alors que nous allons nous embarquer, tous deux, tout seuls peut-être trois, et que jamais personne au monde ne saura rien de notre cher voyage vers rien, mais vers ailleurs et pour toujours
Sur cette mer plus bleue encore, plus bleue que tout le bleu du monde
Sur cette mer où jamais l'on ne crierait : « Terre ! »
Pour ton attentive beauté mes chants plus purs que toutes les paroles monteraient plus libres encore que les flots
Est-il trop tard, mon cœur, pour ce mystérieux voyage ?
La barque nous attend, c'est notre imagination
Et la réalité nous rejoindra un jour
Si les âmes se sont rejointes
Pour le trop beau pèlerinage…

*

Allons, mon cœur d'homme la lampe va s'éteindre
Verses-y ton sang.
Allons, ma vie, alimente cette lampe d'amour
Allons, canons, ouvrez la route
Et qu'il arrive enfin le temps victorieux, le cher temps du retour

*

Je donne à mon espoir mes yeux, ces pierreries
Je donne à mon espoir, mes mains, palmes de victoire
Je donne à mon espoir mes pieds, chars de triomphe
Je donne à mon espoir ma bouche, ce baiser
Je donne à mon espoir mes narines qu'embaument les fleurs de la mi-mai

Je donne à mon espoir mon cœur en ex-voto
Je donne à mon espoir tout l'avenir qui tremble
comme une petite lueur au loin dans la forêt

Gui

14 mai 1915

J'ai ta lettre de lundi – il n'y en a pas eu de dimanche – Je ne suis pas triste, mais il est peut-être vrai que je préférerais l'amour à l'amitié. Il est vrai qu'on ne peut tout avoir. Je n'ai pas adopté la carte-lettre, mais l'emploie quand je n'ai pas le temps. D'ailleurs il y en a plus dans mes cartes-lettres que dans les lettres les plus longues de Lou. Lou, mon Lou, il n'y a jamais d'engueulades dans les lettres de Gui à Lou... Le ptit Lou est un gamin charmant et très espiègle... il mériterait cependant une correction pour les reproches qu'il fait à son maître et que celui-ci ne mérite pas. Le ptit Lou d'autre part est très gentil, trop gentil de courir pour Gui qui ne veut pas que Lou se donne de la peine pour lui. Mais je te remercie tout plein, mon ptit Lou d'avoir tant cherché la bi-oxyne.

Gui obéira pr une fois au ptit Lou en voyant s'il est possible de se faire vacciner pr la typhoïde, car Gui tient à revenir ne serait-ce que pour reprendre sa place de maître auprès du ptit Lou et pour l'avoir à soi, le corriger quand il faut et pour le forcer à faire sa volonté, la volonté de Gui et de nul autre.

Lou est bien gentil de penser à la santé de Gui et qui en est tout content de savoir que Lou tient à lui.

Mon ptit Lou, je t'adore. Je viens de galoper dans des prairies pleines de boutons d'or et de ne-m'oubliez-pas. Ce matin j'ai cueilli des iris au ruisseau dans la forêt. Raconte-moi une fois de jolies choses sur toi, tes lettres sont exquises et je les adore – mais voudrais détails – et des photos, de longues lettres comme tu m'en écrivais à Nîmes, en voudrais de temps en temps.

Alors le ptit Lou a un beau printemps à Paris. Il est ici d'ailleurs magnifique. On se sert de sa cravate contre bombes asphyxiantes, on la mouille et allez donc – En ce moment les hommes s'embêtent. Le printemps nom d'une pipe !! Vu Péxonne sur la carte – ce doit être l'endroit où est le train régimentaire du 62e. Mets la date sur tes lettres et dis quand t'as pas écrit. Je t'adore et t'embrasse.

Gui

15 mai 1915

Gui ne serait-il même plus le poète de Lou ?

Merci, mon amie, de m'envoyer des baisers éternels. – Je crois que tu préfères les vers de romance aux autres. Mais de qui donc sont ces vers que tu cites avec un plaisir si vif ?

Mais, non, je ne suis pas trop gentil. Je fais ce que je peux… par pure amitié puisque l'amour… est dans mon cœur tout seul pour mon Lou…

Mais tu passes donc ta vie aux Ternes ! ?

Tu es mignon comme tout de prier pour moi, et si tu pries avec ferveur, avec amour(?!), nul doute que j'en revienne bien entier. Ici, le froid a repris, il pleut en outre. Je suis gelé, morfondu. J'ai les mains glacées. En outre très fatigué de ce qu'il y avait dans ma lettre d'hier… en suis tout étourdi encore… presque abruti…

En tout cas, dis toujours ce qu'il te faut. Si je puis, le ferai. – (Dis, si t'as reçu ce que je dis pr le dentiste ?)

LES ATTENTIVES

Celui qui doit mourir ce soir dans les tranchées
C'est un petit soldat dont l'œil indolemment
Observe tout le jour aux créneaux de ciment
Les Gloires qui de nuit y furent accrochées…
Celui qui doit mourir ce soir dans les tranchées
C'est un petit soldat mon frère et mon amant !

Et puisqu'il doit mourir je veux me faire belle
Je veux de mes seins nus allumer les flambeaux
Je veux de mes grands yeux fondre l'étang qui gèle
Et mes hanches je veux qu'elles soient des tombeaux
Car puisqu'il doit mourir je veux me faire belle
Dans l'inceste et la mort ces deux gestes si beaux

Les vaches du couchant meuglent toutes leurs roses
L'Aile de l'oiseau bleu m'évente doucement
C'est l'heure de l'Amour aux ardentes névroses
C'est l'heure de la Mort et du dernier serment
Celui qui doit périr comme meurent les roses
C'est un petit soldat mon frère et mon amant.

*

Mais, Madame écoutez-moi donc
Vous perdez quelque chose
C'est mon cœur, – pas grand-chose
Ramassez-le donc

Je l'ai donné je l'ai repris
Il fut là-bas dans les tranchées
Il est ici… j'en ris, j'en ris
Des belles amours que la mort a fauchées

*

L'espoir flambe ce soir comme un pauvre village
Et qu'importe le Bagne ou bien le Paradis
L'amour qui surviendra me plaira davantage
Et mes yeux, sont-ce pas de merveilleux bandits.

Puis quand malgré l'amour, un soir je serai vieille
Je me rappellerai la mer, les orangers
Et cette pauvre croix sous laquelle sommeille
Un cœur parmi des cœurs que la gloire a vengés

*

Et tandis que la lune luit
Le cœur chante et rechante, lui :
« Mesdames et Mesdemoiselles
Je suis bien mort ! Ah ! quel ennui
Et ma maîtresse que n'est-elle
Morte en m'aimant la nuit. »

*

Mais écoutez-les donc les mélopées
Ces médailles si bien frappées
Ces cloches d'or sonnant des glas,
Tous les muguets, tous les lilas

Ce sont les morts qui se relèvent
Ce sont les soldats morts qui rivent
Aux amours qui s'en sont allés
Immaculés
Et désolés

*

Le 13 mai de cette année
Tandis que dans les boyaux blancs
Tu passais masquée, ô mon âme
Tu vis tout d'un coup les morts et les vivants
Ceux de l'arrière, ceux de l'avant
Les soldats et les femmes…
Un train passe rapide dans la prairie en Amérique…
Les vers luisants brillent cette nuit autour de moi
Comme si la prairie était le miroir du ciel
Étoilé
Et justement un ver luisant palpite
Sous l'Étoile nommée Lou
Et c'est de mon amour le corps spirituel
Et terrestre
Et l'âme mystique
Et céleste…..

Petit Lou, je reprends ma lettre après avoir reçu le délicieusement mignon paquet. Tu es un enfant exquis. Le tube à confiture est épatant. C'est un vrai canon en miniature ou autre chose encore !… Merci pr les cigarettes. J'en fume une maintenant… Et merci pr la bi-oxyne… Je te remercie et je t'adore… Toi, dis bien tout ce dont tu as besoin… Je ferai toujours mon possible… En même temps que le tien ai reçu un autre petit paquet gentil aussi, chocolat, pommes enveloppées dans des fleurs de glycine encore fraîches. Envoi de la sœur de la petite fille… c'est la sœur mariée… t'en ai parlé… Dedans il y avait le ptit mot gentil que je t'envoie pr que tu le mettes avec mes papelards parce qu'il est mignon et joint la mère et les 2 sœurs très gentiment.

T'envoie 2 pensées cueillies dans un petit jardin né sous les obus dans le bois, autour tout est brûlé, haché, cassé, plus 2 brins d'aubépine, de la blanche et de la rose. Je t'adore mon ptit Lou très chéri, hier soir quand ai commencé ma lettre temps horrible, nuit pénible que te raconterai quand après guerre relirai cette lettre, matinée aujourd'hui fatigante, émotion, mais temps merveilleux. Le rossignol chante, on tire sur un taube, je suis las et dispos en même temps. Hier j'étais fatigué, fatigué. Mais je t'adore tout plein, te prends dans mes bras, pauvre petit que fatigue coulichonnette et t'embrasse bien bien tendrement.

Gui

16 mai 1915

Ptit Lou,

Je reçois de Tzanck la lettre ci-incluse. Je lui ai répondu que je ne croyais pas que tu te fusses arrangée tant que ça avec qui le remplace. Et qu'il m'écrive si c'est possible comme je disais dans ma lettre. Toi, fais ce que tu veux. Si tu veux retournes-y pr voir.

Enfin tu es libre et fais pr le mieux.

Pas de lettre de toi aujourd'hui. Je t'envoie la lettre de Tzanck parce que je crois que si c'est possible de faire ainsi que je dis, chez Tzanck, c'est à tous égards très avantageux pr toi et plus simple après tout que n'importe quelle autre combinaison. Ne penses-tu pas ?

Je t'écris en fumant comme un mylord une excellente cigarette de Maryland envoyée par mon ptit Lou qui est le plus charmant trésor qui soit au monde.

Je t'adore, mon ptit Lou, toi qui fais l'amour avec l'ingénuité de saint François d'Assise parlant aux oiseaux.

Tu es gentil comme tout. Tu m'as fait jusqu'ici un bien immense dont je te suis très reconnaissant et après là guerre, si tu veux continuer ta gentille influence sur moi, tu feras de ton Gui un homme épatant qui te devra tellement que jamais il ne pourra t'en être assez reconnaissant.

Il a fait hier un temps épatant. Je voudrais bien qu'il continue. En ce moment c'est minuit, je viens de faire un tour à cheval. Les routes, les prés sont jonchés des petits diamants que sont les vers luisants. Je m'en allais en rêvant de toi, de ta gentillesse, de ton charme si capiteux. De temps en temps, l'*Halte-là* décidé d'une sentinelle me rappelait à la réalité guerrière que j'avais oubliée. Puis c'était tout le petit drame du mot qui se déroulait et une fois passé je retombais dans cette rêverie déréglée où tu flottais réelle à peine comme une musique et voluptueuse comme le tendre chant d'un violon.

Je suis rentré à 11 heures après m'être égaré deux fois ; malgré les étoiles la nuit n'est pas très claire.

L'étoile nommée Lou palpite au-dessus de moi comme si c'était ton cœur même qui battait dans le ciel nocturne.

Et tandis que meurent au loin les dernières rumeurs des convois de ravitaillement, le chant du rossignol s'éveille déjà, en trilles, en roulades avec d'infinis points d'orgue et des silences brusques.

Je vais regarder de nouveau tes chères photos et ensuite je vais aller faire dodo et dans un beau songe te revoir sans doute avec tes yeux langoureux, l'adorable douceur de ton baiser et la violence passionnante de ton étreinte exquise.

Langue éternelle et je te prends toute.

Gui

17 mai 1915

Charmant ptit Lou chéri, chéri,

C'est entendu, te dis-je, réserverai les cartes pour les jours où n'aurai absolument pas le temps ou bien où… n'aurai pas de lettre de mon Lou…

Pourquoi pas tout écrire… tu m'en as écrit bien d'autres… Je te donne ma parole d'honneur de BRÛLER toutes les lettres que tu m'enverras et où tu mettras un grand D au commencement ou à la fin et je te promets de les détruire dès le lendemain même de leur réception…

Donc, tu peux tout raconter avec les détails les plus piquants, *siouplait* et les plus *purement* PLATONIQUES. Moi, aussi, Lou, j'adore les fleurs… je connais aussi la rumeur du vent dans la cheminée du pigeonnier, mais les fleurs mon Lou, tu as raison, ça console de tout. Je me souviens que la première fois que nous sommes sortis seuls, un matin, je t'ai donné une brassée énorme d'œillets, au marché de Nice et tu es partie avec ces fleurs à Saint-Jean-Cap-Ferrat…

Alors Mémée…

Matte a la typhoïde… n'était pas ou était vacciné ?

Pour les bouquins te l'expliquerai demain, mais je veux que tu ne les montres à PERSONNE… et en retour que tu me racontes des choses… des choses…

Hier, dimanche, été à la brigade qui est dans le château au parc où mouraient les roses. C'était jour, plein d'officiers de toutes armes qui se dégonflent gentiment pendant un joli concert auquel j'ai assisté.

Ça m'a fait un grand plaisir.

Le chef d'orchestre avait une figure curieuse, ridé aux tempes, moustache blonde, nez courbé, lèvres abaissées aux commissures, ça lui faisait faire une drôle de grimace extatique, on aurait dit qu'il *donnait tout*. Le clarinettiste avait le visage de travers et un air intense de bonne gourde.

Ensuite ai été boire du champagne dans une cave d'un autre village où est l'échelon d'une autre batterie de notre groupe. J'avais été invité. Il y avait là une femme assez jolie maîtresse d'un lieutenant mais qui doit *connaître* aussi les marchis avec qui j'étais. C'est curieux une très jolie femme habillée prétentieusement avec des affûtiaux démodés ou qui du moins me paraissaient l'être. Jolie mais pas d'esprit du tout. C'est rudement désagréable une femme sans intelligence. Le snobisme est quelquefois bien agaçant aussi, mais la sottise prétentieuse plus encore.

Enfin, c'était gentil quand même et ne me suis pas embêté. Le matin, j'avais beaucoup eu à faire et étais arrivé en retard pour la messe. Sur la route, j'ai rencontré le capitaine prêtre avec ses bottes, sa soutane, sous laquelle il avait son étole. Comme il m'avait vu à la messe d'autres dimanches, il m'a parlé très aimablement, avec un air doux et perdu dans une sorte de rêve paradisiaque, il m'a dit qu'il allait aux tranchées confesser les poilus qui le voudraient… J'hésitais à lui dire monsieur l'abbé ou bien mon Capitaine et j'alternais ces appellations dans mes réponses. Enfin, il m'a dit que si je voulais me confesser il était aussi à ma disposition…

Je reprends ma lettre dont j'ai un peu perdu le fil, puisque tu peux donner des conseils médicaux mon ptit Lou tu devrais bien demander ce qu'il faut faire pour éviter le paludisme qui nous menace un peu dans les marécages où nous vivons… Tu trouveras sous ces lignes un vague croquis de Gui en bonnet de police rêvant à Lou. Lou est dans le lointain, un lointain délicieux et dont l'approche s'appellera la Victoire et qui est lui-même sous un réseau de lettres, de toutes les lettres de l'alphabet. C'est grâce à elles qu'il rejoint le ptit Lou si lointain. Tout cela forme une petite fable qui vaut bien, après tout, bien qu'elle ne soit pas de La Fontaine, celle de l'ours et de l'amateur des jardins que tu m'as racontée, il y a quelques jours.

Je me suis fabriqué ce matin six porte-manteaux pour suspendre mes effets. J'ai maintenant un lit à colonnes, le tout en branches de noisetier, avec par-dessus mon fameux matelas de varech, dont je t'ai parlé.

Tu m'embrasses avec frénésie, ma foi, j'en fais autant.

Silence bombardé par les froides étoiles
Ô mon amour tacite et noir
Lamente-toi, puis soudain éclate en sanglots…
Là-bas, voici les blanches voiles

Des projecteurs jetés aux horizons d'espoir
Où la terre est creusée ainsi que sont les flots.

*

Adieu la nuit !
Tous les oiseaux du monde
On fait leur nid
Et chantent à la ronde

*

Ptit Lou, je connais bien malgré tout ta douceur
En suivant le Printemps tous les jours sur la route
En me baignant le front dans cette ombreuse odeur
Qui me vient des jardins où je te revois toute.
Ainsi je gagnerai le grand cœur embaumé
De l'univers tiède et doux comme ta bouche
Et son tendre visage au bout de la mi-mai
S'offre à moi tout à coup langoureux sur sa couche
De pétales d'iris de grappes de lilas
Ptit Lou d'Amour je sens à mon cou tes bras roses :
Cette île de corail qui sort de tes yeux las
Et que sur l'océan de l'Amour tu disposes.

*

« Tu me demandes trop d'aimer sans être aimé
Tu me demandes trop peut-être »…
Disait en souriant le doux soleil de mai
A la belle fenêtre
« Tu veux que chaque jour
Les longs rayons de mon amour
T'illuminent, mon cœur, ainsi qu'une caresse
… Et toi toi que me donnes-tu ? »
« Turlututu
Dit la fenêtre
Écoute-moi soleil mon maître
Je ne suis belle que par toi

J'existe par ta lumière,
À part l'obscurité de la chambre, ma foi
Je ne possède rien de rien ; pénètre-moi
Et tout à coup je deviens belle et je suis claire. »

Ainsi, ma tendre Lou, parlèrent le Soleil
Et l'ombreuse fenêtre.
Soudain ce fut la nuit. Il vint à disparaître
Elle mourut aussi dans un obscur sommeil
Comme un Phénix Il renaquit toujours pareil
Et son amant La vit renaître...

À cette fable il ne faut pas
Chercher une morale...
J'entends du bruit : ce sont les rats qui pas à pas
Tournent autour de ma cabane en la nuit pâle
Tournent en rond...
Et je te baise
Sur ton beau sein fait d'une rose et d'une fraise
Et tu me baises sur le FRONT

Gui

Et la mesure pour la bague ?...

Comment peut-on aimer sans être aimé ? En continuant à écrire sans doute. Dans la guerre comme dans l'amour Guillaume Apollinaire reste un engagé volontaire.

18 mai 1915

Décidément tu es un drôle de petit.
Je lis ta lettre de vendredi, mignonne, écrite au quadruple galop... et avant tout je t'admire et te

remercie pour la façon gentille et charmante dont tu tiens tes engagements en m'écrivant chaque jour en ayant tant à faire et ne m'aimant pas. D'autre part ton cœur est seul... Alors le mien aussi... je continuerai à être ami puisque tu le veux ainsi, un point c'est tout...

Enfin, tu es si drôlement faite que tu ne peux réagir virilement... Quand on est femme il faut savoir être homme à l'occasion.

Penses-tu que je ne sois pas seul – tu m'écris tous les jours, mais je me sens bien seul puisque ton cœur n'est pas avec moi...

Et je me demande encore ce que tu es venue faire à Nîmes !!!!!

Tu es recherchée par les hommes, après tout les femmes ne sont pas rares non plus... bien que je te juge supérieure aux autres femmes et bien accordée à mon esprit. Je ne réponds pas à leurs lettres ou le fais avec une froideur complète, une indifférence absolue... Je me demande si – puisque je ne peux pas compter sur toi à qui je ne défends d'ailleurs pas de t'amuser – si je vais répondre toujours aussi froidement.

Il pleut terriblement, froid de chien également ici.

Tu dis que sommes séparés, mais la séparation peut se combler par l'imagination. Notre commerce épistolaire pouvait, je pense, dans la mesure des nécessités guerrières remplacer pour un temps un commerce plus doux encore. Tu juges autrement, à ton aise –

Et cependant tu penses à moi, tu m'embrasses bien, bien fort.

Tu es un Lou tout plein de mystère.

La guerre ne t'amuse pas. Crois-tu qu'elle m'amuse plus, moi qui y suis mêlé, en somme, activement, si j'ose dire.

Et *je savais d'avance* que ce n'était pas amusant. Cependant, c'est toi que je défends – et jusqu'à présent rien d'autre.

Quels sont ces gros nuages ??

Bizarre –

Je sais bien que la situation du ptit Lou n'est pas celle qu'il mériterait...

Mais, patience...

Comme tu dis *tu ne couches pas sous les ponts* grâce au pigeonnier.

Du peu que moi et Toutou pouvons faire, contente-toi en attendant mieux... et la fin du cauchemar selon ton effrayante expression.

Debout, Lou, courage, dis toujours franchement ce dont tu souffres, ce qui te manque et ferai l'impossible pr que mon amitié ne soit jamais au-dessous de ce que tu en attends.

C'est curieux que tout le monde s'hypnotise sur l'Italie... moi pas du tout... mais là, pas du tout.

Gui

19 mai 1915

Mon ptit fifi, ta lettre est bien mignonne... Je vais m'occuper de la vaccination puisque tu penses que c'est si nécessaire. À Nîmes, je ne me suis pas fait vacciner anti-typhoïdiquement parce que le médecin de Nice avec qui nous avons déjeuné la première fois que je t'ai vue était d'avis que c'était dangereux. Je ne comprends plus rien à ta façon d'être avec moi. Des jours tu m'écris comme si je t'étais entièrement indifférent, le lendemain c'est une lettre d'une si tendre sollicitude qu'elle toucherait un Boche.

La mesure de ton annulaire je crois que tu peux la prendre toi-même au moyen d'un fil de soie plusieurs fois enroulé autour de ton doigt et noué.

Tu es bien préoccupée de l'Italie en ce moment mon Lou, est-ce qu'il y aurait un Italien dans un petit pot de fleurs en ce moment-ci ?

Les nouvelles que tu me donnes sont excellentes et me réjouissent infiniment.

Ici, le printemps commence à défleurir et ça me fait un peu de peine. Aujourd'hui cependant j'ai vu [une] aubépine rose en fleurs, je ne sais pas d'ailleurs si c'est le vrai nom de cet arbre charmant. Il était tout en fleurs, les petites feuilles s'y mêlaient agréablement aux fleurs rouges plutôt que roses et pressées et nombreuses. On aurait dit une œuvre d'art, une plante artificielle ou obtenue par un art particulier comme par exemple chez les Japonais. Car, il y a quelque chose de bien singulier dans les arts raffinés c'est qu'ils produisent des œuvres qui lorsqu'elles ne veulent pas viser au sublime sont bien plus gracieuses, plus belles même que ce que la nature peut produire dans les mêmes proportions et ma foi, un feu d'artifice, aussi, est à première vue bien plus beau que la guerre. C'est là non point une apparence vaine, mais un fait de plaisir immédiat pour nos sens blasés d'hommes qui de fils en pères sont un peu habitués à la nature ; cependant dès qu'on approfondit on voit qu'il y a dans la nature quelque chose de supérieur à ce qui n'est que l'artifice. C'est la vie même et pour que l'œuvre d'art y atteigne il faut l'inspiration. Et l'inspiration se rencontre rarement dans les œuvres qui ne s'adressent qu'à la joie superficielle des sens. C'est pourquoi il arrive bien souvent que les œuvres inspirées ne sont pas immédiatement agréables.

L'amour aussi est une œuvre d'art et il est plus important qu'il soit animé par l'inspiration qui est la vie même, plutôt que d'être, dès l'abord, trop plaisant, trop seulement plaisant.

Tu parlais hier des journaux et ton appréciation si concise était juste. Ils sont au-dessous de tout ; non seulement la censure les gêne, mais encore ils sont rédigés par des savetiers plutôt que par des écrivains. Il semble cependant que la censure devrait en développer le côté spirituel ; loin de là ils sont plus bêtes que jamais.

Enfin, ptit Lou, voudrais-tu être assez gentille pour me donner des nouvelles de ma chatte Pipe ? C'est une petite bête très douce et très coite qui avait l'habitude de se percher sur mon cou et de ronronner pendant que j'écrivais.

J'entends une chouette tirer ses coups de sifflet… C'est sinistre… Hier, nuit, j'ai entendu le plus fort bombardement de ma vie, rien que grosses pièces et tout cela tirait avec une rapidité stupéfiante. Ici, il y a des soldats qui labourent maintenant et d'autres qui travaillent dans les vignes.

La discipline, les consignes des sentinelles, les gendarmes, tout cela est devenu, très, très sévère, conseil de guerre pour un rien ou du moins qui à première vue paraît un rien, mais c'est égal, les gendarmes ont un peu trop, je crois, de pouvoir sur les soldats combattants.

Je t'envoie des pétales d'iris… et mon salut, malgré tout, encore bien plus qu'amical, mon ptit Lou chéri.

Gui

20 mai 1915

Ptit Lou, ta lettre d'aujourd'hui pas longue mais gentille et confiante m'a fait bien plaisir. Je t'écris tous les jours, si t'as pas eu de lettre de moi, c'est que la poste a du retard.

Nom d'une pipe, si les nouvelles que tu dis pouvaient être vraies et que ça finisse vite, serais pas fâché non plus. Alors ce roman fantastique ? Ça m'intrigue rudement… Raconte-m'en quelque chose, les complications, les histoires phénoménales !!!!!!

Alors Mémée estomaquée de l'appartement et bien collée en boîte ! ? – tant mieux… mais d'ailleurs je crois que tout le monde est collé en boîte, sauf Jane Mortier à qui tu as parlé toi-même ; d'ailleurs je me charge de faire qu'elle ne sache plus rien et qu'après tout elle ne sache même pas si, au moment où tu as été la voir, il y a eu quelque chose d'absolu entre nous…

Tu dînes au Bois, *moi aussi*…

J'ai lu aujourd'hui par hasard un numéro du *Temps* où se trouvait un article (le n° est du 12 mai) concernant les catholiques allemands et notamment l'évêque de Metz qui vient, paraît-il, d'interdire le culte de dulie que la béatification de Jeanne d'Arc permet de rendre à l'héroïne admirable de la Lorraine, à celle dont les obus boches destructeurs de cathédrales n'ont pu toucher la statue équestre sur le parvis de Notre-Dame de Reims.

Cet article m'a rappelé une lointaine journée de ma vie. C'était en automne 1901. J'étais en Allemagne, dans une forêt comme maintenant, mais logé dans une jolie villa forestière entourée d'un parc à l'italienne, le tout dans une clairière à l'orée de laquelle s'ébattaient le matin les chevreuils.

Je fus invité à cette époque dans un *Rittergut* (propriété foncière à laquelle est attaché le titre de chevalier) qui se trouvait sur la rive gauche du Rhin. Moi, j'habitais sur la rive droite, derrière les Sept Montagnes légendaires qui sont si romantiques et si pittoresques, mais que des caboulots déshonorent. J'habitais plus haut, plus loin que la jolie et fameuse ruine de l'abbaye de Heisterbach, où vécut Césaire de Heisterbach, l'annaliste à qui nous devons la relation de la si belle histoire du jeune moine qui, ayant douté de l'éternité, fut, un jour qu'il avait été seul ramasser du bois, charmé par un écureuil gracieux qui jouait et sautait dans les hêtres.

Quand le moine revint au couvent, il retrouva avec peine son chemin, les arbres qu'il avait laissés arbrisseaux avaient grandi en quelques heures ; mais quel ne fut pas son étonnement quand il arriva au couvent de ne point reconnaître le portier et de n'être pas reconnu par lui...

Il ne serait pas entré si le portier n'avait eu l'idée d'aller quérir l'abbé, que le moine ne reconnut pas non plus et il lui dit le nom de l'abbé qu'il connaissait. On vérifia et l'on vit que cet abbé avait en effet gouverné le couvent quelque 300 ans auparavant...

Et le moine connut que le temps n'existe point, qu'il est une illusion, ou plutôt une convention et que s'il avait pu prendre pour une minute à peine le temps passé à regarder avec plaisir cet écureuil envoyé de Dieu pour donner une leçon au moine de peu de foi et lui donner un avant-goût de ce que peut être l'éternité, qu'eût-ce été s'il avait connu les joies du Paradis où le temps n'entre point en jeu...

... J'habitais donc sur la rive droite du Rhin et fus invité dans la propriété en question qui était située sur la rive gauche derrière Remagen où se trouve l'église consacrée à saint Apollinaire, dont la source qui fournit l'eau d'Apollinaris est un peu plus haut dans la vallée de l'Ahr, à Neuenahr.

Les gens qui m'avaient invité parlaient fort bien le français et, bien que je ne fusse pas du tout connu à cette époque comme poète, me faisaient la grâce de me tenir pr un homme de talent... Ils me firent même faire la connaissance d'un châtelain du voisinage dont la fille... mais je t'en parlerai une autre fois.

Bref, on m'engagea à aller visiter la belle abbaye bénédictine de Maria Laach, située au bord du lac empoisonné de Maria Laach, et le lieu même où Geneviève de Brabant vécut sauvagement dans la solitude.

Il n'y a qu'un petit nombre d'abbayes de bénédictins en Allemagne, la plus célèbre est celle de Beuron de Bavière, fort ancienne, et où l'on a retrouvé le curieux manuscrit des *Carmina Burana,* qui contient des poésies amoureuses que j'ai souvent eu envie de traduire, et dont la basse latinité me plait singulièrement au point que j'en sais quelques poèmes par cœur. Ils ont été édités tels qu'ils sont dans le manuscrit par la Société littéraire de Stuttgart.

L'abbaye de Maria Laach est plus récente. Elle jouissait, à cette époque, de la faveur de l'empereur, qui l'avait visitée l'année d'avant, je crois.

On me donna une lettre d'introduction pour l'abbé du couvent qui s'appelait Benzler.

Je partis un matin, guidé à travers la forêt par un jeune paysan rhénan qui ne parlait que le plat allemand. En route la pluie nous surprit et c'est trempé que j'arrivai à Maria Laach où le portier du couvent, ne comprenant rien au peu d'allemand que je savais et dont je tentais de me servir, s'obstinait à me prendre pour le boulanger : « *Sie sind der Bäcker* », me répétait-il. Finalement, quand je lui eus montré ma lettre, il comprit et me fit comprendre que l'abbé venait d'être appelé au siège épiscopal de Metz et qu'il ne pourrait me recevoir, car il se préparait à se rendre dans son diocèse et que même il partirait dans une heure à peine.

Je le vis à son départ et lui remis ma lettre. Il me dit qu'il s'intéressait à la littérature moderne française, surtout à la poésie, et qu'il était heureux de devenir le pasteur spirituel d'une province qui avait fourni à la France sa plus grande, sa plus poétique héroïne : « Laquelle, ajouta-t-il, n'a été dignement chantée que par le grand poète allemand

Schiller. » Il me donna en outre une médaille, que j'ai perdue, et qui représentait, je crois, saint Benoît.

Et l'abbé Benzler, blond, pâle et maigre, s'en alla en Lorraine pour y devenir ce Mgr Benzler, qui vient de s'élever si bassement, si étrangement contre la Pucelle qui narguant les marmites chevauche toujours devant la cathédrale en ruines, tenant haut la bannière qui fut à la peine et puis à l'honneur et qui est encore à la peine…

Voilà les souvenirs que m'a rappelés aujourd'hui l'article du *Temps* et la décision sacrilège de l'évêque de Metz…

Je me suis inquiété de la vaccination antityphoïdique. Dans notre groupe, presque personne n'est vacciné et le secrétaire du commandant à qui j'en ai parlé m'a dit qu'une correspondance commençait à s'échanger à ce sujet…

Il fait un temps de chien et tu peux malaisément te figurer ce que ça peut être dans une foret comme celle où nous habitons. *Tout n'est pas rose à la guerre,* dit la chanson…

Nous sommes en outre dévorés par les moustiques. Tu ne peux te faire une idée de leur nombre. Il y en a de toutes sortes et l'une d'elles est gigantesque ; on dirait de véritables oiseaux-mouches velus, emplumés, oserai-je dire.

Je m'embête un peu ; le public est vraiment médiocre, quoiqu'il s'agisse de braves garçons qui se détestent tous les uns les autres.

Chose singulière que l'armée, des épiciers y sont officiers et dei gens de carrières libérales simples soldats – il n'y a d'ailleurs que bien peu de gens des carrières libérales dans notre groupe.

Les officiers cependant sont bien ; quant aux maréchaux des logis, paysans de l'Aisne et paysans archipaysans comme dans les opéras-comiques. Il n'y a que trois logis à peu près... et encore !!! et l'un est au train régimentaire... on le voit rarement... Les brigadiers : paysans ou valets de ferme ; les hommes : mécaniciens ou charretiers ou serruriers... Heureusement que tout m'amuse, même la nature... On s'en fait pas trop quand il fait beau, mais quand il tombe de la pluie... Ah ! si ça dure encore l'hiver ce sera pas toujours folâtre la vie d'artilleur... J'ai écrit à Toutou de pas s'en faire, mais je le comprends rudement, bien qu'il n'y ait pas encore deux mois que je suis ici. La seule distraction, avec la correspondance, c'est le canon, la guerre quoi, et à la guerre comme à la guerre, mon ptit Lou.

Gui

21 mai 1915

Ptit Lou, jolie tout plein aussi ta lettre du 17... jolis mes vers, mais je n'en mets plus parce que j'avais l'impression que tu ne les aimais pas ou t'étaient peut-être indifférents... Alors moi, ai brisé la lyre qui en moi sonnait pour toi... Tu étais si bien dans mon amour, mais il fallait le dire... jusqu'ici tu m'as torturé en le dédaignant, au point que j'ai fait tout ce que j'ai pu pour l'étouffer en moi. Et tu veux que je t'aime encore plus – pour me le rendre à la façon de Marseille.

Si ça va bien pour ce qui concerne la guerre, ptit Lou, tant mieux. Car il me tarde de m'en revenir afin de te reprendre comme je veux. *Tu es à moi*, ne l'oublie point. Tu n'as plus sur moi qu'un seul droit, celui de pouvoir compter sur moi entièrement et pour tout ce que je pourrai faire jusqu'à mon dernier souffle, malheureusement pas beaucoup pendant la guerre… Tu m'as écrit un jour que j'étais *ton homme*. Je ne l'oublie point et en dépit de toi je reste ton homme qui te protège et à qui *tu appartiens*.

Tu es énervée… Et moi donc !… Toi, tu as tout sous… la main…

Tu reparles du front… t'avais demandé de me raconter… mais malgré tes promesses tu ne me racontes rien. Au fond, as-tu jamais tenu une seule promesse ? C'est rigolo comme tout cette façon charmante de donner toujours sa parole et de n'en avoir point.

Lou parle, mais elle est muette.

Lou ne parle qu'au pieu.

Enfin, tout ça est épatant et m'excite rudement…

Enfin, pour tout couronner, tu te trottes sous l'averse après m'avoir embrassé bien fort.

Aujourd'hui bouffé la confiture en tube. C'est rigolo, on dirait le père la Colique, mais c'est très bon et on fait facilement des tartines de cette façon-là.

Livres en question – il y en a beaucoup et partout, particulièrement dans la petite pièce tout de suite après cuisine. Dis, je te prie, titres de ceux que t'auras lus pour voir un peu si tu devineras le mien.

Tâche trouver *les Onze Mille Verges* dans la bibliothèque vitrée – je crois dans le rayon du haut et tout à fait à droite ou à gauche, un petit livre recouvert d'une couverture factice.

Mais ne parle de cela à *personne*, sans quoi tu me ferais beaucoup de tort. Écris-moi donc les choses rigolotes et excitatives de ton voyage au front et du *roman fantastique*. Je t'ai promis de brûler les lettres où il y aurait D. Je suis, tu le sais, homme de parole, donc, fais-moi plaisir une fois. Moi, il me semble que je fais tout ce que je peux pour te faire plaisir, chaque fois que je le peux.

Et des photos ? Nom d'une pipe, tu ne réponds pas là-dessus non plus –

Réponds-moi que diable… Réponds afin que je sache si au moins tu lis mes lettres et si tu ne veux pas, réponds-le, que je sois renseigné.

Je ne veux pas te forcer à m'aimer ou même être simplement amicale à mon égard, mais je voudrais au moins que tu répondisses par un oui ou un non aux demandes que j'ai encore l'innocence de t'adresser et dont tu sembles te contrefoutre magistralement au point que je finirai par faire de même. J'aime fort, mais il faut qu'on m'aime de retour et en ce cas j'aime pour TOUJOURS ; mais si mon amour n'est pas nourri par un amour qui lui répond, le mien s'étiole et s'en va.

Si tu juges que cela ne vaut point quelque chose : mon amour ou mon amitié, à ton aise, mais dis-le, pour qu'au moins je le sache.

Dis aussi si tu as besoin de quelque chose, car il ne faut pas, mon pauvre ptit Lou, que tu pâtisses parce que les hommes au lieu de faire l'amour à… hem… rabattues préfèrent se tirer des marmites pour ainsi dire à bout portant.

As-tu trouvé des draps chez moi ?

Réponds quelquefois à mes questions ou dis carrément si mes lettres t'embêtent, auquel cas je m'efforcerai de ne pas t'ennuyer davantage.

Gui

Quelques pétales d'une rose cueillie dans un jardin du front à 500 m. des Boches.

ROSES GUERRIÈRES

Fête aux lanternes en acier…
Qu'il est charmant cet éclairage !…
Feu d'artifice meurtrier…
Mais on s'amuse avec courage :

Deux fusants, rose éclatement,
Comme deux seins que l'on dégrafe
Tendent leurs bouts insolemment :
« Il sut aimer ! » Quelle épitaphe !

Un poète dans la forêt
Regarde avec indifférence
Son revolver au cran d'arrêt
Des roses mourir en silence.

Roses d'un parc abandonné
Et qu'il cueillit à la fontaine
Au bout du sentier détourné
Où chaque soir il se promène

Il songe aux roses de Sâdi
Et soudain sa tête se penche
Car une rose lui redit
La molle courbe d'une hanche

L'air est plein d'un terrible alcool
Filtré des étoiles mi-closes

Les obus pleurent dans leur vol
La mort amoureuse des roses…

*

Toi qui fis à l'amour des promesses tout bas
Et qui vis s'engager pour ta gloire un poète
Ô rose toujours fraîche, Ô rose toujours prête
Je t'offre le parfum horrible des combats

Toi qui sans défleurir, sans mourir, succombas
Ô rose toujours fraîche au vent qui la maltraite
Fleuris tous les espoirs d'une armée qui halète
Embaume tes amants masqués sur leurs grabats

Il pleut si doucement pendant la nuit si tendre
Tandis que monte en nous cet effluve fatal
Musicien masqué que nul ne peut entendre

Je joue un air d'amour aux cordes de cristal
De cette douce pluie où s'apaise mon mal
Et que les cieux sur nous font doucement descendre

Gui

22 mai

Tit Lou, comment veux-tu que je connaisse tous les vers de Sully Prudhomme ! En principe je ne connais les vers de personne et je ne sais même pas par cœur les miens… Ma remarque n'avait rien de désobligeant. J'avais d'abord cru qu'il s'agissait d'un poème de Lou… ensuite d'un autre… Mais moi-même j'aime beaucoup les vers de romance et je suis plus romance que n'importe quel poète peut-être. Je comprends que ces vers t'aient fait rêver… Mais non, tu ne préfères pas les choses compliquées… il n'y a pas de choses compliquées… Et pourquoi *malheureusement*, à quoi, à qui s'applique ce *malheureusement*, tit Lou ?… Est-ce à moi et dois-je croire que tu regrettes que je sois ou du moins que j'aie été ou que je doive être toujours *Le poète de Lou ??* Non, n'est-ce pas ? tit Lou… Je suis toujours *le poète de Lou !*

Pétales de pivoine
Trois pétales de pivoine
Rouges comme une pivoine
Et ces pétales me font rêver

Ces pétales ce sont
Trois belles petites dames
À peau soyeuse et qui rougissent
De honte
D'être avec des petits soldats

Elles se promènent dans le bois
Et causent avec les sansonnets
Qui leur font cent sonnets

Elles montent en aéroplane
Sur de belles libellules électriques
Dont les élytres chatoient au soleil

Et les libellules qui sont
De petites diablesses
Font l'amour avec les pivoines

C'est un joli amour contre nature
Entre demoiselles et dames

Trois pétales dans la lettre
Trois pétales de pivoine

*

Quand je fais pour toi mes poèmes quotidiens et variés
Lou, je sais bien pourquoi je suis ici

À regarder fleurir l'obus à regarder venir la torpille
aérienne
À écouter gauler les noix des véhémentes
mitrailleuses
Je chante ici pour que tu chantes, pour que tu
danses
Pour que tu joues avec l'amour
Pour que tes mains fleurissent comme des roses
Et tes jambes comme des lys
Pour que ton sommeil soit doux
Lou

*

Aujourd'hui Lou je ne t'offre en bouquet poétique
Que les tristes fleurs d'acier
Que l'on désigne par leur mesure en millimètres

(Où le système métrique va-t-il se nicher ?)
On l'applique à la mort qui elle ne danse plus
Mais survit attentive au fond des hypogées

*

Mais trois pétales de pivoine
Sont venus comme de belles dames
En robe de satin grenat
Marquise
Quelle robe exquise
Comtesse
Les belles f… es
Baronne
Écoutez la Mort qui ronronne
Trois pétales de pivoine
Me sont venus de Paris

Gui

22 mai 1915

Pauvre pigeonnier qui ne voit pas souvent sa colombe.

Je souhaite que ce que tu m'annonces à propos des bonnes nouvelles soit vrai... Mais ne pas confondre encore succès avec fin de guerre... moi, d'ailleurs je ne souhaite que la fin, mais naturellement avec Victoire complète.

J'ai ta petite lettre du 18 mai où tu dis que tu couches rarement au pigeonnier. Comme tu y es chez toi, tu es libre de faire ce que tu veux.

D'autre part on m'a écrit t'avoir vue venir *manger un gâteau chez « Topsy » en coup de cent... et de théâtre !!.....*

Ah ! mon pauvre ptit Lou !!!......

D'ailleurs, j'aime mieux que tu t'amuses que tu t'embêtes.

T'es mignon d'espérer me revoir cette année.

Je t'écris longuement chaque jour, donc chaque retard doit être imputé à la poste...

Les marécages de la forêt sont maintenant pleins de ces iris jaunes dont voici des pétales et qu'on appelle Iris de Germanie. Ces iris de Germanie fleuris en France sont j'espère un bon présage et signifient sans doute que l'Allemagne rend enfin hommage à la France et lui cède et en signe de soumission elle fait pousser ses fleurs chez nous au lieu de les faire fleurir chez elle.

Voici encore des pétales d'une rose rose cueillie au pied d'un calvaire merveilleux où s'élève une vieille croix de fer forgé du 16e qui se trouve à l'intersection de 2 routes charretières.

Temps triste, triste et comme j'ai réagi je ne suis pas triste. Je suis barbé par le M[al] des logis fourrier Bodard, parisien, pas bête, mais barbant à l'extrême avec des raisonnements qui n'en finissent pas.

Veux-tu que je te fasse une bague oui ou non ?

Pas de vers aujourd'hui, la lyre est brisée et a besoin d'être raccommodée... Je crois que nous irons avant peu dans un autre secteur...

Gui

Je reprends ma lettre en voyant que je n'ai pas mis le nom de qui t'a vue au Topsy – pas de raison de le cacher, d'autant plus qu'il n'y a aucun mal. C'est Jane Mortier, qui vient d'ailleurs de quitter Paris –

Elle est très gentille. Elle m'a envoyé ce papier qui est épatant et une singulière tablette de thé – c'est très gentil, mais inutilisable – car il faut faire dissoudre dans de l'eau bouillante et qu'on n'a pas d'eau bouillante !!! Tu vois ça d'ici. Surtout si par hasard tu la rencontres, ne le lui dis pas, que le thé était inutilisable dans la forêt. Elle est maintenant dans le Midi..... Son mari est très malade et je trouve qu'elle est très, très gentille de m'avoir envoyé cette tablette singulière. Mais le papier est épatant.

Tu sais, fais attention quand tu me donnes des nouvelles de ne me rien dire à la légère. J'ai déjà dit à tous les officiers de la région et surtout du régiment que les nouvelles étaient bonnes, qu'on me l'écrivait d'un milieu à même de savoir...

Me fais pas mentir...

Cependant, on dit ici que la Roumanie ne marchera pas… Qu'en dis-tu, toi qui peux savoir… et qui es à l'arrière où on sait ?…

J'aurais bien envie de raccommoder ma lyre…

Pauvre petit Lou, dis-moi comment va ta santé. M'as-tu pas dit que tu étais affaiblie ?

As-tu ce qu'il te faut ?

Gui

24 mai 1915

Après quelques jours de calme qu'est-ce qu'on nous envoie aujourd'hui nuit de la Pentecôte. C'est une heure du matin. Hier matin, j'ai été voir nos bombardiers détachés dans les tranchées. J'ai été porter le prêt. Promenade épatante. Laissé cheval aux cuisines. Au retour à travers des prairies littéralement dorées à cause des boutons d'or. J'écoutais une sourde canonnade. Sur la route je vois une charmante petite couleuvre à collier jaune, quand je la touchais elle se dressait très brave et dardait sa langue, elle rampait en changeant souvent le sens de ses torsions.

Voilà qu'arrive à cheval un évêque-commandant, je ne l'avais pas entendu venir. J'entends : « Vous cherchez des traces ou une piste ? » Je lève la tête et vois un vieillard à barbe blanche, yeux très doux, bonnet de police à quatre angles dorés, grand truc violet autour du cou, croix épiscopale sur la poitrine, soutane noire et flottante, bottes noires vernies, éperons. Je réponds : « Je regarde une couleuvre. »

Il m'a regardé avec des yeux très doux et a passé. La couleuvre aussi s'en est allée, bon petit génie qui m'est de bon augure, au retour déjeuné puis été entendre le concert dans le parc dont je t'ai parlé, puis rentré, lettres, rien de toi, mais une lettre d'un de mes amis, écrivain italien intéressant, plus intéressant que le factice D'Annunzio aux grâces surannées de vieille coquette. Je t'envoie la lettre dans un autre pli adressé à G. Apollinaire. Puis été dîner à la ville, où j'étais invité, j'ai vu des fillettes charmantes, l'une surtout vraiment délicieuse et très très coquette, mais avec moi rien à faire, la chasteté même, puis on a téléphoné la décision de l'Italie et me suis trotté pour rentrer chez nous. À une heure donnée tout le front a tiré une salve d'honneur, en l'honneur de la nouvelle alliée, c'était magnifique, la nuit était tombée, les tranchées ont poussé un vivat unanime. Puis maintenant les Boches répondent – Il me tarde de lire les journaux pour savoir ce qui se passe sur le nouveau front italien après la déclaration de guerre. Évidemment ça va occuper pas mal de soldats boches. Enfin tant mieux, plus il y aura de gens dans la danse, moins, j'espère, la guerre durera et plus tôt nous serons rendus à nos occupations civiles.

J'ai idée maintenant que les Allemands vont tâcher d'utiliser vite et violemment toutes les forces de leur marine contre l'Angleterre, afin de tâcher de la briser, de détruire sa force navale…

Je me suis fait photographier en revenant du concert par un m[al] des logis des chasseurs que je connais, je suis avec Berthier qui est sorti de l'infirmerie et qui était au concert avec moi. Si la photo a réussi je te l'enverrai.

En allant au concert, dans le village que j'ai traversé et où il y a de la troupe, sur l'église j'ai vu une pancarte avec l'inscription Prison, ça fait froid dans le dos surtout que maintenant on est très très sévère.

Voilà pr aujourd'hui, au revoir, ptit Lou, à demain, je t'envoie un insecte tout doré trouvé dans les tranchées. Je ne connais pas son nom.

Gui

25 mai 1915

Ma petite enfant chérie, j'ai reçu hier tes deux lettres du 21 et du 22. Mais non je ne t'en veux nullement parce que tu ne m'as pas écrit le 20. Je ne t'en veux jamais, ma chérie, toi aussi sois toujours gentille dans tes lettres. Cependant tu t'acharnes dans chacune de tes lettres à nous séparer tellement au point de vue des sens et de la chair, à creuser entre nos corps un fossé si profond que de loin, comme je suis quelquefois, je sens comme un dégoût de la vie à cause de cela... Mais depuis la lettre dont tu parles l'habitude est prise et c'est fini, pas d'amertume.

Tu as mon *affection, tu as mon cœur, je ne le reprendrai jamais et ne t'ai jamais menacée de le reprendre.* Ma chérie, je t'aime aussi profondément que tu m'aimes et plus peut-être encore... Je sais bien, mon ptit Lou, que tu mériterais beaucoup plus de bonheur que tu n'en as et je suis désolé de ne pouvoir te le donner, ni matériellement, ni moralement, ni charnellement puisque c'est fini entre nous, que ton cœur en a ainsi décidé et qu'il ne reste que cette profonde amitié qu'après tout j'adore puisqu'il ne reste qu'elle.

Non, Lou, tu n'as pas de défauts (sinon un tout petit peu de snobisme et pas assez confiance en moi) et encore ne sont-ce des défauts que pour moi. Tu n'as en somme que des qualités mon ptit Lou et des qualités si élevées que je me désespère parfois en songeant que c'est un autre qui doive en jouir… Quoique je n'aie point dit mon dernier mot à ce propos, en dépit des dispositions de mon Lou.

Si tu es capable de m'aimer de tout ton cœur, je ne désire rien autre et nous sommes d'accord, car moi je suis plus que capable de t'aimer ainsi, *je t'aime ainsi*… je ne souhaite que de t'entourer d'une tendresse comme tu veux, et mon amour t'enveloppe toute, ma petite sensitive.

Oui, la vie est menacée, hier dans le petit bois, j'ai reçu une trentaine de balles de schrappnell dont aucune ne m'a touché mais elles m'ont arrosé et sont tombées à 3 ou 4 centimètres de mon visage. D'ailleurs ça me cause plus d'impression maintenant en l'écrivant qu'hier au moment où ça se produisait. Mon ptit Lou, si tu m'aimes, je ne désire rien, rien d'autre. Je réponds point par point à ta lettre. Tu m'aimes, je suis donc très, très heureux et pour rien au monde ne veux te faire de chagrin. Ne prends donc jamais au sérieux une lettre de mauvaise humeur.

On a forcément parfois de la mauvaise humeur à cause de l'attente du résultat qui tarde bien que l'Italie soit maintenant comme tu me l'as annoncé entrée dans la danse.

Ce qui fait que maintenant j'ai une foi absolue dans les renseignements de mon petit Lou et que je commence à espérer que nous nous reverrons avant la fin de l'année. Donc ne prends pas ma mauvaise humeur comme un fait définitif. Je ne cesserai *jamais* de t'aimer tu le sais bien, petite Masque, tu ne doutes pas de mon amour. Mais d'autre part, petit Lou très malin, tu sais que ton Gui a parfois un sale caractère. Non, il ne faut pas que je fasse de peine à mon ptit Lou. C'est juré et je prends ta bouche que tu me donnes dans ce long baiser que tu dis et je te serre bien fort sur ton cœur, mon petit enfant chéri, ne te fais pas de chagrin, pas de désespoir, ma Lou, je t'aime, je t'adore.

Voilà pour la première lettre du 21, voyons celle du 22.

Elle me vient du pigeonnier. Oui, Lou, j'ai confiance en toi pour l'*amitié* et pour la *tendresse* mais le reste dis-tu est *peu de chose*. Bien encore… *Je suis ton poète et ton ami*… bien aussi… *Quand tu auras du chagrin c'est sur mon cœur que tu viendras te réfugier*… et tes joies d'autres les auront… Mais tu as raison, c'est une jolie place tout de même… Mais ne mets pas Toutou en avant. Tu sais bien que je ne suis pas du tout jaloux de Toutou, mais pas du tout (je l'aime beaucoup). Et je comprends parfaitement que tu l'aimes beaucoup plus que moi… Mais si je ne plaisais pas à Toutou quand nous nous connaîtrons… qui pourrait se taper même pour l'amitié et la poésie… ? Comme tu lui annonces si passionnément qu'il ait à se taper pour le reste.

D'ailleurs, ce reste est réglé et pour rien au monde je ne demanderai quelque chose de ce côté-là, du moment que tu as mis si bien nos relations sur le pur terrain de l'amitié. Qu'elles y restent donc.

Mais Toutou ayant la grande place, quand quelqu'un aura le côté sens, je tâcherai de trouver un cœur moins occupé parce qu'il ne restera dans le tien pas beaucoup de place pour Gui. J'attendrai alors ta décision.

Enfin, je ne sais pas que croire. J'ai une grande place maintenant mais admets que le côté sens vienne à être occupé, et sans doute ne tardera-t-il point à l'être puisque tu le souhaites, cette grande place se réduira à un tabouret de cour comme en avaient les duchesses, l'être unique sera assis sur une fesse très gêné de sa position comparable à celle de nul autre.

Mais ne suis pas triste, tu auras toujours ma *tendresse* – mais dis-tu, *tu veux surtout mon amour*... injuste petite fille chérie... qu'en veux-tu faire puisqu'il ne doit pas te servir ? Enfin, il est à toi, fais-en ce que tu veux. Petite fleur je serai le soleil que tu veux que je sois. Le soleil féconde les fleurs. – Je ne veux pas que tu sois désemparée et je ne partirai jamais, jamais, je serai toujours auprès de toi, pour te consoler quand tu auras du chagrin, pour te défendre si on veut te faire du mal, pour t'aider à marcher si tu es lasse, pour te bercer très doucement quand tu voudras et je prendrai ta bouche doucement et passionnément dans de longs baisers quand tu auras besoin de ma tendresse, quand tu seras désabusée des amours moins tendres, moins durables, moins certaines.

Quand tu auras besoin d'un cœur qui sera toujours là comme une sentinelle devant un pont.

Petit Lou, je ne partirai donc jamais de ta vie que j'aime mieux que la mienne... Tu ne m'as rien écrit de très méchant, mais tu me disais que ton cœur est vide et parfois quand je songe à tes promesses volontaires et à ce qui s'est ensuivi, ai un peu de rancœur, c'est tout, n'y fais pas attention.

Le récit que tu me fais sur la mode m'amuse extrêmement et j'attends avec impatience des détails ou photos et je réitère ici quelques demandes auxquelles tu n'as pas répondu.

1° Récits piquants sur tes dernières amours, tu sais où, là-bas.

2° Détails sur le roman singulier de Lou à Paris.

3° Photos anciennes de toi que je n'aurais point.

T'ai indiqué pour trouver *les Onze Mille Verges* – Tu trouveras au même rayon tout en haut de cette bibliothèque dans la petite pièce après la cuisine de grands livres jaunes : lis surtout les 3 volumes intitulés L'œuvre *d'Andrea de Nerciat*. Dans la même bibliothèque, il y a tous les volumes du *Coffret du Bibliophile* surtout *les Aphrodites* et *le Diable au corps* qui se font suite (chacun 3 petits volumes dans des boîtes).

Quand tu auras lu cela t'en indiquerai d'autres.

Il y a aussi *le Nouveau Chatouilleur des dames* qui est sur ton vice.

Tu parles des fleurs qui décorent si gentiment le pigeonnier. C'est exquis, ces lilas blancs, ces pivoines et ces roses mousseuses comme ton sexe blond. Le bonheur serait là, mais t'y retrouverai-je si je reviens ???

J'ai peur que la colombe ne soit envolée et le pigeonnier sera triste, triste.

Mais ne parlons pas de cela. Je suis tout à la joie de ton gentil amour que tu m'affirmes encore, ou plutôt de cette gentille amitié…

Tout ce qui me vient de toi, m'est exquis, délicieux.

Donc, je n'ai pas de rancœur, maintenant et les rares fois où j'en ai un peu, cela me vient de mon caractère qui a des sautes brusques, mais je ne doute pas de toi parce que l'on ne saurait douter du Ptit Lou, malgré ce qu'elle dit parfois.

Je n'en doute pas parce que Lou est le caractère le plus droit, le plus véridique, le plus franc que je connaisse et qu'elle est ma grande amie chérie et que son amitié est ma consolation. Je t'adore, je prends ta bouche, ton cœur. Je le sens battre sous ton nichon adorable qui lève son nez rose.

Écoute battre le mien qui ne bat que pour toi. Je t'aime.

Gui

26 mai 1915

J'ai reçu ta gentille lettre de la Pentecôte, écrite à sept heures du matin. Je ne t'en voudrai pas du tout si tu te dégonfles demain en ne m'écrivant pas, ma petite chérie : du moment que tu t'amuses, c'est tout ce que je demande. Oui, je serais bien heureux aussi moi d'être avec toi par un joli temps, et peut-être suis-je bien bête de ne pas y être, alors que j'aurais pu… Enfin ! Il y a des rêves qui deviennent des cauchemars, mais si tu voulais bien les cauchemars se changeraient vite en jolis rêves. Enfin tu es la maîtresse d'en user comme tu voudras et je suis à ton entière disposition pour rêver ou cauchemarder. D'ailleurs, je suis sûr que tu ne me donneras que de jolis rêves et surtout d'adorables réalités.

Oui, maintenant j'ai CONFIANCE EN TON CŒUR. Maintenant *je te connais.*

Mais, non ne te justifie pas, il n'y a pas de quoi et tu ne me connais pas non plus alors. Oui, oui, oui, c'est entendu confiance phénoménale.

Je ne te demande pas de noms sur *certaine chose*, mais, nom d'une pipe, raconte-moi l'histoire avec les descriptions pour m'amuser. Parle de toi comme d'une tierce personne. Désigne-toi sous le nom de *Ludovise*, ton amie sous celui de *Polka*, le poilu, s'il y en a un, sous le surnom que tu voudras et les poilus, s'ils sont plusieurs, sous les surnoms que tu choisiras, je t'en souffle quelques-uns de ces surnoms (Silvandre, Tircis, Colin, etc.) – Tu me dis que tu n'as pas le droit d'en parler : « *N'y étant pas seule mêlée… tu me comprend ??* » Je ne comprends rien du tout et ma curiosité est éveillée à l'extrême… Tu y joues le grand premier rôle, diable !!! Je comprends encore moins. Je me souviens pas de l'amie dont tu parles et dont tu m'aurais parlé à Nice…

Mais non, ni fâché, ni grognon… si tu me racontais les belles histoires que je demande t'en raconterai aussi.

Si j'aime mon Lou ? ! mais plus que jamais. T'ai indiqué des livres, mais cherche toi-même, dis-moi ce que tu auras lu.

Enfin, je t'assure que je suis extrêmement intrigué… D'ailleurs ça t'amuse extrêmement, mon Lou, que je sois jaloux, moi ça ne m'embête pas de l'être. Nous ne nous embêtons donc pas l'un l'autre, donc nous n'avons à nous plaindre ni l'un ni l'autre l'un de l'autre.

Ma pauvre petit Lou, si tu me prends pour grognon t'as bien tort et t'es rudement contente de penser que je m'intéresse tellement à toi.

Enfin, tu avoueras que de mon côté je ne suis pas un amoureux gênant, embêtant, têtu et rancunier.

D'ailleurs… enfin je n'ajoute rien.

Quand tu me donnes de ces longs baisers à la fin des lettres ça me fait quelque chose…

Je te le rends ce long, long baiser…

Que raconte Toutou ?

Si tu ne me racontes pas les histoires divertissantes que je te demande, je serai fâché, tu sais. *Raconte-les en les attribuant à quelque autre personne,* je m'en fous, mais raconte-les-moi pour alimenter les rêves.

C'est extraordinaire qu'après m'avoir promis d'avoir confiance en moi, de tout raconter, tu te défiles comme pour le reste à Marseille !! Je finirai par croire que tu as juré, toi si franche, de ne rien me dire de vrai…

Mais, non, ce n'est pas cela…

Allons, chère amie, rien qu'amie, racontez donc à votre ami ces choses amusantes afin qu'il récrée son esprit où n'alternent plus que des images pyrotechniques et sylvestres.

Voilà, mon aimable trésor, quelques-unes des réflexions inspirées par ta prose.

Ces réflexions sont d'ailleurs exactement celles que tu voulais m'inspirer et, comme je ne feins pas, tu dois être rudement contente de me faire faire tout ce que tu veux... Mais tu sais, ça ne se passera pas toujours comme ça. Ah ! mais non ! Je ris à me tordre en pensant au plaisir de Lou qui s'amuse à exciter le *petit caractère* de Gui.

Car avoue que ça t'amuse...

En ce moment, temps merveilleux, je voudrais bien être près de toi avec ta robe qui va jusqu'aux genoux, large.

Quelle jolie cloche à 2 battants tu dois faire, mon trésor !!

Mais, tu sais, pas de dégonflage pour me raconter des tas de choses.

Je crois que ton dentiste emploie les systèmes les moins modernes... Prends garde à ta mâchoire.

Tous les longs baisers que tu voudras.

Gui

28 mai 1915

Mon petit Loupiot, ci-inclus un petit mandat, excuse-moi de ne pouvoir faire mieux.

Hier, pas de lettre de toi, comme tu m'en avais averti d'ailleurs.

J'espère que tu t'es bien amusée à Versailles.

Moi, j'aurais bien envie de faire pan pan, mais je dois garder mon vœu.

Cependant, je me dis parfois qu'après tout il n'est pas incorrect, après tout, de baiser une femme sur le front.

Mais j'ai trop de respect de moi-même pr manquer à ma parole donnée à moi-même et tout cela se borne donc à un mot, que je te livre et qu'en arrangeant tu pourras attribuer à un grand général. Histoire d'animer les conversations.

On dit que les Italiens marchent bien. C'est peut-être eux qui arriveront à Berlin avant les Russes. Il paraît qu'on a pavoisé à Paris. Je t'ai envoyé hier deux photos de l'Échelon dans la forêt. En ce moment, il fait beau et cette forêt serait très agréable, même avec ses rats et ses couleuvres, s'il n'y avait pas de moustiques.

Je crois qu'incessamment nous allons avancer. Je te raconterai beaucoup d'histoires amusantes. Mais aujourd'hui suis fatigué (pas malade, fatigué). J'irai balader toute la journée.

J'ai une nouvelle culotte bleu ardoise avec passepoil rouge et qui est épatante et me va très bien.

Je vais aller la montrer à la ville et tâcher d'arriver vers l'heure du bombardement afin d'aller dans les caves, ce qui est beaucoup plus rigolo.

Berthier va mieux et je l'ai emmené avec moi pour lui montrer un peu la contrée que je connais maintenant épatamment et où tout le monde me connaît aussi. Je voudrais tâcher d'avoir une permission de 2 jours pour Épernay ou Châlons ou Troyes. Si tu pouvais venir me dire bonjour en amie ?... Dis si c'est possible de ton côté. Réponds bien clairement en mettant seulement initiales des villes où ce serait plus facile.

Gui

Le vaguemestre a mis de Chât. Coligny au lieu du contraire, alors je mets ça aussi sur ma lettre pr que tu aies une enveloppe. Je ferai de même avec ma lettre de demain

28 mai 1915

Ptit Lou, je vois avec plaisir que tu ne t'es pas embêtée à Versailles. La poésie et le printemps étaient de la partie.

Qu'est-ce que ça peut bien être que ces poilus qui reviennent des tranchées ? Malades, blessés ou dégonflards des gares régulatrices ? Car dans la zone des armées tout n'est pas sur la ligne de feu. Et je sais bien qu'on ne part pas de l'avant sans raison grave tandis qu'ailleurs dans les villes même de la zone des armées mais pas zone de l'avant on arrive à se dégonfler plus facilement. D'ailleurs ce ne sont pas toujours les plus forts, les mieux portants qui sont à l'avant, à l'arrière en question se tiennent les mieux habillés et les plus heureux. Ils y mènent une vie tout à fait pépère.

Mon charmant ptit Lou, je vois qu'on s'habitue bien à la guerre… à Paris !!!!

Ton amie Rica a l'air bien charmante et bien gentille. Embrasse-la bien de ma part… sur la main… en lui offrant un des deux pétales boutonnés d'or que je mets dans ma lettre, l'autre est pour toi.

Enfin, pour tout dire, dis à Rica que je souhaite autant de plaisir au Gentil Chaperon qu'à la charmante chaperonnée et que, ma foi, le coquin de printemps doit évidemment avoir son effet et qu'il n'y a pas de mal à cela.

Pourvu qu'il en reste un peu pour ceux du Front, ils auront bien leur revanche aux prochains printemps.

(Dans ma lettre d'hier mandat de 50 balles !!!! J'espère que tu l'as reçu...)

Je t'envoie aussi une espèce de médaille qu'on m'a donnée, ce n'est pas très beau mais c'est amusant.

Ta carte de Versailles m'a donc fait bien plaisir, car je suis content quand je te sais contente.

Si par-dessus le marché tu es très sage, ça devient de l'idylle et dès demain je me mettrai à faire des poésies pastorales.

Mon ptit Lou, je ne plaisante plus maintenant : je t'adore tout plein, je te prends dans mes bras bien fort avec douceur, je prends ta bouche, je t'embrasse partout. Tu es exquis et adorable. Que faut-il de plus ? Aussi je t'adore. Je veux profiter tout plein du joli coin où Lou m'a fait une gentille place à côté d'elle et j'espère du côté du cœur.

Pas moyen de faire beaucoup de vers en ce moment, trop de travail, quoique en ce moment ce soit calme au point de vue guerrier, mais on ne me laisse pas en paix, pas moyen d'être seul dix minutes !!

Mon petit, je te prends toute, ta bouche dans ma bouche, tes jolies tettes contre ma poitrine, tes fesses dans mes mains et allez donc !

Ah ! oui ! je voudrais bien le respirer avec toi, l'air des bois parfumés.

Gui

29 mai 1915

Mon ptit Lou, pas de lettre de mon ptit Lou aujourd'hui. Hier, seulement une carte. Enfin du moment que je peux espérer que le ptit Lou ne s'embête pas, c'est tout ce que demande Gui –

Mon ptit Lou, je te prends dans mes bras et te dis des paroles d'amour bien douces à l'oreille.

Je prends ta bouche bien, bien fort.

À demain ma grande chérie, j'espère recevoir des nouvelles de mon Lou et je t'écrirai une longue poésie.

Baisers très tendres.

Gui

31 mai 1915

Dieu ! la jolie lettre que tu m'as écrite, le mercredi 26 et le jeudi 27 mai. Lettre écrite au soir, à plusieurs reprises dans le métro et chez le dentiste. Lettre gentille, précise et pleine enfin de choses que j'ignorais. Tu es ma toute chérie, quoi que tu fasses et quoi qu'il arrive !!!!! Que dit Robin de la guerre et de moi, puisque tu m'as dit un jour que tu lui en as écrit ? – Merci de m'avoir donné un renseignement sur la Roumanie et je souhaite qu'elle marche vite –.....

Comment ? Tu veux passer quelque temps avec moi après la guerre !!!! Oh ! mon ptit Lou tu me fais trop de joie !!!!!...

Bien pour la bague, j'attends la mesure. C'est quand tu voudras... tu sais !... *Je ne t'en veux pas.* Et tu es trop gentille d'aimer mes lettres écrites vite et la plupart du temps même pas relues.

Ne réponds aux questions que quand tu voudras... ne fais rien qui puisse t'embêter ou te fatiguer...

Je ne t'ai demandé le récit d'aventures extraordinaires dans la région où est Toutou que parce que tu m'avais laissé supposer qu'il t'en était arrivé et je m'étais figuré que ton attitude de Marseille venait d'une ou plusieurs fleurs rares cueillies là-bas... J'avoue que j'en avais été très peiné, mais que, comme compensation, t'en demandais au moins le récit piquant et divertissant de la cueillette.

Après tout, je ne demande pas mieux qu'il n'y ait rien, mais le récit des amusements que tu as goûtés là-bas me récréerait également, sans exciter du tout ma jalousie, puisqu'il n'y a pas d'amant, sauf Toutou évidemment, que j'aime beaucoup.

Bien aussi, mon Lou, pour la sagesse parfaite !!!!!!... Distinguées, pas cueillies, les fleurs rares !! Je suis content !!! Est-ce que j'ai été fleur rare moi aussi ? En tout cas, on s'est cueillis, ma tubéreuse !

Hier matin, j'ai refait ma trotte encore ému d'avant-hier ; peut-être plus qu'ému même. Je n'ai pas traîné dans la forêt, ensuite la messe ; cette fois elle était en plein air ; l'autel était entouré de branches en fleur de seringas qui sentaient très fort, une odeur parente de celle de la tubéreuse. À deux pas le cimetière avec ses croix et ses képis et ses inscriptions : *le cavalier un tel, tué d'un éclat d'obus* ou *un tel, mitrailleur ;* des Sénégalais, des dragons, des chasseurs, des territoriaux, etc. Un prêtre disait la messe, un autre a fait un sermon philosophique épatant sur le mystère de la Trinité…

Le reste du jour me suis embêté jusqu'à 3 heures où ta lettre est arrivée et j'ai bien pensé à mon ptit Lou, dont je voudrais surtout le bonheur de quelque façon qu'il doive lui arriver, dussé-je même en souffrir.

Je te revois charmante… N'as-tu donc pas de photographie ancienne ou nouvelle ? J'ai vu hier un numéro de *La Vie parisienne* et des caricatures sur les nouvelles modes qui me paraissent jolies, tu dois être épatante dans une robe de cette sorte…

Je suis embêté en ce moment par le m^{al} des logis Bodard, pas mauvais type, mais dont la voix me tape sur les nerfs d'une façon épouvantable… J'attends qu'il se soit couché pr te faire un poème, mais le bougre a juré de parler avec moi jusqu'à ce que je l'engueule et comme nous sommes les seuls habitants de la cabane que tu as vue si tu as enfin reçu les cartes sous enveloppe, il ne peut dégonfler que sur moi son cerveau d'employé d'administration de la Ville de Paris, et qui doit avoir une jolie femme qui, j'espère, doit le faire cocu, car c'est le plus insipide et le plus incorrigible bavard de la terre.

… Ah ! le bougre commence à se déshabiller, quand il sera couché, il se fera menotte en cadence en faisant semblant de tousser dans les moments pathétiques, ensuite il s'endormira et me foutra enfin la paix… Je t'adore, mon Lou, ta bouche dans ma bouche, je boucle et vais attendre en lisant un roman idiot le moment fortuné où mon colocataire va enfin s'endormir. Baisers passionnément fous.

Gui

1er juin 1915

Mon ptit Lou tout adoré chéri, tu es gentille comme tout de m'écrire chaque jour malgré le peu de temps dont tu disposes. Le pigeonnier doit être rudement épatant avec toutes les fleurs que tu y mets et dont tu es la plus belle.

Je suis désolé de te savoir fatiguée. Je voudrais aussi tant et tant, mon ptit Lou très chéri, te bercer dans mes bras forts… Lou, ne sois pas triste… Qu'est-ce qu'il y a donc ? ma toute chérie, ma toute adorée.

Je me suis occupé de la vaccination, mais je crains que l'on ne juge que l'on [a] autre chose à faire en ce moment – que veux-tu, mon enfant aimée, à la guerre comme à la guerre.

Il y a aussi le procédé de vaccination par ingestion de pilules spéciales. C'est plus cher que les piqûres, mais c'est paraît-il moins dangereux et l'immunisation dure plus longtemps, tu devrais te renseigner auprès de Robin et si c'était vrai on se ferait vacciner ainsi. Tu m'enverrais les pilules de Paris……

Je suis très inquiet de te savoir si anémiée…

J'aimerais mieux que tu ne te fasses pas vacciner. Tu n'as qu'à être prudente, à ne pas embrasser sur la bouche d'anciens typhoïdeux et tu seras tranquille, fais bouillir ton eau 20 minutes…

Ne te fais pas trop droguer, mon Lou. – Surtout toutes ces piqûres, à moi ne me disent rien qui vaille.

Mais je sais bien que sur ce terrain, comme sur bien d'autres, tu croiras tout le monde excepté moi…

Je t'écris, mon Lou chéri, dans un bouquet de bouleaux, près d'un champ où j'ai mis mon cheval à bouffer de la luzerne, j'écris sur un rouleau en fonte, machine agricole dont j'ignore l'usage et qui est abandonnée à cette place. Pas un nuage au ciel, il fait chaud, mais il y a de la brise.

Ce matin canonnade fantastique avec les sonorités musicales et graves d'un train blindé qui tirait tant qu'il pouvait…

En ce moment, un avion boche est la seule chose qui paraisse vivante dans le secteur, sauf aussi quelques coups de fusil dans les tranchées où éclate aussi parfois lourdement une bombe…

Moi aussi, ptit Lou, je suis passablement fatigué… surtout le matin, la nuit je ne dors presque pas à cause de tous ces rats et de toutes ces couleuvres. Je finis par croire qu'ils font l'amour ensemble ; maintenant il y a aussi des sansonnets qui ont fait leur nid entre les roseaux du toit et la toile de tente qui sert de plafond. Hier soir, j'ai cassé mon verre de lampe. Je vais trotter tout l'après-midi pr tâcher de le remplacer, ce qui est difficile, car les verres de lampe, à ce qu'on dit, venaient pour ainsi dire tous de Saxe. *Je vais faire un petit bouquin ; je vais t'envoyer des bulletins de souscription, tu tâcheras de m'en placer* et demanderas à Mémée d'en placer. C'est le procédé habituel pr les livres de vers, mais il ne s'agit nullement d'une bonne œuvre. C'est un livre que je vends à ceux qui aiment ce que je fais. Il n'en sera tiré que le nombre strict de souscriptions au moment du tirage et ce nombre ne pourra dépasser 112 exemplaires. Au demeurant, toutes les souscriptions seront pr toi évidemment, je t'enverrai ce que je ramasserai de mon côté… et j'enverrai le livre à tous les souscripteurs. *Si tu en places seulement 20 à 20 francs, ton dentiste sera payé…* et les amateurs auront un livre unique fait et imprimé sur le front… Réponds à ce sujet. Mille baisers passionnés de

Gui

MA SENSIBILITÉ

Ma sensibilité est devenue aussi aiguë que celle de l'écrevisse au moment du renouvellement de sa carapace
l'homme propose son désiret son effort c'est d'ouvrir les jambes de la femme
AEIOU
aeiou
Le soleil et la forêt ce sont mes père et mère la lune et la colline mamelles de ma nourrice et l'insecte sans nombre est plus fort que ta volonté
Avant-trains dissimulés sous des branches de sapin
La terrible rumeur des mouches d'acier qui quittent brusquement une charogne
Couche-toi sur la paille ce lit si bien doré

L'écorce du bouleau répand en brûlant une odeur balsamique
On brûle de la neige dans l'encensoir des solitudes
Les coupoles admirables de tes seins d'aurore
Une nouvelle Humanité est en train de se créer plus sensible plus volontaire plus libre plus amoureuse cette Humanité neuve c'est la spirale plus céleste que l'oiseau c'est l'ange même et l'ancienne Humanité la déteste et veut la tuer

Courmelois, le 1 juin 1915

L'ATTENTE

On attend le moment de gagner la victoire
On espère l'amour, on espère la gloire
On cueille des lilas
Derniers lilas pareils à des baisers très las

On attend des baisers plus doux que cette lune
Et les fleurs du printemps tombent l'une après l'une
La couille de Japonais rôtie et remplie de chiures de mouche

Le puceron du rosier
C'est une perspective mieux que celle de Nevsky
Une couleuvre avec un archevêque
Le pape est généralissime
On a joué la Brabançonne et les nerpruns fermaient l'horizon
On portait des poteaux télégraphiques de rechang
Les alluvions les plus récentes
Ô tranchée blanche ouverte comme un œuf à la coque
Les grenouilles immobiles la tête hors de l'étan
Tes cheveux sont aussi doux que des morceaux de sucre

Il y a une horloge qui ne montre que le blanc de
l'œil
Tes nichons rempliraient un quart de cavalerie
Escalier en spirale plus beau roman des temps
modernes
Elle a des poils en fils de fer barbelés
Narines chevaux de frise
Mais où est le sycophante pour que je revoie
Au moins la figue
Cette petite fille avait le grade de commandant
Toute tatouée, des seins exactement
Comme des bananes
Il y a ici un ancien marin qui a sodomisé un Hindou
Le veau d'or a tiré son coup
La boulangère est avec le Sénégalais
Les cages dorées où sont les Japonaises
Nuit et nuit et les lilas qui meurent
Il faut tourner rapidement en
Suivant une courbe du second degré
Pour revenir aux jours les plus charmants des jours
passés qui pleurent
Un servant
fait comme Diogène faisait et se branle devant
l'Armée
Il y a aussi quelqu'un
Qui se fait pomper le cyclope avec une pompe à
bicyclette

Il y a visiblement dans les lettres de Lou des retours de flammes. Quelques mois plus tôt l'artilleur en formation ne vivait encore qu'une guerre théorique et ses assauts ne concernaient que le corps de sa maîtresse ; alors que la guerre de Guillaume est devenue bien réelle, ses étreintes avec Lou ne sont plus qu'épistolaires.

2 juin 1915

Épatante, mon Lou, l'idée de m'envoyer des feuilles de roses et de trouver ça pas convenable !... J'en ai ri une heure au moins et en même temps ça m'excitait rudement... car tu fais ça mon Lou à la perfection. Nom d'une pipe, soigne-toi... Si tu ne te soignes pas, je serai furieux... Je ne veux pas que tu deviennes laide, JE NE VEUX PAS. JE VEUX QUE TU TE SOIGNES... Pas de neurasthénie. On reviendra Toutou et moi et tu verras comme on te soignera et on te rendra très heureuse tout en te laissant libre pour ce qui concerne *l'horticulture*... Non je ne savais rien de la mort de ton cousin... peu de journaux ici,... pas tous les jours, presque jamais le même, on les parcourt, souvent on n'a pas le temps surtout si on veut écrire à son ptit Lou... Est-ce des mêmes photos que tu voudrais encore ? Je vais tâcher d'en avoir, mais pas sûr, garde-les précieusement, ce sera un souvenir...

Mon ptit Lou très adoré, le long baiser vicieux que tu m'as envoyé m'a mis dans un état épouvantablement exquis... Je me suis revu le maître de Lou, je la dominais entièrement ; Lou était malade d'excitation... et elle aimait Gui son dominateur à la folie. Lou n'était qu'un petit garçon que je fouettais par plaisir... pendant que le petit Lou tremblait de désir et d'amour, Lou n'était qu'un petit garçon pas sage, mais pas sage du tout... je faisais tomber son petit pantalon marin pour bien voir tes grosses fesses roses... un de mes bras passait sous ta taille et pressait très fort sur ton petit ventre dur et lisse qui jouissait sous cette pression... pendant que de l'autre main je te fouettais fort, très, très fort, t'obligeant à tenir tes grosses fesses roses bien en l'air, bien écartées, épanouissant comme une fleur brune la grasse et humide fleur qu'elles abritent... pendant que je tapais si fort, *impitoyablement*, n'écoutant ni tes pleurs, ni tes cris, ton gros derrière se dandinant d'un air stupide passait par toutes les teintes de l'arc-en-ciel et finissait par s'emperler de sang par endroits,... puis ensuite, je te forçais à cette possession qui te fait si mal et si peur, et... Je reprends ma lettre 12 heures après le commencement. Mon petit Lou adoré, ne t'en fais pas trop... Cependant tout réfléchi j'ai peur que la guerre ne soit pas encore finie, à ce propos, petit chéri, je voudrais bien avoir ton avis. Tu sais que je t'adore, mais je t'aime surtout quand tu es gentille, quand tu es un peu à moi... Quand je te sens comme ça je ne rêve qu'à une chose : te prendre dans mes bras et à te bercer doucement, très doucement dans mes bras câlins, je veux aussi ton sommeil chéri, très chéri, moi près de toi, regardant tes jolis nichons gonflés et roses comme des églantines.

LOU MA ROSE

Lou, tu es ma rose
Ton derrière merveilleux n'est-ce pas la plus belle rose
Tes seins tes seins chéris ne sont-ce pas des roses
Et les roses ne sont-ce pas de jolis ptits Lous
Que l'on fouette comme la brise
Fustige les fesses des roses dans le jardin
Abandonné

Lou ma rose ou plutôt mes roses
Tu m'as envoyé des feuilles de rose
Ô petite déesse
Tu crées les roses
Et tu fais les feuilles de roses
Roses
Petites femmes à poil qui se baladent
Gentiment
Elles se balancent en robe de satin
Sur des escarpolettes
Elles chantent le plus beau parfum, le plus fort le plus doux
Lou ma rose ô ma perfection je t'aime
Et c'est avec joie que je risque de me piquer
En faveur de ta beauté
Je t'aime, je t'adore, je mordille tes feuilles de rose
Rose, reine des fleurs, Lou reine des femmes
Je te porte au bout des doigts ô Lou ô rose
Au bout des doigts, en te faisant menotte
Jusqu'à ce que tu t'évanouisses
Comme s'évanouit le parfum
Des roses
Je t'embrasse, ô Lou et je t'adore

Gui

3 juin 1915

Ma petite chérie,

Mais quel est donc *l'horrible mot* que tu n'as pas écrit, tu te *fais*… quoi… je veux absolument savoir ?… Je te défends absolument d'avoir de mauvaises idées…

Non… alors, la chose est impossible si tu dois bientôt partir, car pour moi ç'aurait [été] une question de tact et qui aurait pris du temps, d'ailleurs pour toi difficulté car évidemment toutes ces villes sont dans zone que tu dis – Pour moi j'y serais bien parvenu, mais toi !!! J'y renonce donc… Surtout que tu seras plus heureuse là-bas avec Toutou et tes amis… et tu m'oublieras aussitôt comme l'autre fois…

Je ne me fais plus d'illusions à ce sujet… Préviens-moi de ton départ pr que je puisse adresser mes lettres comme il faut… Mais, m'écriras-tu seulement ?…. L'important est que tu sois bien… ne te préoccupe pas de moi… ça n'a pas d'importance… un obus moral ou matériel de plus ou de moins, maintenant je m'en fous…

D'ailleurs je sais bien que Toutou n'est probablement pas mon ami comme je suis le sien… il ne me connaît pas et s'en fout pas mal…

Au revoir donc Ptit Lou…

J'espère toujours d'ailleurs te retrouver après la guerre –

Mais mon ptit Lou, ne crois pas qu'il y ait de reproches là-dedans, je t'aime bien, tu le sais et comme tu m'embrasses, à la façon qui me fait quelque chose, je prends cela et après tout, mon ptit Lou, je ne sais pourquoi je dis ça, je sais bien que tu m'aimes beaucoup, que Toutou est aussi mon ami, mais qu'il ne me connaît pas, qu'il ne peut avoir l'exaltation d'un poète ne l'étant point.

Amuse-toi – fais comme tu veux, tu es mon amie pour la vie, c'est tout et c'est assez, mon ptit Lou adoré que j'embrasse de toutes mes forces, ptit Lou, mon ptit cœur, très chéri….

LOU, MON ÉTOILE

L'étoile nommée Lou est aussi belle aussi voluptueuse qu'une jolie fille vicieuse
Elle est assise dans un météore agencé comme une automobile de luxe
Autour d'elle se tiennent les autres étoiles ses amies
Autour de l'automobile stellaire s'étend l'infini éthéré
Les Planètes rutilantes se montrent tour à tour comme des déesses callipyges sur l'horizon
La Voie lactée monte comme une poussière derrière
Le météore automobile
Des guirlandes d'astres décorent l'infini
Le météore automobile luxueux et architectural
Comme un palais
est monté sur un bolide énorme qui
tonne à travers les cieux
qu'il sillonne d'éclairs
versicolores et durables comme
de merveilleux feux de Bengale
Et doux comme des baisers éternels
Et des rayons de soleil ombragent
Ainsi de beaux arbres
printaniers
La route diaphane
Ô Lou, étoile nommée Lou la plus belle des étoiles
Ô reine des Étoiles
Ton royaume s'étend en plaines animées comme les oiseaux
En plaines mouvantes comme un régiment
De Fantassins nomades
Étoile Lou, beau sein de neige rose
Petit nichon exquis de la douce nuit
Clitoris délectable de la brise embaumée
d'Avant l'Aube
Les autres astres sont ridicules et sont tes bouffons
Ils jouent pour toi des comédies

Fantasmagoriques
Ils font les fous pour que l'Étoile nommée Lou ne s'embête pas
Et parfois les nuits sont mortelles
L'étoile nommée Lou
Traverse des prairies d'asphodèles
Et des fantômes infidèles
pleuvent dans les abîmes autour d'elle…
Mais cette nuit est si belle !…
Je ne vois que l'étoile que j'aime.
Elle est la splendeur du firmament
Et je ne vois qu'elle
Elle est un petit trou charmant aux fesses des nuages
Elle est l'étoile des Étoiles
Elle est l'étoile d'Amour
Ô nuit, ô nuit dure toujours ainsi
Mais voici
Les gerbes des obus en déroute
qui me voilent
mon étoile
Je baisse les yeux vers les ténèbres de ma forêt
Et mon intelligence amoureuse
Devient oiseau
pour aller revoir plus haut plus haut
Plus haut toujours
ce petit cœur bleuâtre
Qu'est mon étoile nommée Lou
Ma douce étoile qui fait vibrer au ciel
Des mots d'amour exquis
qui viennent en lents airs dolents
qui correspondent nuance à nuance
à chaque chose que je pense.
Étoile Lou fais-moi monter vers toi
Prends-moi dans ta splendeur
Que je sois ébloui et presque épouvanté
Que l'espace bleu se creuse à l'infini

Que l'horizon disparaisse
Que tous les astres grandissent
Et pour finir fais-moi pénétrer dans ton paradis
Que j'éprouve une sensation
De bien-être inouï
Que j'absorbe par toute ma chair, toute mon âme
Ta lumière exquise
Ô mon paradis

Gui

4 juin 1915

Mon petit amour, les crapauds et les crapoussins chantent une seule note, qui est comme la topaze brûlée de ton regard et qui dit : « Lou, Lou, Lou… » uniquement.

Hier rien de toi, temps splendide, pas de canonnade ou très rares coups ; m'embête.

Voudrais mon Lou tout près, mon Lou très chéri. Ai pas eu le temps de faire les bulletins de souscription, vais tâcher de les faire demain – ne pourrai imprimer le livre qu'à 60 exemplaires au plus, ce sera une vraie rareté.

Le titre : *La case d'armon*.

Nous avons des malades assez souvent, la vie est lassante…

Hier, reçu un journal boche en français, le journal est venu par un taube qui nous l'a jeté plié comme ceci à peu près. Il s'intitule LE COURRIER DES ARDENNES *journal des pays occupés*, est imprimé à Charleville et daté du 21 mai. Un article de tète en français mais style boche pr se plaindre de l'Angleterre, puis 2 colonnes des *communiqués français* reproduits intégralement, plus quelques articles notamment un où les Boches se plaignent que les Français jettent leurs morts par-dessus la tranchée ce qui n'est guère hygiénique tandis qu'eux Boches les brûlent – Suit une longue liste de prisonniers précédée d'une protestation que les prisonniers seraient bien traités en Allemagne, et ceci est faux car j'ai lu une lettre prouvant le contraire et apportée par un grand blessé revenu par la Suisse et qui l'a envoyée ici au poilu à qui elle était adressée par son cousin prisonnier.

Je t'envoie un petit paquet contenant un sifflet que j'ai fait plus 2 plumes d'épervier, le tout enveloppé dans un journal américain cubiste que tu auras la bonté de ne pas jeter car j'y tiens.

Je me suis fait une belle canne en tige de betterave – vert tendre exquis.

Ci-joint les ailes ou plutôt les élytres (je crois) d'un autre insecte des tranchées, c'est d'un vert doré extraordinaire.

Je t'aime tout plein mon ptit Lou tant chéri, et voudrais te câliner doucement, doucement des heures durant pour oublier tout ce qu'il y a de mauvais dans le monde.

Je te prends dans mes bras et je te baise partout sur les yeux, les oreilles, le cou, les nichons adorables, partout.

Je t'aime tout plein et pour toujours, mon grand chéri, ma grande sensitive trop nerveuse, aux grands yeux de biche énamourée.

Ma langue dans ta bouche.

Gui

Manière de s'en servir : de façon que les deux ouvertures soient perpendiculaires dans la bouche comme ceci.

C'est le sifflet dont je me sers
Sur le théâtre de la guerre
Pour siffler les Boches en Vers
En Prose et de toute manière

Et que Lou siffle en ce sifflet
Pour appeler son grand Toutou,
A Gui l'An neuf... Et mon poulet
Souhaite à Lou l'amour partout

Gui

5 juin 1915

Chère amie, absolument pas le temps d'écrire plus longuement, je vous envoie mes amitiés très profondes. Tâcherai d'écrire longuement demain.

Votre

Gui

6 juin 1914

Mon ptit Lou,

Hier, pas eu le temps d'écrire une lettre, t'ai envoyé une carte.

Je me demande si le régime du front sera bon pour le ptit Lou dont les nerfs sont si fatigués.

Évidemment, j'ai renoncé à te voir parce qu'il faudrait temps et tact et que du moment que tu es sur le départ, il n'y a plus à en parler...

Puis après tout, inutile de gaspiller de l'argent à rester auprès de moi.

Mais j'avais un meilleur moyen encore que je n'ai dit... Ce sera pour une autre fois, si la guerre dure encore quand tu seras revenue de chez Toutou.

Mais pour mener ces choses à bien faut pas être à 10 jours près...

J'ai regardé aujourd'hui de jolies libellules de couleur turquoise voler en faisant l'amour, le derrière de l'un sur la tête de l'autre, quelques-unes même font 69 et volent ainsi doubles en forme de cœur, il y a des libellules monoplans et des libellules biplans... C'est très joli à regarder...

Hier, j'ai vu deux moustiques qui trouducutaient autour de ma bougie et qui s'étant brûlé les ailes dans un moment d'extase ont fini par se noyer dans la stéarine....

J'aurais voulu que tu me dises tout. Mais j'y renonce et me contente de ce que tu ne me dises rien. Cependant si tu me disais tout je n'interpréterais pas tes phrases de travers... Mais je ne les interpréterais plus de travers, me contentant de n'y voir que le sens immédiat.

Tu es mignonne comme tout de me dire que tu voudrais *tant* m'embrasser !

Beaucoup de gens pensent que la guerre se terminera en août. Ça ne me paraît cependant impossible –

Prends bien garde à la mauvaise réputation qui entoure *forcément* les femmes qui vont ou qui vivent *sur le front*.

Ne prends pas cela du tout comme un blâme ou quelque chose d'approchant. Je te le dis et d'ailleurs tu dois le savoir. Ici la femme la plus célèbre est celle que l'on désigne sous le nom *la Boulangère*, elle était jolie au commencement de la guerre, maintenant que l'armée y a passé, c'est une vérole ambulante, effrayante. Les Histoires sur la Boulangère sont fantastiques.

Mais il n'y a pas que la boulangère, il y a en ce moment les petites filles, 14, 15 ans, beaucoup plus tentantes, pas pour moi, évidemment, qui suis la chasteté même, mais pour les autres.

Je te raconterai toutes ces belles et suggestives histoires plus tard…

Beaucoup de Picards dans ma batterie… Les Anglais sont dans leur pays comme au temps de la Guerre de Cent ans et dans leur langage si français il reste bien des traces de l'occupation anglaise. Pas d'articles *le, la, les,* mais l'article anglais *the* qui se prononce *f'* au singulier et *ces* au pluriel. C'est curieux comme tout.

J'ai un bouquet merveilleux de pivoines roses très ouvertes et qui sentent délicieusement.

On dirait des jeunes filles très fraîches, très bien portantes, très gaies et prêtes de toute leur chair à faire l'amour.

En ce moment, il y a beaucoup de calme en ce qui concerne la guerre mais je me demande si ça va durer…

Pendant ce temps les Russes, je crois, avancent à la façon des écrevisses.

Je t'embrasse très, très fort.

Gui

7 juin 1915

Ma petite fille chérie,

Je ne sais guère que t'écrire aujourd'hui, mon amour. Ce matin lever à 4 heures pour la Revue, remise de citations à l'ordre, c'est du moins comme cela je crois que ça s'appelle. Puis le bruit court de la chute du ministère, Joffre deviendrait ministre de la Guerre, Galliéni généralissime, et Caillaux président du Conseil, et bien que ce dernier ait été il y a un mois encore l'homme le plus mal vu de France, j'ai entendu les types les plus intelligents même officiers, dire : « Vive Caillaux ! Il nous amènera la paix. » Je n'en voulais pas croire mes oreilles, mais le cri : « Caillaux, c'est la paix » retentit encore à mes oreilles aussi bien dans les puits du génie où j'ai été ce matin à 6 mètres des Boches, que dans le cantonnement d'artillerie où je suis cet après-midi –

Cependant, je suis sûr que, la question Caillaux à part, Galliéni serait d'un réconfort épatant et la marche en avant – Nous sommes tous habillés de neuf et bien habillés, car les tailleurs du régiment en ont mis. Et c'est le moment de marcher, on ne demande que ça, dusse-t-on être tués. Galliéni inspire ici une confiance inébranlable, et moi qui en ai entendu parler, je suis un peu de cet avis. Joffre c'est très bien, temporisation, on attend, mais nom d'une pipe ce n'est pas de la tactique, ou plutôt c'est peut-être de la tactique mais ce n'est pas de la stratégie… C'est très bien de faire des trous et de se cacher dedans mais ce qu'il faut c'est avancer…

Voilà, mon petit rat – Je ne sais si Toutou est comme ça mais j'en ai assez des couleuvres et des rats.

J'ai envie de baiser toi ou une autre fût-elle Boche, mais pas de femme du front, nom de d'là, à cause de la vérole –

Enfin, on espère de grands événements.

Ci-joint un croquis d'une partie du cimetière près d'ici.

Tu ne sais pas où c'est, mais c'est tant pis pour mon ptit Lou.

C'est pas vrai, que je sois jaloux comme tu dis –

Mais naturellement je préfère moi seul et puis je n'ai pas le droit de parler de ça.

Mais si je te savais ce que je ne veux pas dire, en réalité je t'aimerais peut-être toujours mais ne serais plus ami avec toi –

Voilà, mon ptit Lou, un peu affolé et qui va partir –

Je ne t'écris pas long, parce que tu ne m'écris pas long non plus et que cela me dégoûte un peu d'écrire à quelqu'un qui jamais ne m'écrit de longues lettres.

Quoique cependant je t'adore et t'embrasse très, très cochonnement. Ton

Gui

8 juin 1915

Mon Lou très chéri, je ne peux t'écrire plus long aujourd'hui. Pas le temps trop à faire et suis comme fou d'avoir chevauché énormément au soleil torride depuis 3 jours. Hier fête donnée par l'infanterie me suis amusé un peu.

Mais toi, mon ravissant ptit Lou que j'adore, tu es un petit salop de m'écrire si court.

Tu m'écris toujours sur tes emmerdements jamais sur tes plaisirs et je te connais assez, mon petit garçon voluptueux, pr savoir que ton ptit cul doit malgré tout, ne serait-ce que par habitude, avoir des sensations, pour le moins solitaires – mais tu ne parles de rien, comme si j'étais un sot.

Il fait chaud, chaud, chaud, les charognes puent, mais le ciel est épatant ; les Boches nous foutent la paix, mais j'espère que nous ne leur foutrons pas la paix.

Le canard de l'autre jour sur le ministère s'est dissipé comme un nuage.

Enfin, si ça dure et un major venu de Paris dit que ça va durer un an ! un an, nom d'une pipe – Enfin, je crois que nous allons faire de la besogne ici, si j'en crois les bruits.

J'ai quatre roses épatantes dans les mains je t'envoie un pétale de chaque, et je t'embrasse pr chacune sur les 2 joues et sur les 2 fesses. Mais, toi, mon petit cochon chéri, écris-moi une longue lettre et dis si quand tu pars tu laisses des affaires chez moi pour que je le sache.

Il faut que je foute le camp à cheval, longue trotte, suis las, las, las, mais ne m'embête pas en ce moment.

T'embrasse partout, petit salaud adoré.

Gui

11 juin 1915

Mon ptit Lou,

Naturellement, quand t'as besoin de n'importe quoi, faut toujours le dire. Je crois que nous filons ailleurs. Je t'enverrai vite le n° du secteur.

Ptit Lou très chéri, en ce moment, pour me remonter et me redonner confiance de t'écrire longuement et aussi poèmes, si tu les aimes, faudrait une longue lettre de toi, sans ça Gui démoralisé de l'indifférence de Lou se taira de plus en plus.

Je t'adore quand même...

LE SERVANT DE DAKAR

C'est dans la cagnat en rondins voilés d'osiers
Auprès des canons gris tournés au Nord
Que je songe au village africain
Où l'on dansait où l'on chantait
Où l'on faisait l'amour
Et de longs discours
Nobles et joyeux
Je revois mon père qui se battit
Contre les Achantis
Au service des Anglais
Je le revois
Caresser les seins nus durs comme des obus
De ma sœur au rire en folie
Et je revois ma mère la sorcière
Qui seule du village
Méprisait le sel
Et pilait le millet dans un mortier
En regardant mon frère
Bercer sa superbe virilité
Comme on berce un petit enfant
Je me souviens du fétiche dans l'arbre

Un fétiche délicat et inquiétant
Et du double fétiche
De la fécondité
Plus tard une tête coupée
Au bord d'un marécage
Ô Pâleur de mon ennemi
C'était donc une tête d'argent
Et dans le marais
C'était la lune qui luisait
C'était donc une tête d'argent
Là-haut c'était la lune qui dansait
C'était donc une tête d'argent
Et moi dans l'ombre j'étais invisible
C'était donc une tête nègre dans la nuit profonde
Et ma sœur plus tard
Suivit un tirailleur
Si je voulais savoir mon âge
Il faudrait le demander
À l'évêque
Si doux si doux avec ma mère
De beurre de beurre avec ma sœur
C'était dans une petite cabane
Moins sauvage que notre cagnat
De canonniers-servants
J'ai connu l'affût au bord du marécage
Où la girafe boit les jambes écartées
J'ai connu l'horreur de l'ennemi qui dévaste
Le village
Viole les femmes emmène les filles
Et les garçons dont la croupe dure sursaute
J'ai porté l'administrateur de village en village
En chantonnant
Et je fus domestique à Paris
Je ne sais pas mon âge
Mais au recrutement
On m'a donné 20 ans
Je suis soldat français on m'a blanchi du coup

Secteur 59 je ne peux pas dire où
Hélas pourquoi donc être blanc
Est mieux qu'être nègre
J'ai aimé des corps durs pleins de bosses voluptueuses
Je me souviens d'un lac affreux une nuit folle
Une nuit de sorcellerie
Et de couples enchaînés par un atroce amour.

À bientôt, je t'embrasse. Au revoir, Lou, je t'adore.

Gui

21 juin 1915

Prit Lou, tu dois être maintenant auprès Toutou. Et vous ne vous embêtez ni l'un ni l'autre. Nous avons changé de secteur. Je ne sais plus bien qu'écrire puisque faut tant prendre garde... Je voudrais bien souffler dans mon petit sifflet à 2 trous. Toutou à ce que je comprends vaguement me prend un peu pour un soldat de carton et se moque un peu de moi. Ça ne fait rien je l'aime bien tout de même. Mais pas si en carton que ça – dis-le-lui. D'ailleurs dis-lui aussi que les meilleures choses se font avec les plus inattendues. Le Christ quand il se choisit des apôtres prit des pêcheurs ignorants. D'autre part les gens de lettres ont toujours fait bonne figure à la guerre, témoin Paul-Louis Courier, Choderlos de Laclos auteur des *Liaisons dangereuses* qui réorganisa l'artillerie et fut un homme singulièrement maître de lui, Reveroni de Saint-Cyr *[sic]* auteur de *Pauliska* ouvrage bizarre fut artilleur également, Andréa de Ncrciat auteur de *Félicia* qui est la seule héroïne de roman à qui tu ressembles à mon sens était aux armées aussi, Corneille Blessebois fameux auteur du *Rut ou la pudeur éteinte* soldat encore, je ne parle pas des poètes Sygognes, Agrippa d'Aubigné, le poète apocalyptique qui fit le vers exquis :

> Une rose d'automne est plus qu'une autre exquise.

Vigny et d'autres furent soldats. La plupart furent officiers, c'est vrai, ce qui change beaucoup la question, mais si on avait le temps on n'aurait pas de peine à trouver des poètes simples soldats ou brigadiers et qui aient été de bons soldats.

Ici, j'ai trouvé à une autre batterie, un poète dramaturge, nommé Voleroy ou quelque chose comme ça, pas connu comme poète, mais plus connu sous son vrai nom de Verdier, il était propriétaire de l'ancienne Maison Dorée et joint à des talents poétiques que j'ignore un remarquable don culinaire qu'il m'a mis à même il y a 3 jours d'apprécier en m'invitant à déjeuner dans son gourbi. Il est brigadier de tir et fait en même temps la cuisine de sa pièce qui ne s'en plaint pas.

Pour le surplus Gaston Chérau romancier célèbre qui m'avait fait entrer au *Matin* il y a 3 ans, vient d'être nommé sergent et le nombre des littérateurs simples soldats dans la guerre actuelle n'est pas plus rare que celui des artistes célèbres, en ce moment simples soldats également. Au contraire, pas mal d'officiers sont dans le civil simples agents du Planteur de Caïffa ou quelque chose de semblable.

Pour ce qui est de l'appartement, il est à ta disposition. Maintenant que tu es là-bas je déchirerai le plus de lettres que je pourrai sauf les tiennes – néanmoins je t'ai envoyé par Toutou ma lettre de la petite fille dont je t'ai parlé. J'ai peur d'abîmer cette lettre en dentelle et si amusante –

La vie est toujours la même et tes lettres m'ont donné beaucoup de joie par ce qu'elles m'annonçaient. Mais, faut pas croire, mon chéri, que personne manque de courage, ce serait presque un sacrilège. Cependant ce qui gêne c'est le manque de point de repère et aussi le sentiment qu'on s'amuse beaucoup à l'arrière.

Je m'en tiens toujours au régime moral du nénuphar.

Et ne souhaite pour le moment qu'une seule chose : qu'un sandwichage idéal me joigne à vous et à Toutou, si cela ne déplaît point.

Au demeurant, n'oublie point que je suis maintenant au secteur 69. Je me porte en ce moment comme un charme. Il manque en ce moment plusieurs sous-off, un a été tué hier, 2 ont été évacués et un est parti à un poste d'observation où il se trouve heureux comme un prince. Je ne vois guère que moi qui puisse être nommé dans la batterie à moins qu'on n'en fasse venir du dépôt. Enfin j'ai bon espoir de ce côté-là. Alors, veine ! Ça en boucherait un coin à Toutou, qui me croit soldat en carton. Je voudrais passer rien que pour faire maronner notre cher et grand mathématicien et aussi parce que c'est tout de même plus agréable. Enfin, il arrivera ce qui arrivera. Après quelques jours de paix la guerre recommence. Les bois sont tout de même très beaux, ils ne participent point de la colère des hommes. Cependant les fleurs des champs éteignent leurs couleurs, seule la flamme azurée du bleuet perce les blés et des jardins déjà émerge le périscope de la fleur de lys.

La plus belle histoire depuis 15 jours, c'est celle d'un sous-off parti maintenant après un petit séjour, une charmante villégiature. Arrivé ici avec un coup de pied de Vénus, on ne l'avait pas reconnu malade, aussi dès qu'il s'est trouvé dans le bois a-t-il mis son bock en batterie en le suspendant à un arbre : c'était rigolo comme tout ce bock émaillé blanc et bleu, le caoutchouc rouge et la canule. Quand on entrait dans le bois on ne voyait que ça. Enfin la comédie a cessé. Vois-tu le général Joffre venant voir ce tableau sylvestre…

Case d'armons a paru à 25 exemplaires et quelques exemplaires sont placés. Je les placerai tous sauf ceux que je donnerai. Écris-moi longuement. Il y a maintenant bien bien longtemps que je n'ai plus de lettres de toi. Merci des renseignements que tu m'as envoyés. La maladie du roi de Grèce m'avait toujours paru équivoque. Maintenant un petit poème pour intermède.

Lou est un enfant charmant petit Lou au bon cœur
Il y a aussi des libellules bleues
Lou est la huitième merveille du monde
Lierre Herbe de la tendresse
Lierre Herbe de la fidélité
Avions de cristal beaux fruits du ciel qui chante
Simple douceur des nues si blanches et si rondes
Ce fut une heure de départ ! secteur…
Ceci c'est ma prière bleue vers toi

Et c'est aussi mon délice
Que ce soit toi que je veuille

Soldats de faïence et d'escarboucle
Ô AMOUR
Est-il temps de monter plus haut que notre idéal
Les heures sont de belles filles langoureuse
Le printemps défleuri s'éloigne
Là-bas bas et se tourne parfois encore pour me sourire
Et dans les champs les coquelicots se fanent en se violaçant
Et en répendant une odeur opiacé
Je contemple ton absence et ton silence
Mais tu tiens à moi par mille liens subtils
Mon imagination royale allume ses millions d'astres
À ta flamboyante divinité des délices
Non ! je ne veux pas fermer pendant la contemplation
Les neufs portes des sens
Et leur ouverture se dirige et se prolonge
Jusqu'à toi et ton délice
Le jour n'est plus. Il est temps que j'aille à la rivière me baigner.
et cette onde est pleine d'herbes aussi fallaces que ton regard tandis qu'éclate un artifice meurtrier et qu'un incendie teint la nuit de couleur cerise
Cueille vite cette fleur
Prends vite le lambeau de nuage que je te donne
Lou
Dans cette nuit profonde de juin adorable
Je suis ici pour te chanter des chansons
En combattant
Je te couvrirai de trophées
J'attends seulement l'amour
Mort, tes servants sont à leurs postes
Mes chants t'ont appelée toute ma vie
Mon chant est nu, il a dépouillé ses parures

Écris-moi vite, Lou, de belle belles choses
Vie de ma vie, je baise votre main

22 juin 1915

Mon gentil petit Lou,

La lettre du train, l'autre de Nancy aussi étaient merveilleuses – me voilà tout consolé et tout heureux – Je suis rudement content aussi faut bien faire plaisir à Toutou pour tout ça surtout que c'est sérieux de votre côté, mes petits amours.

Je ne suis pas triste du tout du moment que c'est comme dit ta lettre – Ce petit garçon est à fouetter – Pour dire que je suis cent fois… c'est que tu as lu les *onze mille*… mais ça c'est rien… Je sais des choses autrement récréatives… tu verras !! (si tu veux) –

T'as bien raison d'être intransigeante. Ta fierté native, ton bon sens exquis, ta droiture naturelle te montrent avec raison qu'il n'y a pas 36 solutions dans un cas comme celui-ci – Et je suis fier de toi, mon ptit Lou, notre charmant Toutou, même, ne le comprend pas tout à fait – Et pourtant c'est vrai – il n'y a pas de milieu, faut que tous les hommes viennent ici – après on verra. Pour commencer tout le monde ici. Les autres histoires sont de la politique dégonflarde à l'usage des embusqués. Je dis que Toutou ne l'a pas compris – (c'est à mon propos) – pour le reste, je gage qu'il est de mon avis. Cependant, faut pas confondre la zone des armées, avec la zone de l'avant. Les embusqués ne manquent point dans la zone des armées – Et si je dis cela, ce n'est pas par envie pour ceux qui sont ailleurs. Puisque j'aurais pu être ailleurs et même rudement agréablement avec un Lou merveilleux.

Pour tout le programme, tu peux être tranquille si tu es sincère – moi, le suis – alors toute ta volonté sera faite et tu m'auras toujours comme tu veux.

Ne te gêne pas pour dire ce dont tu as besoin, ferai toujours mon possible – ne le répéterai plus – Tu le sais, ça suffit –

Pas de nouvelles de Mme Mortier. A été froissée je crois que tu ne lui aies pas dit bonjour chez Topsy.

Envoie mesure bague – L'histoire de Lou journaliste m'a amusé extrêmement.

Naturellement, chez moi c'est chez toi –

Ne reste pas dans les rues quand survolent les Boches. C'est vraiment ridicule de la part de mon ptit Lou. Je ne veux pas du tout qu'il ait du bobo.

Aussi fais-moi le plaisir d'être extrêmement prudent car faudra tenir les promesses faites dans le train et c'est pas les Boches triples salauds qui t'en fourniront les moyens – On tiendra ce que ça durera –

Mais j'aimerais bien qu'on aille vite, dût-on y laisser quelque chose.

Je vous embrasse tous deux bien tendrement.

Gui

C'EST

C'est la réalité des photos qui sont sur mon cœur
que je veux
Cette réalité seule, elle seule, et rien d'autre
Mon cœur le répète sans cesse comme une bouche
d'orateur et le redit
À chaque battement

Toutes les autres images du monde sont fausses
Elles n'ont pas d'autre apparence que celle des fantômes
Le monde singulier qui m'entoure métallique végétal
Souterrain
Ô vie qui aspire le soleil matinal
Cet univers singulièrement orné d'artifices
N'est-ce point quelque œuvre de sorcellerie
Comme on pouvait l'étudier autrefois
À Tolède
Où fut l'école diabolique la plus illustre !
Et moi j'ai sur moi un univers plus précis, plus certain
Fait à ton image

ORIANDE

La fée Oriande vivait dans son château de Rose-Fleur
C'est ici, quand ce fut le déclin du printemps, l'édification des Roses…
Oriande y dort comme un parfum venu dans la dernière lettre et qui repose
Sur mon cœur
Entre les deux pétales de cette vernale rose
Mais c'est l'été maintenant
Oriande y vivrait dans son château de Rose-Fleur
Tourné comme nous et l'église vers l'Orient
Et c'est le soir des roses
Les vieilles paroles sont mortes au dernier printemps
Des harmonies puissantes et nouvelles jaillissent de mon cœur
Mais Oriande écrit un L
Au ciel
Résigne-toi mon cœur où le sort t'a fixé
Et l'été passera… le printemps a passé
Mais Oriande écrit un O
En haut

Et j'accorde mon luth comme l'on bande un arc
Mais Oriande écrit un U
Sur le ciel nu
Le ciel d'un bleu profond, d'un bleu nocturne
D'un bleu qui s'épaissit en souhaits, en amour
En puissante joie
Et de mon cœur de poète
de mon cœur qui est la Rose
Oriande ruisselle
Onde parfumée des chansons
où tu aimes à tremper ton âme
Tandis que la fée s'endort
Oriande s'endort dans son château de Rose-Fleur

Croquis d'après mon petit faucon ou tiercelet privé qui se nomme Aquilan de Mayogre

Courmelois, le 23 juin 1915

À mon Tiercelet

Guillaume Apollinaire
Terrible Aquilan de Mayogre,
Il me faudrait un petit noc
Car j'ai faim d'amour comme un ogre
Et je ne trouve qu'un faucon !!

25 juin 1915

Les grenouilles – je crois que cette année je suis voué aux grenouilles ou bien aux crapauds dont j'aime bien le cri : lou lou lou, tandis que je n'aime pas beaucoup celui des grenouilles qui ont l'air, ma foi, de parler l'allemand. Il y a aussi de petits oiseaux qui s'en vont dans les myrtes, plante de l'amour, et becquettent gentiment les grappes blanches. C'est à un de ces petits oiseaux familiers des myrtes que je confie ma lettre. D'autres de ces oiseaux sont bien plus rigolos : tranquillement installés dans les églantiers, ils sifflotent à tire larigot et n'ont pas l'air du tout de s'en faire le moins du monde. Tout ça est extrêmement amusant à observer. Il y a eu un peu de muguet tardif mais personnellement je ne suis jamais arrivé à en trouver, ou du moins je n'en ai pas eu l'occasion car je n'ai pas eu le temps d'en chercher. Mais j'en ai vu une fois. Il a été aussitôt cueilli par un autre que moi. Les blés mûrissent. Un canonnier l'autre jour en portait un beau bouquet je ne sais à qui il voulait l'offrir. Je suppose à un fantassin pour le montrer aux Boches. Je voudrais bien que la victoire ne tardât pas. On danserait de joie, on en danserait jusqu'à ce qu'on tombât épuisé de fatigue littéralement. J'ai reçu tes très, très gentilles lettres de Nancy, puis celle du train. Que je voudrais déjà connaître ces jolies histoires si drôles dont tu parles ! mais pourquoi ne pas confier cela à une lettre qui n'est même pas signée ? Si on a parlé du voyage de Nîmes, ça vient sans doute de Baratier et non de moi. Car moi je suis la tombe en cette occurrence. Je te remercie infiniment de m'avoir défendu. D'ailleurs les gens qui m'attaquent ne savent pas bien pourquoi et au demeurant je les encambronne très proprement. – Pour le reste, à propos du petit garçon, cent fois pire, dis-tu à mon propos. Pourquoi ? Aurais-tu lu les onze mille ? Je suis donc à tes yeux quelque moitié du diable dont tu serais l'autre moitié, ou du moins moi les 3/4 et toi un 1/4. Le contraire serait peut-être plus vrai. Mais si le diable a des cornes, serait-ce qu'il ait [été] cocu ? Aussi suis-je persuadé que la diablesse au lieu de cornes a 2 belles plumes. Ci-joint quelques photos tout à fait récentes de Gui. J'ai été charmé d'apprendre les déportements de Pipe. Ça prouve que la guerre a du bon pour les chattes. En tout cas, chez moi je ne lui donnais guère l'occasion de flirter avec des matous. Elle donne le bon exemple du repeuplement. S'il faut faire la campagne d'hiver, on fera la campagne d'hiver. S'il fallait se masquer, on se masquerait. Enfin, on fera tout ce qu'il faut pour foutre les Boches dehors et je suis bien persuadé qu'on en reviendra encore Toutou et moi et qu'on se retrouvera près de toi, ce qui sera charmant. Ce premier five o'clock (Il tu piges) où nous serons extrêmement gênés moi et lui – Ça m'amuse beaucoup d'y penser. Peut-être, au demeurant, cela ne se produira-t-il pas comme ça. En attendant, ça dure, avec beaucoup de musique maintenant. Je me demande pourquoi on n'habille pas tout le monde en chevaliers du Moyen Âge et ne recourrait-on pas pour finir aux combats singuliers sur le billard entre les tranchées. La guerre serait plus rigolote qu'elle n'est si on était obligés de passer son temps à astiquer les armures. Le ton général de cette missive ne dépasse-t-il point la mesure autorisée par le ptit Lou ? Enfin, j'ai une confiance absolue en toi, en Toutou, en moi, en nous, en la France. Et c'est fin bien.

Pour le Pape, je propose que le roi d'Italie le mobilise comme G. V. C. Ça lui en boucherait un coin de garder les voies, armé d'un fusil Gras. – J'ai fait une singulière découverte bien utile, ma foi, pour le cas où j'aurais, par je ne sais quel hasard, la pénible obligation de donner la schlague à quelqu'un dont il faudrait en même temps respecter la peau (pas un Boche par conséquent), c'est que le bois de frêne ne laisse pas de traces ou plutôt de marques.

Je cesse brusquement ma lettre, nous foutons le camp ne sais où. Peut-être dans le Nord. *Chi lo sa ?* Qui peut savoir cela ? Au revoir, Au revoir…

Gui

1er juillet 1915

Je viens de recevoir ta lettre du 21 juin – 9 jours pour venir ce n'est pas de trop quand on se déplace comme on l'a fait. Maintenant donc je ne peux te dire où je suis, mais je pense ne faire aucun mal en disant où nous étions, puisque nous avons quitté le patelin et que je ne dis rien des opérations militaires. Nous étions à quelques km. de Reims, dans les bois. – Après un changement pas très loin, en avons fait un autre, longues étapes, heureusement que j'étais à cheval et que Loulou est un bon canasson. On est parti de nuit puis ensuite on a voyagé de jour. Ces départs sont extrêmement impressionnants. Tout le monde était triste, car le pays où nous étions était peuplé, beaucoup de jolies filles ou femmes, combien y avaient refait une sorte [de] vie précaire, hélas ! officiers, sous-offs, gradés ou simples canonniers. Ces derniers travaillaient dans les vignes. On faisait beaucoup l'amour dans le pays, et le 38e qui était là depuis huit mois semblait être bien regretté. J'ai vu des scènes déchirantes. Et je crois que dans un mois des naissances témoigneront du séjour du régiment. Pour ma part, j'en avais assez des bois marécageux et malgré la proximité des villages d'ailleurs quotidiennement bombardés j'ai été content de filer. Voyage épatant, on a dormi à la belle étoile, pr le moment nous dormons sous nos toiles de tente, par terre. Tout ça m'a plu extrêmement. Ma lettre est à bâtons rompus, j'écris par terre, suis très, très embêté par des millions de mouches, de sales mouches. Sommes dans un désert qui ressemble au Sahara, quelques bouquets de pin misérables et clairsemés, nous sommes dans un de ces boqueteaux. Pas d'eau. Pr l'abreuvoir faut faire 7 km. à l'aller et 7 au retour, 2 fois par jour, notre batterie de tir est à 500 m. de l'Échelon. Mais, je suis extrêmement content, d'une gaieté folle que ma lettre ne reflète peut-être pas mais qui est réelle. La nuit feu d'artifice extravagant et continuel, du vert, du rouge, du blanc, des chandelles romaines, que sais-je encore. L'air est excellent, malgré les mouches et les cimetières infinis à l'infini. L'endroit est déjà célèbre, mais peux pas dire où. Enfin, je voudrais repartir, car le voyage en colonne avec 6 batteries fut épatant. Toi, fais-moi le plaisir de te remonter le moral. *La situation me parait bien meilleure* malgré tout. Je pourrais t'en dire long, mais ne peux confier ça à une lettre… il ne faut pas être triste, *je ne veux pas.* À propos, j'oublie de dire que je ne suis pas fatigué du tout malgré la fatigue, mais il est possible que les mouches finissent par avoir raison de ma patience, ma bonne humeur et même ma santé – Mais pour l'instant suis épatant. Ai dormi à la pluie la nuit dernière, pas même enrhumé. Toi, faut pas avoir trente ans de plus comme ça, sans raison, mon gosse, c'est pas de jeu. T'es toujours un gosse endiablé tout de même. Et ta rencontre avec T. t'en parles pas ? Quand on sera installés je t'écrirai mieux.

J'attends ta prochaine lettre. C'est jeudi, te récrirai dimanche. En tout cas fais-moi le plaisir de te ressaisir et de ne pas me donner d'inquiétude à ton sujet, non plus au sujet de T.

Parle-moi de toi plutôt que de la guerre – Si tu es si près que cela des lignes de feu, tu comprendras que ça ne me rassure guère.

Pour moi, tu sais quels sont mes sentiments, relis la lettre que tu m'as écrit avoir gardée sur toi, tu verras ce que je pense, rien à ajouter.

Donc, c'est entendu, pour tout ce que tu as dit. Mais nom d'une pipe écris-moi une fois une longue, longue lettre en tout petits caractères. Tu as tort de croire qu'on ouvre tant que ça les lettres et comme tu ne parleras de rien de militaire aucun danger tu peux écrire librement.

J'espère bien qu'on ne va pas nous faire rester longtemps dans ce patelin sans ressources aucunes – Enfin !...

Lou, au revoir, à bientôt, as-tu eu ma lettre que j'avais illustrée ? T'en referai si ça t'amuse mais aujourd'hui, c'est avec peine que j'arrive à écrire – à cause du manque d'installation.

Gui

11 juillet 1915

Mon Lou chéri,

Oui encore changé de secteur !! Dommage en effet, le 69 allait ainsi que tu dis comme un gant, mais 138 c'est 2 fois 69, ça va donc comme une paire de gants. Comme je n'ai que de vagues notions de la semaine et que je ne me souviens plus guère des dates auxquelles j'écris, j'aime mieux répondre aux lettres que tu m'écriras. Notre secteur était sur le communiqué d'hier, as-tu lu ? !! ? Seulement faut pas être triste, tout ça c'est la guerre – Je t'ai bien expliqué que ce serait long à une époque où personne ne voulait me croire pas même toi –

Nous nous reverrons quand les temps seront venus. As-tu eu les photos ?

Quand j'aurai ma permission sera-t-il possible de te rencontrer ? Non, sans doute. « Mon petit, mon si cher petit. » N'envie personne même ceux qui se battent.

Inutile de vieillir avant l'âge – En tout cas, pour ce qui me concerne je suis certain de retrouver toujours mon même Lou.

Si tu peux persuade-toi que ce que tu vis est un rêve, il n'y a pas beaucoup de différence du rêve à la réalité.

Je te donne de mes nouvelles en retour des tiennes… Je me demande pourquoi tu ne peux pas dire grand-chose ? mais que ta volonté soit faite.

Embrasse Toutou de ma part.

Au revoir mon petit chéri, je t'embrasse *de tout mon cœur… très tendrement*. Ton

Gui

Surtout occupe-toi le moins possible de la guerre. Tu ne parles que de ça, tu ne penses qu'à ça. C'est absolument ridicule de te corder les nerfs ainsi. Il n'y a pas que la guerre ! La nature est là comme auparavant et surtout cette belle nature des Vosges avec villes, villages et tout ce qui s'ensuit – Ici rien, ni eau, ni arbres, ni villages, ni maison, ni habitants, rien que la guerre et je t'affirme que j'y pense le moins possible pour penser à toi le plus possible.

G.

Oriande s'endort dans son château de Rose-Fleur

Le 26 juin 1915, le régiment de Guillaume va se battre dans le secteur des Hurlus, dans le département de la Marne : il va y vivre la seconde offensive de Champagne. L'apocalypse se déchaîne. Des villages entiers sont rayés de la carte. Les paysages deviennent lunaires. La batterie commandée par Guillaume tire sans répit. L'été est chargé de mouches et de cadavres et le paysage de « cimetières infinis à l'infini ».

14 juillet 1915
Cote 146

J'entends la grave voix de la grosse artillerie boche

14 juillet 1915

Mon ptit Lou, ta longue lettre m'a ravi et m'a bien excité... à vouloir savoir la fin des héroïques aventures où tu t'engages selon ton habitude. Je trouve la guerre rigolote parce que sans ça je m'embêterais et je tiens à revenir avec une santé aussi trempée que celle que j'avais en partant. La gaîté y peut être pour beaucoup. Donc vive la gaîté ! Et à bas tous les excès, même ceux de la Neurasthénie. En tout cas, ptit Lou épatant, faut pas trop te plaindre : Toutou, jardin, roses, confort moderne, une cour d'adorateurs, conquêtes, un dragon superbe ! Tu l'aurais plus sec si tu étais ici où il y a rien que des trous en terre, pas même d'arbres et mon gourbi pourrait aussi bien être un tombeau. Vous vivez dans un secteur singulièrement agréable. Aussi t'en fais pas, profite de tout – L'histoire de Mme concierge Robin est très jolie. Voici l'extrait d'une lettre que je reçois de Paris : « Je reproche une chose à Paris, c'est de ne pas avoir l'air d'être en guerre ; les gens ne demandent qu'à s'amuser, les femmes surtout, et c'est un grand bonheur pour toi d'être célibataire. Paris n'est pas plus préoccupé que pendant la conquête de Madagascar et encore. » Ça alors ça m'irrite un peu. La lettre est signée d'un peintre de mes amis et il est, je le sais, peu menteur.

J'ai cherché la mesure de l'annulaire annoncée. Pas trouvé ! J'attends avec impatience les photos. Tu dis que tu vas t'en aller, est-ce plus près ou plus loin ou dans un autre secteur ? Qu'est-ce que cela signifie, ptit Lou ! Si tu savais où nous sommes maintenant ! Un des lieux les plus célèbres de cette guerre. Et l'un des champs de bataille qui seront les plus visités après la guerre. J'ai lu il y a 2 jours des prédictions relatives à la guerre et qui ducs à un Américain sont assez plausibles. Pour le demeurant, je t'aime infiniment. *As-tu reçu mes photos ?* dans la lettre dessinée la dernière du secteur 69 ?

COTE 146

Plus de fleurs mais d'étranges signes
Gesticulant dans les nuits bleues
Dans une adoration suprême, mon beau ptit Lou, que tout mon être pareil aux nuages bas de juillet s'incline devant ton souvenir
Il est là comme une tête de plâtre, blanche éperdument auprès d'un anneau d'or
Dans le fond s'éloignent les vœux qui se retournent quelquefois
Entends jouer cette musique toujours pareille tout le jour
Ma solitude splénétique qu'éclaire seul le lointain
Et puissant projecteur
de mon amour
J'entends la grave voix de la grosse artillerie boche
Devant moi dans la direction des boyaux
Il y a un cimetière où l'on a semé quarante-six mille soldats
Quelles semailles dont il faut sans peur attendre la moisson ?
C'est devant ce site désolé s'il en fut
Que tandis que j'écris ma lettre appuyant mon papier sur une plaque de fibro-ciment
Je regarde aussi un portrait en grand chapeau
Et quelques-uns de mes compagnons ont vu ton portrait
Et pensant bien que je te connaissais
Ils ont demandé :

« Qui donc est-elle ? »
Et je n'ai pas su que leur répondre
Car je me suis aperçu brusquement
Qu'encore aujourd'hui je ne te connais pas bien
Et toi dans ta photo profonde comme la lumière
tu souris toujours

Ptit Lou, ta lettre m'a fait le plus grand plaisir car je commençais à désespérer d'en avoir. Et je me réjouis des Décamérons Poilus qui ont lieu dans les Vosges. Il n'y a pas de peste si horrible soit-elle que la grâce d'une jeune femme belle et spirituelle ne rende supportable quand elle se trouve parmi des compagnes qui peuvent rivaliser avec elle et parmi des compagnons discrets, avisés, bien appris et quelque peu *érudits* selon une expression chère à Toutou mais qui dépasse de beaucoup ma pensée, bien que ma plume pour l'instant n'en rencontre pas d'autre –

J'ai déjeuné hier matin avec le capitaine d'une batterie de 95 qui est en réserve à l'arrière et qui seul venait visiter le front – une vraie villégiature quoi, 4 jours sur le front. J'ai été chargé de le balader. C'est un type qui d'abord affecté à un poste de T.S.F. en Afrique a demandé à reprendre son ancien métier d'artilleur ! Je l'ai baladé partout et ça m'a baladé moi-même d'une façon très intéressante. Il était naguère encore à Paris comme toi et compte d'après ses renseignements 18 mois de guerre encore ce qui corrobore bien l'opinion de Robin. Pour ce qui me concerne personnellement je n'ai plus d'opinion nette. Néanmoins, j'avoue que l'espèce d'innocence du pays que je défends me donne plus d'espoir que tout au monde. D'autre part, beaucoup de catholiques sont terribles et pensent que le châtiment de la France athée n'est pas assez complet pour qu'un triomphe rapide survienne. Moi, j'ai foi dans la pureté de la France, dans ta pureté à toi, ô vicieux ptit Lou, et comme fait Toutou, ta candeur même me donne le plus grand espoir en notre victoire.

L'absence de femmes sur le plus grand nombre de points du front est à mon avis excellente, et surtout d'excellent augure. On ne peut être vaincu quand on sait demeurer chaste. Cette chasteté dans les guerres d'autrefois était mitigée il est vrai par des pratiques solitaires et dans un propos rapporté par Mirabeau dans l'*Errotika Biblion* le maréchal de Saint-Cyr aurait eu coutume de dire très crûment qu'un bon général doit savoir se faire menotte.

Quoi qu'il en soit, *la guerre continue, continue,* mais parlons d'autre chose. Pas de mon amour, tu n'en doutes plus j'imagine pas plus que moi je ne doute du tien !!!!! En ce moment une grande partie de la batterie est sous l'empire du pinard. J'imagine que c'est la même chose dans toutes les batteries, comme ça ne nuit pas au service il est bien que le rite dionysien s'accomplisse un soir de 14 juillet, fût-ce sous le long doigt clairvoyant des projecteurs boches. Ils sont deux devant moi qui dardent leur lumière comme des escargots envoyent leurs yeux devant eux.

Nonobstant quoi je t'adore souverainement. J'avais fait des croquis de l'émouchet qui commence à être merveilleux, mais j'ai égaré le carnet où ils étaient, je recommencerai. J'entends le cri du pluvier, c'est signe qu'il va pleuvoir et je ne sais ce qu'on va devenir s'il se met à pleuvoir pour de bon, car rien n'est encore bien arrangé. Mon trou recouvert de sacs et de rondins est encore ce qu'il y a de mieux. Je vais m'occuper de l'écoulement des eaux. En tout cas, j'avais pensé qu'il n'y avait point de rats, il y en a. Une des plus jolies histoires apprises ici est celle de cette affreuse mégère belge qu'on appelait Palmyre et qui tenait le Palmyrs Bar. Elle entretenait paraît-il richement un jeune poilu qui est le frère d'un brigadier de tir d'une batterie voisine. Le frère était enchanté de la guerre qui le délivrait de son crampon. La vieille garce vient de mourir et le jeune homme tâche de se dégonfler pr aller recueillir la succession, le Palmyrs Bar étant en panne et les tantes n'étant sans doute pas mobilisées. Tu es un gentil et courageux ptit Lou, mais tu te crois obligé parfois d'essayer de me remonter le moral. Je n'ai pas besoin qu'on me le remonte. Mais j'ai envie de fonder *l'Œuvre des civils* pour remonter les gens de l'arrière dont Forain a si merveilleusement stigmatisé la mentalité pusillanime, mais l'embuscade est beaucoup plus à découvrir dans la zone des armées que dans celle de l'intérieur. Enfin depuis mon arrivée au front je n'ai pas quitté la zone de l'avant et en mon for suis bien plus content que si j'avais essayé d'aller au train régimentaire ou d'être resté à Nîmes ce que j'aurais pu faire traîner. Je suis certain que la mentalité publique s'élèverait si l'on faisait passer tout le monde quelque temps sur le front, même les vieux, enfin tout le monde, quoi ! Quand il s'agirait d'aller de l'avant on verrait, mais pour une guerre comme celle-ci tout le monde peut rendre des services pendant quelque temps et m'est avis qu'on devrait ménager les vrais soldats pr les choses importantes et vraiment militaires.

Baisers passionnés.

Gui

23 juillet 1915

Ô délicate bûcheronne
À damner tous les bûcherons
Quel est le matou qui ronronne
En zieutant tes jolis seins ronds ?

Et moi qui croyais, ma parole !
Que ce chat c'était un Toutou !
Menotte aussi joue un beau rôle...
Décidément, des chats partout !

J'aurai mesure de ta bague
Semaine des quatre jeudis
(Tu vois, je prends tout à la blague)
Ou bien après la guerre, dis ?

Le papillon qui n'a qu'une aile
S'est envolé ; ne l'ai pas vu...
Mais ton image est là si belle
Me voilà de Douceur pourvu...

Il est vrai, ptit Lou, que je n'écris pas souvent. Je croyais au surplus que tu devais m'écrire 2 fois par semaine. J'aurais écrit autant puisque tu me l'avais dit, mais n'ai plus osé, pensant t'importuner et je m'en tenais à répondre seulement à tes lettres. J'écrirai donc dimanche prochain, de façon à rétablir une correspondance régulièrement bi-hebdomadaire. Je vais tenter cette charmante expérience. Cependant, je tiens à être payé de retour, car je ne veux pas faire tous les frais d'une correspondance qu'au surplus je me réjouis autant à lire qu'à écrire. C'est toi qui as convenu des 2 fois par semaine (lettres longues), c'est toi aussi, ptit Lou, qui as manqué, je le crois du moins, à ton engagement. Écris-moi par exemple le jeudi et le dimanche comme je ferai moi-même désormais si tu veux bien en faire autant. Le dessin avec le chat est bien amusant, les seins, les mains, les bras, le regard même sont follement ressemblants et j'envie suprêmement le matelas en varech. La petite fille bien sage a donc deux flirts. Elle se met bien la petite fille bien sage et je l'adore. Le ptit Lou est ce qu'il y a de plus charmant et de plus rigolo ici-bas. Vous avez un secteur qui n'est pas moins charmant et je n'ai jamais vu dans ceux que je connais la possibilité pour une jeune femme du monde d'aller vivre près des lignes de feu dans une maison forestière. C'est inouï. Toutou a une veine insensée. Et sans doute tant de bonheur ne l'empêche pas de tirer beaucoup de coups.... de canon... au contraire. Il faut l'embrasser de ma part, l'engager à tirer quelques coups... de canon en mon honneur, car c'est aujourd'hui la St Apollinaire qui est un peu ma fête. L'histoire des forestiers tirant des coups... de canon tout comme les artilleurs m'a bien amusé. L'histoire des puces cherchant un gourbi sur le corps exquis du ptit Lou m'a donné une haute idée de l'intelligence de ces bestioles.

Alors, tu crois que ma permission aurait lieu en février !!! Nom d'une pipe !... C'est ma foi bien possible, au train où vont ces permissions ici, ça pourrait arriver à l'époque que tu fixes, enfin on verra d'ici là... Six mois et 1/2 à attendre... une paille !

Sur mon dessin les poilus écartent les pattes ! En effet !... Les conducteurs ainsi que les brigadiers écartent ainsi les jambes quand ils se reposent... J'ajoute à leur décharge – comme devait dire la regrettée Messaline – qu'ils font énormément de cheval dans ce secteur et à des allures ridicules ce qui est fatigant. Il y a peut-être des raisons plus difficiles à préciser et la saucisse grotesque qui me regarde de haut a l'air d'un symbole du secteur 138. Moi, flirter ! Tu sais bien, ptit Lou, que je n'aime que toi. D'ailleurs je ne pourrais guère flirter ici que par lettres. Et les lettres qui ne te sont pas adressées ne t'intéressent pas – avec raison d'ailleurs – Au demeurant, je ne flirte d'aucune façon, mais si tu ne m'écris pas et que la guerre dure comme ça des années, je serai bien obligé de m'enquérir d'une marraine. Je te dis beaucoup de choses sur la guerre pour essayer de te consoler ; car on n'a pas besoin de te remonter, tu es courageuse tout plein et autant que tu es jolie. Et l'histoire des rêves ressemblant à la réalité n'est malheureusement pas vraie tous les jours. Tu as mille fois raison mais je n'ai pas tort de prendre les choses comme je les prends. Aussi suis-je peut-être le plus gai de ma batterie bien qu'autant que quiconque j'aie les plus graves raisons de regretter la paix.

Pascal est toujours dans son fort près de Paris. Il n'en sortira sans doute pas de la guerre. Borie est toujours sur le front de mer à Nice.

T'ai-je dit que j'étais maintenant brigadier-fourrier de la batterie ? C'est bien parce que je suis libre, sauf que j'ai beaucoup affaire avec le capitaine et le chef d'escadron mais sans ça beaucoup de liberté et de tranquillité en ce sens que le fourrier connaît la comptabilité que je ne connais pas et que pourvu que je ne l'embête pas ne m'embête pas non plus. Le chef ici ne s'occupe pas du bureau. Ça m'embête d'autre part parce que je crains que ça ne me retarde pr devenir sous-off. Enfin… Il faut savoir se contenter. Et si j'avais jamais pensé être brigfour, je veux bien qu'on me pende.

D'autre part, tu me demandes ce que je fais. Je fais tout ce qui n'est pas comptabilité. Ainsi beaucoup de balades. Nous sommes maintenant même secteur, dans le lieu le plus célèbre de la guerre, sauf les champs de bataille du Nord

(Si tu trouvais de ton côté à lire *la jolie fille de Perth* de Walter Scott, lis-la et tu me raconteras ce roman dans une de tes lettres on le dit très beau) –

Je reviens donc à mon secteur. Il est impossible d'imaginer l'impression extraordinaire de guerre qu'on y a. Sauf peut-être des sommets d'Alsace très disputés donnent cette impression et encore, je me demande si c'est possible qu'il y ait d'impression plus violente que celle que l'on a ici en allant aux tranchées.

La quantité énorme de boyaux fait ressembler la région qui est blanche naturellement à une mer pleine de vagues et c'est à l'infini.

Les 3 villages qui constituent les P…… sont là, effroyablement marmités. J'y ai été plusieurs fois, mais je n'ai bien visité cela en détail qu'il y a une dizaine de jours. Nous étions 2, le chef de la 1re section et moi, on n'a pas pris de boyaux, la saucisse boche étant absente et on ne peut se figurer quel plaisir il y a à ne pas voyager dans les boyaux. Cependant partout des écriteaux enjoignent de passer par les boyaux. Partout des tombes, Français et Allemands, par centaines, par milliers sont mêlés dans ces fosses. Dans les boyaux au loin des gabions s'en vont, lentement sur des dos qu'on ne voit pas. Les obus, les bombes, les mitrailleuses pètent continuellement et le sol est un véritable ossuaire métallique et pour tous les calibres. Par-ci par-là des tombes d'officiers avec des couronnes de perles. Mon camarade est un brasseur d'Armentières, autodidacte et très catholique. Je lui raconte l'histoire des 3 villages que l'on désigne ensemble sous le nom des P… et qui sont P…, H… et Le M…. Enfin, nous voici au M… Des balles cinglent de toutes parts, il ne reste que la ruine de l'église qui était une assez belle église solide sur une hauteur, en dessous des bobosses ont creusé des abris car peu en avant est le fameux trapèze où un bataillon fond en 3 relèves sans attaque, – Français et Boches sont à cinq mètres les uns des autres. Une boucherie perpétuelle, à droite est la ferme B… et le fameux *pont de M…* sur lequel a été faite la chanson célèbre sur le front et qui se chante sur l'air des *Ponts de Paris.* Sans doute les paroles sont-elles connues aussi dans les Vosges. La chanson a paru dans le *Bulletin des armées* et le caporal qui l'a faite est mort peu après l'avoir chantée…

Au pont de M…
Nous sommes nuit et jour
Depuis des mois c'est là notre demeure
Les uns y vivent et les autres y meurent
Mais qu'importe la mort
Si nous sommes plus forts
Etc, etc.

Ces sites sont célèbres, au M…. j'ai voulu voir si les bas-reliefs de l'autel dont un d'après ce que je sais représentait la luxure, et avait été mastiqué par le curé, il y a 2 ou trois ans, existait encore, mais rien, l'église est une ruine et c'est la seule chose qui existe encore, des murs à hauteur d'homme mais c'est très beau, dans les décombres, la cloche, la vieille cloche du M.... est là, pas brisée, rien. On nous crie d'un des trous d'en dessous de fiche le camp. Nous avons bien fait d'ailleurs, car à peine sur la route de H.... prise pour éviter le boyau, on recommence à taper sur le M..., pr comble une mitrailleuse balaye la route où nous nous sommes engagés, pas de malheur, on passe devant une croix de pierre restée intacte, puis les H.... qui en apparence existent encore et quand on s'approche c'est indescriptible mais l'église qui est une construction légère et moderne a résisté à tout, trouée elle est là comme au temps du culte, le tabernacle est paré de sa dentelle, seule la pierre d'autel a été emportée, il y a sur l'autel une gravure encadrée, le verre n'est pas brisé ! un goupillon, un encensoir argentés sont à côté, le reste est en mauvais état. Personne ne vient rien reprendre, tout reste là et personne n'emporte rien ; si ! le capitaine avec qui j'y ai été une autre fois a emporté des bons-points d'écolière pr envoyer à sa petite fille. Le chemin de croix est intact et une statue de Jeanne d'Arc, produit sans valeur de l'art sulpicien, est presque.

26 juillet

Cher Ptit Lou,

Vraiment, avec une recommandation qui coûte 5 sous je pourrais avoir les photos à plumes sans qu'il y ait aucun risque. D'autre part, il est facile au photographe de modifier un peu le visage, mais c'est inutile. – Ça me ferait un grand, grand plaisir d'avoir ces photos.

Manqué me crever l'œil hier, ai donné du front ou plutôt nez et arcade sourcilière dans un fil téléphonique, me suis un peu amoché, ai un bandeau sur l'œil, mais ça va déjà mieux.

Tu sais que voudrais bien ces photos.

Vais faire la bague, ai envoyé un cœur hier.

Ai reçu aile de papillon, bruyère, cherche de la bruyère blanche, on dit qu'elle porte bonheur.

Je ne vois pas pourquoi tu étais furibarde, tu n'écrivais pas, j'écrivais pas. C'est bête peut-être, mais c'est un moyen mnémotechnique épatant, tu reçois une lettre, tu y réponds. Voilà.

Non en ce moment entre secteurs je ne pense pas qu'il y ait de lettres perdues.

La guerre, la guerre, tu en as plein la bouche mon ptit Lou et cependant tu as ton Toutou. Que veux-tu de plus !

Moi je suis brigadier, les uns pêchent, d'autres font des bagues, d'autres font l'amour, mille autres choses encore. La stratégie bat son plein. Voilà, voilà les dernières nouvelles de la guerre.

Que te dire de plus, le pays d'ici se révèle sous ses aspects pluvieux. C'est réjouissant Les mouches passent au rang de tenorinos et ne cessent de chanter. Il y a même des rats courts sur pattes. Le tiercelet en a attrapé un et l'a tué. Mais cette chasse n'a pas l'air de l'intéresser. Le pauvre diable de rapace, il lui manque une femelle et dans ce pays perdu même pas d'oiseaux de proie sinon les Boches, qui après tout n'existent peut-être pas.

Amour et fraternité, ô toi Beauté que j'aime.

Gui

30 juillet 1915

Ptit Lou, merci tout plein pour l'envoi de la délicieuse Odalisque – Tu peux, si tu veux bien envoyer aussi les autres *à plumes* en les coupant en deux, tu mettrais la partie plume dans une lettre, la partie tête dans une autre, je saurai bien raccorder le tout. Évidemment, Paris, si l'on en croit les rumeurs, n'est pas un modèle d'édification. Le reste de la France non plus. Pour ce qui est de Paris, les Anglais dit-on ne s'y embêtent pas. L'Anglais, l'ennemi héréditaire après tout, prépare une race anglo-française, tandis que l'ennemi tout court élève déjà la race franco-boche. Pour ce qui est de Paris et à propos des hôpitaux on appelle l'hôpital installé dans le Palace-Hôtel des Champs-Élysées, *le bois de la Gruerie*. Des gens bien informés assurent que les dames infirmières n'y ont qu'une seule main, l'autre… En somme la guerre dure comme je l'avais bien pensé et elle dure trop, s'il faut dire la vérité. Bien des choses ont changé depuis le début. Alors il fallait espérer qu'elle durât. Aujourd'hui il ressortit au plus simple bon sens de souhaiter qu'elle ne dure pas. Qu'il y ait coûte [que] coûte une victoire rapide… il le faut… Malheureusement, l'École de guerre, les grades, les décorations, les soldes progressives, les citations donnent le change... La stratégie bat son plein ! Ah ! bien ouiche ! Si Frontin revenait au lieu d'écrire ses *Stratagèmes* il ferait l'amour avec Lisette comme il fait dans le théâtre de Marivaux.

Nonobstant de si bizarres singularités ma gaieté augmente de jour en jour et je me retiens de toutes mes forces pour ne pas éclater de rire et du rire le plus douloureux que l'on connaisse.

Toi mon petit Lou profite bien de la vie, puisque tu le peux. Ton poète voudrait qu'elle n'eût pour toi que des caresses. Cultive même des fleurs rares. L'empereur Dioclétien (est-ce bien lui ?) cultiva bien des laitues sur la côte dalmate. Le sylphe Lou se déguise en jardinier et arrose une pensée. C'est bien là la fleur rare du Front. Dis à Toutou combien j'ai goûté la symbolique de ton gracieux dessin.

Revenons aussi à l'Odalisque. Sa perfection est unique autant que la grâce de son esprit. C'est pourquoi je t'adore.

Au moment où j'ai reçu ta lettre je lisais un numéro des *hommes du jour* que m'a passé un bombardier, dans la page du milieu je regardais une photo qui représentait six officiers supérieurs. Au-dessous se lisait la légende : *le Commandant Alfred Dreyfus avec ses collègues de l'État-Major de...* Je livre cela à tes réflexions, elles seront j'en suis sûr tout autres que les miennes. C'est alors que, lisant ta lettre, j'y vis que le ptit Lou après avoir ressenti grâce à *la faute de l'abbé Mouret* (qui est loin d'être le meilleur livre de Zola) une de ses premières grandes émotions, déteste « d'ailleurs » l'œuvre de Zola. Quand donc le ptit Lou cessera-t-il d'adopter par snobisme des opinions que sa sensibilité repousse ? Zola est incontestablement un des plus grands auteurs du XIXe siècle et dans le roman – qui fut le genre du siècle – il est parmi les premiers. Il a le sentiment de la foule et sait nous la montrer, vivante, agissante.

On peut le mettre auprès du poète américain Walt Whitman. Certes, Zola est loin d'être un bon écrivain mais c'est sûrement un grand romancier qui mérite plus que de l'estime… Mais l'aversion ne se discute point et si celle que tu éprouves pour lui est fondée, il est juste que tu t'y tiennes.

Je finis la bague, je graverai *Gui aime Lou* à l'intérieur. – C'était avant-hier la saint Pantaléon, fête patronale de la commune sur le territoire de laquelle je demeure en ce moment. Au surplus, je dois être le seul poilu du secteur à connaître ce détail mirifique.

Mon Lou exquis pas à moi, la batterie dort dans l'heure trouble de midi. Les nuées de mouches verdâtres bourdonnent sur le mystère des terres remuées, inquiétant et malsain, et ma lucide indifférence parcourt comme un coup d'œil de fantôme les âges et les âges ou sombres ou splendides.

Une troupe équestre entourant une litière arrive au loin. Je la vois venir à travers le voile que tisse devant la porte ouverte de ma cellule souterraine l'envol obscène des mouches infâmes.

La troupe approche. Les cavaliers portent des lances dont les gonfanons de couleurs éclatantes fouettent la face équivoque du soleil.

Et cette troupe je la suppose redoutable, la litière m'apparaît comme si sous les tentures de soie il y avait un cadavre.

La troupe est près de moi. Dans la litière une belle dame en cristal me sourit avec tendresse. Elle te ressemble, délicate et belle. Elle descend de la litière et vient à moi. Nous nous regardons silencieux. Nos yeux se frôlent et les attouchements de nos regards ont une volupté épouvantablement profonde. Les éclatements métalliques se propagent en échos incessamment renouvelés. Mais rien ne pourrait troubler notre extase. Je voudrais te crier ton amour. Mais ce pays est empoisonné. Les croix vénéneuses y poussent partout parmi les rares pins rabougris et parfois l'euphorbe verruqueuse. Et voilà que je tends la main trop vivement et voulant toucher à la dame de cristal laiteux je la brise. Et l'écho emporte son cri harmonieux et infini où monte comme un tourbillon de colère l'horrible rumeur des mouches, tandis qu'avec toute la douceur de ton regard féerique s'éloignait la troupe de parade où je distinguai plus d'une face hilare. Et le cristal langoureux pareil que tes yeux doux, fondit sur le savart dénudé tandis que passionnément je regardais à en mourir les tranchées si blanches, ouvertes comme des sexes féminins dans la craie stérile. Et mon angoisse s'enivre de tant de peine loin de toi, ma douleur est divine puisqu'elle procède de toi.

Ô temps, inexorable temps. Implacable soleil, enchantements des heures irréparables, mon Lou, mon Lou je t'adore.

Gui

2 août 1915

Mon ptit sifflet à 2 trous,

La photo est merveilleuse, puisque tu veux mon appréciation juste et raisonnée. Elle montre 2 sœurs jumelles dont l'air est si ingénument insolentes qu'elles méritent les sévices qui leur apprendront à garder plus de retenue. Il ne faut pas oublier d'autre part qu'au Louvre *l'Odalisque* d'Ingres fait pendant à *l'Olympia* de Manet et qu'ayant la 1re je voudrais bien avoir également la seconde. Tu m'écris juste assez de lettres pour me consoler un peu. Elles ne sont pas de trop, ni surtout trop longues. Je les trouve même trop obstinément courtes. J'attends aussi celles qui sont amusantes tout en témoignant d'une « ignorance totale ».

Mâtin ! Vous allez bien, un à la minute !! J'ai envoyé maintenant la bague. J'espère qu'elle te plaira. J'ai fait de mon mieux et j'ai eu bien du mal aussi à graver l'inscription qui est à l'intérieur.

Toutou me délaisse aussi, d'ailleurs je crois bien qu'il est en retard sur moi de 2 lettres.

Tes lettres sont gentilles, mais comme toujours, il n'y a aucun détail. Tu m'écris au galop. M'écrire est pour toi une corvée !

Pour moi, mon chéri, je t'adore infiniment, tu es la plus gracieuse divinité du monde, tu es la divinité même qui s'est faite femme. J'adore tes yeux las, ton corps souple et admirablement fait. Je t'aime infiniment ma petite divinité chérie. Je me demande quand j'aurai l'occasion de te revoir, mais en attendant je suis bien content que tu sois heureuse dans les bras de Toutou. Amuse-toi bien. Toutes recommandations oiseuses, au demeurant, puisque tu me l'as écrit, un coup à la minute. Vous devez régler toutes les pendules de la région.

Je ne m'embête pas trop malgré la monotonie extravagante de cette région déshéritée mais qui a malgré tout son charme discret. Le même charme qu'a une jolie femme mariée en voyage pr aller tromper son mari.

ODE

Lou Toutou soyez remerciés
Puisque par votre amour je ne suis pas seul
Et je nais de chacune de vos étreintes
Pensée vivante qui jaillit de vous
Lou Toutou je suis votre petit enfant
Je tiens à vous, à Lou par le lien ombilical
Jeté sur la terre de France des Vosges à la mer
Ainsi nous sommes unis par la chair et les tranchées
Nous sommes unis par la vie et par la mort
Bénie soit aussi cette guerre qui m'unit à votre douceur
Avant on ne parlait que de paix
Et l'amour s'en allait peu à peu de nos cœurs et de la terre
Aujourd'hui, c'est l'Amour éperdu où s'accolent
Tous les grands peuples
L'Amour cette guerre
La vraie guerre

Tant de choses nous séparaient
C'était la paix la vilaine paix
Mais nous avons senti tout à coup
Qu'il fallait nous rapprocher nous unir
Pour nous aimer, ô noble guerre
Ô noble, ô noble amour
Amour sacré qui flamboie et fume
Sur les hypogées tandis que râlent les projectiles
Nous ne combattons point pour conserver la vie

Nous menons l'Amour en grande pompe
Vers la mort
Vers le seuil suprême
Où veille la guerrière mort

Ainsi Toutou nous défendons Lou
C'est la grâce, c'est-à-dire ce qu'il y a de plus rare
Dans l'idée de Beauté
Rien n'est plus noble que ce combat
Esthétique et sublime
Toutou Lou écoutez-moi
Aimez-moi

Gui

4 août 1915

Mon adorable ptit Lou,

J'écris cependant bien régulièrement depuis la reprise des relations postales entre nous, puisqu'il est vrai qu'à un moment donné, ne recevant plus rien, je n'envoyais plus rien et bien à contrecœur, car si j'écoutais mon cœur, j'écrirais chaque jour comme avant. Ce n'est pas moi qui le 1er de mon plein gré cessera jamais d'écrire bi-hebdomadairement ainsi que cela est convenu. Maintenant donc tu dois avoir des lettres, mon cœur, et la bague. Oui je reçois bien tes adorables lettres. Je les aime à un point impossible à croire et toi tu es une merveille de gentillesse, Toutou une autre merveille. Vous êtes mes deux merveilles mais évidemment tu es bien plus merveilleuse que Toutou quoiqu'il soit épatant lui aussi. Chassez donc ces papillons noirs. Je vais tâcher de me faire un médaillon en alumi., avec 2 couvercles couvrant

2 verres, fragments des verrières de l'église du Mesnil que j'ai ramassés hier. Je mettrai entre eux tes cheveux, la bruyère, l'aile de papillon.

Inutile de songer pour ce qui me concerne à avoir un congé fin août. J'essayerai, d'ailleurs c'est moi qui m'occupe de ces permissions, mais je ne l'obtiendrai pas pour cette date n'y ayant pas droit, je n'aurai 6 mois de front que le 3 octobre. Tu penses si j'aurais été content de t'embrasser et de regarder d'un air sévère la glorieuse éminence que ta libéralité et l'adresse de Toutou me permettent quoique bien loin de contempler à plumes. – (N'oubliez pas que j'aimerais aussi avoir les autres plumes.)

Je crois bien que ces jours-ci on va encore changer de secteur. Tu es extraordinaire de vouloir si vite une réponse à tes lettres, depuis le jour où tu les écris il faut 7 jours au minimum pour qu'elles m'arrivent (5 jours depuis le cachet postal) idem pour le retour, ci 14 jours au bas mot. Ainsi je ne compte pas avoir de réponse à cette lettre avant le 19 ou 20 de ce mois. –

Bien content que tu sois heureuse, ma chérie, et joliment heureux que je sois mêlé à vos châteaux en Espagne.

Oui, ta fin de lettre m'a chaviré, t'adore.

J'ai reçu aussi le mot du lendemain avec les photos. Je suis fou de joie.

Toutou est très gentil dans son attitude de sourcier scandinave espérant la naïade que fera jaillir sa baguette de coudrier. Toi tu ferais b…. un archevêque de quelque façon que tu apparaisses. Tu es charmante, l'air reposé. Tu es une merveille. Je ne suis pas connaisseur en photos aussi celles-ci me plaisent-elles comme tout ce où tu es mêlée.

Sur la route tu es épatante, les seins libres pointant, couchée dans l'herbe sur le côté, la croupe montagneuse, tu me plais infiniment et je t'adore encore couchée dans l'herbe sur le ventre, le pied haut.

À LA PARTIE LA PLUS GRACIEUSE

Toi qui regardes sans sourire
Et de face en tournant le dos
Tu me sembles un beau navire
Voiles dehors… et quels dodos
Promet cet édredon de neige
Neige rose de Mézidon !
Mars et Vénus, le reverrai-je
Cet édredon de Cupidon ?

Ô gracieuse et callipyge,
Tous les culs sont de la Saint-Jean !
Le tien leur fait vraiment la pige
Déesse aux collines d'argent…

D'argent qui serait de la crème
Et des feuilles de rose aussi…
Aussi, belle croupe je t'aime
Et ta grâce est mon seul souci

Toutou ne s'est-il pas essayé à te photographier non à plumes mais en déshabillé, poses hum ! hum ! Ça donnerait peut-être encore plus curieux et plus épatant que le petit chef-d'œuvre que tu m'as envoyé – Mais, que je voudrais donc voir les autres plumes…

Cette Champagne pouilleuse est tellement blanche que mes yeux éblouis se fatiguent, je mets mes lunettes à gaz asphyxiants pour sortir, j'ai trouvé ce moyen et m'en trouve bien.

Dans une photo Toutou a bien l'air d'être dans la lune, comme tu dis, – laquelle ? Il regarde en l'air avec attention, mais il est habillé drôlement, il a l'air de Bas-de-cuir. Embrasse-le Toutou et dis-lui que je l'aime rudement, de plus en plus parce qu'en plus, il me plaît bien, mais je crois bien que c'est lui qui devrait m'écrire, n'importe je lui écrirai, dimanche, pour lui montrer que je l'aime bien même s'il n'écrit pas.

Et toi, mon Lou, écris. Ce ne doit pas être une crise de littérature que ces gentilles lettres que tu m'écris mais l'accomplissement d'une promesse sacrée.

Je t'embrasse et prends pour moi toutes les intentions vicieuses que tu voudras bien m'envoyer, mais précise-les donc une fois pour que cela me chavire un peu plus, ce qui est rudement agréable. Baisers.

Gui

8 août

Ô ma chérie,

Te voilà donc sans doute de retour au pigeonnier. Je t'y écris. Je ne crois pas pouvoir avoir de permission pr la date que tu fixes. Je voudrais bien les « plumes » mais je désire plus fortement encore le vrai petit Lou à plumes. C'est forcé que tu rencontres beaucoup de bienheureux sur le Front, nul doute qu'ils n'y soient tous car pour te plaire il fallait que pour le moins ils fussent braves. Je crois que c'est Minou que tu l'appelais. Mais des détails tu ne m'en donnes guère, ça m'amuserait.

Le chat est rigolo et m'a bien fait rire. Je ferai mon possible pour la permission mais n'y compte pas. Cependant j'aimerais bien expérimenter les nouvelles façons de faire pan pan que j'ai inventées.

Heureux que ce cœur t'ait plu et la bague ? Tu devrais m'envoyer les « plumes » dans un petit paquet recommandé. C'est rigolo que les prunes t'aient fait mal à la tête. En général, c'est pas là que ça fait mal.

Mon chéri, je crois que t'es plus vicieuse que jamais. La photo en question montre ou laisse deviner des frémissements qui en réalité m'appartiennent et nous lient corps et âme.

Mais moi, maître, toi esclave, tout de même et malgré tout. Tu pourras bien rencontrer tous les poilus que tu voudras, tu m'appartiens tout de même pour bien des raisons. Qu'est-ce que tu dirais si tu rencontrais Coudenhove lui-même ?

> Bientôt bientôt finira l'oût
> Reverrai-je mon petit Lou ?
> Mais nous voici vers la mi-août
> Ton chat dirait-il « miaou »
> En me voyant ou bien « coucou !!! »
> Et mon cœur pend-il à ton cou ?
> Dieu ! qu'il fut heureux ce Toutou
> Pouvoir fourrer son nez partout !!
> Mais, je n'en suis pas jaloux
> Les toutous n'font pas d'mal aux loups

Je crois que dorénavant je ne pourrai pas écrire de lettres fermées. C'est embêtant parce que tout secret est désormais impossible à un soldat. Quand tu m'écriras de là-bas à ton retour, écris plus petit comme ça on ne remarquera pas ton écriture singulièrement belle, mais trop frappante, ne signe pas du tout. C'est ce qu'on va être obligé de faire pour toute lettre de femme. Tes lettres arrivent bien. Naturellement l'histoire des lettres ouvertes n'en fera pas lire plus... Mais quelle idée bizarre on a de faire la guerre aux lettres quand la question des Boches est bien plus pressée. Je ne sais pas combien de temps cette histoire de lettres va durer... L'inutile tue ici l'utile et les gens qui lisent les lettres seraient mieux à contribuer à fiche aux Boches la victorieuse raclée définitive. Mais, on n'a pas tant d'agréments, vlà les lettres ouvertes. Zut ! Il me semble d'ailleurs que ce ne peut pas être légal ce truc-là dans le pays de la liberté mais cette nouvelle m'a amené des papillons noirs au plafond. Oui, mon Lou, c'est comme à toi. Je t'en envoie un comme spécimen. J'aime mieux l'aile de papillon que tu m'as envoyée et surtout le beau papillon blanc dont les ailes sont si charnues. Tu sais bien desquelles je parle. Mon ptit Lou, je suis bien content que tu ne t'embêtes pas mais j'aimerais bien que tu me racontes de belles choses, même lettre ouverte. Car si ça doit faire du bien à la France et avancer la victoire c'est d'un cœur léger que j'accepte cette nouvelle façon. Ne pourrais-tu pas expédier les lettres sans passer par le canal de T. ?

En tout cas de Paris tu peux m'écrire fermé.

Voilà comment les femmes de France devraient attendre les hommes, la quenouille à la main pour préparer la campagne d'hiver. Si les femmes voulaient bien accepter simplement une chose aussi simple et je suis certain qu'elles l'accepteront bien, notre courage sera centuplé et les Boches foutront le camp bien plus vite. Écris vite toi, ptit Lou, et dis aussi à T. de m'écrire. Ne mange pas trop de prunes du moment que ça te fait mal.

Attention aussi aux fleurs rares, ne fais pas trop de bêtises et retourne vite auprès du gentil T. – Ne t'en fais pas, tout ira bien et mon ptit Lou sera bien heureuse. Est-ce que T. est toujours en disposition de sandwich ?

Maintenant que tu es à l'intérieur, écris tous les jours pendant ces quelques jours.

Ton

Gui

Ma chérie,

À partir de demain mes lettres partiront ouvertes et seront closes par l'officier censeur. Arrange-toi pour de retour chez T. pouvoir m'écrire. De la zone de l'intérieur tes lettres partent fermées, mais de retour dans ton patelin de la zone des armées je sais pas. Tu es civile peut-être pourras-tu m'écrire directement ce qui est plus simple.

Je t'aime tout plein, ma chérie, et t'embrasse partout de la façon la plus folle. Écris-moi je n'ai plus de tes lettres.

Gui

12 août 1915

Mon ptit Lou chéri,

Tu veux une longue lettre. Voilà. D'abord, je t'enverrai le livre ou plutôt à Toutou dès que tu seras stable de nouveau – Je ne l'ai pas envoyé avant par paresse pour ne pas défaire mon sac au fond duquel sont les quelques exemplaires qui me restent. N'oublie pas que nous avons changé de secteur. Mais ton exemplaire est là. Tu l'auras, n'aie pas peur. –

Ensuite j'ai été tout étonné de recevoir ta lettre datée du secteur et annonçant ton arrivée à Paris, de recevoir ta lettre, dis-je, timbrée de la gare de Lyon-Brotteaux. –

Qu'allais-tu faire aux Brotteaux, ma grande chérie si rigolote ? Voilà plus de « mystère et pommes frites » qu'il n'y a dans ta lettre.

Enfin, les papillons noirs sont chassés et voilà le principal.

Je ne m'étonne nullement de tes aventures elles sont plus étourdissantes les unes que les autres mais comme tu n'y fais qu'allusion et ne précises jamais, je ne peux pas m'extasier et l'extase me serait cependant rudement agréable.

Ainsi, ptit sifflet chéri, aux fleurs rares voilà que tu ajoutes le foin – Je ne m'en étonne pas au demeurant : mais avoue que tu as un appétit !!

Et qu'a dit Toutou de la coïncidence des 2 départs ? Rien, sans doute, oh ! l'admirable Toutou !

Tu ne lis donc pas mes lettres ? je ne parle que de cette fameuse photo. Je l'ai reçue, je t'en ai écrit, versifié, j'en suis fou – J'ai même reçu celles de Toutou, il y en avait aussi 3 de toi.

Tu te crois en temps de paix, la poste est lente, ma chérie, pour que tu reçoives une réponse de moi, il faut une quinzaine de jours depuis celui où tu m'écris. Tes lettres ne se perdent plus, je les reçois bien –

Je ne peux guère te parler de l'effet produit mais tu exagères mes goûts sans exagérer l'effet, et mon admiration qui coïncidait si bien avec mon souvenir.

Donc, Lou, « plumes » en lettres ou paquet envoyé par la poste –

Alors encore cette aventure. Décidément tu as juré de ne plus t'embêter, et je ne puis que t'approuver.

Puisque tu fais tant de conquêtes, ma grande chérie, si tu conquérais par exemple toute la Bocherie, la guerre serait finie et nos canons, auxquels tu suppléerais si bien, n'auraient plus besoin de tirer un coup.

Mais voilà de la tactique et ce doit être défendu d'en faire, à moi du moins.

Pour le demeurant, ma chérie, je t'aime toujours aussi passionnément.

À propos, et la bague ? !!

Et qu'allais-tu faire dans le département du Rhône ?

Quelle histoire abracadabrante t'y a encore entraînée ?

Je t'envoie des fauteuils pr une répétition générale, reçus ici – C'est tordant. Si on veut te donner des fauteuils pr une représentation, vas-y, c'est peut-être amusant. Tu peux m'excuser de n'avoir pu y aller.

FABLE

LES FLEURS RARES

Entreprenant un long voyage
Ptit Lou hanté par l'histoire de Jussieu
Au lieu d'un petit cèdre prit… Quoi donc ?… Je gage

Qu'on ne devinera pas ce que Dieu
Fit prendre à mon ptit Lou… une fleur rare…
Dont elle ferait don aux serres de Paris…
La fleur était sans prix
Et Dame Lou voyant qu'elle en valait la peine
Froissa pour la cueillir sa jupe de futaine.
Mais en passant dans la forêt
Allant prendre son train à la ville prochaine
Ptit Lou vit sous un chêne
Une autre fleur : « Plus belle encore elle paraît ! »
La première fleur tombe
Et la forêt devient sa tombe
Tandis que mon ptit Lou d'un air rêveur
A cueilli la seconde fleur
Et l'entoure de sa sollicitude
Arrivant à la station
Après une montée un peu rude
Pour s'y reposer de sa lassitude,
Avec satisfaction
Ptit Lou s'assied dans le jardin du chef de gare.
« Tiens ! dit-elle, une fleur ! Elle est encor plus rare ! »
Et sans précaution
ma bergère
Abandonna la timide fleur bocagère
Et cueillit la troisième fleur…
Cheu ! Cheu ! Pheu ! Pheu ! Cheu ! Cheu ! Pheu ! Pheu ! Le train arrive
Et puis repart pour regagner l'Intérieur
Mais dans le train la fleur se fane et Lou pensive
S'en va chez la fleuriste en arrivant :
« Ces rares fleurs… j'en vais rêvant !
Elles sont si rares, Madame,
Que je n'en tiens plus, sur mon âme ! »
La fleuriste s'exprime ainsi
Et Lou dut se contenter d'un souci
Que lui refuse
Sans lui donner d'excuse

Le directeur (un personnage réussi)
Des serres de la ville
de Paris
malgré tous les pleurs et les cris
De Lou qui dut jeter cette fleur inutile.
Et Lou du
Vilain personnage
Quittant le bureau, dut
Entreprendre à rebours l'horticole voyage.

Je crois qu'il est sage
De nous arrêter
À la morale suivante… sans insister !

Des Lous et de leurs fleurs il ne faut discuter
Et je n'en dis pas davantage

Cette fable sur les fleurs rares, mon ptit Lou, ne contient aucun reproche, crois-le bien. Au contraire, si j'ose m'exprimer ainsi, elle vient de ce que ma veine actuelle me porte assez à faire des fables, genre un peu délaissé et dont le charme est cependant très grand.

SECONDE FABLE
LE TOUTOU ET LE GUI

Un gentil toutou vit un jour un brin de gui
Tombé d'un chêne
Il allait lever la patte dessus, sans gêne,
Quand sa maîtresse qui
L'observe, l'en empêche et d'un air alangui
Ramasse le gui
« Gui, jappe le toutou, pour toi c'est une veine !
Qu'est-ce qui donc te la valut ? »
« Vous êtes, cher toutou, fidèle et résolu
Et c'est pourquoi votre maîtresse

Vous aime avec tendresse,
Lui répond
La plante des Druides,
Pour la tendresse à vous le pompon
Mais moi je suis l'amour à grandes guides
Je suis le bonheur ;
La plus rare des fleurs, ô toutou, mon meilleur
Compagnon, puisque, plante, je n'ai pas de fleur !...
Vous êtes l'idéal et je porte bonheur... »
Et leur
Maîtresse
Étendue avec paresse
Effeuillant indifféremment de belles fleurs
Aux mille couleurs
Aux suaves odeurs
Feint de ne pas entendre
Le toutou jaser avec le gui. Leurs
Propos la font sourire, et nos rêveurs
Imaginent de comparer leurs deux bonheurs
Cependant qu'Elle les regarde d'un air tendre,
Puis se levant soudain auprès d'eux vient s'étendre.
Le toutou, pour sa part, eut bien plus (à tout prendre)
De Baisers que le gui
Qui tout alangui
Entre deux jolis seins ne peut rien entreprendre
Mais se contente bien, ma foi,
De son trône digne d'un roi.
Il jouit des baisers, les voyant prendre
Et les voyant rendre
Sans rien prétendre.

Morale

Il ne faut pas chercher à comprendre.

Mon cher ptit Lou, écris vite, éclaircis les mystères, envoie les « plumes », raconte mille histoires bien rigolotes – je t'embrasse mille et mille fois bien tendrement.

G.

13 août 1915

Superbe ptit Lou,

Décidément tu vogues vers le Sud et les Brotteaux ne sont pas le terme de ta fuite. Toujours plus de nouvelles – Avant-hier Lyon, aujourd'hui ? l'interrogation, l'inconnu. –

Lou, mon pauvre petit amour chéri que deviens-tu, je t'enverrai le livre aussitôt que tu seras stable.

3e FABLE

Le ptit Lou s'ébattait dans un joli parterre
Où poussait la fleur rare et d'autres fleurs itou
Et Lou cueillait les fleurs qui se laissaient bien faire
Mais distraite pourtant elle en semait partout
Et perdait ce qu'elle aime

Morale
On est bête quand on sème.

Cher ptit Lou sur ta dernière lettre dessiné sous l'écriture violette, un chat caché derrière deux collines, deux mamelons, semble sourire mystérieusement.

C'est bien amusant. Mais j'aimerais rudement les plumes et aussi que tu me racontes tes aventures en détail. Tu ne signes pas. Qu'est-ce que ça te fait que ton style soit à plumes également et ça m'amuserait tant. –

On a dit dernièrement des vers de moi à la Maison de Balzac à Paris. Ils ont été dits par ce charmant substitut Granié qui est, je crois, actuellement l'homme le plus spirituel du Palais. Il paraît d'ailleurs qu'il les a très bien dits.

Je crois qu'en ce moment tout va merveilleusement pour nous, malgré l'histoire des Russes, dont faut pas se frapper. Ils ont reculé mais tué beaucoup de Boches. Ceux-ci n'ont qu'à venir ici, ils verront.

Au point de vue artistique, le nouveau casque me paraît une erreur et le point de vue artistique a sa valeur.

Sous leur nouveau casque beaucoup de fantassins évoquent l'idée de Tartarin allant chasser en Afrique. On s'est sans doute encore adressé à quelque artiste sans talent selon la vieille habitude officielle. Quelque lamentable Georges Scott. *La Vie parisienne* m'avait redemandé d'écrire mais je n'ai rien à lui envoyer et les numéros qu'elle publie sont la laideur même. Par quelle aberration peut-on trouver cela bien, aucun dessin, aucune fantaisie, c'est lamentable. L'art est haut cependant en France actuellement et le goût général y est d'une bassesse infinie. C'est inimaginable… À Athènes le peuple avait un goût sûr, jusqu'au XVIIIe et même jusque vers 1830 il en était de même en France, depuis ce temps on a dissocié l'art et le goût et le goût est vraiment pénible à constater.

On pourrait profiter du grand frisson de la guerre pour raviver le sentiment de l'art. La matière ne manque pas. Ce qui manque, c'est aujourd'hui un véritable sentiment artistique.

Et les petites gens ne demanderaient pas mieux que d'adorer la beauté, mais dès qu'elle paraît elle a tant d'ennemis qu'elle préfère se cacher.

Au revoir, ptit Lou, je t'aime tout plein, je revois la photo si gracieusement massive. Envoie-moi plusieurs photos. Je les aime comme je t'aime.

C'est-à-dire infiniment.

Baisers et....

Gui

Mon cher Lou, je t'écris encore, je rajoute à ma lettre d'hier qui se trouve dans cette enveloppe, quelque chose que je n'y ai pas mis, c'est que je t'aime beaucoup, ma petite dame en cristal. – À propos je l'ai revue en rêve, hier à midi, je rêvais sans dormir, elle est venue, c'était toi-même et je l'aurais bien embrassée si je n'avais su qu'elle avait une peur épouvantable qu'on la touchât, dame ! Elle est en cristal, on pourrait la casser.

Pour le demeurant, il y a ici beaucoup de gens enterrés, près d'où nous sommes à vingt mètres de moi, ce sont des Boches enterrés et selon le vent ça sent mauvais, heureusement qu'on m'a envoyé d'Algérie une bonne provision d'eau de Cologne. Tu me diras si le cœur d'abord la bague ensuite sont arrivés en bon état.

Pour la bague, je crois que c'est la plus jolie que j'aie faite et même peut-être une des plus jolies qu'on ait faites avec cet aluminium boche, j'y ai mis mon peu de goût et tout mon amour, j'ai trouvé un chargeur anglais, je me suis fait un porte-plume avec une balle boche et une balle anglaise.

J'ai été presque sur le point d'obéir au maréchal de St. Cyr en voyant la photo, mais ton visage m'a manqué. La photo est jolie, parce que tout y est charmant, mais le manque de regard, ôte de l'expression et c'est facile à comprendre, l'expression étant sur le visage. Il aurait fallu qu'il y ait aussi l'autre côté de la médaille et je me serais peut-être laissé aller, mais c'est pas sûr. En tout cas si ça arrive te préviendrai. – Dans la région tout le monde est persuadé que ce sera fini en octobre, et chez vous ?

Je suis ici dans la région vitale du front et on le sent bien. Je me demande pourquoi on a attaqué à Arras ou de votre côté, ça n'a à mon pauvre avis aucun sens, absolument aucun car pas de résultat véritable possible. Tandis qu'ici est le nœud de la question. Il n'est pas ailleurs et si on le comprenait, si on recommençait mais sur une échelle énorme, je donnerais bien ma peau pour voir ça.

D'ailleurs faut se presser. Sans quoi c'est eux qui se presseront. Et mon pauvre Lou se verrait réduite à la Kultur des fleurs boches ! Quelle horreur !!

Gui

14 août 1915

Je ne sais plus que penser, ma chérie, plus de lettres rien. Qu'est-il arrivé ? Je n'aurai sans doute pas le temps de t'écrire pendant plusieurs jours !! Carte postale tout au plus. – Il pleut, le temps est épouvantable. Je songe à toi, mon ptit Lou, avec la peur qu'il ne te soit arrivé quelque chose. Cela me rend toute écriture impossible et m'attriste au-delà de tout ce que je puis te dire. Je suis certain que tu ne laisses pas ainsi Toutou sans nouvelles. C'est mal puisque, quand tu le peux, tu dois m'écrire chaque jour. Que je sache au moins qu'il ne t'est pas arrivé de mal. Allons, ptit Lou, écris vite. Dis si t'as reçu la bague. Si tu me laisses ainsi sans nouvelles de toi, c'est pas gentil du tout – Surtout ce qui m'étonne, c'est que ta lettre soit venue de Lyon, ça vraiment, je n'y comprends plus rien. Enfin il vaut mieux ne pas s'en faire. Avec toi on a toujours d'extraordinaires surprises.

Or, donc, je ne peux pas te dire des choses bien intéressantes, le plus agréable pour moi ici est le temps que je passe à regarder les photos et surtout la fameuse plume, dommage qu'on ne voie pas la figure. Je suis certain que les autres plumes doivent être épatantes étant donné celle que j'ai et j'ai d'amers désespoirs de ne les point avoir mais il faut savoir se contenter de peu et je fais pour cela tous mes efforts. J'envoie une petite carte à Toutou qui m'oublie et doit être désolé de ton départ. Sa forêt doit lui sembler vide, maintenant que le plus bel oiseau s'est envolé. Mon ptit Lou, je t'embrasse mille et une fois partout.

G.

18 août 1915

Ma chérie, enfin on peut refermer les lettres. J'ai reçu ta lettre oubliée et t'écris rue Villebois-Mareuil. Cependant plusieurs lettres t'attendent Bd. St.-Germain, passes-y et prends-les. Tu verras combien j'ai été inquiet. J'espère que maintenant tu voudras bien m'envoyer les « plumes ».

Je suis bien content que la bague t'ait fait plaisir. Nous sommes maintenant (même secteur) dans une belle forêt ensoleillée, pleine d'araignées devenues soudain charmantes depuis que j'ai eu de tes nouvelles.

La forêt est jolie, pleine de mousse. Je construis ma cabane en gazon. Je suis devenu bûcheron et maçon. C'est très amusant. Tous les matins cheval de 7 à 11 h. pr aller au rapport. Vie charmante mais quand il pleut pays dangereux. Le sol glisse comme du savon.

La petite « plume » fait toujours mes délices. Tu peux te figurer à quel point mais j'aimerais bien l'autre face. Ça ne se perd pas en ce moment.

Alors que signifie que ta lettre venait de Lyon ? Tu habites donc à l'Alma. Passe Bd. St.-Germain pr les lettres d'abord et aussi parce que j'ai averti la concierge que tu viendrais. T'enverrai bouquin quand tu seras stable et quand pourrai faire un paquet. Je t'écris couché sur l'herbe car pas encore de table et nous couchons en ce moment sous nos toiles de tente.

J'aurais rudement voulu aller maintenant en permission, mais c'est impossible. Je suis content que tu t'amuses, que tu aies des fleurs pour papillonner, mon joli papillon.

Alors, le ptit serpent t'a plu, tant mieux. Ce qu'il y a d'extraordinaire c'est qu'il n'ait pas dressé en te voyant. Enfin il est raide tout de même quoique enroulé autour de ton doigt. T'as vu ce qu'il y a écrit dedans !

Beau ptit Lou, pendant que t'es pas là-bas faut m'écrire tous les jours, ça c'est aussi un devoir du ptit Lou qui m'a laissé très longtemps sans nouvelles et un devoir sacré car me suis fait un mauvais sang de chien. J'avais peur d'un accident en chemin de fer, que sais-je ? Enfin, je t'aime tout plein, refrain de toujours. Je fais un poème demandé par la plus grande revue italienne, une *ode à l'Italie*, mais tu vois la facilité, dans un bois où on dort sur le sol. Bref, bref, bref, me repose pas une minute, juste le temps de manger un morceau et travail manuel, de batterie et presque rien pour moi, qu'à la lueur d'une bougie sous une toile de tente à 50 centimètres du sol. Mais me porte à merveille. Seulement si on n'attrape pas de rhumatismes à ce jeu-là, c'est que les rhumatismes ça n'existe pas, voilà, voilà. J'ai pris ta bouche comme tu me l'as donnée et la reprends d'autorité encore plus longtemps et plus doucement.

Gui
plus un papillon

1er sep^bre^ 1915

Mon amie, après avoir été une semaine aux lueurs comme Toutou me voici chef de pièce, au canon –

Je t'écris régulièrement 2 fois par semaine, sauf le temps où tu fus à Paris, mais toi tu ne m'écris pour ainsi dire plus.

Les macarons étaient délicieux –

Je dis : tu ne m'écris pour ainsi dire plus et les rares fois où tu m'écris cela a bien (largement étalé sur la feuille de papier) la valeur de deux lignes de Gui.

Voilà, mon Lou, tout ça n'encourage pas beaucoup Gui à écrire à Lou et désormais il attendra pour écrire qu'il ait à répondre à une lettre de Lou.

Je t'ai envoyé des bouquins de Willy et *Case d'Armons*. J'espère que tu les as maintenant. Nous ne nous rencontrerons pas sans doute avant la fin de la guerre et qui sait quand !! Et qui sait comment !! Qui sait même si on se reverra ?

Voilà, voilà, voilà. Je ne sais plus que t'écrire, tu m'écris si peu et si banalement bien que joliment et gentiment que me recroqueville et n'écris également que comme ça.

Je dis que nous ne nous verrons pas avant fin guerre parce qu'évidemment ma perme qui reviendra ne sais quand ne coïncidera pas avec un de tes voyages parisiens et qu'il vaut mieux après tout qu'il en soit ainsi, tes obligations mondaines, les nouveaux bienheureux ne me laisseraient sans aucun doute rien du temps du ptit Lou et puis et puis et puis…

Enfin quoi qu'il en soit je suis ton ami bien content que tu ne sois pas malheureuse.

Gui

Tu écris « t'embrasse…. t'adore, Lou à Gui », et j'écris de tout mon cœur, t'embrasse, t'adore, Gui à Lou.

Lorsque deux nobles cœurs se sont vraiment aimés
Leur amour est plus fort que la mort elle-même
Cueillons les souvenirs que nous avons semés
Et l'absence après tout n'est rien lorsque l'on s'aime

Dis à Toutou que pour ce qui est de mériter ou pas mériter, je ne prétends rien mériter du tout, car mériter c'est beaucoup, mais qu'on peut parfois avoir des droits ou des prétentions sur ce qu'on ne mérite guère.

Tâche, mon petit garçon chéri, de devenir vite un peu plus grasse pour ce grand coquin de Toutou. Ne t'ennuie pas. Soigne ta santé. Ne te fais aucun souci tout s'arrangera. Je ne sais pas quand par exemple. Mais après tout peut-être plus tôt qu'on ne pense. Pour le reste, mon petit chéri, je t'adore *ainsi qu'il fut au commencement et toujours* et selon ton souhait je nous souhaite dans la Méditerranée à l'entrée de la Mer Tyrrhénienne et dans les abîmes nageraient tendrement les scylles qui sont des thons à buste de femme et que l'on confond avec les sirènes, [oise]aux marins, aux seins moins beaux que les tiens et qui groupées sur l'écueil chanteraient des hymnes si doux que nous en tomberions d'extase et l'on découvrirait sous ta caresse des pays plus beaux encore où des volcans fleuriraient merveilleusement en roses éblouissantes dont les pétales retombant en cascades de feu s'écouleraient en fleuves d'or et de rubis dont le flamboiement viendrait déferler à tes pieds en vagues pétillantes. Mais la Méditerranée n'est-ce pas trop près…

PRESSENTIMENT D'AMÉRIQUE

Mon enfant, si nous allions en Amérique dont j'ai toujours rêvé
Sur un vaisseau fendant la mer des Antilles
Et accompagné par une nuée de poissons volants dont les ailes nageoires palpitent de lumière
Nous suivrons le fleuve Amazone en cherchant sa fée d'île en île
Nous entrerons dans les grands marécages où des forêts sont noyées

Salue les constrictors. Entrons dans les reptilières
Ouïs l'oie oua-oua les singes hurleurs les oiseaux cloches
Vagues du Prororoca, l'immense mascaret
Le dieu de ces immensités, les Andes les pampas
Est dans mon sein aujourd'hui mer végétale.
Millions de grands moutons blonds qui s'entrepoursuivent
Les condors survenant neiges des Cordillères
Ô cahutes d'ici nos pauvres reptilières
Quand dira-t-on la guerre de naguère ?

Ptit Lou, faut pas maigrir, je veux savoir si tu es malade, je veux que tu me dises toujours la vérité sur ta santé, demande à Toutou de me prévenir toujours, de me renseigner – Mais toi, ne pense pas à la guerre ou du moins le moins possible. Sois, mon ptit Lou, une petite oasis de paix, dans cette tourmente, ne m'écris pas de la guerre, parle-moi plutôt de la fraîcheur de tes Vosges à moi qui suis dans un désert sans eau – Et que par le souvenir je passe comme une de ces charmantes couleuvres du bois d'aulnes du secteur 59 m'enrouler parfois encore autour de ton délice.

Gui

12 septembre 1915

Mon cher petit Lou,

Je ne boude pas du tout, mais j'attendais tout simplement de tes nouvelles. D'ailleurs à qui adresser mes lettres ? Toutou parti ! Toi je ne sais où ! J'adresse au hasard celle-ci à l'ancienne adresse de

Toutou. J'ai reçu aujourd'hui ta lettre du 30 août, partie en réalité le 6 septembre du pays de Toutou.

Je t'ai en tout cas écrit plus que tu ne m'as écrit, car non seulement je n'ai jamais laissé sans réponse, même un simple mot de toi, mais encore t'ai-je écrit bien des lettres et des longues lettres en plus.

Je te souhaite beaucoup de bonheur, tu l'as, d'ailleurs, et mon souhait est tout rempli.

Je ne sais pas quand je prendrai ma permission, mais il est peu probable que lorsqu'on voudra bien me la donner j'aille à Paris ; j'irai sans aucun doute beaucoup plus loin.

Qu'est-ce que c'est que cette histoire extravagante avec le commissaire ?

Tu dois avoir maintenant mon livre et ceux de Willy que j'y ai joints. Je me demande comment ce paquet a pu avoir tant de retard.

J'ai reçu de toi des macarons de Nancy, et t'en ai remerciée. Sont-ce là les « Kakes du patelin » ?

Tu es vraiment gentille de penser ainsi à moi.

En ce moment dans notre région, toutes permissions suspendues pr au moins un mois – tu te doutes pourquoi.

Je crois que dans quelques jours, ça va être épatant et je suis bien content d'être chef de pièce dans le formidable orchestre.

Mes amitiés à Toutou. Je t'embrasse également tendrement et reste pour toujours également

Ton

Gui

P.S. Je répondrai à tes lettres mais n'écrirai pas sans savoir si tu reçois encore les miennes.

18 sept. 1915

Mon petit chéri,

Ta lettre du 12 m'a fait beaucoup de plaisir. Je ne t'engueule pas du tout, ptit Lou. Ce qui m'épate c'est que tu sois obligée de recourir à Toutou pour m'écrire. Surtout des environs où tu vas passer une quinzaine. Enfin ! Ce sera comme tu voudras. Mais ta lettre d'aujourd'hui est extrêmement gentille et je ne suis pas bouché du tout pour tout ce que tu me dis et j'en suis ravi. Les photographies m'ont fait bien plaisir, bien que j'eusse aimé les « plumes » aussi.

Je ne te reproche qu'une seule chose c'est de m'écrire d'une façon si écourtée. Mais je ne t'engueule pas, ô non.

Pour le demeurant j'ai bien peu de choses à t'écrire. Je ne peux rien te dire sur ce que nous faisons. Sur mes sentiments, tu les connais aussi bien que je connais les tiens. Et comme au surplus mon ptit Lou, tu es occupé ailleurs, ça ne laisse pas place à mon sentiment. Il est vrai que tu me gardes chaude une place dans le Sifflet. Ce dont je te suis très reconnaissant, mon ptit Lou. Mais comme je ne suis pas jaloux, j'aimerais des détails et tu ne m'en donnes pas.

Toutou a pu te renseigner sur la vie de maréchal des logis dans une batterie de tir. Les incidents ne se peuvent raconter et seulement la guerre pourrait alimenter des lettres puisque je ne vois jamais autre chose que la guerre et ne quitte jamais mon canon, mes 6 servants, le téléphoniste et le sapeur de réflecteurs subsistant à ma pièce.

Les tirs, les avions, les marmites, voilà notre vie. Certes, il y aurait une marge importante pour exprimer de l'amour mais tu es trop occupée pr que le mien t'intéresse. Au demeurant tu es sûre de cet amour pour ce qui me concerne et je suis sûr du tien… après la guerre. Pour le temps de guerre tout cela est d'un platonisme assez fade puisque la Grèce ne marche pas encore. Ah ! si la Grèce marchait, Platon pourrait devenir à la mode et les petits sifflets à 2 trous aimeraient peut-être la chanson sifflée de loin.

Comme divertissement je vais te dire l'origine de l'expression *amis comme Cochons* que tu emploies avec tant d'esprit, un esprit du diable.

Cochon est ici une corruption de sochon, c'est par analogie que c'est devenu cochon. Sochon était un dérivé de *socius* qui signifie associé en latin, associé ou compagnon il vient exactement même non de *socius* mais de son accusatif *socium* (d'où vient d'ailleurs associé et ses dérivés) sochon était une expression argotique des merciers ambulants de Bretagne et il est peu à peu devenu *cochon*.

Ce qui fait qu'*amis comme cochon* signifie tout simplement : amis comme le sont des compagnons des associés.

LES FEUX DU BIVOUAC

Les feux mourants du bivouac
Éclairent des formes de rêve
Et les songes dans l'entrelac
Des branches lentement s'élève

Voici les dédains du regret
Tout écorché comme une fraise

Les souvenirs et le secret
Dont il ne reste que la braise...

Ton

Gui

Bonjour à Toutou !

20 septembre 1915

Mon ptit Lou, je viens de recevoir ta carte à l'éléphant.

Alors tu vas m'écrire longuement *sans blague*. T'es mignon tout plein, toi aussi et tu vois je réponds aussitôt même à un tout petit mot de toi.

Il fait très beau temps. On se prépare à l'opération imminente.

Ton mot m'a fait un très très grand plaisir.

J'imagine que tu pars le 22 pr la grande raison, on t'empêche de rester où tu es et tu as rudement raison. Je considère donc que c'est pour le 23 le commencement de la grande affaire.

Ici tu sais que c'est l'un des points importants où je suis.

J'ai une belle cagoule, j'ai travaillé toute la journée. Je viens de voir un beau combat d'avions avec tout l'orchestre.

Dès que tu veux t'es un bien gentil ptit Lou

TOURBILLON DE MOUCHES

Un cavalier va dans la plaine
La jeune femme pense à lui
Et cette flotte à Mytilène
Le fil de fer est là qui luit

Comme ils cueillaient la rose ardente
Leurs yeux tout à coup ont fleuri
Et quel soleil la bouche errante
À qui la bouche avait souri.

Il me tarde beaucoup de lire la longue lettre promise. Les photos sont charmantes mon ptit Lou. Si c'est ta maison forestière sur le perron de laquelle tu es assise, elle est très jolie avec sa vigne.

Le ptit jardin forestier où tu te tiens pattes écartées main sur la hanche est charmant aussi et il y a un joli bouleau d'argent dans le fond. Je garde donc sur moi le singulier éléphant blanc.

L'ADIEU DU CAVALIER

Ah Dieu ! que la guerre est jolie
Avec ses chants ses longs loisirs
La bague si pâle et polie
Et le cortège des désirs

Adieu ! voici le boute-selle…
Il disparut dans un tournant
Et mourut là-bas tandis qu'elle
Cueillait les fleurs en se damnant

Je suis content, ptit Lou, de savoir que tu es heureuse, qu'on va te mettre à l'abri, que Toutou va bien et que vous ne m'oubliez pas.

Je suis content aussi que mon petit livre t'ait plu, que tu l'aies compris et aies admis le droit pr un poète d'imposer son intimité au reste du monde en la lui celant.

Là-dessus, je prends ton cœur et l'embrasse tout plein aussi, cher ptit Lou bien rigolo.

Et les amours ?

Raconte-moi des tas d'histoires.

Je t'écrirai bien plus longuement après ta longue lettre.

Ton vice,

Gui

Mercredi 22 septembre

Ptit Lou, je t'écris pendant une des rares accalmies de la grande Chose dont la fin ne peut être qu'une grande Victoire – Toute l'histoire de la compote anglaise m'a bien amusé car c'est bien ainsi je crois qu'on peut résumer la 1re partie de ta lettre où il s'agit de poires et d'un caoutchouc de l'armée anglaise. Ta lettre, mon ptit Lou, m'a fait bien plaisir. Je suis bien content que rien ne soit changé en toi. En moi non plus. Alors, fais mes amitiés à Toutou, dis-lui que je suis trop énervé pr écrire d'une façon très sensée. J'ai une belle cagoule qui pue le diable sur la tête, mais elle est relevée pr le moment. Je suis bien content qu'il ait un beau manteau avec quoi il aura l'air de Captain Cap se préparant à déguster un cocktail. O mon congé ne sera vraisemblablement pas encore pour maintenant, à moins que ça ne finisse vite. Je compte y aller à la fin de l'hiver ou au printemps et du train où vont ces congés peut-être n'irai-je qu'en été prochain. Pourquoi on ne donne pas la fessée au Ptit Lou ? C'est bien simple parce que pour cette affaire-là la T.S.F. ne fonctionne pas encore. Sans quoi, il y a longtemps que le ptit Lou l'aurait et de quelle façon. Je n'ai pas envoyé le livre à Rouveyre, de telle façon qu'il ne peut avoir aucune opinion. *La*

Nuit d'Avril, tu l'avais déjà dans une lettre, ainsi que *les Saisons, le Servant de Dakar, vers le Sud* et d'autres.

Tu me la bailles bonne avec tes histoires de serres… chaudes Ce qui serait épatant c'est que tu me les racontes tout de suite. Après ce sera du réchauffé tu ne les raconteras plus bien, parce que tu les auras trop racontées. Enfin, tu n'en fais qu'à ta tête et puisque tu ne veux pas ne les raconte pas. Seulement on dirait que tu ne sais pas qu'on s'embête et que tes récits pourraient bougrement m'intéresser.

Que veux-tu que je te dise pour ce qui me concerne ?

Hier j'ai passé tout l'après-midi – (car ça n'a commencé que ce matin à 6 h. et fantastiquement), à regarder une reine-fourmi, au corselet jaune, errer à la recherche de sa fourmilière en transportant une chenille deux fois grosse comme elle. J'ai cherché des champignons ensuite pr le souper. J'en mange souvent – des cèpes – excellents. En résumé je me nourris de champignons et d'ananas en conserve.

J'ai rencontré un de mes amis secrétaire de la légation de France à Pékin, c'est lui qui en venant pr répondre à la mobilisation a transporté les plis officiels. Il est simple sapeur-projecteur.

Un de mes autres amis poète connu Léo Larguier est caporal brancardier dans les tranchées devant nous, dans un régiment où un de mes amis est capitaine et n'avait [fait] la guerre que dans le Nord où il y a des patelins pleins de femmes. Tu penses s'il trouve qu'ici c'est triste.

Enfin le pays où nous sommes ne peut donner que ce qu'il a et si ça marche bien j'espère que l'on trouvera aussi des patelins pleins de femmes, de façon à mettre ma chasteté à l'épreuve.

ÉPIGRAMME

Mon adorable jardinière
Toi qui voudrais savoir pourquoi
Nul ne tape sur ton derrière
Ne sais-tu donc pas comme moi
Qu'il ne faut pas battre une femme
Et même avec une Fleur Rare… Oui, Madame
Je t'embrasse de toutes les façons possibles et elles sont réduites malheureusement à quelque chose qui n'en est que l'idée.

Ton

Gui

24 septembre 1915

On y est en plein, ptit Lou, et demain on fout le camp. J'ai reçu ce petit mot gentil du ptit Lou et ce mot m'a fait ucoup de peine.

Tiens-moi au courant des suites de ta chute et surtout si n'a pas eu l'effet désastreux signalé par le livre que t'a été « la femme la plus vertueuse de Baccarat ».

Quel est le titre de ce volume où tu as lu « bien d'autres choses » et quelles ?

Tu es donc partie à cette heure de ta forêt. L'as-tu quittée pour la culture d'une fleur rare ?

Comment tu n'es pas heureuse, mais qu'est-ce qu'il y a donc, dans ta lettre précédente tu me disais être *heureuse*, c'est toi qui soulignais le mot. Alors ?….

Je ne comprends plus.

Tu aimes comme tu sais aimer ?!.

Alors, mon pauvre ptit Lou, tu es malheureuse ! et je te plains beaucoup.

Qu'est-ce qui ne va pas, raconte-moi ça, voyons, mon ptit Lou.

C'est donc pour ça que Toutou ne m'écrit pas.

Raconte-moi, je te conseillerai et tu sais te donnerai de bons conseils.

Mais si tu ne veux pas me raconter demande conseil au petit serpent que je t'ai envoyé.

Il ne te trompera point, mon pauv. Ptit Lou toujours échaudé par l'amour. Enfin j'espère que tu ne vas pas être malheureuse longtemps de cette nouvelle histoire-là. J'espère que ta villégiature va te faire du bien.

Ne pense pas à la guerre, ptit Lou, mais ne souffre pas ni de chutes de cheval ni d'amour.

Bonjour à Toutou, écris longuement, plus, beaucoup plus longuement, mon ptit Lou chéri.

Je t'embrasse.

Gui

Tu sais, c'est fantastique en ce moment

ROSES GUERRIÈRES

Fête aux lanternes en acier…
Qu'il est charmant cet éclairage !…
Feu d'artifice meurtrier…
Mais on s'amuse avec courage :

Deux fusants, rose éclatement,
Comme deux seins que l'on dégrafe
Tendent leurs bouts insolemment :
« Il sut aimer ! » Quelle épitaphe !

Un poète dans la forêt
Regarde avec indifférence
Son revolver au cran d'arrêt
Des roses mourir en silence.

Roses d'un parc abandonné
Et qu'il cueillit à la fontaine
Au bout du sentier détourné
Où chaque soir il se promène

Il songe aux roses de Sâdi
Et soudain sa tête se penche
Car une rose lui redit
La molle courbe d'une hanche

L'air est plein d'un terrible alcool
Filtré des étoiles mi-closes
Les obus pleurent dans leur vol
La mort amoureuse des roses...

*

Toi qui fis à l'amour des promesses tout bas
Et qui vis s'engager pour ta gloire un poète
Ô rose toujours fraîche, Ô rose toujours prête
Je t'offre le parfum horrible des combats

Toi qui sans défleurir, sans mourir, succombas
Ô rose toujours fraîche au vent qui la maltraite
Fleuris tous les espoirs d'une armée qui halète
Embaume tes amants masqués sur leurs grabats

Il pleut si doucement pendant la nuit si tendre
Tandis que monte en nous cet effluve fatal
Musicien masqué que nul ne peut entendre

Je joue un air d'amour aux cordes de cristal
De cette douce pluie où s'apaise mon mal
Et que les cieux sur nous font doucement descendre

Gui

28 sept. 1915

Mon ptit Lou,

Tu sais que nous avons remporté une grande victoire à laquelle notre batterie a grandement coopéré, j'ai tiré je ne sais plus combien de coups (j'en ai le compte dans mon carnet de tir). Mais tu peux te figurer si on est fatigué. Maintenant on attend les avant-trains pr avancer ou pour aller de votre côté, les 2 bruits courent mais je ne sais ce qu'ils valent. En tout cas je suis casqué, éperonné, et j'attends. Ma pièce est prête. Si je vais de ton côté tu peux t'apprêter à la correction que tu mérites et qui sera sévère. En tout cas tu l'auras à la 1re occasion et fadée, je ne te dis que ça. Il se peut aussi que nous allions de votre côté mais toujours tout de même loin l'un de l'autre. J'attends donc tout de même la longue lettre amusante et détaillée que tu me promets. En effet tu as vraiment du culot.

Tu pourrais vraiment me raconter les vertes et pas mûres que tu dis, comme tu ne signes pas ça ne te compromettrait pas.

Je suis bien fatigué et la perspective de dormir cette nuit à la belle étoile sous la pluie ne me sourit pas quoique je sois bien portant, joyeux et presque ivre de cette longue bataille de 7 jours déjà.

J'ai vu avant-hier prisonniers boches à peine sortis de leurs trous. Ai causé avec quelques-uns.

Mais qu'il me tarde, petit sifflet, de te corriger comme tu mérites sur ton gros cul.

L'enveloppe de la lettre montre que t'es arrivée à Nancy.

J'attends donc une nouvelle lettre bien détaillée et rigolote avec les détails verts et pas mûrs.

Ton

Gui

30 septembre 1915

Illustre ptit Lou,

Décidément te voilà en veine d'écrire – c'est pas long… mais enfin tu écris. Mais où est la longue lettre amusante promise ? Autant en emporte le vent ! Pense cependant que tes récits m'amuseraient. Mais on dirait que t'as peur de te compromettre en m'écrivant… Je crois qu'on a réservé les poules aux armées de l'Est car par ici il n'y en a pas. C'est vrai que nous n'avons plus vu de lieu bâti et habité depuis longtemps. On fait tout autre chose que voir les poules. Naturellement, tu as oublié de mettre dans la lettre le gui que tu annonçais. Je suis gelé, j'ai dormi en plein dans l'eau et il fait triste malgré la grande victoire dont je suis bien content d'avoir été un artisan si petit soit-il. Je t'écris avec de l'encre rouge que nous a prêtée le sapeur projecteur, car je n'avais plus rien, nous recevons les lettres mais plus de journaux.

Il fait triste, mais je ne suis pas triste et je me demande pourquoi tu l'es puisque tu t'amuses tant – Est-ce que la vie n'est pas toujours précaire, en temps de paix aussi bien qu'en temps de guerre ? Tout ça c'est de la sentimentalité déplacée en ces temps de grande lutte. Faut être plus viril que ça, ptit Lou, d'autant plus que tu te prives pas comme tu dis de faire ton rôle de poule et que je suis bien loin de te le reprocher. J'en ferais bien autant si j'étais à ta place. Seulement je ne comprends pas que vivant des histoires pas cochonnes tu ne me les racontes pas en détail sachant combien des récits voluptueux pourraient m'amuser en ce moment. Mais il est inutile de prêcher dans le désert et quand tu as décidé de ne pas faire quelque chose...

Aussi fameux ptit Lou amuse-toi bien, donne-moi de tes nouvelles au moins dans la mesure où tu m'en donnes maintenant. Salue Toutou de ma part. Je t'embrasse très, très tendrement.

Gui

(On n'est pas encore parti après l'alerte de l'autre nuit !)

13 8bre 1915

Mon ptit Lou ami,

J'ai reçu avec un grand plaisir ta lettre de St-Nicolas je ne sais plus quoi (Meurthe-et-Moselle). (Avec la photo de la cueillette des pommes.) Tu y es charmante et celui qui grimpe à l'échelle que tu tiens si gentiment est un homme heureux.

Pour ma part, je le félicite.

Je te remercie de tes appréciations flatteuses pour notre récent travail. Il a été rudement dur et il faut l'avoir vu, y avoir participé pour s'en faire une idée.

Je suis désolé que tu sois fatiguée et je te plains beaucoup de devoir ainsi te déplacer constamment fatiguée comme tu l'es.

Moi, je vais extrêmement bien.

On ne parle pas de rétablir les permissions, aussi la mienne reste-t-elle douteuse. Il est certain qu'il faut que toutes les forces soient présentes ; et je comprends fort bien que les permissions pour le moment… ceinture.

Ton grand ami,

Gui

9 novembre 1915

Ma chère Lou, oh ! quinze jours ! Il y a bien un mois que tu ne m'as écrit. Je te félicite d'être amoureuse et de mener une vie intéressante. Toutou m'a écrit une lettre très gentille : il me dit de te demander des photos, je le fais pour ne pas le désobliger mais je ne les espère point ; fais mes amitiés à Toutou quand tu le verras. Ah ! ma chère amie, on a bien autre chose à faire que des vers en ce moment je suis dans une ancienne position boche et ça marmite. Moi, mon cher Lou, je ne m'ennuie jamais alors je trouve la guerre aussi rigolo que la paix. Je t'ai toujours dit que ça durerait longtemps alors je ne suis pas déçu. Oui, sept mois qu'on s'est quittés, on n'est pas morts pour ça, on s'y est même tellement habitués que je suis maintenant tout étonné quand je reçois une lettre de toi. Je n'y compte plus. Comme ça je suis tranquille.

Ce que je fais, je tire des coups de canon ; j'aurais jamais cru que je participerais à la plus grande bataille d'artillerie de tous les temps.

J'ai lu pas mal de lettres boches après la victoire, lettres restées dans les tranchées. Les plus rigolotes étaient celles d'une petite putain de Wiesbaden qui écrivait à son amant un officier ; elle disait comment elle se promenait et que tout le monde la regardait et la désirait et elle signait *das hubsches Püppchen* (la plus jolie des poupées) Iela Müller – Dans une autre lettre la femme d'un gros commerçant berlinois lui annonçait un paquet de beurre, de saucisson de foie et de chocolat –

Il commence à faire très, très froid – Je commence à être habitué aux gaz asphyxiants, je trouve même que l'odeur n'en est pas désagréable surtout les lacrymogènes. Tu vois qu'on s'habitue à tout et de même que la petite putain de Wiesbaden, Iela Millier, avait le culot bien boche de se trouver d'elle-même la plus jolie des poupées, j'ai le culot qui n'est pas boche je crois de me trouver le sous-officier qui s'embête le moins, bien que nous soyons dans la région la plus déserte du front puisque c'était un désert même avant la guerre. Je t'embrasse très fort.

Gui

26 nov. 1915

Mon ptit Lou, je t'ai écrit. T'ai répondu longuement à la lettre en question mais tu ne réponds pas à mes lettres, tu ne les lis pas. – Je t'ai priée de m'envoyer mes reconnaissances du mont-de-piété de Nice. J'ai parfaitement lu ta description de la fleur en question – Envoie mes amitiés à Toutou et ma nouvelle adresse.

Ton

Gui

Pour Lou
G. de Kostrowitzky
Sous-lieutenant
96e Inf.
6e Cie
Secteur 139

6 décembre 1915

Mon cher petit diable de Lou, je t'écris cette fois à Lunéville. J'espère que ma lettre te parviendra. J'ai reçu hier ta lettre avec une photo que j'avais déjà. Tu perds la mémoire et surtout tu ne m'envoies pas de « plumes » ce qui n'est pas gentil. *Je t'enverrai des vers dès que je serai un peu plus habitué à ma nouvelle vie.* Mais nom d'une pipe, reçois-tu mes lettres ou non, j'ai répondu à chacune de tes lettres. Je partirai en permission à la fin du mois m'a dit hier le colonel (il y a 2 officiers à partir avant moi). J'irai en Algérie, chez des amis. Envoie-moi mes reconnaissances de mont-de-piété et aussi ma chaîne en un paquet RECOMMANDÉ et bien fait, tu me feras plaisir. Je suis en ce moment en 1re ligne pr 9 jours. Je n'ai pas d'autre papier pr t'écrire, mon gentil et mignon et joli et endiablé ptit Lou.

Gui

16 déc. 1915

Ma chère ptit Lou, non tu ne m'avais pas dit que tu ne pouvais me renvoyer ces reconnaissances. Je suis embêté parce qu'il y a là ma montre de 1re Communion qui va se perdre aussi. Mais si elle est chez moi à Paris fais-le-moi savoir dis-moi où et je tâcherai de prendre cette reconnaissance en partant en permission. – Réponds-moi vite. Car je voudrais bien pouvoir dégager cette montre. – Mais non, ma pauvre Lou, l'artillerie n'est pas intéressante du tout – C'est en ce moment une arme de grand-père et d'eunuque. Tu n'y entends rien. La seule arme intéressante et formidablement tragique c'est cette infanterie d'ici où la lutte est inimaginablement infernale.

Alors vois-tu si j'avais raison sur la guerre, longueur, Constantinople, la Perse, tu vois, tout se réalise. Ah ! Comme je voudrais avoir un peu de puissance pr tout remettre en état. Je suis sûr que je pourrais le faire. Je t'apporterai le Henné que tu demandes. Surtout ne me dis plus de bien ni des artilleurs ni des cavaliers maintenant que je suis dans la Biffe, je sais ce que l'on fait dans les différentes armes.

Gui

18 janvier 1916

Retour de permission, je trouve tes deux lettres. Entendu pr les trucs, ce sera lors de ton prochain voyage –

Moi j'ai fait voyage épatant. Je te l'ai souhaitée bonne et heureuse par l'entremise de Toutou, car je ne savais si tu étais toujours à Lunéville. J'espère que cette lettre t'y trouvera. J'ai beaucoup de travail en ce moment, étant pour l'instant commandant de compagnie.

Je suis content que tu sois contente.

Embrasse Toutou de ma part.

Il fait assez beau temps.

Écris-moi de tes nouvelles.

Je te souhaite de belles amours et beaucoup de bonheur.

Alors, on s'habitue à la guerre, moi j'ai participé aux coups de chien de la cote 194 près de la butte de Tahure.

Enfin je m'en tire pr l'instant sans dégâts c'est pas mal après tout.

Gui

Après s'être écrit jusqu'en février 1916, Guillaume et Lou se reverront une dernière fois à Paris place de l'Opéra en 1917, n'ayant à échanger que de tristes reproches et n'ayant en fait plus rien à se dire, sachant que chez Guillaume Apollinaire, les plaies de l'amour ne se referment jamais.

3

Madeleine, les noces de papier

Elle a 22 ans. Elle est professeur de lettres au lycée d'Oran. Elle vient de passer les vacances de Noël à Nice chez l'aîné de ses cinq frères.

Le brigadier Guillaume de Kostrowitzky rencontre Madeleine Pagès dans un train, entre Nice et Marseille, le 1er janvier 1915. Il vient de passer une courte permission avec Lou et rejoint sa caserne de Nîmes. Il décrit ainsi sa rencontre ferroviaire dans une lettre à Lou datée du 2 janvier 1915 : « La jeune fille est professeur de lettres au Lycée de jeunes filles d'Oran, assez intelligente d'ailleurs et je crois honnête. » Le voyage dure trois heures. Ils parlent poésie. Ils sympathisent avant d'échanger leurs adresses. 37 ans après leur rencontre, Madeleine en a fait le récit.

C'est dans le train qui me ramenait de Nice à Marseille que j'ai rencontré Guillaume Apollinaire. Je venais de passer mes vacances de Noël à Nice, dans la famille de mon frère aîné, sous-lieutenant d'artillerie aux Armées. Et je rentrais à Oran par le bateau qui partait de Marseille le soir même, le Sidi-Brahim.

Au bout d'un moment je me retourne vers lui et lui souris ; il répond à mon sourire avec une telle timidité et d'une bouche si bonne que je me sens toute troublée. Jamais je ne m'étais sentie enveloppée d'un hommage aussi tendre. Je lui souris maintenant sans fausse honte en lui parlant et je rencontre chaque fois que je lève les yeux son regard qui ne me quitte pas. Ses yeux sont marron comme ses cheveux, ses traits sont magnifiques, vraiment il est bien plus beau sans képi…

Il a appuyé la tête sur les coussins, il ferme les yeux et paraît soudain triste et fatigué, je suis bouleversée par ce visage, jamais je n'ai vu exprimer tant de choses à un visage aux yeux fermés.

Il a rouvert les yeux, sort de sa poche un tout petit agenda qu'il me tend : « Voulez-vous écrire là votre adresse… » et j'écris avec son crayon, en m'appliquant à l'écriture… Je n'ai pas mis Mademoiselle, et maintenant je m'en veux de cette liberté un peu voulue, que je trouvais tout à l'heure désinvolte et… charmante et qui me paraît d'assez mauvais goût à revoir mon nom tout seul sur ce papier.

Le sourire tendre du soldat me rend la douceur de vivre et la simplicité. Marseille arrive, il faut remettre mon chapeau que le poète me tend ; debout devant la glace je fais bouffer mes cheveux et regarde avec étonnement le visage nouveau qu'elle me renvoie, un peu pâle, aux yeux trop grands. Mais voilà que j'aperçois dans la glace, derrière le mien, le visage du poète, ses yeux amusés suivant mes mouvements et pour la première fois depuis le départ je puis longuement le regarder…

Et pendant que je baissais ma voilette sur mon visage, voilà que nos yeux se sont rencontrés dans la glace et que je lui ai souri, ravie par son regard attentif et tendre, troublée d'un émoi dont il fallait éteindre le reflet dans mes yeux avant d'abandonner la glace et de me retourner.

Cette voilette que mes doigts relevés serrent autour du cou et maintiennent sur la nuque à l'aide d'une petite épingle, me sépare un peu de lui cependant. Il l'a compris et son regard, que j'interroge avec crainte, s'attriste, et sa bouche, et toute cette figure si expressive que je ne veux plus regarder, maintenant que je me suis retournée. Il faut descendre ma valise, le train entre en gare, l'adieu est difficile à dire, j'ai hâte que nous nous séparions. Je ne supporte plus ces yeux tendres, cette voix douce, la pensée de toucher sa main m'est insoutenable, je sens que je vais me mettre à courir dès que nous serons sortis du wagon.

Il me tarde d'être sur le quai, il me tarde d'être dans le bateau, je voudrais déjà être à la maison. Il faut qu'il s'en aille pour que je puisse penser à lui. Le train s'est arrêté. Le soldat descend avec ma valise, puis il se retourne et me fait descendre aussi, comme une dame, garde un moment ma main dans la sienne et la baise. Je ne sais pas si nous nous sommes dit adieu, je me suis mise à courir avec le cœur qui battait. Mais avant d'arriver à la sortie je me suis retournée et je l'ai vu debout devant notre portière ouverte, les bras ballants, qui me regardait courir. M'a-t-il vue me retourner ? sans doute, car il s'est mis à courir aussi pour me rejoindre, et quand j'ai donné mon billet à l'employé avec une hâte fébrile, j'ai senti son souffle sur ma nuque et sa voix qui murmurait : « Au revoir, mademoiselle ! » Je ne me suis plus retournée, j'ai sauté dans une voiture devant la gare et j'ai crié au cocher : « Au port, Compagnie des transports maritimes, Pour le départ du Sidi-Brahim ! » Et ce n'est que dans la cabine, que le maître d'hôtel a bien voulu m'ouvrir deux heures avant le départ du bateau, que je me suis prise à regretter ma fuite, à trouver les mots d'adieu qu'il aurait fallu dire.

Madeleine Pagès

Trois mois après leur rencontre Guillaume envoie une carte à Madeleine, le 16 avril, alors qu'il vient quasiment de rompre avec Lou. Ce n'est que le début d'une correspondance riche de 200 lettres qui va durer un an.

16 avril 1915

Mademoiselle,

Je n'ai pas pu vous envoyer mon livre de vers, parce que mon éditeur est aux armées comme moi et que sa maison est fermée. Je vous l'enverrai dès que je pourrai. Vous souvenez-vous de moi entre Nice et Marseille, au 1er janvier ?

Mes hommages très respectueux

Je vous baise la main

Guillaume Apollinaire

Le 25 avril 1915

Mais oui cher monsieur, je me souviens de vous. Je suis même navrée que vous ne vous soyez pas plus tôt rappelée à mon souvenir car j'aurais été heureuse d'échanger avec vous, comme en janvier, et encore plus heureuse de tricoter pour vous cet hiver. J'envoie au soldat que vous êtes devenu quelques cigares d'Oran, au poète l'hommage de ma curiosité respectueuse, à Guillaume Apollinaire mon sympathique souvenir.

M Pagès

Curieusement, la première vraie lettre de Guillaume à Madeleine est datée du 5 mai 1914. Étonnant lapsus, comme si sa rencontre le projetait bien en amont de la guerre et de sa première rencontre avec Lou.

5 mai 1914 (pour 1915)

Mademoiselle,

Quelle extraordinaire surprise m'attendait hier soir vers dix heures pendant une incroyable canonnade agrémentée de fusillades et cependant que tournait le moulin à café (*mitrailleuse).* J'étais encore à cheval et dans la nuit noire de la forêt où nous vivons dans des huttes, le vaguemestre me crie : « Un paquet d'Algérie pour toi. »

Et le gentil colis oranais était là tandis que pleuvaient les 120 et les 88 autrichiens et les 77 boches. Caisson mignon tout chargé d'obus délicieux et pacifiques ! Je ne sais comment vous remercier personnellement. Mais en attendant que l'occasion s'en présente comme je n'ai pas profité seul du gracieux envoi je vous envoie les remerciements de tous les gradés de la batterie qui comme moi ont goûté aux cigares et comme moi les ont déclarés exquis.

Et maintenant assis sur un sac d'avoine écrivant sur un tronc d'arbre, je vous revois petite voyageuse discrète aux longs cils, au visage expressif. Quelques heures dans un train ! Un merveilleux souvenir et la guerre comme décor avec la pluie tandis qu'il tonne désespérément et à mourir du côté de Perthes. Ici, c'est maintenant plus calme qu'hier soir, un obus passe parfois en miaulant au-dessus de ma hutte…

Je reprends ma lettre, discrète et lointaine messagère de la belle Afrique ensoleillée ; la pluie, le vent sont tout à fait tombés. La forêt m'entoure avec ses noirs repaires. Entre les branches voici le ciel qui me donne la tendre impression d'un œil bleu-noir, immense et fidèle.

C'est ici l'ultime limite de la France guerrière. L'artillerie est tout près des tranchées des fantassins qui ici sont à 60 mètres des tranchées allemandes. Pas un arbre qui ne conserve la trace d'un éclat d'obus, des troncs sont brisés mâchés pour ainsi dire comme de mon temps les porte-plume des écoliers…

Voici quelques pauvres fleurettes
De merisier et de lilas…
Si Mai, chez vous, a plus de fêtes

Chez nous il a bien plus d'éclats
Mais ce sont nos seules fleurettes :
Brins de merise et de lilas…

Je reprends ma lettre pour la 3e fois à la lueur d'une bougie. Durant ce temps le vaguemestre m'a apporté à moi aussi un brin de lilas, celui de votre gentille lettre et avant tout, je dois répondre à votre post-scriptum. Je ne sais rien du village qui vous intéresse. D'ailleurs, je ne suis pas dans son secteur. Il ne nous est point permis d'envoyer des cartes reproduisant de vues des régions où nous sommes ; je suis plus près de la Cathédrale, le sol est marneux.

Je n'ai pas osé vous écrire plus tôt, n'ayant pu tenir la promesse que je vous avais faite de vous envoyer *Alcools*, mon livre de vers. Néanmoins – et je vous le dis bien franchement – j'ai souvent, très souvent pensé à vous. Je suis si loin que je puis bien le dire sans vous choquer.

Votre lettre a mis dix jours à me parvenir et maintenant que j'ai votre gentille promesse je n'aurai de réponse que dans 20 jours ou un mois ! Donc écrivez-moi un peu plus souvent, moi, je vous écrirai aussi le plus souvent que je pourrai, si vous voulez bien et dans ma prochaine lettre je vous parlerai, de ma vie, des tranchées, de mon cheval Loulou et de poésie aussi, s'il reste de la place.

À moins que… un trop long silence ne vous renseigne suffisamment et je mets à vos pieds, Mademoiselle, les hommages très respectueux de

Guillaume Apollinaire

Pendant plus de neuf mois les lettres de Guillaume sont belles mais n'atteignent pas toujours l'intensité de celles qu'il envoyait à Lou. Et puis progressivement, à partir de l'automne 1915, Guillaume vit avec Madeleine de véritables noces de papier. Il lui fait l'amour par lettres interposées. Ils vont vivre la lune de miel épistolaire qu'ils ne vivront jamais dans la vraie vie.

11 mai 1915

Petite fée, nous avons eu la même idée, la même inquiétude l'un et l'autre : ne nous laissons pas trop longtemps sans nouvelles. Votre gentille carte d'aujourd'hui – envoyée le 3 – m'a causé une surprise plus merveilleuse encore s'il se peut, que la première lettre car je n'espérais plus rien avant une vingtaine de jours.

Je voulais vous écrire ces jours derniers mais je n'ai pas eu de temps à moi –

Je vous ai promis des détails sur la vie ici et votre nouvelle carte en demande.

Je vous dirai aujourd'hui les tranchées des fantassins. J'ai l'occasion d'y aller quelquefois. Voici donc mon dernier voyage à ces fossés qui défendent la France. Je suis parti avec un conducteur et un servant. Nous nous sommes arrêtés pour regarder quelques obus boches ou autrichiens non éclatés, puis ayant continué notre chemin nous nous sommes trouvés parmi les servants d'une batterie d'un autre régiment qui s'installait sur cette position. Zm pan, un 88 autrichien explose à 4 pas de nous, les servants de l'autre régiment nous crient de nous réfugier avec eux dans leurs cagnats souterraines à peine installées, mais l'arrosage continue. Nous étions à plat ventre et nous rampions. Un obus de canon revolver, tout petit obus, vient s'enfoncer sans éclater à l'endroit que nous avions abandonné en rampant. Nous arrivons à la cagnat et dès que nous y sommes, un obus éclate à l'entrée et fait voler des feuilles et de la terre sur nous. Nous attendons la fin de l'orage et en route ! Nous arrivons sans encombres aux tranchées des fantassins, fossés blancs, creusés dans la craie, c'est d'une propreté, d'un silence, inconcevables. J'ai écrit à quelqu'un que j'imaginais ainsi la muraille de Chine, mais ici c'est un fossé, des fossés, car ces boyaux s'enchevêtrent à l'infini. Ils ont des noms. L'un de ces cheminements porte le vôtre : allée Madeleine. Je l'ai suivi avec un émoi dont vous sourirez peut-être. Dans chaque boyau tous les cinq ou 6 mètres un enfoncement permet de se ranger pour laisser passer ceux qui viennent en sens contraire, en face du renfoncement est un trou pr l'écoulement des eaux. La plupart de ces boyaux sont à hauteur d'homme, mais il y en a un où il faut ramper, c'est un boyau de seconde ligne. En première ligne nous étions à 80 m. des tranchées boches on les voyait très bien par les meurtrières et les créneaux. Il y a là des créneaux partout, dans certains postes avancés au lieu de créneaux ce sont des meurtrières : sur la tranchée, des caisses de bois sans fond ni couvercle et de petits sacs de terre dessus et autour. Là, sont les sentinelles. On voit peu de soldats. Ils sont dans des cagnats souterraines. On voit les pieds de ceux qui dorment, parfois à la porte d'un de ces trous quelqu'un lit. Lors d'un voyage précédent un sergent lisait ainsi un roman de Walter Scott. Pendant ce dernier voyage j'ai vu un adjudant qui lisait la traduction du *Faust* de Goethe par Gérard de Nerval, un caporal lisait les *Millions du trappeur* par Louis Noir et un sous-lieutenant tenait ouvert sur ses genoux le livre si implacablement dépravé des *Liaisons dangereuses,* dont l'auteur, ce Laclos qui inventa sans doute le vice véritable, le Vice avec une majuscule [,] était, si je me souviens bien, officier d'artillerie. Ces premières lignes et les postes d'écoute paraissent frêles, légers, une véritable voilette sur le visage de la France qu'ils préservent cependant des atteintes d'insectes affreux. Les balles sifflaient au-dessus de nos têtes, sans danger naturellement. Elles sifflaient dans le silence ou plutôt fouettaient ce grand silence. Quelques poilus d'ici de là polissaient des bagues faites avec l'aluminium des fusées de l'obus boche du 77 et puis après avoir rempli notre mission nous sommes revenus doucement par les boyaux d'arrière où de jeunes soldats se lavaient ou... s'épouillaient.

À propos des bagues, si vous voulez bien m'envoyer la mesure de votre annulaire, je vous ferai en deux ou trois jours une bague comme en font les autres, si vous voulez bien, ces bijoux sont sinon précieux, du moins assez plaisants et assez touchants ce sont d'amusants souvenirs de la guerre. Voilà pour aujourd'hui – la prochaine fois je vous parlerai de l'artillerie qui se trouve comme vous savez un peu en arrière des tranchées des fantassins.

On s'embête un peu tout de même dans la forêt. Écrivez-moi longuement, petite apparition charmante. Je n'ose vous demander une photographie, mais si vous saviez combien il me ferait plaisir d'en avoir une, peut-être cela vous déciderait-il à passer sur bien des considérations. Nous sommes ici, un peu comme des bêtes sauvages dans la forêt, on ne connaît peut-être plus les convenances. Mais ne vous choquez point. Car si on ne connaît plus la politesse je crois que l'on a progressé dans cette courtoisie qui fut surtout florissante au temps de la chevalerie si bien que les romans de chevalerie sont aussi appelés romans courtois et j'entourerai votre portrait d'une si grande déVotion, si tendre que si lointaine, qu'elle puisse être, elle ne manquera point de vous joindre de vous toucher. Votre portrait serait dans la poche intérieure de ma veste, du côté gauche, du même côté que le sabre et le revolver. Et sur le cœur de votre poète ce portrait pourrait jaser avec ses armes et serait ainsi en bonne compagnie.

Un seul bouleau crépusculaire
Sur le mont bleu de la raison…
Je prends la mesure angulaire
Du cœur à l'âme et l'horizon.

C'est le galop des souvenances
Parmi les lilas des beaux yeux
Et les canons des indolences
Tirent mes songes vers les cieux…

Adieu petite fée très lointaine et si proche, je vous baise la main.

Guillaume Apollinaire

Au front le 15 mai 1915

Le ciel est d'un bleu profond
Et mon regard s'y noie et fond

Un invisible obus miaule
J'écris assis au pied d'un saule
[calligramme en forme d'étoile]

L'étoile du berger déjà
Comme l'aigrette d'un rajah

[calligramme en forme de canon]

ou comme une oeillade chérie
brille sur notre

Guillaume Apollinaire

20 mai 1915

Ma lettre vous aura déplu car dans votre réponse du 13 mai je démêle moins de spontanéité moins de gentillesse pour tout dire que dans la première lettre et dans la carte venue ensuite. Certes vous tenez délicatement et complètement la promesse de m'écrire longuement et votre lettre est charmante, intéressante à souhait mais elle est moins bonne et moins douce que la précédente.

Nous sommes ici, et moi en particulier – devenus sensibles à l'excès pour les choses lointaines que [nous] ne pouvons que deviner. Cela vient sans doute de ce que notre sensibilité pour le danger immédiat s'est émoussée. Je l'explique mal, mais vous comprendrez sans aucun doute.

Vous avez raison de croire en ma bonne étoile car j'y crois aussi et suis bien content qu'on y croie avec moi.

Mais je sens tant de retenue soudaine dans votre lettre après la naïveté charmante de celle du début que me voici aussi tout gêné, tout timide pour parler à cœur ouvert.

Vous direz que le cœur n'a rien à voir avec la guerre, les huttes, les obus et les canonnades... C'est vrai après tout...

Je vous avais donc promis de vous parler de l'artillerie mais je vois dans votre lettre que je vous en ai déjà parlé dans ma première épître.

Vous avais-je dit que ma cagnat comme on appelle ici ces sortes de huttes est pleine de couleuvres ? Elles se lovent gracieusement et glissent en faisant bruire les roseaux. J'y suis maintenant habitué et je regarde ces petites bêtes comme des génies bienfaisants.

La vue des serpents je crois porte bonheur. Sans être extrêmement superstitieux, sans l'être même du tout, je me réjouis volontiers des bons présages et les serpents sont de gentils messagers.

Au demeurant mon totem est un serpent. Les vieilles familles polonaises ont un totem dont elles portent le nom. Le nom de notre clan est Waz (a barré) qui se prononce Wonsch et signifie serpent et les armoiries portent effectivement un serpent d'or enroulé autour d'une flèche d'or posée en pal sur fond d'azur.

Les rats abondent aussi bien qu'ils ne fassent pas bon ménage avec les couleuvres qui sont leurs pires ennemies.

Les tranchées de la batterie de tir où l'on ne se tient pas tout le temps car on a un jour de repos dans la hutte sur 4 sont souterraines, et l'on n'en sort que pour tirer le canon et particulièrement la nuit. Pour le moment, je n'y demeure point quoique j'y aille chaque jour et le plus souvent de nuit – étant agent de liaison.

Ici, le printemps fleurit déjà et se prépare à fructifier après l'été. La défloraison m'attriste. Je suis d'ailleurs, aujourd'hui, triste à l'extrême, triste à mourir. Le temps est gris. Hier dans les tranchées de fantassins on entendait les Boches chanter en français dans leur boyaux :

> Ah ! qu'ils sont bons quand ils sont cuits les Macaronis.

C'était, ma parole, pour nous narguer à propos des Italiens qui mettent tant de temps à se décider.

Ces porcs ajoutaient encore des injures cornues à propos de la vertu des femmes des régions envahies, ce qui n'est nullement gai à entendre bien qu'il s'agisse là d'un ressort éminemment comique. On a beau n'y être pas intéressé directement, quand on entend de ces choses, on attrape un peu le cafard. Ce qui fait que je m'ennuie et que ma seule distraction est de tâcher de reconstituer exactement le souvenir charmant de votre visage.

Ce que l'on voit le moins ici ce sont les visages féminins et ceux des Boches. Chose singulière, depuis que je suis sur le front, je n'ai jamais été plus loin de l'ennemi qu'à environ 2 km. ½, leurs fusils portant à plus de 3 000 m et leurs canons…

et n'est-ce pas un paradoxe que je n'aie jamais vu encore un de ces êtres dont je connais tous les projectiles, les gros et les petits. Je ne me figure donc plus les Boches que sous les espèces des craquements d'allumettes des coups de fusils, des éclatements d'obus, des fusées de cuivre ou d'aluminium et des cartouches dont nos poilus font des porte-plume.

J'ai fait pas mal de poèmes ces derniers temps, mais je n'en ai pas aujourd'hui. J'en ferai un pour vous et le joindrai à ma prochaine lettre. Vous avez sans doute été étonnée de recevoir de moi de petits poèmes réguliers bien que mon dernier envoi sur écorce de bouleau contînt des vers réguliers certes mais disposés idéogrammatiquement.

C'est que l'audace ne signifie nullement l'ignorance. D'ailleurs épistolairement j'emploie le plus souvent le vers régulier…

Peut-être aussi mes lettres vous choquent-elles parce que vous n'y trouvez qu'un bavardage et aucun style. C'est qu'après tout je dédaigne ce que l'on nomme communément style depuis longtemps déjà dans tous les arts et que je le limite à l'expression même de ce qui est nécessaire et personnel. Discipline et personnalité, voilà les limites du style comme je l'entends ; hors de cela, il n'y a qu'imitation non de la nature, mais d'une œuvre d'art antérieure.

Les canons ne me paraissent utiles qu'en artillerie ; en art tout court ce sont avant tout des entraves au style tel que je le conçois.

C'est pourquoi je laisse de côté le style des grammairiens des esthètes et des soi-disant gens de goût et je demande avant tout qu'on nous délivre de ce goût qui impose non des disciplines mais des modèles et des canons dont presque toujours la valeur, la beauté sont incertaines.

La tradition des pois dans les souliers, pois cuits au préalable est aussi ancienne que les pèlerinages. On la trouve dès le 15e siècle pour le moins et ce sont là des habitudes bien tenaces chez le populaire de se moquer du Saint après qu'il a exaucé une prière.

Il est bien certain que ce serait un bien grand sacrifice que celui de votre belle chevelure et nos souffrances ne sont pas si grandes qu'elles nécessitent jamais un pareil outrage à la beauté mais je n'ai pas bien compris pourquoi la mode des têtes rasées une fois lancée quelques jours après ce serait le triomphe des féministes.

Croyez-vous les hommes si bêtes que les femmes en triompheraient aisément le jour où elles leur ressembleraient ?

Je vous baise la main, charmante Africaine et avec un soupir, j'ajoute – comme vous – À bientôt, souvenir

Guillaume Apollinaire

25 mai 1915

Oui, chère petite fée si lointaine, hélas, et si proche cependant, vous m'avez écrit une lettre délicieuse le 17 mai et je suis un méchant de vous avoir écrit il y a quelques jours une lettre désabusée, pardonnez-moi !... pardonnez-moi surtout de pouvoir me sentir désabusé quand je n'ai été abusé en rien et que tout ce qui m'arrive de vous provient de votre libéralité exquise, libéralité qui dans la dernière lettre confine à la prodigalité. J'ai lu et relu cette jolie lettre et comme je voudrais qu'un coup de baguette les supprimât ces distances… Moi aussi je la vois votre terrasse et les couleurs ardentes, claires et violemment tendres qui naissent de votre soleil, ces mauves puissants et suaves comme l'amour ces roses sains et délicieux comme la joie, ces bleus silencieux et profonds comme la volupté.

Toutefois, petite fée, n'ayez pas froid dans le dos, nous, du moins je ne souffre pas. En réalité, je m'amuse beaucoup ou plutôt c'est indéfinissable… je n'en sais rien, mais vos lettres me rendent joyeux à l'extrême… Il n'y a que les absences qui me fassent de la peine… Et puis cela dépend tellement des jours… Mais, je n'ai nullement souffert de l'angoisse du danger… Je crois que peu de soldats la connaissent dans cette guerre. Je suis venu ici avec l'inquiétude, sans songer que la vie dans les grandes villes modernes, les trains, les autobus, les autos simples etc. tous ces engins de notre civilisation nous avaient habitués au danger et la venue d'un obus ne me paraît guère plus dangereuse – bien qu'elle le soit – que l'arrivée d'une auto lancée à toute vitesse.

Aujourd'hui même, ce matin, dans le bois si déchiqueté dont je vous ai parlé, un fusant a éclaté au-dessus de moi. J'ai été arrosé par les balles littéralement arrosé. Aucune ne m'a touché mais je les ai vues devant moi, tomber à deux centimètres de mon visage, elles dégringolaient à travers le feuillage. C'est la première fois que cela m'arrivait, je n'ai même pas eu une petite émotion et j'ai fait tout ce qu'il est possible à un homme qui ne se sent ni particulièrement brave ni particulièrement aguerri, pour susciter en moi l'émotion. Et cependant il m'est arrivé souvent à Paris, me sentant seul, dans mon cabinet de travail, d'avoir peur de cette solitude le soir.

Je n'y comprends rien... Sont-ce les récits des gens de ma batterie qui parlant entre eux, ont si souvent répété que je faisais le service le plus dangereux de la batterie qui m'ont habitué par contraste à ne rien craindre ? Est-ce le sort de mon prédécesseur tué d'un éclat d'obus sur la lisière du petit bois charmant qui par contraste aussi m'incite à n'avoir pas peur ? Mais le fait est que je n'ai pas de crainte en y allant, tandis que j'en frissonne maintenant en vous écrivant et que mon cœur bat tandis que ce matin je n'avais ni crainte ni confiance mais une simplicité et une légèreté d'esprit qui m'étonnaient moi-même.

Je vous écris avec la confiance d'un homme qui écrit à une fille dont il estime infiniment l'esprit, aussi je voudrais bien que vous ne voyiez dans ce récit aucune vantardise ni bravade. C'est loin de mon caractère et je ne me donne nullement pour un foudre de guerre. Il est possible que demain j'aie peur. J'analyse simplement une sensation ou plutôt l'absence d'une sensation. Car la bravoure consiste selon l'étymologie même à braver un danger et il n'y a aucune bravoure dans mon cas, tandis qu'il est possible qu'après tout je dusse être un lâche à la baïonnette ou dans un combat corps à corps ou même dans une casemate pendant un bombardement. Je n'en sais rien. Toujours est-il qu'après avoir quitté le bois tandis que les obus miaulaient prenant une autre direction que la mienne, je me suis tourné vers les tranchées car j'étais dans un lieu découvert face à des hauteurs occupées par les Allemands et je vis des masses de fumée verdâtre qui roulaient, il ne me parut point que cette fumée venait jusqu'à moi mais ma vue se voilait, je titubais, il me semblait que le sol tournait violemment en changeant souvent le sens de ses torsions, c'est alors qu'étant dans le sainfoin en fleur je mis le pied sur un corps mou qui sauta, me terrifiant littéralement et poussant un cri semblable à la voix des polichinelles à qui on presse sur le ventre, en même temps deux perdrix s'élevèrent avec le bruit spécial qui accompagne leur envolée. Cela me réveilla et je me retrouvai dans le même état de simplicité qu'avant, sauf cette lourdeur et ce vertige que j'attribuai au soleil, mais j'ai appris qu'on en avait ressenti autant dans des villages beaucoup plus éloignés c'était donc le Brome... Cependant ces vapeurs n'ont pas été du côté de notre batterie où personne ne s'en est plaint. Voilà donc un récit dont les détails sont plus pathétiques que la réalité qui ne l'est point car l'après-midi a été charmant et nous avons de façon congruente sablé du champagne brut en l'honneur de l'Italie et encore une fois je ne voudrais nullement que vous preniez ce récit pour les déclarations de quelqu'un qui veut se faire plaindre, car en tout ceci, je considère que je me suis bien plutôt amusé qu'embêté de quelque façon que [ce] soit. Merci de m'avoir envoyé la mesure de votre annulaire si mignon ! Je vais commencer le ciselage – est-ce le mot ? – ou plutôt la ciselure (je ne sais plus écrire). En effet la hutte est maintenant très coquette toute décorée de toiles de tentes qui protègent l'habitant de la pluie, sur le toit de roseaux aux endroits les plus gouttières j'ai mis des carreaux de ciment ou carton ciment que j'ai trouvé près d'une écluse. J'ai maintenant une table, une lampe à pétrole et un verre à dents qui est un verre gradué de pharmacien...

Mais si ! Ma forêt est embêtante, parce que les gens y sont embêtants, les officiers bien mais un peu distants... on les connaît peu... (l'artillerie n'est pas l'infanterie où en campagne hommes et officiers sont très proches.) Le maréchal des logis-chef, je n'en parle point, le sous-chef garçon de café, le reste paysan, les hommes charretiers ou à l'avenant... Je vais souvent pour me récréer aux échelons des deux autres batteries de mon groupe, qui sont cantonnés dans une petite ville charmante mais extrêmement bombardée, et je suis beaucoup plus ami avec les gradés des deux autres batteries qu'avec ceux de la mienne. En effet, l'ennui dans une forêt ne serait pas possible si... (voyez plus haut) et ma première œuvre publiée (L'Enchanteur pourrissant) célébrait uniquement cette prodigieuse matrice qu'est la forêt, créatrice de prestiges et de vies sans cesse renouvelés.

Ne me parlez pas de mes vers. Vous ne connaissez pas encore ma poésie, cela viendra... Je ne saurais me forcer...

Mais comme j'attends avec impatience, une impatience qui touche à la déraison ces photographies dont vous me parlez. L'eau m'en vient à la bouche... Pourquoi à la bouche ? !

Petite fée ! vous l'êtes certes puisque je le dis et que vous le croyez...

Mais compter sur mon indulgence quand c'est mon admiration passionnée qui ira vous rejoindre dans votre belle Algérie, c'est pour rire... et je vous sais bien plus coquette et à juste raison très consciente de votre beauté, car le mot n'est pas trop fort.

Le silence le plus complet autour de vous ? que signifie ?.... Mais tout ce qui est de vous et qui de vous vient à moi est pour moi seul, j'en suis jaloux à un point que ne pourriez imaginer... Et puis je suis encore si content que vous ayez signé de votre petit nom, c'est beaucoup plus gentil, plus amical, plus charmant que l'M insexué des lettres précédentes.

J'oubliais de vous dire qu'avant-hier Pentecôte j'ai écouté un concert militaire dans un village voisin – Il avait lieu dans un parc très ancien. J'y ai cueilli une rose dont je vous envoie des pétales. Le matin j'avais vu un commandant-évêque, à cheval, en costume mi-commandant, mi-évêque, impression singulière, et à mon gré, pas très agréable.

Je n'aime guère ces retours. Ils me paraissent déraisonnables, bien que je ne sois contre aucune croyance et qu'en ayant parfois, je conçois très bien qu'on ait la foi très ancrée en soi.

Petite fée il est une heure du matin, ce qui après tout doit être une heure indue même pour les braves et pour le front.

Je demande la permission de baiser respectueusement et discrètement cette main de fée si mignonne, si petite dont la mesure de l'annulaire me donne comme un symbole très certain et je vous prie de m'écrire le plus vite et le plus longuement possible ce qui sera une bonne action de votre part.

Au revoir petite fée

Guillaume Apollinaire

28 mai 1915

Petite fée,

Je ne veux pas que vous m'envoyiez de colis. C'est très gentil, très mignon – très bon aussi quant à la saveur – mais il ne faut pas... Ce n'est pas parce qu'on est soldat qu'on doive être entretenu de douceurs par les petites fées qui attendent dans leur tour d'ivoire le retour des croisés...

Nonobstant mon reproche plein de reconnaissance, j'ai savouré le chocolat à la menthe... mais si vous êtes tentée de m'envoyer quelque chose vite, écrivez-moi, car ce sera de vous et ce que je préfère c'est vous avec votre grave beauté qui me donne une si brusque et si tendre et si douloureuse nostalgie quand j'y pense.

Vous savez que j'attends quelque chose de vous : votre image. Je la souhaite de toutes mes forces...

Je vous ai envoyé une petite bague que j'ai faite pour vous, anneau tout à fait simple, j'y ai gravé (mal gravé même) 1915 – ne trouvant rien d'autre à y mettre qui fût plus éloquent... Quand vous m'écrirez, parlez-moi aussi un peu de votre vie. Vous attendez l'arrivée de blessés que vous devez soigner. Vos occupations dans l'enseignement vous en laisseront-elles le loisir ?

Il ne faut pas vous fatiguer. À chacun sa tâche. La vôtre est de diriger le sentiment du goût, de l'harmonie, de la beauté.

Ici, depuis quelques jours nous vivons dans la paix et nous jouissons pleinement d'un temps exquis tandis que le printemps défleurit afin que l'été mûrisse et que l'automne fructifie.

J'avais commencé la lettre ce matin, je la continue ce soir en y joignant une petite photo découpée dans un groupe trop grand pour être joint à ma petite épistole à laquelle j'ajoute un petit poème :

MADELEINE

C'est quelque chose de si ténu de si lointain que d'y penser
on arrive à le trop matérialiser
Forme limitée par la mer bleue par la rumeur d'un train en marche par l'odeur des
eucalyptus des mimosas et des pins maritimes
Mais le contact et la saveur
Et cette petite voyageuse alerte inclina brusquement la tête
sur le quai de la gare à Marseille et s'en alla
Sans savoir
Que son souvenir planerait sur un petit bois de la Champagne où un soldat s'efforce
devant le feu d'un bivouac d'évoquer
Madeleine de la fumée d'écorce de bouleau qui sent l'encens minéen
Tandis que les volutes bleuâtres qui montent d'un cigare écrivent le plus tendre des noms
Madeleine
Mais les nœuds de couleuvres en se dénouant écrivent aussi le nom émouvant Madeleine,
dont chaque lettre se love en belle anglaise
Et le soldat n'ose point achever le jeu de mots bilingue que ne manque point de susciter
cette calligraphie sylvestre et vernale.

Guillaume Apollinaire

3 juin 1915

Bonjour, Mademoiselle, c'est moi aussi et encore. Vous importuné-je ? J'espère que non, sans quoi vous ne m'auriez pas écrit. De votre côté, pourquoi vous croire ou vous dire encombrante ?.... Encombrante, la jolie personne aux yeux profonds au nez mutin que représente la photographie que vous avez eu la gentillesse de m'envoyer ! !

Je vous en remercie et vous prie de ne point arrêter l'élan de votre générosité... Envoyez-moi encore de vos photos... Je ne quitte plus celle que j'ai. Je la garde dans la poche gauche de ma veste.

Vous avez poétiquement interprété mon poème idéogrammatique et c'est plaisir que poétiser pour vous...

Mais vous m'écrivez bien rarement et des lettres bien courtes. Songez que vous avez pris une responsabilité en me répondant, petite fée... la responsabilité de m'écrire souvent, très souvent. Je vous le demande ; bien plus, je l'exige de votre bonne grâce.

Merci de cette pensée enveloppante et grande et belle que vous envoyez... vers le Front... et je m'y pelotonne... en votre front si vous voulez bien me le permettre.

La description de Lamur m'a bien amusé. Mais la comparaison entre les Sauterelles et les Allemands est loin d'être exacte puisque les Boches se terrent et ne bondissent point. Mais j'aime le moulin, comme je vois bien la mauresque.

Mon écorce de bouleau est jolie, c'est entendu. Mais elle l'est moins que vous et partant ne vaut plus la peine qu'on en parle... Brûlez-la et vous sentirez un parfum pénétrant et dans les volutes du nuage bleuâtre qui en sortira vous tâcherez de lire... Je ne veux pas dire quoi, mais ma pensée même... si vous voulez bien savoir lire l'alphabet singulier des fumées.

Moi, j'ai bien tenté d'entendre ce que vous disiez quand on vous photographia, mais je ne suis pas assez malin pour deviner une chose aussi difficile.

Je me suis permis de baiser votre main sur votre photographie. Pardonnez-moi de l'avoir osé sans que vous me le permettiez mais permettez-le-moi vite car j'ai bien envie de recommencer.

Votre lettre est encore signée M. Pagès, comme, si vous n'aimiez point le beau nom de Madeleine.

Je ferai mon possible pour vous envoyer une photo de notre forêt.

Depuis quelques jours le calme y règne et le beau temps. Cependant il y a 8 jours encore nous avons été bien arrosés du côté de nos batteries avec des obus de gros calibre... C'est une sensation qu'on n'éprouve point ailleurs qu'ici... C'est pourquoi je ne regrette point d'y être venu. En ce momq fraise renouvelle et pudique, rougit de se trouver au milieu de tant de soldats.

J'ai envoyé avant-hier une deuxième bague que j'ai eu plus de peine à faire et dans l'aluminium, j'ai serti un petit morceau de cuivre tiré d'une ceinture d'obus de 77 toujours. Un M gravé tant bien que mal, (Les outils me manquent pour bien graver) vous montrera ma maladresse et je compte sur votre indulgence. Si j'ai le grand plaisir de vous voir après la guerre – je ne sais ni quand ni où ni comment mais je désire cela infiniment de toutes mes forces, avec une passion de sauvage – je vous raconterai des choses bien amusantes (surtout après) de plus en plus nous devons donner très peu de détails militaires dans nos lettres. Le sentiment y gagnera. C'est peut-être le but que l'on poursuit en haut lieu… car ce que nous pourrions dire, ne génerait guère à mon avis la marche des opérations.

Dans votre dernière lettre, vous me demandez Madeleine, le silence sur vous. Je vous en demande autant. Ne montrez point mes lettres. Gardez-les pour vous… Elles ne sont que pour vous. Notre amitié bizarrement née dans un train qui traversait des sites gracieux doit être une chose gracieuse (la grâce n'est point pour la foule) et le rester… Certes il s'y mêlerait quelque chose de tendre de mon côté que je n'en serais point étonné… Mais comment me risquer à vous le dire tandis que je ne sais rien de desseins du petit cœur africain (le joli poste de TSF) dont je voudrais bien écouter, comme son télégraphiste, les battements…

Un journal madrilène vient de réclamer pour une enquête, mon avis sur Cervantès et son Quichotte. Cette question va m'absorber demain aux heures de loisir et je pense au blessé de Lépante en le plaignant, car il n'avait pas sans doute de Madeleine en Algérie pour lui écrire. Il y fut cependant prisonnier et je finis par croire que bien que sur le front d'occident, je suis en réalité moi aussi prisonnier en Algérie et je vous dédie mes belles chaînes.

Guillaume Apollinaire

4 juin 1915

Ma petite fée adorable,

Pardonnez-moi de vous avoir fait de la peine. C'est moi qui suis sot et parfois énervé : je ne veux pas que vous soyez triste à cause de moi – Moi je suis si heureux à cause de vous. Je ne fais jamais de style – et vous non plus qui êtes la plus charmante des fées, ma jolie Gemiah des contes arabes.

Je suis désolé que vous ayez, Madeleine à essuyer d'aussi beaux yeux que les vôtres.

Petite fée soumise, je n'ai pas à vous pardonner, mais je voudrais bien câliner la grande petite fille que vous êtes, obéissante et pas frivole.

Ce n'est pas moi qui vous fais dire que la guerre, les cagnats en roseaux et les marmites de 305 ont quelque chose à voir ou plutôt ont affaire avec notre cœur. Ainsi petite fée, vous êtes toujours avec moi dans ma hutte, c'est vrai et vous y couchez même sur mon cœur, en image : votre chère petite photo qui est ce que j'ai de plus précieux avec vos lettres.

La superstition du bleu nous réunit exquisement quand j'imagine votre cœur je le teinte de bleu. Si vous aimez le printemps éternel de ma poésie, celui du bouleau et de mon étoile logique, Madeleine si vous aimez le printemps du cœur aimez le cœur lui-même…

Je ne connaissais pas l'expression de Boboches vous la confondez je crois, avec celle de Bobosses qui en effet dans le langage des artilleurs sur le front, désigne les fantassins qui paraissent tant à plaindre et le sont en effet. Bobosses est une sorte de diminutif attendri de Fantabosses qui était un terme comique né je crois dans la zone des étapes où les artilleurs rient des Fantassins, dans la zone de l'intérieur, les artilleurs : *artiflots* méprisent les pioupious et le terme de fantassin est une injure entre cavaliers.

Ma batterie est composée presque uniquement d'hommes des pays envahis, plusieurs qui ont des nouvelles de chez eux assurent que les gens n'y sont pas malheureux, il paraît qu'à Lille c'est même une noce insensée et que les Lilloises sont le plus bel ornement des... fêtes galantes qui s'y déroulent. C'est en tout cas ce qui se dit ici.

Ma petite fée n'est pas du tout ce qu'elle dit de vilain à son égard : elle est charmante... Recommandez-moi donc tout ce que vous voudrez, si vous vous trompez je vous câlinerai pour vous consoler... Mais votre instinct ne se trompe pas, car on nous recommande de sortir le moins possible et les servants ne sortent point, les conducteurs eux-mêmes ne faisant qu'une courte promenade à cheval la nuit tombée.

Muette ? je vous le défends, et timide ? non pas timide, – mais au contraire confiante, gosse, libre et soumise... comme peut l'être une reine quand elle se soumet.

Affectueusement, très affectueusement quoique le mot ne soit pas joli.

Gui

Tournez la page Madeleine

Que rajouter encore à tout ce qui précède, Madeleine, c'est qu'il ne faut pas que nous nous fassions de peine l'un à l'autre – ce serait trop bête – soyons francs et libres comme pouvaient l'être Adam et Ève dans le paradis terrestre –

Mais je vous en prie Madeleine, ne me menacez plus de ne plus m'écrire – C'est à moi en ce cas que vous faites de la peine et quelle peine !

Timide et muette ! ! ! Ne soyez ni l'un ni l'autre... Et moi que vous devez sentir de loin si timide devant la petite fée merveilleuse que vous êtes, aidez-moi, je vous prie à surmonter une timidité qui après tout, messied à un Soldat. Aidez-moi si vous voulez bien, car avant de m'aider c'est un petit cœur bleuâtre qui bat en Afrique qu'il faut interroger...

Et voilà que je n'ose même pas par lettre baiser ce doigt dont j'ai la mesure.

Écrivez-moi vite, Madeleine, puisque je suis votre poète et, vous avez ajouté, ami.

Gui

10 juin 1915

Merci de m'avoir souhaité ma fête – Quelle est la date de la vôtre, mignonne petite fée. Cette lettre du 28 mai (moitié plume moitié crayon) a été pour moi une joie magnifique. (Je ne sais plus écrire je mets les mots comme ils viennent.) Mais non je ne suis plus triste maintenant que je sais que ma petite fée est encore plus féerique que je n'avais osé penser, féerique même n'est pas juste – Les nuits sont ici fériques et l'Algérie l'est aussi. Moi je suis fée puisqu'une fée me donne de tout ce qui est merveille et en son, pouvoir. Mais pour vous, Madeleine, on empruntera un mot au vocabulaire bizarre du vieux Restif, qui parle parfois d'une *femme féique.*

Certes vous êtes plus que ma fée puisque vous êtes *volontairement* ma joie, ma douceur et tout ce qu'il faut que je devine, petit sphinx dont je me garderai bien d'être l'Oedipe, car je ne veux point que vous vous jetiez sur la route de Thèbes, ô petit sphinx charmant de l'express de Nice ville de Victoire. Si vous attendez mes lettres avec impatience je vais vous donner bien de l'ennui parfois car je bavarderai avec vous chaque fois que j'aurai le temps d'écrire une babillarde.

Parfaitement j'entends votre voix grave, elle enveloppe mon cœur et le réchauffe. Vous ne pouvez imaginer quels transports me cause cette faculté que j'ai d'entendre votre joie… Je ne veux même pas vous dire à quel point cette imagination peut me transporter… car il me semble que vous me parlez à l'oreille et en même temps que vous ne parlez pas à voix basse.

Vous me montrerez cette étoile et je vous ferai voir la vôtre que j'appelle Madeleine.

Votre frère est donc capitaine d'Artillerie. Je me suis abrité dernièrement dans une cagnat d'un canon tirant contre avion sur plate-forme. Il n'y avait là qu'un canon, et la pièce était commandée par un lieutenant aimable certes mais il ne vous ressemble pas…

L'histoire du voyage de retour m'a ému, pauvre petite Madeleine, roulée de droite et de gauche par la mer.

Votre poème sera fait, je le commencerai ce soir si je puis.

Nous sommes sur le qui-vive. Nous partirons d'ici je pense avant peu – je vous enverrai aussitôt le n° du nouveau secteur – Ci-joint une petite mèche de cheveux – J'ai honte de l'envoyer mais c'est la seule façon que j'ai trouvée de vous faire une demande que je ne sais comment formuler.

J'imprime en ce moment un petit volume 1, voici un poème qui vous appartient mais qui sera dédié par politesse à l'amie ou fiancée du maréchal des logis Berthier, mon ami, qui est parti avec moi et dont je parle dans mon dernier article du Mercure de France (juin 1915).

L'article a été fait et envoyé peu de jours avant mon départ. Dans ce petit livre il y aura beaucoup de dédicaces mais une seule comptera pour toutes.

Chevaux couleur cerise limite des Zélandes
Des mitrailleuses d'or coassent les légendes.
Je t'aime liberté qui veilles dans les hypogées
Harpe aux cordes d'argent, ô pluie, ô ma musique
L'invisible ennemi plaie d'argent au soleil
Et l'avenir secret que la fusée élucide
Entends nager le Mot poisson subtil
Les villes tour à tour deviennent des clefs
Le masque bleu comme met Dieu son ciel
Guerre paisible ascèse solitude métaphysique
Enfant aux mains coupées parmi les roses oriflammes

Ce poème vous appartient Madeleine, puisque c'est à vous que je l'écris, prenez-le, puisque je viens de le composer et que je ne l'écrirai à nulle autre.

Écrivez-moi vite, vite… Moi je vous écrirai plus longuement demain ou après-demain si je n'ai pas le temps. Je vous baise les mains si vous le voulez bien Madeleine et je n'ose rien ajouter.

Guillaume Apollinaire

20 juin 1915

Petite fée,

Une quinzaine de jours sans vous écrire, pas moyen !…. Nous avons changé de secteur – Je ne suis plus au secteur 59 mais au secteur *69*. J'insiste à cause de la similitude des chiffres de ces deux secteurs. Donc *15 jours* sans avoir la possibilité d'écrire et sans recevoir de lettres. Un mur brusquement entre la vie et moi – entre vous et moi.

Aujourd'hui au moment où ayant enfin un peu de tranquillité, quoique bien déprimé et bien las, je m'apprêtais à vous écrire, patatras, 4 lettres adorables de ma petite fée qui est maintenant une vraie petite fille très naturelle. Que j'aime cela ! – Je réponds donc à chacune de ces lettres. 1° la première, celle du 2 juin… Rien à répondre sinon que je suis bien content que les roses embaumassent encore. 2° lettre du 5 juin. Je ne sais pourquoi vous pensez que je ne veux pas que vous parliez de ma ou de poésie et je constate avec une amertume… souriante si l'on peut dire, que les compliments des nègres vous choquent moins que les miens, aussi continuerai-je à vous en faire. Mais je déclare que ce moricaud avait raison et que ma foi, si son plumage ressemblait à son ramage, je m'empresserais, si j'en avais le droit, d'en être jaloux en appuyant de mon suffrage sa déclaration catégorique. 3° Avec la lettre du 10 juin, ce n'est plus l'épistole seule qui est adorable mais encore et par-dessus tout l'épistolière. Non, il ne s'agit point de littérature mais songez que le Tendre c'est pour nous la Zone des Armées et que si de la carte de Tendre je pouvais brûler les étapes, je vous aurais vite rejointe parmi votre nombreuse famille et parmi ces jeunes vierges du lycée de jeunes filles où vous êtes, j'imagine, plus belle, plus savante, plus pure, quelque chose de royal comme fut Nausicaa. Mais dans mon esprit et sous ma plume il ne s'agit point de littérature mais seulement de vous à qui je me dispose à ne plus adresser de compliments puisque vous ne les aimez point et me répondez en ironisant à quoi je ne saurais point vous répondre –

Vous ne savez pas… Mais croyez-vous que je sache moi plus que vous ; mais je n'analyse pas et je réponds *oui* parce que je sais bien que c'est oui et que si c'était *non*, cette correspondance qui nous enchaîne (passons à une autre image puisque celle-là excite votre esprit moqueur) cette correspondance, dis-je, n'aurait pas jailli de nous comme deux geysers jumeaux, en Islande ou en Nouvelle-Zélande, marient à de très grandes hauteurs leurs jets brûlants –

Et puis laissons cela, c'est vrai, vivent Madeleine, les anciennes couleuvres, le soleil mon ami, nos canons, la fumée bleue de ma cigarette, et le petit cœur bleu qui se refuse à battre à l'unisson due mien ! –

Mais j'entends bien qu'il bat tout de même et sans que vous ne me disiez rien c'est moi qui mets mon cœur à l'unisson du vôtre et écoutez-moi bien, tandis que je répète : Madeleine…

Doria Quixote vous avez raison, foi de brigadier ! Je n'aurais pas dû vous raconter l'anecdote qui non seulement vous a choquée, mais encore paru contestable… Pardonnez-moi, l'habitude des camps rend grossier.

Mais quel bonheur que vous ayez confiance… Puis, tout à coup une phrase pleine d'ombre – *Je suis moins libre que vous ne le pensez peut-être. Je ne puis pas vous faire une promesse que je ne pourrai pas tenir.* Qu'est-ce à dire ? Quelles chaînes portez-vous, et quelle promesse ai-je sollicitée ? Dites-le puisque vous avez confiance – moi j'ai confiance complètement, puis [que] vous me dites *ayez confiance.* Et le petit miracle du Quichotte qui est un pont entre vous et moi m'a fait beaucoup de plaisir belle petite Ève.

4° Le siroco du 11 juin, me montre une Madeleine bien volontaire – et j'approuve ce caractère qui est le mien – seulement n'oubliez pas, Madeleine, que quand « j'exige » c'est avec une douceur infinie si bien que je me flatte de ne jamais rien exiger qui ne soit votre bon plaisir et qui ne réponde à votre souhait… *J'y tâcherais* le cas échéant, ou plutôt j'y eusse tâché, car je n'exige rien, car je n'ai plus de place pour rien… Et que voulez-vous de plus, Madeleine, je baise vos *très* jolies mains, puisque vous le permettez… et le front ?

Gui

(Je ne relis pas ma lettre. – J'écrirai dès que je pourrai mais vous, écrivez longuement).

J'ai fort bien parlé du Quichotte que j'aime beaucoup comme toute la littérature espagnole

Je trouve des analogies entre Cervantès et Gogol.

22 juin 1915

Ma petite fée, voilà que vous m'écrivez pour ne me rien dire et pour que je dise ce que je pense le premier. Songez que ce n'est pas le moment d'être coquette. Vous êtes jolie et autant de l'esprit que de l'apparence physique. C'est pourquoi mes sentiments sont plus à la merci des vôtres que non les vôtres des miens. Il est donc bien simple que vous décidiez et ce sera la seule fois que je vous obéirai quoique je sois votre serviteur. Nonobstant quoi, vous êtes toujours maîtresse de nos deux cœurs tout autant que si vous étiez mariée, seriez seule maîtresse chez vous tandis que le mari serait maître à l'intérieur et dans la chambre conjugale – C'est ainsi qu'on fait les bonnes maisons – La méthode ne changera pas et il est bon de s'y tenir. Mais faut pas se forcer – si ne ressentez rien, ça n'a qu'une petite importance, un cœur d'homme peut supporter bien des coups – Mais si sentez la moindre hésitation dites-le, et on renoncera à tout – Car se forcer en ces matières c'est tromper la nature et partant être extrêmement déraisonnable, ce que je ne veux à aucun prix.

Pour le reste lettre que j'adore. Comme j'aime cette petite âme de Néron conjuguée avec Poppée. Cette artificieuse conjugaison pyrotechnique me fait exulter du vice le plus charmant puisqu'il est à votre image et en l'honneur de cet alfa mon sabre se change en alfange – et c'est la façon la plus belle qu'on ait eue de célébrer l'entrée de l'Italie dans la ronde.

C'est mon rêve que la plus fidèle soit la plus audacieuse mais aussi la plus sincère – ainsi que moi-même qui suis ingénu et averti (puisque le mot s'emploie)…

Alors Poppée, dites tout ! ! Et laissez la vieille et boiteuse Carabosse en paix, elle ne vaut pas le coup d'une métamorphose, tandis que vous êtes adorable à souhait.

D'ailleurs ne croyez point que je préjuge ni anticipe. Je suis très inquiet sur vos hésitations et si vous saviez combien cette incertitude m'est pénible vous diriez la vérité pour qu'on la sût une fois pour toutes et qu'on pût y revenir autant de fois que ça nous ferait plaisir.

Vous ne savez pas pourquoi vous voltigez. Interrogez les fées vos sœurs sur votre état d'âme et sachez combien vous devez m'obéir, car que pourrais-je bien faire d'une fée qui ne m'obéirait point. Elle ne me serait d'aucun secours. Puisque je ne pourrais point compter sur elle.

Certes, la lecture du *Paradis perdu* n'est pas réjouissante. Il faudrait pour l'entreprendre, l'absence de tout livre comme ici. Mais autant qu'il m'en souvienne c'est un chef-d'œuvre quoiqu'il soit bien gonflé de mille lieux communs dont débordent encore nos âmes tellement chrétiennes…

Au demeurant, les chefs-d'œuvre ne sont pas faciles à lire. Il faut beaucoup d'esprit et de constance pour les examiner sans sommeil et c'est vraiment la marque d'un esprit supérieur que pouvoir s'attacher aux chefs-d'œuvre. Aussi aimé-je infiniment votre combat contre l'aveugle Milton, si ennuyeux, qu'au témoignage tout lyriquement récent de Villiers de l'Isle-/Adam, ses filles mêmes ne supportaient point son abondance poétique et le laissaient rechercher à tâtons son paradis perdu –

Je ne me souviens nullement du caractère de la jeune Ève ni de celui d'Adam. Mais ce que vous en dites m'a bien amusé car l'idée sublime de Milton, montrant Adam manger – tout en sachant qu'il se perd – le fruit de la science qu'Ève a mordu, (je vous cite, ô fée idéale) évolue bien singulièrement dans la littérature et les seules fois que je la retrouve (c'est de mémoire) c'est dans le fameux et sotadique Portier des Chartreux du président ou avocat Gervaise de la Touche, livre célèbre entre toutes les productions du même ordre au 'cyme siècle et encore dans Bubu de Montparnasse de Charles-Louis Philippe que j'ai bien connu.

Dans le Portier ainsi que dans Bubu, les Héros attrapent sciemment la maladie à qui Fracastor donna quasi un nom de nymphe, et cela par amour, mais dans le Portier l'idée est toute simple car le héros Saturnin n'est pas compliqué, dans Bubu, Bubu est plus simple encore car Charles-Louis Philippe était loin d'être un aigle, mais comme son âme avait les écrouelles aussi profondément que son cou, cela donne un résultat plus écœurant, mais attachant, mais qu'il ne faudrait pas prendre pour du sublime puisque l'idée vous l'avez saisie dans sa sublimité chez Milton. –

Je vous ai dit dans ma dernière lettre combien j'aimais Cervantès surtout dans son 1er Quichotte et dans ses Nouvelles Exemplaires (Dures à lire d'ailleurs). J'aime beaucoup aussi la suite du Quichotte par le faux Avellaneda qui parut entre les deux Quichotte de Cervantès et j'aime cette suite postiche de l'anonyme en dépit de Cervantès lui-même.

Je vous écris chaque fois que je le puis, ne m'en veuillez pas, et ne soyez pas déçue quand vous n'avez rien de moi, moi, quel devrait être donc mon désespoir quand je n'ai rien de vous et je vous assure que j'attends les lettres de ma petite fée avec une impatience qui n'a d'égale que votre charme d'épistolière. Non je ne me contente plus de relectures et je crois que si la guerre finissait on ne se contenterait même plus de lectures et possible qu'on ne lirait pas plus avant pour mêler Dante aux grands hommes qui veulent bien nous tenir compagnie si tant est que nous en avons besoin, ce que je ne pense pas et si bien élevée que vous soyez, ô Fée Poppée, oui, vieux amis, mais nés si nouvellement l'un à l'autre ! Madeleine, au revoir, écrivez vite et ne soyez pas coquette.

Je baise vos mains.

Gui

23 juin 1915

Dieu, que ma petite fée est charmante – Je suis bien heureux des deux photos. Le joli joli visage si grave, si sérieusement, si profondément voluptueux. Petite fée, encore encore de vos photos ! Que j'aime cette gentille, cette bénévole obéissance de Madeleine !

Je vous enverrai de temps en temps des poèmes que vous me garderez et serez bien aimable de me recopier si j'en avais besoin pour les publier. Ceci est le côté pratique –

Mais quand Madeleine dira-t-elle tout dans une lettre que j'espère de toutes mes forces –

Toutes les photos de Madeleine sont sur mon cœur. Ses lettres sont dans mon sac. Et quand il y en aura trop je les renverrai chez moi à Paris où ma concierge reçoit les envois du brigadier G. de K. à – M. Guil. Ap. et sans rien décacheter met dans l'appartement du poète ce qu'expédie le soldat – J'habite à Paris, le Bd St-Germain, 202, entre la rue des Sts-Pères et la rue du Bac.

L'écorce de bouleau épargnée a droit à l'existence puisque vous l'aimez.

Je vous apprendrai tout ce que vous voudrez – dussé-je l'inventer – Et vous m'apprendrez aussi des mystères plus merveilleux encore que les fumées !.... et plus délicieux !

J'ai les trois photos devant moi. La première avec le front si haut si pur, les yeux si francs, le menton si voluptueux et ce cou si tendre. Madeleine est dans un fauteuil, un peu arrogante encore. Les épaules sont en retrait et la poitrine se bombe comme un double fruit qu'on devine.

Voilà une nouvelle photo. Madeleine à sa table de travail. Ses cheveux sont plus fous et si fins. Sourit-elle ? Rêve-t-elle ? Ici le nez est voluptueux.

Je crois que Madeleine n'a point de corset au moins dans cette photo et l'on exulte à deviner la rondeur juvé nile du jeune corps souple que les tissus dissimulent.

Puis voici sur le balcon ma jolie biche aux yeux meurtris. Ici, au demeurant l'air voluptueux de Madeleine dépasse toute imagination. Les Houris du Coran ne pourraient avoir un autre visage. Je comprends que le nègre vous ait dit que vous étiez jolie… Et voilà les jolies mains… Enfin ne parlons plus de cette charmante vision de jeunesse.

Nous élevons en ce moment un tiercelet capturé ici il y a peu de jours. C'est une sorte de faucon ou d'épervier. Ce petit rapace était, je crois bien utilisé en fauconnerie. – Celui que j'essaye de dresser, n'est encore, au demeurant, qu'un niais au sens propre du mot, qui signifie, je crois à peine sorti du nid pour la première fois. Il est joli et très gentil avec son bec recourbé et ses serres jaune clair. Je l'ai nommé Aquilan, ce qui fût le nom d'un guerrier sarrasin. Il est si je me souviens dans l'histoire de Beuves d'Hanstonne. Il donna une fête au bord de la mer en l'honneur du terme de la grossesse de sa femme. La fête fut interrompue par l'arrivée de la flotte du Sarrasin Sorgolant. Les chevaliers se préparèrent à se défendre et les dames s'enfoncèrent dans les bois. Les Sarrasins toutefois s'emparèrent d'Ysanne soeur de la Duchesse qui accouchait sur entrefaites, ils prirent aussi les nouveau-nés que tenait dans ses bras une jeune esclave sarrasine fille de l'amiral de Palerme. Ces deux demoiselles étaien montées sur des haquenées blanches quand les Sarrasins s'emparèrent d'elles.

La beauté d'Ysanne frappa un guerrier sarrasin : Aquilan de Mayorque et elle l'épousa quand ils furent au pays des Sarrasins.

Et voilà le tiercelet Aquilan, une ficelle à la patte, bien en peine de trouver une Ysanne mais on lui donne des mulots et déjà il les lie comme ferait un aigle d'un lièvre –

Ce soir on entend un bruit sonore d'artillerie des cloches résonnent terriblement, ou du moins on dirait de terribles cloches. Ce sont des bombes… incessamment… cloches ou tonnerre.

Au revoir Madeleine, je baise vos mains, mais ne me donnerez-vous pas le front aussi ?

Gui

25 juin 1915

Petite fée, nuit impressionnante de départ. Pour où ? – J'ai reçu votre gentille lettre du 19. Elle est mignonne. Oui, nous voyons le même astre pâle si changeant : cette lune laiteuse. Merci de la très jolie, très jolie petite photo – j'entends bien que vous me préfériez à Montesquieu quoiqu'il ait bien du sens et bien de l'esprit outre celui qu'il découvrait aux lois –

Quand maintenant aurai-je vos lettres ? Déjà dernièrement 10 jours sans aucune lettre. Maintenant peut-être plus. Qui peut savoir ? Qui peut savoir ? Mon volume – (tout est en pagaye)

Vous savez ce soir j'écris un peu sans savoir quoi. Avec tout ce nouveau tintouin. Je tâcherai d'écrire en route si possible. Mais sera-ce possible.

Enfin ! – Vous écrivez-moi, qu'au moins j'aie beaucoup de lettres mais peut-être entre le départ de ma lettre et votre réponse serons-nous réinstallés ! J'espère que, je souhaite que le n° de secteur nous demeure cette fois-ci et que la poste dirige la correspondance directement où nous serons. Au revoir Madeleine.

Je ne puis plus écrire --- Il faut que je fasse autre chose.

27 juin 1915

Ma Poilue, on m'a remis votre lettre du 20 dans le fantastique bivouac où nous nous reposons (!) durant quelques heures avant le redépart vers l'est. Alors, c'est une sorte de reniement de St Pierre, mais de reniement qui n'est pas mal ainsi tout peut être ou bien ou mal. Quant aux bagues, je crois que c'est à notre batterie qu'on les fait le mieux, c'est arrivé comme ça. On coule l'aluminium dans un moule creusé dans une pomme de terre et on achève ensuite à la lime. Pour le cuivre : on fait une queue d'aronde dans l'aluminium, on encastre la plaque de cuivre, ou de bronze, on resserre au burin ou au marteau frappé doucement car l'aluminium est tendre – Renvoyez-moi une mesure, en refairai une où il y aura beaucoup de fantaisie. Mais il y a ici des gens fort habiles qui trouveraient ces bagues fort imparfaites.

Votre poilu

Gui

J'ai lu dans un journal sur la coutume des Algériens d'avoir un poilu. Prise ainsi la chose est grotesque. Écrivez-moi vite.

30 juin 1915

Nous voici arrivés. Je vous écrirai plus longuement quand j'aurai le temps. On a été par étapes à travers des régions célèbres maintenant, et par des fantômes illustres désormais, de bourgs et de villages. Je vous écrirai donc quand je pourrai, car pour le moment on couche par terre depuis trois jours avec la selle pour oreiller et le firmament pour ciel de lit.

Gui
G. de Kostrowitzky
brigadier
38e Artillerie
45e batterie
Secteur postal n° 138

1er juillet 1915

Ma chère fée, je vous écris parmi l'horrible horreur de millions de grosses mouches bleues. Nous sommes tombés dans un lieu sinistre où à toutes les horreurs de la guerre, l'horreur du site, l'abondance épouvantable des cimetières se joignent la privation d'arbres, d'eau, de véritable terre même. Si nous restons longtemps ici, je me demande ce que nous deviendrons hors la mort par les instruments guerriers. Après plusieurs jours d'un beau voyage à cheval et de couchage très supportable par terre nous voici dans des trous infects, au point qu'y étant d'y penser j'ai envie de vomir avec ça les fatigues car tout est si éloigné que le travail des hommes et des chevaux est centuplé. Voilà pour moi. Mais tant mieux si cela doit être utile. J'ai eu votre lettre qui demandait des renseignements sur des bagues à notre 1er bivouac, qui fut la ferme du Piémont dont parlèrent les communiqués, j'y ai répondu de suite dans la pestilence du lieu. J'ajoute qu'en effet la plaque de cuivre ou de bronze enchâssée comme nous faisons est une spécialité de la 45e batterie du 38e où se font, dit-on les plus belles bagues du front, je n'ai eu que la peine d'apprendre à les faire. Mais il y a ici de véritables artistes – J'ai fait mon possible pour simplifier la syntaxe poétique et j'ai réussi en certains cas, notamment un poème « Les Fenêtres » paru dans *Poème et Drame* puis à part dans une grande publication qui était aussi un catalogue de l'œuvre d'un peintre. Mais maintenant je n'aime plus seulement l'impressionnisme même en art, c'est informe, si lointain, passé surtout, surtout en art. Il ne faut pas oublier qu'un de mes principaux livres s'appelle *Les Peintres cubistes* mais le langage et le style épistolaire auraient en effet besoin de passer par cette phase impressionniste mais s'il s'agit de vitesse, de raccourci, le style télégraphique nous offre des ressources auxquelles l'ellipse donnera une force et une saveur merveilleusement lyriques – Alors j'attends que vous vous essayiez et que me disiez enfin même en style télégraphique et elliptique ce que je souhaite savoir ou agréable ou désagréable. Êtes-vous si fière que cela vous paraisse humiliant à dire en cas où je dusse être content ? Et au cas contraire, me devez-vous laisser dans une incertitude qui augmente l'horreur des déserts où les soldats se font ermites ? De cette gêne qui est en vous, il naît des épîtres littéraires et notre correspondance si gaie si vive au début s'en ressent. Laissez-vous aller, dites la vérité quelle qu'elle soit, qu'il en doive naître ce qui sera, en faudrait-il mourir. Mais, non, je ne suis plus que votre poilu, c'est la mode de l'Algérie et moi qui pensais à Cervantès, me voici, simple brigadier, à faire platoniquement la cour à une jeune Oranaise que mes lettres vont distrayant.

Allons Madeleine, mettez-vous nue, l'âme, le corps et le cœur. Et après serez si contente d'être véridique. Car il ne s'agit point de me faire plaisir, il faut dire la vérité. C'est tout et si même elle allait à l'encontre de mon rêve.

Sous l'influence du siroco, dites-vous, vous avez l'impression de devenir manche à balai. Eh bien ! sur ce manche à balai que vous êtes devenue vous devriez bien faire chevaucher jusqu'à moi la jolie sorcière que vous êtes en réalité, charmante petite fée, ou bien laissez-vous aller à m'écrire les bêtises que vous êtes tentée de m'écrire. J'aime beaucoup Musset, justement à cause de sa liberté. Mais que j'aime la fin de cette lettre, car vous commencez à vous laisser aller à dire comme vous pensez. J'espère que ma lettre de la prochaine fois sera plus gaie et peut-être plus libre aussi. Mais vite écrivez et long sans songer à bien écrire, sur vous surtout, je me fiche du reste, prenez n'importe quoi, votre pied, votre main parlez-m'en, mais profondément comme quelqu'un qui se flatte de plaire toujours et ne craint pas d'obéir sans cesse, puisque je veux qu'il en soit ainsi en dehors des préjugés que vous invoquez. Et je me demande même de quels préjugés il peut bien s'agir – puisqu'il n'y a que nous deux en l'occurrence... Écrivez-moi Madeleine, longuement longuement, vos lettres me font ici un bien inouï. Surtout ne faites plus la coquette, en ce moment et de loin comme ça, c'est de la dépravation et pas autre chose.

Gui

2 juillet 1915

Petite fée très chère, alors pourquoi, si vous êtes si inquiète vous obstiner vous qui voudriez que je dise Madeleine à votre oreille, ne voulez-vous pas m'appeler gentiment Guillaume ou Gui à volonté. Vous m'appelez « poète » comme si je vous appelais « professeur de lettres ». Mais tout ce que je dis est méchant comme tout pardonnez-moi. Le Seigneur des mouches, Belzébuth est là avec ses légions, ses myriades à l'infini de mouches vertes, bleues, brunes, non pas des taons, mais des mouches et les plus vertes, les plus éclatantes, les plus boches, ont un mufle étincelant de bouledogue. Et moi souhaitant la métamorphose du Diable Amoureux de Cazotte, je voudrais pouvoir m'écrier à l'apparition de quelque prestige diabolique issu des chaudes et putrides brumes africaines : « mon cher Belzébuth, je t'adore ».

Votre lettre arrivée aujourd'hui est du 14 juin donc il faut de 16 à 17 jours maintenant pour que les lettres arrivent. Vous m'écrivez encore secteur 59.

Petite jolie fée ne pleurez pas. – Un trop long silence huit jours ! ! Mais la guerre n'est pas finie et l'on y change maintenant souvent de secteur. Me voici logé dans un trou. Mais j'y vis seul, une planche est la table, une planche fait le banc, deux planches font le lit. Le plafond est à deux mètres du sol, mon revolver, mon sabre, ma selle, mon sac, des douilles de 75, mon bidon, une demi-bombe ornent la demeure.

Mon adorable petite fée, écrivez-les ces mots qui font que l'on vit – Non je ne vous néglige point. Mais je n'ai pas pu vous écrire plus. Je ne peux pas vous écrire tout ce que je voudrais, car c'est vous-même que je voudrais, vous le savez, ma Madeleine à moi (??) – Quel est cet examen d'Alger ? – J'ai oublié de vous dire dans ma dernière lettre que le moule en pomme de terre est une invention de la 45e Bie et qu'il est très facile de travailler la pomme de terre.

COTE 146

Plaines Désolation enfer des mouches Fusées le vert le blanc le rouge
Salves de 50 bombes dans les tranchées comme quand à quatre on fait claquer pour en faire sortir la poussière un grand tapis
Trous semblables à des cathédrales gothiques

Rumeur des mouches violentes
Lettres enfermées dans une boîte de cigares venue d'Oran
La corvée d'eau revient avec ses fûts
Et les blessés reviennent seuls par l'innombrable boyau aride
Embranchement du Decauvile
Là-bas on joue à cache-cache
Nous jouons à colin-maillard
Beaux rêves
Madeleine ce qui n'est pas à l'amour est autant de perdu
Vos photos sur mon cœur
Et les mouches métalliques petits astres d'abord
À cheval à cheval à cheval à cheval
Ô plaine partout des trous où végètent des hommes
Ô plaine où vont les boyaux comme les traces sur le bout des doigts aux monumentales pierres de Gavrinis
Madeleine votre nom comme une rose incertaine rose des vents ou du rosier
Les conducteurs s'en vont à l'abreuvoir à 7 km d'ici
Perthes Hurlus Beauséjour noms pâles et toi Ville sur Tourbe
Cimetières de soldats croix où le képi pleure
L'ombre est de chairs putréfiées les arbres si rares sont des morts restés debout
Ouïs pleurer l'obus qui passe sur ta tête

Au revoir, fée, moi si j'allais au repos, ce n'est pas seulement écrire que je voudrais mais vous voir, avec votre air étonné sérieux et impénétrable mais voluptueux à l'extrême. Mais pour l'instant il n'est nullement question de repos.

Au revoir

Gui

10 juillet 1915

Ma fée,

Depuis tant de jours je n'ai pu vous écrire. Pas moyen. Ce secteur est l'ennemi des loisirs. – Je vous aime aussi, Madeleine et vous ai aimée dès que je vous ai vue – Pardonnez-moi de l'exprimer brièvement aujourd'hui. L'épistolière est mille fois plus adorable que les épistoles et la photographie de ma jolie chérie en peignoir m'a ravi bien que l'image soit pâle. Ma chérie, je vous aime infiniment et ce dernier portrait exprime si complètement votre voluptueuse beauté que j'en frémis.

Ainsi, ma fée c'est vous qui allez diriger nos cœurs puisqu'en retour vous êtes à moi et je veux que vous les dirigiez vers la passion la plus forte qu'il soit possible d'imaginer. C'est vous qui présidez à tous les desseins qu'il faut d'ores et déjà former. Vous en êtes digne. N'avez-vous pas de vous-même décidé de tout en formulant l'avenir par cette merveilleuse exclamation Que nous allons être heureux ! Ma chère esclave, j'exige que vous fassiez votre possible pour que cela s'accomplisse. Madeleine, je vous adore d'une façon que je ne puis dire encore parce que mon délire ne trouve pas de mots pour l'exprimer. Vous avez bien compris qu'il ne s'agissait pas d'enfantillage ni d'amitié. Continuez donc à diriger, tant que moi je serai ici. Si dans quelque temps je pouvais aller en permission, je ferais en sorte – si vous voulez bien – que nous nous rencontrions et cette entrevue serait plus lumineuse encore que nos lettres, quoiqu'il ne faille pas compter sur une entrevue très incertaine en ce moment. Élucidez nos cœurs et nos vies, vous qui êtes mon tout très chéri. Toutes les coïncidences que vous signalez me touchent beaucoup. Je suis très troublé et ne sais plus quoi écrire. J'écrirai mieux une autre fois. C'est la nuit je suis dans le gourbi où j'habite seul 3 mètres sous terre, couvert en rondins de sapin et terre par-dessus, une bonne table, lit de paille. Tout cela a été c'est un bruit infernal. Les fusées-signal illuminent la nuit. Que voulez-vous savoir de mon passé, Madeleine, je vous ai simplement demandé si étiez libre, c'est tout et j'aime votre aveu charmant où vous apparaissez blanche comme une colombe. Je suis blanc aussi, mais à la façon des hommes, car j'ai 34 ans et vous êtes sans doute, si jeune, si jeune, que j'ai peur de songer à votre âge qui doit être si loin du mien.

Enfin, ce n'est pas un récit de Lovelace que vous demandez mais simplement l'assurance qu'il n'y a rien dans mes amitiés qui doive vous éloigner de moi. Et en effet, rien ne doit vous éloigner de moi. Au demeurant, tout cela est sans intérêt. Mais j'ai des amitiés solides auxquelles vous ne voudrez pas que je renonce quand vous les connaîtrez, j'ai des amitiés féminines très sérieuses mais dont vous ne devez nullement être inquiète. D'ailleurs, je vous interdis d'être inquiète sur moi à votre endroit et *ceci pour toujours*. N'y revenons même pas – Tout ce qui n'est pas sérieux et profond n'existe plus que cela vous suffise, Madeleine, pour le demeurant vous êtes à moi et rien ne doit vous être pénible de ce que je veux et d'ailleurs je ne voudrai jamais autre chose que votre bonheur, votre joie, mon bon plaisir se trouvera être ainsi le vôtre et qu'il n'ait jamais aucun nuage.

Tâchez d'être cette femme forte dont vous parlez et si vous savez l'être, vous ne douterez jamais de moi ni moi de vous. D'ailleurs voilà de presque blasphèmes. Et je vous en veux presque des questions réitérées par vous, mon trésor, à ce sujet. Nous ne sommes point du vulgaire qui ne sait ce qu'il fait ; nous avons des droits et des libertés, vous et moi, qui nous mettent à l'abri de la jalousie. Jamais jalouse, ma chérie, et ne cherchez jamais à ce que je le sois – je ne le serai que trop de moi-même. Au contraire, évitons, par toute la franchise possible tout ce qui pourrait nous conduire à la jalousie.

Pardonnez-moi une lettre aussi décousue que celle-ci. Vous m'avez un peu rendu fou ce soir et je suis fou de vous Madeleine.

Donc baisers sur les mains, sur le Front ma tant chérie. J'écrirai aussi demain. Et vos cheveux ? n'avez-vous pas eu les miens ma Madeleine adorable et adorée.

Gui

12 juillet 1915

Ma fée bien-aimée,

Je vous adore ; je veux que vous ne soyez point jalouse de rien jamais. Mais ne parlons plus de cela, car c'est bien entendu. Il faut que vous dirigiez l'accomplissement de notre bonheur si la vie veut bien nous le donner. Mais pour reparler de cela j'attends une réponse à ma dernière lettre.

Vous ne pouvez imaginer le plaisir que m'a causé la petite photo où ma fée chérie en peignoir se balade entre des massifs d'anthémis et de géraniums.

Je suis bien aise que votre maman ne voie pas d'un mauvais œil notre échange de pensées à distance. Je vous le répète, c'est à vous de tout dire la 1re. Si j'étais libre je parlerais bien moi-même. Mais la situation d'un soldat exposé à mourir d'un instant à l'autre est telle qu'il doit laisser s'exprimer ceux qui sont libres de le faire.

Ainsi êtes-vous, ma chérie. Donc surmontez tous vos scrupules et montrez-vous femme forte selon que vous pouvez l'être.

Pour intelligente et gracieuse, vous l'êtes assez et je me réjouis autant de votre esprit que de votre beauté.

Et le plaisir que j'aurai à vous aimer sera centuplé par la conscience précise que nous pouvons avoir l'un de l'autre, égale et égal. –

Je reçois votre premier mot adressé au secteur 138. Vous avez raison, ma chérie, mais il ne faut pas en vouloir à votre poète d'avoir été un peu énervé par l'impatience qu'il avait de vous voir enfin parler avec votre cœur. Et ce mot de vous reçu ce jour-là au bivouac du lieu dit la ferme du Piémont, mot qui était le seul mot, la seule lettre de vous, l'unique billet indifférent ou banal m'avait fait presque de la peine. Mais c'est la dernière fois, qu'on sera ainsi.

Que je voudrais quitter ce secteur ! on s'y embête à mourir… sous les obus.

Vous savez, ma chérie, que chaque fois qu'aurez nouvelle photo si vous me l'envoyez me ferez le plus grand plaisir. Je vous regarde, je vous détaille, j'aime votre front, vos yeux, les contours harmonieux de votre corps charmant font ma délectation. Je vous imagine faite à la perfection. Puis votre voix grave sonne encore à mes oreilles qui soudain agiles me paraissent courir après l'écho qui s'éloigne.

Vous avez eu bien raison de ne pas livrer votre âme au vulgaire inhumain. Mais comme vous ne m'aviez pas encore dévoilé cette âme que j'adore, j'ai eu ce jour-là, sous le soleil vulgaire et inhumain de l'été 1915 un sursaut d'angoisse dont vous ne devez pas me vouloir.

Je ne vous en voulais pas moi, mais j'exprimais de l'amertume de mon cœur. C'est tout. Et le mot grotesque ne viendra plus sous nos plumes, mais il nous plaira peut-être qui sait, après la guerre.

Vous m'avez parlé de Claudel dernièrement. Cet écrivain de talent est l'aboutissant du symbolisme. Il représente de façon absconse et réactionnaire la menue monnaie d'Arthur Rimbaud. Celui-ci était Louis d'or dont celui-là est le billon. Claudel est un homme de talent qui n'a fait que des choses faciles dans le sublime. À une époque où il n'y a plus de règles littéraires, il est facile d'en imposer. Il n'a pas eu le courage de se dépasser et surtout de dépasser la littérature d'images qui est aujourd'hui facile. On s'est habitué aux images. Il n'en est plus d'inacceptables et tout peut être symbolisé par tout. Une littérature faite d'images enchaînées comme grains de chapelet est bonne tout au plus pr les snobs férus de mysticité. C'est à la portée de tout le monde et je me demande pourquoi les Annales ne publient pas du Claudel afin que les cousines se croient désormais aussi Thomistes qu'elles sont bergsonniennes ou Nietzschéennes. Je vous baise les mains et le front et vous défends, Madeleine, de vous froisser désormais de quoi que ce soit qui vienne de moi

Votre poète

14 juillet 1915

Vous êtes, ma toute chérie, une fille délicieuse et une fée bien attentive, car vous avez deviné ce qui pouvait me faire le plus de plaisir, cette eau de Cologne que j'attends comme votre fraîcheur même. Me mettre en colère, maintenant que vous êtes à moi ! Jamais de la vie. Au contraire, je baise votre front et aussi ce pied et toute votre personne que mentionne votre votre lettre charmante. Je vous envoie de mon côté un porte-plume et une bague. La mesure est maintenant chez moi à Paris – mais je crois que la bague vous ira. – Le porte-plume est fait avec 2 balles boches. Je ne vous l'envoie que comme un souvenir et une curiosité mais peut-être le trouverez-vous peu pratique. Il suffit qu'il vous amuse un moment et ne réclame rien d'autre.

Pensez comme je suis heureux après vos lettres ! Je voudrais pouvoir vous le dire et vous briser de caresses si douces que vous en perdiez tout souvenir de toute autre chose en ce monde. Ma chère petite sorcière jolie, rien de méchant jamais dans mes lettres. Je vous souhaite une bonne fête. Ma lettre arrivera sans doute vers la date. Si elle vient plus tôt tant mieux. Oui – parlez-moi de vous, c'est ce qui m'intéresse le plus – c'est même la seule affaire que j'aie.

Vous êtes donc à moi, ma chérie, et moi je suis tout à vous.

Vous voudriez bien que je vous obéisse mais en tout cela, il n'y a que de la tendresse et votre obéissance vis-à-vis de moi doit rester entière. Je veux que la sujétion où vous devez être soit tout amour et toute souffrance, pour que je puisse consoler la petite indomptée que je veux maîtriser. Car si je n'étais point votre maître avec toutes les prérogatives souveraines que peut conférer ce mot, je ne vous aimerais pas tant.

Je veux que toujours toutes vos sensations s'éveillent tumultueuses sous mon regard dominateur. Sans quoi seriez-vous femme et moi homme ? – Puisque l'égalité de l'esprit nous met sans doute sur un même rang.

Nonobstant quoi, nous sommes si amis, maintenant, ma chérie, que vous pouvez me parler de vous avec toute la liberté que possède votre chère âme.

D'autre part, ma chérie, comprenez bien, que s'il s'agit ici de domination, ce n'est point une simple galanterie, mais une réalité profonde et passionnée qui doit toucher l'imagination, l'âme, le corps, jusqu'au bout et jusqu'où peut le vouloir ma volonté.

C'est ainsi que je vous veux ma chérie, puisque vous êtes à moi. Je vous ai donné d'autre part, la maîtrise de nos vies de nos cœurs, durant la guerre pour que vous les prépariez à la paix.

J'ai encore une réponse à recevoir sur ce sujet. Je termine ma lettre parce que le vaguemestre va partir.

Je baise vos jolies mains et votre front que J'adore.

Gui

15 juillet 1915

Ma chère petite fée,

J'ai reçu la carte et les 2 paquets. Vous êtes très très gentille et tout cela m'est très précieux. Le mouchoir, le lacet de soie que je baise passionnément car ils sont à Madeleine, ils ont touché Madeleine. Je fume ces bonnes cigarettes dont j'étudie les fumées. Le savon parfumé je vous en remercie aussi ainsi que de l'eau oxygénée. Malheureusement le flacon d'eau de cologne est arrivé en miettes même pas humide, seule l'étiquette qui venait de vous était intacte. Dommage qu'il se soit cassé ! L'emballage était insuffisant il faut mettre ces bouteilles bien enveloppées dans des paillons les entourer de paille de bois. Que sais-je ?

Enfin Madeleine, permettez que je baise encore votre beau front et que je vous dise merci. Car maintenant comment en voudrais-je à ma Madeleine lointaine, d'autant plus que ce n'est plus une simple correspondance amicale qui s'échange entre nous… mais vous savez que vous êtes maîtresse de décider de ce qui sera, la Providence aidant bien entendu. Mais ce que femme veut… Et cependant il reste peu à éclaircir entre nous, puisque votre beau soleil d'Algérie le même que je vois nous réunit et nous illumine l'un et l'autre et c'est de toute votre âme, ma Madeleine adorable, que vous m'avez envoyé, cette carte, tandis que la cohue vous désignait comme trop belle pour être seule à la poste.

Et maintenant, Madeleine, que vos lettres me parlent de vous et de l'amour. Voilà tout mon souci. J'aime cette carte d'aujourd'hui où vous êtes vous complètement et complètement à moi ma petite indépendante.

Il est maintenant environ 11 heures du soir. Je n'ai qu'à veiller et à vous écrire à la lueur d'une bougie. J'avais pensé d'essayer de vous peindre mon amour. Et j'y renonce. Vous savez comme il a été brusque, involontaire, fatal pour ainsi dire. Il n'y a plus à épiloguer sur lui puisqu'il a trouvé votre amour même, ma chère petite fée adorable.

J'ai cherché ce que je pourrais vous envoyer qui répondît à l'écorce de bouleau du secteur 59. Mais ici il n'y a rien. L'émouchet se développe mais je n'ai pas le temps d'essayer de le dresser à l'art de la fauconnerie. Niais je l'ai eu, niais il demeure et ce rapace, fait des manières pour tuer une souris. Pour un peu, il se prétendrait pacifiste.

Vous savez que je suis très content de tout depuis que Madeleine est ma Madeleine. Vous pensez bien que le reste m'est égal. Avez-vous terminé la relecture du Quichotte ? Que faites-vous maintenant, temps de vos vacances ? Mais sont-ce bien déjà les vacances.

Moi aussi, ma Madeleine adorée je signe de toute mon âme et vous baise au front à en devenir fou.

Gui

17 juillet 1915

Je pense, la plus jolie des fées et la plus bellement chevelue des Madeleine, ma Madeleine à moi, que dans ma hâte à vous remercier j'ai oublié de vous remercier de *l'alcool Madeleine* et du *cachou Madeleine.* J'en profite pr mettre sur cette carte mes pensées qui sortent en spirales de fumée, la fumée des bonnes cigarettes parfumées. Si vous recevez le petit colis par quoi le Front des Armées veut célébrer bien modestement la Sainte Madeleine, prenez garde qu'il manque un crayon dans la balle porte-crayon, et que cette balle ainsi que la balle porte-plume ont besoin d'être mieux ajustées dans leur douille, quant à la balle où est le machin à tenir les plumes, elle a besoin d'un machin plus authentique et qui tienne mieux.

Est-ce que les photographes ont renoncé à vous photographier pour mon bonheur ?

Votre lacet de soie rose sentait sûrement votre odeur chérie, ma fée ; je le garde sur moi ainsi que le petit mouchoir.

Vous savez que ce pays est maintenant plein de charmes pour moi à cause des lettres que j'y ai reçues de vous et du grand secret, le nôtre, que vous m'y avez confié. Je baise votre front chéri.

G

Je suis très fatigué. C'est pourquoi je me trompe tant en écrivant et dois repasser sur les lettres de chaque mot mais je suis très bien portant et très gai. D'après ce que je vois et malgré que le secteur soit plus violent, je crois que nous y risquons beaucoup moins qu'ailleurs.

18 juillet 1915

Ma petite fée adorée, vous pouvez maintenant écrire comme vous voudrez puisque maintenant vous êtes ma Madeleine à moi et que je suis bien votre poète.

L'histoire de l'examen m'a peiné parce que vous avez eu une déconvenue qu'il faut réparer parce que ce qu'on a entrepris, il faut l'accomplir et aussi parce que vous avez été, vous êtes encore malade, ma chérie. Ne vous surmenez pas, reposez-vous. Mais reposez-vous de façon à être plus savante, plus à même d'affronter les prochains examens, ma jolie candidate.

Vous savez bien l'anglais ; je le lis mais ne le parle presque pas bien que j'aie été 3 fois en Angleterre mais pour peu de temps chaque fois.

Cependant je peux lire des livres anglais et des journaux mais ne saurais correspondre en cette langue.

Ménagez votre santé, je veux vous retrouver, bien portante. Cependant je comprends votre goût pour l'eau fraîche et les glaces, car je les aime beaucoup moi aussi…

Vous avez 22 ans, ma Madeleine, combien je suis plus vieux que vous ! Ce n'est pas vous qui devez craindre que je me lasse jamais de vous car vous êtes mon égale spirituellement, c'est moi qui pourrais craindre d'être trop vieux pour vous… Et puis après tout je ne le crains pas : non ce n'est pas trop disproportionné. – Ma petite fée a bien raison de tout dire, c'est gentil tout plein ça.

Pensez-vous que nous puissions nous retrouver au moment de ma permission ?

Pardon si j'ai été méchant, mais ne prenez rien de moi pr de la méchanceté.

Je suis vous le savez autoritaire et je veux que tout, venant de moi vous soit volupté. Je vous veux à moi complètement car je suis votre maître, ma chérie et votre maître de toute façon. Je veux donc que vous m'obéissiez en tout, que pour moi vous oubliiez tout qu'à ma volonté, il n'y ait ni bonne éducation, ni rien qui tienne et que vous soyez toujours ma petite esclave docile. En retour je vous donnerai toutes les joies dont je suis capable et il faut que vous les preniez de moi dussent-elles vous être douloureuses. Ainsi notre amour sera merveilleux. D'ailleurs la nature le veut ainsi, et le premier homme qui connaît une femme ne la fait-il pas souffrir ?

Ne pensez pas après cela que je veuille vous faire souffrir. Pas du tout, je veux votre bonheur complet et il faut – savante comme vous l'êtes – que vous soyez par contraste la plus soumise des esclaves. Un tableau célèbre quoique libertin de Fragonard nous montre la correction conjugale. C'est une fantaisie artistique mais qui sous le voile de l'Allégorie, un voile qui en l'espèce dévoile plus qu'il ne voile, dissimule de grandes vérités sur les relations de l'homme et de la femme.

J'ai toujours cherché une femme qui fût mon égal mais très à moi, plus à moi encore que ne pourrais l'être toute femme qui me serait très inférieure.

Naturellement, il ne s'agit point de brutalité aucune, jamais. Devinez ce que je dis et n'y voyez rien de méchant, ni de brutal, ni de sot, ni même de trop libre dans ce que je vous écris. Je veux dire qu'entre nous il ne pourra jamais y avoir de querelles quelles qu'elles puissent être parce que vous serez toujours à moi, pensant naturellement comme moi et votre personnalité auprès de moi se développera d'autant plus puissante que vous serez plus moi sans restriction.

Je serais rudement content que vous soyez plus près de moi, c'est-à-dire en Europe, en France. Mais cet amour né d'une partie du monde à l'autre est béni, ce cher amour méditerranéen et j'ai idée que nous nous reverrons vite.

Qu'en sais-je après tout ? on donne encore 2 ans je crois, de durée à cet affrontement des nations changées en béliers. Vous savez ma Madeleine que je ne suis jamais méchant, je suis très doux. Et je ne veux pas que vous pensiez que je puisse être méchant, surtout avec vous et je voudrais maintenant vous prendre dans mes bras, vous bercer longtemps, vous câliner, vous dire les mots qui répondent à votre sentiment, à votre grâce, à votre lassitude, baiser vos cheveux et vous garder longtemps dans mes bras forts, sur ma poitrine bombée et mes câlineries dureraient indéfiniment et peu à peu vous me les rendriez aussi et de vous-même, gentiment et tendrement et ce serait la douceur du monde qui renaîtrait dans cet exquis échange d'âmes qui s'adorent.

Surtout, ce que je ne peux pas comprendre c'est que vous puissiez avoir peur de moi. Peur ? c'est insensé. Je ne veux pas ma chérie. Nous sommes l'un à l'autre et c'est tout, égale et égal. Pas de peur quand au contraire, ce que je vous demande, c'est qu'il n'y ait aucune contrainte entre nous, même de coquetterie, sauf celle qui doit vous rendre toujours plus belle à mes yeux.

Mais votre lettre, ma chérie, m'a été jusqu'au cœur, combien vous me comprenez et combien vous devenez plus Madeleine chaque jour, tout en restant de façon charmante, le gentil professeur de lettres que vous êtes.

Ma chérie adorée, je prends toute votre âme à moi. Je suis bien heureux de votre cher bonheur intérieur. Je baise votre front chéri et vos cheveux que vous gardez pour moi. Alors, c'est tout et tout pour moi ? Soignez-les bien ces merveilleux cheveux que vous arrangeâtes devant moi, ma coquette petite fée, dans le train. Vous savez bien combien ils sont beaux. Vous avez raison n'en coupez rien, qu'ils soient ma proie au retour.

Votre petite lettre de dimanche ma chérie est un des plus jolis poèmes d'amour que je connaisse et pour moi ma chérie votre cœur est aussi comme je le voulais. Vous souvenez-vous à Marseille comme je vous regardais vous en aller et tout mon être se tendait vers vous, je sentais bien que vous sentiez tout ce qui se passait en moi. Vous vous disiez : « Il a mon adresse et c'est à lui à retrouver sa petite voyageuse. » Je suis désolé d'autre part que vous n'ayez pas lu mes livres, seulement d'ailleurs *L'Hérésiarque et Cie* et *Alcools*, les autres sont sans intérêt (sauf deux qui sont publiés à tirage très restreint et introuvables) mais j'aurais aimé que vous lisiez *L'Hérésiarque* et mes vers d'*Alcools*.

– Non, je ne crois pas que nous changions de secteur en ce moment. Du moins je crois qu'il y a eu assez de changements, pour l'instant. On fait des préparatifs pour l'hivernage.

Après tout ici autant qu'ailleurs. On tire beaucoup dans les environs mais peu sur nous et je n'ai plus de ces courses au milieu des 105 et des 305 comme le fameux jour dont je vous ai parlé. Ici tout est si ramassé qu'on ne se déplace guère que pour l'abreuvoir et je n'y vais pas étant maintenant brigadier-fourrier. On n'a tiré jusqu'ici qu'à 200 mètres en avant de nous. Tant que nous ne serons pas repérés ça ira bien. Il est vrai qu'il y a beaucoup d'avions boches et que quand les batteries françaises tirent dessus on risque de recevoir un culot de 75 beaucoup plus facilement qu'un 77. Au demeurant je me demande quand ça finira et comment ça finira. J'y perds mon latin. On est ici tellement mal renseigné sur tout ce qui se passe.

Si je retrouve un peu de temps à moi étant fourrier, je tâcherai de faire des vers et un livre. – J'ai publié *Case d'Armons* que je peux vous envoyer si vous voulez car vous y êtes mais mal, nos cœurs ne s'étant pas déclarés encore et la grande lumière entre nous ne s'étant pas faite. Il y a là des vers faits avant de vous avoir écrit oui avant que je vous aimasse complètement, avant que je susse si vous m'aimeriez et il y a aussi dans ce petit volume trop de souvenirs dont je ne veux plus puisque Madeleine est à moi, ma Madeleine, ma seule Madeleine. Mais enfin, ce petit livre est un témoignage de la montée du grand amour dans mon cœur.

En France, il n'y a presque plus de revues on ne peut plus publier de vers. Je n'ai guère publié que ma vie anecdotique dans le n° de juin du Mercure de France qui reparaît et c'était une vieille vie anecdotique écrite à Nîmes, depuis je n'ai plus écrit ce court article bimensuel en général, mensuel maintenant et que je n'arrive plus à faire régulièrement.

D'après une lettre reçue de quelqu'un qui est en Espagne et qui a lu *Case d'Armons* il semble qu'on s'occupe plus de poésie française en Allemagne qu'ici : « J'ai lu un article dans un journal espagnol où on parle de Paul Fort, de vous, de Romain Rolland, comme d'écrivains dont on s'occupe beaucoup en Allemagne en ce moment. Il paraît même que des revues allemandes publient d'anciennes choses de vous. »

La vie est bien bizarre, l'univers est bien petit. Nous serons vainqueurs ou bien nous mourrons, mais je crois plutôt que nous serons vainqueurs et que je ne mourrai pas, parce que vous me protégez petite fée, nous serons donc vainqueurs et on retrouvera que le conservatoire des lettres françaises durant la guerre était de l'autre côté.

Mais je donnerais bien 2 sous pour lire l'article en question du journal espagnol. Paul Fort publie des poèmes comme il fait toujours mi-badins, mi-érotiques, mi-patriotiques, Romain Rolland fait de désagréables et très déplacées manifestations presque en faveur de l'Allemagne, moi j'ai publié au mois de février à Zurich un poème intitulé 2e Canonnier conducteur qui me laisse aucun doute sur mes sentiments anti-boches, sentiments qui n'étaient pas nouveau) chez moi. C'est donc par amour de l'art que les amateurs de lettres de la bocherie aiment ce que je fais et ce que fait Paul Fort.

Mais les bougres sont dans le cas d'aimer l'art. Ils n'en avaient guère avant la guerre et la dernière année chez les poètes d'avant-garde allemands s'était passée à paraphraser « Zone » qui est le premier poème d'*Alcools*, ils avaient même de ce poème fait une très jolie édition (traduction naturellement) avec une jolie couverture illustrée, ils l'ont tirée à 15 000 exemplaires m'en ont envoyé 5 ont vendu en 8 jours le reste à 75 centimes le fascicule et ne s'étant pas donné la peine de me demander l'autorisation de faire cette édition, ne m'ont même pas offert de me payer de droits, puis ont fait la sourde oreille à toutes mes réclamations. Voilà une autre façon pr les Allemands d'aimer les Arts. Quand ils n'incendient pas de cathédrale française ils volent les poètes français.

Mais cette longue digression vous embête sans doute ma chérie, elle est venue sous ma plume et je vous parlais d'amour ! Demain vous parlerai d'amour plus longuement, plus profondément. Je baise vos cheveux adorables et je boucle. Vôtre.

Votre Gui à Madeleine

22 juillet 1915

Je vous souhaite une bonne fête ma petite Madeleine, je suis en retard avec vous. Je n'ai pas eu le temps de vous écrire depuis plusieurs jours. Vous aimez dites-vous ce qui est à vous. C'est un sentiment que j'ai aussi. Je suis à vous et vous êtes à moi n'est-ce pas. Ça s'appelle quasi ne faire qu'un et la paix nous prouvera mon obéissante petite fée charmante que c'est ce que nous voulons. Je sais, oui, je sais, ma Madeleine, et vous n'avez pas à être confuse. Je vous adore. J'espère que votre œil lésé par le simoun va mieux.

Moi aussi ma Madeleine, je suis avec vous. Je pense avec vous et en vous – mon cœur est où vous êtes, si vous êtes où je suis et l'un et l'autre avons ainsi un don charmant d'ubiquité qui vaut mieux que tout – Je vous adore. Certes quand vous serez en France, notre correspondance nous parviendra bien plus vite. Nous serons près l'un de l'autre.

Je crains toutefois que les 5 mois dont vous parlez ne fassent pas du tout le compte de Bellone et du dieu Mars qui entendent régner bien plus longtemps.

Moi aussi je souris en pensant à ce retour, le grand retour aurait dit Nietzsche. Oui soignez-la bien cette Madeleine adorable. Qu'on la retrouve la petite fée mignonne bien dodue et aux bons endroits comme montrent galamment les chères photos qui sont ma joie. Mais même manche à balai, la sorcière gracieuse de ce manche-là me plaira autant et comme elle sera.

C'est drôle que vous regardiez le soleil en face, je l'ai fait aussi souvent étant plus jeune et ma vue a baissé depuis. Faut pas.

L'Hirondelle a dit la vérité, mon amie exquisement tendre, je vous aime profondément, je pense à vous terriblement. Ma Poppée mon Hermione, n'ayez pas peur d'être romance. Je vous adore sous toutes vos apparences, une fée ne se métamorphose-t-elle pas comme elle veut. – Je vous verrais ici en artilleur que n'en serais pas étonné, mais vous dirais de vous en aller bien vite, car je ne voudrais pas que vous courriez un danger quel qu'il fût – fût-ce celui de mon amour et je vous l'ai dit je vous aime terriblement ici. Je suis certainement aussi volcanique que vous. Le petit geyser n'attendrait pas longtemps la réponse de son jumeau. J'aime mieux n'en pas parler et je suis encore plus bête que vous, allez, mon adorée. Rien que le lacet de soie qui vous a touchée m'affole. Tenez, c'est idiot d'être comme ça. Pardonnez-moi. Et croyez bien que je suis réservé quand faut l'être – comme je voudrais vous voir, vos beaux cheveux sur le dos.

Comme amis, j'ai tous mes compagnons d'armes. J'ai commencé un roman, mais je n'écris pas tous les jouir.

Vous direz à la mer que je l'aime parce qu'elle vous a portée et vous portera encore, au ciel que je l'aime aussi parce que je vous ai vue à Sa lumière et vous direz à la petite voyageuse que je l'aime à en mourir s'il le fallait.

Écrivez-moi vite beaucoup beaucoup de bêtises. Mais parlez de vous surtout, de vous, du reste je m'en... parfaitement. Vous savez que je ne pense pas avoir une permission avant 8bre. Il part une personne par batterie tous les 2 ou 3 jours. Voilà ! Les brigadiers ont un tour à part ainsi que les sous-off, et pr chacun d'eux, il faut environ 12 mois pr que tous aient eu leur permission.

Maintenant pour finir, je vous aime, j'aime vos cheveux sur le dos, j'aime vos seins que révèle le peignoir, j'aime le front, les yeux, la bouche et tout ce qui est vous, qui est ma Madeleine.

Gui

30 juillet 1915

Ma chère petite fée chérie,

Je suis moi-même si bouleversé par vos lettres et par tout ce qui s'est passé qu'il m'a été impossible d'écrire avant ce soir et je le fais avec une passion si joyeuse et si douloureuse à la fois que mes doigts se crispent en vous écrivant.

Je réponds avant tout à votre lettre de votre fête où le lendemain vous me buviez en lisant Alcools.

J'ai reçu aujourd'hui le vôtre. Intact cette fois et je suis presque heureux que votre fraîcheur se soit la première fois répandue en libation à notre destinée. D'autre part le verre blanc brisé est un très heureux présage et enfin le parfum avait profondément imprégné la boîte et votre fraîcheur se répand encore toute dans ma cellule.

Pour ce qui est de ma permission je comptais bien aller la passer, sinon à Oran, du moins à Alger car on a facilement six jours quand ou va en Algérie et le jour du débarquement ne comptant pas, si l'on arrive le matin ça fait presque sept jours. Ces dispositions sont relatives à l'Algérie seulement.

Notez, Madeleine, que je ne pense pas avoir de permission avant octobre, je dirais plus, janvier ou février. Je suis dans une formation où les permissions sont données de cette façon et il n'y a rien à en dire qu'à s'incliner.

Pour ce qui est de mon livre, au début, je préférais que vous ne le lisiez pas avant que je vous l'envoyasse. Mais depuis nos aveux, c'était tout le contraire et je suis bien content qu'au travers de ces pages vous ayez beaucoup lu de ma vie.

Je vous ai dit de ne pas être jalouse et comme vous ne l'êtes plus, sachant que vous êtes l'élue à jamais vous pouvez faire toutes les questions avec la liberté que vous jugerez devoir y apporter et j'y répondrai avec la franchise qu'un galant homme doit apporter à ces sortes de confidences, franchise pleine de discrétion, mais franchise sans réticences.

Venons-en maintenant au portrait et à la littérature. Le portrait est ressemblant au sens immédiat du mot. Mais le cours d'esthétique que je pourrais vous envoyer à ce propos n'est pas de saison. Et il ne reste de cela que votre déception, mon aimée, devant un dessin qui est un chef-d'oeuvre. Déception toute naturelle à qui n'est pas au courant d'un art fort légitime et que l'on goûte aussitôt qu'on en a découvert le sens et la logique.

J'ai écrit là-dessus un petit livre intitulé *Méditation esthétiques, les peintres cubistes,* mais la seconde partie du titre qui aurait dû être un sous-titre a été imprimée en beaucoup plus gros caractères que la première et est devenue ainsi le titre (Paris, Figuière, 1912 ou 1913 (?)) mais je ne l'ai pas plus que mes autres livres. L'éditeur est aux Armées, en outre. Je ne sais si on peut se procurer ce petit ouvrage.

Pour ce qui est des poèmes, vous aimez « Zone » dont je vous ai parlé dans une lettre. Je vous expliquerai la genèse de ce poème de fin d'amour… Et puis je puis vous l'expliquer de suite. En 1907 j'ai eu pour une jeune fille qui était peintre un goût esthétique qui confinait à l'admiration et participe encore de ce sentiment. Elle m'aimait ou le croyait et je cru ou plutôt m'efforçai de l'aimer, car je ne l'aimais pas alors. Nous n'étions connus en ce temps-là ni l'un ni l'autre et je commençais mes méditations et écrits esthétiques qui devaient avoir une influence en Europe et même ailleurs. Je puis dire que je fis mon possible pour faire partager mon admiration à l'univers. Elle voulait que nous nous mariions, ce que je ne voulus jamais, cela dura jusqu'en 1913 où elle ne m'aima plus. C'était fini, mais tant de temps passé ensemble, tant de souvenirs communs, tout cela s'en allant j'en eus une angoisse que je pris pr de l'amour et je souffris jusqu'au moment de la guerre où je connus une femme charmante, passionnée pr le plaisir, vous la vîtes dans le train lors de mon retour de permission quand je vous rencontrai : c'est une charmante et malheureuse jeune femme à qui la vie réservera toujours des douleurs car elle sera toujours un jouet dans la main des hommes rien de plus. Ce n'est pas par cynisme que je dis cela. Car j'ai été sur le point de l'aimer mais elle pouvait tout au plus chasser ma douleur d'alors et je lui en garde une grande reconnaissance et une amitié éternelle. Rien de plus. Mais son caractère est exquis autant que sa naissance est élevée. Le badinage est fini mais nous nous écrivons sans fadeur. Elle est au front près de son ami le plus sûr, dans les Vosges, lui-même qui sait ce qui est arrivé, m'écrit et ne m'en veut que d'une chose, c'est que l'oaristys n'ait point continué. Il ne sait pas que Madeleine est une fée plus sérieuse. Néanmoins, j'ai pour ma pauvre petite amie royale de Nice un attachement dont vous ne devez pas être un instant jalouse, car chez les femmes dans les veines desquelles court le sang de Saint-Louis, fussent-elles débauchées, il y a une noblesse qui leur permet l'amitié après la rupture. Et tout cela n'est que gentillesses sans conséquence mais qui n'existent plus, n'auront plus lieu, puisque Madeleine existe seule. Néanmoins, je garde à cette héroïne de la Fronde, une amitié véritable et complète, car elle est digne d'amitié, de pitié, de vénération et d'indulgence, parce qu'elle a beaucoup aimé, beaucoup souffert et je voudrais que sa vie fût très douce.

Notez que mon amie de tant longtemps et célèbre aujourd'hui entre toutes les femmes peintres et dans le monde entier, s'est mariée il y a un an et demi à peu près avec un hobereau allemand, elle parisienne, qui imposa en partie la mode de ces deux derniers ans et qui, laide mais charmante était arrivée à imposer son type de femme, à tout Paris et de là au monde entier, se trouvait à Arcachon dans une villa qu'y possédait son mari au moment de la mobilisation et du fait de son mariage était devenue allemande. Ils sont parvenus à fuir, je ne sais comment et échappant aux camps de concentration sont à Malaga. Son mari que je ne connais pas n'a pas voulu porter les armes contre la France. Elle, Parisienne tragique et exilée, me fait une grande peine. Elle m'a écrit à Nîmes et ici même. Et ses lettres où il y a encore l'esprit et la fantaisie confinent cependant à une sorte de folie désespérée. Elle m'écrit avec l'assentiment de son mari, d'ailleurs et je me demande quelles doivent être ses pensées à lui quand il lit les lettres qu'elle m'écrit où malgré elle les souvenirs se pressent en foule sous chaque mot.

Me voilà donc comme un autre Marius sur les ruines d'une Carthage que sont mes amours défuntes.

Pardonnez-les-moi, Madeleine ; voilà pour « Zone » et aussi pour l'ensemble de Case d'Armons si jamais je vous l'envoie ; « Le Pont Mirabeau » est aussi la chanson triste de cette longue liaison brisée avec celle qui ayant inspiré « Zone » dessina pour la couverture de la traduction allemande du poème, mon portrait à cheval et de ce poème-là, elle saisissait bien toute l'amertume en outre au point d'en sangloter et que si ç'avait été possible si elle avait bien connu mon cœur aurait tout renoué. Et cependant elle aura toujours en moi un ami, un admirateur, un défenseur même. Elle le sait et bien des gens le savent à Paris qui m'en ont écrit, rares gens de cœur qui ne lui ont point jeté la pierre.

« Aubade » n'est pas un poème à part mais un intermède intercalé dans « La Chanson du malaimé » qui datant de 1903 commémore mon premier amour à vingt ans, une Anglaise rencontrée en Allemagne, ça dura un an, nous dûmes retourner chacun chez nous, puis nous ne nous écrivîmes plus. Et bien des expressions de ce poème sont trop sévères et injurieuses pour une fille qui ne comprenait rien à moi et qui m'aima puis fut déconcertée d'aimer un poète, être fantasque ; je l'aimais charnellement mais nos esprits étaient loin l'un de l'autre. Elle était fine et gaie cependant. J'en fus jaloux sans raison et par l'absence vivement ressentie, ma poésie qui peint bien cependant mon état d'âme d'alors, poète inconnu au milieu d'autres poètes inconnus, elle loin et ne pouvant venir à Paris. Je fus la voir deux fois à Londres, mais le mariage était impossible et tout s'arrangea par son départ à l'Amérique, mais j'en souffris beaucoup, témoin ce poème où je me croyais mal-aimé, tandis que c'était moi qui aimais mal et aussi « L'Émigrant de Landor Road » qui commémore le même amour, de même que « Cors de chasse » commémore les mêmes souvenirs déchirants que « Zone », « Le Pont Mirabeau » et « Marie » le plus déchirant de tous je crois.

Mais dans *Alcools*, c'est peut-être « Vendémiaire » que je préfère, et j'aime aussi « Le Voyageur », d'ailleurs j'aime beaucoup mes vers, je les fais en chantant et je me chante souvent le peu dont je me rappelle et c'est bien peu surtout maintenant... Je ne me rappelle plus un vers de « Zone »...

Puis, j'aime beaucoup mes vers depuis *Alcools*, il y en a pour un volume au moins et j'aime beaucoup beaucoup « Les Fenêtres » qui a paru à part en tête d'un catalogue du peintre Delaunay. Ils ressortissent à une esthétique toute neuve dont je n'ai plus, depuis, retrouvé les ressorts, mais dont j'ai avec étonnement retrouvé l'exposé dans une de vos divines lettres.

Voilà toutes mes grandes amours, et ce n'est rien pour mon âge, ne pensez-vous pas Madeleine, ce n'est rien surtout en regard de notre amour si absolu débutant si purement, si tragiquement, si passionnément, ma chérie, ma toute jolie, ma joie divine et ma petite fée.

Voilà donc ma confession entière, Madeleine. Vous avez lu, et j'aime aussi ces vers que j'oubliais, mais le journal d'hier et d'avant-hier me les a rappelés : mes vers, six petites pièces je crois, écrits à la prison de la Santé, en 1911. Vous connaissez l'histoire sans doute. J'avais recueilli en 1911 un garçon intelligent mais fou et sans scrupules – malheureux plutôt que méchant et qui sait ce qu'il est devenu aujourd'hui. – Il avait volé en 1907 au Louvre deux statues hispano-romaines, qu'il avait vendues à Picasso, grand artiste mais sans scrupules aucuns et dont le nom grâce à moi ne fut pas prononcé en cette affaire. J'essayai – nous voilà loin de 1911 et encore en 1907 ou 1908 – de persuader Picasso de rendre ces statues au Louvre, mais ses études esthétiques le pressaient et il en naquit le cubisme. Il me dit qu'il les avait abîmées pour découvrir certains arcanes de l'art antique et barbare à la fois auquel elles ressortissaient. J'avais cependant trouvé le moyen de l'en débarrasser sans qu'il en coûtât à son honneur. Mon ami Louis Lumet, inspecteur des Beaux-Arts à qui j'avais raconté la chose avait pensé s'associer à cette bonne œuvre en en faisant une amusante prouesse journalistique simulée. On aurait proposé au Matin de montrer au public que les trésors du Louvre étaient mal gardés en volant une statue d'abord – grand fracas – puis une autre – autre grand fracas. L'affaire ainsi ne pouvait avoir de conséquence. Mais Picasso voulait garder ses statues. En 1911, le voleur dont les journaux ont suffisamment dit les aventures pour m'éviter désormais de prononcer son nom, le voleur ou plutôt le héros revint. On parlait beaucoup de *L'Hérésiarque et Cie* qui avait eu à la fin de 1910 le plus grand nombre de voix au prix Goncourt et n'échoua – injustement d'ailleurs – au témoignage de Judith Gauthier, Léon Daudet et Élémir Bourges qui avaient voté pour et au témoignage même de Mirbeau, des 2 Rosny et de Paul Margueritte qui ne lurent le livre qu'après le vote, ils l'ont dit souvent à Élémir Bourges qui était le parrain du livre et le seul artiste sans aucun doute de cette Académie. Celui qui eut le prix à ma place a été tué il n'y a pas longtemps : Louis Pergaud avec un livre intitulé *De Goupil à Margot*, tâchez de lire les deux livres et me dire ce qu'en pensez. C'est là-dessus donc que le héros des statues revint me voir, il arrivait d'Amérique plein d'argent qu'il perdit aux courses et sans le sou revola une statue. C'est alors que pour sauver ce pauvre hère je le recueillis, tâchai de lui faire rendre la statue, mais rien n'y fit je dus le mettre à la porte avec la statue. Quelques jours après on vola la Joconde. Je pensai comme le pensa la police que c'était lui le voleur. Bref, il ne l'était pas mais vendit sa statue à Paris, qui la restitua au Louvre. J'allai voir Picasso pour lui dire combien son geste avait été malheureux et les risques qu'il courait. Voilà un homme affolé qui me dit m'avoir menti, les statues étaient intactes. Je lui dis d'aller les rendre sous le sceau du secret à *Paris-Journal* ce qu'il fit. Grand scandale ! Le malheureux voleur vient me voir et me supplie de le sauver. Je l'embarque à la gare de Lyon avec quelque argent pour compléter le viatique qu'il avait tiré de *Paris-Journal*. Là-dessus on m'arrête pensant que je savais où était la Joconde puisque j'avais eu un « secrétaire » qui volait des statues au Louvre. Je reconnais avoir eu le « secrétaire » mais refuse de le livrer, on me cuisine, on menace de perquisitionner chez tous les miens. Enfin situation à la fois crevante et terrible. Finalement pr éviter des ennuis à mon amie, à ma mère, à mon frère, je suis obligé de dire non pas le rôle de Picasso mais qu'on l'avait abusé et que les antiquités qu'il avait achetées, il ne savait pas qu'elles venaient du Louvre.

Le lendemain confrontation avec mon ami, qui nie savoir rien de cette affaire, je me croyais perdu, mais le juge d'instruction voyant bien que je n'avais rien fait que j'étais simplement victime de la police à qui je n'avais pas voulu livrer le fugitif, m'autorisa à interroger le témoin et me servant de la maïeutique chère à Socrate je forçai vite Picasso à avouer que tout ce que j'avais dit était vrai, j'eus un non-lieu et son nom à lui ne fut même pas prononcé. L'affaire fit à l'époque un bruit énorme, tous les journaux donnèrent mon portrait. Mais je me serais bien passé de cette publicité. Car si je fus passionnément défendu par la plupart des journaux, je fus dans le début attaqué et parfois ignoblement par les antisémites qui ne peuvent se figurer qu'un Polonais ne soit pas juif. Léon Daudet alla jusqu'à nier avoir voté pour moi au prix Goncourt, ce qui révolta le noble père Bourges qui alla à ce moment jusqu'à donner 2 interviews en un jour dans les journaux, lui qui obstinément n'avait jamais voulu donner d'interview sur aucun sujet.

Voilà donc cette histoire à la fois singulière, incroyable, tragique et plaisante qui fait que j'ai été la seule personne arrêtée en France à propos du vol de la Joconde. Et la police fit d'ailleurs tout ce qu'elle put pour justifier son acte elle cuisina ma concierge les voisins, demandant si je recevais des petites filles, des petits garçons que sais-je encore et si mes moeurs avaient été le moindrement douteuses on ne m'aurait point lâché, l'honneur de la corporation étant en jeu. C'est alors que je connus le mot de celui qui disait que si on l'accusait d'avoir volé les cloches de Notre-Dame il s'empresserait de prendre la fuite. J'ajoute qu'on ne me fit pas d'excuse mais que la plupart des journaux me citèrent comme un exemple d'hospitalité. J'ajoute encore l'épilogue de l'affaire : le Héros fut arrêté au Caire à la fin de 1913 et les tribunaux l'acquittèrent. Ce dont je fus heureux car le pauvre garçon était un fou plutôt qu'un malfaiteur, ils ont pensé comme j'avais pensé moi-même.

Voilà l'histoire des six petits poèmes écrits à la Santé et ce sont d'ailleurs là tous les éclaircissements biographiques que comporte *Alcools*.

Je vous ai dit que « Vendémiaire » était mon poème préféré d'*Alcools*. J'y songe, le plus nouveau et le plu lyrique, le plus profond ce sont ces fiançailles dédiées « à Picasso » dont j'admire l'art sublime et qu vous concernent tout à fait, vous, Madeleine, car nulle femme n'a été l'objet de ce poème-là sinon vous-même qui deviez venir et nul doute qu'avec « Le Brasier », il ne soit mon meilleur poème sinon le plus immédiatement accessible.

Pour le demeurant, nous nous aimons tant que vous avez pardonné mes scandales. Ma vie de poète est une des plus singulières sans doute, mais le destin m'a toujours entouré de tant de troubles qui me plaisent infiniment après tout que je suis une de plus grandes joies de l'humanité, j'ai conscience de cela et ce que j'aime le mieux c'est de vous avoir rencontrée, vous que je cherchais, le cerveau sororal du mien, la plus grande beauté, la plus tendre obéissance attentive, ce qui m'a toujours manqué, vous Madeleine, pour m'aimer dans une paix lyrique loin des fausses amours et des rumeurs malsaines loin aussi de cette guerre qui s'éternise et sur laquelle étant soldat je me garderai bien de porter un jugement qui existe cependant en mon for et qui d'ores et déjà est définitif.

Lisez donc cette confession écrite à la hâte, mais en en pesant même le désordre de style, puis si vous m'aimez ainsi mon image cependant n'est point ici seulement. Je ne relis pas ma lettre, elle est trop longue, ma petite fée rétablira les mots sautés, les phrases boiteuses et tout ce qui peut manquer, je baise votre front chéri...

Gui

1er août 1915

Ma petite fée,

Quelle que soit votre réponse à ma dernière lettre qui a dû vous paraître folle, je veux cependant ajouter à tout cela que je suis un bon et honnête garçon, dont la vie n'est dissipée qu'en apparence et du fait de ce que je suis poète et que je ne suis pas marié. Si j'avais rencontré une Madeleine auparavant tout aurait été autre. J'aurais surtout gagné beaucoup plus d'argent, ce qui m'aurait été beaucoup plus facile si j'avais été marié.

Jusqu'à la guerre je gagnais fort bien ma vie et au moment de sa déclaration j'avais 18 000 francs (dix-huit mille) assurés pour 1915. Tout cela est à l'eau et le peu que j'en pourrai rattraper est mangé d'avance ici et par le fait que mon frère resté à Mexico ne peut plus rien envoyer à notre mère.

Si bien qu'après la guerre je me retrouverai en face d'une situation à refaire avec un loyer de toute la guerre à payer.

Mais ceci est la moindre chose.

L'important est la situation à recréer et cela ne se fera pas vite, d'autant plus que la vie sera là immédiate. Il faudra donc beaucoup de travail et d'adresse.

Je vous dis tout cela pour bien vous faire toucher du doigt et de l'esprit la situation telle qu'elle se pose.

Et cette lettre en somme appelle encore une réponse après laquelle j'écrirai si vous me dites de le faire – une lettre à votre maman.

J'ajoute encore, à cause de l'impression de désordre de vie que vous a causée *Alcools* que je ne suis pas un libertin comme vous le croyez, peut-être sans le dire.

J'ai eu des maîtresses, c'est vrai mais mon honnêteté vis-à-vis d'elles et l'amitié qu'elles me gardent prouvent que si je n'avais jamais trouvé celle que j'aurais voulu épouser, du moins j'avais des qualités de douceur, de tendresse et de constance même, en un mot que je ne les trompais point. Mais jusqu'ici je n'avais pas voulu me marier ; j'attendais mieux.

Une jeune fille m'écrit depuis deux ans presque chaque jour, je ne lui réponds pas lui ayant dit que je ne voulais pas l'épouser. Je n'ai pas voulu en faire ma maîtresse non plus comme elle voulait. J'aurais considéré cela comme déloyal de ma part et je ne l'ai point fait.

Je dis tout cela pour que vous ne me jugiez pas sévèrement.

D'autre part encore, vous pouvez m'interroger sur tout ce qui vous plaira. En ce moment vous êtes juge pour la question qui intéresse le plus votre vie. Jugez donc en toute liberté. Je ne pouvais pas vous parler de tout cela d'avance et sans raison. Je ne puis vous le dire que maintenant qu'il y a une raison et la plus grave de toutes, notre amour.

Je vous ai envoyé hier à Nice un petit cœur où j'ai mis cette fois une inscription.

Je me demande où est le petit chemin de Valrose. Je connais pas mal de monde à Nice, surtout sous mon pseudonyme de Guillaume Apollinaire. J'y connais notamment Louis Bertrand qui a mis l'Algérie en romans académiquement truculents où il croit s'égaler à Flaubert. Il habite aux Collinettes. J'y connais encore Aurel et son mari Alfred Mortier. L'un et l'autre gendelertres connus. Ils habitent du côté de l'église russe. J'y connais aussi le commandant du port, qui commande le front de mer, ce marin est poète et romancier. C'est un embusqué charmant et raffiné qui passe son temps à fumer de l'opium et à prendre de la cocaïne chez lui près de sa femme ou dans une fumerie-garçonnière où viennent surtout des femmes et des marins. Car la guerre n'a pas guéri les intoxiqués. Pas un mot de tout cela surtout à personne. Enfin en février il y avait dans les journaux niçois pas mal d'embusqués encore particulièrement G. Maurevert à L'Éclaireur et mille autres. Ils y doivent être encore.

Mais quelle magie, le vieux Nice, ses maisons génoises et le marché au bord du Paillon... Tenez cela me donne la nostalgie. Je baise tendrement votre front, Madeleine,

Gui

3 août 1915

Mon amie adorable, j'ai trois lettres de vous, du 24, du 26 et du 28 juillet. Non, ma chérie, je ne suis pas fatigué en ce moment. Je me porte très bien. Je crois que nous partirons encore dans quelques jours. Pour où ?

Comment voulez-vous, mon amie, que je vous trouve trop laide quand il n'y a rien de vous, de ce que j'ai vu de vous que je ne trouve adorable et que penser à ce que je n'ai pas vu est pour moi une sorte de supplice d'une douceur excessive. Je ne cesse d'épiloguer sur notre amour, ma chérie, et il me semble que même de loin nous ne formons plus qu'une chair. – Vous écrivez très bien, ma chérie e si vous aimez aussi bien notre amour est un chef d'œuvre. Je vous envoie *Case d'Armons* tel qu'est le petit livre sans y rien changer. C'est un livre qui n'a plus sa vérité. Mais il restera tel quel étant la fixation d'un moment de ma vie.

Je suis rudement content que vous aimiez ce que je fais, bien plus : que l'ayez pénétré au point d'ajouter : « Il faudrait chanter vos vers. » En effet Madeleine je ne compose qu'en chantant. Un musicien a même noté une fois les trois ou quatre airs qui me servent instinctivement et qui sont la manifestation du rythme de mon existence. Ma petite esclave adorée vous serez cependant maîtresse chez vous et de votre maître. Nous nous comprenons de loin sans nous parler et sur les choses desquelles nous n'écrivons pas et en effet nos bonheurs, c'est là le bonheur.

Il y a dans le tableau de Frago d'apparence frivole et libertine plus qu'une allégorie. Le XVIIIe siècle a allié le bon sens le plus dépouillé, le plus pratique, aux curiosités les plus mystérieuses et les plus mystiques. Rien de ce qui éveille les sens et soumet ceux de l'épouse à l'époux n'est inutile à l'art délicat, inné et primordial du bonheur conjugal nécessaire avant tout autre à l'essor d'une nation, à sa force, à sa grandeur. L'exemple vous a été donné par vos parents. La nombreuse famille qu'ils ont élevée est un bienfait pour l'humanité. Nous tâcherons, Madeleine, nous aussi, d'avoir beaucoup d'enfants. Voulez-vous ? Ceci nous éloigne de Frago. Moins que vous ne pensez cependant. Voyez, comme vous ayant écrit des lettres qui appellent une réponse je ne doute cependant pas de vous. Je vous considère déjà comme la plus libre et la plus soumise des épouses. Votre âme ma chérie est donc à moi ainsi que votre corps m'attend. Ma chérie, ne me plaignez pas trop car en somme je n'ai pas été malheureux dans cette guerre. J'avais suivi à Nîmes après vous avoir rencontrée, un cours d'élève officier de réserve où j'avais été admis après concours, puis est venue une circulaire disant qu'il n'y aurait plus de nominations au corps, je me suis dit qu'au front l'avancement serait difficile dans l'artillerie et comme il me tardait de vous écrire et que je ne pas le faire du dépôt, j'ai demandé à partir. J'en ai été récompensé par une tranquillité relative. Pas d'héroïsme à déployer, pas de trop grandes souffrances. Rien que de l'humidité dont sans doute je me ressentirai plus tard. Des inconvénients comme les mouches, il y en a. Des obus, c'est le jeu de la guerre. Mais en somme pas de casse dans le groupe. Les artilleurs sont des princes vis-à-vis des fantassins. Pour ce qui est de fourrier c'est un poste recherché, certes, mais où on est beaucoup plus pris que comme brigadier de pièce où on a du temps à soi.

Maintenant, je ne peux guère vous écrire que la nuit. Heureusement que je dors peu et surtout m'endors difficilement. Il ne me coûte point de veiller. Je vous disais plus haut et comme j'ai interrompu ma lettre ma pensée est restée inachevée, je disais que j'avais été récompensé de mon départ volontaire parce que presque tout ce qui est resté au dépôt de Nîmes a été envoyé aux Dardanelles où d'après les rares renseignements il n'a pas fait bon à chaque débarquement. Et qu'après tout dans une aussi extraordinaire aventure on peut se féliciter sans être un lâche, de conserver la vie, aujourd'hui si précaire.

Il ne faut pas exagérer l'histoire singulière *du conservatoire des lettres* mais il est de fait qu'en France le goût et les faveurs vont souvent à la banalité. Le sens de la mesure fait rester les Français d'aujourd'hui (et cela depuis longtemps) en deçà du goût un temps où le goût n'est peut-être plus en jeu du moins a changé extrêmement. Mais le temps et le véritable goût reprennent leurs droits avec le temps.

Mais en un temps aussi épique la faveur va à l'orgeat d'un Henry Bordeaux (plate resucée du remarquable Paul Bourget) ou aux Rostand pâles épigones du charmant Banville, voire même à un Zamac imbécile caricature d'un Rostand.

Et il est de fait que malgré ce que j'avais à dire contre l'esprit froidement lyrique, le Thomisme volontairement rétrograde d'un Claudel, celui-ci domine tout l'art connu des grands journaux cependant ce n'est encore là que le billon de l'or que fut Rimbaud. Voilà.

Je reconnais la grande influence qu'a eue Romain Rolland dans les milieux universitaires, ou de bourgeoisie artiste dans l'Europe entière. Je lui crois même tous les mérites que vous signalez et que mes amis m'ont souvent signalés. Cependant d'après que j'en sais son libéralisme et sa générosité paraissent ternes, tristes pour ainsi dire, suisses en un mot. Pour ma part je n'ai rien lu de lui, bien que j'aie eu l'occasion de le rencontrer maintes fois il y a environ 12 ans. Je dirigeais alors une revue que j'avais fondée et qui est rarissime : *Le Festin d'Ésope*. J'avais fait une enquête sur le développement de l'orchestre dans la musique moderne, enquête à laquelle il envoya une longue réponse que j'ai publiée.

Sans doute est-il très qualifié pour ce qui regarde la musique à laquelle pour ma part je ne connais rien. Les désordres de son ménage dont j'étais par hasard instruit, m'avaient dès lors éloigné de ses livres et je ne les ai jamais lus quelques conseils qu'on m'ait donnés de le faire.

Je n'ai pas lu non plus ses lettres sur la guerre et ma foi la situation est telle qu'à mon gré un Français ne doit rien faire en faveur des Allemands ni surtout l'écrire, car ils nous mangeront si on les laisse faire et l'on n'a jamais intérêt à être bien avec ces lourdauds et ces malhonnêtes gens. J'en ai connu assez pour savoir ce qu'ils valent. Ils ne sont bien que s'ils sont pauvres et misérables. Leur lourdeur d'esprit alors leur va bien et leur petit lyrisme abstrus s'épanche en petites choses savoureuses où il y a un sentiment de l'infini, musique peut-être, mais conscience humaine non : pour les lettres Goethe seul est grand chez eux, et ce génie, n'a de parfait que ce qu'il doit à l'humanisme, le reste est bien lourd aussi et à tout propos.

Heine était un juif qui tenait à se franciser, et malheureusement c'est l'esprit juif si caustique qui est parvenu en grande partie à se substituer à la profonde simplicité de l'esprit français, l'art des boulevards est juif à l'excès... Mais les juifs ont leurs mérites, dont il ne faut pas médire.

Nietzsche était un Polonais comme moi-même. Le grand écrivain allemand d'aujourd'hui est encore un Polonais Pzybyzeswky. Je n'ai rien lu de lui. Il y a trois Polonais connus dans les lettres aujourd'hui et ils n'écrivent point en polonais. Conrad en Angleterre (il a du talent). Pzybyzeswky en Allemagne. Et moi en France.

C'est ce que m'a appris il y a deux ans la traductrice russe de Maeterlinck qui retenait mon prochain roman pour le traduire. Puis le temps a passé le roman est inachevé. Il me manquait une femme qui me le fit achever. Et j'ai perdu là une grande occasion, car on m'avait commandé 3 pièces de théâtre pour la Russie encore. Point faites.

Il est impie en ce moment pour un Français quelle que soit son origine de défendre les Allemands. Certes, il ne s'agit point des grotesques histoires de journalistes dont la place serait dans les tranchées ; (j'en connais bien cinq cents qui ne font pas leur devoir et auxquels il faudra sans aucun doute que je tienne tête après la guerre puisque mon destin est de tenir tête). Ces gens-là font le jeu des Allemands et déshonorent l'esprit français. Il s'agirait bien plus que cette guerre ne fût pas pour les gens de l'arrière une curée. C'est ce qu'elle semble être malheureusement. Mais la femme française qui a une conscience cependant et qui est l'honneur du monde et sa grâce ne joue pas son rôle non plus qui devrait être de soutenir les soldats, de débusquer les lâches, de forcer les spécialistes à travailler. Je ne parle pas de vous, Madeleine, qui faites votre devoir, et dont la famille fait le sien et qui avez en outre notre avenir à préparer, ce qui dans un temps aussi grave que celui où nous sommes est peut-être plus important, que le destin si précaire, d'un pays fût-il le plus beau du monde.

Pendant ce temps-là le patriotisme fumeux des Allemands, qui au lieu d'humanité rêvent d'une bocherie universelle, fait des miracles, on y parle du service des femmes tandis que chez nous les hommes sont encore légion qui sous les prétextes les plus divers fuient l'admirable danger perpétuel où nos sommes.

D'ailleurs ne m'imaginez pas triste ; je crains que souvent par mes lettres vous m'ayez vu triste, tandis que je ris sans cesse et suis bien connu pour cela dans la batterie où ma santé de fer jusqu'ici et une bonne humeur que rien ne peut rompre que le manque de lettres de ma Madeleine, m'ont fait une sorte de popularité.

Je fais partie d'une batterie singulière aux moeurs bizarrement mêlées de stoïcisme, d'indépendance, de souci et de gaîté si folle que la folie même pourrait être son nom. Tous des provinces envahies. Braves gens bien pauvres puisqu'ils n'ont de chez eux que de rares nouvelles par réfugiés ou Hollande, mais industrieux au point qu'il y a de l'or en masse dans cette batterie, plus peut-être que sur tout le front. Le commerce des bagues (mais j'aime mieux vous envoyer celles que je fais pour vous) avec les fantassins a pris des proportions telles qu'un des principaux bijoutiers nommé Lemaire a, ayant bien vécu, mis déjà 2 500 francs de côté et il n'a que ses bagues et un sou par jour.

Mais, il est vrai que c'est la seule batterie qui travaille aussi bien, j'ai vu des bagues faites par d'autres poilus que les nôtres, elles ne valent même pas le quart des miennes, si imparfaites cependant.

Vous vous étonnez que ça puisse durer 2 ans. Si ça pouvait durer 2 ans, ce serait je crois la victoire certaine, mais la seule crainte à avoir, ma chérie, c'est que ça ne dure pas 2 ans. Et si je souhaite la victoire, c'est simplement par orgueil viril. Tous les hommes sont frères et il m'importerait peu que tel ou tel dominât puisque la vie sera la même après pour quelqu'un qui regarderait du point de vue de Sirius comme faisait Renan, mais au point de vue de notre orgueil, de moi, du sentiment royal qui est dans tout homme, il faut que ce qui m'a animé, que le langage avec quoi je chante, que la beauté de Madeleine, que tout ce qui constitue ce pays qui est mien autant qu'il était celui du Hongrois Ronsard, que la France soit victorieuse. Et quoi qu'il arrive, si nous vivons l'un et l'autre nous serons encore vainqueurs et vainqueurs du monde entier.

Peut-être pourrai-je avoir ma permission au commencement d'octobre, mais pas avant.

Mes baisers vous couvrent toute ma chérie et le faisant ils vous découvrent à mon imagination qui s'affole.

Alcools contient bien des coquilles. En voici quelque-unes qu'il faut corriger : dans « Lul de Fal-tenin »

> Si les bateliers ont ramé
> Loin des lèvres à fleur de l'onde
> Mille et mille animaux charmés

Flairent

au lieu de Flairant.

Dans « Cortège », au lieu d'amateurs il faut lire armateurs.

Dans « Merlin et la vieille femme » 2e stance, faut lire : a fleuri l'hiver au lieu de l'univers, dans « Vendémiaire », faut lire au commencement, je vivais au lieu de vivrais et trismégiste plus loin, etc. etc. Je ne me souviens pas de toutes ces coquilles, mais je vous adore ma Madeleine très chérie. Vos lèvres ?.... Je vous adore.

Gui

(Je ne relis pas.)

Le 5 août 1915

Mon adorable Madeleine,

En même temps que deux lettres d'Oran j'ai reçu une carte de Marseille (sans date) ma chérie j'aurai donc maintenant de vous des nouvelles plus fraîches qu'auparavant.

Et du fond de mon hypogée je vous réponds avec joie. J'ai envoyé le petit livre périmé et un porte-plume en aluminium plus commode que le précédent.

Les retards de la poste seront diminués maintenant que nous sommes tous deux dans la même partie du monde. Et comme je ne reste pas une minute sans penser à vous passionnément vous ne devez pas vous faire de souci.

Vous avez de votre esclavage une idée qui doit être la mienne mais non la vôtre, sans quoi vous n'êtes plus qu'une petite esclave marronne. Au demeurant ça m'est égal. Ma chérie si consciente est à moi. C'est le principal. Madeleine vous êtes une conquête merveilleuse, je vous adore profondément. Car notre amour est ce qu'il y a de plus exquis. Le goût physique n'est chez nous qu'un effleurement, tandis qu'au spirituel et au moral nous nous sommes pénétrés à un point inouï. Il me vient quelquefois la pensée d'Héloïse et d'Abailard. Et cependant je ne suis point Abailard je vous en donne ma parole. Votre rêve fût merveilleux. Je vous affranchis et vous affranchirai de tout ce qui peut vous lier et mon seul désir est de remplacer le rêve.

Toutefois, il ne faut pas vous faire une trop grande idée de moi. Prenez-moi comme je suis : pas laid mais certes plus beau, oh non ! J'ai été un enfant d'une grande beauté et joli quand j'étais jeune mais maintenant je ne suis plus beau. Pas difforme du tout beaucoup de cheveux mais je me trouve presque laid bien souvent. Et défauts en masse. Qualités : pas joueur pas buveur, le reste poète c'est tout. Très gai avec de soudaines tristesses. Une santé merveilleuse que la guerre a affaiblie et affaiblira encore. Mais pour vous aimer, j'ai des ardeurs infinies.

Certes, nous avons bien des goûts communs e pour m'avertir des vôtres, dites-les-moi, je ferai mon possible pour les avoir, cependant chaque fois qu'à l'abord nos goûts différeront je vous en aviserai bien que d'avance j'adopte les vôtres. Mais je veux vous signaler les différences pour que nos personnalités ne fassent point d'efforts qui leur coûteraient ou plutôt qu'il n'y ait aucun mensonge entre nous. Aussi dites-moi avec vos goûts, vos rêves, vos préférences, les caresses que vos songes vous ont suggérées, faites-moi le portrait que vous aviez imaginé de qui serait votre maître –

Et la glace à la fraise sera meilleure quand ce sera une glace à la Madeleine qui fondra dans ma bouche Et notre secret est le plus beau des secrets.

Et la Carte du Tendre n'a plus d'étapes. Nous occupons tous les points importants.

Mais ainsi que dans le rêve je vous prends dans mes bras, je baise vos cheveux et votre bouche exquise dont la carte de Marseille m'a rappelé l'adorable dessin, un arc, l'arc de l'amour même dont je veux vivre et mourir.

Gui

8 août 1915

Ma grande chérie,

J'ai reçu votre première lettre de Nice. C'est la ville de la Victoire et c'est de bon augure. J'espère que ma permission sera avancée et qu'avant le 15 7bre nous nous verrons.

Mon amie, je vous ai accompagnée par la pensée durant tout votre voyage –

Ne m'accablez pas sous les éloges. Votre poète est heureux de vous toucher. Il est heureux d'autre part de voir aussi qu'*Alcools* fait son chemin dans les mémoires. Dans le dernier numéro du Mercure où j'ai une vie anecdotique, des bribes d'*Alcools* sont citées dans un article un peu prétentieux avec des choses justes aussi et des erreurs « Montparnasse et la guerre ». À la fin on donne des cartes postales en vers de moi. La première venait de

Nîmes et son destinataire s'appelle André Dupont ; la réponse qu'on accole à ce petit poème didactique ne le concerne pas et me fut adressée à propos d'un autre poème par Billy qui à la fin cite des vers d'un petit poème d'*Alcools*.

Enfin le 3e petit poème a été adressé par moi au même Billy qui lui fit la réponse qu'il publie. Dans le 1er poème le vers

L'artillerie est l'art de mesurer les angles

est maintenant courant et un de mes amis Louis de Gonzague Frick se l'est même approprié l'ayant entendu citer. Il l'a publié dans un petit livre Trèfle à quatre feuilles que je vais vous envoyer, vous le lirez et me le garderez. Sachant que le vers était de moi il m'en a écrit pr s'excuser de l'avoir pris. D'ailleurs il est fantassin et n'aurait pu l'écrire ne connaissant pas l'artillerie. Mais comme son livre a paru les vers de l'écho du Mercure vont sûrement lui être attribués ce qui est amusant. Je vous raconte ces détails sans importance, parce que je sais qu'ils vous amuseront.

Mais reprenons l'amour qui est la seule chose qui vaille la peine qu'on en parle.

Mais non le mimosa n'est pas mauvais du tout comme odeur et du moment que c'est l'odeur de Nice où vous êtes, ce parfum suave devient bien plus exquis. Il évoque le joli voyage où je vous ai vue si douce et si réservée comme une jolie gazelle privée. Alors on attend les photos de la petite fée. J'attends aussi une lettre, la lettre.

Maintenant que vous m'écrivez chaque jour, faut penser que de temps en temps je voudrais une longue lettre. Je crois que nous allons envoyer des lettres ouvertes mais celles qu'on recevra ici continueront, pensé-je, à pouvoir être cachetées. Moi, j'ai pensé de détourner l'ordre singulier et indiscret en nouant d'un fil de coton (puisque le lin est rare) mes lettres à vous. Elles seront ouvertes et fermées en même temps. Mais je crois qu'on ne lira pas plus de lettres qu'on ne fait, c'est simplement pour empêcher les gens de donner trop de détails.

On risque de faire sans cesse des imprudences sans y penser.

Je voudrais bien que vous ayez reçu le petit bouquin parti hier. Le cœur doit être arrivé et les longues lettres aussi, je me fais des soucis aujourd'hui, je suis anxieux, anxieux que tout vous parvienne bien.

Un ami m'a écrit quelque chose de judicieux sur poilu, du temps où il faisait son service, ce mot désignait les civils. Je vous écris cela parce que je sais que vous détestez ce mot. Ici nous appelons les soldats des grivetons.

Et si le griveton qui écrit voyait sa petite grive (ce doit être le féminin de griveton) l'un et l'autre seraient… saouls comme des grives et pas d'avoir été dans les vignes.

Ma fée est adorable, mais que ma Madeleine est aimable ! ! Je l'aime chaque jour davantage un jour c'est la passion qui augmente, l'autre jour, c'est la tendresse qui grandit et ce grand amour a tué tout ce qui aurait pu lui paraître contraire. C'est un grand guerrier que cet amour chéri.

Votre Gui

9 août 1915

Ma fiancée chérie,

Vos souffrances m'ont bouleversé à un point que je ne saurais dire. Je renonce à tout. Ne souffrez pas, car vous êtes aimée au-delà de ce que l'on a aimé jusqu'ici.

Poète, c'est vrai, mais pas fantasque du tout, si je l'ai dit j'ai appliqué cela à l'imagination – et vous suffisez amplement à ma fantaisie mais je ne l'ai pas appliqué à la vie réelle. Les poètes quand ils ont trouvé ce qu'ils cherchaient leur tâche est finie et la mienne a fini de s'exercer dans les choses de l'amour. Vous l'avez fixée à jamais, Madeleine adorée.

Cependant dans votre lettre que de révoltes ! ! ! – N'oubliez pas que vous ne parlez pas à un poète ordinaire, vous parlez aussi à un soldat. Et il ne FAUT PAS douter de moi. Je me charge de votre bonheur complet. Aucune femme ne l'aura aussi parfait que vous. Et il n'y aura aucune fantasmagorie là-dedans.

Mais pour cette souffrance et cette joie je vous aime d'amour infini tandis que je vous en veux de ne me pas craindre.

Mais je vous ai écrit tout cela parce que c'était vrai. Que vous devez savoir toute la vérité, que pour vous mériter je renonce à tout ce qui n'est pas Madeleine et aussi parce que je veux que vous m'aimiez, que vous me craigniez, tout nu, tout désarmé, tout prêt au grand amour qui nous étreint. Si vous ne me comprenez pas, tout vrai et tout IMMUABLE INCORRUPTIBLE FIDÈLE que je serai, d'une façon absolue, c'est que mon âme même vous échappe et que vous n'en êtes pas digne – Mais je sais que vous l'êtes Madeleine, et j'attends votre réponse à la lettre suivante pour juger en dernier ressort de nos âmes que je sais bien liées à jamais. J'écris aujourd'hui la lettre à votre maman, je ne l'enverrai qu'après votre réponse et je la sais par CŒUR. Mais bien que je la sache, que je suis inquiet. Bien plus que des obus et de tout le reste.

Que votre lettre est méchante, malgré tout. Dites vrai et d'une façon absolue car moi je m'exprime absolument, sans détours et profondément. Ma Madeleine, je ne veux pas que vous souffriez car l'amour le plus vrai est en nous. Songez-y et que notre bonheur loyal et libre soit ce que vous déciderez ma chère esclave. Je veux que vous me preniez le plus bas du monde pour que par vous je m'élève le plus haut possible, en vous adorant comme je fais. Je baise votre bouche

Gui

9 août 1915

À partir de demain mes lettres partiront ouvertes et seront closes par l'officier censeur.

Mon aimée,

Je vous adore. Je n'écris qu'un mot. J'enverrai demain la lettre à votre maman. Écrivez-moi une longue lettre et qu'il n'y ait aucune amertume d'aucune sorte en elle. Sans quoi, je souffre trop. J'ai peur qu'il n'y ait un peu d'amertume dans vos dernières lettres malgré leur ardeur et leur acquiescement. J'écris à votre maman, mais jusqu'à sa réponse vous vous appartenez encore et êtes libre de vous dédire.

Je vous adore

Gui

À Mme Pagès

Aux Armées, le 10 août 1915

Madame,

Madeleine vous a parlé de moi. Je l'adore, elle m'aime. Je veux la rendre heureuse.

J'ai l'honneur de vous prier de m'accorder sa main. Nous nous marierons, selon son vœu et le mien, dès qu'il sera possible et si vous y consentez.

Mon émotion, au reste, est si grande que je ne sais plus qu'ajouter sinon le grand désir que j'ai d'être votre fils et de vous chérir comme la mère de Madeleine.

Les mots ne me viennent plus, mais d'avance je sens que je vous aimerai beaucoup.

J'attends votre réponse avec une très grand anxiété, bien facile à comprendre puisque, étant donné nos sentiments et nos goûts et aussi tout ce qui est la raison de vivre pour Madeleine et pour moi, il n'y a pas, je crois, de par le monde et même avant nous, d'union qui soit mieux assortie.

J'ai l'honneur d'être, Madame, très respectueuse ment vôtre.

G. de Kostrowitzky

brigadier au 38e Rgt d'Artillerie de campagne,

45e batterie secteur 138

11 août 1915

Ma petite fée,

J'ai écrit hier à votre maman.–

– Si j'ai écrit « fantasque » je n'ai voulu donner cette épithète que le sens qui procède de fantaisie la véritable fantaisie en effet ne vient pas de l'incertitude, ni du changement irraisonné et vous qui êtes une fée, pouvez-vous croire qu'une féerie se développe au hasard ? Mes seuls changements sont dans les nuances comme celles qui animent la gorge d'un pigeon. Au reste, je me suis chanté ainsi

Les jours s'en vont, je demeure

Et je ne change point si on ne me fait pas changer. Entre nous, les liens de l'esprit assureront, bief qu'une telle sûreté soit inutile, les liens du cœur. La vie n'est douloureuse que pour ceux qui se tiennent éloignés de la poésie par quoi il est vrai que nous sommes à l'image de Dieu. La poésie est (même étymologiquement) la création. La création, expression sereine de l'intelligence hors du temps est la joie parfaite.

L'enfantement seul est douloureux.

Le poète doit créer et non pas enfanter. C'est pourquoi les poètes passent souvent pour des paresseux, car ils ne peinent point et c'est leur destinée.

C'est ainsi qu'en toutes traverses de bonheur ou autres, j'ai toujours été heureux car la vie même est mon bonheur.

Vous êtes ma vie, Madeleine, c'est-à-dire mon bonheur ineffable et cette joie qui ne participe point du temps.

Et il ne peut changer celui que la redoutable fuite des heures ne saurait entraîner.

Non, il ne faut point voir de tristesse dans mon œuvre, mais la vie même, avec une constante et consciente volupté de vivre de connaître, de voir, de savoir et d'exprimer.

Votre raison, dites-vous, Madeleine, s'accorde parfaitement avec l'amour, moi, c'est un instinct, une fureur prophétique, comme celle dont brûlait la Sibylle, qui m'a poussé vers vous. Pour la fidélité, rien n'est plus fidèle à ses engagements qu'un poète.

Et au hasard de l'histoire des lyres, y a-t-il de vie plus dissipée que celle de Racine jusqu'à son mariage ?

Et le plus tendre des poètes fut-il moins bon époux d'avoir connu la Champmeslé ?

D'ailleurs, Madeleine, je ne pèche point contre vous et je suis absous par votre amour.

Je m'attacherai à votre bonheur de toutes mes forces et de toute mon âme…

Tristan Bernard m'a envoyé les 15 premiers numéros de son *Poil civil*. Je vous les enverrai un de ces jours. L'esprit qui dicte ce petit pamphlet périodique me plaît assez à cause de la liberté d'esprit qu'il reflète. Cette liberté d'esprit qui est la plus belle qualité française on ne saurait trop la sauvegarder.

Pour nous, soldats du Front la liberté d'écrire ne nous est plus dévolue ; je m'étais d'abord persuadé du peu d'à-propos de cette restriction. Nos lettres envoyées ouvertes sont lues par des officiers censeurs. À la réflexion, je me suis dit que l'art épistolaire allait renaître car chacun s'efforcera d'écrire le mieux qu'il peut, on cherchera des formules nouvelles pour dire ce qu'il faut faire deviner, l'esprit critique qui ayant tant de sujets n'avait plus d'objet va s'exercer le plus finement du monde et notre intelligence aiguisée par la nécessité va redevenir ce qu'elle n'aurait jamais dû cesser d'être : forte et subtile.

Voilà qui est de bon augure pour que la guerre finisse et Paul-Louis Courier qui avait tant d'esprit et de si raisonnable pouvait bien écrire sa Pétition pour des villageois qu'on empêche de danser mais se garderait bien de formuler une Pétition pour les soldats qu'on gêne dans leur correspondance. La mesure est excellente. Et sur cette réflexion ma fiancée très chérie je vous donne mon âme.

Gui

À MADELEINE

Je serre votre souvenir comme un corps véritable
Et ce que mes mains pourraient prendre de votre beauté
Ce que mes mains pourraient en prendre un jour
Aura-t-il plus de réalité ?
Car qui peut prendre la magie du printemps ?
Et ce qu'on en peut avoir n'est-il pas moins réel encore
Et plus fugace que le souvenir ?
Et l'âme cependant prend l'âme même de loin
Plus profondément plus complètement encore
Qu'un corps ne peut étreindre au corps.
Mon souvenir vous présente à moi comme un tableau de la création

Se présentait à Dieu le septième jour
Madeleine mon cher ouvrage
Que j'ai fait naître brusquement
Votre deuxième naissance
Nice les Arcs Toulon Marseille Prunay Wez Thuizy Courmelois Beaumont-sur-Vesle
Mourmelon-le-Grand Cuperly Laval St-Jean-sur-Tourbe Le Mesnil Hurlus
Perthes-lès-Hurlus Oran Alger
Et j'admire mon ouvrage
Nous sommes l'un à l'autre comme des étoiles très lointaines
Qui s'envoient leur lumière…
Vous en souvenez-vous ?
Mon cœur
Allait de porte en porte comme un mendiant
Et vous m'avez fait l'aumône qui m'enrichit à jamais
Quand noircirai-je mes houseaux
Pour la grande cavalcade
Qui me ramènera près de vous ?
Vous m'attendez ayant aux doigts
Des pauvres bagues en aluminium pâle comme l'absence
Et tendre comme le souvenir
Métal de notre amour métal semblable à l'aube
Ô Lettres chères lettres
Vous attendez les miennes
Et c'est ma plus chère joie
D'épier dans la grande plaine où s'ouvrent comme le désir les tranchées
Blanches les tranchées pâles
D'épier l'arrivée du vaguemestre
Les tourbillons de mouches s'élèvent sur son passage
Celles des ennemis qui voudraient l'empêcher d'arriver
Et vous lisant aussitôt

Je m'embarque avec vous pour un pèlerinage infini
Nous sommes seuls
Et je chante pour vous librement joyeusement
Tandis que seule votre voix pure me répond
Qu'il serait temps que s'élevât cette harmonie
Sur l'océan sanglant de ces pauvres années
Où le jour est atroce où le soleil est la blessure
Par où s'écoule en vain la vie de l'univers
Qu'il serait temps, ma Madeleine, de lever l'ancre !

Gui

12 août 1915

Ma petite fiancée

Je n'ai pas eu de lettre de vous aujourd'hui. Je suis désolé. Qu'y a-t-il que peut-il y avoir. Songez que je ne vis pas quand je n'ai pas de vos nouvelles. Je vous adore uniquement. Je suis très triste de n'avoir rien Je vous aujourd'hui.

C'est une nuit d'orage
Le tonnerre fait rage
La mitrailleuse aussi
Mais je suis bien ici
Je pense à vous ma fée
De raisins noirs coiffée…

Aurai-je moins de lettres et de moins longues de Nice que de votre ancienne résidence ?

J'attends impatiemment de vos nouvelles et de très tendres.

Ici, les mouches recommencent les orages aidant à tenter de nous rendre la vie insupportable. Elles n'y réussissent d'ailleurs que les jours où je n'ai pas de lettre de vous. Je baise vos cheveux et vos yeux.

Gui

13 août 1915

Madeleine,

2 adorables lettres de vous, du 6 et du 7 – En effet j'attendais de vos nouvelles. Les confessions vous avaient un peu frappée. Vous êtes en effet toujours harmonieuse. Et des photos ! J'espère que le cœur est maintenant à sa place. Mais il est possible qu'il faille le mettre à l'abri car l'aluminium est un métal très tendre. Vous avez raison, nous cacherons notre amour, il ne sera qu'à nous seuls. Vous serez toujours davantage à moi. – Mais quelle est la 3e naissance ? Je n'ai pas bien compris. Mais oui, enfant chérie, je vous pressentais. Et les goûts dont vous devez me parler et aussi me parler de votre cher vous que j'adore. Vous ne me parlez plus que de moi. Mais vous m'avez donné votre bouche. Je la savoure, je la dévore et toute vous jusqu'au plus secret de vous, que je suis content que vous alliez mieux. Je vois à peu près où vous habitez. Il est possible que nous nous voyions fin septembre. Maintenant ma chérie que nous sommes bien l'un à l'autre nous pouvons écrire librement et que dire de l'immense désir que j'ai de votre jeune chair. Je suis comme un ogre à qui on présente un petit enfant à manger. Je prends vos lèvres follement comme un fruit exquis et mes mains voudraient

tout ce que le poème vous faisait ressentir. Madeleine, ma chérie adorée, écrivez-moi une longue lettre. Il pleut verse. Je crains que la paix ne vous rende qu'un promis podagre, perclus de douleurs et dont vous ne voudrez plus. Ah ! que d'amour il faudra pour sécher cette indélébile humidité.

Gui

14 août 1915

Madeleine, maintenant vous avez sans doute *Case d'Armons* et nous étant compris comme nous nous comprenons je n'en crains plus la lecture que vous en ferez. Certes vous devez être bien belle, vos yeux et vos lèvres l'attestent à votre mère. Parlez-moi beaucoup, beaucoup de votre beauté. Je ne veux point chez vous d'humilité sur ce point et il faut que vous ayez à cœur de m'en imposer sans cesse à ce sujet très important.

J'ai compris ce qu'était la 3e naissance et suis heureux de l'avoir déterminée, mais à ce propos on attendra la puberté pour que cela soit complet que nous puissions jubiler à la limite du possible. Nous nous comprenons de loin, mais vous ne pouvez encore comprendre à quel point je vous désire ni tout ce que j'imagine de vos beautés et de votre amour. Vous n'en seriez pas choquée d'ailleurs si vous le saviez. Et ce douloureux frisson je l'ai souvent aussi et il suffit que je songe à vos yeux si lourds et à votre voix. Vos yeux sont lourds quand ils ne regardent pas, mais dès qu'ils regardent ils deviennent doux et légers : je me souviens très bien de cette double impression dans le train. Donc nous sommes d'accord sur la question de ceux qui doivent continuer notre vie en attestant notre amour – s'il se peut toutefois, car avec bon sens vous mettez la question au point. Songez cependant que rien de plus prolifique que le sang polonais, le vôtre d'après ce que vous m'en avez dit, n'est point stérile non plus et il y a bien 70 % chances que nous ne restions point tout seuls.

Je dors peu, mais je dors bien, jamais d'insomnie. Mais j'aime bien rester au lit sans dormir ou y lire, je me lève très facilement aussi et il faudra me faire lever, me faire me hâter, ne jamais laisser à l'indolence, à l'insouciance slaves ou à la timidité poétique le droit d'empiéter sur le temps de l'homme point paresseux du tout que je suis. Je vous juge très sérieuse, très imbue du sentiment du devoir, de votre rôle, vous êtes la femme que j'ai rêvée, ma chérie, et qui permet l'espoir de faire de grandes choses.

Je n'aime pas me coucher tard et si je veille ici, c'est que je n'ai pas le temps d'écrire de jour, mais je me couche de bonne heure chaque fois que je peux, tandis que j'aime beaucoup me lever de bon matin. Ici je suis servi à 4 h 1/2. Je me couche vers 2 h. Mais je vous dis je n'ai pas besoin de sommeil. Quand j'allais au Lycée je me levais à 3 h pour faire mes devoirs, de cette façon j'avais ma soirée libre, mais je me couchais à 9 h. –

Il ne serait pas mal d'être orgeat ou guimauve. Ce qui est mal c'est d'être faux orgeat et fausse guimauve et la peur de vivre, est une imitation à rebours de la joie de vivre de ce tout de même très grand Zola.

Banville est charmant, son influence est encore visible sur l'art poétique mais pas comme il l'aurait cru – d'une façon très différente.

Pour ce qui est de R. R. je le défends aussi dans ce que j'en ai dit et jç sais bien qu'il y a quelque chose d'Européen en lui et même dans son attitude. Mais ici il est trop long d'épiloguer et en comparant mes deux lettres (d'aujourd'hui et l'autre) vous arriverez à voir juste. Je ne suis pas un fou et sais faire la part des choses. Il avait été question dans nos lettres de ce que vous appeliez justement « la noce ignoble des L... ». D'autres renseignements montrent que tout va très bien et que sauf quelques divergences officielles les particuliers sont plus que bien traités. Tout se relève, le commerce va. C'est inouï même et dans les principales villes les mariages mixtes sont courants. J'ai à cet égard des précisions extraordinaires. Donc il faut regarder froidement les choses et l'attitude de R. R. vue du point de vue de Sirius est peut-être sans aucune importance. Il se peut même qu'il ait raison, mais la raison serait ici la déraison même, parce que quand quelqu'un vous donne une gifle et qu'il est votre ennemi, on serait bien fou d'aller voir s'il a raison ou tort. On se bat avec lui et on tâche de le rosser. Voilà le point de vue humain pour ce qui concerne les nations. Aux particuliers chrétiens le Christ a enseigné une autre méthode mais elle s'applique évidemment à des personnages uniques à moins que dans le socialisme on ne veuille voir de la charité chrétienne ordonnée à des foules et non plus seulement aux simples particuliers. Moi aussi j'ai appris le piano pendant 10 ou 12 ans et je ne sais pas du tout jouer quoique j'aime bien m'amuser sur un piano ou un harmonium mais de la façon la plus puérile et rarement –

Je vous adore, ma Madeleine chérie, nous n'aurons pas besoin d'exubérance nous exulterons et c'est bien plus beau.

La guerre s'embourgeoise, m'a écrit quelqu'un, c'est presque vrai. C'est curieux, ces permissions. La tranquillité de tout. Mais la guerre est là tout de même, les obus s'envolent toujours.

Je vais terminer mon poème à l'Italie qui m'a été demandé par La Voce.

Ma Madeleine je vous prends toute. Je crois, à vous lire, que non seulement nous nous aimerons, mais que nous nous entendrons bien et serons aussi en plus de tout une paire d'amis.

Mon amie je n'avais pas fini d'écrire la lettre que la guerre semble recommencer.

16 août 1915

Ma petite fée,

Je vous écris sous la tente dans belle forêt de sapins, de genévriers, d'euphorbe verruquée, de sapins et de mousses. Je n'ai rien d'autre à ma disposition que cette carte. Je vous y envoie toute mon âme. Désolé que votre nom dans *Case d'Armons* vous ait choquée. Je voulais qu'il en restât trace dans mon œuvre, une trace visible, car il y en aura d'autres traces, mais plus de celles qui peuvent commémorer les débuts de notre commerce. Vous avez raison ce livre est à vous. Pour les noms aucun ne peut vous gêner celui qui pourrait le faire étant voilé. Ceux qui sont en toutes lettres qu'ils ne vous gênent point étant indifférents. J'adore votre caractère, il est le mien et c'est parfait, mais parlez-moi encore de vous. J'adore cela ma chère petite Madeleine.

Gui

18 août 1915

Madeleine chérie, on peut refermer ses lettres Quel bonheur ! je n'ai pu écrire hier. Mais oui ai et la jolie photo sur la terrasse. Vous en ai parlé. C'est la plus charmante, là où ma fée est la plus fine et peut-être la plus délicieuse. Je la regarde tous les jours. Vous adore.

Je suis maçon et bûcheron. Beaucoup d'araignées charmantes dans le joli bois. Couleuvres mouche araignées la curieuse ménagerie, ici ni couleuvres ni mouches mais des milliers d'araignées. Ma chérie je suis content que vous ayez compris combien *Case d'Armons* vous appartient. Mais quel rare livre, qu'importe votre nom, il n'est pas galvaudé à cette place. 25 exemplaires, un à moi, un à vous, reste 23 à travers l'univers. C'est peu allez et plus tard quand on sera marié, ça ne vous fera rien que ça reparaisse dans un livre comme *Alcools*. Nos souvenirs nous charmeront, nous les aimerons. Je vous écris sur l'herbe très pressé de continuer à construire ma cagnat en gazon.

Car je couche sur le sol humide depuis deux nuits et comme je me porte bien inutile de risquer des rhumatismes nouveaux.

Ce bois est délicieux. Quel changement ! Vous ne pouvez vous figurer et on ne peut expliquer ! ! ! Mais je vous aime ma chérie à l'infini. Ces cheveux noirs quand j'y pense, me sont un paradis inouï, quelque chose d'inexplicable tellement c'est rare et troublant, mais pas immatériel du tout par exemple, ah mais non ! J'écris couché sur l'herbe, en toute hâte. Pas de lettre aujourd'hui de vous. Pr ma permission, je dis octobre ou fin septembre bien qu'en réalité, je ne sache rien à ce sujet et moins que tout autre, puisque c'est moi qui vais au rapport et que je ne peux pas demander pour moi.

Je suppose, mais peut-être sera-ce plus tôt en ce cas, Nice, peut-être plus tard, et votre chère maman ? A-t-elle reçu ma lettre.

Je vous adore petite fée aux cheveux noirs. Avez-vous votre frère avec vous en ce moment ?

Baisers sur la charmante bouche si gentiment donnée.

Gui

Je rajoute ceci, ma chérie, nous nous aimons trop pour nous faire la moindre peine, même grâce à une plaisanterie tirée de mes œuvres. Nous avons en nous une confiance complète. Donc faut pas même par hâte à écrire, me faire de la peine à moi qui suis si loin de toi. Moi qui ne songe qu'à câliner Madeleine et à la voir heureuse. Car tu ne peux imaginer à quel point je t'aime, mais non, tu ne l'imagines point encore et il faut l'imaginer, ce bonheur que je veux pour nous sans aucun nuage, sans bassesse, sans équivoque aucune. Tu es la seule femme de ce bonheur-là. Je veux que tu le veuilles autant que moi. De manière à ce qu'il se réalise et qu'un couple modèle inaugure le grand bonheur humain. Nous y avons droit, il est réalisable, il suffit qu'on le veuille et nous le voulons l'un et l'autre Mais faut pas plaisanter d'une chose aussi char mante, exquise, et possible. Veux-tu cela, ma Madeleine, laisse la coquetterie, laisse les trucs et toute ruse de côté – volontairement – Ils seront à ta disposition inconsciemment. Et sois à moi en toute ton âme, comme je le suis sans restriction, sans regret, avec la joie la plus grande, car je t'adore ma Madeleine de toutes mes forces, si tu savais. Nous sommes dignes l'un de l'autre, soyons-le. Moi je te promets que jamais en rien, je ne serai indigne de toi. Je t'adore

Gui

20 août 1915

Ma chérie, je vous embrasse de toute mon âme passionnément, follement, éperdument. Pour Port-Vendres ne sais rien encore pour la bonne raison que ne peux guère avoir ma permission précisée d'avance mais vais tâcher de profiter de ma situation de brigadier fourrier pour hâter ce revoir. Je n'en peux plus. J'ai besoin d'embrasser

Madeleine. C'est fou ce que j'en ai envie, mais si c'est pas possible, l'envie est dominée. Mais, j'en ai rudement envie tout de même. Donc, plus question de passé, rien que Madeleine et moi, nous tout seuls.

Mais non, pas méchante du tout ma Madeleine. Elle est mignonne et charmante. Je sais bien qu'elle m'aime elle sait aussi que je l'adore mais qu'elle sache aussi qu'elle est maintenant à moi corps et âme, définitivement. Votre Maman m'a écrit une lettre exquise qui la peint toute, comme vous me l'avez dépeinte. Je l'aime beaucoup.

Madeleine votre bouche est à moi et je la prends longuement.

Je vous écris couché par terre sous la tente, dans le bois, à la lueur d'une chandelle. Première gelée, la nuit dernière. Vous n'avez pas idée de ça à Nice. Vous êtes ma chérie, ma fleur bien-aimée et vos cheveux noirs sont la plus merveilleuse frondaison du monde. Et ces nouvelles photos de Nice. Je suis très très heureux que Madeleine soit heureuse, d'ailleurs j'en suis tellement content que je ne sais plus quoi écrire et que j'en deviens stupide. Je vais tâcher de finir mon « Cri à l'Italie » et j'attends avec impatience la longue longue lettre de ma petite fiancée si désirée spirituellement et charnellement aussi, (faut bien le dire).

Je prends la bouche de Madeleine et je la mange comme un fruit délicieux.

Gui

À Mme Pagès 20 août 1915

Chère Maman de Madeleine,

Votre lettre m'a causé une grande joie. Vous êtes gentille comme tout et je vous aime bien. J'irai volontiers à Lamur en permission, si toutefois ce n'est pas trop éloigné d'Alger, ma permission comptant à partir du lendemain du débarquement, mais journée d'embarquement comprise.

Vous avez raison de me féliciter d'avoir découvert Madeleine, j'en suis rudement fier aussi. Je l'ai aimée en l'apercevant et elle l'a vu aussitôt, toute réservée qu'elle est. S'il ne tient qu'à moi, elle sera heureuse.

Je vous suis très reconnaissant de la bonne grâce avec laquelle vous avez bien voulu contribuer ai bonheur de ma vie et je m'efforcerai toujours de vous prouver ma gratitude.

Je vous embrasse filialement.

Gui de Kostrowitzky sous la tente.

23 août 1915

Ma très chérie, dans la lettre du 17 les cheveux sentaient adorablement la rose du beau rosier dons vous êtes la Rose. La Rose du monde que j'ai Quêtée. Et cette saveur de fleur fruitée je la goûte inimaginablement en songeant à vos lèvres. Je ne suis plus calme du tout et j'ai de vous ma chérie un désir inexprimable. Je baise vos cheveux follement en vous imaginant toute à moi, votre jeune chair à l'ogre que je suis. Et ces feuilles de rosier qui ont touché les coupes charmantes de votre sein virginal. Ah ! non ! chérie je ne suis plus calme du tout et ma seule patience est que nous nous aimons, que vous êtes à moi jusqu'au tréfonds de vos entrailles jusqu'aux vrilles les plus subtiles de vos toisons, ô ma vigne – ma vigne chérie, aux grappes exquises, ma vigne dont le vin m'enivrera sans que je veuille jamais m'en désenivrer, ma toute chère petite vigne dont j'espère la vendange comme les Hébreux espéraient la grappe démesurée de la terre promise de Chanaan, mais tournons, ma chérie, la feuille… de vigne.

Le 1er paragraphe de *la vie anecdotique* n'est pas un conte. C'est en effet la vérité, *j'étais là cette chose m'advint*. Pour l'article de Claudien je l'ai parcouru. C'est inimaginable comme la plupart des écrivains actuels écrivent mal. Les autres ne nourrissent pas leurs phrases, sujet verbe attribut. C'est tout. Il n'y a plus de style nombreux. Vous me forcerez à étoffer le mien qui par contraste avec les faux stylistes germanisants de l'heure actuelle, maigrit chaque jour. Mais j'écris toujours si hâtivement, ma petite femme me forcera à régler mon travail de façon à avoir le temps de rendre les choses parfaites sans profiter de ma facilité.

Ainsi ma chérie que la tour d'ivoire de votre corps j'aime l'ombre de la tour de votre âme.

Quelles étaient donc *les lettres d'un raisonnable à faire frémir*… Les miennes ! Ce que vous dites sur Racine et sa femme est juste. Il est juste aussi que l'esclave soit la maîtresse de son maître. Et je suis bien curieux de savoir quel est le genre de fidélité qui est déshonorant pour une femme…

Pour en revenir aux lettres Botrel est quasi poète officiel de France, avec Jean Aicard quand l'Angleterre a Kipling et l'Italie D'Annunzio. En voyant de telles insanités dans ce pays qui mérite mieux on se prend à douter touchant d'autres compétences. D'ailleurs Faguet a écrit *Le Culte de l'Incompétence* sur un canevas fourni par l'éditeur qui l'avait demandé à celui qui en avait eu l'idée mon ami René Dalize (cité dans « Zone »). Il est maintenant capitaine et m'a écrit une lettre passionnante sur la stratégie, elle consiste pour lui à pêcher dans un canal près d'un petit patelin du Front. Dans quel Régt. est votre frère, ou plutôt auquel sera-t-il affecté. Ce que vous dites touchant les femmes de Fr… est vrai. Et jeune j'imaginais que je n'aimerais point de Fr. C'est surtout à Paris que je les trouvais ainsi, peu à peu me suis fait à leur charme. Mais la laideur des Niçoises est un fait reconnu d'ailleurs. J'en ai souvent entendu parler, mais c'est plutôt leur corps qui est laid. Chez les Parisiennes, c'est la poitrine qui pèche le plus souvent, défaut qu'elles partagent avec les Romaines.

Je ne doute pas de la beauté des Algériennes. La vôtre la garantit. Mais vous êtes la plus belle. Mais toutes les vieilles gardes niçoises sont hideuses jusqu'à l'obscène et en ce temps de guerre elles doivent se donner carrière. Mais il y a des femmes point jolies qui ont de ces qualités qui valent de la beauté.

À votre lettre du 18 ma chérie je ne peux répondre que ceci : « Je t'aime ! » Mais j'adore la lettre du

19 plus longue car j'aime tout ce qui prolonge l'amour Et puis j'adore votre beauté parlez-m'en royalement ma petite esclave, je le veux et cette fois c'est de vos yeux que vous m'avez parlé, je les ai vus vos longs cils, le regard clair. Et tout ce que vous me dites est juste juste. Je vous aimerai toujours plus et vous aussi. J'ai exprimé quelque chose qui ressemble à ce que vous dites touchant la façon d'enlever de la monotonie à la vie conjugale. C'est dans la préface aux *Plus Belles Pages de l'Arétin* (Mercure de France).

Mais entre nous il ne peut y avoir monotonie puisqu'il y a entre nous une harmonie préétablie par nos goûts mêmes. Vous êtes mon esclave c'est-à-dire Muse, maîtresse, amie et le total fait ma femme, ma Madeleine. Il est évident qu'on ne s'embêtera pas ensemble, et à aucun moment. Je vous enverrai le poème à l'Italie demain – Demain aussi un paquet de livres à garder et le Poil civil, mais quelle est la petite brochure dont vous me parlez ?

Je vous envoie l'article du journal espagnol, dont je vous ai parlé il y a quelque temps. Il est fait pour être gardé, plus un journal numéro 3 le seul imprimé ou plutôt polygraphié, plaisanterie d'un ami de la batterie. C'était au temps du secteur 59, au moment du départ le journal allait paraître, il n'y avait plus que les articles à polygraphier. On l'a interrompu et pour l'utiliser on a mis la mention qui fait de cette préparation une aimable plaisanterie et une rareté hémérographique, c'est-à-dire presque bibliographique. Vous lisez *L'Hérésiarque* quelle édition ? Voici quelques fautes d'impression ou d'inadvertance à corriger, les seules dont je me souvienne de loin. Dans « L'Infaillibilité », le prêtre français chaque fois qu'il s'adresse au cardinal, au lieu de Monseigneur doit dire *Éminence*. Il y a aussi un *vêtissaient* quelque part à changer en *vêtaient* quoique ce barbarisme ait des auteurs. Dans « Le Cigare romanesque » les 3 premières éditions ne portent point mention de ce qui fut fait avant de mettre à la poste la lettre trouvée dans le cigare et il faut compléter le passage ainsi :… *après avoir mis mon adresse au dos que la lettre me revînt au cas où elle ne parviendrait à destination*… Il y a bien d'autres choses sans doute mais je ne m'en souviens plus. J'aime bien « Simon Mage », difficile pr la plt des gens. C'est la 1re fois je crois qu'on se soit servi de façon aussi précise, scientifique même et divine – des anges qui y jouent le vrai rôle pour quoi on les imagina.

Notez aussi que « L'Hérésiarque » écrit en partit dans la *Revue Blanche* en 1902 avant les luttes religieuses de France et avant la période hérétique qui suivit aussitôt.

J'espère que ce livre que je crois très nourri amusera. Je l'aime beaucoup et ai la faiblesse de me croire un grand talent de conteur, je me crois un grand talent de poète. Aucune modestie dans notre cas, ma chérie, nous sommes de charmants orgueilleux et bien dignes l'un de l'autre. Aussi prends-je votre bouche avec folie, longuement, doucement – encore… là presque vicieusement s'il pouvait y avoir du vice à s'aimer comme nous nous aimons, c'est-à-dire sans restriction, ce qui signifie le plus purement du monde, ma gosse chérie que j'adore. Si je serai jaloux de vous ? ! mais comme un tigre, mais je sais bien que je n'aurai jamais de raison d'être jaloux mais je le serai quand même, ne serait-ce que comme hommage à la grâce souveraine de mon esclave.

Gui

25 août 1915

Ma très chérie, je suis maintenant maréchal des logis et je suis très fier de cet avancement. J'ai reçu l'adorable lettre du 20 qui montre encore comment nos pensées nous viennent quasi en même temps à l'un et à l'autre et le tutoiement interrompu de la lettre très chérie que j'ai hie hier, je l'avais complété la veille. Je t'aime, je t'aime. Tu es le plus beau des rêves, la plus sublime des réalités. Toutes les vertus et toutes les grâces toutes les voluptés et toutes les tendresses sont en Madeleine. Tous les bonheurs tout le bonheur est en Madeleine. Je ne doute point que les enfants vous adorent. Vous ne pouvez me faire de plus grand plaisir que de me parler de Madeleine. J'attends toujours la suite de votre hymne à votre beauté, ma chérie. Nous ne nous séparerons jamais, vous avez entièrement raison, Madeleine. Et non ! Nous ne rirons point ni l'un ni l'autre de ce que nous dira le maire. L'évocation de votre bouche me trouble au point qu'elle interrompt mes pensées et sais à peine ce que j'écris. Je vous ai dit ce que je pensais de R. R. mais aussi que je n'avais pas lu *Jean-Christophe,* sans aucun doute, je serai de votre avis quand je connaîtrai cette œuvre, car votre goût est parfait. Je ne vous écris jamais avec indifférence, ma chérie, comment pouvez-vous écrire cela, moi qui voudrais vous garder dans mes bras toute l'éternité en vous caressant vous regardant tout doucement. Moi qui ne rêve qu'un emportement plein d'une infinie douceur pour vous aimer dans la plus grande câlinerie. Je voudrais que toute la force avec laquelle je vous aime vous fût plus douce qu'un effleurement, mais un effleurement plus puissant que tout et qui ne finirait jamais, jamais. Mon esclave fera mon bonheur et je ferai le sien. Certes l'amour est toujours complet. Vous avez raison. Je suis bête. Et que tu as raison de me reprendre chaque fois que je dis des bêtises. Jamais de cachotteries entre nous. On doit se compléter pour être de plus en plus près de la perfection ma toute chérie. Je vous envoie un grand paquet, *Poil civil* les brochures poétiques en question (je ne m'étais pas souvenu hier de ce que c'était). Des livres sur la Marne (folklore) et d'autres. Il y a aussi des morceaux de vitraux, les grands de l'église martyre des H… et les petits de l'église entièrement ruinée du M… Petites reliques de lieux célèbres désormais et théâtres des luttes opiniâtres de cette guerre.

Je t'aime, ma chérie, je ne puis dire à quel point je t'aime. Tes chers cheveux que je peux baiser sont mon trésor avec vos photographies. J'attends en ce moment avec impatience le vaguemestre.

Attention de ne pas vous blesser ma chérie avec les morceaux de verre, vous rirez peut-être que j'ose vous envoyer ces débris, pardonnez-moi. Ce sont pour moi reliques touchantes et souvenirs déjà souvenirs, souvenirs de dangers et de l'infinie blancheur des tranchées.

Ci-joint l'original du cri « À l'Italie » envoyé à *La Voce* ne le perdez pas ma très très gracieuse, je n'ai pas de copie. Je vous envoie aussi un dessin de Marie Laurencin qu'elle m'a fait envoyer par l'entremise de Mme Faure-Favier. Ce dessin est ravissant et extrêmement touchant, faites-lui mettre une petite baguette très étroite et un verre. Il est à nous et c'est un petit chef-d'oeuvre. Il ne faut point de passe-partout et que l'encadreur n'en rogne rien, laissant visible tout le blanc.

Je prends ta bouche, je t'aime.

Gui

L'amour a remué ma vie comme on remue la terre
 dans la
zone des années
J'atteignais l'âge mûr quand la guerre arriva
Et dans ce jour d'août 1915 le plus chaud de l'année
Bien abrité dans l'hypogée que j'ai creusé moi-même
C'est à toi que je songe Italie mère de mes pensées
Et déjà quand Von Kluck marchait sur Paris avant
 la
Marne
Moi j'évoquais le sac de Rome par les Allemands
 le sac de
Rome qu'ont décrit
Un Bonaparte, François Delicado et l'Arétin
Je me disais : « Est-il possible que la nation
Qui est la mère de la civilisation
Regarde sans la défendre les efforts qu'on fait pour la
détruire. »
Puis les temps sont venus les tombes se sont
 ouvertes

Les fantômes des « esclaves toujours frémissants »
Se sont dressés en criant : « Sus aux Tudesques ! »
Nous, l'année invisible aux cris éblouissants
Plus doux que n'est le miel et plus simples qu'un peu de terre
Nous te tournons bénignement le dos Italie
Mais ne t'en fais pas, nous t'aimons bien
Italie ô mère qui es aussi notre fille.
Nous sommes là tranquillement et sans tristesse
Et si malgré les masques, les sacs de sable, les rondins nous
tombions
Nous savons qu'un autre prendra notre place
Et que les Armées ne périront jamais
Les mois ne sont pas longs ni les jours ni les nuits
C'est la guerre qui est longue
Italie, toi notre mère et notre fille quelque chose comme notre
Sœur
J'ai comme toi pour me réconforter le quart de pinard
Qui met tant de différence entre nous et les Boches
J'ai aussi comme toi l'envol des compagnies de perdreaux
des 75
Comme toi je n'ai pas cet orgueil sans joie des Boches et je
sais rigoler
Je ne suis pas sentimental à l'excès comme le sont ces gens
sans mesure que leurs actions dépassent sans qu'ils
sachent s'amuser
Notre civilisation a plus de finesse que les choses qu'ils
emploient
Elle est au-delà de la vie confortable
Et de ce qui est l'extérieur dans l'art et l'industrie
Les fleurs sont nos enfants et non les leurs

Même la fleur de lys qui meurt au Vatican
La plaine est infinie et les tranchées sont blanches
Les avions bourdonnent ainsi que des abeilles
Sur les roses momentanées des éclatements
Et les nuits sont parées de guirlandes d'éblouissements
De bulles de globules aux couleurs insoupçonnées
Nous jouissons de tout même de nos souffrances
Notre humeur est charmante, l'ardeur vient quand il faut
Nous sommes narquois car nous savons faire la part des
choses
Et il n'y a pas plus de folie chez celui qui jette les grenades
que chez celui qui plume les patates
Tu aimes un peu plus que nous les gestes et les mots sonores
Tu as à ta disposition les sortilèges étrusques, le sens de la
majesté héroïque et le courageux honneur individuel
Nous avons le sourire, nous devinons ce qu'on ne nous dit
pas, nous sommes démerdards et même ceux qui se
dégonflent sauraient à l'occasion faire preuve de l'esprit
de sacrifice qu'on appelle la bravoure
Et nous fumons du gros avec volupté, C'est la nuit Je suis dans mon blockhaus, éclairé par l'électricité en bâton
Je pense à toi pays des deux volcans
Je salue le souvenir des sirènes et des scylles mortes au
moment de Messine
Je salue le Colleoni équestre de Venise
Je salue la chemise rouge
Je t'envoie mes amitiés Italie et m'apprête à applaudir aux

hauts faits de ta bleusaille
Non parce que j'imagine qu'il n'y aura jamais plus de bonheur ou de malheur en ce monde
Mais parce que comme toi j'aime à penser seul et que les
Boches m'en empêcheraient
Mais parce que le goût naturel de la perfection que nous
avons l'un et l'autre, si on les laissait faire, serait vite
remplacé par je ne sais quelles commodités dont je n'ai
que faire
Et surtout parce que comme toi je sais, je veux choisir et
qu'eux voudraient nous forcer à ne plus rien choisir
Une même destinée nous lie en cette occase
Ce n'est pas pour l'ensemble que je le dis
Mais pour chacun de toi Italie
Ne te borne point à prendre les terres irrédentes
Mets ton destin dans la balance où est le nôtre
Les réflecteurs dardent leurs lueurs comme des yeux d'escargots
Et les obus en tombant sont des chiens qui jettent de la terre
avec leurs pattes après avoir fait leurs besoins
Notre armée invisible est une belle nuit constellée
Et chacun de nos hommes est un astre merveilleux
Ô nuit, ô nuit éblouissante
Les morts sont avec nos soldats
Les morts sont debout dans les tranchées
Ou se glissent souterrainement vers les Bien-Aimées
Ô Lille Saint-Quentin Laon Maubeuge Vouziers.
Nous jetons nos villes comme des grenades
Nos fleuves sont brandis comme des sabres
Nos montagnes chargent comme cavalerie
Nous reprendrons les villes les fleuves les collines

De la frontière helvétique aux frontières bataves
Entre nous et Italie
Il y a des patelins pleins de femmes
Et près de toi m'attend celle que j'adore
Ô, frères d'Italie
Ondes, nuages délétères
Métalliques débris qui vous rouillez par terre
Ô frères d'Italie Vos plumes sur la tête
Italie
Entends crier Louvain Vois Reims tordre ses bras
Et ce soldat blessé toujours debout Arras
Et maintenant chantons ceux qui sont morts
Ceux qui vivent les officiers et les soldats
Les flingots Rosalie le canon la fusée l'hélice la pelle les
chevaux
Chantons les bagues pâles les casques
Chantons ceux qui sont morts
Chantons la terre qui bâille d'ennui
Chantons et rigolons
Durant des années
Italie
Entends braire l'âne boche
Faisons la guerre à coups de fouets
Faits avec des rayons de soleil
Italie
Chantons et rigolons
Durant des années

26 août 1915

Mon amour, je crains que vous n'aimiez point *L'Hérésiarque*. C'est un livre qui n'est peut-être point pour les femmes. D'autre part, petite esclave, il ne faut point parler de mourir de rire ou autrement.

Puis des menaces ! Ah ! petite masque chérie, si j'étais près de vous c'est la correction conjugale que vous mériteriez. La réflexion bosniaque sur le mariage est de la couleur locale et n'a de sens que pour les gens qui ne sont unis que par la chair, pour nous, une union mystique, ou du moins, je le crois, nous joint plus, encore et par avance. Méchante Madeleine. Ne me faites plus de peine comme ça. J'en suis tout désolé, irrité. Malheureux. Une courte lettre, trop courte, ma chérie… Dites-moi bien tout tout ce que vous n'aimez point pr que je vous le fasse aimer. Il faut m'écrire comme avant car je ne crois pas que j'aurai ma permission pr le 20. Je fais partie d'une batterie de gens envahis et tous iront avant ceux qui ne le sont point. Je ne sais pas pourquoi par exemple, mais c'est comme ça. – Donc le voyage ne sera pas fait ensemble. Dieu, que j'en suis malheureux. Surtout que sous-officier maintenant j'irai encore plus tard. – Je ne suis pas sûr de ce que je dis là mais je le crois fermement. Je suis maintenant dans le tour des sous-officiers et dernier nommé, j'irai après les autres c'est évident. Puis il y aura de nouvelles dates pour vous aussi ma très chérie – Ma chérie, je vis en vous, vous êtes mon tout. Écrivez-moi de vos jolies lettres de ma Madeleine sentimentale. Celle qu'aimant, j'aime. Maintenant que l'amour est là, la romance n'est pas seulement permise elle est de mise.

JE VEUX, mon cher trésor, que nous nous aimions plus qu'on ne s'est jamais aimé, on c'est tout le monde. Nous devons être au-dessus de tout.

Vous l'êtes, vous celle que j'attendais. Vous la plus belle – La fleur frileuse que je réchauffe contre ma poitrine.

Ma chérie habite ici avec moi, je vous câline tant en pensée. En ce moment, vous êtes plus prise et m'écrivez moins et plus à la hâte – cessez quelques jours d'écrire, si vous en avez la force, puis une longue lettre de ma vraie Madeleine que j'aime et non de celle qui se révolte et juge. Je vois vos cheveux vos yeux votre bouche, votre sein que j'adore et tout votre vous tout à moi. Je reprends les termes employés par vous.

Je veux votre bonheur complet, Madeleine, collaborez à cette œuvre charmante.

J'ai votre baiser rendu et vous le renvoie doucement, infiniment, longuement, profondément, c'est comme si nos âmes s'unifiaient dans l'amour le plus intense et qu'elles sanglotassent de volupté… ma chérie.

Je vous envoie une coupure de journal mexicain envoyée par mon frère qui vit depuis longtemps l'affreux cauchemar de la guerre civile mexicaine. Gardez-moi cette coupure.

Le paquet est parti aujourd'hui de Valmy mais je n'ai pu l'envoyer à domicile, il viendra en gare de Nice, où je vous prie de me pardonner de vous l'envoyer chercher. Pas eu moyen de faire autrement.

Je suis aujourd'hui triste, votre lettre ma chérie a quelque chose de pas Madeleine. Aussi, n'écrivez point quand pas gentille, gentille. Mais nous nous adorons et je dis des sottises en ce moment, fatigues… Calme plat pourtant et les communiqués indiquent souvent en ce moment notre secteur comme le plus actif. Mais je vous aime, Madeleine, virilement, je veux qu'il n'y ait jamais, quoi que j'écrive, quoi que vous lisiez, de doute chez vous, ma Madeleine chérie. Je t'aime.

Gui

30 août 1915

Mon amie, j'ai enfin reçu les 2 très courtes lettres, du 25 et du 26. J'écris donc à Narbonne – Je pense que le paquet que je vous ai expédié ne sera pas perdu et que vous avez pourvu à sa délivrance en gare de Nice. Je souhaite de tout mon cœur recevoir la longue lettre promise car me voici complètement seul depuis plusieurs jours.

Je suis maintenant observateur et dans un observatoire situé sur une crête désolée arrosée par les marmites. J'ai fait un encrier dans un 150 explosif boche. Il faut que j'obtienne la permission de vous l'envoyer. Ce sera un bel encrier quand on aura creusé la place de l'encre, ce que je ne peux faire.

Je passe donc la nuit dans cet observatoire où je pointe l'alidade du triangle de visée sur les lueurs des canons boches.

J'y pense à vous tout en faisant consciencieusement ces observations importantes.

Moi aussi ma chérie, je pense à vous d'une façon folle. Je baise aussi vos cheveux qui sentent la rose, la rose que vous êtes. J'imagine pour vous les caresses les plus tendres, les plus lentes et les plus violentes avec douceur. J'ai été content de savoir que vous étiez Vendéenne. Vous savez sans doute dans la 1re quinzaine de septembre je serai très très exposé.

Sachez bien que quoi qu'il arrive je vous adore, je t'aime et écrivez-moi longuement, vos lettres, sont la seule chose qui vaille la peine d'être attendue et d'être lue. J'adore l'amour et vous êtes tout mon amour. Vous le savez Madeleine. Je vous le répète et c'est toujours exquis cette répétition-là, elle est à nous cette répétition, nous la répéterons sans cesse et sans satiété et ma foi, je crois, qu'on l'aura rudement gagné. N'est-ce pas vrai, mon Madelon chérie, qui est à moi, et dont je peux faire ce que je veux, tout ce que je veux. Je t'aime.

Gui

1er septembre 1915

Après avoir été observateur aux lueurs quelques jours je suis maintenant chef de pièce au canon. Me voici confiné loin de tout sur la ligne du feu. Plus de cheval sauf en cas de départ. Je vous écrirai plus longuement et peut-être aurai-je le temps de travailler. J'ai dû laisser à l'échelon presque tout ce que j'ai. J'ai cependant ici presque toutes vos lettres sauf la dernière qui me donne l'adresse à Narbonne mais je crois en être sûr aussi n'hésité-je point à vous y écrire mon amour. Ces mois passés par votre frère à Fontainebleau ont dû lui faire du bien. Ici on est séparé du monde et comme ça va être la grande grande fête nous vivons dans des trous très grands et très profonds.

J'ai reçu de vos sœurs Denise Marthe et Anne et de vos frères Pierre et Émile une lettre collective qui est le plus joli poème pastoral que je sache. Je leur ai répondu vivement mais courtement car en ce moment j'ai peu de temps, me devant mettre au courant. Remerciez-les bien, ils sont charmants. Pierre et Anne vous ressemblent le plus Pierre surtout. Aussitôt que j'aurai une photo vous l'enverrai.

J'ai parlé d'Alger uniquement parce que je croyais qu'il fallait y passer, c'est tout. Mais je n'ai aucune raison d'y aller. Je suis très peu ferré sur la géographie de l'Algérie. Donc Port-Vendres et Oran. Port-Vendres quel augure exquis. Je vous ai connue à Nice ville de la Victoire et vous joindrai en passant par Port-Vendres qui étymologiquement signifie Port de Vénus, c'est-à-dire de la beauté et de l'amour, ce que vous êtes ma chérie tant aimée, mes délices.

Je prends tout vous que me donnez si gentiment si passionnément et votre bouche est à moi. Je t'aime, ma Madeleine et je t'adore. Ton

Gui

2 septembre 1915

Ma petite Madeleine, j'aurais bien voulu que vous me disiez ce que vous pensez de *L'Hérésiarque*, nous nous sommes promis vérité. Si vous ne l'aimez pas dites-le mais dites-en quelque chose –

Oui, je voudrais aussi faire des pièces de théâtre. Vous m'en ferez faire –

Évidemment, je me fiche pas mal de vos goûts culinaires mais on est loin de tout ici et tout ce qui est un peu vous me fait plus plaisir que tout. Nous nous ressemblons beaucoup sur ce qui concerne la religion et nos idées sur le mariage à l'église sur l'éducation des enfants, coïncident. Toutefois depuis cette guerre, il m'est venu des pensées plus décidées qui ne seront d'ailleurs bien claires qu'à la paix.

Vous aimez le décor Madeleine, moi aussi, mais sans doute n'avez-vous pas encore les idées que j'ai déjà là-dessus. Moi, j'aime les décors de notre temps, mais votre imagination de femme fixera avec goût mes idées là-dessus ou plutôt sans goût, car le vieux goût est à renverser. Ainsi j'ai vu hier dans une cagnat un jambon suspendu et entaillé, c'était ravissant, un violon à un mur est une merveille et j'ai pensé qu'un des plus jolis décors dans une chambre serait de bien faire tendre, comme papier de tenture des journaux de toutes sortes.

Votre déguisement en aspirant m'a bien amusé et j'aurais bien voulu avoir votre photo ainsi.

J'aime le Devoir comme vous et peut-être un peu plus à la Corneille que vous. Vous pouvez fort bien être cornélienne soyez-le – nos temps le demandent et ça vous ira très très bien d'ailleurs. Faut pas aimer le devoir à moitié, tout à fait ou pas du tout, nous sommes faits pr l'aimer tout à fait mais librement et avec plaisir, encore plus qu'avec joie, avec curiosité et non par obligation – Vous vous demandez s'il est utile de m'entretenir de vous, mais oui, oui ma chérie, que voulez-vous donc qui m'intéresse sinon vous, tout le reste m'est égal, descriptions de mer, de maison, d'enfants, de tout, mais vous seule êtes pour moi intéressante.

Parlez-moi donc de vous et si ce n'est pas de vos goûts d'autre chose, mais de vous, de nous, de vous surtout. D'autre part ne m'idéalisez pas, surtout. Vous auriez des désillusions peut-être. Du moins admettez d'avance qu'elles soient possibles. Je n'aurais jamais pris une femme qui ne serait pas entièrement à moi. Je veux que vous soyez entièrement à moi, sans même songer à garder votre personnalité, c'est à moi à vous la faire garder. D'ailleurs c'est ainsi et vous me le faites gentiment savoir vous-même. Ma chérie je prends votre bouche comme vous le voulez et mon plus grand plaisir est bien de jaser d'amour avec vous même à distance. Je suis si loin de tout que je pense tout le temps à vous et vous désire sans cesse. J'ai imaginé vos pieds, parlez m'en un peu de ces jolis pieds, ma chérie, j'en baise les ongles roses. Et mon cœur bat tout le temps pour Madeleine. Vos cheveux sentent toujours la rose.

Pensez si je suis heureux que nous nous aimions. Je vous aime moi comme si je vous avais faite et vous êtes comme je voudrais vous avoir faite. Mais ne m'aimez pas trop avec l'esprit préparez aussi vos sens à m'aimer le plus possible. C'est capital dans l'amour et c'est par là que vous devez être esclave même si je voulais vous faire souffrir. Maintenant que nous sommes l'un à l'autre, ma Madeleine, ma Madeleine, habituez-vous à ce que nos corps s'aiment autant que nos âmes.

Avant-hier de huit h. du soir au matin j'ai été observateur aux lueurs, sur un mont désolé qui semblait le Broken, je suis arrivé à cheval avec un trompette, le sol est comme une grille à cause des trous d'obus, là dans un trou est l'observatoire ; j'étais comme dans une loge et par l'embrasure je voyais l'opéra se jouer ; une musique barbare et ininterrompue, coups de canons français et boches de tout calibre, coups de fusils, mitrailleuses. Les lueurs des coups illuminaient le ciel, les jets durs de la lumière des réflecteurs parcouraient le ciel acteurs singulièrement allongés qui se rapprochaient se reculaient grandissaient se rapetissaient les fusées les signaux en pluie en gerbe en globe persistants blancs orange rouges bleus verts montaient, danseuses singulières et exquises. Je pointais sur les lueurs l'alidade du triangle de visée et notais les observations, sur un bat-flanc le trompette dormait. Vous qui aimez le spectacle vous auriez aimé être là.

D'autre part, ma chérie, j'aime le théâtre mais je n'aime pas y aller trop souvent aussi. Je m'y amuse chaque fois que j'y vais –

Je vous écris presque tous les jours pour ne pas dire tous et maintenant je m'efforcerai d'écrire tous les jours, aussi ne comprends-je pas que vous puissiez rester huit jours sans lettre de moi, c'est inadmissible.

Ah oui, ma chérie on s'aimera rudement pr se payer d'être tant et si complètement séparés.

Mais oui, j'aimerai autant votre main avec une tache d'encre que sans. Est-ce que la beauté est une chose qui est à la merci d'une tache d'encre ?

Moi je ne tiens pas de carnet de guerre, mais plus tard il faudra me forcer à reprendre beaucoup de notes comme quand j'étais plus jeune.

J'écris à ma mère ma chérie et voyez comme vous êtes malicieuse vous m'en parlez pour savoir si je lui ai dit de nous. Non, mais ça n'a pas d'importance et je vous dirai pourquoi lors de la perme. D'ailleurs j'aime beaucoup maman et elle m'aime aussi, mais elle a un caractère slave si développé qu'elle sera toujours jalouse de quelqu'un que son fils aimerait. Elle vous aimerait beaucoup mais vous ne vous entendriez pas. D'ailleurs elle sera enchantée que je me marie et en même temps elle sera jalouse de vous et attendrie sur vous. Enfin c'est trop long à expliquer mais tout en vous aimant beaucoup le caractère slave de ma mère la tiendra à l'écart de notre ménage pour tout ce qui excédera un jour à la fois. Et notez que je vous le dis parce que je sens que vous voulez que j'en parle et que j'adore maman comme elle m'adore. Mais quand vous voulez savoir quelque chose, demandez n'insinuez pas, vous me forcez à expliquer brièvement d'une façon presque irrévérencieuse pr maman un fait qu'il est difficile de faire comprendre à quelqu'un qui n'est pas slave et qui se reproduit dans toutes les familles slaves, maman saura toujours assez tôt notre mariage, si je le lui disais maintenant il faudrait que je lui en écrive à ne plus finir et cette guerre, ses deux fils absents, lui donnent des émotions qu'il est inutile de modifier en ce moment. Mais elle saura ça quand il faudra et je vous dis pour tout ce qui n'est pas l'amour filial complet et maternel absolu ma mère n'a rien de ma vie et elle le sait c'est son caractère et le mien car quoiqu'elle n'ait rien qui la pousse à s'intéresser à la littérature surtout à la mienne, nous nous ressemblons beaucoup comme orgueil surtout, mais elle est indomptable, complètement indomptable comme le sont seulement les femmes slaves (lisez Dostoïewsky) et je ne peux être moi que loin d'elle, près d'elle elle me traite toujours comme si j'avais dix ans et me giflerait bien à l'occasion ce que j'accepterais d'ailleurs complètement car pour rien au monde je ne voudrais la contrarier, mais je suis aussi indépendant qu'elle, aussi je ne pourrais pas vivre avec elle – Elle m'aime trop et d'ailleurs je l'aime autant ; le caractère plus austère de mon frère lui permet de vivre avec elle, d'ailleurs comme il n'est pas littérateur, elle a de lui un grand respect. Mais ma mère sans s'en douter est comme je suis, un poète, et plusieurs choses écrites par moi me viennent d'elle, de ce qu'elle dit, de ce qu'elle pense même. Voilà arrangez toutes ces explications comme vous pouvez.

Pour ce qui est de nous aimer, nul doute que nous nous aimions plus encore que votre frère et sa femme pr la raison que vous êtes certainement supérieure en beauté et en esprit à votre belle-sœur et que la supériorité de la femme détermine toujours la valeur d'un couple.

Il y a moins de mouches, c'est septembre. Je t'aime Madeleine et te prends toute comme si déjà tu étais ma femme.

Gui

3 septembre 1915

Mon aimée tant chérie, j'ai reçu la petite carte tant exquise du 29 et j'attends la longue lettre interminable avec impatience car sans doute que pour des raisons que je ne puis écrire nous allons rester quatre jours sans communications même avec l'échelon – Mais je t'écrirai chaque jour durant ce temps et tu recevras le tout ensemble. En tout cas toi écris-moi aussi et dans tes déplacements même annoncés répète désormais ton adresse chaque fois de façon à ce que si j'égare comme ça peut arriver une lettre (ça n'arrive pas d'ailleurs et ta lettre avec l'adresse de Narbonne est dans mon sac à avoine avec d'autres choses qui le bourrent de tout autre chose que d'avoine, ce sac est dis-je, à l'échelon et je ne peux faire fouiller dans ce sac pr qu'on m'apporte la lettre), si j'égare dis-je encore ou oublie une lettre, j'aie tout de même l'adresse de Madeleine.

CHEF DE PIÈCE

Le margis est à sa pièce
Il dort dans son abri à côté du canon
Il vit avec ses servants et partage leur cuistance
Il écrit auprès d'eux à Madeleine
Il joue avec eux tous sept comme des enfants
Il songe à la Grande Chose qui va venir
Il admire le merveilleux enthousiasme des bobosses
Décidément le courage a grandi partout
Et l'on est sûr on est certain de la Grande Chose
Il pensera tout ce temps-là à Madeleine

Si vous m'aviez dit Madeleine que vous alliez aller à la belle Antibes, la grecque, je vous eusse dit d'aller voir près de l'église la pierre tombale de l'enfant du Nord qui vint danser au théâtre d'Antibes, je ne sais plus sous le règne de quel empereur romain. Saltavit et placuit dit l'inscription si pure, si belle, si poétique dans sa brièveté lapidaire – Il dansa et il plut…

Je n'avais jamais été à Antibes quand j'étais enfant, j'y ai été plusieurs fois pendant mon séjour à Nice au début de la guerre et l'impression que cette ravissante cité marine m'a donnée est celle que m'en avaient déjà donnée les Mémoires de Casanova.

J'habite maintenant à côté du canon. – Vous avez reçu le joli dessin de M. L. Pour la remercier, comme je lui garde une grande amitié et comme rien ne doit être caché entre nous (moi et Madeleine) puisque je n'aurai jamais rien à te cacher je t'envoie, un petit groupe de poèmes que je lui ai envoyés, car elle m'avait fait demander des poèmes qu'elle voudrait illustrer et publier au profit d'une œuvre charitable. Voilà donc ces poèmes qui forment un petit roman poétique guerrier et qui vont paraître dans la *Gazette des Lettres* pour le temps de la Guerre :

LE MÉDAILLON TOUJOURS FERMÉ

LA GRÂCE EN EXIL

Va-t'en va-t'en mon arc-en-ciel
Allez-vous-en couleurs charmantes
Cet exil t'est essentiel
Infante aux écharpes changeantes
Et l'arc-en-ciel est exilé
Puisqu'on exile qui l'irise
Mais un drapeau s'est envolé
Prendre ta place au vent de bise

LA BOUCLE RETROUVÉE

Il retrouve dans sa mémoire
La boucle de cheveux châtains

T'en souvient-il à n'y point croire
De nos 2 étranges destins
Du boulevard de la Chapelle
Du joli Montmartre et d'Auteuil
Je me souviens murmure-t-elle
Du jour où j'ai franchi ton seuil
Il y tomba comme un automne
La boucle de ton souvenir
Et notre destin qui t'étonne
Se joint au jour qui va finir

REFUS DE LA COLOMBE

Mensonge de l'annonciade
La Noël fut la Passion
Et qu'elle était charmante et sade
Cette renonciation
Si la colombe poignardée
Saigne encore de ses refus
J'en plume les ailes : l'idée
Et le poème que tu fus

LES FEUX DU BIVOUAC

Les feux mourants du bivouac
Éclairent des formes de rêve
Et le songe dans l'entrelacs
Des branches lentement s'élève
Voici les dédains du regret
Tout écorché comme une fraise
Les souvenirs et le secret
Dont il ne reste que la braise

TOURBILLON DE MOUCHES

Un cavalier va dans la plaine
La jeune fille pense à lui

Et cette flotte à Mytilène
Le fil de fer est là qui luit
Comme ils cueillaient la rose ardente
Leurs yeux tout à coup ont fleuri
Et quel soleil la bouche errante
À qui la bouche avait souri

LES GRENADINES REPENTANTES

En est-il donc deux dans Grenade
Qui pleurent sur ton seul péché ?
Ici l'on jette la grenade
Qui se change en un œuf coché
Puisqu'il en naît des coqs Infante
Entends-les chanter leurs dédains
Et que la grenade est touchante
Dans nos effroyables jardins

L'ADIEU DU CAVALIER

Ah Dieu ! que la guerre est jolie
Avec ses chants ses longs loisirs
La bague si pâle et polie
Et le cortège des plaisirs
Adieu ! voici le boute-selle !
Il disparut dans un tournant
Et mourut là-bas, tandis qu'elle
Cueillait des fleurs en se damnant

Guillaume Apollinaire*

*J'oubliais d'ajouter que j'ai les mêmes sentiments religieux que tu as et j'ai sur moi les médailles que maman m'a attachées au cou étant enfant. Tu vois que nous sommes la même chose, mon amour –

Puisqu'il y a de la place de ce côté, je rajoute ma Madeleine, bien-aimée que je t'adore, que je te rêve déguisée en aspirant déguisement dans lequel tu dois inspirer des pensées qui ne sont pas du tout guerrières. Je prends ta bouche et toute toi de toutes mes forces.

Je t'adore, je t'aime.

Gui

3 septembre 1915

Je change de secteur postal mon amie bien chérie, ma chère petite fiancée écrivez-moi au secteur 80.

Vôtre

Gui

5 7bre 1915

Mon amour, J'ai eu aujourd'hui la grande joie de 4 lettres de Madeleine. La dernière est celle des Arcs. Tu n'as pas ma Madeleine, à me demander pardon car ce que je t'ai dit ne concernait point quelque chose de grave. Tu es charmante et gentille tout plein. Je t'aime simplement et complètement aussi n'ergotons jamais sur les termes avec lesquels nous formulons notre amour. Je te demande de ne jamais douter en rien pas plus que je n'aurai moi-même à douter de rien. Nous sommes un. Tu es toujours de mon avis en tout et quand tu ne l'es pas tu me le dis à moi seul avec les raisons qui te font croire que j'ai tort et si j'ai tort je me réformerai. Ainsi moi pour toi. Mais tu ne caches jamais rien, moi non plus. Le peu que j'ai pu souffrir ton amour me l'a fait oublier dès la lettre suivante. Je t'adore.

Ci-joint la traduction d'une de mes lettres écrites à M. L. telle qu'elle a paru dans un journal espagnol, elle a été traduite par le poète Gomez de la Serna. Ne perds pas cette coupure.

Ne te punis pas. Tu es ma petite esclave et moi seul ai le droit de te punir et c'est un droit que je n'exercerai sans doute qu'amoureusement et par plus d'amour. Je n'oserai pas demander à partir pr le 20 pr la raison que je suis le plus nouveau logis et qu'il n'y en a que 4 d'allés en perme. Mais si un joint se présentait sois sûre que je serai auprès de toi. Remets-moi toujours ton adresse pendant ces déplacements successifs – Et mets-moi sur un petit carré de papier la date et l'heure du départ du bateau de Port-Vendres. Sois calme et sereine mon amour je sais que tu es à moi. Je le sais et ma prise de possession même mystique en ce moment est un don complet que je te fais de moi un don royal je te donne un maître comme écrit si bien ton frère Pierre. Tu me donnes l'odeur de tes lèvres et je l'aspire passionnément. Ma facilité est compensée par la grande souffrance que j'ai à travailler. C'est très curieux cette double face de mon activité. Oui mon amour il faut que l'idée de devoir entre dans l'amour librement, pour donner à ce que la passion pourrait avoir de débridé, cet ordre d'où provient la force, la grâce, l'harmonie en un mot.

Il ne s'agit pas d'être fidèle par devoir, mais il faut que le devoir d'être fidèle affirme dans les âmes cette sécurité qui permet à l'amour de s'épanouir de se renouveler. Le plaisir, et il ne faut pas le dédaigner, n'est point l'enfant du devoir, mais le devoir est sa garantie et quand on s'aime avec la liberté d'explorer tout le merveilleux et vaste champ de l'amour on goûte plus profondément ce plaisir. L'amour mystique, certes est dégagé de tout devoir, l'amour charnel a pour ennemi la satiété, la lassitude ; il importe que le Devoir soit là pour défendre cet amour-là contre ses ennemis. C'est surtout pour cela qu'on a créé le mariage sans quoi l'union libre aurait suffi comme aux bêtes. Mais dans l'amour de deux âmes comme nous, la pérennité est une chose indispensable et la notion du devoir peut seule garantir cette pérennité. Tout le monde n'a pas compris l'importance de cette notion du devoir, qui est le mariage même – indissoluble dit avec raison l'Église indissoluble pour les esprits élevés indissoluble en nous deux dès à présent – Et comme on n'a pas toujours compris cela, il y a beaucoup de mariages malheureux et le nôtre est dès cette heure bienheureux.

Moi aussi, ma chérie, je suis heureux et fier de ce désir que tu lis dans les yeux des hommes, désir dont je m'indignerais au demeurant et que je châtierais si j'en étais témoin. D'ailleurs je ne leur en voudrais pas, parce que ta beauté est en effet plus qu'humaine, mais de tout temps elle était à moi, plus sacrée que celle des reines d'Espagne et nul autre que moi n'aurait pu te ravir, ma fée charmante.

L'histoire de ton frère m'a peinée, j'eusse autant aimé pr toi qu'il revint sur le front français. Fais-lui mes amitiés.

Tu ne veux pas me parler de toi et je comprends tes scrupules, mais songe que tout ce que tu me diras de toi me rapproche, de toi et tu n'as pas l'air de te douter que cette séparation est pour moi une longue souffrance. Certes je découvrirai tes beautés une à une mais ne pense pas que me parler de toi ce soit te déflorer, au contraire, je saurai comment tu t'aimes, ce dont tu es fière, tes goûts en un mot. Combien de ménages n'ont pas été heureux à cause de l'épouse taciturne ou trop pudique qui n'osait dire ses préférences et comment elle aimait qu'on l'aimât. Sache donc que je prétends t'aimer et que ces loisirs de l'absence je veux les mettre à profit en t'apprenant très profondément, mais ceci n'est pas un ordre, ma chérie, tu en uses comme tu veux, ce n'est qu'une explication d'une demande peut-être inconsidérée et téméraire que je te prie d'excuser. Mais oui, encore ma chérie, quand le Devoir rassure l'Amour, s'aimer sans restriction c'est s'aimer purement et c'est ainsi que le Devoir change l'Enfer en Paradis il y a là une grande idée poétique et éthique très juste que tu me rappelleras, le Devoir transforme donc l'Enfer en Paradis et les vices ces démons redeviennent ce qu'ils furent : des Anges, c'est-à-dire les Vertus. N'oublie pas qu'en effet les vertus sont une hiérarchie angélique et que c'est le manquement de Lucifer à son devoir qui plongea cette haute lumière dans les ténèbres qui l'obscurcissent.

Gentille baigneuse, notre amour mystique nous garantit notre amour que le devoir nous garantit encore et notre pureté est infinie. La Vertu est le Plaisir de notre Désir. Ce Devoir est donc représenté par la Foi que nous nous promettons, de même que les Vertus ou la Vertu même c'est-à-dire la Force de l'amour se représentent par le Plaisir et la chaîne qui relie la Foi au Plaisir s'appellera le désir et l'Amour mystique a pour représentation l'Amour physique et mille échelles mènent à ces étages du mariage parfait c'est-à-dire indissoluble, et ces échelles sont l'amitié, la tolérance, la bonne grâce, la finesse d'esprit, la douceur et parfois la violence, et c'est ainsi que la virilité s'unit à la féminité pour former ce sublime stade naturel qui est l'humanité. Mais ces arcanes ton esprit subtil les découvrira tout seul, maintenant que je t'en ai livré la clef à toi qui en es digne.

Je comprends toutes tes peines et te sais gré ma chérie de me les avoir dites. Tu es l'ange consolateur de ta belle-soeur de ta maman et garde-moi bien ces lettres de Madeleine que tu ne m'as pas envoyées.

Et ma chérie, le don magnifique de tout toi, me transporte à des hauteurs où la reconnaissance se confond avec la fierté d'avoir pu provoquer un tel don. Je t'adore.

Oui, ma chérie notre amour est égal en réciprocité. Et ma chérie, je souffre plus que toi peut-être – ou du moins autant de notre éloignement et J'en souffre d'autant plus qu'homme fait je puis imaginer des délices qui te sont un mystère que j'adore, ô mon lys.

Ma chérie tu trouves pour parler de notre amour es mots exquis. Il est en effet une religion et si tu es esclave tu es aussi et d'une autre façon ma divinité. Cette double qualité doit te devenir familière ma chérie et maintenant tu n'es plus une femme comme les autres.

Et voilà, ma chérie, que je ne t'ai pas dit que je t'aimais et pourtant le sais-tu combien je t'aime et comment finement comme le serpent qui est le symbole de la santé, de la poésie, de la sagacité je me suis insinué vers toi, je t'enlace avec une force d'une irrésistible douceur, j'enlace ces formes dont la beauté m'est encore celée mais que selon ton expression si forte mon amour me garantit et sens-tu que mon étreinte te broie dans une extase unique…

Tu es donc à moi comme je veux, corps et âme, activité et pensée sans restriction et je t'adore moi ma chérie.

Ici la guerre continue, elle va devenir je crois plus décisive, quel merveilleux moral en ce moment ! Nous avons réglé un tir avec les avions. C'est très amusant.

Je prends tes lèvres.

Gui

7 7bre 1915

Mon amour, voilà que j'ai reçu ta première lettre écrite à Narbonne avec le feuillet écrit au crayon la veille au soir. Oui, ma chérie, tes tendresses je les découvre maintenant et les devine une à une. Non, tu ne me feras jamais souffrir en me parlant de toi et de notre amour. Oui encore, ma chérie adorable, nos fiançailles sont merveilleuses et au-delà. Comme tu comprends bien, mon aimée tout le sublime de notre amour, tu me le révèles souvent avec une force et une délicatesse infinies.

Tu es vraiment une fille unique, gracieuse et forte, il n'y a en toi nulle mièvrerie. Tu me rappelles dans cette lettre un souvenir que j'avais oublié et qui me rend en effet bien heureux.

Oui, je t'enverrai des lettres à garder et d'autres choses quand j'en aurai.

Ce que tu as fait sur la tombe de ton père est très bien ma chérie, notre amour reçoit ainsi une nouvelle consécration et une nouvelle bénédiction. Je te prends dans mes bras, mon lys, je te respire et t'admire. Ma chérie, tu le dis avec raison nous sommes au-dessus des autres bonheurs humains, non seulement par nous-mêmes mais par le but exquis et grand que nous nous proposons. Et si de penser à devenir ma femme te fait frémir pense à l'ardeur plus douloureuse encore de celui qui se prépare à être le mari d'une fille telle que toi.

Il me suffit de songer à tes cils pour imaginer tout l'amour de l'univers et dans une de tes dernières lettres tu évoquais d'une façon si concise mais avec tant de force tes lèvres rouges et la perfection de tes formes, que tous les anciens canons de beauté se sont soudain abîmés pour laisser en moi un vide qui me désole puisque ta beauté je ne puis encore même l'imaginer et tes photographies n'en révèlent rien.

Mais j'ai tes cheveux et le souvenir de tes cils puis ton sublime cri sur la perfection de tes formes ô beauté victorieuse et je t'adore tant que tu ne peux l'imaginer qu'en te soumettant de plus en plus à ma volonté.

Ton maître.

Gui

8 septembre 1915

Mon amour, ta lettre du 3 m'a été à l'âme. Tu es bien ma rose sans épines et je t'adore. Ton jugement sur l'arrière est, malheureusement vrai d'après ce que j'en sais. Il manque à tous ces gens-là le sentiment du devoir.

Je t'ai parlé de devoir il y a quelques jours et songe bien à quel point il peut changer le vice en vertu, le mal en bien puisque grâce au devoir l'homicide qui est le plus grand crime peut devenir la prouesse ! Songe donc à quel point il peut changer en qualités, en actes délicieux les vices quand il ennoblit, ce devoir, ces rites charmants et pacifiques de l'amour. Le devoir n'est donc pas un vain mot, il est le principe même de la vie sociale et sans lui les hommes deviennent bien bas.

L'histoire de ton amie de Narbonne paraît, en effet, pénible à l'abord mais il faut se garder de juger ce de quoi on n'est qu'imparfaitement renseigné. Les permissions sont suspendues pour un mois ma chérie dans notre secteur et cela retarde d'autant ma perme. Mais ne parlons plus de permission à moins que tu n'aies à modifier quelque chose dans le détail pour quand elle me sera dévolue.

Pour le moment on ne peut rien dire d'avance. D'ailleurs la guerre reprend sauvagement. On a beaucoup de travail, on en aura encore plus, sans doute, sous peu.

Qui peut parler de lendemain dans de telles conditions.

Le ravitaillement est devenu impossible, nous sommes bornés à l'ordinaire. Ça durera je ne sais combien. Peut-être même pendant quelques jours n'aurons-nous pas de lettres et toi-même n'en auras-tu pas. Surtout ne t'inquiète pas si tu restais quelques jours sans lettres. En ce moment musique fantastique. Nos yeux quand nous nous verrons, nous donneront immédiatement la lumineuse mesure de notre amour.

L'histoire de la petite fille est charmante et toi tu es une vierge adorable, ma Madeleine, je t'adore aussi plus que tout.

Le départ de ton frère m'attriste un peu, cependant j'ai confiance en son étoile. Il va passer quelque temps au dépôt et peut-être même n'ira-t-il pas aux Dardanelles.

J'ai retrouvé aujourd'hui ta lettre avec l'adresse de Narbonne. Tu ne peux imaginer combien tes lettres me font du bien, surtout les longues. Quand arrive midi, je n'ai plus de point de repère pr la vie et je ne le retrouve que vers 3 h. à l'arrivée du vaguemestre.

Je lis les lettres sans intérêt et je réserve celles de Madeleine pour les lire doucement, seul et les relire plus d'une heure durant. Puis la nuit tombée je relis ma Madeleine pour lui répondre.

Je prends ta bouche, longtemps doucement, nos haleines se pénètrent et notre baiser dure si longtemps que tu te pâmes, mon cher amour, ma Madeleine, je t'aime, je t'aime.

Gui

10 septembre 1915

Tes lettres, mon amour, accomplissent des miracles, ce sont les seules qui me parviennent en ce moment de changement de secteur et elles arrivent dans le temps normal. Aujourd'hui il y a en 9 lettres pour toute la batterie et l'une était de toi pour moi. Pas de journaux. La vie au surplus n'est même plus quotidienne, elle est horaire, que dis-je, secondaire !

Tu es une fillette charmante, tes lettres sont délicieuses. Je t'écris chaque fois que j'en ai l'occasion et presque tous les jours. Tu le sais bien, mon aimée. Je ne vais plus au poste d'observation puisque je suis maintenant au canon, je commande la 4e pièce. Le mal d'yeux de votre maman me fait beaucoup de peine. Je n'ose pas écrire à Foix, craignant que ma lettre n'arrive point à temps. Si pourtant, je t'enverrai en même temps que cette lettre une carte à Foix. Oui, tu seras toujours mon amour. Tes lettres je les adore et loin de te gronder, ma chérie, je te comprends à un point dont tu n'as même pas idée. Si cependant tu en as idée puisque tu me préviens et t'adore de cette charmante prévenance mon amour !

Ma chérie, ne parle pas de malheurs – comme à propos de ta jambe qui est mienne – Il ne faut pas tenter Dieu : pour ce qui est de permission je n'y suis point encore. Elles sont dans mon secteur suspendues pr un temps indéterminé, tu comprends aisément pourquoi.

Pourquoi donc es-tu contente, mon amour d'ignorer la raison qui fait être content de te savoir Vendéenne.

Je ne sais pas pourquoi tu me parles encore de ce pardon, mais s'il est vrai que j'aie quelque chose à te pardonner je te prie de me pardonner à ton tour de ne pas l'avoir fait plus tôt. Et je prends tes lèvres. Tes lettres sont ravissantes. Je les aime infiniment.

Tu me demandes quand je travaille pour toi ? le jour quand il y a des loisirs et il y en a ! Quand je t'écris, le soir avant d'aller me coucher ce que je fais vers 10 heures.

J'ai habité jusqu'à maintenant dans une cabane formée d'un trou fermé par un toit en branches de sapin et en débris de craie mais dès demain soir je vais coucher dans l'abri de mes hommes qui est tout à fait sous terre et surmonté d'un épais remblai qui recouvre des rondins.

Le cri « À l'Italie » va paraître dans *La Voce* de Florence en français et on va en faire un tirage à part pour mes amis et moi.

Ton idée de signer *moi* est mignonne comme tout. Mais je suis content aussi qu'il y ait eu toi plus loin. Mais ton idée est ravissante. Je t'adore et tu me rends le plus heureux des hommes. Tu m'aimes comme jamais femme n'a su aimer. Tu sais que j'en suis fier aussi d'être aimé par une aussi jolie fille et aussi fine, aussi délicieusement intelligente. Tu es si gentille de vouloir faire mon bonheur même de loin. Je prends ta bouche avec passion et tout toi avec tes mille beautés et tes neuf portes sacrées par notre amour, les neuf portes de ton corps charmant et les mille beautés de ton âme adorable. Tu es ma grappe de raisin noir. Je t'aime mon amour et vais t'écrire une carte à Foix. J'espère que tu l'y recevras.

Gui

10 septembre 1915

Je t'envoie ce petit mot à Foix mon amour pour que tu ne sois pas sans nouvelles de ton amour.

Je t'ai écrit une longue lettre que tu trouveras à Narbonne.

Je souhaite que ta maman aille mieux. Embrasse-la gentiment de ma part. Elle mérite bien ça puisqu'elle me donne sa mignonne Madeleine, qui est ma rose et mon lys adorés.

Tu m'as demandé ce que c'était d'être observateur aux lueurs voici un petit poème là-dessus.

LUEURS

La montre est à côté de la bougie qui végète derrière un
écran fait avec le fer-blanc d'un seau à confiture
Tu tiens de la main gauche le chronomètre que tu déclencheras au moment voulu
De la droite tu te tiens prêt à pointer l'alidade du triangle de visée sur les soudaines lueurs lointaines

Tu pointes cependant que tu déclenches le chronomètre et tu l'arrêtes quand tu entends l'éclatement
Tu notes l'heure, le nombre de coups le calibre, la dérive, le nombre de secondes écoulées entre la lueur et la détonation
Tu regardes sans te détourner, tu regardes à travers l'embrasure
Les fusées dansent les bombes éclatent et des lueurs paraissent Tandis que s'élève la simple et rude symphonie de la guerre Ainsi dans la vie, mon amour, nous pointons notre cœur et notre attentive piété
Vers les lueurs inconnues et hostiles qui ornent l'horizon le peuplent et nous dirigent
Et le poète est cet observateur de la vie et il invente les lueurs innombrables des mystères qu'il faut repérer
Connaître ô Lueurs, ô mon très cher amour !

Gui

12 septembre 1915

J'ai eu aujourd'hui, mon amour, une fête extraordinaire, une orgie fantastique, quelque chose de véritablement magnifique, 5 lettres de toi et deux paquets !

Les paquets sont exquis, j'ai mangé tout d'abord le fruit, le chocolat et ce bonbon de miel où étaient encore les traces divines de tes dents et cet admirable baiser inventé par toi, m'a montré que tu es une vraie Vendéenne. J'en ai eu presque des spasmes de volupté à ce baiser si nouveau, si subtil, si délicat, si sauvagement exquis, si Madeleine, je t'adore, tu sais. Je n'aurais pas trouvé une aussi jolie chose et une plus parfaite communion à distance entre deux amants serait impossible. Ta chère bouche, ta langue, tes dents, ta salive savoureuse, tout cela est à moi malgré l'absence, ma Madeleine, chère inventrice exquise ! Et puis je crois que j'oubliais de vous remercier. Je suis bien votre obligé, ma chère petite femme… je t'adore…

Les lettres sont du 21 août, du 4, 5, 6 et 8 septembre ! Tu parles de cette fête à te lire, il me semblait que je te tenais dans mes bras. Mon chéri dans cette lettre du 21 août, tu me parles de l'époque où nous serons vieux et tu m'y fais le tableau charmant de Monsieur et Madame Denis et de notre extinction finale dans une lointaine apothéose où nous serons transformés en astres jumelés car tu penses bien qu'on ne se quittera jamais même après la vie. Tu m'y racontes d'ailleurs, le plus succinctement du monde, le rêve le plus beau qui soit, bien qu'il soit le plus fou… et tes lèvres saignèrent sous mes baisers, mon amour ? ! ne crains pas de la chère liberté que nous avons vis-à-vis l'un de l'autre. Cette liberté est à nous puisque nous nous aimons et les « choses » les plus « formidables » si tu les penses tu dois me les dire – d'ailleurs tu le promets et que peut-il y avoir de formidable entre nous ? ? Je vais essayer demain sur tes cheveux l'effet du soleil pour tâcher d'y trouver le reflet roux dont tu me parles. Et ce terrible rôle de Phèdre à quel propos évoques-tu ainsi

La fille de Minos et de Pasiphaé

Je t'évoque, mon amour, avec tes grands cils noirs frangés murmurant le distique adorable

Ariane ô ma sœur de quel amour blessée
Vous mourûtes aux bords où vous fûtes laissée

Sans doute avec cette mine voluptueuse que je te connais, déchaînerais-tu chez moi une frénésie sans seconde et mon lys tu ne me laisserais point en reste et tes paupières si merveilleuses m'avaient fait murmurer quand je te vis

C'est Vénus tout entière à sa proie attachée

Ta voix grave se prête en effet au rôle terrible, ma chère Phèdre. Explique-moi donc comment ce rôle est en toi ainsi que tu le dis.

Oui quand j'irai à Oran ce sera ma première grande traversée pour le moment je n'ai été qu'en Angleterre 3 fois aller et retour et dans l'île de Walcheren, à Flessingue. Mes autres voyages maritimes se sont bornés à des promenades dans des barques de pêche.

Mais oui tes lettres je les adore décousues, simples, et pas apprêtées, voilà la Madeleine que j'aime, comme elle est pas autrement. Quel dommage que les photos aient été ratées.

Dans la lettre du 4 septembre tu me parles de tes craintes. Mais je ne crains rien, mon amour, je t'aime trop pour craindre quelque chose. Ça commencera je crois vers le 15.

Oui, mon amour, tu es ma femme c'est vrai, c'est même une chose extraordinaire que je te sente mienne à ce point. Il me semble que… enfin je me sens bien ton mari, mon Madelon chéri, et cette exquise lettre du 5 où tu es une petite maman, bien belle, ô petite Phèdre chérie et il est vrai que je me blottirais si volontiers aujourd'hui dans tes bras. Et encore ce pardon ! mais mon amour tu fais mal avec ce pardon, tu sais bien que je t'aime et suis ton maître et que je saurais bien le montrer s'il fallait, grand gosse qui mériterais la fessée à vouloir absolument que j'aie quelque chose à te pardonner.

L'histoire de la religieuse est très jolie mon Madelon. – Mais que j'envie la place de ma photo elle doit être exquise cette place.

J'ai mis sur mon cœur la rose du 6 septembre et que j'aime le petit mot écrit à minuit. Je pense à toi tout le temps tu sais ! Sois calme mon aimée, oui, j'adore que tu me montres tous les mouvements de ce cœur que j'adore. J'aime aussi comme toi la lumière, l'espace et la liberté et tes chères lèvres sur mon cœur, je n'ose te dire tout le ravage qu'elles font mais il faut être stoïque et je mets aussi mes lèvres sur ton cœur à toi, mon amour !

Enfin ta lettre partie le 8 ! Moi déchirer de tes lettres ! ! Tu n'y penses pas, je les aime toutes de la 1re à la dernière. Tu sais que je t'adore et tu veux que je te calme mon amour, avec ta grave histoire de pardon. Alors pardonnons-nous mutuellement – Mais quoi ? Rien parbleu et c'est charmant mon amour.

Je t'adore et jamais je n'aurai de peine.

Oui, mon amour, je sens combien tu es à moi et je t'adore ainsi. C'est comme ça que tu es le mieux, tu as trouvé ton attitude la plus vraie la plus naturelle, qui est celle de l'amour et de l'amour le plus abandonné qui soit ma fougueuse petite esclave prête à supporter tous les châtiments, sauf ma peine. –

J'ai envoyé un mot à Foix. Et tu n'es pas raisonnable de me reparler de cette permission en ce moment. Il n'y en a pas dans notre secteur et pour personne. Tu me déchires le cœur de désir à imaginer ce nouveau sacrifice qu'il faut que tu fasses en mon amour, je t'en dédommagerai au centuple, va !.... Oui, ta famille est charmante ! ! Oui, le tableau de notre vie conjugale que tu me fais est celui que je rêve. Mais quelles sont ces choses que tu n'oses exprimer par écrit. Ose donc ! c'est si simple entre nous de tout oser. J'ai reçu une lettre charmante de Jean, je l'aime bien mais je lui ai répondu une lettre d'après laquelle il va sans doute me prendre pr un être dénué de morale car je lui vante les philosophes de la vie et qui sont hors la morale kantienne, on pourrait presque aujourd'hui dire chrétienne. Écris-lui si tu as l'occasion que le sentiment du devoir chez l'élite doit tenir lieu de vertu ou que plutôt je crois que le devoir la crée.

Je t'aime.

Gui

13 sept. 1915

Mon amour, j'ai eu ta lettre adorée du 8. Moi aussi chérie journée enragée d'amour hier avec toutes tes lettres et aujourd'hui donc. Celle-ci est la plus belle, la plus chair de mon aimée. Que je suis content que l'opération de ta maman ait réussi ! Que je suis content aussi d'avoir envoyé un mot qui te parviendra, je crois, à Foix, sans préjudice de ce que je t'écris à Narbonne. Mon

Madelon, tu m'aimes donc complètement maintenant. Tu reviendras aussi sur L'Hérésiarque mais avec toute sincérité. Mon désir te reprend toute avec une violence infiniment douce, une brutalité d'ange, ma chérie. Je te prends comme ma femme, c'est-à-dire complètement et tu es déjà si experte dans notre amour que tu as inventé le délicieux baiser friandise. Et tu m'aimes adorablement comme je veux que tu m'aimes, que tu m'aimes jusqu'à la plus délicieuse souffrance. Je veux quand nous aurons uni nos esprits par le lieu de la chair que tu ne puisses songer à moi sans que des spasmes te secouent d'amour ineffable. J'aime que la volupté te prenne si fort à ma pensée et qu'elle te soit déjà une souffrance que tu adoreras car il n'y a rien au-dessus. Tu m'as parlé de tes seins, ces merveilles inimaginables que ta chère phrase me révèle. Il me semble que je les connais ces fruits exquis mais les mots me manquent pour les décrire et puis je ne les connais même pas, c'est mon désir que mon imagination essaye d'exprimer. Oui, mon Madelon exquis je te tiendrai dans mes bras appuyée contre moi, je baiserai tes seins adorables qui sont une vision du paradis. Et au lieu de se contracter ta chair palpitera contre la mienne. Non, cette appréhension dont tu me parles ne peut pas être douloureuse, au contraire, n'est-ce pas mon Madelon ? Oui tu me diras tout cela, je l'attends je l'espère comme un témoignage exquis de ton amour, comme un adorable sacrifice tout ce que tu dois me dire ce soir à propos de ce que tu ressens et tu ne vas rien oublier, ô ma petite esclave, ne rien oublier de ce qui peut me faire guider notre amour. Je te dirai aussitôt que ma mère saura, ce sera après ma permission, de façon à pouvoir en parler sans entrer dans des explications qui n'en seraient pas, où elle ne comprendrait rien voulant trop comprendre. Mes reproches ne doivent jamais te peiner parce que je t'aime à l'extrême de l'amour d'aimer et que tu le sais et tu m'aimes autant et je t'adore que tu ne sois pas peinée de ce que je t'ai écrit, mon amour passionnément chéri. Si tu savais comme j'attends ta prochaine lettre.

D'autre part sache, ma chérie, qu'entre nous il n'y a jamais de bouderie possible, donc jamais d'arrière-pensée et mon esclave est toujours autant aimée, jamais de peine en toi ma toute chérie. Ton frère va donc au 37e d'artillerie – Figure-toi que j'ai mangé les bonbons – pas tous naturellement, – en compagnie de mon ami Berthier dont le frère a été avec ton frère à Fontainebleau. Berthier celui d'ici est un garçon très gentil et fiancé lui aussi. Il rêve tout le temps à sa bien-aimée (celle à qui est dédiée « Visée »). J'ai encore le goût de ta bouche dans la mienne. J'attends ta prochaine lettre avec impatience.

Tu me donnes ta bouche longuement et je la garde autant de temps que tu veux me la donner, c'est-à-dire toujours.

Tu sais qu'il commence à faire rudement froid la nuit. Le jour il fait très beau, mais les nuits sont très froides.

Je crains d'avoir envoyé ma vie anecdotique trop tard, me suis trompé, elle devrait être à Paris le 12.

Elle ne partira que demain 13. – je croyais que c'était pour le 15 – c'est idiot.

C'est fantastique que le paquet ne soit pas arrivé. Peut-être n'avise-t-on pas de l'arrivée et faut-il aller réclamer à la gare ? Quel dommage qu'il n'y ait plus de bulletins pour l'envoi à domicile dans cette gare. Mon chéri je te prends toute avec une délicatesse infinie, mais virile, tu me donnes tes seins voluptueux et je les baise passionnément tandis que tu te pâmes et que la volupté couve dans ton regard. Je baise les fraises délicieuses de tes seins. Je voudrais que cette guerre cette guerre trop chaste cesse vite. Mais il faut bien après tout que la guerre soit chaste. Si elle ne l'était pas quel soldat voudrait se battre ! Il y a des secteurs, paraît-il, au demeurant où l'on est moins chaste, mais c'est mal à mon avis. Et je t'adore ma chérie, avec ma chasteté infiniment voluptueuse que je te dédie, car tout est chaste en mon âme d'ici, ce qui n'empêche nullement que mon amour pour toi ne soit depuis quelque temps pas chaste du tout. Ah mais non ! mais ce n'est pas de la délectation morose. C'est très bizarre et très difficile à expliquer mon amour et il y faudra sans doute de nombreuses lettres pour éclaircir cet important problème. Mais je t'adore car tu es la plus intelligente fille du monde et la plus désirable aussi. Tu es ma femme enfin et l'on a bien le droit de désirer sa femme surtout quand elle est belle comme tu l'es mon amour. Nos lèvres s'unissent.

Gui

14 septembre 1915

Mon amour tu es un amour et me donnes chaque jour des joies nouvelles. Il est vrai que j'attendais après ta lettre d'hier une lettre où il devait y avoir tant de détails et de choses – Elle n'est pas venue cette lettre – Mais ta lettre du 9 m'a fait tout de même un plaisir exquis. Tu m'y parles de l'exquise délicatesse de tes pieds que j'adore et tu me dis que chaque fois que je me suis intéressé à une partie de ta petite personne de Madelon à moi c'est toujours ce que tu as de mieux que j'ai aimé. Et là tu nous calomnies l'un et l'autre, mon amour, car il n'y a rien en toi que je n'aime. Je t'ai vue juste assez pour savoir que j'aime tout de toi car tu es pleine de grâces et il n'y a rien en toi qui ne soit parfaitement aimable et le plus petit brin de ma Madeleine est la beauté même avec toutes ses séductions. Toutefois, j'ai compris que sans doute tu as voulu dire que quand je me suis intéressé dans mes lettres à une partie de ta personne adorable je t'en ai révélé la perfection. Voilà tout. N'est-ce pas cela ? Et voilà mon imagination en marche… à quoi me suis-je intéressé ? Tu m'en reparleras longuement de tout ce que j'ai mis en évidence dans mes lettres. Ce sont autant que je me souvienne, tes mains tes chères mains pour qui j'ai limé le métal lunaire, ce sont tes cheveux ces grappes de raisins noirs dont une grappe est là et je la regarde extasié comme les Hébreux contemplèrent la grappe venue du pays de Chanaan. C'est ta bouche exquise dont tes bonbons m'ont apporté l'incorruptible saveur, cette bouche rouge qui est à moi et que je mords mon amour. Ce sont aussi tes seins et ce que tu dis dans ta lettre me donne une haute idée de leur adorable perfection et je ne peux songer à ce couple de pigeons sans souhaiter pouvoir les baiser, les caresser avec les précautions qu'on doit prendre pour toucher d'aussi précieuses choses. On moula dit-on, une tasse sur le sein parfait de Marie-Antoinette, je moulerai ma bouche sur le tien et ce sera la tasse où tu boiras ; ce sont encore tes pieds tes pieds si mignons et si sensibles. Je les adore. – Il y a dit-on un vice ou plutôt une déformation du sentiment qui consiste à aimer les pieds par-dessus tout et partant les chaussures. Je n'ai certes pas ce défaut qui ressortit à la psychopathie sexuelle. C'était le vice de Restif de la Bretonne, il nous a valu, sur ses propres indications, les gracieuses gravures de Binet. C'est au demeurant un vice très répandu en Angleterre et dans les pays germaniques. Mais en faveur de ton pied très chéri et si vivant je me sens prêt à l'adoration. Pour le demeurant je m'intéresse à toutes tes beautés ma chérie et sans avoir de vice spécial à me reprocher ou à nourrir je voudrais les avoir tous pour mieux t'aimer. En attendant je presse en imagination ton corps chéri contre moi et je songe aussi à la souplesse de ta taille et à sa rondeur. Je crois t'avoir mentionné aussi une fois tes toisons, ma toute brune, et il est vrai que leur évocation m'émeut très profondément.

Pourquoi demandes-tu s'il est possible que nos corps s'aiment autant que nos âmes ? Il est vrai que l'amour physique est – à ce qu'il semble – limité. Mais nous reculerons indéfiniment ces limites.

J'ai lu moi-même peu de Dostoïewsky j'ai feuilleté plutôt que lu *L'Idiot* ; j'ai lu une mauvaise adaptation de souvenirs sur la Sibérie et j'ai vu jouer *Les Frères Karamazov*. Je le connais cependant mais il m'attriste et m'abaisse. C'est pourquoi il me répugne un peu bien que je reconnaisse son grand talent et puis il a le détail psychologique plus important que le détail réaliste. J'aime une balance parfaite entre ces deux éléments littéraires. L'auteur russe que je préfère et que je mets près de Shakespeare Flaubert, Cervantès La Fontaine Molière c'est Gogol, l'admirable, le charmant, le riant Gogol, ce Petit Russien délicieux, ce poète adorable, dont au demeurant j'ai trop peu lu. J'avais commencé *Tarass Boulba*, ce roman m'enchantait, je l'ai perdu après le 1er chapitre dans le train avec un roman à moi sur la fin du monde : *La Gloire de l'olive* il devait paraître dans la *Revue Blanche* et je n'ai jamais eu le courage de le reprendre (mon roman, pour celui de Gogol, je n'ai jamais pu m'en procurer un autre exemplaire).

J'ai savouré *Les Âmes mortes* et je le relirai volontiers plus tard.

Au fond je goûte la satire des poètes (Cervantès Gogol Shakespeare La Fontaine Molière Flaubert) mais la tératologie me répugne. Je n'aime pas qu'on regarde les travers les vices ou les laideurs de l'homme sans sourire ce qui est une façon de comprendre et une façon de remédier en quelque sorte à notre misère en la voilant de grâce intelligente, dût-on en sangloter après. Mais j'ai horreur qu'on reste sérieux on qu'on fasse le tragique à propos des choses basses comme chez Zola ou Dostoïewsky.

Chez Tolstoï il y a autre chose c'est une sorte de pape il est une sorte de Jupiter du roman, il ne sourit pas mais il ordonne ce qui est beaucoup. Il y a en lui de la tragédie classique, chez les autres (Zola ou Dostoïewsky) il y a le mélodrame étonnant remarquable mais leur sérieux ne dépasse justement pas ce qu'ils décrivent même quand c'est avec génie comme chez Dostoïewsky. Mais sa vie fut extraordinaire. Il est sorti en partie de ce Restif génial comme peut l'être une chose qui ne se connaît point, c'est un admirable monstre ce Restif, mais son abjection est amusante et toutes les faces sont dans cette hydre littéraire qui fut très lu en Russie et exerça une très très grande influence sur sa littérature. On ne l'a d'ailleurs jamais remarqué. L'émotion et l'agenouillement devant la prostituée si caractéristique du roman russe vient de lui.

Tu me parles étrangement de *L'Hérésiarque*. Explique-toi ma chérie. Tu veux que je devine et si tu es le Sphynx, je ne suis pas Œdipe. Un peu de ton cœur, dis-tu, à deviner à propos de *L'Hérésiarque* et de quelque chose qui nous rapproche étrangement et qui a été une révélation de ta propre nature. Qu'est-ce donc ? Raconte-le-moi donc, ma chère aimée, ne pense pas à la grande chose, imagine que ce soit fait et bannis une angoisse qu'il ne faut pas avoir ma petite vierge adorée. Tu verras, tu deviendras ma femme dans la joie, car je ne veux pas du tout que tu souffres. Le lys deviendra rose et cette métamorphose ne doit point t'inquiéter, mon amour.

Mais révèle-moi bien ta nature, sans crainte aucune. Tu sais bien que je suis ton maître.

J'ai envoyé aujourd'hui par le brigadier d'ordinaire venant de l'échelon et qui doit le faire envoyer par le train régimentaire qui l'enverra par chemin de fer un paquet pour toi. J'ai mis ton adresse à Narbonne ne pensant plus que quand il arrivera tu seras peut-être à Lamur. On te le renverra…

Il y a dedans un encrier creusé dans une fusée de 150 boches. Il n'y a qu'à dévisser le haut pour trouver e trou où mettre un récipient en verre pour l'encre. Il serait bon de faire rajouter dans les trous du petit couvercle à vis 2 tenons qui faciliteront l'ouverture. Pr la vis du bas il faudrait un petit socle en bois triangulaire où l'encrier se visserait. Il n'y a plus aucun danger tu peux être tranquille. La fusée est tombée tout près de la pièce mais nous étions sous l'abri. Elle porte des marques d'ailleurs de sa chute. Le cercle gradué de 1 à 28, c'est la graduation d'évents, il y a plus bas un trait qui sert de repère. Ce cercle gradué peut servir de calendrier la croix qui suit le 28, puis l'index en forme de croix ou d'épée et le 1er trou peuvent indiquer si l'on vent les 29, 30 et 31 qui manquent. Le tout est enveloppé dans un *Corriere della Sera* où sur la première page tu remarqueras un mot que j'ai entouré d'un trait d'encre. Tu comprendras le mot et même le fait entier rapporté là. Nous l'avons vu bien en détail et c'est en réglant notre batterie que c'est arrivé. Je te prends toute ma chère petite Madelon voluptueuse et t'embrasse sur la bouche follement et profondément et pas bouche fermée.

Gui

15 septembre 1915

Moi qui m'étais habitué à tes lettres presque quotidiennes ! Mon amour !.... Enfin ! ! ! Écris-moi le plus souvent possible puisque tes lettres sont mon paradis... Je t'écris cette lettre à Lamur, néanmoins j'enverrai un mot à Narbonne en l'espoir que tu le reçoives. Écris-moi sitôt arrivée. J'ai une peur infinie de ces maudits sous-marins boches pour toi mon amour, mais malgré tout je suis sûr qu'il ne t'arrivera rien. Embrasse toute ta famille, mes charmantes amies et futures belles-soeurs et les deux gentils garçonnets. N'oublie pas aussi d'embrasser pour moi ta chère et mignonne Maman, ma Madeleine. J'ai reçu aujourd'hui ta lettre du 10 et elle m'a rendu bien heureux. Tu me comprends complètement ma chérie. Certes il y aura des heures de tristesse ; n'en avons-nous pas déjà maintenant. Mais c'est toi qui les dissiperas, c'est ton rôle et tu sauras le faire, comme tu sauras conseiller et comme (mon esclave) tu sauras souvent être plus forte que moi-même devant la vie. Mais cette force te viendra de ma force à moi, de ma confiance et de ta foi en nous.

Mais bannissons toute tristesse de cette correspondance... Donc tu me parleras de ton toi que j'adore, ô ma roselys, chaque fois que tu pourras. Nous nous aimons- de toute notre âme et de tout notre corps sans restriction. Et tous tes scrupules je veux que tu me les fasses savoir. Je prends ta pureté, ma roselys d'amour et te la rends avec autant de passion que tu me la donnes. Cette pureté est en toi, à jamais. Elle te permet, mon cher vase d'élection tous les désirs, toutes les caresses, toutes les étreintes. Ta chair m'appelle ma chérie et moi je me raidis vers toi comme l'aiguille de la boussole tend vers le Nord. Ô ma chère Rose des Vents tu sais mystiquement et purement le Nord qui m'attire. Il est en toi intimement en toi. Et avec cette idée de notre cher Devoir, mon aimée, le démon des lombes est redevenu un ange charmant et gracieux. Je comprends très bien l'exquise pudeur qui t'anime, non seulement je la comprends mais je la respecte, je l'aime et la respecterai toujours. Et tu verras comment faisant ma volonté, tu feras cependant tous les premiers pas dans l'adorable chemin du bonheur conjugal. C'est toi qui feras toujours les avances, je ne ferai qu'ordonner car commander c'est mettre de l'ordre et toi tu obéiras en devançant nos pensées qui se croisent sans cesse et de façon si intime qu'elle est une en deux, ce qui fait une véritable Trinité, ma chérie ; notre union parfaite est le gage de la diversité de notre compagnie en laquelle nous ne serons plus seuls puisqu'il y aura toi moi et nous.

Tu recevras en même temps que cette lettre 2 coupe-papier tirés de grosses ceintures d'obus boches. Je ne te les donne pas pour ne rien te donner de coupant. Ils sont à moi et tu me les gardes. L'encrier envoyé hier est embouti dans une boîte de conserve pour l'en tirer il faudra couper le fer-blanc de la boîte. N'essaye pas de le tirer autrement tu risquerais de t'égratigner. Oui tu as comme je l'ai aussi la pudeur de notre amour, elle est sacrée. Et j'aime ô mon lys que ta pudeur puisque tu me l'offres devienne ainsi la plus pure la plus candide des impudeurs. Et te voilà nue devant moi comme Ève devant Adam ! Et tu me découvres l'âme le cœur et le corps. Veux-tu que je t'enlace encore, ô mon lys, dans ta nudité. Je sens que ton torse cette fleur jaillie du calice exquis du giron et des lombes, ton torse aux deux fleurs qui boutonnent sur ton sein, ton torse se renverse pâmé sur mes bras qui t'entourent et ma bouche se penche vers la tienne qui m'appelle. Et je te sens lasse ma chérie, maintenant, adorablement lasse et brisée et si heureuse qu'il n'est rien en toi qui ne sourie tandis que je caresse ta chevelure dénouée.

Est-ce ainsi, dis-moi que tu veux que je te prenne jusqu'au plus intime de tes entrailles ? Et comprends-tu bien que la souffrance intime que tu ne peux expliquer c'est [que] je ne sois pas là pour donner l'aliment suprême à tes désirs légitimes, ô mon ange adoré. Tu es ma propre pureté comme je suis ta propre volupté. – Je t'ai envoyé dans ma lettre d'hier 2 photos. Garde-les car je n'ai que cet exemplaire et celui qui les a prises n'est plus là – Je ne pourrai donc en ravoir, dans l'une je suis sur un petit pont avec un maréchal des logis de chasseurs et sur l'autre je suis près d'une pièce de 75 contre avions, on voit bien la plate-forme mais le tube est couvert de feuilles.

J'espère t'envoyer ces jours-ci une meilleure photo que celles-là.

Le cliché est pris mais on attend du papier pour le tirer. Je te prends follement et toute dans une caresse infinie.

Gui

16 septembre 1915

Mon amour, je t'envoie encore cette lettre à Narbonne pour que tu ne sois pas sans lettre de moi même un jour. Si elle arrive après toi on te la fera suivre. En même temps que celle-ci j'écris aussi à Lamur et demain j'écrirai simplement à Lamur.

Envoie-moi une carte de Port-Vendres où malheureusement le 20 je ne pourrai pas être. Nul doute que l'affaire n'ait commencé ou ne soit sur le point de commencer. J'ai cette fois-ci la plus grande confiance, ce sera la dernière grande tentative, je crois et dit-on.

Ce matin mon amour on a repris les masques rudimentaires qu'on nous avait donnés et j'ai maintenant une cagoule. La cagoule est une chose qui a vivement frappé mon enfance. Je suis comme tu ne le sais pas encore, bien que d'origine polonaise né à Rome et suis venu en France à l'âge de 3 ans. Mais je me souviens fort bien d'une certaine confrérie qu'on voyait aux enterrements et dont les membres avaient tous des cagoules.

Cela m'épouvantait un peu et la dernière chose que j'aurais pu penser c'est que je porterais moi-même la cagoule un jour.

J'ai toujours oublié de te dire que l'on avait pris ma voix aux Archives de la Parole que classe à la Sorbonne Ferdinand Brunot aidé de sa femme. Il y a deux disques contenant 3 poèmes (ils ont pris la voix de 10 poètes je crois).

Les poèmes sont « Le Voyageur », « Le Pont Mirabeau » et « Marie ».

Madame Brunot m'avait offert de me donner un exemplaire de ces disques. La guerre est arrivée, je me rappelle la chose aujourd'hui et note cela ici pour que tu me le rappelles après la guerre et que je les réclame.

Je t'ai écrit beaucoup de choses d'amour, mon amour sur la lettre qui va à Lamur (c'est presque L'amour !). Je t'adore, je baise ta bouche rouge et tes seins adorables, je t'étreins de toutes mes forces le plus doucement possible et te câline, ma chérie très gracieuse, mon amour tant chéri.

Gui

17 sept. 1915

Mon amour, j'ai aujourd'hui ta lettre du 11. Je n'écris plus à Narbonne. Les lettres n'y parviendraient point à te joindre. Vénus se serait embarquée dans son port. Je crois que le bal va commencer ici. On nous montera demain des vivres pour 3 jours et de l'eau aussi. Par conséquent, je crois que nous n'aurons pas de lettres et que tu n'en recevras pas. Il faut ma chérie, que tu ne t'inquiètes pas de quelques jours sans lettres. Mais je t'écrirai tout de même chaque jour et toi aussi –

D'autre part mon amour, il faut que tu gardes avec ton cœur nouveau de femme, dis-tu, ton cœur virginal de jeune fille. Les deux sont toi, n'en chasse aucun, les deux sont moi aussi. Si tu savais…

Mais si, mon amour tu me rends très très heureux. Je trouve tout en toi et le bonheur que tu me donnes dans tes lettres bien que très voluptueux est d'une pureté merveilleuse. Non je ne souffre pas misérablement et honteusement. Je sais me dominer. Je ne souffre que de notre éloignement et aussi évidemment je préférerais t'avoir toute vraiment. Mais c'est tout. Je te désire infiniment et ce m'est délicieux. Je n'ai souffert que dans les temps où je ne savais pas encore – je le savais cependant – combien tu étais à moi. Mais maintenant il y a en moi toute la curiosité de mon amour pour toi mais rien de bas. Je t'adore mais j'ai trop le sentiment du devoir pour m'épuiser en imaginations qui pouvaient hanter un solitaire de la Thébaïde livré à lui-même et sans but, sinon un but métaphysique, mais non un soldat. D'ailleurs un soldat doit être chaste. Au début mon amie de Nice m'avait proposé de venir quelques jours en seconde zone de secteur 59 où il y avait encore des patelins, je n'ai pas voulu. Je voulais être chaste. Je comptais me rattraper après la guerre ou en permission. Tu es venue ensuite à mon appel et tout le reste s'est écroulé. J'ai eu des occasions comme tout le monde dans le secteur 59 dans les villages de 2e zone, mais si même j'avais pu me laisser aller, ton souvenir, qui devenait un avenir, m'aurait retenu. J'aime ma chasteté actuelle parce qu'elle me permet de supporter les fatigues, de n'être pas malade et surtout parce qu'elle me permet d'être digne de Madeleine et que mon désir ne pourrait aller qu'à elle-même, en corps et âme. Mon désir va vers toi et non à une émanation, viendrait-elle de toi et pour rien au monde je ne voudrais être semblable à ce malheureux Ixion qui fit dodo avec un fantôme de nuées fait à la semblance de Junon. J'aime Madeleine et j'aime qu'elle m'écrive parce que ses lettres sont fines, intelligentes, voluptueuses, aimables, délicates, pleines d'aperçus sur elle, sur nous, mais ce ne sont pas ses lettres que j'aime, et un amour aussi monstrueux m'abaisserait trop à mes yeux pour qu'il puisse même être question d'une souffrance comme celle-là, tes lettres devenant les pommes du pauvre Tantale, non ne crains rien. Loin de me faire de la peine, tes lettres en me prouvant ton amour augmentent au contraire ma joie, ma joie de t'aimer toi si juvénile, si femme en même temps si prête à notre amour complet. Et moi aussi quoique ce ne soit pas évidemment afin de créer la chasteté entre nous – au contraire – je prends tes lèvres purement et chastement. C'est-à-dire que je fais aux lettres la part qu'elles peuvent avoir mais que l'homme t'est tout entier réservé. Aussi te désiré je infiniment pour le moment où je pourrai t'avoir.

Je savais bien que tu ne portais pas de corset ! C'est merveilleux cette divination ! Je ne t'en ai parlé que parce que j'en avais l'intuition absolue. Je n'ai cependant pas insisté parce que j'aurais pu me tromper. Tu ne peux te figurer à quel point cette merveilleuse et importante nouvelle m'a fait plaisir. Ton buste est libre… ma Madeleine. Tu es donc une divinité ! Et quant à la nouvelle qui concerne tes hanches de déesse, je l'avais aussi pensé à tes photos et à ta démarche, patent incessu dea. Tu as exactement les hanches que je préfère. Et pardonne à mon impudeur, je suis impudique avec une ingénuité de sauvage tu verras, mais pardonne-moi de te le dire aussi crûment, je crois que je ne pourrais aimer une femme qui n'aurait pas les hanches comme tu dis et comme tu les as. Sans y mettre aucun vice et aucune manie, j'ai l'âme des Grecs qui adoraient Vénus Callipyge et je n'ai aucune honte d'un goût aussi hellénique. Donc tu n'as pas à t'en consoler mais à t'en réjouir, ma très belle Madeleine. Mais où as-tu lu que Néron n'aimait pas les femmes aux hanches étroites ? Moi je les abomine.

Ce Néron était donc bien remarquable. Je crois au demeurant qu'on a fait justice de toutes les accusations portées contre lui.

Tes formes ma chérie sont admirables. Je l'avais vu dans ta photo en peignoir et aussi dans celle où tu es sur la terrasse et où ta jambe gauche est dessinée. J'attends avec impatience ta photo de Narbonne.

Que j'aime ta phrase sur notre bonheur. Elle me montre combien nos goûts coïncident en tout puisque tu la mets après m'avoir livré un peu, beaucoup même, de ton corps que je devine admirable comme ta figure.

Mon aimée, embrasse pour moi tes pieds, ces chers souffrants comme disaient les Précieuses qui, ma foi, n'étaient pas toujours ridicules.

Oui mon amour nous nous donnerons mutuellement beaucoup beaucoup d'amour. Et puis pardonne à mon ingénuité qui me fait appeler les choses avec une précision qui est dans ma nature et dans la tienne aussi, car tu es aussi franche, aussi nette que moi, et va, mon amour, bien que j'aie plus vécu, je suis pur aussi et digne de ta merveilleuse pureté si voluptueuse.

Et quand je pense à toi, ma chérie, chaque fois, brusquement c'est au Cantique des Cantiques que ton image me fait penser. Cette merveilleuse pastorale est comme un décor qui va si bien aux retraites africaines d'où tu m'écris, d'où tu m'appelles et me tends dans le plus pur des désirs le corps le plus beau, le plus vierge qui soit et aussi le plus voluptueux, ô mon amour.

Gui

17 sept. 1915

Mon amour, mon cher trésor, je ne vis plus à savoir que tu vas t'embarquer dans trois jours et être exposée en mer, toi et ta maman chérie. Une fois rentrées à Oran, ne bougez plus, elle et toi, jusqu'à la fin. J'étais si ignorant de la géographie de l'Algérie que j'ignorais ou avais sans doute oublié qu'Oran fût sur la mer. Cette lettre vous trouvera à Oran et dis-moi si votre maison n'est pas à la merci d'un bombardement ou de quelque chose de semblable. Dis-moi bien ce qui en est mon très grand amour. En même temps que cette lettre je t'écris aussi à Narbonne. Je t'ai envoyé hier une mauvaise épreuve de ma photo prise par Berthier. J'en enverrai une meilleure demain. Il l'a arrangée par plaisanterie en manière de médaille pour s'amuser avec esprit d'ailleurs de mon naturel autoritaire.

Au secteur 59 il avait déjà fait sur ce sujet un petit poème en prose que je rechercherai pr te l'envoyer.

C'est un charmant et savant garçon et peut-être mon meilleur élève poétique. –

Sa fiancée est une savante également et dans leurs lettres ils discutent d'un tas de problèmes de mécanique de physique à ce qu'il m'a dit ; mais je n'e crois rien, à moins que cela ne leur serve d'intermède comme nous faisons, nous deux, mon Madelon aimé pour la littérature.

Mon trésor, notre amour si mystique et si charnel dans son essence grandira encore plus et toujours. Et en ce qui me concerne c'est ainsi. Il y a en effet dans une merveilleuse fille comme tu l'es des trésors infinis et mon bonheur sera de les découvrir de m'en emparer, sachant bien cependant que je n'arriverai jamais au bout de mon ardente, de ma pure, de ma suave Madelon.

Tu évoques, mon amour, l'ouvrage adorable promis à mes mains. Elles brûlent de cette activité que tu ressens et mes bras ces avides serpents de mon corps se dressent déjà fascinés par l'éclatante blancheur de ton corps.

Et puisque tu m'appartiens jusqu'au plus secret de ton être, je te prends toute et dans tout ce que tu as de plus secret ma chérie.

J'aime tes désirs en tempête, ô toi plus belle plus pure que Phèdre et plus agitée qu'elle, mais qui ne peux porter aucun stigmate ni du vice ni du remords puisque notre amour est un feu qui purifie notre amour et du creuset où le met l'absence, il sortira semblable au Devoir. N'est-ce pas là l'âge d'or même que nous réaliserons ? Je t'adore toi qui joins la sensualité d'une bacchante à l'intellectualité d'une Vittoria Colonna et à la mystique ardeur d'une Sainte Thérèse. Et j'imagine déjà de merveilleuses fêtes de ta chair où tu seras l'autel et la victime. Et moi aussi, ma chérie, je suis orgueilleux de nous mais surtout de toi de ta beauté. Je rêve de mettre une ceinture de myrtes autour de tes hanches divines. Maintenant c'est la nuit une nuit couverte, la fusillade éclate de toutes parts et il s'y mêle une rumeur singulière qui vient de je ne sais quelle artillerie boche, on dirait qu'on bat des tapis. Des balles perdues viennent mourir en pleurant jusque sur nos positions. Je vais t'écrire une lettre à Narbonne et je prends ta bouche, je baise les fleurs de tes seins et m'empare de tout ton être, ô ma divine.

Gui

17 sept. 1915

Mon adorée, je t'ai écrit à Oran et sachant maintenant qu'il se peut que vous restiez quelque temps encore à Narbonne je t'y écris – Ton frère avait-il eu ma lettre ? Je ne me lasserai jamais, mon aimée de te dire combien je te suis reconnaissant tout d'abord de la grâce infinie de tes jolies lettres mais surtout de tout l'amour, toute la volupté que tu y mets. Oui notre amour est égal et chez moi aussi il n'y a pas une force pas un nerf pas une fibre, pas un battement de cœur qui ne t'appartienne. Mes mains vont comme tu l'imagines si exquisément sur ton corps qui n'est pas mièvre. Ton corps d'amoureuse, sereine et vigoureuse, ton corps que je ne me lasserai jamais d'aimer. Donne-le-moi languide et reconnaissant, ce regard clair qui m'a regardé avec tant de douceur t'en souviens-tu et qui sur le quai de la gare à Marseille ne voulait plus me voir par une exquise modestie de jeune fille que j'aimais déjà sans trop le savoir, car je t'ai aimée dès le 1er coup d'œil et je crois que tu le sentais, ô mon amour et que c'est cela qui forçait ta douceur, qui te forçait à me répondre malgré qu'en toi-même tu te disais que j'insistais peut-être trop. Mais j'ai su captiver ton attention et ton intelligence et aussi ce regard que j'adore si chaud si ardent quand il se baisse si clair si tendre quand les yeux sont grands ouverts chargés du splendide ornement de jais de tes cils noirs.

J'attends avec une impatience légitime tes photos. Certes je ne confonds pas tes photos avec toi-même. Je sais que les photos ne donneront jamais l'image de ta beauté qui est trop parfaite, trop royale trop subtile pour être interprétée par un appareil aussi parfait soit-il. Et je comprends que l'amour qui t'anime, si parfait, si sublime, ô ma Polie, c'est-à-dire mon tout, tu ne peux en donner le spectacle à un photographe si inexistant soit-il. Mais tout de même j'attends ces photos avec impatience pour le peu qu'elles m'apporteront de ma Madelon.

Non je ne veux pas mesurer la force de ton amour, parce que je sais qu'il est incommensurable comme le mien et qu'il est le bonheur tout court avec son sommet suprême la volupté et une volupté toujours nouvelle du corps et de l'esprit. Je ne suis pas triste mon amour, mais infiniment joyeux de cette libre beauté de ton corps qui n'a d'égale que la libre ô beauté de ton âme et ces deux libertés tu me les as données en esclavage et ton devoir est ma volonté et mon amour. J'exulte, je voudrais crier à tout le monde entier que je suis heureux par ma très belle Madeleine. Oui, tu es digne de moi jusque dans tes désirs. Tu es maîtresse de toi désormais puisque tu m'appartiens.

Ton âme cornélienne se révèle forte et merveilleusement organisée pour tout ce que nous créerons, ô ma parfaite Madeleine, mon autre moi-même, bien plus beau bien plus parfait que moi-même.

Je prends ton corps et respire ton âme dans une caresse profonde et infinie qui va de tes pieds sensitifs à tes hanches larges et souples, à tes seins émus à ta bouche à ta chevelure.

Je t'aime.

Gui

18 septembre 1915

Mon amour, ma Madeleine, ma pensée était en effet mal formulée et tu l'as redressée avec ton bon sens d'amoureuse exquise. Je voulais dire que le sentiment qu'on n'agit pas en dehors du devoir légitime entre deux êtres qui s'aiment pour toujours tous les raffinements que peut leur suggérer leur amour, et qui en d'autres cas comme dans les amours passagères et répétées deviendraient des vices, des manies déplorables sinon blâmables ;

le devoir dans le mariage est d'éviter la satiété et les raffinements peuvent y contribuer. Entre nous, dont les esprits se comprennent si bien, la satiété est impossible, les raffinements néanmoins naîtront de notre amour même et du fait que nous aimerons tout en nous et non point seulement telle ou telle qualité de nos corps ou de nos âmes, mais tout absolument tout. Cependant comme dans la description de l'amour on l'a souvent considéré, par un préjugé insoutenable et par une très grande méchanceté, comme un vice lui-même, on a souvent appelé vice tous les raffinements. Et cette appellation de vice a aussi bien atteint les postures les plus communes de l'amour que les autres, où les Anciens avaient excellé ouvertement et que les Modernes n'ont pratiquées qu'avec hypocrisie. Il pourrait y avoir des vices dans l'amour dès que le devoir n'intervient pas. C'est ainsi que deux êtres qui ne s'unissent qu'avec le but unique de s'amuser – 2 femmes par exemple – ou encore 2 hommes (ce qui est commun) – sont à juste titre considérés comme des êtres vicieux.

Les rites de l'amour dont tu parles sont en effet naturels, ils ne sont pas tous nécessaires, du moins à la procréation, bien s'en faut et si la procréation découle d'actes amoureux il n'en est pas moins vrai, que le plaisir d'amour et la procréation ne sont joints que par hasard et qu'en somme il n'y a entre eux que peu de rapport. Ce sont des voisins qui habitent le même palier. C'est tout.

Pour le demeurant, ce que je dis est spécieux, dès que l'on n'admet pas ma théorie du devoir et alors tout est légitime dans une anarchie indigne de l'humanité. Mais dès qu'intervient cette idée que j'ai du devoir on comprend fort bien qu'entre époux, mais entre époux seuls, ou du moins entre êtres qu'on peut assimiler à des époux – et certains collages de Paris sont cela – tout est permis comme joie de la chair.

L'amour est un plaisir si enivrant mais si délicat, qu'il y faut des précautions. Sans quoi on devient le jouet de la chair, au détriment de toute volonté, de tout esprit et de toute âme.

Il faut dominer la chair pour en jouir harmonieusement, le plus possible et sans lassitude.

Il faut la dominer et non qu'elle vous domine. C'est pour cela que trop de pudeur c'est aussi se laisser dominer par la chair.

Il faut que l'esprit domine, quand il domine la chair peut être impudique on n'a pas honte à en avoir, mais il faut bien prendre garde à en conserver le secret. Car c'est pour [le] secret que le mariage a aussi été créé.

Je t'écris tout cela sans nuances, ajoutes-y toutes les nuances, toutes les délicatesses qui manquent à cette explication rapide.

Tu comprends, ma chérie, qu'il y a entre nous un secret, le secret de notre amour, pour lequel s'est créé entre nous un langage spécial qui n'en est qu'à son balbutiement. Il y a déjà la Grande Chose, ton être intime, expressions vagues en soi mais précises pour moi. Et j'aime qu'il y ait ce secret entre nous, cette langue convenue qu'il faut enrichir. Être intime pour vague qu'il soit est trop précis, non pour nous certes, mais pour ce que tu appelles dans la profonde divination qui est en toi la pudeur de notre amour. Ce vocabulaire peut être tiré des fleurs ou d'autre chose.

Pour en revenir à la première idée, les rites de l'amour sont d'une très grande pureté parce qu'ils sont naturels mais non parce qu'ils sont nécessaires, c'est l'amour lui-même qui est nécessaire [–] notre amour par conséquent est l'absolu, mais ses rites ne sont pas tous nécessaires. Il se pourrait par exemple que tu eusses eu les hanches étroites et que je t'eusse aimée tout autant que je t'aime, mais en ce cas tes hanches n'eussent évidemment pas reçu les hommages passionnés que je leur adresse. Donc tes hanches que j'adore et de mille façons constituent une circonstance favorable à nos raffinements, mais cette circonstance n'était pas nécessaire à notre amour puisqu'il est né hors de cette circonstance toute naturelle cependant et qui permet tant de raffinements que les Grecs élevaient des autels à Vénus Callipyge. Il se pourrait aussi que moins averti que je ne suis je n'accordasse aux pieds de mon amour qu'une admiration purement artistique. Voilà une circonstance de raffinement en moins ou que l'esprit de ma femme ne me fût point une nécessité puisque tant d'hommes aiment les femmes sans esprit. Je t'indique tout cela sans indiquer les raffinements eux-mêmes car notre vocabulaire secret n'est pas encore assez étendu pr qu'il en puisse être question. Et d'ailleurs il ne peut en être question que comme indication passionnée destinée à raffiner ton esprit délicat et dissiper tes scrupules. Mais j'aime que mon esclave soit aussi mon égale [–] ne m'as-tu pas dépassé en raffinement dans l'exquis baiser-friandise que tu inventas à Narbonne ? Dans la passion qui ressortit au Devoir que nous aimons (ne dit-on pas *le devoir conjugal* ?) on peut être lascif, mais en dehors de ce devoir passionné on devient vite lubrique, ce qui est la forme vicieuse, écœurante de l'amour. Ces différences sont essentielles. On est lubrique quand on n'est pas secret dans ses amours et ainsi on les abaisse ou les déprécie. C'est ce qui arrive à tant de gens.

Notre secret sera merveilleux et il n'y aura là aucune hypocrisie. D'ailleurs, il est inutile de te dire tout cela qui va de soi mais cette large réponse a été provoquée par ta question sur un passage mal formulé de ta lettre. Oui ma chérie tu rêves de mon étreinte et moi je te désire sans cesse.

Je pense à toi sans cesse, mais de midi à 3 heures je penserai à toi plus fort s'il se peut.

L'histoire de l'aspirant blessé et de l'orpheline anglaise a l'air d'être tirée de Cervantès. Et je comprends bien ta pitié. Je ne t'écris donc plus à Narbonne mais à Oran.

Le passage de ta lettre relatif à ta vie avant moi, m'a touché jusqu'aux larmes et m'a donné une joie qui touchait à la volupté. Tu écris merveilleusement mon amour et j'ai pour ton esprit une admiration qui n'a d'égale que l'amour que je te porte. Je me demande par quel miracle j'ai trouvé ma Madeleine et je remercie le ciel. Je me sens parfois indigne même de toutes tes qualités et je voudrais me hausser pour en être digne. Tant de beauté, de charme d'esprit de science même est à moi, est en mon esclave chérie, j'en suis le maître, tout cela est ma proie, la plus belle des proies.

Oui ma chérie, tu m'aimes comme je veux être aimé. Les allusions que tu fais souvent à ta beauté me font trembler de volupté, je veux que tu les multiplies pour exciter en moi ce bonheur chaste, le seul que je puisse éprouver loin de toi, mais bonheur tout de même puisqu'il me viendra de toi. Oui tu es mes délices et mon plaisir le plus élevé. Tu as un art suprême de varier même cette chaste volupté si extrême cependant que je reste confondu d'admiration devant l'audace de ta pure imagination. L'histoire du costume d'aspirant me revenait ce matin tandis que je lisais un sonnet de Shakespeare traduit dans une revue et j'ai étrangement rêvé que je te traitais en petit garçon, ce qui est un dévergondage que ne permet évidemment, que n'autorise à imaginer que la confiance absolue, la certitude profonde que j'ai de ton intelligence qui sait se prêter aux spéculations les plus délicates, les plus inattendues de l'amour.

Tu prétends m'aimer et y réussis fort bien mon amour.

Oui tu es le rêve de mes rêves. Il n'y a rien au-dessus de toi et encore au-dessus, il y a toi, uniquement toi, toujours toi. Ton merveilleux embonpoint dont tu me parles ma chérie, sachant bien qu'il peut me toucher, m'évoque tous les chefs-d'œuvre de Praxitèle et certaines nudités parfaites de Rodin en passant par l'Albane Fragonard et Ingres et je te prête beaucoup de la Vénus de Médicis et surtout surtout de certaines nudités du Titien. Je ne sais si je me trompe, mais je ne crois pas. Mais quel délice d'oublier la guerre en parlant avec toi de ta beauté.

Au fond, vois-tu, tu es pour moi la seule chose qui compte, car tu es tout la beauté, l'amour, la poésie, la vie en un mot. Comment peux-tu me demander si ton devoir est de m'aimer. Il l'est entièrement. Comment m'appartiendrais-tu sans cela et comment serais [-tu] ma femme si tu ne te livrais pas tout entière.

Il y a dans l'infortune qui nous sépare à cette heure, un plaisir, celui pour ta pureté, de pouvoir jouir entièrement de l'amour avec virginité. Nous montons ainsi jusqu'aux sommets de l'amour platonique vrai et tu peux t'y livrer sans contrainte car purs comme nous sommes nous pourrons nous regarder avec joie avec une joie pure et vierge comme tu l'es, je te trouverai aussi innocente après cette période de notre amour que tu étais il y a un an. N'aie donc aucun scrupule. Tu jouis ainsi et par devoir même de tout ton temps de jeune fille et te prépares merveilleusement à devenir une femme.

Je ne connais rien de plus bête que de transformer une jeune fille en femme sans même l'avoir prévenue de l'importance de cette transformation, sans l'avoir mise au courant, si bien que les deux époux honteux l'un de l'autre perdent leur temps, n'osant se dire ce qui est, et se dégoûtant souvent l'un de l'autre parce que l'homme inapte à ouvrir l'intelligence souvent mesquine de sa femme ne sait point l'initier aux choses naturelles mais généralement ignorées des jeunes filles.

Mais je t'adore, mon Madelon, je te prends toute, j'aspire ton haleine, je prends ta bouche et je pétris de mes mains cette chair que tu me dévoues.

Je t'aime.

Gui

Le 19 septembre 1915

Mon amour, je n'ai pas eu de lettre de toi aujourd'hui. J'ai reçu ta chère lettre d'hier et j'y ai vu que notre langage secret s'était augmenté de ton fait et j'ai été charmé de ta confiance exquise. J'ai compris l'expression *j'étais un peu fatiguée* et tout ce que tu me dis à ce propos de ton impressionnabilité et nervosité à ce moment-là m'a infiniment touché.

C'est demain matin que tu t'embarques mon amour. Et je ne vivrai plus d'inquiétude tant que je n'aurai eu de tes nouvelles africaines.

Comment mon amour ai-je pu vivre sans toi, sans ton intelligence jusqu'ici ? Je n'avais pas ta beauté, ni rien qui lui fût équivalent, mais enfin il y a des femmes aimables et agréables. Toi tu joins cette beauté et plus de beauté encore aux plus rares qualités de l'âme et du corps. Si bien que sans que nos corps se soient unis ils se connaissent déjà ce qui est merveilleux et rare à l'extrême. Puisque je ne puis t'apporter une virginité qui est peut-être inutile dans l'homme qui se marie, je t'apporte du moins un cœur pur et qui ne contient rien d'autre que toi. C'est ainsi que je me suis aperçu aujourd'hui que j'avais oublié jusqu'au souvenir de tout le passé et je fais effort pour t'en écrire et en retrouver des détails, mais c'est pour mieux te montrer combien ton maître est à toi seule. Ma dernière amie était jolie et certainement la plus grande libertine qui soit, j'ai oublié tout ou plutôt je ne m'en souviens qu'avec une froideur presque de mépris tant mon amour est fort voluptueux et pur. Nous ne sommes pas chastes et nous sommes purs comme deux lys, mon amour. Et note cependant que ses lettres étaient la passion même la plus excessive et ses caresses les plus flatteuses pour un homme. Son vice, car ici le mot convient, était également flatteur pour quelqu'un d'autoritaire et cependant un seul regard, regard éternel de ma Madeleine, a tout changé en moi. Et pardonne-moi, mon amour, c'est même sacrilège de parler d'autre chose qui soit toi – tout le reste me paraît quelque chose d'infernal, mais de médiocrement infernal. Je méprise cette vie passée, j'en ai honte et cependant je suis porté à croire que peut-être ces misérables expériences n'étaient pas inutiles et me permettent sinon plus d'amour plus de précision dans l'esprit à propos de notre amour.

Mais quand je songe à toi, à ta fougue, à ta grâce, à ta beauté, à tes hanches de canéphore, à ton sein, à ta bouche rouge comme une alise, je redeviens pur comme ce Prince qui alla éveiller la Belle au bois dormant, tu es cette princesse adorable, tu dormais m'attendant et je t'éveille dans ma forêt même, ici, mon amour et cette guerre, Madeleine, ce sont les phases de ton merveilleux éveil à mon amour. Tu es l'aurore, je t'adore, je te prends avec plus de violence et de douceur que toujours, que jamais, mon cher très cher amour, et c'est aujourd'hui à cet organe qui fut l'instrument de notre premier commerce que j'en veux, ma chérie, ta langue je la prends.

Gui

19 septembre 1915

C'est pour demain, mon amour.

Je t'envoie ci-joint la photo arrangée en médaille on plutôt en monnaie par cet aimable scélérat de Berthier qui a promu le Kostro à la valeur d'une unité monétaire comme le Louis. Sur l'avers avec mon portrait et la signature R. Berthier il y a :

Apollinaire LE CRVEL
TYRAN DES HVRLVS 1915

Sur le revers il y a l'indication

I
KOSTRO
Le serpent la rose la flèche

et :

38 ARTILLERIE – 45e BATTERIE
SECTEVR 80 HYPOGÉE 4
1915

Et voilà une amusante plaisanterie.

Je t'écrirai longuement ce soir mon amour, il est maintenant 1 heure et je pense à toi de toute mon âme. Tout à l'heure j'espère j'aurai une lettre de mon amour je n'en ai pas eu hier, car mes lettres sont postdatées en ce sens que je leur donne la date du jour [où] le vaguemestre les prend. En général je les écris le soir et souvent très tard dans la nuit.

Je t'ai écrit hier soir. Je prends tes lèvres mon amour et te prends toute, tyranniquement comme il est dit sur la monnaie solaire apollinienne que je t'envoie, ma chère adorée je prends ta bouche.

Gui

1915 19 sept. soir

Mon amour je crois que nous commençons ce soir et que quand vous lirez cette lettre nous aurons déjà avancé. Je vous ai envoyé ce soir un autre encrier fusée de 150 mais sans graduation, le tout posant dans un culot de 77, je crois que ça fera un bel encrier, mais je n'ai pas pu bien creuser, il faudra ou le faire recreuser ou s'en servir comme ça.

Mon amour, j'ai reçu ta lettre du 16, venant de Foix, tu penses ma très très belle, si j'ai été content que tu aies eu ma carte-lettre à Foix.

Le récit de ta promenade en auto m'a donné un désir fou de te serrer contre moi, de te baiser tes joues fraîches d'avoir eu le vent debout, ma très jolie, si tu savais combien je te désire et que c'est ma seule consolation de te désirer de t'imaginer belle comme tu l'es.

Ma chérie, mon trésor, toi aussi tu pensais à moi ! tu es un amour. Je t'imagine lisant mes lettres dans ton lit, tes cheveux dénoués et ton sein fripon qui se soulève et ta bouche qui est rouge et m'est si ardemment tendue comme une flamme qui serait ma vie même et ce réveil exquis que tu me décris, moi aussi comme toi je souris toujours en m'éveillant et c'est aussi à ta beauté à toi qui est ma lumière que je souris.

Ton idylle un peu jalouse avec les colchiques m'a beaucoup touché. Va ne sois pas jalouse mon amour, tu es tellement au-dessus de tout. Jamais je crois homme n'a aimé comme je t'aime. Mais prends garde aux colchiques, c'est je crois un poison violent. Je ne veux pas que tu y touches ma Madeleine, je ne veux pas que tu sois jalouse, tu mériterais pour ce mouvement irraisonné et un peu déraisonnable d'être traitée en petit garçon pas sage.

En tout cas, mon petit amour, dis-moi toujours les sentiments qui peuvent venir t'agiter, dis-les-moi tous, désirs jalousie etc. pr que je sache bien ton âme.

J'attends de toi demain la lettre interminable si tant est qu'on nous apporte des lettres. On nous annonce le casque désormais, nous n'aurons plus de képi, je t'enverrai le mien qui est de fantaisie pr que tu me le gardes.

Hier j'ai oublié de te remercier du pétale de rose. Je t'adore.

Je suis un peu inquiet pour ton voyage en mer, pourtant quelque chose de secret me dit qu'il ne t'adviendra rien. Quand cette lettre quittera la batterie tu seras déjà en mer…

Quand tu la recevras tu seras à Oran, dans le joli jardin où tu es photographiée vêtue en négresse d'Amérique. Tu y es ravissante, ma petite esclave noire.

Écris-moi longuement mon cher trésor de façon que cela compense un peu l'absence.

Embrasse ta maman, tes jolies sœurs et tes frères pour moi mon trésor merveilleux.

Il me tarde que cette chose actuelle ait eu lieu. Il me tarde même que tout soit fini. Je prends ta bouche et tout ton corps exquis et le plus intime de ton être dans la caresse la plus parfaite, la plus close, la plus enivrante.

Ton Gui*

* Ci-joint un amusant petit récit humoristique où mon ami Berthier s'est amusé à faire ma caricature au secteur 59 bien avant que tu n'aies parlé de Néron et au commencement du temps que j'étais brigadier fourrier. Tu vois que ta comparaison de moi avec Néron est confirmée ainsi. C'est je crois, amusant, même pour ceux qui ne vivent pas avec nous.

Ici on fume la pipe parce qu'il n'y a pas autre chose à fumer mais je ne t'embêterai pas avec cette puanteur.

20 sept. 1915

Mon amour, j'ai reçu ta lettre de Foix et j'ai compris que tu n'avais pas eu le loisir de m'y écrire longuement mais tu m'as écrit de bien jolies choses tout de même.

Tu seras à Oran quand tu recevras cette lettre et écris-moi longuement, ma chérie. Évidemment on souffrira un peu du retard, mais on n'est pas ici pr avoir tout ce qu'on désire on est soldat que diable et toi aussi, mon Madelon, tu es soldat avec moi par ton cœur qui est ici. J'ai publié chez Michaud (1910) un petit livre très illustré de documents portraits etc., intitulé *Le Théâtre italien*, j'y ai traduit un acte du scénario d'une comédie ressortissant à l'art scénique improvisé de la Commedia dell'arte. Le titre était, autant qu'il m'en souvienne *Colombine*, soldat par amour c'était assez amusant et j'y pense souvent en recevant tes lettres qui te mettent près de moi, mais pas assez cependant pour mon grand désir.

Tes parents de Foix ont dû te trouver très embellie. Tu ne me dis pas si tu as reçu la carte-lettre que je t'ai adressée à leur adresse. Elle devait être arrivée cependant. Tu dors dans mes bras, mon petit Madelon chéri, dans mon petit lit fait de treillage. Je te rends donc ta chaîne ma chère petite esclave et ton maître essayera son pouvoir sur toi quand il en aura l'occasion.

Je recueille dans tes lettres tous les renseignements relatifs à ta beauté quand ils seront complets et précis je ferai un joli poème avec ces éléments ce sera le poème de notre désir, plus tard quand la connaissance me sera acquise je ferai le livre de ton plaisir et ce sera encore un hymne à ta beauté. Je t'ai envoyé ce soir un ouvre-lettres seulement martelé dans un fragment de petite ceinture d'obus boche de 150 et en même temps un cœur martelé et limé dans un fragment de grosse ceinture du même calibre. C'est plus solide que l'aluminium. Il faut faire percer un trou à l'endroit fait exprès, je n'ai pas d'instrument pr le faire. L'ouvre-lettres, je ne te le donne pas, il est à moi, mais tu peux t'en servir.

Le cœur est à toi.

Les objets en cuivre sont plus jolis et plus durables que l'aluminium mais exigent plus de travail.

Mon amour, je prends ta bouche, je baise tes seins adorables, je caresse tes pieds et tes formes d'un Orient [aus] si pur que la perle.

Je t'adore mon amour, je t'adore, donne-moi ta bouche et le régal exquis qu'elle contient avec ton verbe adorable et ton regard fixé dans le mien éperdument.

Je t'aime.

Gui

21 septembre 1915

Mon amour, ta lettre du 17, lettre de ton retour de Narbonne m'a fait un plaisir inimaginable, tu es vraiment digne de moi, de nos plaisirs futurs et actuels, tu es merveilleuse, tu te prêtes au plus charmant commerce qui soit et nos fiançailles sont exquises grâce à ton âme si ouverte à notre amour et à ton corps si prêt à suivre le mouvement de nos âmes. Je te vois lisant dans ton lit, mes lettres, tu es l'image même de la volupté, mais de la jeune volupté. Moi aussi j'ai appris à discerner un peu les mouvements de ton désir à ton écriture, mais peut-être pas autant que toi, si pourtant autant. Je ne crains donc plus de te troubler et du moment que tu aimes désormais notre volupté, nous pouvons en parler et cela nous servira plus que tout pour nous connaître et donner à notre amour le plus de vérité, le plus de vie possible. Il est certain que seule Madeleine peut m'aimer comme je suis aimé et je ne connaissais rien à l'amour avant toi, c'est toi qui es l'innocence même qui me l'apprends et quelle leçon exquise.

Oui, tu as bien compris pourquoi j'étais content que tu fusses vendéenne. En effet les Vendéennes doivent savoir aimer. Le maraîchinage est une vieille coutume de Vendée elle se perd, ou plutôt devient vulgaire et immorale sous l'influence des préjugés modernes si misérables.

Le maraîchinage était et est encore un peu, l'ensemble des us et coutumes vendéens du baiser avant le mariage et même avant les fiançailles. Les filles et les garçons se baisaient sur la bouche de longues heures durant et apprenaient ainsi des finesses qui embellissaient leur race sans mièvrerie, puisqu'une coquetterie si pleine d'abandon est charmante mais non mièvre. L'art des baisers de la langue se raffinait ainsi suprêmement et on ne retrouverait un art aussi complet du baiser lingual que chez les Slaves de la Pologne et des Balkans. Ces quelques mots ne te donnent qu'une vague esquisse du maraîchinage vendéen sur lequel des érudits prudes ou non ont entassé déjà de gros volumes.

Note que du temps du maraîchinage complet la débauche était moins fréquente que maintenant en Vendée et l'était même alors moins que dans les autres provinces françaises car la sensualité n'est pas la débauche et s'accorde parfaitement avec l'intelligence. Les Athéniens ont atteint le plus haut degré de civilisation par leur raffinement et leur sensualité en demeurant les gens les plus spirituels du monde et sans qu'on puisse les accuser spécialement de débauche puisque les courtisanes mêmes étaient à Athènes par leur intelligence et leur harmonie infiniment respectables et respectées.

Tu m'as mis au courant ma chérie de la naissance en toi de la Volupté. Je veux que tous les mouvements où ton corps et ton âme s'unissent pour ton plaisir en moi, me soient réservés au point que ma pensée seule les suscite en toi et que pensant à moi tu n'aies qu'à serrer ces jambes que tu me redonnes encore dans ta lettre, tu n'aies qu'à les serrer, dis-je, pour que la volupté te secoue comme l'aquilon un roseau, ou plutôt une rose !

Ne crains pas non plus de te troubler, je te l'ai écrit, je suis mon maître autant que le tien, mais quelle adorable idée tu as de me faire dormir sur tes seins, dans tes bras serrés en baisant mes cheveux.

N'oublie pas cependant que quand je pourrai dormir ainsi c'est que toi aussi mon amour tu auras bien sommeil, va.

Un poème secret joint à ma lettre te parle des neuf portes. Tu fais bien de tout me dire et j'adore, mon amour, cet amour que tu inventes et peu à peu tu m'apprendras de l'amour autant que je t'en apprendrai et c'est vraiment exquis. Et que j'aime ton trouble, tes bouleversements, tes agitations amoureuses, mon amour, je prends ta bouche et bois ton âme jusqu'à ce que tu t'évanouisses. Oui j'ai goûté ton baiser-friandise avec une vraie passion de sauvage c'est jusqu'à présent le plus grand plaisir de ma vie et le plus inattendu. Il n'y a plus que la réalité de ton corps qui puisse, je crois, être plus fort que ce baiser inventé par ton innocence. Mais, il est vrai que ton âme recèle sans doute des richesses encore plus inattendues. Ne dis-tu point que tu veux encore inventer des baisers. C'est plus que du talent, mon amour, tu as le génie de l'amour.

Oui, je pense à notre vie future et nous en parlerons longuement lors de ma permission.

Tu pourras jouer Phèdre, j'ose défier Vénus à la lutte, ma fougueuse esclave. Tu as raison de tout exprimer, nous nous aimerons davantage à avoir plus de secrets communs. J'envie ma photo qui a tes seins adorables. Dis que je ne me trompe pas non plus sur tes seins et je prends ta bouche aussi longuement et aussi follement que tu me la donnes.

Gui

P.-S. Je t'ai envoyé aujourd'hui 2 porte-plume l'un balle boche et balle anglaise, l'autre balle boche et balle belge. La balle belge est arrondie, la balle anglaise est plus longue que la balle boche. Plus 1 bague en fer, clou de cheval à moi, une bague à mes initiales à moi, une bague armoriée – C'est un graveur qui est resté très peu de temps qui les a gravées, je n'ai pas eu le temps de rien lui faire faire pr toi [–] plus une grosse bague ovale et une bague où j'ai mis un grain de vrai corail trouvé par terre, c'est pour toi.

2e Post-Scriptum Il y a aussi dans le paquet un carnet où il y a 1 cours d'hippologie et 1 cours de topographie, garde-le-moi comme souvenir de ma préparation militaire, plus un foulard anglais avec Tipperary dessus. C'est pr toi et un précieux spécimen de l'imagerie de cette guerre.

LES NEUF PORTES DE TON CORPS

Ce poème est pour toi seule Madeleine
Il est un des premiers poèmes de notre désir
Il est notre premier poème secret ô toi que j'aime
Le jour est doux et la guerre est si douce. S'il fallait
en mourir ! !

Tu l'ignores, ma vierge ? à ton corps sont neuf
portes
J'en connais sept et deux me sont celées
J'en ai pris quatre, j'y suis entré n'espère plus que
j'en sorte
Car je suis entré en toi par les yeux étoilés
Et par tes oreilles avec les Paroles que je com-
mande et qui
sont mon escorte.

Œil droit de mon amour première porte de mon
amour
Elle avait baissé le rideau de sa paupière
Tes cils étaient rangés devant comme les soldats
noirs peints
sur un vase grec, paupière rideau lourd
De velours
Qui cachait ton regard clair
Et lourd
Pareil à notre amour.
Œil gauche de mon amour deuxième porte de mon
amour Pareille à son amie et chaste et lourde
d'amour ainsi que lui
Ô porte qui mène à ton cœur mon image et mon
sourire qui luit
Comme une étoile pareille à tes yeux que j'adore
Double porte de ton regard je t'adore

Oreille droite de mon amour troisième porte
C'est en te prenant que j'arrivai à ouvrir entièrement les
deux premières portes
Oreille porte de ma voix qui t'a persuadée
Je t'aime toi qui donnes un sens à l'Image grâce à l'Idée

Et toi aussi oreille gauche toi qui des portes de mon amour
est la quatrième
Ô vous, les oreilles de mon amour je vous bénis
Portes qui vous ouvrîtes à ma voix
Comme les roses s'ouvrent aux caresses du printemps
C'est par vous que ma voix et mon ordre
Pénètrent dans le corps entier de Madeleine
J'y entre homme tout entier et aussi tout entier poème
Poème de son désir qui fait que moi aussi je m'aime

Narine gauche de mon amour cinquième porte de mon
amour et de nos désirs
J'entrerai par là dans le corps de mon amour
J'y entrerai subtil avec mon odeur d'homme
L'odeur de mon désir
L'âcre parfum viril qui enivrera Madeleine

Narine droite sixième porte de mon amour et de notre volupté
Toi qui sentiras comme ton voisin' l'odeur de mon plaisir Et notre odeur mêlée plus forte et plus exquise qu'un printemps en fleurs
Double porte des narines je t'adore toi qui promets tant de plaisirs subtils
Puisés dans l'art des fumées et des fumets.

Bouche de Madeleine septième porte de mon amour

Je vous ai vue, ô porte porte rouge, gouffre de mon désir
Et les soldats qui s'y tiennent morts d'amour m'ont crié
qu'ils se rendent
Ô porte rouge et tendre

Ô Madeleine il est deux portes encore
Que je ne connais pas
Deux portes de ton corps
Mystérieuses

Huitième porte de la grande beauté de mon amour
Ô mon ignorance semblable à des soldats aveugles parmi les chevaux de frise sous la lune liquide des Flandres à l'agonie ! Ou plutôt comme un explorateur qui meurt de faim de soif
et d'amour dans une forêt vierge
Plus sombre que l'Érèbe
Plus sacrée que celle de Dodone
Et qui devine une source plus fraîche que Castalie
Mais mon amour y trouverait un temple
Et après avoir ensanglanté – le parvis sur qui veille le char –
mant monstre de l'innocence
J'y découvrirais et ferais jaillir le plus chaud geyser du
Monde
Ô mon amour, ma Madeleine
Je suis déjà le maître de la huitième porte

Et toi neuvième porte plus mystérieuse encore
Qui t'ouvres entre deux montagnes de perles
Toi plus mystérieuse encore que les autres
Porte des sortilèges dont on n'ose point parler
Tu m'appartiens aussi
Suprême porte
À moi qui porte
La clef suprême
Des neuf portes

Ô portes ouvrez-vous à ma voix
Je suis le Maître de la Clef

G. A.

24 septembre 1915

Mon amour

Quand tu liras cette lettre souhaite que nous soyons loin dans les terres françaises. Nous partons demain en territoires occupés. On nous a monté les selles hier soir. Les paquetages sont prêts et les avant-trains sont munis de fascines pour le passage des tranchées. Je ne t'écris que ce matin 24 je n'ai pas écrit hier parce qu'un de mes amis simple sapeur projecteur mais dans le civil est secrétaire à [la] légation de France en Chine. – (En ce moment on me dit que nous partirions ce soir même pour les Vosges ? du côté de Remiremont ?) Tout ça après tout on ne sait pas. En ce moment tout marche c'est fantastique comme orchestre. Des fantassins passant disent que chez les Boches aussi loin qu'on peut voir la terre est comme la mer soulevée par les vagues. Moi je ne crois pas aux Vosges, je crois que ce sera devant nous demain.

Je me suis interrompu pr lire à la pièce la proclamation qui sera bientôt aussi illustre que celle de la Marne, et nous reprenons le feu. Je t'écris pendant le tir et à chaque coup la lettre est couverte d'une fine poussière qui sèche l'encre. C'est très commode. Hier tu m'as envoyé tes yeux ma chérie, tes yeux merveilleux qui sont une merveilleuse artillerie… tes yeux d'extase.

Mon amour, tu partais le lendemain, tu es maintenant à Oran. Ma chérie, tes photos sont dans le porte-cartes, tout est prêt. Maintenant tu as aussi mes autres photos. Tu m'aimes admirablement, ma superbe Chimène. Mais tu as raison ni crime ni vice ne sont nécessaires à notre amour qui se suffit et englobe tout dans son unique vertu. Tu n'auras pas besoin d'être autre chose que la merveilleuse fille que tu es et la panthère n'aura besoin de se réveiller, mon adorable panthère que pour nos amours forcenées, frénétiques qui nous laisseront pantelants épuisés mais jamais rassasiés. Parle mieux ma chérie, tu as encore parfois peur de tout dire. Pourquoi ? J'adore tes mains et tout ton corps long et souple et tes cheveux sont mon extase.

Moi aussi j'ai regardé longtemps tes yeux à la loupe. J'emporte sur moi l'adresse pour la Medjerda. Je cache mes yeux dans tes cheveux, dis toujours tout, mon amour. J'adore ta bouche et tes yeux changeants comme ton visage même et ma bouche a une soif infinie de se mouler à son moule.

Qu'ai-je donc mentionné que tu ne saches pas et dont tu ne puisses parler parce que ça te trouble trop ?

J'attends que tu me parles de *L'Hérésiarque*, m'amour ma rose mon lys et mon jasmin. Ta photo nouvelle te montre longue comme tu dis et que je ne savais pas encore car tes vêtements de voyage le dissimulaient et tes autres photos ne le montraient pas, surtout l'exquise longueur de ta jambe.

Oui, j'adore aussi notre liberté. Pardonne à mon style décousu mais je t'écris pendant le tir et je m'interromps à chaque instant pr changer les éléments du tir. Mon esclave chérie, il ne s'agit pas de vices du tout, il s'agit de notre amour, je ne souhaite que lui le plus grand, le plus varié possible et toi aussi, ô mon lys ingénu, tu ne souhaites que lui, laissons donc le mot vice de côté, nous n'aimons que nos vertus. Demain sans doute ne pourrai-je t'écrire qu'une carte. Qui sait d'où ? ! Je t'aime tout entière de toutes mes forces c'est là notre vertu, la plus grande des vertus, l'unique vertu. Moi aussi il me tarde de faire de toi ma femme. Je suis comme un voyageur altéré dans le désert, il n'est pour moi qu'une oasis, c'est toi mon oasis.

J'adore donc ta chère morsure, mon inventrice chérie.

Il me tarde que ma panthère soit à moi, que ses rugissements ses bonds de félin m'appartiennent que comme dompteur je te maîtrise à coups de fouet s'il fallait, ma chère, ma belle, ma sauvage, mon adorable panthère.

Et ce mot mis par toi dans ma lettre me fait penser à la si troublante histoire de Balzac *Une passion dans le désert*.

Tu dis, ma chérie, que nous faisons un couple magnifique. À toi en revient l'honneur, ma chérie, parce que tu as bien voulu me répondre en chemin de fer ; miraculeuse histoire ! Une force inconnue t'y poussait car je voyais bien que tu ne répondais pas de bon gré à un inconnu.

Je baise ta photo, je te prends toi la plus voluptueuse des filles, la plus intelligente et la plus belle.

J'ai peur que [dans] ton passage touchant l'Amour dans le Crimel et ton âme de panthère il n'y ait un peu de jalousie. N'en aie point, m'amour adoré, il n'y a aucune aucune raison. Tout le reste m'est à jamais indifférent. C'est une sorte de musée où je n'entre jamais.

Toi seule existe qui est tout pour moi : Panthère et Panthéon. Dieu que je t'aime. Et tes pieds tu ne veux pas m'en parler ?

Je t'envoie un article de Vollard, le marchand de tableaux de Cézanne qui vient d'écrire des souvenirs « anthumes » sur Renoir.

Mais Renoir qui est le plus grand peintre vivant dit beaucoup de sottises comme en disent tous les vieillards. Il faudra nous autres se garder de perdre sa jeunesse nous autres n'est-ce pas mon amour ? Je t'adore et te mords la nuque doucement, ma chérie, ma Madeleine. Je t'étreins profondément !

Gui

24 sept. 1915

J'ai reçu le télégramme et la lettre de Port-Vendres – Que je suis content de cette bonne arrivée ! ! !

Le 1er encrier arrivera – mais le second m'est retourné. On ne le laisse pas partir. Chinoiseries !.... Tant pis.

Ai écrit aujourd'hui écrirai demain si ai le temps. Merci [de] m'avoir rassuré grâce à l'idée exquise du télégramme. Amitiés à toute la famille et à Madeleine toutes mes pensées.

Gui

25 sept. 1915

Mon amour

On a canonné toute la journée. C'est le soir je me repose jusqu'à minuit trente où je reprends le feu avec ma pièce. Nous partons demain – pour où ? – Mon ami du génie est venu, demain il doit être à un point à lui assigné et qui aujourd'hui est encore chez les Boches. Ta dépêche (contrôlée) m'est venue et m'a causé une grande joie. Je t'ai aussitôt envoyé une carte postale pr t'en aviser. Le second encrier est revenu la douane militaire en a interdit l'expédition, je tâcherai de te l'envoyer en détails ou morceaux si possible, dans les limites de poids autorisé par les règlements militaires. Ce soir j'ai envoyé aussi quelques livres un roman de Quevedo, célèbre, la vie de Coleridge, le dernier n° du Mercure et l'anthologie de Figuière préfacée par Lanson, où il y a surtout de mauvais vers mais un petit nombre mérite le respect. Tu y trouveras une courte notice incomplète sur moi, ma collaboration au *Matin* n'est pas mentionnée et l'anthologie parut avant *Alcools*.

Je suis calmé sur ton voyage. Je t'aime comme tu m'aimes profondément et magnifiquement. Écris-moi longuement.

Le port de Vénus t'a été propice mon amour, tu es Vénus même et plus belle qu'aucune des représentations qu'on a fait d'elle.

Les épreuves de la vie anecdotique sont arrivées, je les ai renvoyées. J'espère que ça paraîtra dans le numéro d'octobre. J'ai oublié de te demander mon amour quelle taille tu avais.

Je suis fatigué ce soir mon amour de notre tir presque incessant. Demain ça va être plus terrible encore. Les Boches ont lancé des obus asphyxiants mais courts et le vent était contraire, si bien que nous n'avons rien eu.

Avec mon képi je t'ai envoyé deux chargeurs un boche un anglais, et deux bagues. Vois si la grosse bague ovale envoyée précédemment et l'autre très anguleuse envoyée hier vont à tes frères si oui donne-les-leur. Envoie aussi mesure pr tes sœurs et ta maman.

La bague avec un trèfle à 4 feuilles et une petite boule de cuivre est pour toi pour qu'elle te porte bonheur, je l'ai portée près de deux mois.

Je t'ai envoyé mon képi avec qui j'ai fait campagne jusqu'à maintenant, j'y ai rajouté les chiffres dorés et la jugulaire d'or quand j'ai été nommé logis. C'est un souvenir, c'est pourquoi je te l'ai envoyé. Il est à moi, je l'avais fait faire à Nîmes.

Mon amour je t'aime, vois-tu, comme on n'a jamais aimé et toi aussi tu m'aimes ainsi. Je te désire de la façon la plus violente mais la plus douce et la plus patiente qui soit aussi, mais si tu savais combien j'aime ton regard découpé dans quelle photo mon amour et pourquoi n'as-tu pas envoyé la photo entière mon adorable chérie. Je te prends toute toute de toutes mes forces. Je mords ta bouche.

Gui

26 sept. 1915

J'écrirai dès que je pourrai en ce moment trop à faire. Je donne de mes nouvelles c'est à peu près tout ce qui est possible. Tu es toutes mes pensées.

Gui

qui pense infiniment à Madeleine.

26 septembre au soir

Ma très chérie, je n'ai pas eu le temps d'écrire hier soir – d'ailleurs les lettres ne sont pas parties hier. Aujourd'hui est partie ma lettre d'avant-hier et une carte écrite à la hâte pendant le tir. Je ne peux te donner de détails. Tout a été magnifique. Les prisonniers boches ont passé par ici et j'ai un beau bouton de ceinturon de la Garde impériale que je t'enverrai ce qui peut faire une broche amusante. – Je n'ai pas eu de lettre de toi ni hier ni aujourd'hui. D'ailleurs je n'en attendais pas. Toi que fais-tu. Je t'imagine dans ta chambre, ô belle, ma belle scholastique. Ta chambre studieuse et virginale. Moi je suis las ce soir et l'étais hier encore plus après la plus furieuse chose qu'on puisse imaginer. Nous étions tout suants couverts de poussière, l'odeur de poudre grisait. En ce moment, mon paquetage est bouclé. Je n'ai plus d'enveloppes, seulement ce papier. Mon encre aussi est rentrée. Que de choses intéressantes et belles j'aurai à te raconter après la guerre – Hier on n'a pas eu le temps de manger sérieusement.

Seulement du pain et du chocolat pendant le tir – D'ailleurs cette vie me plaît beaucoup – Les prisonniers étaient tous très jeunes. J'ai causé un peu avec quelques-uns d'entre eux mais j'étais si abruti – il faut dire le mot, que toute description me serait impossible. Ils étaient très mal vêtus et très obséquieux. Celui à qui j'ai coupé le bouton de ceinturon me tendait son derrière vraiment à l'allemande et avec une patience à mourir de rire. Mon couteau coupe très mal, j'étais pressé pr le tir et j'en mettais tant que je pouvais – leurs officiers affectaient un air méprisant mais très étonnés de nous voir si bien habillés – Nous sommes habillés de neuf en bleu clair et casqués. Quand je pourrai me faire photographier avec le casque je le ferai. Ce casque si tu ne l'as pas encore vu ressemble un peu à une salade casque appelé ainsi j'imagine du nom de Saladin. Je ne le trouve pas laid et il est extrêmement protecteur et agréable à porter quoiqu'assez lourd – Enfin je suis content de mon casque. Je crois qu'il a la forme du plat de barbier que Don Quichotte prit pour l'armet de Mambrin. Mais il est gris au lieu de briller au soleil. Que fais-tu mon amour ? Je pense à tes cheveux. Ta chère photographie m'aide infiniment à rester gai – Hier il a plu tout le jour. Ce jour il a fait beau mais ce soir il fait froid et il bruine. Le feu d'artifice est beau trop beau. Je t'écris dans mon trou, bien à l'abri des marmites. Enfin quand je viendrai je te raconterai tout cela. Nous n'avons pas de journaux depuis trois jours. Les lettres sont arrivées hier à minuit avec le ravitaillement. Sitôt cette lettre finie, mon amour, je vais faire dodo. Je t'adore et n'ai pas cessé de penser à toi pendant tout le jour. Ta photo que j'ai en double, je l'avais prise dans mon carnet de tir et je la regardais tout le temps, ma chérie, ma belle, ma jolie, ma gracieuse Madeleine. Mon amour, ma chérie t'enveloppe toute. Je te prends dans mes bras doucement et vigoureusement, je te dis des mots tendres – nous sommes seuls, je suis fier de toi, mon aimée, je suis aussi fier de toi que je t'aime et ce n'est pas peu tu sais bien, mon amour. Je pense à Oran, ma petite chérie aux jolies mains – J'attends tes lettres avec impatience pour savoir les détails de ton voyage et aussi tout ce que tu m'as promis de m'écrire. Quand reprends-tu les cours. Dis-moi tout de ta vie. Ça m'intéresse tant. Tu es mon amour, ma merveilleuse, ma miraculeuse Madeleine. Ces jours où je n'ai pas de lettre de toi sont des jours sans couleur et pourtant j'aime bien ma vie en campagne. Mais sans toi tout est gris, tes lettres illuminent mon front comme les fusées le Front des Armées. Je t'adore.

Ma Madeleine je prends ta bouche. Il me tarde aussi va d'être ton mari. Je prends ta bouche ouverte.

Gui

28 sept. 1915

Mon cher amour,

J'ai reçu hier ta lettre écrite sur le bateau et envoyée d'Oran. Je t'adore. Notre travail est fini.

Nous sommes prêts à partir. Tu as lu les journaux et tu en sais plus que nous car nous n'avons plus de nouvelles du monde depuis le 22. Il y a eu alerte cette nuit, j'étais prêt, éperons, revolver, bidon et casque. Ma selle était prête. Mais on n'est pas parti. J'ai eu ta lettre à six heures je t'adore mon amour je t'ai envoyé hier 3 boutons boches dont un de ceinturon. Pourrai pas envoyer l'encrier. En somme, ma chérie, tu as si bien fait que je n'ai été sans nouvelles de toi que deux jours. Tu es un amour. Maintenant, j'attends une longue longue lettre. Il fait très froid ce matin. J'ai les mains gelées. Je t'adore je prends ta bouche rouge à moi qui est si exquise et qui doit si bien mordre. Je t'adore. Je t'adore. Je suis bien content que le voyage se soit bien passé. Je t'adore.

Gui

30 sept. 1915

Mon amour si tu savais combien me manque ta lettre quotidienne. C'est effrayant et injuste car quelle raison de laisser une colonie aussi importante que l'Algérie sans nouvelles quotidiennes de la métropole ? Je t'adore mon amour, mais il fait un affreux temps glacé. Il a plu tout le jour, un lamentable jour d'automne. Quelle tristesse. La pluie a inondé le trou où nous vivons j'ai dormi toute la nuit dans l'eau… Je t'écris avec de l'encre prêtée par un sapeur-projecteur. Tu as lu tous les détails de la victoire d'ici dans les journaux. Je n'ai pas encore eu le courage de faire le compte des coups que j'ai tirés pendant l'extraordinaire bombardement qui a tant surpris les Boches. J'en ferai le compte demain, car le capitaine me l'a demandé. Il y a deux jours que je n'ai plus de lettre de mon amour. J'ai reçu le bulletin lyrique idiot où Paul Fort prince des poètes à la manque chante les batailles de loin et en un langage vraiment stupide – qu'il me tarde mon amour d'avoir de tes lettres passionnées. Je suis maintenant sans elles comme privé de la vie. Raconte-moi l'histoire de ta petite photo découpée où il n'y a que tes beaux yeux. Le vent souffle…

Il y a un vaisseau qui a emporté ma bien-aimée
Il y a dans le ciel six saucisses pareilles à des asticots dont
il naît les étoiles il y a un sous-marin ennemi qui en voulait à mon amour
Il y a mille petits sapins brisés par les éclats d'obus autour
de moi
Il y a un fantassin qui passe aveuglé par les gaz asphyxiants
Il y a que nous avons tout haché dans les boyaux de Nietzsche de Goethe et de Cologne
Il y a que je languis après une lettre de Madeleine
Il y a dans mon porte-cartes plusieurs photos de mon amour
Il y a les prisonniers qui passent la mine inquiète
Il y a une jeune fille qui pense à moi à Oran
Il y a une batterie dont les servants s'agitent autour des pièces
Il y a le vaguemestre qui arrive au trot par le chemin de
l'Arbre Isolé
Il y a dit-on un espion qui rôde par ici invisible comme le

bleu horizon dont il est vêtu et avec quoi il se confond
Il y a Vénus qui s'est embarquée nue dans un havre de la
mer jolie pour Cythère
Il y a les cheveux noirs de mon amour
Il y a dressé comme un lys le buste de mon amour
Il y a des Américains qui font un négoce atroce de notre or
Il y a un capitaine qui attend avec anxiété les communications de la T.S.F. sur l'Atlantique
Il y a à minuit des soldats qui scient des planches pour les cercueils
Il y a des femmes qui demandent du maïs à grands cris
devant un Christ sanglant à Mexico
Il y a le Gulf-Stream qui est si tiède et si bienfaisant
Il y a un cimetière plein de croix à 5 kilomètres
Il y a des croix partout de-ci de-là
Il y a des figures de barbarie sur les cactus en Algérie
Il y a les longues mains souples de mon amour
Il y a un encrier que j'avais fait pour Madeleine dans une
fusée de 15 centimètres et qu'on n'a pas laissé partirIl y a ma selle exposée à la pluie
Il y a les fleuves qui ne remontent pas leurs cours
Il y a l'amour qui m'entraîne avec douceur vers Madeleine
Il y avait un prisonnier boche qui portait sa mitrailleuse
sur son dos
Il y a des hommes dans le monde qui n'ont jamais été à la guerre
Il y a des Hindous qui regardent avec étonnement les campagnes occidentales
Il y a des femmes qui apprennent l'allemand dans les
régions occupées

Elles pensent avec mélancolie à ceux dont elles se
demandent si elles les reverront
Et par-dessus tout il y a le soleil de notre amour

Gui

1er octobre 1915

Mon très cher amour, tu m'as promis de ne jamais avoir de peine par ma faute et voilà que ta lettre du 24 me montre que tu as eu de la peine, toi mes délices, toi que je veux infiniment heureuse par moi ! Non, ma chérie n'aie pas de peine, n'aie jamais de peine puisque je t'adore toujours. J'ai reçu aujourd'hui tes lettres du 23 et du 24 septembre. Je réponds d'abord à la ire. Ainsi, il y a en ce moment ma lettre du 15 adressée à Lamur, qui s'est égarée. J'aime infiniment le récit de ta traversée, mon amour, ta « confiance » n'a pas été trompée et ton « amour ardent et fort » a certainement été un de ces « impondérables » qui a aidé à la bataille. Ne sois pas triste mon amour je t'aime…

LA TRAVERSÉE

Du joli bateau de Port-Vendres
Tes yeux étaient les matelots
Et comme les flots étaient tendres
Dans les parages de Palos

Que de sous-marins dans mon âme
Naviguent et vont l'attendant
Le superbe navire où clame
Le choeur de ton regard ardent.

Ma photo t'a fait plaisir. Figure-toi quel plaisir me font les tiennes à moi qui suis ici... j'épie au moyen de la loupe les mille détails de mon amour...

L'ESPIONNE

Pâle espionne de l'Amour
Ma mémoire à peine fidèle
N'eut pour observer cette belle
Forteresse qu'une heure, un jour.
Tu te déguises ?.... À ta guise,
Mémoire espionne du cœur !
Tu ne retrouves plus l'exquise
Ruse et le cœur seul est vainqueur...
Mais la vois-tu cette mémoire
Les yeux bandés prête à mourir
Elle affirme qu'on peut l'en croire :
Le cœur vaincra sans coup férir.

« Les petits photographes » mignons comme tout pourront faire de belles images de leur sœur que j'adore. Comment peux-tu croire que tes lettres passionnées m'ont fait oublier ta tendresse mon amour, elles la soulignaient et me rendaient bien heureux. Bannis des scrupules un peu déraisonnables ma Phèdre adorable. J'aime beaucoup ton cœur de jeune fille ma chérie, mais je suis destiné à aimer plus encore ton cœur de femme, aussi m'y préparé-je, en aimant autant ces deux cœurs qui ne font qu'un, mais en penchant déjà vers le second – Et je ne veux pas que tu souffres quand je prends tes lèvres – Ta lettre du 24 est très belle, mon amour, mais ne crois pas ni que j'aie été fâché ni rien de méchant de moi – Je t'aime entièrement, sans retour, tu ne dois pas être jalouse, jamais – car jamais tu n'en auras de raison, parce que je te parle librement mais je veux que tu comprennes tout et que je ne suis ni méchant ni fâché jamais pour ce qui te concerne. Tu es moi, je suis toi, je t'adore. Je te prends dans mes bras. Console-toi, petite Madeleine. Pleure si tu veux mais sans peine, je baise tes larmes que je ne veux pas tristes, mais d'amour. Mais tu as raison de tout dire mon amour. Je t'adore plus encore si c'est possible, de tout me dire de tes gros chagrins, ma toute chérie. Je ne sais plus exactement quelle phrase de toi avait provoqué ma lettre. Oui, je sais, c'est que tu me disais craindre que tes phrases passionnées n'irritassent trop mon désir, aussi t'ai-je dit de ne pas le craindre et ai-je employé des mots trop forts, dépassant évidemment la pensée. Je n'ai pas été irrité, jamais avec toi. Je sais combien tu m'appartiens et j'en suis fier. Il n'y a aucune Madeleine que je n'aime pas. Je t'aime toute ma petite vierge chérie, mais songe quel désir il y a dans cette appellation, figure-toi bien qu'il y a de l'hostilité, de l'hostilité contre cette virginité qui est la seule barrière entre nous avec l'absence. Mais il [ne] faut pas que tu aies peur de moi, de moi qui t'adore et qui suis tout douceur à ton endroit. Comprends-moi bien mon chéri et ne nous fais pas des montagnes et des cas de conscience de choses sans importance, tu es ma joie, sois-la entièrement sans chercher à comprendre des phrases qui peut-être n'avaient pas de sens et qui exprimaient simplement la haute idée que j'ai de l'absolue pureté de notre amour si mystique et si charnel à la fois. Je veux pouvoir parler avec toi librement puisque tu es un autre moi-même. Il faut te dis-je mon très cher amour, qu'il soit bien entendu qu'il ne peut y avoir ni froissement, ni gêne entre nous. Mais comment peux-tu penser m'avoir dit quelque chose de mal en me parlant de ton corps. Ainsi à cause de tes scrupules tu vas me priver de ton cher abandon que j'adorais ? Non, mon amour. Ce que je t'expliquais c'est que ma curiosité ne venait pas d'une vaine délectation solitaire, mais de mon amour pour toi qui me réunit à toi et qui fait que lorsque tu m'écris avec l'abandon passionné qui est si exquisément de ta nature, nous sommes presque ensemble. Aucune restriction dans ma lettre. Tu te trompes ma chérie, en disant, que je te désirais infiniment pour le moment où je pourrai t'avoir j'essayais d'indiquer quelle était ma patience de soldat. Comment peux-tu croire mon amour, qu'il y a une restriction dans mon esprit. Je suis incapable de restriction

Nous sommes l'un à l'autre. Je suis navré de m'être si mal exprimé mon amour. Si je n'ai pas pris tes lèvres à la fin de la lettre ma chérie, cela ne peut venir que d'un défaut de place, d'un oubli, qui ne pourrait se produire dans la réalité, mais dans une lettre nos baisers sont à chaque mot et s'il n'est pas exprimé c'est qu'il est si certain qu'on peut le sous-entendre. Je prends tes lèvres pour l'autre fois, ma chérie et pour aujourd'hui et pour toujours. Embrasse les petits pour moi et dis à Émile que je l'aimerai bien. Mais où sont, mon amour, les choses que tu devais me dire à propos de *L'Hérésiarque*.

Madeleine, tu es ma femme, n'aie jamais de peine à cause de ton mari. Je baise tes yeux et tes lèvres infiniment. Redeviens ma Madeleine passionnée, redeviens-la. J'ai envoyé aujourd'hui le culot de 77 qui doit servir de socle au second encrier. J'enverrai après-demain le corps de l'encrier et dans quatre ou 5 jours le couvercle, si tant est qu'on laisse avant tout passer le socle. J'espère que maintenant tu as reçu l'encrier [,] le premier. Je le souhaite. Mais tu n'en parles pas. Il a dû mettre bien du temps. Je crois l'avoir envoyé à domicile mais ce n'est pas certain. Aussi peut-être y a-t-il un avis chez tes parents de Narbonne. J'espère qu'ils feront le nécessaire pour que cela te parvienne à Lamur, à moins que je l'aie directement envoyé à Lamur ce dont je ne me souviens plus. En partie, les opérations n'ont pas encore tout à fait abouti, mais j'espère que dans quelques jours on prendra les points délicats qui commandent Vouziers – Mais non mon amour ta lettre ne me paraît nullement incohérente, elle prouve au contraire une supériorité intellectuelle qui m'effraye un peu car tant de subtilité est presque une révolte de ma petite esclave et je me demande si tu ne dois pas avoir plus confiance en moi. Je veux ma chérie que tu aies confiance entièrement. Ta peine est de la rébellion. Et ceci n'est point de la subtilité, je t'assure. Est-ce là faire mon bon plaisir que d'éplucher tout ce que je dis à moi qui aime tant pouvoir m'exprimer librement mais qui ne veux pas qu'il puisse être question de peine à te faire à toi que j'adore.

Madeleine, baise encore tes pieds pour moi maintenant que je t'aie consolée, souris à ma photo, baise-moi sur la bouche, je prends ta bouche passionnément, ma chérie. Mais ne me reproche plus rien de mes lettres car alors je dirai aussi qu'il ne faut pas attacher plus d'importance à la lettre qu'à l'esprit. Et l'esprit est ceci : je t'adore de toutes les façons, pour toujours, en tout, même quand tu as de gros chagrins injustifiés et qu'il faut consoler ma petite Madeleine si belle, si gentille. Va je t'aime et je sais bien que tu m'aimes. Je t'aime va et tu pourras toujours me dire tout, même si je te gronde un peu. N'es-tu pas consolée, mon amour ? Oui, n'est-ce pas. Et surtout écris-moi de longues lettres longues comme celle du 24 et qui t'expriment bien tout entière. Je reprends tes lèvres passionnément.

Gui

28bre 1915

Mon amour et ma joie, n'est-ce pas que tu sais que je t'aime, que tu sais que je veux que tu n'aies jamais de peine et que tu sais que je n'ai jamais de colère à ton endroit ? N'est-ce pas, ma Madeleine ? Il ne faut pas que tu sois jalouse. Il faut que tu sois à moi, sans révoltes d'aucune sorte. Car il ne peut y avoir rien de mal en nous. Notre amour est le suprême bien et tout ce qui y concourt est bien, comment peux-tu imaginer du mal là-dedans et surtout comment peux-tu voir du mal dans mes lettres. Faut pas. Je parle librement avec toi. Je te dis tout, parce que je peux tout te dire et qu'il n'y a rien en moi qui ne soit à toi, même ma vie passée. Elle t'appartient. Regarde-la donc avec indulgence puisqu'elle m'a gardé à toi. Surtout quand je t'explique quelque chose ne pense jamais que je sois fâché. Regarde mon portrait. Il te sourit. Je te souris infiniment mon amour et je t'aime, je prends tes lèvres, mais si parfois j'oubliais de le faire dans une lettre ne pense pas que le geste n'ait pas été fait. Je le fais sans cesse en mon esprit et passe ma vie en ce baiser que j'adore. Aujourd'hui pas de lettre de toi. J'attends ta lettre, une lettre plus calme plus Madeleine avec impatience. Aime-moi sans peur de moi ma chérie, sans quoi je m'en voudrais de te faire peur. Je ne sais que t'écrire aujourd'hui ta lettre d'hier m'a désemparé. Sois Madeleine sois ma femme, ne sois pas qu'une femme. Sois ma femme, ma Poppée, ma Phèdre, sois la Madeleine savante et avertie que j'adore. C'est avec ta beauté, ton esprit supérieur qui m'a plu tant et tant que rien n'a jamais été adoré au prix de toi ô mon amour. Reprends avec moi cette chère liberté qui nous était si chère. Sois la Madeleine idéale que tu es et que je veux.

Le culot de 77 est parti. Demain je tâcherai de faire partir le corps de l'encrier. À propos de ce que tu disais sur ta lettre du 24 concernant ma photo, je t'avais donc plu aussi dans le train dis ma toute chérie. Raconte-le-moi. Les permissions qui sont suspendues dans notre secteur depuis un mois n'ont pas repris. Je me demande quand elles reprendront. Écris-moi longuement et chaque jour mon amour.

À propos du mot bobosse ou fantabosse dont nous avons parlé dans nos lettres. Il n'est pas nouveau et s'employait déjà en 70. Je viens de le trouver dans un roman de Richepin qui se passe en ce temps la Césarine. Je ne t'ai pas dit comment les gaz larmoyants sont bleus et flottent comme des feux follets dans une prairie. Je t'aime ma Madeleine. Il fait froid, on bat la semelle. On fait un vague feu, on n'a pas d'eau. Mais je t'adore et ça tient lieu de tout surtout si dans tes lettres tu veux bien avoir la grande gentillesse de me parler de toi et pas des bêtises que je puis mettre dans mes lettres toujours écrites à la hâte sur un coin de caisse, pendant que les gens parlent, disent des âneries, s'amusent grossièrement car que veux-tu la vie des camps est grossière. C'est ce qui la rend supportable au demeurant. On m'a dit que mon cheval boitait un peu. Ça m'embête. Il doit avoir une bleime. Je voudrais qu'on le soigne car je l'aime bien. Mais on soigne les chevaux assez mal, la naturas medicatrix fait tout pr les hommes aussi et s'il arrivait quelque chose il n'y a à l'ambulance je crois même pas d'alcool pour redonner du cœur – Mais heureusement que la nature est le vrai médecin. Bien des gens s'en passent et des sectes comme les Mormons défendent qu'on ait recours aux médecins. Moi je t'aime ma chérie – Ne regrette jamais de m'avoir écrit et de devoir m'écrire encore de si jolies lettres passionnées, surtout maintenant que je n'en ai plus tous les jours. Parle-moi de toi, de la chère vie que nous aurons et à laquelle je me prépare avec une tendre piété mon amour que j'adore. Tu fais des miracles. Je n'ai jamais écrit de longues lettres d'amour, mais je t'adore au point que je voudrais te le dire sans cesse et te le prouver plus souvent encore. J'ai regardé tes chers yeux, j'ai essayé de déchiffrer le mot coupé écrit derrière, pas pu. Et ta photo de Narbonne je l'aime qui me révèle tes longues jambes admirables. Dis-moi quelle floraison s'épanouit en ce moment en Algérie. Dis-moi l'effet des communiqués sur ta chère âme et ton cœur qui sont à moi et à qui je suis. Écris-moi. Je voudrais bien maintenant avoir ma permission, qui sait quand elle viendra. C'est long mon amour, c'est long et pas fini encore, mais je t'aime tant que tout me paraîtra court pour t'atteindre, ma chérie.

J'ai imaginé aujourd'hui combien une étoffe très souple, chaude comme la laine et transparente comme le cristal modifierait soudain la morale. On n'aurait plus honte de la nudité et le règne de la beauté reviendrait, de la beauté féminine ou virile qui contient tous les canons de la raison, toutes les règles de l'esprit. Cette beauté est un livre merveilleux où lire toute la science et l'on s'en défie à tort comme tu fis quand tu as été sur le point de m'avoir parlé en termes trop précis de la beauté de tes formes. Ce jour-là au contraire ton esprit faisait un pas qu'il ne faut pas regretter, mon amour, et pour lequel je reprends tes lèvres.

Gui

3 8bre 1915

Je t'écris, mon amour, le 2 au soir. Pas de lettre de mon amour aujourd'hui. Je n'ai reçu que les épreuves du cri « À l'Italie » qui paraîtra en octobre dans *La Voce* de Florence. Je t'ai envoyé aujourd'hui le corps de l'encrier. Mais je ne sais pas encore s'il partira. Envoie-moi des lettres bien aimantes pr donner un aliment aux miennes même les jours où je n'en reçois pas. – Je suis tout désemparé quand je n'ai pas de tes lettres, mon amour.

Nous sommes toujours dans l'attente d'un départ possible. On ne peut travailler à rien dans les intervalles du tir car les paquetages sont faits. Voilà 2 jours que je n'ai pas de lettres de toi et il me semble bien qu'il y ait un siècle. D'ailleurs, on est si mal installé pour écrire que c'est tout juste si on arrive à écrire des lettres et en petit nombre. Au demeurant, il n'y a qu'à toi que je puisse écrire volontiers et de longues lettres. Le reste du temps on rôde aux alentours, pas bien loin, pr tâcher de trouver un journal que généralement on ne trouve pas comme aujourd'hui par exemple où l'on lit un vague roman trouvé par hasard.

On trouve pas mal d'équipements boches, mais tout trop lourd pr être envoyé. C'est curieux cette interdiction et après tout inexplicable, mais comme on sait qu'il ne faut pas chercher à comprendre, ne cherchons pas à le faire.

Dis, mon amour, as-tu repris tes cours. Oui sans doute maintenant. Je pense à ta petite tête brune, si jolie sous la merveilleuse forêt vierge de ton admirable chevelure. Je souhaite infiniment ta présence.

Je pense à cette batterie boche qu'on a trouvée dans les lignes conquises et que j'ai vue pendant une excursion ; les pièces brisées, les servants massacrés et desséchés depuis le mois de mars où ils sont morts entre les lignes françaises et les leurs.

Et je repense à tes douces lettres si rares maintenant si rares si rares, mon amour

Écris-moi régulièrement. Il a fait beau tout le jour mais dès le soir le temps est glacial.

Je prends tes lèvres mon amour très chéri, je les prends infiniment, je t'adore, je t'adore, ma chérie, je t'aime et te désire si profondément, si tu savais ! Je t'aime et je reprends tes lèvres, mon amour.

Gui

4 octobre 1915

Mon amour très chéri, ma petite Madeleine adorée, trois lettres de toi aujourd'hui et trois lettres si aimantes qu'elles détruisent la tristesse – mais tristesse sans peine car je sais bien que tu m'aimes – de ta lettre du 24. Aussi, je suis content content, content. Oui tu as raison, ma Rose tu seras toujours mon lys. Tu sais bien qu'une rose comme toi sera toujours un lys. Plus tu seras ma rose plus pour tout l'univers tu seras le lys et plus tu paraîtras une rose au reste du monde plus tu seras mon lys unique et je garderai toujours pour ma femme l'amour que j'ai eu pour ma fiancée. J'aime toutes les Madeleine qui ne sont qu'une et je disais hier pencher pour la Rose mais ce n'est pas aux dépens du Lys car dès que la Rose veut bien être la Rose le Lys se dresse avec tous ses droits qui me sont aussi chers que ceux de la Rose. Je veux dire simplement que la Rose ne peut faire aucun tort au Lys, c'est pourquoi je ne voudrais pas que le Lys puisse jamais se croire supérieur à la Rose et si tu veux bien admettre ce charabia sincère d'amour tu es ma Roselys. Les 2 fleurs à la fois. Je suis bien content d'avoir devancé ton désir en souhaitant que tu fasses toujours les premiers pas. Il ne s'agit nullement, tu vois, de choquer ton adorable pudeur, mais je veux que de ton côté tu ne retiennes point les mouvements de ton corps vers moi, de façon à ce que ta pudeur ne s'efforce point à être un obstacle entre toi et moi. C'est ainsi que tu l'entends au reste.

Tu peux te servir des coupe-papier comme tu voudras, ils sont à moi, voilà tout.

La révélation qui t'a tant troublée me trouble aussi profondément de ce qu'elle t'est révélée. J'exulte de ta joie, ma chérie, et je te prends tout entière jusqu'au plus intime de ton être et je prends ta bouche : langue à langue passionnément. Ceci pour la lettre du 25. – Maintenant pour la 1ère lettre du 26. Je suis content que Lamur soit loin de la mer et [que] vous soyez tous en sûreté. Mon ardente Madeleine tu m'aimes comme je veux être aimé. Je prends tes lèvres jusqu'au sang que tu me donnes.

La seconde lettre du 26 mon amour, je l'ai déjà lue 20 fois tant je l'aime. Je te prends rêveuse ou active, rieuse ou grave mon amour. Tout est beauté en toi ma chérie, tout est harmonie et comme j'aime qu'il y ait en toi encore plus de désir de la beauté. Oui le dédain de l'hypocrisie vient de ton sens admirable de la beauté. Vérité et amour c'est nous deux et cela ne fait qu'un dans leur synthèse : Beauté.

Tu as continué ta lettre le 27. Je ne porte pas la bague semblable à la tienne parce qu'elle est trop grande. Mais garde-la-moi si tu veux. Elle me gênait pour monter à cheval, remuer beaucoup les mains, etc. Que je suis content que tu aies enfin compris que nous aimons tout en nous, et tu as bien compris le secret le divin secret et je souhaite le langage que tu trouveras à notre secret. Ta compréhension des rites de l'amour me cause une allégresse pour ainsi dire religieuse, ô ma Rose, ô mon Lys. Tu as compris qu'à nous tout était permis et que nous aurions toutes les joies et sans nous laisser dominer par ces joies, mais ce qui te domptera, ce n'est pas ta volonté, c'est la mienne. – Ma bougie vient de se renverser sur la lettre pardonne mon amour qu'elle soit si sale mais je suis si mal installé ! ! Je renouvelle donc mes baisers sur tes hanches de perle, que j'aime et dont tu es fière, mon adorée et je suis heureux que ta pensée s'ingénie aux raffinements pour rendre notre amour plus grand que tout ce qui fut l'amour jusqu'ici. Tes sens s'éveillent adorablement on dirait d'Aphrodite se dégageant nue et belle de l'écume marine. Tu savais que tu me trouverais mon amour et tu me gardais pour toi sans aucun trouble et maintenant tu es ma proie, ma toison d'or oui ma chérie, je mets ma tête contre ton sein gauche, je tremble de volupté en y touchant, j'écoute ton cœur, je le baise et je baise aussi la divine coupe faite comme je voulais, car il les faut point trop lourds en effet ma chérie et les tiens sont la perfection. Que j'aime ton corps long et harmonieux, que je suis heureux que tu me comprennes et que tu m'aimes ainsi que tu le fais avec toutes tes fibres et suis si content que tu n'aies plus à être honteuse de ta beauté devant moi mon amour aux beaux yeux et ta chair je la pétris comme le boulanger pétrit la pâte et cette comparaison a dû toujours s'imposer puisque aussi haut qu'on remonte les pains ont toujours été pétris en formes sexuelles – le pain fendu sexe féminin, le pain long sexe viril. Je suis content de ta joie complète causée par ma lettre du 19 et te prie de ne plus quitter une joie qui nous est si favorable. La joie est tout dans la vie, la joie est le grand soldat victorieux, notre joie régnera sur tout si tu veux, ta joie voluptueuse est mon bonheur suprême. Je te prends toute profondément et je prends ta langue mon amour infiniment. Je me meurs dans ta bouche adorable.

J'ai reçu le Mercure que je t'enverrai. Il n'y a pas ma vie anecdotique que j'ai envoyée trop tard.

Je prends tes seins adorables ma chérie et tes hanches merveilleuses. Je t'adore et te le répète infiniment bouche à bouche, langue à langue à n'en plus finir.

Gui*

*La bague sur ma photo doit être ma chevalière avec cachet qui est recopiée sur une des bagues que je t'ai envoyées, ou bien la bague losangée que tu portes.

5 8bre 1915

Mon amour, Je t'ai envoyé aujourd'hui une carte pour te prévenir que nous reprenions le secteur

138 au lieu de 80 – Je t'écris mal parce que je suis mal. Il fait froid, le jour on ne peut faire de feu à cause de la fumée aussi on ne peut écrire. Le soir chaque pièce s'entasse dans son trou. On fait du feu. Mais les hommes sont là qui jouent aux cartes et plaisantent. Je prends toutes tes caresses et te les rends, mon amour. Cependant, j'aime moins tes lettres depuis que tu es à Oran, je t'y sens moins mienne. Au demeurant tu oublies de me dire tout ce que tu m'avais promis – par exemple touchant L'Hérésiarque. Tu renfermes quelque chose que j'ignore et t'exprimes en termes moins directs, partant plus apprêtés et plus vagues – mais peut-être est-ce là un des mille aspects de ton amour ? Je souhaite ma Poppée et ma Phèdre – Remarque que je ne dis cela ni en colère ni avec regret – Entre nous ces sentiments ne sont pas de mise, aussi ne te frappe pas. Cela vient sans doute des nouvelles occupations qui prennent de nouveau ton temps.

Ton père avait bien raison d'admirer Tolstoï qui est un homme admirable en effet et tout particulièrement à mon sens, pour avoir prévu, avoir annoncé la fin de l'ancienne esthétique. Tolstoï avait bien vu cela et ta lettre me le rappelle à un moment douloureux de l'Art où il risque de retomber dans le mécanisme rhétoricien où il a trop longtemps été. Tolstoï avait bien vu que le goût n'a aucun sens et ne peut que gâter l'art. L'art doit être hors du goût et les trois quarts de ceux qui aiment l'art ne se préoccupent que du goût, qu'il est difficile d'en sortir. Il avait fort bien parlé de Shakespeare et de Maeterlinck et avait montré l'erreur artistique qui fausse la pure beauté. C'est là le vrai rôle grand de Tolstoï le reste est d'un grand romancier et de l'apostolat. J'en suis mauvais juge. Là-dedans il est grand aussi, si peu que j'en sache, mais à la façon d'un fantôme énorme, d'un spectre gigantesque que le passé laissait se dresser devant nous autres si aveugles et qui nous laissons encore séduire par tant de choses mortes. Je n'ai pas lu les livres de Tolstoï dont tu me parles. Les romans russes sont dans la vie mais je t'en ai parlé – J'ai lu *Anna Karenine* et une partie de *La Guerre et La Paix*.

J'ai eu tes 2 lettres du 28. – Voici pour la seconde.

Tu dois être amusante et charmante dans ta classe. Moi aussi je voudrais me perdre en forêt avec toi… Je prends tes sourires et j'aime ta seconde lettre plus simple plus spontanée où tu inventes la jolie et subtile, si subtile caresse de tes yeux – Et j'aime aussi les sourires de tes lèvres. J'ai respiré aujourd'hui les « gaz lacrymogènes » qui sentent la poire pourrie et aussi la gnôle qu'on nous donne parfois le matin – Ça pique les yeux, ces gaz s'exhalent d'une sorte de grenade en cuivre mince pleine de liquide qui est peut-être du protoxyde d'azote (impur). Il s'agit donc sans doute de gaz hilarant. Ça ne m'a pas fait rire au demeurant. Mais l'odeur ne m'en est point désagréable. J'ai trouvé une boucle de ceinturon boche, je vais te l'envoyer avec un sachet boche à mettre le masque contre nos gaz suffocants. Avec la boucle tu pourras te faire une ceinture si cela te plaît.

Ne pourrait-on pas obtenir le verre malléable dont je t'ai parlé en le constituant par de l'acéto-cellulose ? Ce serait une découverte intéressante.

Mais je suis trop peu ferré en chimie pr mettre cela au point. Et toi. Mon amour je t'adore et je baise tes lèvres infiniment, profondément.

Gui

6 8bre 1915

On parle mon amour de partir demain on n'irait pas loin. Comme on vient de rentrer à notre ancien corps d'armée, on garderait peut-être le secteur 138 que nous avons réintégré. Mais tout ça n'est pas sûr. Avant tout pardonne-moi d'avoir trouvé quelque chose à redire à tes lettres d'hier exquises. Mais j'étais si mal disposé à ce moment que ta retenue me blessait comme une défection et pourtant tes lettres étaient merveilleuses. Je t'envoie les vers que j'ai faits après t'avoir écrit et ils te donneront la mesure de mon état splénétique d'hier soir. Aujourd'hui beaucoup travaillé, attaque dit-on demain, après quoi j'espère bien qu'on ira prendre position au-delà des lignes boches – Aujourd'hui ta lettre du 29 est venue me faire plaisir. Parmi les bagues d'un des paquets je ne sais lequel, tu as dû trouver une bague faite avec un clou de maréchal j'y tiens – t'en ai-je parlé ? – Tu peux porter les bagues que tu veux. Renvoie-moi la mesure de ton annulaire. Je vais tenter de faire deux alliances de fiançailles en aluminium boche, je t'enverrai les deux et tu embrasseras celle que tu me renverras. C'est aujourd'hui ta première lettre me parlant des communiqués auxquels j'ai participé, mon amour, comme combattant. J'ai vu une image annonçant que les habitants d'un village près duquel nous sommes – tu as dû maintenant en voir les photos – était de nouveau habité. Je me demande par qui et où on a photographié les paysannes. C'est sur la ligne de feu et c'est se moquer du public que lui raconter de telles balivernes. D'ailleurs il n'y a plus de maisons – Ton second encrier revenu hier parce que trop lourd est reparti aujourd'hui – s'il revient j'y renonce – S'il est parti je t'enverrai demain d'une part son couvercle et de l'autre 2 chargeurs vidés de leur poudre et complètement inoffensifs car la capsule a été tirée – une boucle de ceinturon complète (en 2 morceaux) avec le *Gott mit uns* et un morceau de pain de soldat boche on appelle ça du Pumpernikel – ce n'est pas le pain K.K. qu'en Bochie on appelle je crois d'ailleurs du pain Kappa – Tu me dis être heureuse que je trouve tes lettres jolies. Elles sont plus que jolies et tu as bien du talent outre l'amour que tu y mets – Il y a peu d'écrivains actuels qui écrivent mieux que toi, mon amour. À ce propos, il y a un recueil de contes – ce sont surtout des contes de fées – le Pentaméron de Basile (16e siècle je crois) écrit en dialecte napolitain. J'aurais voulu le traduire. J'en ai une édition, mais cela dépasse ma science linguistique et ne vaut pas la peine (comme gain) d'une étude approfondie de l'ancien dialecte parthénopéen. Cependant il a été traduit en anglais, une édition illustrée pr la jeunesse, que j'ai vue je ne sais plus où. Si tu avais le temps tu le traduirais, ça t'exercerait en ton anglais et je le remettrais au point au moyen de ma rare édition ancienne de l'original. J'aime beaucoup les contes de fées. Enfant Perrault fut (avec Robinson et Racine) ma principale lecture. Les contes de Perrault sont pleins d'anciennes vérités mythiques venues d'Asie par tradition. Or Naples ou Parthénope est un des lieux de passage de ces fables d'où le très grand intérêt du Pentaméron de Basile qui n'a jamais été traduit en français – On m'a dit que Lucie Felix-Faure Goyau en parlait dans un ouvrage qu'elle a fait sur les contes de fées, mais je n'ai pas lu ce livre et ne sais ce qu'elle dit à propos du Pentaméron. – Ma chérie, tu es ma mignonne et j'ai été délicieusement troublé par tout ce que tu me dis de ton amour et aussi par l'allusion que tu fais d'hoirs à naître, ô mon amour je baise ton giron et tes seins. Ce que tu me dis du voyage de Nice, m'a aussi troublé et j'en ai été bien heureux aussi. Il est certain que ma volonté t'avait envoûtée dès le premier regard que je t'eus jeté. Je savais bien que tu serais mienne. Je t'ai follement désirée sans penser à des désirs physiques certes, mais dans ces hautes régions du désir, le physique et le spirituel ne se séparent point, ils ne font qu'un.

On ne reparle plus de permission de notre côté et j'imagine qu'on n'en aura pas de sitôt du moins par ici – À partir d'aujourd'hui je t'enverrai des poèmes, que je te prierai de me recopier quand il y en aura assez et me les renvoyer pour que je les donne à une revue. Je prends ta bouche je sens ton corps enroulé à moi, tes jambes m'enlacent dans la plus pure des [illisible], ta croupe s'agite de désirs fous – Je prends ta bouche ma langue la parcourt ; tes belles dents touchent les miennes. Je baise ta bouche, mon amour.

DÉSIR

Mon désir est la région qui est devant moi
Derrière les lignes boches
Mon désir est aussi derrière moi
Après la zone des armées

Mon désir c'est la butte de Tahure
Mon désir est là sur quoi je tire
De mon désir qui est au-delà de la zone des armées
Je n'en parle pas aujourd'hui mais j'y pense

Butte de Tahure je t'imagine en vain
Des fils de fer, des mitrailleuses, des Boches trop sûrs d'eux
Trop enfoncés sous terre déjà enterrés
Ca ta clac, des coups qui meurent en s'éloignant

En y veillant tard dans la nuit
Le décauville qui toussote
La tôle ondulée sous la pluie
Et sous la pluie ma bourguignote

Entends la terre véhémente
Vois les lueurs avant d'entendre les coups
Et tel obus siffler de la démence
Ou le tac tac tac monotone et bref plein de dégoût.

Je te vois Main de Massiges
Si décharnée sur la carte

Le boyau Goethe où j'ai tiré
J'ai tiré même sur le boyau Nietzsche
Décidément je ne respecte aucune gloire

Nuit violente et violette et sombre et pleine d'or par moments
Nuit des hommes seulement
Nuit du 24 septembre 1915
Demain l'assaut
Nuit violente, ô nuit dont l'épouvantable cri profond devenait plus intense de minute en minute

Nuit des hommes seulement Nuit qui criait comme
une femme qui accouche.

Gui

Je viens de chercher les vers que j'ai faits hier soit mais je ne les ai pas retrouvés tant pis – Je prends ta bouche –

7 8bre 1915

Mon amour je n'ai pas eu de lettre de toi aujourd'hui. J'ai appris la mort de Remy de Gourmont qui était mon ami et m'avait amené au Mercure. C'est un grand esprit qui disparaît. Ses jugements allaient parfois de travers quand l'intérêt [le] lui dictait mais au reste c'était un puits de connaissances littéraires et qui sait même biologiques. Défiguré par la lèpre (disait-on, en tout cas il avait la face violette et comme brûlée) il était persécuté par les Choses de l'amour et en parlait beaucoup – Il y avait en lui de l'esprit de Pierre Bayle du dictionnaire, cet homme chaste qui écrivit pour réclamer le droit aux écrivains d'écrire des obscénités sans être pour cela appelés corrupteurs. Remy de Gourmont a dissocié pas mal d'idées et ce travail d'analyse a fait de lui le plus subtil des vulgarisateurs. Sa mort laisse une place vide que peu peuvent remplir. Il était ouvert aux idées nouvelles et tolérant, chose rare de nos jours. –

Ton père, mon amour, savait le russe ? Je l'ai su étant enfant, mais il y a bien longtemps que je l'ai oublié. Je crains que la décision de la Bulgarie ne prolonge encore longtemps longtemps la guerre. Ici tout continue à bien aller. C'est du bon travail et les communiqués ont, ma chérie de quoi te réjouir.

Ton encrier est enfin parti et j'ai envoyé aujourd'hui deux paquets dont l'un – le plus petit contient le couvercle de l'encrier. Tu dois avoir déjà le socle parti tout seul. Je te prends mon amour dans un très long baiser où nos bouches jointes par les lèvres les dents et les langues sont la plus exquise fournaise qui soit – Je t'imagine nue pressée contre moi. Tes seins exquis me pénètrent de leurs tendres pointes. Je presse ta taille souple qu'alourdit adorablement le calice évasé de tes hanches de miel. Nos bras enlacent nos corps comme des serpents lunaires. Ta chevelure nous noie dans l'onde mystérieusement nocturne de notre amour qui s'éclaire lui-même. La fleur que j'aime s'épanouit à m'attendre et je la prends avec la forte douceur de notre passion infinie. Je pense à l'odeur pénétrante et exquise de tes aisselles [illisible] et je ne vois que la lueur profondément claire de ton regard extasié. Je me sens ton maître. Je te plie à ma fantaisie. Tu m'obéis passionnément, tu souhaites mes ordres les plus violents, tu désires ma violence, tu t'humilies avec la joie supérieure d'être femme et tu souffres si délicieusement que ta pâmoison est un nirvana délectable. Sache, mon amour, que ton éducation n'est pas finie. Je veux t'avoir parfaite, quand je te prendrai, puisque j'ai le temps de te parfaire et je te prie, ma chérie, de n'être pas rebelle à cette éducation qui doit me donner une vierge avertie complètement par son fiancé. Je t'adore mon amour ; je désire que tu sois ma Poppée, ma Phèdre car les mouvements visibles de ta passion dans ton écriture sont ma consolation dans cette guerre où l'on est si privé directement de l'amour que ce qu'il peut en avoir dans des lettres est une exquise diversion aux ennuis du présent. C'est pourquoi augmente passionnément notre secret. Et réponds un peu à mes lettres, petite rebelle, qui laisse suspendues tant de questions qui m'intéressent infiniment. Tu mérites la correction conjugale pour me laisser en suspens sur ce que tu m'avais promis de me dire à propos de certaines pages de *L'Hérésiarque* et bien d'autres choses encore, ma désirée, mon amour, je prends ta bouche

Gui

8 8bre 1915

Trois lettres de toi aujourd'hui, mon amour – celle du 30 et les 2 du 1er. Mais avant tout que je te dise combien j'aime la photo de ma Madeleine d'il y a de cela deux ans. C'est une bonne photo je t'y vois bien et elle te montre comme la volupté même. C'est Hébé même. J'y distingue merveilleusement ta poitrine. Tes seins s'y font deviner comme deux adorables fruits. J'y adore tes yeux et toute toi ma très très chérie. Cette photo te montre d'une beauté si excellente que je m'étonne que tous les hommes ne soient pas tombés à genoux quand elle leur apparaissait. C'est vraiment inimaginable. Tu sais j'ai baisé passionnément tes lèvres rouges et si sensuelles très bien dessinées sur cette photo où malgré l'innocence la volupté couvait en toi comme le feu dans un volcan éteint. Ton cou est merveilleusement rond tes belles épaules sont exquisément modelées et potelées, ta gracieuse et riche poitrine est à la hauteur que j'aime. Les ailes de ton nez battent comme un couple de colombes et soulignent ce que ta beauté a de piquant outre sa noblesse et sa volupté. J'adore ton regard et tes yeux meurtris on dirait par l'amour et à l'avance.

L'Amour devait avoir un arc de rechange et ses deux armes réglementaires ce sont tes deux sourcils au merveilleux dessin.

Mais ton front pur ! le lobe de ton oreille droite et l'admirable masse de tes cheveux noirs qui m'évoque une riche toison Qui très sûrement est la sœur De cette énorme chevelure Et qui t'égale en épaisseur Nuit sans étoiles. Ces quatre vers de Baudelaire sur la secrète toison de celle qu'il aimait sont venus sous ma plume sans que je les aie cherchés tant ils s'appliquent bien à l'image que m'évoque ton admirable chevelure si bienvenue dans ta photo, ô mon amour aux longs cils. Je crois au demeurant que ces vers disent la vérité !

– Dis, mon amour raconte-moi tes rêves dont « la vérité est étonnante » pour que j'ose aussi te raconter les miens. Ils s'élèvent sur un terrain où je n'ose pas te précéder. Ô ma chère Phèdre, sois sa sœur Ariane en ce dédale et guide-moi. Ne crains pas la correction conjugale comme un châtiment pénible, mon amour, elle est tout le contraire et un raffinement exquis quand on s'aime comme nous nous aimons. Mais que j'aime à t'entendre dire que tu meurs de volupté à ma voix et à mon regard.

Je te remercie d'avoir écrit : « Je sais que je puis te parler à toi de mon être intime, qu'il faut élargir notre secret puisque c'est notre secret conjugal qui commence. » C'est donc à toi d'élargir ce secret puisque c'est toi qui dois me guider dans *l'adorable chemin*.

Je t'imagine, mon Madelon ! en aspirante avec ta poitrine et tes hanches ! Et puis je ne veux pas du tout que tu coupes tes cheveux. Je t'aime de toutes mes forces comme tu fais.

Mais non, mon Madelon, je n'use pas autant d'allumettes que dit mon camarade, mais je ne sais pas tenir une pipe allumée et ce tabac ne peut se fumer qu'en pipe. Voilà tout. Mais en effet une fois j'ai dévoré toute la provision d'allumettes de Berthier qui n'était pas lourde au demeurant, mais ici les allumettes sont rares. On se sert de boîtes d'allumettes pr les envois parce qu'on n'a pas d'autres boîtes.

Je crains que ton rêve de guerre finie en novembre ne se réalise pas. Notre sotte diplomatie a laissé s'accomplir aux Balkans une comédie qui allonge la guerre, qui peut dire de combien, je n'ose même pas te dire de combien elle l'allonge à mon avis. Je prends ta bouche rouge et tes seins qui aiment mes caresses et tout toi tout toi.

Embrasse Pierre pour moi et pour le bien que tu m'as dit de lui.

Ce n'était pas un journal espagnol mais un journal italien qui enveloppait l'encrier. Pourquoi étaient-ce des nouvelles du 29 que tu attendais, l'offensive était les 22 23 24 et 25, les jours suivants ça a continué mais les grandes journées furent celles-là. Je sens le don de ta vie mon amour et tu n'imagines pas le bien qu'il m'a fait ma très chérie.

Je t'aime de toute mon âme, mon amour, je te prends dans mes bras je te berce, je te câline, je te dévêts doucement en te regardant en me noyant passionnément dans ton regard. Baise tes pieds chéris qui se contractent à mes caresses. Je bois toute la vie dans ta bouche. Je t'envoie ci-inclus les vers que je croyais perdus. Je n'ai plus rien de la tristesse où j'étais quand ils me sont venus.

Je t'adore, ma chérie je reprends ta bouche tes seins, je te prends toute, toute et je te sens pâmée sous ma caresse ô ma chère, chère petite Madeleine aux yeux cernés, mon adorable beauté, ma Madeleine, adorable et adorée.

PLAINTE

Mon amour tant chéri ma Madeleine
Je me jette vers toi et il me semble aussi que tu te jettes vers moi
Une force part de nous qui est un solide qui nous soude
Et puis il y a aussi une contradiction qui fait que nous ne
pouvons nous voir
– Quand est-ce qu'on [se] reverra –
En face de moi la paroi de craie s'effrite
Il [y] a des cassures de longues traces d'outils traces lisses et
qui semblent être faites dans du nougat
Des coins de cassures sont arrondis par le passage des types
de ma pièce
Moi j'ai ce soir une âme qui s'est creusée qui est vide

On dirait qu'on y tombe sans cesse et sans trouver de fond
Et qu'il n'y a rien pour se raccrocher
Ce qui y tombe et qui vit c'est une sorte d'êtres laids qui me
font mal et qui viennent de je ne sais où
Oui je crois qu'ils viennent de la vie d'une sorte de vie qui
est dans l'avenir dans l'avenir brut qu'on n'a pu encore
cultiver ou élever ou humaniser
Dans ce grand vide de mon âme il manque un soleil, il
manque ce qui éclaire
C'est aujourd'hui, c'est ce soir et non toujours
Heureusement que ce n'est que ce soir
Les autres soirs je me rattache à toi
Car toutes les places de mon corps correspondent à ce qui
leur équivaut dans le tien
Les autres jours je me console de la solitude et de toutes les
horreurs
En imaginant ta nudité
Je voudrais en connaître tous les détails
Pour l'élever au-dessus de l'univers extasié
Puis je pense que je ne connais même pas cela
Je ne le connais par aucun sens
Ni même par les mots
Et mon goût de la beauté est-il donc aussi vain
Existes-tu, ma Madeleine,
Ou n'es-tu qu'une entité que j'ai créée sans le vouloir
Pour peupler la solitude
Es-tu une de ces déesses comme celles que les Grecs avaient
créées pour moins s'ennuyer

Je t'adore, ô ma déesse exquise, même si tu n'es que dans
mon imagination
Mais tu existes ô Madeleine, ta beauté est réelle,
Je l'adore
Malgré la tristesse de la craie et la brutalité incessante des
coups de canon.

9 8bre 1915

Ci-inclus dix francs pour le couteau, les ciseaux, la lime.

Mon amour adoré, Madeleine ma chère extase, Madelon mes délices, Roselys de toute pureté et de toute volupté. Tu ne me dis pas ce qu'est, ce que fait la jeune femme à qui tu donnes des leçons. – J'ai reçu tes trois lettres du 31 8bre du ler nov.1 et du 2. Je les aime beaucoup. Toutefois, tu redeviens excessivement pudique avec moi et je veux que tu perdes cela avec moi complètement quitte à le redevenir sur mon ordre quand je jugerai que tu m'appartiens non seulement corps et âme comme tu m'appartiens mais même dans l'impondérable subtilité de tout ton être. Je veux que tu sois avec moi impudique comme la femelle avec le mâle, de même que je veux que ton esprit s'élève avec le mien aux plus hautes conceptions esthétiques, métaphysiques, religieuses et morales. Je veux que nous ne fassions qu'un et si ton cerveau m'obéit, si ton corps le fait aussi il y a encore des régions obscures de ton être où tu n'es pas devenue tout à fait ma Madeleine. Ta pudicité doit grandir et devenir infiniment farouche à l'égard de tout ce qui n'est pas moi elle doit au contraire tomber complètement ardemment devant moi. Pour l'exprimer en dehors des actes il n'y a que les mots et le verbe situe donne une réalité à l'acte, c'est pourquoi le verbe est si important. Peu de gens se sont aimés ou ceux qui l'ont fait, ont agi illégitimement et dans le vice. Il importe que deux esprits comme nous agissent dans la vertu mais d'une façon aussi complète aussi passionnée que ceux qui sont dans le vice. Lis la vie des grandes Saintes et vois comme l'amour divin qui les enflammait leur faisait perdre toute pudicité. Ce n'était pas vice, c'était vertu et combien il faut plaindre ceux qui trouvent à redire à l'admirable passion qui palpite impudiquement dans les oeuvres de Ste Thérèse d'Avila. Je te préviendrai quand il faudra de nouveau être pudique tout ton esprit étant devenu mien ainsi que le consentement de ton corps avant que j'aie son don véritable ô mon amour – Ce n'est pas la panthère que je préfère en toi je t'aime toute ma Roselys mais c'est la panthère que je veux connaître entièrement avec tout ce que peut éveiller en elle l'amour qui se dévoile devant ses yeux. Pendant quelques jours, j'ai senti ton effort il se relâche maintenant. Encore un effort mon esclave ! et ferme à jamais l'admirable chaîne de mes sens à l'adorable enchaînement des tiens. Mais c'est de toi qu'il faut parler pour me montrer la profondeur de tes possibilités sensuelles. Je sais que tu es ardente. Je veux savoir combien par toute ton imagination dévoilée sans restriction de façon à ce que ton corps m'appartienne magnifiquement comme un champ fertile où je puisse moissonner. J'aime tes airs de volupté. Ils sont certainement de toi car je ne t'en ai pas parlé et me livrent une partie de ta vraie nature, ma Madeleine adorée. Il est vrai que nous nous aimerons magnifiquement. Il est vrai que tu es moi et que je te donne toutes tes pensées, n'oublie pas que tu dois me donner toutes les miennes et que je serai toi aussi complètement que tu seras moi. Remarque bien que je ne fais pas de reproche parce que je sais bien que tu m'appartiens de plus en plus mais j'ai remarqué que tu es un peu moins charnelle sans l'avoir encore été complètement et que je veux pénétrer entièrement ta puissance charnelle et qu'il y a comme un retour de pudeur à mon égard dans ces restrictions verbales dont je ne veux pas. Tu es à moi comme une femelle à son mâle et je veux toute ton impudeur tout ton désordre toute ta folie, je veux pouvoir faire de toi ce que je veux sans que jamais tu te sentes avilie les mots non plus ne doivent pas t'avilir ils nous appartiennent mais le reste du monde n'a plus droit qu'à notre mépris amusé et à notre majesté cruelle. Songe que ce n'est pas pour rien que je t'ai dit que s'il me plaît je veux pouvoir fouailler ta chair, je veux que ma domination sur toi soit entière et que la schlague même si je te la donnais ne te rende que plus voluptueuse. Tu penses bien que je n'ai pas l'intention de te brutaliser, tu le penses bien, j'ai pour toi l'amour le plus tendre et je t'admire en ta beauté en ton esprit en tout toi, je t'aime plus que moi. Aussi, je te veux à moi absolument. Ma

Madeleine adorée, tu me donnes bien de la joie par les sensations fortes et subtiles que tu décris si admirablement. Tu m'aimes comme je veux et souffre, amour, que je réchauffe encore par mon autorité violente l'ardeur infinie de notre amour. Oui je suis aussi ta chose, mais toi tu es ardemment infiniment follement pas modiquement mon esclave. Je peux déchirer ta peau si je veux, zébrer de coups tes jambes et ta croupe de Bacchante et tu m'adores comme une idole adorablement cruelle. Et si je veux je peux te baigner avec une caresse infinie dans un fleuve de baume plus doux que tous les paradis. Après tout j'aime mieux que tu aies peu lu d'auteurs modernes. C'est moi qui te ferai lire. D'ailleurs moi aussi j'ai peu lu d'auteurs modernes. Je t'adore. Tu es exquise, tu es mon amour que j'adore et je mange ton ventre sucré comme un rayon de miel. Tu m'honores infiniment en me comparant à Racine. Pour toi il n'y a pas de femme à qui tu sois comparable tu es sans rivale. C'est curieux je trouve Bordeaux malsain (le peu que j'en ai lu) c'est médiocre et jésuitiquement sensuel et vicieux, pouah ! Je te montrerai comment et tu comprendras bien toi qui es saine et honnête. Ton jugement sur Richepin est juste, j'ai lu La Mer aussi amplification de rhétoriqueur sur le thème marin. Cependant tu as gardé ton naturel à cause de ta famille exquise d'âme d'après ce que j'en sais, mon amour. Ce que tu m'as raconté des travaux de ton papa et de la grâce de ta maman m'a ravi. La fermeté de ton corps est une merveilleuse qualité de ta belle jeunesse. Je t'adore et te dévore toute. Oui l'hymen est une membrane, mais je ne sais pas si ça ressemble au tympan car je ne suis pas bien fort sur l'anatomie. Je ne sais pas de quel autre sang tu parles. Je ferai couler la première fois le sang de la déchirure, oh pas beaucoup et aussi l'humide radical de ta jouissance dont l'épanchement se renouvellera à chaque volupté. J'adore ton odeur exquise. La caresse secrète de la 9e porte te trouble violemment et je t'adore d'avoir honte, amour, et je comprends que ton trouble le plus précis soit celui de notre baiser parce que tu l'imagines plus facilement. Oui, c'est merveilleux que tu apprennes tout de moi. Je t'adore pour ta douceur exquise et j'adore ton baiser sur mon être intime jusqu'à ce que je te désire follement. Je comprends bien qu'il ait fallu du temps pour que tu comprennes et encore maintenant tu ne peux pas tout comprendre entièrement mais cela se précisera peu à peu. Tu as raison les pratiques solitaires sont vicieuses et il faut les éviter autant que possible. Nos filles seront élevées sainement et ne seront pas pensionnaires. Tu as bien raison de tout me dire, amour, et tu penses bien que je ne pense pas à ta petite aventure du train. Oui, j'adorerais que tu sois mon professeur d'amour que tu inventes, que nous inventons tous deux. Je te donne la caresse de ma langue qui te fait évanouir et après mes caresses, j'irai me reposer sur ton sein. J'aime comme tu me piges et tu me comprends merveilleusement ma Madeleine adorée, viens que je te donne l'étreinte profonde qui te fait vibrer comme un violon de Crémone.

Oui le hargneux auteur du Racine ignoré, s'appelait Masson Forestier, j'ai même écrit un article contre lui dans *L'Intransigeant* ; il est mort il y a environ deux ans. Oui, il y a une merveilleuse poésie si loin de la poésie conventionnelle dans l'amour exquis qui est le nôtre. Je suis content que tu veuilles être une jolie maman, je suis passionnément heureux que tu aies le bassin large et non pas vilainement étroit comme beaucoup de Parisiennes qui ne peuvent supporter l'amour. Toi, tu répondras superbement à mes étreintes et je t'adore ma lionne, ma chère impératrice. Je t'adore. Je prends tes dents ta langue et tout toi. Dis amour parfois, l'hiver on fera un grand feu, on brûlera de l'encens et du benjoin et toutes portes closes on s'aimera à la folie, nu et nue dans la lumière douce dont tu parles en lisant des vers pr se reposer en buvant des liqueurs douces en mangeant des fruits. Ce sera une grande fête à notre cour et non seulement nous nous aimerons divinement, mais encore nous deviserons adorablement. Je t'adore et je prends ta bouche en te serrant adorablement contre moi et je mets un baiser sur la touffe exquise de ta toison.

Gui

LE DEUXIÈME POÈME SECRET

La nuit la douce nuit est si calme ce soir que l'on n'entend que quelques rares éclatements
Je pense à toi ma panthère bien panthère oui puisque tu es pour moi tout ce qui est animé
Mais panthère que dis-je non tu es Pan lui-même sous son aspect femelle
Tu es l'aspect femelle de l'univers vivant c'est dire que tu es toute la grâce toute la beauté du monde

Tu es plus encore puisque tu es le monde même
l'univers admirable selon la norme de la grâce et de la beauté
Et plus encore mon amour puisque c'est de toi que le monde tient cette grâce et cette beauté qui est de toi
Ô ma chère Déité, chère et farouche intelligence de l'univers qui m'est réservé comme tu m'es réservée
Et ton âme a toutes les beautés de ton corps puisque c'est par ton corps que m'ont été immédiatement accessibles les beautés de ton âme
Ton visage les a toutes résumées et j'imagine les autres une à une et toujours nouvelles
Ainsi qu'elles me seront toujours nouvelles et toujours toujours plus belles
Ta chevelure si noire soit-elle est la lumière même diffusée en rayons si éclatants que mes yeux ne pouvant la soutenir la voient noire
Grappes de raisins noirs colliers de scorpions éclos au soleil africain noeuds de couleuvres chéries
Onde, ô fontaines, ô chevelure, ô voile devant l'inconnaissable, ô cheveux
Qu'ai-je à faire autre chose que chanter aujourd'hui cette
adorable végétation de l'univers que tu es Madeleine Qu'ai-je à faire autre chose que chanter tes forêts moi qui
vis dans la forêt
Arc double des sourcils merveilleuse écriture, sourcils qui contenez tous les signes en votre forme
Boulingrins d'un gazon où l'amour s'accroche ainsi qu'un clair de lune
Vies désirs en troupeaux interrogatifs parcourent pour les déchiffrer ces runes
Écriture végétale où je lis les sentences les plus belles de notre vie Madeleine

Et vous cils, roseaux qui vous mirez dans l'eau profonde et claire de ses regards
Roseaux discrets plus éloquents que les penseurs humains, ô cils, penseurs penchés au-dessus des abîmes
Cils soldats immobiles qui veillez autour des entonnoirs précieux qu'il faut conquérir
Beaux cils antagonistes, antennes du plaisir, fléchettes de la volupté
Cils anges noirs qui adorez sans cesse la divinité qui se
cache dans la retraite mystérieuse de ta vue mon amour Ô Touffes des aisselles troublantes plantes des serres chaudes
de notre amour réciproque
Plantes de tous les parfums adorables que distille ton corps sacré
Stalactites des grottes ombreuses où mon imagination erre avec délices
Touffes, vous n'êtes plus l'ache qui donne le rire sardonique et fait mourir
Vous êtes l'ellébore qui affole vous êtes la vanille qui grimpe et dont le parfum est si tendre
Aisselles dont la mousse retient pour l'exhaler les plus doux
Parfums de tous les printemps
Et vous toison, agneau noir qu'on immolera au charmant dieu de notre amour
Toison insolente et si belle qui augmente divinement ta
nudité comme à Geneviève de Brabant dans la forêt
Barbe rieuse du dieu frivole et si gracieusement viril qui est
le dieu du grand plaisir
Ô toison triangle isocèle tu es la divinité même à trois côtés, touffue innombrable comme elle
Ô jardin de l'adorable amour.

Ô jardin sous-marin, d'algues de coraux et d'oursins et des désirs arborescents
Oui, forêt des désirs qui grandit sans cesse des abîmes et plus que l'empyrée.

LE TROISÈME POÈME SECRET

Toi dont je répandrai le sang grâce à l'amour ô ma vierge
qui allumes la lampe
Ouïs le son profond des canons qui t'acclament et t'accueillent ma reine
Ouïs les cliquetis des épées qui t'appellent ô très belle victime
Toi dont je pénétrerai la chair jusqu'à l'écume ardente où la chair et l'âme se convulsent ensemble
Ouïs le cri terrible de la tempête qui te secoue mon beau vaisseau
Toi dont la croupe libre se balance ainsi qu'un beau vaisseau sur la mer parfumée
Toi, temple dont je serai le prêtre ardent et dévot et farouchement unique
Entends monter le cri d'amour d'une armée qui soupire vers l'amour
D'une armée de fidèles qui n'adorent que le terrible et belliqueux dieu de l'amour
attols singuliers de la guerre
Coraux de tous les bonheurs
Belles fleurs inécloses
des aveux de l'espoir
Ô mon tendre amour Madeleine
un tremblement léger
mon haleine ton haleine ô Madeleine
Une goutte de pluie par pitié sur notre très cher Amour ô Madeleine
Toi dont la pensée me secoue comme Samson secouait le temple de Dagon

Toi dont les seins cupules adorables se tendent vers moi si loin que je passe sur eux comme sur un pont de roses un pont double de neige au soleil pour venir jusqu'à toi
Imagine les canons tendus terriblement comme mon désir vers l'ennemi.
Toi qui es si belle, ô beauté, que le monde est un socle pour
ton apothéose
Envoie-moi tes seins comme des pigeons voyageurs pour me
dire ton amour
Non, garde-les plutôt dans le doux colombier et dis-moi le
roucoulement des deux colombes aimées
Ô figue mûre et secrète que je désire, dont j'ai faim je ne serai pas un sycophante
Écoute les mots les plus tendres, ô Madeleine, écoute mon oraison Madeleine
Écoute-moi tout près de toi malgré l'éloignement te dire que je t'aime
O Fée qui te transformes selon ma volonté en panthère ou en cavale
Toi qui es selon mon désir une divinité ou bien un ange
Toi qui es si je le veux la princesse vierge et lointaine ou la femme ardente ou la reine cruelle
Toi qui es aussi quand je désire ma sœur exquise ou l'adorable esclave
Toi qui es le lys, Madeleine aux beaux cheveux et toi qui es la rose
Toi qui es le geyser, toi qui es la sagesse toi qui es la folie ou l'espoir aux yeux graves
Toi qui es l'univers tout entier j'ai soif de tes métamorphoses

Gui aime Madeleine
je t'aime ma Madeleine Je t'aime Gui.

9 octobre 1915

Mon amour je t'envoie une aile de papillon que j'ai pris aujourd'hui. Les papillons ont de beaux noms mais je ne les connais pas, de beaux noms mythologiques. Que les nuances automnales de cette aile te disent les nuances plus délicates encore de mon amour.

J'ai lu aujourd'hui des trucs à D'Annunzio. Décidément c'est un écrivain bien faux.

Aujourd'hui pas de lettre de Madeleine.

Il fait beau et froid.

Mon amour, je te prie de bien répondre toujours à mes lettres, au besoin de répéter ma question pour que je puisse situer ta réponse. Songe qu'une réponse à une question met un demi-mois à me parvenir, si bien qu'une pensée suivie entre nous ne peut se faire qu'en 24 fois par an, ce qui te donne la mesure de ton devoir vis-à-vis de mes questions. En outre réponds à mes questions sans tarder et dès la prochaine lettre sans quoi tu risques d'oublier.

Je t'adore ma chérie et baise ta bouche. Je baise aussi tes seins dont la photo d'hier m'a donné l'alliciante presque-vision et tes cheveux qui m'ont fait surgir de si troublantes correspondances, exprimées par les vers que j'ai cités du poème de Baudelaire : « Les Promesses d'un visage ».

Tu sais que je suis très jaloux de tous les gens qui te choient, t'adulent te cajolent maintenant que tu es ma fiancée infiniment chérie. Je suis même jaloux des grandes élèves de ta classe qui doivent être un peu amoureuses de leur adorable professeur.

FUSÉE

La boucle des cheveux noirs de ta nuque est mon trésor

Ma pensée te rejoint et la tienne la croise

Tes seins sont les seuls obus que j'aime

Ton souvenir est la lanterne de repérage qui nous sert à pointer la nuit

En voyant la large croupe de mon cheval j'ai pensé à tes hanches

Voici les fantassins qui s'en vont à l'arrière en lisant un journal

Des sœurs de la Croix-Rouge russe sablent le champagne dans un wagon restaurant

Le chien du brancardier revient avec une pipe dans sa gueule

La pudeur est le sachet antilueur entre nos amours Madeleine

Un chat-huant aile fauve, yeux jaunes, gueugueule de petit chat et pattes de chat

Le train entre Vera Cruz et Mexico les soldats qui forment l'escorte descendent de leurs wagons pour combattre en route puis le train se remet en marche

Une souris verte file parmi la mousse

Notre amour est un sous les étoiles

Je suis fier de ma virilité puisqu'elle se dresse en l'honneur de la beauté et de notre bonheur

Le riz a brûlé dans la marmite de campement ça signifie qu'il faut prendre garde à bien des choses

Le mégaphone crie « allongez le tir »

Allongez le tir, amour, de vos batteries

Allongez le tir bombardez la côte africaine

Où est celle que je veux voir mourir et remourir pour vivre
plus encore

Mourir et remourir d'amour pour vivre plus d'amour encore

Un arbre dépouillé sur une butte

Le bruit des tracteurs qui grimpent dans la vallée

Ô vieux monde du 19 siècle plein de hautes cheminées si belles et si pures

Virilités du siècle où nous sommes
Ô canons

Balance des batteries lourdes, cymbales de la folie

Folie de mort non plutôt folie d'amour folie d'amour et cc village qui s'appelle presque l'amour, ce village où tu m'attends Madeleine que je baise
sur la bouche

Gui

11 8bre 1915

Mon amour j'ai eu 2 lettres de toi aujourd'hui (du 2 et du 3). Je suis très content, je t'y sens plus Poppée et Phèdre. Je t'aime tant ainsi. Surtout d'ici où ta chère sensualité me console de tout l'ennui, est le seul remède à l'ennui. Accentue cette note, mon amour. Tu as dit toi-même qu'il fallait augmenter le secret entre nous, augmente-le notre secret, sans crainte. Sois nue devant moi… de si loin. Je t'ai envoyé bien d'autres paquets pour te tenir au courant de mon existence, car je savais bien que les lettres auraient un long retard. Réponds aussi bien ponctuellement à mes questions quand j'en fais ou que tu en devines. Songe qu'à cette lettre-ci je n'aurai pas de réponse avant le 27 ou le 28. Ne parle plus de la permission pour le moment, elles sont supprimées dans la zone de l'avant sur tout le front. Les permissionnaires de maintenant sont donc ou les gens des dépôts ou ceux des arrières de la zone des armées. L'infanterie va quelquefois au repos dans ces arrières, nous n'y allons jamais. Le groupe n'a pas encore été au repos. On juge que nous avons assez de loisirs (donc repos) sur place. Je me souviens admirablement de ton lourd regard de Marseille, si chargé de toute la volupté que tu portes. Tu es très belle. Je baise ta bouche à travers la voilette que je déchire comme un voile d'Isis et je prends toute la petite voyageuse devenue ma petite femme adorée que je serre follement contre moi. Mais oui, mon amour nous saurons admirablement nous dire que nous nous aimons et nous saurons le dire par les lèvres et par les yeux.

C'est charmant, exquis de m'avoir raconté ce que tu as fait après m'avoir quitté sur le quai de la gare à Marseille et aussi de m'avoir fait tout le récit du combat amoureux qui s'est livré en toi depuis. Je t'aime. Nous nous sommes donc aimés dès que nous nous sommes vus. C'est merveilleux. Je t'adore.

Mon adorée, j'aime notre cher roman et je prends toute ta bouche que je baise, puis tes seins si sensibles et dont mon baiser durcit les pointes qui se tendent vers moi comme ton désir. Je mets mes bras autour de toi et je te presse infiniment contre mon cœur.

C'est le moment où les épeires ces araignées crucifères jettent les fils de la vierge un peu partout. En les regardant ces fils blancs que le vent agite et fait blanchoyer à la lumière, c'est à toi que je pense Ô mon lys adoré.

Tu as raison de ne pas me parler de la guerre si longue c'est tellement inutile d'en parler.

D'ailleurs les communiqués sont très exacts. J'ai pu le vérifier pr ce qui concerne nos secteurs. Car c'est fini le temps où le soldat ne savait rien de la bataille – idée lancée par Stendhal souvent esprit faux – dans cette guerre en tout cas, on sait tout au fur et à mesure. Cela tient peut-être à la guerre de positions que nous faisons. Et Trapèze, Main, Tahure, Mamelles, arbre de la cote 193, on sait tout ce qui s'y passe, minute par minute pr ainsi dire par les blessés, les camarades du génie, les téléphonistes, les officiers eux-mêmes. Donc fie-toi aux communiqués, ils sont sincères et très très bien faits ! J'avoue que j'étais sceptique à leur endroit, avant d'avoir pu contrôler leur véracité scrupuleuse. D'ailleurs ils sont postdatés et les événements qu'ils rapportent se passent la veille de la date qu'ils portent.

Ici on est dans une très grande confiance justifiée par les événements. Dommage que les affaires balkaniques jettent quelque ombre là-dessus. Je t'écris ce soir du 10 peut-être finirai je ma lettre demain, nous tirons une bonne partie de la nuit. Aujourd'hui spectacle admirable du retour d'une escadrille de 28 avions de bombardement que croisaient nos avions de chasse. Cela se passait très très haut pas aussi haut que notre amour et le ciel était taché de milliers de flocons blancs qu'y laissent les éclatements. Spectacle angoissant et charmant. D'une délicatesse si neuve ! Au loin longeant les 2 fronts narguaient les vilaines saucisses priapiques qui veillent immobiles comme des asticots qui naîtraient dans une pourriture d'azur. Saucisse ! Sont-ce les asticots dont il naît ces gracieux papillons les avions.

Je me demande pourquoi dans cette terminologie de l'aviation, si incertaine encore on n'a pas songé à rendre un hommage verbal à Icare. De son nom on aurait pu tirer des mots. Il le méritait cet ancêtre incontestable des aviateurs Élie Élisée Simon le Magicien aussi !

Et toi je t'adore, je te prends nue comme une perle et te dévore de baisers partout des pieds jusqu'à la tête et évanouis-toi d'amour, mon amour adoré, dont je mange la bouche et les beaux seins qui m'appartiennent et jouissent infiniment gonflés de volupté.

Gui

LE PALAIS DU TONNERRE

Par l'issue ouverte sur le boyau dans la craie
En regardant la paroi adverse qui semble en nougat
On voit à gauche et à droite fuir l'humide couloir
désert
Où meurt étendue une pelle à la face effrayante
à deux
yeux réglementaires
Qui servent à l'attacher sous les caissons
Un rat s'avance en hâte et se recule en hâte
Et le boyau s'en va couronné de craie semée de
branches

Comme un fantôme creux qui met du vide où il passe
blanchâtre
Et là-haut le toit est bleu et couvre bien le regard fermé par
quelques lignes droites
Mais en deçà de l'issue c'est le palais bien nouveau et qui
paraît ancien
Le plafond est fait de traverses de chemin de fer
Entre lesquelles il y a des morceaux de craie et des touffes
d'aiguilles de sapin
Et de temps en temps des morceaux de craie tombent comme
des morceaux de vieillesse
À côté de l'issue que ferme un tissu lâche qui sert généralement aux emballages
Il y a un trou qui sert d'âtre et ce qui y brûle est un feu semblable à l'âme
Tant il tourbillonne et tant il est vrai inséparable de. ce qu'il dévore et fugitif
Les fils de fer se tendent partout servant de sommiers supportant des planches
Ils forment aussi des crochets et l'on y suspend mille choses
Comme on fait à la mémoire
Des musettes bleues des casques bleus des cravates bleues des
vareuses bleues
Morceaux de ciel tissus des souvenirs les plus purs
Et il stagne parfois de vagues nuages de craie
Sur la planche des fusées détonateurs joyaux dorés à tête émaillée
Noirs blancs rouges
Funambules qui attendent leur tour de monter sur les fils de fer

Qui font un ornement mince et élégant à cette demeure souterraine
Ornée de six lits placés en fer à cheval
Six lits couverts de riches manteaux bleus
Sur le palais il y a un haut tumulus de craie
Et des plaques de tôle ondulée qui sont le fleuve figé de ce domaine idéal
Sans eau car ici il ne coule que le feu jailli de la mélinite
Le parc aux fleurs de fulminate jaillit des troncs penchés
Tas de cloches au doux son des douilles rutilantes
Sapins élégants et petits comme en un paysage japonais
Le palais s'éclaire parfois d'une bougie petite comme une souris
Ô palais minuscule comme si on te regardait par le gros
bout d'une lunette
Petit palais où tout s'assourdit
Petit palais où tout est neuf rien rien d'ancien
Et où tout est précieux où tout le monde est vêtu comme un roi
Ma selle est dans un coin à cheval sur une caisse
Un journal du jour traîne par terre
Et tout y paraît vieux cependant
Si bien qu'on comprend que l'amour de l'antique
Le goût de l'anticaille
Soit venu aux hommes dès le temps des cavernes
Tout y était si précieux et si neuf
Tout y est si précieux et si neuf
Qu'une chose plus ancienne ou qui a déjà servi apparaît
Plus précieuse
Que ce qu'on a sous la main
Dans un palais souterrain creusé dans la craie si blanche et si neuve

Et deux marches neuves elles n'ont pas deux semaines
Sont si vieilles dans ce palais qui semble antique sans imiter l'antique
Qu'on voit que ce qu'il y a de plus simple de plus neuf est
ce qui est
Le plus près de ce que l'on appelle la beauté antique
Et ce qui est surchargé d'ornements
Ce qui a des ornements qui ne sont pas nécessaires
À besoin de vieillir pour avoir la beauté qu'on appelle
antique
Et qui est la noblesse la force, l'ardeur, l'âme, l'usure
De ce qui est neuf et qui sert
Surtout si cela est simple simple
Aussi simple que le petit palais du tonnerre

13 octobre 1915

Mon amour, j'ai relu tout le jour ton adorable lettre du 5. Je veux que ma panthère soit entièrement domptée par moi et qu'elle n'ait plus de révolte. Je tiens la cravache adorable qui sait décider de la lutte et les bonds sauvages de ta croupe frémissante ne peuvent qu'irriter ma volonté de te mater. Mais ta passion de sauvagesse impudique m'affole à mon tour et me voilà ivre de volupté dans tes bras, mon esclave enchaînée à sa servitude et ma panthère dompte adorablement son dompteur qui enlace éperdument ses flancs merveilleusement souples.

Tes réflexions sur l'art de Renoir ont peut-être plus de justesse encore que je n'en avais vu hier et il est bien possible que l'anthropomorphisme de cet art exige que la beauté y soit parfaite selon la norme humaine qui est sa mesure. Et combien tu as eu raison de te comparer aussitôt à ces dessins, toi qui cependant es incomparable.

Et en relisant j'ai aussi aimé cette volupté fluide que tu me distilles. Que tu es savante ma Madeleine, tu devines même cette subtilité qui sera sans doute la grande étude du XXe siècle où nous sommes et notre subtilité à nous ne la dégageons-nous pas exquisément et étrangement dans nos lettres ou plutôt grâce à nos lettres nous dont la subtilité se rejoint si exquisément si délicatement, ô subtiles amours. Oui, notre amour a de quoi nous faire délicatement trembler. Ce n'est pas te tordre les entrailles que je veux mon amour. Je veux au contraire émouvoir exquisément et puissamment ta chair, mais je veux aujourd'hui qu'elle s'émeuve, qu'elle s'agite sans souffrance, mais avec une volupté fantastique. Car j'aime ta volupté de vierge, ma chérie. Je ne connais rien de si exquis que ta volupté de vierge. C'est une volupté qui m'émeut si merveilleusement quand j'y pense. C'est une sorte de féerie adorable entre nous. Une féerie adorable où ta volupté s'exhale plus pure encore en volupté, le lys y devient la belle rose. Chacune de tes lettres me donne le plus grand plaisir de ma vie. C'est inouï le raffinement simple et si délicat des plaisirs que tu me donnes. Ces plaisirs sont comme de pures montagnes de neige éternelle au soleil et ma bouche fraîche de cette froide ardeur si sublime des cimes s'égare adorablement vers la secrète profondeur du temple dont j'ensanglanterai le parvis. J'en adore l'exquise volupté et l'exquise pureté. Je défie Vénus même puisqu'elle est si pure. Ne savais-tu pas que j'étais fou de toi, va, tu le sais bien que je suis ton fou. Je le suis complètement ton fou et tu es bien ma folle aussi, ardente ardente Madeleine. Je te mange, je t'ai dit où, mon amour et n'as-tu pas écrit toi-même, ô mon coquillage : « Gui, mange-moi ! » Oui je te mange et ne m'as-tu pas envoyé toi-même, quel exquis présent d'amour, la loupe pour que je te déshabille, vois comme je te suis bien, mon guide adoré. Tu es ma panthère et je suis ton caniche. Mais la panthère est ici l'esclave du caniche et tant de folie exprime à peine notre adorable folie de nous-mêmes, puisque nous nous aimons éperdument.

Nos yeux ne se quitteront pas même dans le spasme n'est-ce pas, amour, et nos bouches non plus elles seront si goulues que mon âme ira dans ton corps exquis intérieurement jusqu'aux moelles et la tienne passera dans mon corps aussi jusqu'aux fibres de ma vigueur.

Et puis tu as bien compris que notre amour est à nous deux seuls et que nous pouvons nous aimer comme nous voulons c'est-à-dire jusqu'au ciel. Pas de lettre de toi aujourd'hui, rien que deux cartes visées par la censure et qui venaient de Marinetti le futuriste – cycliste dans l'armée italienne. Hier j'avais eu une lettre d'Italie également ouverte par la censure et qui me venait d'un ami qui m'envoie le *Corriere della Sera* journal très bien fait. Tu me demandes si je te voudrais près de moi.

Je l'adorerais mon amour cette présence impossible car nous ne serions jamais seuls. Je t'aime va et t'imagine en artilleur en bleu horizon sous le casque, tu serais charmante, mais tes formes troubleraient trop les soldats. Je t'adore, je prends ta bouche et t'adore encore, ma très adorée Madeleine. J'adore ta langue et je la prends, mon amour.

Gui

4 H

C'est 4 h. du matin
Je me lève tout habillé
Je tiens une savonnette
Que m'a envoyée quelqu'un que j'aime
Je vais me laver
Je sors du trou où nous donnons
Je suis dispos
Et content de pouvoir me laver ce qui n'est pas arrivé
depuis trois jours
Puis lavé je vais me faire raser
Ensuite bleu de ciel je me confonds avec l'horizon
 jusqu'à la
nuit et c'est un plaisir très doux
De ne rien dire de plus, tout ce que je fais c'est un
 être invisible qui le fait
Puisqu'une fois boutonné tout bleu confondu dans
 le ciel je
deviens invisible

PHOTOGRAPHIE

Ton sourire m'attire comme pourrait m'attirer une
 fleur
Photographie tu es le champignon brun de la forêt
 qu'est sa beauté,

Les blancs y sont un clair de lune dans un jardin pacifique
Plein d'eau vive et de jardiniers endiablés
Photographie tu es la fumée de l'ardeur qu'est sa beauté
Et il y a en toi Photographie des tons alanguis
On y entend une mélopée
Photographie tu es l'ombre du soleil qu'est sa beauté

PEU DE CHOSE

Combien qu'on a pu, en tuer ?
Ma foi !
C'est drôle que ça ne vous fasse rien
Ma foi !
Une tablette de chocolat aux Boches ?
Ma foi ! Feu !
Un camembert pour le logis aux Boches
Ma foi ! Feu !
Chaque fois que tu dis feu le mot se change en acier qui
éclate là-bas ?
Ma foi !
Abritez-vous
Ma foi
Kra
Ils répondent les salauds
Drôle de langage ma foi

POUR MADELEINE SEULE

Lune candide vous brillez moins que les hanches
De mon amour
Aubes que j'admire vous êtes moins blanches
Aubes que chaque jour
J'admire ô hanches si blanches
Il y a le reflet de votre blancheur
Au fond de cet aluminium

Dont on fait des bagues
Dans cette zone où règne la blancheur.
Ô hanches si blanches

14 octobre 1915

Amour, pétales de roses, ô ma Poppée, ma belle fatiguée, j'adore ta lettre toute pleine de la sensibilité de ce moment-là. J'aime tout ce qui vient de toi, mon amour. Cela m'a bien amusé qu'on vende Alcools à Oran. Je suis bien par là où tu penses c'est-à-dire pas beaucoup changé. L'histoire des passagères peureuses m'a bien fait rire, tandis que toi, mon amour, tu as été si gentiment brave.

Je n'aime pas beaucoup ce qui se passe aux Balkans. Prenez vos précautions sans en parler mais prenez-les on ne sait jamais... Oui, c'est dans un désert que je voudrais être avec toi. Ah si l'on pouvait être riche et n'avoir plus besoin de voir personne que l'un l'autre. Oasis exquise. Ta lettre d'hier était adorable, ô ma fougueuse, mon orgueilleuse esclave. Tes souvenirs néroniens m'ont été délicieux, quelle jolie anecdote pour nous deux et comme tu sais bien deviner et peindre les sots. Tu es exquise. Ce sont je crois les savants allemands surtout Mommsen et les savants italiens qui ont refait l'histoire romaine d'après l'épigraphie et sans doute d'autres documents. Je t'en parle légèrement au demeurant car j'ai peu étudié la question et mon Néron épisodique de « Simon mage » n'est qu'un figurant dans cette histoire divine et angélique. Mais ce que j'ai démêlé de délicieux dans ton récit c'est que tu m'attendais ô ma vierge dès toujours promise, ô mon amour ! Chaque fois qu'on n'a pas leurs opinions de bétail ou que l'on veut faire un effort loyal les sots se figurent qu'on veut épater le bourgeois comme tu dis, mon amour adoré et adorable. Que j'adore aussi cette date du 14 novembre 1892. J'étais en 5e et je commençais le grec, nous avions un professeur qui s'appelait Becker il était très maigre, on l'appelait je ne sais pourquoi Meletta ou bien Catherine. On lui fit tant de farces qu'il dut per. C'est lui cependant qui me poussa à faire de la littérature et (en dehors de lui) je fis cette année même et vers cette époque mes premiers vers sans intérêt je crois d'ailleurs. En mai 92, pendant l'année scolaire précédente j'avais fait ma première communion. J'imagine que c'est ta naissance qui m'a éveillé à la poésie, ma muse venait de naître et c'était ma Madeleine. Non tu ne m'avais pas dit que tu étais née à La Roche-sur-Yon, moi je suis né à Rome en Italie. Tu es légèrement plus petite que moi qui mesure je crois 1 m. 72 – Tu as donc bien fait de donner à Pierre la bague ovale – J'attends la mesure pour ta maman.

J'avoue que je n'avais pas imaginé que mon képi pût te faire autant plaisir. Je te l'avais envoyé sachant que tu garderais volontiers ce compagnon de campagne qui m'appartenait et auquel je tiens un peu, mais qui m'embarrassait maintenant que nous avons un casque. Il n'a jamais été brossé depuis le commencement et de la craie s'était incrustée dans la visière.

J'aurais aimé aussi la photo avec le chapeau blanc. Tout ce qui est de toi me fait tant plaisir.

Car je t'adore – je suis fou de toi, ma Madeleine. Tout de toi m'émeut si délicieusement, si gentiment. Je pense aujourd'hui à tes yeux cernés à ton air pâlot puisque tu es, ma femme chérie, puisque tu es indisposée.

Et ainsi aussi je t'adore, ma chérie, ma femme si mignonne, si frêle.

Je te prends toute comme tu le veux, de toutes mes forces. Je te voudrais près de moi et sentir la morsure de ta bouche et la caresse exquise de ta langue à la mienne, J'aime ta plus folle étreinte et la chaleur satinée de ton corps adoré que tu donnes à mes mains.

Je veux t'avouer aujourd'hui quelque chose, Madeleine, c'est que je le vois bien, je n'avais jamais aimé avant de t'aimer, je n'ai jamais aimé que toi. Tu es en réalité, mon premier amour. Que dis-je ! pardonne-moi amour, tu es mon seul amour, tu es l'amour. Et je t'ai imaginée aujourd'hui semblable à une musique à une musique où les bois dominaient et les voix humaines. Et cette musique avait toutes les inflexions de ta beauté, la courbe infiniment subtile de ton intelligence et la force simple incommensurable de ton amour. J'ai lu aujourd'hui l'annonce de la mort de l'entomologiste Fabre dont j'aimais infiniment les livres car ses études sur les insectes m'ont appris à connaître les hommes et si j'en avais les loisirs je voudrais que dans mon œuvre romanesque ils fussent étudiés aussi minutieusement aussi précisément et autant en dehors des morales. Il y avait en outre dans les livres du savant Fabre une bonhomie et une bonne humeur qui me plaisaient beaucoup. Mais je me suis amusé à changer parfois dans des pages de Fabre les noms des insectes en noms d'hommes et de femmes, ce qui donne à ces pages un épouvantable aspect d'humanité trop réelle à la Marquis de Sade (c'est à cela que ressemblent le plus ces pages modifiées) ou encore à la Suétone, car si on peut envisager l'histoire des empereurs romains autrement qu'il ne l'a envisagée, son oeuvre doit sûrement être vraie aussi. Car l'homme est l'homme et tout est dans l'homme qui est dans la nature. Je crois fermement qu'il est un microcosme, d'ailleurs chaque particule de l'univers n'est-elle pas un microcosme jusqu'à l'éther impondérable. Mon amour, ma chérie, je pense à

Toi infiniment je t'adore

SIMULTANÉITÉS

Les canons tonnent dans la nuit
On dirait des vagues, tempête
Des cœurs où pointe un grand ennui
Ennui qui toujours se répète

Je prends ta bouche, Madelon adorée.

Gui

15 octobre 1915

Mon amour adoré, ma grande chérie, Je ne veux pas que tu dises que tu es une bête. Tu es l'enfant la plus charmante qui soit, tu es mon amour. Tu es ma Madeleine, ma Vierge, ma Phèdre, ma Poppée, mon Hermione, mon jasmin, mon lys, ma rose et mon tout. Oui tu l'es bien mon tout, va, mon amour. Je t'adore. J'ai ta lettre du 7 et tu penses que j'ai été content. Je suis heureux… Mon bonheur est immense que tu sois consolée, mon amour. C'est vraiment la lettre-sourire, la lettre-baiser, la lettre Madeleine. Je prends tes lèvres. Tu as toutes les supériorités intellectuelles, mon amour, et je ne veux pas que tu trouves que ce soit embêtant d'être une femme intelligente. Ton intelligence nous a liés. Va, je l'adore ton intelligence, ma jolie, ma grande chérie.

Je ne suis plus triste du tout puisque tu m'aimes que tu comprends tout moi. La caresse de tout ton corps adoré me brûle délicieusement. Tu sais bien maintenant combien j'aime ta photo de Narbonne si expressive, si mutine, si câline et celle d'il y a deux ans si jolie aussi : j'attends la prochaine. Que je suis content de ta promesse de ne plus avoir de peine, de comprendre que moi-toi c'est nous et que nous c'est moi, c'est toi, que tous nos mouvements sont à l'un et à l'autre, que ta pudeur avec moi doit être la grâce la grâce qu'il me faut et que je ne peux avoir que par toi, ta pudeur avec moi doit être plus libre que ce qu'on pourrait appeler l'impudeur elle doit dépasser cela et doit être une liberté merveilleuse et toujours renouvelée.

Je ne veux pas que tu puisses imaginer qu'il puisse y avoir une raison de jalousie entre nous moi je ne l'imagine pas et pourtant je suis naturellement porté à la jalousie. Mais avec ton intelligence ta conscience ta nature, la liberté de ton don volontaire, je ne l'imagine pas. Dans la liberté il y a le devoir et je ne peux pas être jaloux à propos de Madeleine. Nous sommes trop uniques pour qu'une chose comme ça soit possible. Pour moi c'est la même chose – nous sommes faits l'un pour l'autre. Le bon sens doit toujours nous rappeler cela et nous protéger. Tu pourrais devenir laide aux yeux du reste du monde ce serait la même chose. Car je t'aime toi et le reste par surcroît ; tu eusses été laide je t'aurais aimée de même, puisque je t'ai aimée dès ta présence, à l'abord – et sans t'avoir examinée puisque je n'osais bien te regarder et que tu te cachais. Ta beauté est ma récompense mais mon amour est indépendant d'elle, c'est pourquoi tu n'as pas à son propos à prendre de précautions vis-à-vis de moi. Elle n'est pas comme en beaucoup de ménages la principale raison de l'amour du mari, piètres ménages, fondés uniquement sur la chair. Mais tu peux me la prodiguer puisque nous sommes riches d'amour. Et ici sois subtile, songe aussi combien je l'adore cette beauté, mais songe qu'elle est nécessaire et que quelle que tu eusses été physiquement je t'aurais trouvée plus belle que tout. Donc si tu es belle pour le reste du monde tant mieux pour lui. Je veux donc que ta beauté que j'ai créée par mon choix mon goût pour toi, que tu as créée par ton amour pour moi, m'appartienne comme elle est à toi. Mais toi tu es moi et ta beauté aussi. Je veux dire que tu m'y guides à ta beauté même de loin, *je veux la lettre-beauté* comme j'ai eu *la lettre-sourire* et je te demande ô mon adorée, d'en faire un chant aussi beau que le *Cantique des Cantiques.* Que tes scrupules disparaissent pour me prodiguer tant d'admirable beauté qui est pour nous l'absolu. Car tu dois aimer ta beauté comme je l'aime moi-même, Madeleine. Mais je te pardonne tes scrupules et ta jalousie. Rien n'existe que toi pour moi. Et c'est à peine, avec crainte de l'exciter encore, que j'ose te dire que tout le passé, toute la chair de jadis m'écœure depuis que je t'adore, c'est une pourriture, un infâme fumier au prix de ton corps adorablement vainqueur exquisément vierge et merveilleusement passionné. Tu es ma vierge archidivine ma Madeleine, ma vierge ardente dont la pensée seule est plus voluptueuse que toute la volupté de l'univers. Rien ne vaut au prix d'un de tes spasmes, la tension voluptueuse d'un de tes seins importe plus qu'un chef-d'œuvre et l'écartement divin de tes cuisses est un événement plus grave que la fondation d'un grand empire. Je veux que mon esclave ait conscience de sa gloire et ne cède à aucun mouvement de cette jalousie si inutile entre nous puisqu'entre nous règne l'amour éternel. Je te prends dans mes bras et à jamais tu n'es plus jalouse. Tu ne pleureras donc que de volupté pour moi, ô mon sourire.

Donc, c'est entendu tu ne me prives plus de ton adorable abandon, ô mon secret. Tu me dis de t'interroger, de te demander ce que tu ne m'as pas dit de ton corps ; mais, ma chérie, tu ne m'en as rien dit ou très vaguement, je l'imagine à peine ou si j'en sais quelque chose c'est par l'imagination qui te devine, mais je n'en sais rien de précis, sinon que tu es belle, car tout ce que tu m'as dit est nécessaire à la beauté corporelle des femmes, mais des détails qui font que Madeleine est Madeleine je ne connais que ceux de son visage et ce que peuvent mouler des vêtements. D'ailleurs je ne te demande rien qui puisse te gêner

– Je ne te demande même rien – C'est à toi de guider cet abandon et d'augmenter notre intimité. Songe seulement que plus tu es libre avec moi plus tu te confonds avec moi et par la grâce de notre amour nous sommes confondus l'un l'autre. Songe aussi qu'il n'y a pas de concupiscence vaine en moi et que tu es libre en ceci et que si tu es libre c'est que je te laisse l'être en ceci et qu'étant mon esclave, s'il s'agissait de concupiscence, je te forcerais à ceci ou ceci. Songe que je me mets peu en jeu moi-même et qu'ainsi j'évite de froisser ce qui est réel en ta pudeur je le fais parce que tu es notre guide dans le chemin conjugal ma Béatrice d'amour. Songe aussi que si je te demande de parfaire charnellement matériellement notre intimité, tu n'y emploieras que des mots et qu'ils ne peuvent te gêner puisque ta nudité reste inviolée même de moi, ô rossignol dont le gurrulement [1] seul décèle la présence qui n'apparaît à aucun regard. Au demeurant, cette intimité que je veux augmenter toujours entre nous est si charnelle soit-elle encore toute intellectuelle et on ne saurait trop la marquer c'est pourquoi j'y ai insisté. Mais les mots si précis soient-ils ne me donneront jamais l'image de Madeleine qui ne m'apparaîtra que lorsque nous serons l'un près de l'autre. Ces mots ne peuvent être qu'une pâle image de toi qui ne peut alarmer ta pudeur, puisqu'elle est protégée par ces mots mêmes.

Mais ta liberté est entière. Cependant vois comme les mots sont peu de chose et tu ne m'as rien dit encore ou si peu, en croyant m'avoir tant dit. Mais je t'adore, va. Tu es ma merveille. Je sais bien, va, ma chérie que tes révoltes, c'est de l'amour. C'est pourquoi je les aime et les mate, et les prends pour moi, je t'adore. Du moment que tu as quelque chose pr le 1er encrier, inutile de rien faire faire.

Je t'envoie aujourd'hui une aile de chat-huant, vrai oiseau de cette guerre de nuit, si tu n'en peux rien faire jette-la, mais peut-être pourras-tu la mettre à un chapeau. Je te l'ai envoyée simplement pr t'amuser et te montrer que je pense toujours à toi. Garde les morceaux du Bulletin des Armées où j'enveloppe les choses, que j'envoie – J'ai fait en 3 heures la bague de Denise et l'ai envoyée, c'est une autre sorte de trèfle à 4 feuilles, il faudra qu'elle la fasse briller, car je n'ai eu le temps que de la polir imparfaitement, je n'avais plus de pâte à polir.

Ma Vénus, sois Vénus même fière de sa beauté, sois grecque pour la fierté de ta beauté, pour moi, augmente notre secret et dis tous tes mouvements vers moi avec les réactions. Je prends tes lèvres.

Gui

16 8bre 1915

Mon amour, j'ai reçu aujourd'hui ton mot du 5 et tes 2 lettres du 8. Alors c'était étonnant que les lettres et les paquets arrivassent pendant l'affaire.

Que j'adore ton regard très long entre les cils. Je t'aime, j'aime tes frissons. Je prends ta bouche, mon amour.

Je suis content que ma lettre du 1er t'ai fait plaisir, mon amour. Mais j'en suis bien sûr, cher amour, que ma rose à moi ne fanera jamais notre amour.

Oui, notre grand amour sera la source bienfaisante. Je suis bien impatient de voir la photographie nouvelle. Pour le moment pas moyen de se faire photographier. Tous les appareils sont rentrés et ce sera ainsi tant qu'on sera sur le qui-vive.

Que j'aime le parfum de ton cœur. Oui mon amour nous tiendrons nos yeux ouverts pendant l'amour et nos regards s'égareront dans nos regards.

Mon amour, de quelque façon que tu sois coiffée tu seras toujours belle et tu me plairas toujours. Mon amour je soigne bien ton mari. Je t'aime tant et que j'aime ta pâmoison. Je trouve dans ta seconde lettre du 8 une phrase qui ressemble à quelque chose que je t'ai écrit hier : « Il n'y a absolument que notre amour qui compte au monde. » La suite de ta lettre est du 9. Dis-moi bien tout ce que tu ressens que je dirige, que je corrige l'amour s'il fallait (corriger dans le sens de diriger). Tu avais une journée embêtante, mon cher amour, à ton lycée. Qu'enseignes-tu ? As-tu beaucoup d'élèves ?

J'attends avec impatience la longue lettre de dimanche qui me dira beaucoup d'amour. Pourquoi veux-tu dominer ton amour ? Dis-moi tout, tout simplement comme tu sais si bien écrire mon amour.

Ce que tu dis sur mes vers est très joli. Tu les comprends bien. Je t'adore. Tu t'exprimes très bien et je suis sûr que tu dis mes vers comme je les dis, avec le chant qu'il faut, ma propre cadence. Car mon rythme est ton rythme.

Je pense adorablement, amour à tes seins qui se soulèvent et se gonflent d'amour pour moi.

Et nos idées se croisent toujours, car je t'ai demandé hier le cantique des cantiques de ta beauté et aujourd'hui tu me promets le poème de ton corps.

Tu pensais dans ta lettre d'hier m'en avoir tout dit et vois comme j'en sais peu.

Je sais ta taille et c'est beaucoup pour fixer une stature. Tu m'as dit que ta taille était libre et tes hanches larges et la forme de tes seins.

Et cela ne me permet cependant même pas d'imaginer la beauté de tes formes.

Je sais ton visage et tes cheveux.

Mais je ne sais pas la couleur de ton corps, si on y voit les veines, la teinte de tes tétins chéris. Je ne sais pas si tout est noir comme tes cheveux. Je ne sais pas la forme de ton giron la forme de la croupe si elle est très proéminente ou suit la ligne du dos. Il y a mille façons d'être belle. Je ne sais ni tes pieds, ni tes jambes, ni tes bras. J'aime que tu me dises beaucoup de toi car c'est te rapprocher de moi que me le dire. Parle-moi de, toi, sois fière de ta beauté. Parle-moi de toi comme tu l'entends mais parle-moi surtout de toi corps et âme.

Jusqu'où descendent tes beaux cheveux ?

Mon amour je te serre éperdument contre moi. Je t'adore, je t'aime, je prends ta bouche infiniment, longtemps, ta langue dans ma bouche. Je t'aime. Je t'adore.

Gui

17 octobre 1915

Mon amour, pas de lettre de toi aujourd'hui ! J'ai reçu aujourd'hui, une lettre de Willy (Henry

Gauthier-Villars). C'est un écrivain léger, mais de grand talent. Il vaut même mieux que ce qu'il a écrit, d'ailleurs tout n'est pas de lui. L'ancien mari de Colette et le père des Claudine a beaucoup d'esprit. Il a été à Düsseldorf avec un passeport hollandais, pr assister à la première *d'Ariane tragédie* d'Ernst. C'est du culot ! Il aurait pu se faire prendre. Et il médite d'aller à Munich. Les difficultés que trouve à vivre cet écrivain si connu si près du public, m'inquiètent extrêmement pr l'avenir des lettres et des littérateurs après la guerre. Je me demande si je ne lâcherai pas la littérature pr un temps, pour les affaires ou autre chose. Mais quoi ? J'y songe… Tu pourrais y songer aussi, mon amour, ma chère petite femme chérie. Note que Willy a beaucoup de relations et est un homme déjà vieux cinquante-cinq ans je crois ! ?

– Mais qu'importe tout cela puisque tu m'aimes ! Mon cher amour, ma très belle Madeleine. Ce soir gaz lacrymogènes. Ça a duré jusqu'à maintenant où je t'écris et pendant deux heures. Cette fois-ci odeur de chlore comme si on faisait la lessive. Aujourd'hui beau temps, de 1 h. à 3 h. J'ai pris un bain de soleil – tout nu – sauf le caleçon, j'étais dans un joli petit bois roussi par les éclats d'obus près de la batterie. Je pensais à toi tandis que le soleil me caressait – je t'envoie la lettre de Willy, elle t'amusera –

Dans nos bois de petits sapins, ce qui abonde c'est la pimprenelle à saveur de concombre et l'euphorbe verruquée qui est une houppe bleuâtre avec parfois sa verrue ou brune ou jaunâtre ou rose et quand elle est ainsi elle me suggère l'idée, mais très délicate, mon amour, du siège même de ta sensibilité voluptueuse qui doit ressembler au bourgeon rouge de cette plante singulière. Il y a encore des cèpes et d'autres champignons excellents. En fait d'arbres, il n'y a que les petits sapins et aucun arbuste.

Mon ami qui est sapeur-projecteur et est dans le civil secrétaire à la légation de France à Pékin est revenu me voir et m'a raconté mille choses amusantes particulièrement sur les femmes chinoises, elles sont jolies paraît-il se fardent de rouge le tour des yeux, elles ont de grosses fesses mais peu ou point de poitrine la poitrine étant mal vue en Chine. Elles sont amusantes et spirituelles paraît-il. Quant aux japonaises, il me les a données comme surfaites et d'après ses expériences ne valent rien comme amoureuses.

Mais trêve de sottises, mon amour, je crois que vous avez pris le bon bateau pour rentrer à Oran. Je t'aime ma chérie, je prends ta bouche je pense à toi, je t'adore.

J'espère bien avoir une lettre de toi demain.

J'espère une lettre de toi
Tes lettres amour sont les roses
De l'absence et de notre foi,
Épine et parfum de tes proses !

Un oiseau chante ne sais où
C'est je crois ton âme qui veille
Parmi tous les soldats d'un sou
Et l'oiseau charme mon oreille

Tandis qu'il chante le canon
Répète le non taciturne
Éclat et non parole : Non !
Que répète l'écho nocturne

Non ! ennemi tu n'auras point
Ni les villes ni les campagnes
Ni ma vie, amour en a soin
Entends l'amour qui m'accompagne

Écoute ! il chante tendrement
Je ne sais pas sur quelle branche
Il est partout qui va m'aimant
Nuit et jour, semaine et dimanche

Et que dire de cet oiseau ?
Que dire des métamorphoses
Du chant en âme, doux morceau !
Du cœur en lys, du corps en roses…

Car cet oiseau c'est mon amour
Et mon amour c'est une fille
La rose est moins parfaite et pour
Moi seul l'oiseau bleu s'égosille

Oiseau bleu comme le cœur bleu
De mon amour au cœur céleste
Ton chant si doux répète-le
– j'attends ta lettre comme un geste !….

Tu m'ouvriras les bras et puis
Tu me répéteras je l'aime
Ainsi vont les jours et les nuits
Amour bleu comme est le cœur même !

Amour bleu, je t'adore, tu es ma Vénus, tu sors de l'onde méditerranéenne bleue comme ton cœur. J'imagine une caresse épouvantablement longue et douce mon amour, ma bouche fixée au parvis du temple en aspire tout l'amour, je me fais poulpe ce soir pour t'aimer et ma bouche devient ventouse, tu t'agites adorablement, tes jambes divines m'offrent adorablement le calice parfumé et je m'attarde infiniment. Ton corps est secoué de soubresauts.

Les spasmes succèdent aux spasmes jusqu'à ce que tu t'évanouisses sous la caresse persistante et terriblement douce et tu ne t'éveilles de ta pâmoison qu'en sentant mon étreinte virile qui déchaîne ma Phèdre ardente. La lutte est adorable jusqu'à ma victoire complète qui est aussi la tienne, mon amour chéri.

LE QUATRIÈME POÈME SECRET

Ma bouche aura des ardeurs de géhenne
Ma bouche te sera un enfer de douceur
Les anges de ma bouche trôneront dans ton cœur
Ma bouche sera crucifiée
Et ta bouche sera la barre horizontale de la croix
Et quelle bouche sera la barre verticale de cette croix
Ô bouche verticale de mon amour !
Les soldats de ma bouche prendront d'assaut tes entrailles
Les prêtres de ma bouche encenseront ta beauté dans son
temple
Ton corps s'agitera comme une région pendant un tremblement de terre
Tes yeux seront alors chargés de tout l'amour qui s'est
amassé dans les regards de l'humanité depuis qu'elle
existe
Mon amour, ma bouche sera une armée contre toi
Une armée pleine de disparates
Variée comme un enchanteur qui sait varier ses métamorphoses
Car ma bouche s'adresse aussi à ton ouïe et avant tout
Ma bouche te dira mon amour
Elle te le murmure de loin

Et mille hiérarchies angéliques s'y agitent qui te
    préparent
une douceur paradisiaque
Et ma bouche est l'Ordre aussi qui te fait mon
    esclave
Et me donne ta bouche Madeleine
Je prends ta bouche Madeleine.

Gui

19 octobre 1915

Mon amour, Lettres du 11, 12 et 13. Tu es un amour – Je t'écris avec enveloppes à intérieur violet que je n'aime pas. J'en ai deux ou trois sous la main je les use et je t'adore d'écrire dans enveloppes à intérieur vert que j'aime. – On m'a annoncé ton paquet pr demain matin. – Ta photo est exquise, elle me plaît infiniment. En effet on voit peu, mais j'ai vu tes seins sous la transparence de la blouse, tes seins exquis ; les vrais seins de la Vénus de Praxitèle et tes bras et ton cou adorable. La prochaine fois fais-toi aussi photographier de profil. Félicite les petits sur leur photographie – Je te parlerai demain des chers présents de ma Madeleine. Oui écris tous les jours et ne te fais pas de souci. Du moment que tu fais bien tu n'as point de souci à te faire ne t'énerve point ma toute chérie, mes lettres ne sont pas tristes puisque je t'aime et que tu m'aimes. Oui je te prends mon amour. Oui tu comprends maintenant les lettres qu'il faut, mais pas tristes mon amour, sois au-dessus de la réalité, de l'absence, sois royale ma chère esclave. Non, je ne crois pas qu'il faille mettre à réalisation ton projet d'aller à Beauvais. Reste avec les tiens en m'attendant. Après on verra nous en reparlerons. Je n'ai jamais douté de ta passion. Comme ton corps était doux et brûlant pour moi cette nuit dont tu parles... Mais, non l'étreinte n'est pas cruelle comme tu crois, elle ne l'est qu'une fois et pas chez toutes les femmes. Je sais que tu m'aimes et tu sais que je t'aime. Je ne suis pas mal disposé et mes tristesses sont rares puisque tu m'aimes. Aussi n'en parle pas. Sois joyeuse mon amour, sois ma Phèdre passionnée avec ses bonds et sois joyeuse sois une bacchante secrète jusqu'à mon retour. Après tu pourras être aussi variée que possible et que voudras – je t'adore – c'est charmant que nous pensions bague ensemble.

Pour le *Pentaméron*, fais-le si tu le trouves et si ça t'amuse et si ça vaut la peine, car après tout je n'en sais rien. La traduction que j'ai vue ne doit pas être difficile car elle était faite pr la jeunesse.

C'est merveilleux que nous ayons eu l'intuition l'un de l'autre à l'abord et l'intuition de notre amour, Tu es mon amour pour la copie des vers, tu es tout plein gentille.

Je vois que tu as bien compris où je suis.

Mon amour ma chérie. Il est extraordinaire qu'on fasse des difficultés pr envoyer du tabac d'Algérie un soldat. Ça me semble injuste et tracassier. J'ai e effet des dents bonnes et blanches, mais mal rangées, dans le haut j'en ai une qui rentre. Le gros tabac d'ici, les salit, mais je prends soin de ma bouche et l'entretiens en la brossant tous les soirs quand c'est possible. Je me sers d'un très bon dentifrice. J'avais une dent plombée en bas, elle s'est déplombée mais ne me fait pas encore mal. Comme elle est jolie la petite scène où tu expliques Montaigne après quoi tu t'étends à mes pieds en petite esclave, noire – noire mais belle – dit le Cantique des Cantiques. – Oui tu es ma couleuvre voluptueuse. Je t'aime quand tu m'aimes en panthère. J'aime aussi cette caresse de nos langues quand tu es tendre. Et je t'aime aussi coquette et précieuse. Je t'aime aussi poétesse. J'attends avec recueillement le Poème de ton corps – en réalité – et aussi celui que tu m'enverras par lettre, ma Vénus. Je t'aime aussi quand tu es fougueuse et que tu sens ma domination sans pitié pour ta chair de Houri. Je t'aime aussi orgueilleuse, impériale, superbe. Ma Lionne. Je t'aime. Tu m'as dit des choses exquises. Et je t'étreins dans ta nudité qui est à moi. Pardonne-moi ma lettre du 5 si elle t'a fait de la peine. Je ne veux jamais te faire de peine. Combien de fois me faudra-t-il te le redire, ô mon amour. Mais non tu ne me rends pas malheureux, mais au contraire très heureux, puisque tu m'apprends et que je t'apprends. Vois comme on commence à se connaître. Souris, ma chérie, à travers tes larmes d'amour. Surtout ne fais pas la bêtise de quitter Oran, que tu m'as promis de ne pas quitter, du moins sans les tiens. Ne m'affole pas par des imaginations inimaginables. Où viendrais-tu, là où je suis c'est kif-kif nulle part, il n'y a pas de villages, rien pas même d'eau. Alors… Mais si ! tu me parles très bien maintenant, tu es ma vierge chérie et ma bacchante secrète, je t'adore de baiser tout mon corps, comme tu dis si merveilleusement ô ma très gentille Madeleine. Je t'envoie des lettres du graveur Laboureur et de Jean de Gourmont (sur la mort de son frère). Ça t'amusera, pour celle de Laboureur, tu me feras l'honneur et le plaisir, mon amour de ne pas être jalouse des noms de femmes qui y sont mentionnés, car ils ne peuvent donner lieu à aucune jalousie et tu goûteras l'histoire de Glycérine et Vaseline chanteuses lyriques attachées à une division anglaise. Tu goûteras aussi l'art de Jean de Gourmont d'être au Ministère de la Guerre, près de chez lui à Paris et les mentions imprimées sur les enveloppes officielles de l'armée anglaise. Et toi, ma chérie, comment peux-tu me dire de redevenir ton amour passionné moi qui ne pense plus que par toi qui es devenue mon canon (rien de l'artillerie) toi qui es ma règle, toute la beauté et toute la joie. Moi calme et te jugeant froidement, mon amour ! Non, je ne suis pas ainsi. Je t'adore, je t'aime, je suis fou de toi, nous sommes heureux l'un par l'autre. Et tu l'as dit, il ne faut plus que nous ayons de la peine. Tu es mon grand amour, ma toute chérie, ma très belle adorée. Tu ne peux imaginer combien j'aime cette photo d'aujourd'hui qui me révèle toute ta grâce et toute ta souplesse. Les autres photos ne le faisaient point. Je l'ai regardée à la loupe, ton visage se devine seulement, mais tes seins on dirait que je les vois ils sont véritablement adorables. Tu es plus belle que les Vénus du Titien, l'Antique seul a tant de pure beauté et de grâce individuelle. Dieu, que tu es finement gracieuse, ma gazelle adorée. Tes bras sont d'une pureté inimaginable. D'ailleurs pour avoir la vision de tes seins il a fallu toute la perspicacité de mon amour passionné et fervent car en réalité on ne les voit pas mais je les ai pour ainsi dire vus mais comme par éclairs. On devine mieux au demeurant la beauté de tes hanches et ici aussi il faut la perspicacité de l'amour mais tout de même l'étoffe de ta jupe s'incurve gracieusement à la forme de ta hanche. Que voit-on par la fenêtre à laquelle tu es adossée, mon amour ?

Tu n'imagines pas combien tu me parais belle, sur cette photo, ça dépasse tout ce que j'avais imaginé, je crois que tu embellis tous les jours, ton cou est une merveille et tes épaules sont d'une richesse qui est mon trésor. Et tu es si délicieusement souple. Je te donne la caresse la plus close jusqu'au spasme de nos âmes et le délire de nos bouches, mon amour. J'aime ton regard où languissent des morts et des résurrections et ta jupe sombre si sobre éveille des idées d'obscurités torrides et touffues. Je t'aime je t'aime. Je t'imagine le matin à ton réveil le buste hors de l'écrin du lit, tes cheveux noirs se déroulant comme les vagues de la mer quand souffle la tempête, je vois ta chemise montante, bombée sur la plénitude de tes seins. Puis je te vois te levant brusquement, ta chemise se retrousse jusqu'au milieu des cuisses, tes jambes sont sveltes et très grasses au-dessus du genou et je t'aime infiniment, je suis là attentif à ta beauté de Cypris qui te dénude et je prends ta bouche.

Gui

20 octobre 1915

Madelon très chérie, je t'adore mon amour. Ta lettre du 13 est merveilleuse. D'abord parlons paquets. J'ai reçu la bague que j'adore qui est à l'annulaire gauche et y reste. Je l'aime et je t'aime. J'ai les gants qui sont très bien pr aller à cheval (ce sont des gants très chers et je voudrais avoir le courage de te gronder de les avoir achetés mais je n'ai pas le cœur de le faire. Je baise ta bouche follement.) – (mon cheval va bien maintenant) les cigares (j'en ai déjà fumé trois exquis) et ce matin les paquets de cigarettes délicieuses, tu es mon mignon très chéri de me gâter ainsi. Je reviens à la lettre. Tu m'as compris entièrement et d'une façon si profonde que personne au monde n'a compris mon esprit comme tu fais, nous sommes un admirablement. Quand donc caché-je mon amour, ma chérie ? Jamais ! Jamais ! Je t'adore, tu m'aimes exquisément. Tu es ma joie et tu me désires physiquement… moi aussi… Il y a un grand nombre de postures pour l'amour, ma chérie, la plus commune est celle que tu désires présentement et que je désire aussi *illa sub ille super* dit le latin.

Le latin dans ses mots brave l'honnêteté (le français aussi) elle en dessous, lui au-dessus. Mais on intervertira aussi les rôles nous deux et varierons à l'infini, mais quand tu es Phèdre tu me désires sans doute à la façon dont Pasiphaé connut je crois le taureau et c'est ce que tu as, je pense exprimé en m'offrant tes hanches belles et blanches. Tes désirs s'accordent donc avec la nature de l'étreinte. Je suis heureux de pouvoir imaginer les floraisons noires comme l'Erèbe qui veloutent ton corps poli et j'adore qu'elles soient bouclées. Mais je n'eusse pas voulu que tu eusses le corps lisse aux endroits où il ne faut point ! !.... Tu m'as parlé merveilleusement de *L'Hérésiarque*, tu m'as bien compris et combien j'aime le réel. Je le rêve et je le crée, vrai et pur simple et sain. J'étais certain que tu avais compris, mais je me demandais pourquoi tu ne voulais pas encore me le dire ; moi aussi je n'aime pas le malsain.

C'est très curieux que tu n'aimes pas Colette Willy, moi non plus, mais Willy lui-même est un écrivain de talent qui a gâché sa vie et son talent voilà la vérité, mais beaucoup de talent. Louÿs voluptueux parnassien, écrivain factice talent étroit mais véritable, dommage que si factice, petite œuvre de pastiche sans portée sans vérité dont l'expression la plus pure et la plus gracieuse comme la plus voluptueuse est dans Les Chansons de Bilitis, gageure réussie. La volupté il la chante il ne la sent pas, puisqu'il s'agit principalement d'amour entre femmes et qu'il est homme. Œuvre seulement de curiosité un peu malsaine – pas beaucoup cependant, car il a le sens de l'hellénisme – elle a une apparente simplicité mais au fond c'est malsain. La vie l'a montré. Car il n'a pas su garder sa femme qui vient d'épouser Gilbert de Voisins. Idem pr Willy. Sa femme Colette après avoir traîné dans toutes les alcôves de femmes ses amours lesbiennes, a fini par épouser un des co-rédacteurs en chef du Matin dont le nom m'échappe et il la trompe avec son ancienne maîtresse (à lui mais qui l'a aussi été à elle) horrible femme d'ailleurs qui le trompe avec de petits acteurs grotesques. En général on s'extasie sur le naturel de Colette en ses écrits. J'y vois beaucoup d'affectation, peu de naturel et un simple talent de pensionnaire, une sensibilité de surface. C'est tout et peu intéressant à mon gré. Elle a en outre un terrible accent berrichon qui me déplaît extrêmement. Mais je ne te parle pas de tous ces personnages sans grand intérêt que parce que tu m'en as parlé. Ils ne nous intéressent pas. Tu as raison de ne pas aimer les choses détraquées, moi non plus et tu l'as bien senti en moi.

Zola est un colosse du roman, il est difficile de juger en deux mots un tel homme et surtout de le juger en mal. Mais nous en parlerons à loisir. Toutefois, j'avoue que je n'ai encore aucun plaisir à lire Zola que j'estime toutefois.

Je t'aime ma Rose brune comme tu es, tu es ma première impression – (et j'y songe pr la première fois en cet instant). Quand j'étais enfant de 5 à 10 ans 3 ou 4 fois j'ai eu la vision le matin d'une fille brune qui ouvrait les rideaux de mon lit (Il y avait des rideaux aux lits à cette époque) et qui me regardait avec douceur un instant puis refermait doucement les rideaux. C'était toi, non comme je t'ai vue et sans doute imparfaitement vue en chemin de fer, mais comme tu es sur la photo d'il y a 2 ans. En outre enfant je me disais que je n'aimerais qu'une brune et j'ai bien été étonné à 20 ans de me trouver du goût pr une blonde, mais mon goût d'enfant, mon goût le plus pur, se réalise aujourd'hui, puisque pour la première fois j'aime, et j'aime une vraie brune, comme me l'annonçaient mes souhaits d'enfant. Les toisons blondes, au demeurant n'ont pas l'attrait des fourrures bouclées dont tu parles et qui doivent donner plus de liliale clarté à ta blancheur naturelle, ô ma belle Madeleine au ventre blanc aux hanches belles et blanches.

J'aime beaucoup « La Serviette des poètes » comme toi et pr cette pensée je vais te faire en aluminium boche, 2 ronds de serviette, j'y mettrai 2 monnaies boches en ornement. Un rond pour toi un rond pour moi. Tu es poète aussi et nos serviettes seront serviettes des poètes.

Il est arrivé une chose exquise. Il y a quelques jours on a descendu un avion boche tombé entre les lignes. Je l'ai vu tomber, hier j'ai eu l'occasion d'aller aux tranchées des fantassins et l'on m'a donné un morceau de tendeur en aluminium de cet avion boche, j'y ai pris deux bagues, sans les fondre par conséquent, je n'ai eu qu'à les limer, les mettre à la mesure les graver (il me reste à finir la gravure) et je les polirai. Ce sont deux alliances vraiment tombées du ciel.

Je t'envoie aujourd'hui 2 bagues pr Marthe et Anne et 1 pr toi faite avec un bouton boche, c'est plus amusant je crois, maintenant qu'on dit que tout le monde fabrique des bagues à l'arrière, au moins celle-là aura bien l'air de venir du front d'où elle vient. Je t'enverrai les alliances dès que la gravure sera finie. Je joindrai aux alliances une petite chaîne d'or que j'ai portée au bras depuis le 7 janvier. Elle vient d'une chaîne de cou que j'avais brisée, j'ai maintenant au cou une chaîne d'argent. J'avais fait faire avec les débris de la chaîne d'or 3 bracelets (j'en portais un comme c'était la mode en Angleterre, mode qui m'avait plu). J'ai perdu le 1er bracelet il y a 2 ans, je ne sais plus où, le second à Nîmes au manège en sautant à cheval, je l'ai cherché dans la sciure mais en vain ; j'ai mis alors la 3e et elle s'est brisée il y a 2 jours indiquant sans doute que toute chaîne passée qu'elle aurait pu symboliser n'existe plus et je ne peux pas mieux faire que te l'envoyer, puisque ce bracelet ne s'est pas perdu comme les autres il est pour toi puisqu'il n'est pas pour moi et je t'enchaîne. Je te l'envoie car il t'ira mieux qu'à moi et j'aime beaucoup ces bracelets très fins. Mais après tout n'y vois aucun symbole, même s'il se brisait à ton bras. Il s'est brisé au mien parce qu'il a accroché pas mal de choses et qu'il est bien frêle pr résister à tous les efforts qu'exige la vie des camps. Ce n'est qu'une petite chaîne que j'envoie à mon esclave pour la parer et lui dire mon amour. Mais la vraie chaîne ne peut se briser. Elle est éternelle. Je suis heureux que tu aimes la simplicité de mon style, elle est tienne aussi et si tu savais combien j'admire tes lettres ton style et ta petite caboche que j'adore qui est si pondérée si sûre, va, si tu savais cela tu ne dirais pas que je suis plus beau que toi, car c'est toi que je préfère à moi, mais moi je suis le maître voilà et j'ai bien droit de décider que tu es plus belle. Tu as raison d'avoir compris qu'il n'y a rien que je fisse pour t'aimer, enlèvement viol. Je t'aime tellement, tu es si belle ma rose mon lys, ne dis pas que le lys est la victime de la rose, il ne tient qu'à toi que le lys subsiste de concert avec la rose. Quand nous serons mariés nous existerons l'un et l'autre ne faisant qu'un et le lys peut bien coexister en toi avec la rose, ne veux-tu pas ma roselys, moi j'aime la rose comme le lys et le lys comme la rose. Tout est sain aux sains, dis-tu, et la rose saine peut être la santé du lys. Va mon amour ne doute pas, notre amour sera une pureté passionnée, justement parce qu'il sera plein de réalité dans sa mysticité et que peut craindre la pureté du lys ? Il est la seule floraison qui s'allie bien à la rose mystique dont tu parles si joliment et qui est ton être intime, tout palpitant d'amour et de désir. Ne souffre jamais ma lionne, je t'adore. Et ce que tu dis de ce que doivent être nos lettres est exactement ce que j'en pense. Tu as raison ne nous affaiblissons pas et tu réponds ainsi à mon souhait, ô Madeleine au corps beau et vigoureux.

Je prends le don exquis, mon amour, de ta bouche, de ta langue de tes hanches et de ton ventre adorable de vierge. Oui, dis-moi tous tes bouleversements, parle-moi de tes troubles. Je baise mon amour, ton être intime où se localise ce que tu nommes ton trouble et je t'adore pr le merveilleux effort que tu fais, ô ma chérie, pour te donner à ton mari de si loin. Nous arriverions à réaliser le toucher à distance que j'en ne serais pas étonné. Tu peux tracer la silhouette au sein d'après l'ombre qu'il projette sur le mur. Mais quelle idée exquise tu as eue tu es délicieusement inventive, mon amour !

Je ne serai jamais plus triste puisque tu m'aimes, mon amour. – Fais des objets que je t'envoie l'usage que tu veux, utilise-les comme tu veux, mais c'est je crois peu de chose pr une vitrine, enfin ils ne se perdent point, c'est l'essentiel ; mais nous ne pouvons pas envoyer grand-chose comme armes. Pr les encriers j'ai risqué – Les chargeurs aussi ne doivent pas partir d'ici. Alors pr avoir un fusil ou des douilles d'obus qui feraient de merveilleux vases c'est impossible. Dis-moi vite si tu vas bien – je ne veux pas que tu attrapes mal. Couvre-toi ne va pas à la pluie sans parapluie, Madeleine chérie. Mais mon amour que dis-tu de te pardonner. Tu n'as été qu'exquise avec moi et je t'adore, je t'adore de plus en plus car tu es adorable de nature et ton caractère s'harmonise si bien avec le mien que pensant à nous deux il me semble ouïr chanter le chœur des anges qui sont la subtilité du ciel bleu comme ton cœur. Je prends ta bouche et te donne ma langue.

Gui

21 octobre 1915
(Écrite à la date midi)

Mon amour,

Je n'ai pas eu de lettre de toi hier, mais je n'en attendais pas en ayant eu plusieurs jours de suite. Peut-être n'en aurai-je pas encore aujourd'hui. J'ai continué la gravure des alliances célestes, puis ai fait la bague avec le bouton boche, je vais la porter un peu avant de te l'envoyer j'ai fait aussi pr toi une petite bague avec un bout de ceinture tel qu'il est tombé, le bout de ceinture sert de chaton. Ces petits travaux font passer le temps. J'ai commencé une sorte de roman fait de vrai et de réel créé par moi. Je t'enverrai les chapitres ou morceaux peu à peu, tu les mettras en ordre, les raccorderas quand il y aura lieu, tu me conseilleras même si tu veux. Je ferai ça par morceaux quand ça viendra et puis ce ne sera pas toujours relié, mais ça ne fait rien. Je t'adore mon amour je prends ta bouche à moi, nos langues jouent délicieusement comme deux épées qui s'escriment. Je t'aime aujourd'hui avec une infinie douceur, je caresse en souriant ton corps angélique, il me semble que nous folâtrons au ciel. Je mets les bagues au bouton et au bout de ceinture – je te les enverrai tout à l'heure. – Oui, mon amour je t'aime paradisiaquement. Je te caresse si doucement qu'on dirait qu'un ruisseau de lait court sur ton corps blanc et se confond avec lui, il n'y a que ton visage divin qui surnage avec ta chevelure et l'on devine la tache sombre de la toison triangulaire qui est mon Eldorado. Je t'envoie aujourd'hui un livre qui était sous presse avant la guerre et qui vient de paraître. C'est sans valeur mais t'amusera peut-être venant de moi. Tu verras à quoi on est obligé de descendre pr gagner sa vie à Paris et j'ai toujours résisté à faire des travaux plus bas comme ont fait Willy ou les auteurs de romans-feuilletons. Néanmoins, tu te rendras compte que j'ai autre chose à écrire. J'ai fait cela en m'amusant, mais c'est triste quand même et plus mal payé que les trucs à Willy et surtout aux feuilletonistes sentimentaux. C'est écrit rapidement avec les diverses histoires de Don Juan. J'ai pris tout ce que j'ai pu à Molière pr le Tenorio et le dernier n'est que le résumé sous la traduction mot à mot du Don juan de Byron. Néanmoins, je ne mets pas ces choses parmi mes ouvrages et n'y fais même pas mention à l'endroit du *Du même auteur, de L'Hérésiarque Alcools* etc.

L'ordre que tu mettras en moi et que ta chère présence ordonnera, ô ma petite esclave chérie, me gardera j'espère de ces besognes désormais. Mon amour, je caresse attentivement tes seins plus beaux que ceux de la *Maja desnuda* de Goya et qui se tendent vers moi comme rose en bouton qui va s'épanouir. Ma caresse se fait douce douce et s'égare plus loin et plus douce encore tandis que nos bouches se joignent doucement profondément mais avec un élan irrésistible qui nous rend sérieux à l'infini et perdus à tout ce qui n'est pas nous au monde et cela jusqu'à ce que mon esclave devenue ma panthère exige ma présence la plus close et m'offre avec fureur la rose mousseuse et noire, celle que j'ai quêtée si longtemps, car te souviens-tu, mon amour de ces vers de *Rosemonde* :

Puis lentement je m'en allai
Pour quêter la Rose du Monde

C'était toi tu es la rose de l'univers et plus pure que l'inconnue Rosemonde dont je ne me souviens même pas tu es ma roselys et quoi de plus lys que l'adorable calice de ton ventre et de tes hanches se terminant en rose touffue noire d'avoir absorbé toute la chaleur du soleil. Sur ta bague au demeurant il y a un petit diamant taillé en rose, il est lumineux comme le lys, il me parle toujours

Dis Amant que tu adores la Rose

Et je l'adore la Rose, ma Madeleine exquise. Je te mangerai, ma chérie, comme une simple madeleine de Commercy.

Je songe à tes cheveux parfumés où j'enroulerai ma tête et ma poitrine s'apprête à recevoir ta tête chérie dans le nid que tu as choisi. Et je te caresse doucement encore ô ma panthère, redevenue douce et tu me rends ma caresse, nos corps entiers sont la proie de nos bouches et las nous reprenons l'amour spirituel de nos décamérons à deux où tu seras mon public et où je serai ton sultan émerveillé de sa Chéérazade. Car je t'adore, mon amour, j'adore avant tout mon Madelon spirituel tant que même privée de cette beauté dont Madeleine surabonde je t'aimerais autant et te le prouverais physiquement tout autant. Et je te caresse toujours avec une douceur à la fois chaste et lascive, avec une ferveur attentive qui me fait m'arrêter lentement à chaque douce morsure que je te fais et m'extasier en mordillant les boucles brunes de ta toison et sangloter d'extase sur ta bouche adorée tandis que te prenant par la taille je te transporterai sur moi comme une belle cavalière

Ô Vénus tout entière à sa proie attachée

Puis l'intime caresse reprendra nos doigts arachnéens pour la douceur nous transporterons encore au pays des sourires extasiés audelà plus splendides de cette carte de Tendre où nous errons tous deux ensemble et si loin l'un de l'autre. Je te prends, ma Madeleine et nos langues jouent notre vie sur le gouffre rose de ta bouche que je baise.

Gui

22 8bre 1915

Tes lettres du 14 et du 15, mon amour, m'ont fait un grand plaisir. Je t'adore. Ton colis postal ne me parviendra que dans un mois au moins car les colis postaux passent tous par le dépôt. D'autre part j'ai ciseaux et couteau, je te les renverrai car il est inutile que je surcharge mon paquetage. Si j'en ai besoin les redemanderai, le liquide sera bienvenu même sans étiquette, mais ne recommence pas, c'est défendu, c'est cependant ce qui fait le plus plaisir avec tabac, fruits et bonbons. Mais je n'ai besoin de rien en ce moment sinon de ton amour et de ta patience. L'impatience est indigne de toi, mon amour. Je n'aime pas que tu sois impatiente. Tu es soldat, dis-tu, arme-toi de patience. Je t'ai cependant envoyé un livre de Remy de Gourmont fait avec de petits articles de journaux et bien imprimé. Mais ses œuvres principales sont ses ouvrages sur l'Esthétique de la langue française, Le Latin mystique et une Physique de l'amour bien faite mais tu liras les ouvrages de cet homme singulier et curieux, au hasard. Quand tu voudras. Quoiqu'il soit un esprit fréquentable et un bon écrivain, il est un des fondateurs du symbolisme, le polygraphe du groupe et l'un des plus doués parmi les symbolistes. Mais quels auteurs français modernes, as-tu donc lus ; si tu ne connais pas Remy de Gourmont. Bordeaux, m'as-tu dit, Rostand sans doute et Richepin, sans doute parmi les vivants. Étonnant que mon adorée Madeleine ait en l'esprit de garder son naturel parmi les œuvres de ces gens médiocres et je suis reconnaissant après tout à Romain Rolland d'avoir été un lien entre nos esprits, car ses scrupules et ce qu'il y a en son œuvre d'esprit européen t'ont gardée à moi. Et j'oubliais, mon amour, l'esprit de ton père et de Tolstoï. Oui c'est cela qui t'a gardée et embrasse bien ta maman qui t'a [gardée] aussi. Est-ce que ton père a écrit des œuvres et si oui, dis-moi quoi, mon amour. Puisque tu es mienne, mon amour, tu dois savoir avoir la patience nécessaire comme je l'ai moi-même. Est-ce que je te dis, je n'en puis plus, et pourtant si tu savais comme je te voudrais, c'est fou, va, mais je n'en montre rien et reste impassible, l'ataraxie : vertu des dieux. Ce que tu me dis de l'extraordinaire fermeté de tes seins, me remplit de joie, sans me surprendre – Es-tu ferme ainsi de partout ? Mais tu exagères sans doute, en pensant que les pointes dressées de tes seins pourraient entrer dans ma poitrine, tandis que ma chair tendue et durcie par le désir pénétrera réellement dans ta chair et en déchirant une fois pour toutes l'hymen fera couler ton sang pur et marquera mon éternelle possession sur toi. Dis-moi, mon amour adoré à quoi tu peux comparer toi-même l'odeur secrète de ton corps. Je défaille en y songeant mais la souffrance de la première possession, amour, ne se renouvelle point, ensuite tout est volupté. Il est vrai qu'il y a une volupté dans la souffrance, mais c'est surtout la femme qui doit connaître cette volupté-là. Le mari qui sait aimer sa femme entièrement peut la lui procurer, cette volupté âcre (et inimaginable avant qu'une femme l'ait éprouvée) en violant, mais avec une infinie douceur et point trop profondément comme font les brutes sans amour, en violant, dis-je, avec le consentement de l'épouse, la 9e porte tandis que sa main droite badine avec la 8e porte, la gauche avec les pointes des seins et que les bouches se cherchent et se joignent infiniment mais délicieusement. Il peut aussi lui faire connaître cette volupté de la souffrance, mais souffrance joyeuse et qui attise les désirs, en flagellant les hanches merveilleuses que tend l'épouse courbée et quand les désirs de la patiente sont au comble, ils se prennent l'un l'autre avec une fureur extraordinaire. Mais peu d'époux savent ces choses difficiles et surtout savent le faire avec le tact, la poésie et la noblesse qui doivent présider à ces jeux qui formaient une partie des mystères d'Éleusis, si secrets aux profanes. La vue le tact l'odorat sont pour l'homme surtout des sièges de volupté. C'est pourquoi les descriptions de toi-même et de tes sentiments et sensations, descriptions minutieuses, peuvent me causer tant de joie dans l'enfer monotone des tranchées. La volupté même, ou plaisir d'amour, est, dit-on, plus forte, chez la femme. On le tient au demeurant de Tirésias le devin qui je crois avait d'abord été mâle, ensuite femelle, et mâle après. Ce que je veux de toi mon amour, mais tout toi et comme tu es, et tu seras vite au fait, mon amour car nos esprits s'apparient si bien que nous désirons je crois la même chose en même temps et n'aurons pas besoin de parler d'amour pour le faire.

Je ne te gronde jamais et ne veux jamais te gronder. Les mystères éleusiaques que je t'ai dévoilés plus haut, ne sont pas quotidiens mon amour mais des raffinements dont on n'use pas tous les jours de peur de s'user soi-même et il faut en être ménager. Pour l'odorat, ses joies me sont naturelles. J'ai toujours aimé les parfums et non seulement ceux qui ressortissent à la parfumerie. J'ai inventé pour toi de faire jouer un rôle à notre odorat en notre amour. Et c'est seulement pour toi, je te le jure. Et tous les parfums, toutes les odeurs de ton corps délicieux me seront un délice. J'ai l'odorat très fin et une grande mémoire nasale, si j'ose dire, une bouffée d'odeurs me rappelle parfois brusquement des choses lointaines auxquelles je n'aurais jamais songé si mon odorat ne les faisait soudain revivre à mon cerveau. Chez la femme, et chez la femme brune comme toi les 3 toisons et la chevelure sont d'exquises cassolettes dont ne peuvent se targuer les blondes. Leur odeur est de loin moins suave que celle des brunes et surtout des brunes blanches aux yeux clairs, comme toi, ce sont les femmes les plus rares et les plus belles je crois, j'en avais rêvé mais jamais vues, tu es la seule, l'unique et la seule belle chose du monde et la seule suave, mon amour. J'invente tout pour toi et en inventerai toujours.

Invente aussi, mon amour. Mais oublie, une bonne fois, mon amour que j'ai tenu une autre femme dans mes bras. Tu me rends tout triste et si tu savais comme je me le reproche. Mais je te jure que je ne pense plus à tout cela du tout sinon avec un dégoût qui augmente mon désir et mon grand amour qui t'acclame. Les morsures amoureuses je les ressens étrangement sur tout mon corps et là aussi où chez moi mon désir se localise.

Je baise les lèvres si rouges que tu me tends. L'amour meurtrit les yeux en ce sens qu'il fatigue mais ce n'est pas une preuve. Les tiens sont toujours cernés, les miens presque jamais et surtout pas par l'amour. Dis-moi jusqu'où va ta toison. Oui, tu me guides exquisément mon Ariane que j'abandonne quand tu veux pour la Phèdre que tu es. Oui dis-moi à mesure que tu devines plus. Mais je crois que tu commences à savoir. J'adore ton étreinte frénétique. Bien pour la chimie, je te l'ai demandé ne sachant pas si tu étais versée ou non dans cette science. Je prends ton sang exquis. Prépare une batiste fine pour recueillir le sang adorable de ta virginité et nous le garderons amoureusement si toutefois il coule, car chez pas mal de femmes la dévirginisation se fait sans effusion de sang. Chez beaucoup l'hymen est déchiré par accident comme un effort ou encore par les pratiques manuelles solitaires trop brutalement pratiquées, pratiques si communes que rares sont les privilégiées qui ne les connaissent point. Elles font beaucoup de ravages chez les pensionnaires grandes ou petites et même chez les femmes mariées. Je comprends que D'Annunzio te déplaise puisqu'il me déplaît aussi et d'une façon inouïe. C'est un artiste en faux, en faux très riche, mais toc tout de même. Et je comprends bien que tu ne veuilles savoir l'amour que de moi, de même je ne le connais véritablement que de toi. Tu me dis de n'être pas jaloux et que tu envoies promener tout le monde. Est-ce qu'on te ferait la cour, mon amour. Je ne le veux pas, mais d'une façon absolue. D'ailleurs j'ai en toi une confiance absolue comme tu peux avoir toi-même en moi. Mais je veux que tu me dises tout. Qui ose te regarder à te faire rougir de honte mon amour.

Moi aussi je bois ta salive, tu es exquise d'inventer l'amour.

Évidemment je suis jaloux de tes élèves si elles sont amoureuses [de] toi. Voyez de quoi elles se mêlent les petites pécores. Mais ce que tu m'en dis m'a bien fait rire et j'eusse été étonné au fond qu'elles ne fussent pas amoureuses d'une beauté aussi parfaite que la tienne. Je m'amuserai parfois à être ton élève, mais je crois que dans ce cas le professeur finira par encourir la sévérité de l'élève, qui punira amoureusement son joli professeur et n'y mettra aucune indulgence. Je comprends ce que tu veux dire sur ce que [c'est] d'être populaire, c'est souvent très gênant. Si elles se partagent ton buvard ces demoiselles se donnent donc le front d'être fétichistes ce qui est une des plus bizarres aberrations génitales. Mais après tout je suis fier de cette admiration que tu suscites parmi des jeunes filles dont quelques-unes sans doute sont belles elles-mêmes. Mon amour, j'ai bien augmenté le secret, c'est à toi maintenant d'y contribuer. Je t'adore. Je ne veux pas que tu t'exposes à tomber malade. Je veux que quand elle est fatiguée ma femme se repose. Le tableau voluptueux de notre cher chez nous me ravit mon amour et nous ferons comme tu dis, moi travaillant, toi à mes pieds et m'agaçant de tout ton charme exquis, jusqu'à ce que tes jeux de chatte deviennent des jeux de panthère et qu'affolé par tes senteurs que j'adore je dénude brutalement ta beauté et me ravisant pour répondre à ton désir secret je te recouvre, honteuse et ravie et te dévêts tout doucement, avec la science d'une camériste experte et un peu, malgré tout maladroite. Je m'arrêterai longuement à tout à tout et tu cacheras ce que j'aurai découvert pour que je le découvre encore jusqu'à ce que t'ayant nue et royale mes caresses si douces deviennent plus intimes que mes mains puis mes lèvres et ma langue jouent longuement d'abord aux abords et à l'intérieur si celé de la 9e porte et alors de honte tu cacheras ton visage ne montrant que l'adorable revers de la médaille puis lorsque le jeu t'aura rendue plus panthère que jamais je te retournerai et ma langue caressera longtemps ton être intime qui se cache dans l'ombre des forêts. Tu useras de réciprocité en prenant ma place et enfourchant mon visage nos bouches et nos langues connaîtront notre intimité à l'infini sans cesser jusqu'à ce que devenue Phèdre tout à fait tu m'appelles sur ton sein où bouche à bouche ventre à ventre nous nous unirons profondément pr la plus douce des extases. Non personne ne pourra rien savoir de notre amour et nous ne montrerons au monde que l'amour extérieur, l'attachement qui sied entre époux, mon amour. Ni enfants ni rien ne pourra modifier notre amour, il sera toujours aussi passionné, aussi varié, aussi exquis. Je voudrais sentir tes dents dans ma chair et pouvoir te punir comme comme le dompteur punit la panthère qui l'a mordu. Je te dirai ce dont j'aurai besoin, mais pour le moment rien. Surtout n'envoie pas d'objets je ne saurai où les mettre. Et si tu m'envoies, pas plus d'un kilo à la fois. Sans ça c'est trop long.

J'adore tes belles dents, j'aime que tu aimes les miennes. Va je ne te demanderai jamais grâce quand tu m'embrasseras, mais oui amour, tout mon corps est à toi, nous marchons ensemble, n'avons qu'une volonté. Tu me dis des choses exquises sur la façon dont tu veux m'aimer. J'aime ta virginité de corps et d'esprit. Oui, il est très rare de pouvoir prendre une vierge qu'on a avertie sans chercher à être un séducteur ou un suborneur ce qui est plus vil. Nous sommes mariés déjà, puisque le sacrement du mariage a pour ministres les conjoints qui se joignent par leur volonté, le prêtre ne joue que le rôle de témoin et non d'officiant. Il ne nous manque que ce témoignage, mais le mariage est déjà réel et indissoluble aux termes de la doctrine catholique puisque nos volontés y ont consenti. Et maintenant nous nous étudions et nous comprenons sans heurts. D'ailleurs nos esprits étaient faits pr se marier. Oui nous nous aimerons dans la nuit complète, et aussi le jour quand tu voudras. Nous nous aimerons aussi dans cette étreinte violente que tu imagines et qui n'est pas la correction conjugale, mais une sorte de violence de l'immobilité que tu as inventée et qui doit être aussi un délicieux raffinement auquel je n'avais pas songé ni les Hindous érotologues non plus. Je suis heureux que tu aimes Racine et aies joué Athalie. Au collège, cette pièce m'a révélé le lyrisme. Je l'aime beaucoup. Tu devais être une amusante Athalie avec la traîne mais bien plus belle qu'Athalie, je l'ai vue jouer à Champigny en plein air sous la pluie par les Sylvain ; c'était burlesque, on s'interrompait à chaque instant à cause de l'averse. Je connais un peu les Sylvain grands amis de Moréas, on affirme même que Louise Sylvain connaissait Moréas au sens biblique du mot connaître et je crois que c'est une calomnie car je les ai vus ensemble et il ne semblait [pas] qu'il y ait eu de l'amour entre eux. Le jeu de Sylvain même ne me plaît pas beaucoup, surtout l'accent. D'ailleurs je n'aime le jeu que de bien rares comédiens ou comédiennes. Ta mère a eu bien raison de te détourner du conservatoire. Je connais pas mal de ces demoiselles et ne te souhaite pas comme elles si sottes pour la plupart.

Tu es mille fois au-dessus de toutes les comédiennes car en toi la beauté n'est pas tout, l'intelligence va de pair avec cette merveilleuse beauté. J'adore ta caresse une et j'adore le poids voluptueux de ton corps et je me grise à ton odeur. Je prends ta bouche.

Gui

23 octobre 1915

Mon amour pas de lettre de toi aujourd'hui. Il fait frais. J'ai reçu la nouvelle de la blessure du poète Léo Larguier, mon ami, caporal brancardier au 415e de marche. Je lui ai envoyé un petit poème –

LE BRANCARDIER

Le sol est blanc, le soir l'azure.
Saigne la crucifixion
Tandis que saigne la blessure
Du soldat de promission.
Un chien jappait, l'obus miaule,
La lueur muette a jailli.
À savoir si la guerre est drôle ?
Les masques n'ont pas tressailli.
Mais quel fou rire sous le masque,
Blancheur éternelle d'ici

Où la colombe porte un casque
Et l'acier s'envole aussi.

Tu sais sais amour, que les choses destinées à l'imprimerie ne doivent s'écrire que sur un côté du feuillet. J'avais négligé de t'en prévenir. Pardonne-moi.

Je t'aime, mon amour, aujourd'hui avec une douceur extraordinaire comme hier. Je voudrais te baiser indéfiniment sur la bouche en te caressant divinement. Je suis sûr que jamais je ne me lasserai de te caresser pas plus que tu ne te lasseras de mes caresses. À propos de Racine je ressemble d'après ce qu'on m'a dit à ses portraits. J'ai une gravure où je me reconnais un peu surtout si je portais perruque comme au XVIIe.

Mon amour je te prends ce soir dans la nuit ainsi que tu disais hier, nous sommes blottis par un temps d'hiver sous les couvertures et tandis que la bise souffle nous sommes enlacés dans la chaleur exquise de notre lit.

Tes beaux cheveux nous couvrent l'un et l'autre. Mes bras t'enlacent et les tiens me serrent avec une grande force contre ton sein où ma bouche s'attarde avec une douceur infinie. Et cela avec une douceur si douce qu'il semble que la bienheureuse nuit ne peut finir puis nos corps se joignent mieux. Mes mains pressent tes hanches charmantes, nos êtres intimes s'agacent avec une fureur tendre, jusqu'au moment où t'ouvrant tout entière comme une figue fendue tu m'accueilles et que nos toisons se joignent tandis que sans hâte nous remplissons l'amoureux devoir après quoi nos caresses recommencent jusqu'à ce que le sommeil nous ferme la paupière dans les bras l'un de l'autre. Tu vois comme mon amour est tendre ce soir. Il me semble que je te dirais des choses si simples et si mignonnes que tu t'attarderais avec plaisir à les ouïr et nous parlerions de ta beauté, on choisirait ceci ou cela et on le détaillerait si minutieusement et amoureusement que les heures passeraient sans que nous nous en apercevions et cet examen aurait lieu dans une douce clarté avant que règne l'obscurité sur l'extase dont je parle plus haut.

Tu disais hier que tu ne voulais pas avoir d'enfant tout de suite. C'est une chose très possible et c'est toi qui décideras si tu veux la maternité ou non. On n'est pas maître d'en avoir, mais on est presque maître de ne pas en avoir. Ce n'est somme toute qu'une question hydrothérapique. On verra. En une chose comme la maternité, c'est toi qui décideras, car c'est toi qui auras le fardeau à porter. Au demeurant je crois qu'enceinte tu seras mignonne comme tout, mais as-tu le bassin large, te crois-tu faite pour les maternités ; le peu que je sais de ta taille et de tes hanches me dit Oui, mais après tout, je n'en sais rien. Il y a des femmes que les maternités déforment surtout la poitrine d'autres non. Mais comment est-ce en général dans ta famille. D'après le nombre d'enfants que vous êtes, il me semble que ta mère supportait très bien les maternités, il est probable que sa fille Madeleine a le même privilège que sa mère et je prends ta bouche à ne plus finir.

Gui

24 octobre 1915

Mon petit amour chéri, je suis bien content j'ai eu ta lettre du 17 qui n'a mis que six jours pour venir. Mais demain je n'en aurai pas. Tu sais, ma chérie, il ne faudrait pas croire que je ne suis pas content ni reconnaissant que tu me gâtes, au contraire, tu es mignonne. L'autre jour, me suis mal exprimé. Pr les ciseaux et couteau je garderai le meilleur entre ceux que tu enverras et ceux que j'ai. Je voudrais te voir moins impatiente mon amour et je voudrais aussi beaucoup de secrets parce qu'il me faut bien connaître ma Madeleine. C'est surtout à cause de ça. Beaucoup de choses que tu me dis sont gentilles et passionnées mais je voudrais beaucoup de renseignements sur ta vie intime, tes sensations ton âme autant que ton corps. Au demeurant, tu me dis beaucoup de choses, et c'est très bien ainsi. Mais je suis si gourmand de toi, c'est inimaginable combien on peut être fou d'une belle Madeleine comme toi. Je suis gai aujourd'hui. Mais je veux que tu sois patiente calme et m'attendes avec une dignité d'impératrice, sans dévoiler les secrets de notre amour, même sans qu'on puisse les deviner. C'est ainsi que tu fais et c'est pourquoi j'adore ta réserve et ta fierté.

Oui, tu as raison, ton naturel est notre plus grand raffinement. Et je t'aime naturelle. Je t'adore comme tu es et si j'étais là, je t'enlèverais aujourd'hui car je me sens une âme de Pirate. Et le corsaire que je suis est bien comme tu dis au pouvoir de sa belle captive que tu es.

Tout ce que tu me dis de la jalousie est ma pensée et nous avons l'un et l'autre, l'un avec l'autre une œuvre intellectuelle trop haute à accomplir pour que nous puissions perdre du temps à nous rendre jaloux.

Le bonheur de la chair nous viendra parce que notre union mystique et intellectuelle est si complète qu'elle est nécessaire non seulement à nous mais à l'univers, pour donner au monde l'œuvre multiple et grande et pure où tu auras une part égale à la mienne étant ma femme au si vaste regard –

Au demeurant, nous ne pouvons pas envisager une chose aussi ridicule. Si je devais jamais être jaloux de toi, je serais malheureux quelque temps puis ce serait fini et ce serait une fin affreuse indigne de toi et de moi. Nous sommes trop conscients pour que cela puisse arriver, n'en parle même pas.

Tu as bien compris que plus tu serais à moi plus je t'aimerais avec passion. Tu commences à bien connaître ton mari et je te félicite ma chère femme. Je baise les roses rouges de tes seins et de ta bouche mon amour. Le flamboyant semblable à tes lèvres je l'adore, envoie-m'en un pétale si tu en as encore.

Je t'aimerai fleur de grenade, fleur de pêcher ou datura. Je t'adorerai dans toutes tes floraisons, ô ma fleur. Oui, tu es ma poésie je t'adore, tu es mon plus beau poème. Et si j'étais riche, je me consacrerais uniquement à t'aimer. Oui je suis brûlé d'amour et cette ardeur m'est infiniment douce puisqu'elle circule en toi et que ma volonté domine la flamme immense de notre amour. Tu me raconteras ma chère Chérazade, l'histoire de cette jeune femme d'une trentaine d'années. Est-elle fixée à Oran et que veut-elle. En tout cas ne te lie pas à la légère. Mes cheveux quand ils sont assez longs frisent. J'adore ta main dans mes cheveux, je sais que j'aimerai beaucoup cette caresse. Et j'aime aussi ton ardeur, tes frémissements de lionne. Tu es une belle cavale frémissante qui attend son cavalier.

J'adore ta pâmoison et je te prends doucement, doucement, t'envahissant d'une lente volupté qui grandit insensiblement. Je t'adore. Je t'aime infiniment et veux que tu sois très calme dussent même s'il le fallait que tes lettres fussent moins passionnées, car je veux que tes nerfs m'attendent avec patience ma chère femme. Ma jolie Madeleine. Je prends ta bouche infiniment. Tu es mon guide gracieux dans l'adorable sentier je t'adore.

Gui

25 octobre 1915 (pour partir le 26)

Amour, je mets ici une petite remarque autant pour moi que pour toi, dans ma dernière vie anecdotique je citais le mot allemand Rittergut ajoutant qui signifie, je crois, un domaine auquel était attaché le titre de chevalier, c'était tout simplement une terre noble que ne pouvaient acquérir les vilains. C'est le baron de Stein qui obtint cette faveur de Frédéric Guillaume quand il fit abolir le servage.

Pour ce que je te disais hier à propos de la fréquence de nos étreintes complètes, c'est toi qui en régleras l'usage, en considérant qu'il faut ménager la durée des forces, de façon à pouvoir s'aimer très longtemps jusque dans la vieillesse, sans fatigue. L'usage en est excellent et sain, l'abus est redoutable et émousse le plaisir. La privation d'eau dont tu parlais hier se fait surtout sentir pour ce qui concerne le lavage du linge. En tout cas j'en prends toujours pour me laver à fond moi-même et 1 fois par semaine le conducteur non monté lave tout de même le linge. Voilà la vie, on se lève quand on veut à moins qu'on ne tire et le cri à *vos postes* vous met vite debout, car on dort tout habillé. Moi, je me lève quand on ne m'appelle point pr raison de service à 7 h. Quand je suis de jour je distribue l'eau, sinon je vais déjeuner aussitôt, café noir et pain avec le repas froid qui est soit du gruyère soit de la confiture. Puis je me mets nu jusqu'à la ceinture et me lave dans une cuvette que j'ai depuis le commencement, cuvette en zinc émaillé qui accrochée derrière le caisson quand on est en route, en a déjà vu de toutes les couleurs. Je me sers encore de ta savonnette, je me lave la poitrine le cou les aisselles les mains au savon, puis dans une nouvelle eau je me rince. Après quoi je me lave la tête et la rince, puis le visage, après quoi je lave tout ce qui est à toi conjugalement. Puis je m'habille puis on tire ou on lit jusqu'à la soupe 10 h. 1/2 puis on attend les lettres. Je ne compte naturellement pas les tirs qui viennent n'importe quand le jour ou la nuit et durent ce qu'ils durent. En principe, on mange encore à 4 h. 1/2 et on reprend le café, puis moi j'écris jusqu'à 10 h. ou s'il y a de l'eau et s'il ne pleut pas je prends une douche en plein air, me brosse les dents et vais me coucher vers onze heures. 1 nuit sur 2 on ne dort pas on est de garde, pas moi mais mes hommes mais pas moyen de dormir.

Dans le jour je me rencontre souvent avec Berthier m. d. 1.1 de la pièce qui sort peu ou Dufreney m. d. 1. de la 1re pièce il vit tout seul dans un petit trou où il ajuste la place de s'étendre. Il y a 1 mois 1/2 nous avions une cagnat commune avec Berthier, nous y écrivions, il y faisait de la photo, fini depuis l'attaque. J'ai une table pliante que j'ai fabriquée et 1 petit banc pr m'asseoir et un lit assez bien. Mais je ne pourrai pas emporter le lit et je crains qu'au fur et à mesure des changements on ne trouve de moins en moins de planches. Le lit est en planches, le fond en treillage de fil de fer, les clous sont fabriqués de bouts de fils d'acier, sur le treillage il y a de la paille sur la paille un sac puis un isolateur que j'ai trouvé du côté de Reims puis ma toile de tente pliée en 2 je me couche dedans et sur moi couverture de cheval couvre-pied, manteau, au pied du lit devant la porte il y a ma table 3.

Mon amour je viens de recevoir tes lettres du 18 et du 19. Oui sois calme mon amour et patiente quand tu ne reçois pas de lettre de moi. Mon amour je t'adore. Je prends ta bouche infiniment, et j'aime tes seins durs comme des obus, mon amour chéri. Non, mon amour tu ne m'as pas encore parlé de tes jambes et je voudrais aussi une longue lettre sur tes hanches. J'adore tes seins qui sont si beaux. Ils s'impriment dans ma chair. Et je te fais encore cette caresse que tu devines. Je te mange mon amour et je me fais une barbe de sapeur avec ta toison que j'adore. J'adore ce sourire qui était l'annonciation.

Moi aussi m'amour tout ce qui n'est pas toi m'est indifférent. J'adore que tout soit désir en toi Madeleine, c'est ainsi en moi aussi. Mais oui tu m'aimes bien, mon grand amour, ma belle pâmée, mon adorable évanescente, mon Ariel voluptueux. Ton corps se contracte parce que tu ignores encore mon attouchement et puis c'est peut-être ta façon.

Parle-moi longuement des amphores de tes hanches mon amour et dis-moi aussi comme est placée cette bouche rose et noire de ton être intime, bas et regardant le sol ou plus haut et comme une fente verticale devant toi. Dis-moi aussi quels sont les poètes que tu préfères, en dehors de moi bien entendu qui suis ton amour et qui t'adore, dis-moi aussi si tu es gourmande et si tu as bon appétit et sur quel côté tu dors. Puis, dis-moi encore que tu m'aimes moi je t'adore. Je prends ta bouche.

CLASSE 17

Boyaux et rumeur du canon
Sur cette mer aux blanches vagues
Fou stoïque comme Zénon
Pilote du cœur tu zigzagues

Petites forêts de sapins
La nichée attend la becquée
Pointe-t-il des nez de lapins
Comme l'euphorbe verruquée

Ainsi que l'euphorbe d'ici
Le soleil à peine boutonne
Je l'adore comme un Parsi
Ce tout petit soleil d'automne
Un fantassin presqu'un enfant
Beau comme le jour qui s'écoule
Beau comme mon cœur triomphant
Disait en mettant sa cagoule

Tandis que nous n'y sommes pas
Que de filles deviennent belles

Voici l'hiver et pas à pas
Leur beauté s'éloignera d'elles

Ô Lueurs soudaines des tirs
Cette beauté que j'imagine
Faute d'avoir des souvenirs
Tire de vous son origine

Car elle n'est rien que l'ardeur
De la bataille violente
Et de la terrible lueur
Il s'est fait une muse ardente

Mon amour je prends ta bouche et je te prends toute.

Gui

27 octobre 1915

Mon amour pas de lettre de toi aujourd'hui. Écoute-moi de loin ma petite Madeleine chérie, ma belle, ma pure Madeleine enamourée, c'est la chanson de mon amour que je te chante, je la chante sur le front des Armées et te dédie mon casque ma cagoule mon sabre, mes éperons mon revolver et mon carnet de tir. Écoute, Madelon combien je t'aime. Les obus ont beau siffler qu'ils me tueront près de ma pièce, ils ne le peuvent pas puisque tu m'aimes mon amour. Là-bas des artilleurs boches les pointent, ils s'exclament en allemand. Exclamez-vous, canonniers du Kaiser vous ne parlerez pas toujours. Rêvez d'aller en Asie vous n'y êtes pas encore. Je suis seul dans ma cagnat souterraine, viens mon amour, ma Madeleine viens par mon rêve et le tien ô ma belle

Africaine. Ma Madeleine a le cœur bleu, ma Madeleine a des seins adorables qui durcissent au rêve de mes baisers. Je t'adore ma Madeleine. Aujourd'hui ce fut un vrai jour froid il faisait beau mais très froid je crois bien que cette nuit il va geler. Malgré la perspective de l'hiver nous nous trouvons bien ici parce que c'est curieux et qu'après tout nous n'avons pas à nous plaindre, nous n'avons pas été repérés. On ne sait pas ce que l'avenir réserve, mais pour le moment nous sommes bien, malgré le peu d'eau. À ce propos je te disais hier qu'on arrivait à s'arranger cependant c'est pour boire que c'est difficile on ne peut guère boire que le bouillon le café et le vin, tout cela naturellement en petite quantité et l'eau serait agréable, la belle eau de source fraîche comme mon adorable Madeleine. C'est la seule privation véritable avec l'impossibilité de se balader hors de la batterie. L'armée française n'a pas à se plaindre. Elle est bien vêtue et bien ravitaillée.

Mon amour je t'aime aujourd'hui en bleu, j'aime ton cœur bleu et tes cheveux si noirs qu'ils en sont bleus et les veines bleues qui courent sur ton corps comme sur une belle carte et je t'aime aussi en blanc comme ta peau et ton regard clair et tes belles dents et en rouge aussi comme tes lèvres et le bout de tes seins et en vert aussi comme l'espoir de te revoir et en jaune aussi comme le soleil que nous aimons et en noir aussi comme tes toisons. Je t'adore, ma très chérie, parle-moi de tes belles dents mon amour de tes dents qui aiment mordre et aussi de l'exacte couleur de tes yeux dont le regard lourd et clair me fascinait tant que je n'ai pu bien les voir.

J'ai reçu aujourd'hui un mot d'un horticulteur qui me demande une œuvre en échange de quoi il m'offre tout ce que je voudrai comme végétation après la guerre. Je t'envoie la lettre et on s'en servira s'il y a lieu.

Mon amour fais-moi la description de ta chambre et de ton lit. Ma chérie moi et mes hommes couchons dans un trou recouvert de 2 couches de rondins de craie et de plaques de tôle ondulée, voilà le plan du trou 1.

Ce plan donne la cagnat trop large en réalité il n'y a pas entre les lits comme passage la largeur d'un lit. À droite du canon il y a la cuisine où l'on mange. Je couche ainsi que tous la tête vers la lucarne.

Le soir avant de se coucher maintenant souvent on boit du thé que j'aime beaucoup et c'est une façon de boire de l'eau.

Ma chérie je t'adore de vouloir être docile, d'être mon amour, de vouloir te laisser adorer, car te plier à ma fantaisie, être mon esclave c'est te laisser adorer et m'obéir c'est être toujours plus mienne. Ma caresse mon amour t'enveloppe toute très doucement avec des frôlements très légers et ma bouche se fait ventouse sur le lieu divin où se concentrent tes désirs. Ma caresse insiste doucement jusqu'au moment où tu m'appelles pour le lien plus complet et j'imagine des jours plus fous où tu m'enjambes et déploies à mes yeux le spectacle adorable de tes hanches qui s'abaissent vers ma bouche et lui apportent l'adorable entrée de la 8e porte et tandis que mes mains caressent les désirables fruits de ta poitrine ta bouche audacieuse caresse l'arbre de la science du bien et du mal qui est la même chose selon qu'on en use avec l'idée du devoir ou sous cette idée rédemptrice et nos langues passionnées irritent nos désirs jusqu'à la folie exquise. Nos bouches nous dévorent l'un l'autre avec une merveilleuse ardeur. Je t'envoie le poème complet dont mes deux poèmes précédents n'étaient que des fragments.

Je t'adore ma belle panthère chérie et te dévore. J'adore ton corps nu, beau au point qu'il est le plus beau des poèmes, je hume ta langue et l'adorable chair rose de tes lèvres secrètes et je te prends maintenant violemment comme le bûcheron qui enfonce sa cognée dans le chêne majestueux. Je prends ta bouche.

Gui

CHANT DE L'HORIZON EN CHAMPAGNE

À M. le Substitut Granié

Voici le tétin rose de l'euphorbe verruquée
Voici les nez des soldats invisibles
Moi l'horizon invisible je chante
Que les civils et les femmes écoutent ces chansons
Et voici d'abord la cantilène du brancardier blessé

Du soldat de Promission
Saigne la crucifixion
Tandis que saigne la blessure
Le sol est blanc la nuit l'azure

Un chien jappait l'obus miaule
La lueur muette a jailli
À savoir si la guerre est drôle
Les masques n'ont pas tressailli

Mais quel fou rire sous le masque
Blancheur éternelle d'ici
Où la colombe porte un casque
Et l'acier s'envole aussi

Je suis seul sur le champ de bataille
Je suis la tranchée blanche le bois vert et roux
L'obus miaule
Je te tuerai
Animez-vous fantassins à passepoil jaune
Les grands artilleurs roux comme des taupes
Bleu de roi comme les golfes méditerranéens
Veloutés de toutes les nuances de velours
Ou mauves encore ou bleus comme les autres
Ou déteints
Venez le pot en tête
Debout fusée éclairante
Danse grenadier en agitant tes pommes de pin
Alidades des triangles de visée pointez-vous sur les lueurs
Creusez des trous enfants de 20 ans creusez des trous
Sculptez les profondeurs
Envolez-vous essaims des avions blonds ainsi que les avettes
Moi l'horizon je fais la roue comme un grand Paon
Écoutez renaître les oracles qui avaient cessé
Le grand Pan est ressuscité
Champagne viril qui émoustille la Champagne
Hommes faits jeunes gens
Caméléons des autos-canons
Et vous classe 17
Craquements des arrivées ou bien floraison blanche dans les cieux
J'étais content pourtant ça brûlait la paupière
Les officiers captifs voulaient cacher leurs noms
OEil du Breton blessé couché sur la civière
Et qui criait aux morts aux sapins aux canons
Priez pour moi Bon Dieu je suis le Pauvre Pierre

Boyaux et rumeur du canon
Sur cette mer aux blanches vagues
Fou stoïque comme Zénon

Pilote du cœur tu zigzagues

Petites forêts de sapins
La nichée attend la becquée
Pointe-t-il des nez de lapins
Comme l'euphorbe verruquée

Ainsi que l'euphorbe d'ici
Le soleil à peine boutonne
Je l'adore comme un Parsi
Ce tout petit soleil d'automne

Un fantassin presqu'un enfant
Beau comme le jour qui s'écoule
Beau comme mon cœur triomphant
Disait en mettant sa cagoule

Tandis que nous n'y sommes pas
Que de filles deviennent belles
Voici l'hiver et pas à pas
Leur beauté s'éloignera d'elles

Ô Lueurs soudaines des tirs
Cette beauté que j'imagine
Faute d'avoir des souvenirs
Tire de vous son origine

Car elle n'est rien que l'ardeur
De la bataille violente
Et de la terrible lueur
Il s'est fait une muse ardente

Il regarde longtemps l'horizon
Couteaux, tonneaux d'eau
Des lanternes allumées se sont croisées
Moi l'horizon je combattrai pour la victoire

Je suis l'invisible qui ne peut disparaître
Je suis comme l'onde
Allons ouvrez les écluses que je me précipite et
renverse tout

28 octobre 1915

Mon amour, je t'ai envoyé il y a deux jours les bagues et le bracelet. Ces alliances tombées du ciel sont à nos deux mesures tu me renverras la mienne après l'avoir embrassée, c'est la plus large. Pour ton examen examine la chose avec ta mère, pour voir ce qu'il y a à faire et ce qu'il vaut le mieux. Je t'adore de ne pas me rendre jaloux. Mais ma confiance en toi est assez grande pr que tu puisses faire ce que tu dois et comme voudra ta maman. Enfin, agis au mieux. Certes nous travaillerons ensemble mais en attendant mon retour consulte ta maman. La lutte que tu me décris est divine en effet et je l'adore. Tu es ma Vénus adorable. Mais ce n'est point la correction conjugale qui est une correction non une lutte. Oui, je te veux pantelante après la lutte ô mon félin voluptueux. Oui je te dévore, oui je te prends profondément et j'éveille en toi la plus folle jouissance. Mais mon amour il n'y a pas dix portes mais 9.

Yeux 1 et 2
Bouche 3
Oreilles 4 et 5
Narines 6 et 7
La grotte dans la forêt 8
Le puits dans la vallée entre les collines 9

À la 9e porte le sacrificateur ne frappera que dans des moments de grande et adorable folie et quand tu le demanderas. C'est ça, tu as compris, tu m'appartiendras à un point inouï et en des choses qu'on ne peut encore écrire.

Tu as imaginé l'exquise caresse de ta langue sur le moi qui t'appartient et se tend passionnément pour toi. Tu as compris l'exquise caresse si mystérieuse de nos bouches dévorantes.

J'adore mon baiser sur toi et je le sens infiniment.

J'adore les pointes de tes seins et le rouge ardent de la bouche verticale que ta lettre me fait deviner. J'adore tes hanches tes hanches rondes et adorables. J'attends avec impatience le baiser de tes seins et j'attends avec impatience mais patience aussi le beau jour où ton corps beau et pur m'appartiendra dans sa virginité.

Je ne veux plus que tu aies peur de moi qui t'adore. Et tu as des caresses exquises ô chère directrice de nos jeux exquis. Je veux mon amour que tu arranges ta vie, l'ordonnes de façon à pouvoir vivre en moi, faire ton travail et travailler aussi pr cet examen si tu dois le passer.

En tout cas sois vaillante mon amour.

Ces sots de Grecs ont banni la beauté de leur vie ils ont refusé l'île de Chypre où naquit Aphrodite déesse de la beauté. Vénus ne leur pardonnera pas cet affront. Quand atteindrai-je mon île de Chypre aussi où m'attend ma Vénus adorable.

Calme tes sens mon amour, sois patiente, aime-moi beaucoup mais ne t'énerve point.

Cultive ta belle beauté pour moi qui l'adorerai sans qu'il puisse y avoir aucune restriction entre ta beauté et moi pas plus qu'il n'y en aura entre nos deux esprits.

Tu ne m'as pas parlé de ta nouvelle élève, la dame élégante et présente. Mon amour je prends dans ma bouche toutes les roses rouges de ton corps exquis. Je t'aime je t'adore et te prends infiniment.

Gui

29 octobre 1915

Mon amour, Je t'adore, c'est inimaginable, c'est fou, le plaisir que m'ont donné tes lettres du 21 et du 22. Que ton corps est beau, mon amour, je l'adore, j'en suis fou, et comme elles sont belles mon amour ces lettres qui divinisent ton corps et qui me donnent une merveilleuse divinité à honorer. Je te remercie mon amour de me dire que je te rends heureuse et je veux te rendre plus heureuse encore ô ma Madeleine. Je comprends, mon amour, que tu t'amuses à enseigner l'histoire littéraire à cette jeune femme. L'histoire des lettres est une science bien amusante. Oui, mon amour j'adore aussi tes révoltes mais pour les mater par la force et la volupté. Mon amour je baise tes pieds sensibles j'adore la caresse de tes longues jambes la caresse de ta toison soyeuse contre la mienne. Oui, amour, je veux que tu me dises toutes les fois que tu ressentiras un trouble et je te le dirai aussi pour moi. Oui, ma bouche aussi prendra le parvis et ta bouche me prendra aussi. Tes troubles de femme seront plus complets. Oui, je te mange je mange le divin coquillage. Oui, nous inventons le même amour et tous mes troubles sont à toi. J'adore ta chère liberté envers moi. Ma chérie je t'adore et suis si ému de tes lettres que je ne sais plus que dire sinon que je t'adore, je t'adore. Ta lettre-beauté me rend fou absolument. J'ai ouvert toutes les portes de mon corps et tu es entrée en moi triomphalement, cavalièrement comme les reines d'Espagne. J'adore ton corps droit et élancé, j'adore tes yeux voluptueux et ton corps électrique. J'adore tes ablutions que nous ferons ensemble, j'adore ta blancheur et j'adore la grenade ouverte du parvis – tu as trouvé mon amour la plus belle comparaison – J'adore les épaules rondes et le fin duvet de la nuque, j'adore tes bras harmonieux qui font mouvoir tes mains chironomie adorable comme une charmeuse de serpents. J'adore la danse voluptueuse de tes bras aux gestes sûrs. J'adore l'aisselle mystérieuse où se tapissent les scorpions de notre ardeur. J'adore chacun de tes grains de beauté et je les hommagerai minutieusement chaque jour mon amour et je mords ta chair exquise. J'adore le parfum musqué de tes aisselles ma Madeleine à l'odeur suave et voluptueuse. J'adore tes seins petits et ronds, durs tendus, à la pointe redressée comme une exquise virilité j'adore leur pointe érectile et les nuances diverses que leur communiquent tes sensations comme font les émotions au caméléon. Je voue, mon cœur, aux poils bruns de ton sein droit et le délicat et presqu'imperceptible épanchement de vaisseau qui rougit à ton sein gauche. J'adore la peau de ton buste et je donne des caresses à tes reins et tes jambes de bacchante. Sens comme je les secoue tes reins sous ma vigueur, tu as beau demander grâce et avant de te pénétrer je mettrai ma virilité comme un œillet rouge dans la jolie vallée de tes seins. Je serrerai ta taille comme tu dis, ta taille ronde dans mes doigts, je te courberai de tous côtés et en avant pour faire saillir ton merveilleux derrière charnu creusé de fossettes et te maintiendrai ainsi courbée pour te prendre comme l'étalon prend la jument. Je te prendrai avec une folle violence caressant tes seins tes hanches et mon ventre vient passionnément heurter ton gros derrière exquisément blanc. J'adore ton ventre pur, ton nombril exquis. Je baise le grain de beauté de ton derrière. J'écarte ces deux sœurs blanches et charnues qui se baisent tandis que tu marches, amour, et ma bouche s'oublie à la partie la plus secrète de ton corps. J'adore ta cuisse, j'adore le coquillage et j'y reste toute ma vie mon amour, fouillant le triangle isocèle. J'écarte tes cuisses pour l'amour de mon moi et de ma langue qui fond en toi et s'attarde surtout tout en haut où vit un petit ermite bien agité qui s'épanchera dans ma bouche qui t'adore. J'adore les veines mauves de ta cuisse droite. J'adore tes genoux et tes mollets et je compterai, je te l'ai dit, tous tes grains de beauté avec ma bouche dévote à ta beauté. J'adore le gros orteil qui domine les autres et les ongles roses je les adore. Ma langue se promène entre chaque doigt de pied longuement voluptueusement. Je t'adore mon amour ton chant a chanté le chef-d'œuvre de l'univers et j'humilie mon esprit et mon corps devant ta beauté avant de l'assaillir de toute ma force qui te désire. Je sens ton corps, je t'adore, je sens tout, c'est cette lettre, l'avant-trace symbolique de notre nuit de noces. J'avais imaginé il y a 3 ans un art des traces quelque chose d'infiniment subtil, il y a les traces extraordinaires et d'un art infini dans les pierres de Gavrinis en Irlande, le bertillonnage prend des éléments singuliers pour cet art des traces, l'écriture aussi est un élément de l'art subtil des traces et ta lettre est pleine mon amour au sens de cet art, car c'est un poème ardent où vivent les traces de ta beauté et de notre amour, c'est exquis. Tu es à moi merveilleusement, je t'adore. J'adore ta chair, tes larmes de volupté, ton rire merveilleux de panthère. Je suis heureux, je prends tes flancs dans mes bras, je te serre, je prends la grenade dans ma bouche et je prends l'odeur de ton corps. Je mets ma virilité dans ta bouche adorable, sens-moi raidir sous ta langue et si ta langue insiste trop, le geyser jaillira sur ton visage dans tes cheveux ou dans ta bouche qui l'accueille comme l'essence même de ton Gui que tu adores puis je te prends et nos langues et nos yeux ne se quittent pas et j'adore aussi tes grands frissons d'après la volupté. Je t'adore.

Je t'envoie avec le livre un couteau boche arme des tranchées, fabriqué à Solingen où se font les meilleurs couteaux allemands, nos fantassins ont aussi un couteau maintenant. Je t'envoie aussi une plaque de ceinturon bavarois avec la devise In Treue fest, inébranlable dans la fidélité, et il est inutile de développer cette formule, je t'adore, demain t'enverrai un casque bavarois dont je démonterai la pointe, les goupilles à tête ronde servent à fixer la pointe, la tête ronde des goupilles en dehors et on les ouvre en dedans en rabattant les branches sur la plaque noire de l'intérieur. Plus un couvre-casque, pr ce casque, au n° 19 qui est celui du régiment. Je t'enverrai aussi un bidon boche en aluminium.

Denise m'a écrit très gentiment, je lui répondrai. Je t'adore, je prends ta bouche et toute toi.

Gui

30 octobre 1915

Mon amour, pas de lettre, mais le ravissant et très très gentil paquet, tu me gâtes trop. J'ai mordu aussitôt où tu avais mis tes dents et ça a été un enivrant baiser. Je me suis parfumé à l'eau de Cologne excellente ; j'ai goûté à l'alcool (1 douzaine excellents multitubulaires). Le tricot est bien venu ainsi que les chaussettes mais tu abuses de la gentillesse, amour, où veux-tu que je mette tout, pour cette fois ça va et encore pas tout car je crois bien que je serai obligé de renvoyer la trousse. Je garderai le dentifrice, les ciseaux, le canif, les épingles de sûreté mais je renverrai la trousse avec la glace le peigne, la brosse à cheveux et la brosse à dents. Je n'ai pas de place pour ces objets m'amour. J'ai un peigne cassé et une brosse à dents à brosse de rechange. Garde le reste pour quand je reviendrai ça me servira. Mon peigne cassé suffit ici et quand j'aurai besoin d'une brosse à dents tu me renverras celle-ci.

Le tabac très très bon, pas trop fort, les nougats exquis et c'est très mignon d'avoir pensé au sucré. Très gentil d'avoir cousu la trousse, mais plutôt que de la salir ici où elle est inutile j'aime mieux que tu me la gardes. Tu me gâtes trop. Je t'adore et donne un long baiser à ton coquillage, je bois ton âme. Mon amour on travaille beaucoup aujourd'hui. Va je t'adore. Le jour est triste, je pense à ta chère beauté qui est mon soleil, hier soir j'étais encore plus triste à cause de la brume. Mais ce sont tristesses passagères qu'amènent les premiers brouillards.

L'hiver revient mon âme est triste
Mon cœur ne sait rien exprimer
Peut-être bien que rien n'existe
Hiver de tout hiver d'aimer
Où la peine seule résiste

Et pourquoi donc mon cœur bat-il
Par la tristesse qu'il endure ?
Toi qui m'attends ô cœur gentil
Ne sais-tu pas que je m'azure
Pour te rejoindre plus subtil

Je suis le bleu soldat d'un rêve
Pense à moi mais perds la raison
Vois-tu le songe qui s'achève
Se confondre avec l'horizon
Chaque fois que ton œil se lève

Ô toi que j'aime éperdument
À qui je pense dès l'aurore
Et tout le jour je vais t'aimant
Et quand vient le soir je t'adore

Au fond du bois d'où nous tirons sur l'Allemand

Je t'aime, mon amour, et ce soir je t'écrirai longuement. Demain matin t'enverrai le casque, la pointe défaite, je t'ai expliqué comment l'arranger. Tes frères le feront. Je t'enverrai aussi un bidon boche en aluminium.

Il me tarde que tu portes au bras la chaîne et me renvoies l'alliance. Je prends infiniment tes hanches adorables. Je te prends profondément et passionnément, bouche à bouche regard à regard.

Ton Gui

3 novembre 1915

Amour, la lettre d'hier qui aurait porté la date plus haut et devait partir aujourd'hui n'a pu partir. Je ne l'ai pas écrite pr raison majeure. Changement. Celle-ci qui aurait dû partir demain 4 ne partira qu'après-demain 5 pour la même raison. Mais j'écrirai demain encore et les 2 lettres partiront ensemble. Il ne t'en manquera donc qu'une. Ah ! Madeleine quelle boue, quelle boue, tu n'imagines pas la boue il faut l'avoir vue ici, ayant parfois la consistance du mastic, parfois de la crème fouettée parfois encore de l'encaustique et glissant d'une façon extraordinaire. Il faut avoir vu les attelages s'abattre se relever sous les fouets des conducteurs ou casser les traits quand la chute est trop brusque. Mon cheval a glissé trois fois, il s'est abattu une fois en glissant, je l'ai relevé heureusement. La chevauchée dans ces conditions sur des pistes savonneuses et encombrées de troupes à pied et à cheval n'est pas un agrément. Et ça m'aurait embêté de rouler dans la boue, mais après son agenouillement quelques coups d'éperon ont montré à mon bon cheval (qui ne boite plus) qu'il faut marcher dans la boue comme ailleurs.

Appuyez chevaux ne glissez pas. En arrivant à l'emplacement de notre nouvel échelon car il n'est pas loin de nos positions d'hier (nous ne verrons les nouvelles que demain) j'ai eu la joie de ta lettre du 27. Je t'en parlerai tout à l'heure.

Pardonne-moi amour d'avoir pu croire que quelque chose envoyé par toi pût ne pas m'être utile. Je ne te renverrai rien et la trousse s'est bien casée. Je t'adore. En outre par ces temps de pluie l'alcool a été d'un très grand secours. Le tabac excellent, tu sais, amour, épatant, et la lime est aussi une bonne idée pour les ongles. Je ne pourrai donc m'occuper de la bague de ta maman que dans quelques jours. Tu sais je ne veux pas qu'elle soit jalouse de moi car je l'aime bien la petite maman de ma Madeleine. Dis-le-lui et qu'elle ne soit pas jalouse, car on l'aimera bien tous les deux. Je suis bien content que son idée sur Beauvais ait été entre-temps la mienne. Oui, le vert et le bleu qui étaient mes couleurs préférées me deviennent plus chères encore si elles sont les couleurs de ma dame et ainsi je vois aussi la couleur des yeux de mon amour. Dis à ta maman que je lui suis très reconnaissant de t'avoir dicté mes vers. Est-ce qu'elle les aime. En effet je n'ai pas reçu le paquet de tabac en question. Mais puisque c'est défendu n'en envoie pas ce serait bébête d'avoir un procès pr une si petite chose. La dent déplombée ne me fait pas mal parce qu'elle avait été bien soignée. Elle n'est pas gâtée. Parle-moi aussi de tes belles dents amour. Il faut amour que tu ne sois pas jalouse parce qu'il est entendu que tu n'es plus jalouse. Il faut que tu ne sois plus jalouse parce que tu sais qu'il n'y a pas lieu jamais d'être jalouse et que tu as une entière confiance en moi. Je voudrais bien voir le beau paysage vu de la chambre de ta maman.

Mais oui, amour je serai le plus souvent sur toi, mais d'autres fois c'est toi qui seras sur moi, des fois nous serons sur le côté, des fois tu seras retournée le derrière en l'air, des fois sur le côté tu me tendras aussi tes flancs voluptueux tout cela pour aboutir à mon entrée triomphante au parvis. Des fois toi couchée sur le ventre j'écarterai tes fesses délicates et franchirai la 9e porte, ou bien les yeux dans les yeux, je soulèverai tes jambes délicates et entrerai dans la neuvième porte et mille variations à l'infini. Oui mes lettres sont toujours heureuses maintenant mon amour et je t'adore.

Je voudrais aussi amour que tu me décrives le parvis, il y en a de diverses sortes, les uns sont placés bas et regardent le sol, d'autres sont placés haut et marquent le ventre, les uns sont dans une dépression, d'autres sur un monticule moelleux qui quand il existe se nomme motte ou mont de Vénus, les uns sont fermés d'autres entrouverts, les uns ont des lèvres minces d'autres longues. Les lèvres des uns sont brunes, d'autres sont blanches, l'intérieur du tien est couleur de grenade tu me l'as dit, le petit organe du bout appelé clitoris est chez les unes à peine sensible au toucher, chez les autres il a la grosseur d'un petit pois, chez d'autres encore c'est comme un minuscule petit doigt et il saille légèrement hors de sa cachette ; il y en a encore de diverses sortes et ils correspondent tous à des tempéraments différents. Les uns sont visibles sous la toison, chez d'autres celle-ci très épaisse dissimule le parvis. Ton derrière aussi je voudrais savoir si rebondi il saille beaucoup des hanches ou s'il est simplement un renflement, un évasement du dos et des hanches.

Je t'ai parlé de moi aussi avant-hier et du sceptre. Il est de la taille normale chez les Aryens et extrêmement érotisé. C'est-à-dire que le plaisir qu'il peut causer est beaucoup plus grand que chez les Arabes par exemple qui abîment les femmes sans leur causer de plaisir et où de plus ils ne peuvent varier les plaisirs. Je suis conformé pour ta plus grande joie de femme intelligente dont la beauté doit se conserver longtemps bien que nous devions user fantastiquement des plaisirs de l'amour parce que nous y sommes aptes l'un et l'autre. Mon amour quand nous serons l'un à l'autre, bien souvent pour parfaire nos plaisirs de la bouche ou pour cette caresse si profonde et si exquise tu m'offriras des friandises un bonbon ou un fruit que j'irai chercher avec une langue experte et tremblante de volupté dans les profondeurs du coquillage ? veux-tu ce raffinement ?

Tu ne peux imaginer amour combien je suis heureux que tu sois bonne marcheuse. J'aime beaucoup marcher et comme je me suis juré qu'après la guerre ce serait mon seul sport, nous ferons ensemble de petits voyages à pied, des excursions. Si nous sommes riches on les fera en auto, des fois mais aussi parfois à pied. Mais je n'aime pas beaucoup la bicyclette encombrante et qui diminue la puissance amoureuse et toi, tu ne montes pas à cheval et puis j'en aurai assez fait du cheval après la guerre, je n'y toucherai plus à cette plus noble conquête.

Tu ne m'as pas dit, amour, si tu avais les cheveux longs et jusqu'où ils descendaient ?

Puisque tu me dis tes sensations je veux te dire les miennes. Quand je lis tes lettres si voluptueuses, amour, un frisson exquis parcourt tout mon corps, la sensation se localise au même lieu que toi mais qui chez moi est bien différent du tien, il se gonfle s'allonge se redresse, fait le beau se décoiffe et se tend en ton honneur et vers toi, l'attrait qu'il éprouve pour tes hanches est inimaginable mais cela se comprend puisque les deux portes de l'amour sont un peu leurs dépendances, mon ventre a pour toi et tes fesses une appétence étonnante, le sceptre éprouve aussi un désir profond de tes aisselles et de ta bouche, ma bouche a le souhait des trois bouches, et des pointes de tes seins. Ma langue également aussi de tes pieds et mes dents de ta chair, mes mains ont le désir de tes seins et de tes cheveux, de ton cou, de tes bras de tes cuisses et de ta taille, mes pieds ont le souhait de ton dos ton ventre et ta toison, mon ventre a le souhait de tes pieds, mon nez a le désir de tes trois toisons, mes bras ont le désir de tout toi, mes jambes de tes bouches et mes yeux de tout toi.

Je suis très heureux, Madelon que tu ne sois pas nerveuse. C'est merveilleux car l'étant, j'avais besoin d'une femme qui ne le fût pas, qui fût mon esclave et ma tête, et mon calme et tout moi, tu es plus que tout.

Je t'adore donc mon amour, je te dévêts dévotement et pose ma bouche affolée sur le parvis entrouvert qui la désire, je tends à ta bouche si rouge ma virilité effroyablement tendue et gonflée.

Tes lèvres la lubrifient et la caressent ta langue l'agace et lorsque la grenade a distillé dans ma bouche sa liqueur exquise, je plonge en ton sein le poignard qui s'y glisse plus facilement humide qu'il est de ta salive amoureuse et après notre folie je darde en tes entrailles le suc vital et nous nous évanouissons pour renaître plus amoureux toujours toujours plus amoureux, l'un de l'autre ô Madeleine, prends mes baisers à tes deux bouches et aussi la troisième plus secrète. Je t'adore.

Gui

4 novembre 1915

Mon amour, nous voilà déménagés tout près – nous ne sommes encore qu'à l'échelon, pays identique même secteur. On va travailler à faire les nouvelles cabanes.

Mon amour j'ai reçu ta lettre du 28 et 29. Quand tu m'écris faisant allusion à quelque chose de mes lettres dis ce que c'est ou quand tu fais allusion à tel poème de mes lettres secret ou non, cite le premier vers ou quelque chose qui me fasse connaître lequel est en question ou si tu parles d'une caresse dis laquelle. N'aie pas peur des répétitions, nous sommes loin et pour bien se comprendre, il ne faut pas craindre de se répéter ; d'ailleurs la répétition est un procédé de style qu'il ne faut pas craindre. Les anciens grecs latins ou français ne le craignaient pas. Il faut de la précision. D'autre part, parle-moi encore de toi, ma chérie, je te le dis et le redis les répétitions n'ont rien dont il faille se défier au contraire.

(Ce matin, en me réveillant en plein air, j'étais le premier et y ai crié : Madeleine. L'écho a répondu : Je t'aime)

On sait maintenant où seront nos nouvelles positions mais je n'ai pas le droit de t'en parler. Il faudra de nouveau faire son trou pour avoir des *abris*[1]. Toi aussi mon amour tu me donnes beaucoup de joie, mon amour chéri. Oui notre amour sera toujours nouveau. Maintenant tu dois savoir la façon dont Pasiphaé connut le taureau une pierre gravée de je ne sais quel musée montre la réalité imaginée de cette fable. Pasiphaé courbée offre ses hanches au taureau qui pose ses pattes de devant sur le dos de la Crétoise et l'organe mâle de la bête brute passe entre les jambes féminines pour atteindre la fournaise. Je n'ai pas encore eu le temps de faire les ronds de serviettes et probablement n'aurai pas le temps de les faire immédiatement mais rappelle-le-moi quand tu recevras cette lettre.

Mais mon amour tu es vraiment poète je t'adore. Mes répétitions ne doivent pas te choquer, amour, nous ne faisons pas de littérature ici. Tu fais bien de faire travailler les petits. Dis-moi à quoi ils se destinent. Dis à Denise de bien travailler comme peintre. Moi aussi, amour, c'est l'étreinte commune. Moi aussi, amour, depuis que nous nous préparons à l'étreinte tout a disparu qui n'est pas nous deux, la guerre même n'existe plus. Vois ton pouvoir et parle-moi beaucoup de toi pour me donner l'extase perpétuelle. J'adore ton lever que tu me décris. J'adore tes seins qui se tendent. Moi aussi j'ai pour ton corps une admiration grecque et dévote à la fois. Oui ton corps est l'éternelle beauté. C'est vrai amour que toutes les passions célèbres ne sont rien au prix de la nôtre et nous nous ressemblons admirablement. Oui, je te prends sur mes genoux amour et longtemps et l'étreinte aussi peut se faire de cette façon. C'est le nectar qui était la boisson des dieux de l'Olympe, mais l'hydromel était celle des dieux du Nord et j'aime beaucoup l'hydromel. Je n'en ai bu qu'une fois. C'était délicieux, on en boit en Pologne et c'était chez des Polonais que j'en ai bu. Oui, amour, je mange ta bouche le fruit rouge de notre amour et tout ton corps et je te ferai mourir pour te réveiller par plus d'amour encore. Oui nous aurons des nuits folles où notre étreinte n'aura pas de fin.

Tu me demandes de te parler d'après la volupté et tu crains que la tristesse n'y préside. Un proverbe latin dit Post coïtum animal triste. Après le coït l'animal s'attriste (le coït est le nom scientifique de l'étreinte humaine). Cependant pour ma part je n'ai jamais connu cette tristesse qui au demeurant n'est que pour l'homme et non pour la femme. Mais je te le répète, moi je n'ai jamais connu cette tristesse, mais pourquoi crains-tu de la tristesse entre nous, mon amour ; quand j'ai de la tristesse ce qui m'arrive parfois brusquement ça ne vient jamais de la volupté, mais au contraire ta caresse me redonnera aussitôt de la joie. Donc tu as le remède contre mes rares et brusques tristesses qui ne durent pas. Mais non mon amour je ne te gronde pas. Il n'y a aucune raison de te gronder parce que tu demandes des choses qu'il est tout naturel que tu demandes.

Ce qu'il y a j'ai la mauvaise habitude de lire au lit ne serait-ce qu'une page avant de m'endormir, d'ailleurs si tu n'aimes pas ça tu m'en déshabitueras facilement ! Je t'embrasse ma chérie très fort et te tiens ainsi blottie contre moi. Je ne me souviens pas bien de la nuance des yeux de ma vision qui ne durait pas longtemps. Oui c'était toi certainement qui venais me dire que tu serais à moi, amour ô ma très belle amour !

Je t'adore amour et te prends tout entière. Je ne sais pas comment je suis arrivé à t'écrire aujourd'hui, d'ailleurs la lettre est assez malpropre pr que tu voies que je l'ai écrite comme j'ai pu. Mais je t'adore et ça doit te suffire et, tu me pardonnes n'est-ce pas, petit amour chéri, je baise tes seins ta bouche et tout toi mon amour. Je te baise toute m'amour et ceins tes reins. Je caresse tes beaux cheveux et prends ta bouche.

Gui

6 nov. 1915

Mon petit amour pas de lettre de toi. Mais as-tu bien lu ma lettre d'hier et as-tu compris ce que j'avais souligné. Aujourd'hui on a décoré notre colonel, prise d'armes défilé, trompettes. J'étais serre-file de la 2e section. On a manié le sabre pour la première fois depuis la guerre ! Beau spectacle ma foi. La sonnerie des trompettes de cavalerie a quelque chose de plus poétique de plus lointain de plus céleste que celle des clairons. Les permissions reprennent mais n'en parle pas il n'est pas encore question de la mienne je t'avertirai quand il commencera à en être question. Je t'aime, mon très cher amour je t'envoie un mot d'un de mes amis qui est un des meilleurs poètes actuels. Bras amputé !

Je t'aime, je pense à ta chère beauté.

LE SEPTIÈME POÈME SECRET

Une grande ardeur en moi
Une grande mollesse ardente en toi
Tu ouvres délicieusement toutes les portes
Je me déguise et je t'emprunte des moustaches et la barbe
Ta toison
Je m'arme de la langue et je creuse un délicieux sentier
Dans la forêt vierge
Madeleine est une jeune bergère
Qui paît le blanc troupeau des brebis de son corps
Madeleine est une jeune bergère d'une merveilleuse beauté
Ses seins sont d'adorables proues
Deux vaisseaux cuirassés qui seront mon escadre
Ma langue est le mineur qui fouille
Dans la mine de houille
Ta toison
J'adore les livres rouges
Gondoles de parade
Qui larguent leurs amarres tressées comme les cheveux noirs
Tes cheveux
Tes cheveux qui sont le crépuscule de toutes les beautés
Et il ne demeure que la tienne
Naviguons sur les yeux de sinople
Il s'y jette les fleuves des veines bleues de la chair si noble

J'adore la source divine qui sourd
Sous
Ta toison
Ma langue sens ma langue
Elle te préparera à l'étreinte profonde
Le soc de la charrue creusera le sillon
Je t'adore mon amour
Entends chanter 0 Madeleine pâmée
Entends chanter et rechanter
Le rossignol caché
Le froid revient le froid terrible
Sous les toiles tentes
Et je t'écris mon poème que je chante en l'écrivant
Et je t'écris couché par terre
Le froid revient, le froid sans feu
Car on n'a pas de bois
Je t'adore mon amour, je suis heureux par toi
Et je prends tous les trésors
De ton corps
Dans une immense caresse
Qui fait surgir dans l'hiver une liesse
De tout printemps
Le Lys la Rose
Sous ma caresse

Gui

7 nov. 1915

Mon amour, pas de lettre de toi encore aujourd'hui ça fait deux jours, as-tu compris ce que j'avais souligné dans ma lettre d'hier, trou etc. ? La censure a supprimé un morceau de ma vie anecdotique. Je t'enverrai le Mercure demain. J'attends une longue lettre au moins. Les permissions ont repris, je crois que dans quelques jours je pourrai te faire savoir la date approximativement probable. Où nous sommes des milliers de rats, c'est effrayant. Je voudrais bien que la permission arrivât vraiment cette fois-ci. Mon Madelon chéri, je t'adore de toutes mes forces. Je t'imagine de plus en plus familièrement. Aujourd'hui ce sont tes lèvres que j'imagine surtout tes lèvres rouges et adorables et j'ai un tel désir des odeurs de ton corps que je m'évanouirais en y songeant. Tu es toutes les cassolettes de tous les parfums les plus suaves. Il me semble sentir l'odeur vanillée de tout ton corps de brune blanche à la poitrine arrondie.

Ô ma chérie tes fesses sont les taureaux blancs des hécatombes où tu seras toujours la victime consentante.

Aujourd'hui amour je mordille tour à tour tes oreilles et passe ma langue derrière et dedans dans une caresse qui rendra turgescents tes seins délectables. Je songe aussi à l'exquise vallée qui sépare tes fesses adorables.

Comme je n'ai pas de lettres depuis deux jours, je me demande pourquoi.

Je songe infiniment à tes pieds aussi, ma bouche leur fera de divines caresses qui apaiseront leurs souffrances. Et je te prends aujourd'hui comme tu songes, c'est-à-dire moi sur toi, poitrine contre poitrine tout moi en toi et après la plus adorable des luttes, je te reprends encore confuse de ta volupté formidable je te reprends toi sur moi, un bras entourant ta taille exquise et de l'autre main jouant avec ton derrière qui s'agite. Tes yeux pers me regardent voluptueusement. Tu as le plus beau regard qui soit et aussi le plus inattendu. Je me souviens maintenant de l'expression de ton visage dans le train et combien tu sentais déjà sans t'en douter ce qui allait se passer entre nous, ô Madelon chérie mon très doux bien.

Ce qui m'étonne le plus c'est que tu sois aussi grande. Je ne l'avais pas remarqué.

Et tes mains, parle-moi de tes mains que tu dois avoir adorables.

Dis-moi, Amour, pour ma permission, est-ce qu'il y a une gare spéciale de chemin de fer pour Lamur ou Lamur fait-il partie d'Oran ; faut-il donner Lamur comme lieu de destination de ma permission ou Oran. Mon idée est que j'irai sans doute pour la Noël.

T'ai-je fait remarquer que Lamur, c'est presque L'amour et qu'il était tout naturel qu'on y allât en s'embarquant à Port-Vendres. Mon embarquement doit-il se faire nécessairement à Port-Vendres, tu t'es bien embarquée une fois toi, mon amour à Marseille, renseigne-toi bien et renseigne-moi. Je prends ta bouche et je bois ta salive que j'adore.

Gui

8 novembre 1915

Tu as raison d'être décidée, mon amour et j'approuve ce que tu as fait pour Marthe. En effet, l'histoire de la petite Liliane n'est pas banale. Je connais son père Sadia Lévy depuis fort longtemps douze ans environ. Nous écrivions tous deux à *La*

Grande France. Le premier livre dont j'ai eu à parler ou plutôt à écrire était : *XI Journées en force* par Sadia Lévy et Robert Randau. Après quoi Sadia Lévy étant venu à Paris nous avons sympathisé. Mais non avec Randau que j'ai rencontré plus tard chez Sadia Lévy. Sadia Lévy est venu quelquefois chez moi et j'ai été quelquefois chez lui à Montrouge. C'est un disciple attardé de Villiers de l'Isle-Adam et il aurait eu bien du talent si cette passion n'avait pas entravé son génie. Mais Sadia Lévy écrit avec peine. Il a écrit un bon roman *Rabbin* et un autre assez curieux mais non publié en volume et qui est le roman de son impuissance. Ce livre a eu le bonheur d'être imité par Guiseppe Papini un des meilleurs écrivains de l'Italie actuelle : *Un uomo finito* et sous cette forme il a eu beaucoup de succès. Sadia Lévy est un orgueilleux plein de modestie. Il avait commencé une magnifique traduction des psaumes qu'il a à tort interrompue. C'est un juif roux et sacerdotal. Plein d'honnêteté il était incapable de faire des affaires et vivait sur son pécule que lui a dévoré, escroqué de la façon la plus vilaine son meilleur ami qui pour le faire à l'aise a plusieurs années durant flatté sa manie ou plutôt son exclusive passion pour l'auteur des *Contes cruels*.

J'aimais bien Sadia Lévy mais nous n'avons jamais été camarades, j'en avais d'autres qui n'étaient point mariés et il l'était. La femme de Sadia Lévy Rachel était bonne comme lui elle avait une beauté juive plantureuse et assez remarquable, elle était sourde malheureusement. La petite fille au temps où je la vis était le type parfait de la jolie petite fille juive. À la suite de l'escroquerie dont ils furent les innocentes victimes, les Lévy durent s'en retourner en Algérie, mais je ne savais pas que c'était à Oran. Ils y doivent vivre aux dépens du frère de Sadia à moins que celui-ci ne se soit mis à faire des affaires ou à travailler. Le fait est que depuis plusieurs années il n'a plus collaboré à aucune revue et je n'avais plus eu de ses nouvelles.

Sadia Lévy est à ma connaissance un brave garçon. Et si l'occasion se présente tu peux transmettre à cette famille l'expression sincère de mon meilleur souvenir. Moi aussi mon amour, je ne suis jamais mieux qu'au soleil, par le soleil, mais tu es mon soleil.

Que j'adore ta sensation laiteuse sous ma caresse et j'adore ton corps nu étendu à mes pieds où il se love comme un serpent et je te caresse lentement tout entière t'enveloppant peu à peu d'un satin de volupté qui te pénétrera enfin jusqu'au cœur. Oui j'aurai toujours faim de toi, mon amour, ma faim de toi est immense, mon beau, mon adorable Madelon. J'adore ton frisson sous la peau… J'adore ta bouche le puits de nos baisers. Que j'aime nos sourires après la passion ! Ma Madeleine. Je te donne mon sourire et le tien est bien à moi. Nous nous sourions toujours et notre gravité même sera un sourire illuminé. Ô ma belle cavalière, je t'adore. Je sens la fermeté de tes seins contre ma poitrine et je me mets sur toi aussi ma très belle cavale et tes jambes si tu veux se croisent sur mes reins pour que notre enlacement soit plus profond plus serré, plus sauvage plus passionné. Je suis content que tu n'aies plus à rentrer tard le soir.

L'histoire du vieil Arabe m'a bien amusé, ma blanche Madeleine aux yeux pers. J'attends avec une tranquille impatience l'alliance qui aura touché tout ton corps et que tu auras portée plusieurs jours.

Parle-moi aussi de ton coucher d'une façon bien détaillée mon amour.

Peut-être n'est-ce pas facile en effet de prendre toi-même le dessin de ton sein d'après l'ombre...

Ma chère perfection je mordille tout ton corps depuis les orteils le mollet le ventre je fouille de ma langue la conque rose du nombril, l'entre-deux des seins, la fraise des seins, ton cou exquis l'oreille ta bouche et le parvis je le mordille et m'étendant sur toi j'écarte les lèvres exquises de la blessure adorée de façon à ce que la volupté s'éveillant en toi par mon va-et-vient tu y participes par le jeu lascif de tes hanches, pour ici que nos bouches unies s'aspirent à en mourir et que nos yeux échangent les âmes. J'adore les soubresauts de tout ton corps et l'ardeur qui nous anime de plus en plus vive nous amène finalement à répandre l'un et l'autre en ton sein des torrents de nectar voluptueux et quelle langueur souriante succède à nos ébats tandis que ma bouche alerte se rejoint infiniment à la tienne Madelon.

Gui

12 nov. 1915

Mon amour, je t'adore, nous sommes toujours si mal installés que je ne peux encore travailler comme je voudrais. Il y a ici des millions de souris. Elles ont toujours dû prospérer sur les champs de bataille, lors des longues guerres dans les légendes médiévales, en France, en Allemagne, en Pologne surtout, elles représentent les invasions normandes ; on voit un vieux roi assiégé dans son château, souvent dans une île, assiégé dis-je par les souris ces souris sont les Normands et ce symbole vient évidemment de la réalité, c'est que les pays ravagés par la guerre sont infestés de souris. Elles bouffent tout et le chocolat avec frénésie, beaucoup de livrets militaires sont dévorés des rats ou des souris.

La nuit les souris commencent leur danse et j'imagine que leur rumeur nocturne, leurs cris ont dû donner origine au Sabbat des sorcières. Elles mangent le pain, laissent leurs crottes partout (les souris, pas les sorcières). Ces animaux sont la plaie du front, chez nous les servants les appellent « des belles petites » sans doute pour se les concilier, de même que les Grecs donnaient l'épithète d'Euménides aux Furies comme si en les appelant bonnes on pouvait les apaiser. Je n'ai pas eu de lettre de toi aujourd'hui, mon amour, alors le jour n'a pas été gai. J'espère que demain j'aurai plusieurs lettres. J'ai rêvé une bonne partie de la nuit à ta chair ferme, aux roses rouges de tes seins et de ta bouche à ta toison, à ton être intime à tes cuisses adorables, à tes yeux à ton joli petit nez mutin que j'adore à tes oreilles dont tu ne m'as pas encore parlé. Mon amour ; je te fais ce soir des caresses d'une douceur infinie. Ma langue parcourt en l'effleurant ton épine dorsale et je mordille les chers frisons de tes aisselles, je m'enivre de ton odeur et comme le fils du roi, j'écarte les rameaux de la forêt vierge triangulaire où dans un palais à porte de corail dort ma belle au bois dormant et quand j'y pénètre armé de la flèche de l'amour tout s'éveille, tes nerfs, ta chair, tes seins palpitent, ta croupe se contracte et s'agite, tes yeux se noient ta bouche cherche la mienne et tes cheveux même deviennent sensibles. Je t'envahis avec une lenteur qui te fait te pâmer. Les dattes étaient délicieuses mon amour. Je me sers en ce moment de ta pâte à dents elle est bonne semble-t-il. En général je me sers de bioxyne en boîte de voyage, on dit que c'est le meilleur produit mais il est encore peu connu dans le public, mais ce que tu m'as envoyé est bon. J'avais emporté 2 boîtes de bioxyne en partant aux Armées et j'avais fini la 1re boîte juste quand j'ai reçu celle que tu m'as envoyée. Aussi gardé-je pr le moment la bioxyne intacte.

LE NEUVIÈME POÈME SECRET

J'adore ta toison qui est le parfait triangle
De la divinité
Je suis le bûcheron de l'unique forêt vierge
Ô mon Eldorado
Je suis le seul poisson de ton océan voluptueux
Toi ma belle sirène
Je suis l'alpiniste de tes montagnes neigeuses
Ô mon alpe très blanche
Je suis l'archer divin de ta bouche si belle
Ô mon très cher carquois
Et je suis le haleur de tes cheveux nocturnes
Ô beau navire sur le canal de mes baisers
Et les lys de tes bras m'appellent par des signes

Ô mon jardin d'été
Les fruits de ta poitrine mûrissent pour moi leur douceur Ô mon verger parfumé
Et je te dresse ô Madeleine ô ma beauté sur le monde
Comme la torche de toute lumière

Gui

Ma chérie j'ai oublié de parler des chers rubans bleus qui sont ma gloire et tes couleurs, le vert et le bleu, vert de tes enveloppes, bleu de tes rubans. Je [me] pâme sur ta bouche.

Gui

13 nov. 1915

Je suis très inquiet de tous ces transports coulés en Méditerranée. Ces sacrés Boches font donc ce qu'ils veulent dans notre mer. Tout ce que tu me dis de cela m'inquiète. Mais oui amour je t'adorerai autant colombe que panthère. Je te bois et te rebois, te dévore et te redévore. Tu es mon adorable amour bleu. J'adore tes dents et aussi tes yeux pers de petite Minerve ferme et sage et forte, tes yeux glauques, tes yeux qui sont un pré ensoleillé. Et j'adore tes gencives très rouges. J'adore ton rire et ton sourire qui découvrent tes gencives. J'entends tes morsures à mon oreille et je les sens. Je sens tes morsures et la caresse de ta langue sur mon être intime qui est le roi de ta volupté et je te prends passionnément. Je baise ta dent à la petite cassure. Il est tout naturel que tu aies le désir que je fasse couler ton sang puisqu'il sera un témoignage de ta virginité. Mais mon amour, tu dois tout désirer de moi aussi bien la correction que mes divagations à la 9e porte. Tu y prendras plaisir. Ma langue y jouera aussi parfois, et la tienne à moi ? N'aie pas peur de moi, sois passionnément mienne. Je t'adore. Nous nous appartiendrons follement. Tout moi, tout, est à toi, ma chère esclave. J'adore tes hanches affaissées sur ma bouche. Je sens aussi bien ton baiser sur moi que le mien sur toi. Je suis heureux amour que tu ne t'énerves point. Tu ne m'as rien dit de la situation sociale de ton élève. Qu'est-ce que cette femme ? habite-t-elle ordinairement Oran, mariée. J'approuve ta façon d'être avec elle. Pour en revenir aux Sadia Lévy, je le connais bien, nous avons longtemps été confrères dans de petites revues, mais nous n'avons jamais été intimes. D'autre part, je t'avertis pour éviter les commérages, qu'ils connaissent Marie L... qu'ils ont vue souvent avec moi et plus souvent que moi aussi, car ils allaient à son jour où je n'allais jamais. Elle a fait le portrait des trois Père mère et fillette, sur une même toile, je crois même que ce tableau a été acheté par un Boche. Au demeurant, je ne crois pas qu'ils fassent beaucoup de commérages, Mme Sadia Lévy m'a toujours paru une très bonne femme, un peu sourde. C'était un bon ménage. Mais lui est trop exclusivement sacerdotal. Il est fait pour vivre en lévite et ne comprend à mon sens pas grand-chose à l'univers qui l'entoure. Il est littérateur loin de la vie et très limité. Ses goûts artistiques sont périmés. Mais c'est je crois un brave homme. Cette guerre m'a l'air de se dérouler mal, mon amour. Cependant le ministère actuel est mieux et le ministre de la guerre est enfin quelqu'un. Je souhaite qu'il soit temps encore pour qu'il montre son génie, car il en a à mon avis et d'après ce que j'en sais. La description de ton lit me plaît, m'amour. Il est très bien. J'adore comme toi les très grands lits. Ce nous sera un merveilleux champ de bataille. Parle-moi aussi de tes mains mon amour.

LE DIXIÈME POÈME SECRET

Mon amour est à genoux les jambes écartées
Sa tête est enfouie dans les coussins
La chevelure noire de mon amour s'étend autour d'elle comme mille serpents sortant de leur nid.
Mon amour cambre la taille et hausse sa croupe autant qu'il lui est possible
Si bien que le maître voit entre les cuisses
La touffe de la forêt sur la coupole bombée qui couronne la sape que je veux prendre
Les abeilles y logent et le miel le plus doux s'y échauffe
La croupe étend sa blancheur polaire et apparaît dans toute sa splendeur
Et ma bouche aujourd'hui veut une autre sape qui s'ouvre petite et noire
Dans la longue et profonde tranchée
Qui sépare les deux montagnes de ta croupe Ma langue s'y attarde longtemps déplissant les replis secrets Et tu t'étales complaisamment ravie de l'hommage inouï de
cette caresse unique et jamais faite à d'autres, caresse
unique, rare et délicieuse
Puis t'ayant sentie ô mon esclave, bien rassurée bien mienne l'approche le sapeur de la petite sape

Il entre doucement et n'entre que la tête et ta tête se rehausse pour que la bouche cherche ma bouche
Ma main droite caresse tes seins et la gauche va éveiller la volupté au fond de la forêt mystérieuse
Tandis que le sapeur va et vient dans l'autre le plus secret et que tes fesses de cristal frappent en cadence sur mon ventre Jusqu'au moment où la mine bien creusée
Je l'inonde tandis que tu t'évanouis en mordant ma langue
et en inondant ma main gauche

G

Écrit le 14 novembre pour partir le 15 –

C'est ton jour de naissance aujourd'hui mon amour et c'est aussi le premier jour de neige ici. Tout ce qui n'était pas blanc et Dieu sait s'il y a du blanc dans ce pays de craie terriblement remué par plus d'un an de guerre, a blanchi tout à coup et tout est blanc comme ton corps exquis maintenant. Je baise ton front chéri, tes cheveux noirs et tout toi qui es adorable. J'ai fait le calcul du temps qu'il faudra pour que j'aille en permission : 4 mois encore environ, un peu moins, peut-être même la chose se fera-t-elle plus vite, mais ce n'est pas sûr étant donné la parcimonie des permissions dans notre région. Il y a des régions où les soldats partent déjà en permission pour la 2e fois. L'hiver est là, assez dur avec des gendarmes qui empêchent de couper du bois. C'est bizarre cette guerre administrative, réglée comme du papier à musique. Cependant il semble que vaguement un tout petit espoir de paix commence à se dessiner dans les limbes des destins d'États. Cette paix je commence à la souhaiter de toute l'aspiration de ma poitrine. Cependant ton amour me tient lieu de tout et me console de tout. Je t'aime en bleu presque blanc mon amour, je t'aime en hiver je voudrais être avec toi dans un lit bien chaud et sentir contre moi tout ton corps souple de grande fille adorable. Je réchaufferai mes mains dans tes fourrures merveilleuses et ton haleine m'entourerait d'une chaleur que j'adore. J'ai regardé aujourd'hui tes photos. La dernière qui me plaisait tant, s'est entièrement effacée. Les petits ne doivent pas savoir virer leurs photos. C'était arrivé déjà pour la toute première photo. Mon amour je t'aime en bleu infiniment je caresse Ta Blancheur, je cueille tes roses avec ardeur et j'aspire l'odeur de tes jambes ces lys de mon désir.

Je te dévore avec tendresse ce soir et tant de douceur finit par éveiller ma gourmandise et j'aurai bien envie de dévorer pour de bon tout toi qui est à moi.

Ma grande, mon petit Madelon chéri je t'aime mignonnement. Parle-moi de tes ongles amour, de ton cou et de tes narines et aussi de tes oreilles et parle-moi aussi du petit ermite dont tu ignorais l'existence et aussi de ta langue dont tu ne m'as pas parlé, ta langue adorable dont j'espère mille caresses et que je sens divinement.

Je t'adore mon Madelon chéri et prends ta bouche avec une fougue incroyable et en pressant tout ton corps exquis et consentant contre le mien. Je sens la flexibilité adorable de ta taille et nos bouches jouent divinement l'une de l'autre comme deux trompettes qui sonneraient à l'amour.

Gui

17 nov. 1915

Mon amour, j'ai reçu aujourd'hui ta lettre du 7 et je m'explique ce que tu m'écrivais hier au sujet de Sidi Ferrach et des Anglais. Temps maussade. Je te veux qui me bois. Je pense à ta beauté chérie et je cache mes yeux dans l'odeur violente de ta toison touffue et délicieusement sombre. C'est vrai amour, une seule peine en nous, celle de notre séparation. Je suis ton roi ô ma petite reine esclave. Je jouis infiniment de tes spasmes mon amour. Je t'ai envoyé hier le dernier Mercure avec une boucle bavaroise encore.

Je suis content que les alliances aient parcouru victorieusement les mers et que nous portions l'un et l'autre nos alliances. Je ne quitte jamais la mienne, je couche, je me lave avec. Oui amour, nous nouerons autour de nos corps et nous unirons tout ce qui se peut de nous.

L'histoire de la musicienne est amusante. – Et embrasse bien Pierre pour t'avoir défendue. Mais qu'il prenne garde à ne pas exciter de rancunes.

Oui amour, j'adore que tu aimes mon moi dans toutes les portes de ton corps. Je t'adore, amour et je te prends sur moi ma bouche dévorant ta bouche, la très belle fleur plantée au jardin du parvis et un doigt frappant doucement à la 9e porte. Je te serre tant qu'en dépit de tes soubresauts électriques tu peux à peine remuer.

Mon amour je t'adore.

À propos de Sadia Lévy, c'est un personnage qui très intelligent du point de vue sacerdotal juif est peut-être niais sous bien d'autres rapports.

Que je voudrais t'aimer mon amour loin de l'affreuse boue où nous vivons, cette neige un peu fondue qui est glaciale.

Je suis bien content que tu aies reçu tout ce que je t'ai envoyé. Je suis un peu inquiet aussi de ce que tu m'as écrit, mon amour. Je suis inquiet car je ne vois pas bien les choses d'ici et je me demande comment on a assuré la défense de ports comme Oran.

Je t'adore je prends ta bouche infiniment, profondément, je t'adore.

Gui

18 novembre 1915

Mon amour, nous sommes maintenant définitivement en position. C'est sans regret que nous avons laissé l'échelon horrible car on y gelait ou y dormait dans l'eau. En effet, lors de l'attaque, s'étant avancé trop vite et aussi parce qu'on pensait aller bien au-delà, l'échelon avait abandonné tout ce qui n'était pas réglementaire et depuis ç'a été le diable de trouver des matériaux. Puis figure-toi la pluie et la neige sur tous les pauvres soldats n'ayant que leur toile de tente. Moi, j'ai été dans un vieux gourbi qui avait l'air d'une crèche comme on en fait dans les églises pour la Noël.

Finalement hier soir on a filé dans la nuit dans la neige, trous d'obus, puis les tranchées boches le paysage changeant soudain, enfin de grands arbres décharnés et souvent brisés c'est vrai mais de grands arbres puis le lieu célèbre, défoncé montueux plein de sapes, la position de nos pièces et à 200 m. de nos pièces nos abris fabriqués par les Boches, voici mon nouveau gourbi (un de mes hommes couche à notre cuisine). Cet abri est très bien et je l'aime bien, pour moi c'est le plus agréable que j'ai trouvé jusqu'ici. J'ai trouvé tout fait. Sauf naturellement le banc et la table. Il y en a une grande, mais pour être à part je me suis fabriqué une banquette table. Je me mets à cheval et j'écris très bien comme ça et ce n'est pas embarrassant.

Autour de nos abris, s'étend un grand cimetière allemand dont presque toutes les tombes datent de février, j'en relèverai les inscriptions. Il y a tout un art singulier des tombes, des plaques de marbre, que sais-je, on dirait un décor pour Hamlet. À côté un petit cimetière français d'artilleurs car ça pleut dru par ici. En septembre on a saisi ici toute une organisation boche et les soldats y surprirent un colonel allemand qui était dans la cagnat où est notre poste téléphonique, il refusa de se rendre et ils le tuèrent et qui était avec lui quand ils entrèrent, la lutte achevée, le colonel était boche et deux jolies femmes qui étaient là avec lui.

Voilà amour à peu près tout ce que je peux te dire aujourd'hui de ce pays singulier et pittoresque on dirait des Vosges. Beaucoup de fusils encore et des tas de débris.

Dans mon lit seul au coin je suis bien et me fais une alcôve séparée au moyen d'une toile de tente. J'y pense à toi infiniment, mon amour tant chéri. Je crains qu'on ne nous laisse pas longtemps ici.

C'est cependant embêtant de se déplacer tout le temps en hiver ou presque hiver.

CHEVAUX DE FRISE

Pendant le blanc et nocturne novembre
Alors que les arbres déchiquetés par l'artillerie
Vieillissaient encore sous la neige
Et semblaient à peine des chevaux de frise
Entourés de vagues de fils de fer
Mon cœur renaissait comme un arbre au printemps
Un arbre fruitier sur lequel s'épanouissent les fleurs
  de l'Amour

Pendant le blanc et nocturne novembre
Tandis que chantaient épouvantablement les obus
Et que les fleurs mortes de la terrer exhalaient leurs
  mortelles odeurs
Moi je décrivais tous les jours mon amour à Madeleine
La neige met de pâles fleurs sur les arbres
Et toisonne d'hermine les chevaux de frise
Que l'on voit partout
Abandonnés et sinistres chevaux muets
Non chevaux barbes mais barbelés
Et je les anime tout soudain
En troupeau de jolis chevaux pie
Et ils vont vers toi comme de blanches vagues
Sur la Méditerranée
Et t'apportent mon amour
Roselys ô panthère ô colombes étoile bleue
Ô Madeleine
Je t'aime avec délices
Si je songe à tes yeux je songe aux sources fraîches
Si je pense à ta bouche les roses m'apparaissent
Si je songe à tes seins le Paraclet descend
Ô double colombe de la poitrine
Et vient délier ma langue de poète
Pour le redire : je t'aime

Ton visage est un bouquet de fleurs Aujourd'hui
je te vois non Panthère
Mais Toutefleur
Et je te respire O Ma Toutefleur
Tous les lys montent en toi comme des cantiques
d'amour et
d'allégresse
Et ces chants qui s'envolent vers toi
M'emportent à ton côté
Dans ton bel Orient où les lys
Se changent en palmiers qui de leurs belles mains
Me font signe de venir
La fusée s'épanouit fleur nocturne quand il fait noir
Et elle retombe comme une pluie de larmes
amoureuses
De larmes heureuses que la joie fait couler
Et je t'aime comme tu m'aimes
Madeleine

Mon petit amour chéri je t'adore, et je voudrais te le prouver charnellement, dans ma petite alcôve. Je voudrais avoir sur moi ton joli poids de pétales parfumés de roses. Je voudrais t'aimer aujourd'hui toute vêtue comme sur la photo envoyée par Anne, te piller, te trousser pour dire le mot et t'aimer aussi comme un cavalier pressé que le boute-selle empêche de s'attarder et t'aimer en pleine nature debout. Je t'enlace amoureusement et tandis que je cherche d'un doigt inquiet le parvis, tu prends toi-même la belle fleur et l'abaisse comme tu peux vers la porte et puis nous nous tordons debout et enlacés comme une colonne torse. Ma Toutefleur, je prends ta bouche.

Gui

19 nov. 1915

Mon amour adoré, j'ai eu aujourd'hui tes lettres du 11 et du 12 exquises. J'exulte mon allégresse est sans limite. J'ai reçu la chère description de ton parvis. Je ferai la bague et les ronds de serviette dès que j'aurai le temps. J'adore tes yeux merveilleux tes yeux de panthère et de fée. J'adore tout ce que tu me dis de notre amour et j'adore tes flancs voluptueux tendus à mon désir infiniment durci et aussi entrer dans la neuvième porte comme tu aimes en te regardant dans les yeux. J'envoie mon salut lyrique, ô Madelon chérie, aux montagnes de Tessala. Je baise et mordille, amour, ta toison et le mont de Vénus. J'adore tes lèvres blanches et closes et je les écarte avec passion. C'est l'ensemble du parvis amour que j'appelle la 8e porte. Je t'adore amour pour ton effort adorablement pur. Tu es mon lys exquis et au parfum enivrant. Je lèche la profondeur incarnadine du parvis. Oui c'est la langue verticale qui est l'organe de ton plaisir autant que je puisse m'en rendre compte à distance. Je lèche à en mourir les muqueuses de l'intérieur comme les muqueuses de ta bouche. J'adore ton derrière si bien fait, je le claque et l'ouvre avec volupté et le baise passionnément, oui nous marcherons beaucoup.

Je suis bien content que tu aimes les raffinements du bonbon et je donne ma langue à toute la profondeur du parvis et j'adore que tu cherches des fruits dont le parfum se rapprochera de l'odeur du parvis. J'adore les dattes fourrées mon amour et surtout les dattes fourrées dans ta fourrure et nous créons ensemble cette exquise caresse. Tout ton corps appartiendra à ma virilité mon amour et j'adore la caresse rare et exquise de tes pieds. C'est une caresse exquise inventée par toi mon amour et tu me la feras. J'en tremble d'amour, tes aisselles, ta bouche, tes seins tes cheveux caresseront ma virilité. Nous avons eu ces idées en même temps. Je t'en ai écrit il y a quelques jours. J'adore amour que tu sois comme moi adepte de la marche et nous irons en plaine comme tu aimes et dans les bois et je te prendrai en plein air mon amour s'il se peut et ce sera charmant de faire la dînette et l'amour tous deux dans la forêt. Ce sera délicieux. Moi non plus je n'aime pas beaucoup la bicyclette qui force à suivre les routes et est un embarras. Tes cheveux sont admirables et j'avoue que je n'osais les espérer si merveilleux. J'adore ton derrière qu'ils recouvriront bientôt entièrement et je suis aussi amoureux de tes cheveux mon amour. Oui je te dirai quand je serai énervé et tu n'auras aucune peine à me calmer mon amour. Je suis inquiet de ce que tu me dis du sud oranais. – Oui, je te guérirai de l'imprécision, mais elle n'est jamais dans ton esprit. Tu es ma merveilleusement lucide Madeleine tu conçois et énonces clairement. J'adore que tu veuilles te répéter. Oui je prendrai la fournaise amour à la façon du Taureau. Tes sœurs sont très jolies mon amour mais tu brilles au-dessus d'elles incomparablement, ô ma nonpareille Madeleine. J'adore les tons roux de ta toison touffue et je t'aime quand tu es très brune autant qu'autrement. Je t'adore toujours. J'adore que tu penses à nos toisons mêlées et j'adore la couleur de ta peau, ta couleur chaude et je te prends sur mes genoux à califourchon poitrine contre poitrine ou je t'imagine te troussant toi-même et m'offrant ton derrière exquis et, venant à reculons t'asseoir, t'empaler. Je ne connais que l'hydromel fait avec du miel, mais ceux dont tu me parles doivent être exquis. Oui on lira le même livre ensemble, exquise Madeleine, tu es une perfection. Mais je crois qu'on ne lira pas beaucoup nous deux. Merci des renseignements. S'il y a des changements, dis-les-moi. Oui Blaise Cendrars est marié avec une très gentille femme, il a un gosse. Je t'adore amour et te prends profondément. Oui je composerai pr toi ce poème de nos étreintes. J'adore la forêt vierge et j'adore ces cheveux qui te descendent jusqu'aux fesses et j'adore tes fesses. Tu es une caille délicieuse amour. J'ai imaginé une caresse enivrante, tu me présenteras le parvis ouvert et bien haut et je t'emplirai de champagne et m'enivrerai de cette liqueur inouïe. Veux-tu que je m'enivre ainsi de toi et nos bouches se dévorent. Ah je t'adore. J'ai fait aujourd'hui un petit poème mélancolique dans le cimetière boche. Je te l'envoie mais cette mélancolie simplement poétique ne nous concerne pas en tristesse quoiqu'elle concerne nos baisers et je pensais en le composant au retour du poète blessé et à sa rencontre avec sa femme.

EN SILENCE

Et leurs visages étaient pâles
Et leurs sanglots s'étaient brisés...

Après la neige aux blancs pétales
Comme tes mains sur mes baisers
Tombaient les feuilles automnales

Je t'adore mon amour et prends ta bouche avec une folie dont tu n'as pas idée, mon adorée.

Gui

19 nov. (soir) 1915

Mon amour, je n'ai pas eu de lettre de toi aujourd'hui mais je n'en attendais pas. On m'a envoyé aujourd'hui une coupure tirée de La Renaissance. Je n'ai pas lu l'écho qui avait précédé. Willy qui est bien gentil le déclare charmant mais je me doute bien qu'il devait contenir quelque perfidie dans le goût du commentaire qui suit la lettre de Willy – Le malheureux ou la malheureuse qui a écrit ces sottises ne se doute pas que s'il y avait eu un peu plus de cubisme, c'est-à-dire d'idées modernes où je sais bien la guerre serait peut-être finie et nous célébrerions la victoire. Mais je t'adore et le reste ne m'importe pas. Je te prends toute ma chérie et profondément, ma virilité joue à la porte de ton parvis. Mon amour j'ai imaginé aujourd'hui une chose singulièrement amoureuse, un concert de ton corps. Ma chérie, tu m'aideras à chercher la gamme de tes sensations et par des attouchements délicats sur les différentes parties de ton corps par les doigts, la langue et les lèvres je te jouerai de divins concerts que tu sentiras profondément et que nous terminerons par l'étreinte exquise. Ma bouche mordillera la pointe de ton sein gauche ma main droite descendra ensuite légèrement le long de ton épine dorsale jusqu'à la naissance de ta bouche, ma langue ira ensuite chatouiller la plante de tes pieds de déesse puis ma bouche ira pomper le délicieux organe du parvis tandis que mes doigts arachnéens sur tes côtés et tes hanches exciteront doucement tes nerfs électriques. Puis je te prendrai follement sur moi bouche à bouche, ton parvis plein de ma virilité et le médius de ma main droite agaçant la neuvième porte. Je boucherai ainsi les trois portes de ta volupté et tu seras pleine de moi amour et nos yeux ne se quitteront pas. Oui si tu veux amour en hiver nous parfumerons très fort le lit d'une odeur qui soit comme un puissant dérivé de ton propre parfum et nous nous couvrirons entièrement même la tête pour en être enivrés et nous nous étreindrons sauvagement dans l'air raréfié.

Amour, je vis dans le décor shakespearien d'un hypogée creusé dans un cimetière, près de mon horrible demeure, un obus a déterré ce matin un Boche dont le tibia sort maintenant de lambeaux de linceul terreux. Ce cimetière est sur le flanc du coteau, mais on ne peut aller sur la crête d'où on est vu. T'ai-je dit l'histoire du colonel boche tué ici avec 2 femmes qu'il avait avec lui. On a retrouvé aujourd'hui leurs réticules. J'ai trouvé une carte postale militaire allemande très terreuse, mais je te l'envoie comme curiosité. T'ai-je dit que ma cagnat s'appelle d'après l'inscription le « joyeux moulin », Lustige Mühle, t'ai-je dit aussi que j'avais lu les lettres d'une petite putain de Wiesbaden Jela Muller, elle écrivait à son amant qui a oublié les lettres ici ou y est mort et elle mettait avant sa signature : das hübschtes Püppchen, la plus jolie des petites poupées ! Ce matin grand événement, on trouve deux Russes en costume de soldats russes prisonniers, les Boches les avaient mis entre les lignes pour établir les réticules de fils de fer barbelés, placer les chausse-trapes et les chevaux de frise. Ils se sont sauvés à travers les fils de fer épouvantables, les Boches tirent dessus sans les atteindre. On ne les voit même pas passer dans nos lignes (c'est un comble !) et ou ne les a retrouvés qu'en 3e ligne, près des artilleurs. Ils ne savaient pas un mot ni de français ni d'allemand, on m'a demandé de leur parler mais je ne sais pas le russe. L'un s'appelait Kars et il est de Pétrow. Kars est un nom juif. Ils étaient partis avec une couverture, du pain de soldat (Pumpernickel) et un livre de messe grec, in-quarto populaire récent imprimé à Constantinople et intitulé Maya (je ne me souviens plus du mot suivant quelque chose comme Euxokoyiov) il y avait des psaumes suivis de la doxologie tout cela du rite grec. On les a copieusement photographiés tandis qu'ils faisaient force courbettes à la juive puis ils ont été emmenés à la division pour être interrogés. Il arrive souvent ici et en Italie que des prisonniers russes employés par les Boches se sauvent et viennent dans les lignes de leurs Alliés.

Je prends ta bouche infiniment.

Gui

21 novembre 1915

Mon amour, ci-inclus une lettre boche, c'est une femme nommée Rosa qui écrit à son mari, tu y verras que les Allemands voudraient la paix, il y est dit que le cognac vaut 4 marks le litre etc. etc. plus une carte militaire un peu coupée et très abîmée mais ça t'amusera. Leurs propriétaires sont morts sans doute. Pas de lettre de toi aujourd'hui mon amour. Dis-moi aussi si la traversée est gratuite pour les permissionnaires et s'il n'y aurait pas un bateau spécial affecté à ce transport. Renseigne-moi bien. Le cimetière est entouré d'une jolie balustrade en bouleau la porte en est jolie en bouleau aussi sur la chapelle en branches, il y a une inscription « *Sei getreu bis in den Tod* » Sois fidèle jusqu'à la mort, les tombes sont bien faites, croix de bouleau, colonnes brisées inscriptions sur écriteaux modem style, le coin des sous-officiers est un parterre de beaux rosiers bien soignés avec les petites étiquettes qui en indiquent l'espèce, il y a notamment une Gloire de Dijon, un des sous-off s'appelle Bismark, plusieurs tombes d'officiers dont une où ils sont plusieurs avec une grande plaque de marbre aux contours brisés et avec les inscriptions bien faites, la croix de fer qui l'ornait a déjà été arrachée. Mon gourbi boche s'appelle donc Lustige Male joyeux moulin il y a aussi Villa Hiddek, Villa Beaulieu avec ce dessin, Villa Schweizertal (c'est-à-dire vallée suisse) et encore ce nom plaisant Café Sprind avec sur la porte l'inscription suivante en caractères gothiques

Dieser Understand ist von der
Gruppe Malinowski aufgebaut
Und wird auch von ihr bewohnt
1 gruppe 2 Zug

c'est-à-dire : Cet abri construit par le groupe Malinowski est aussi habité par lui, 1er groupe etc. Amour je t'adore et ai baisé tes cheveux aujourd'hui.

LE ONZIÈME POÈME SECRET

Sur tout toi, sur ton corps ton intelligence ta raison
J'ai fait déjà de beaux poèmes
Et j'en veux faire moi habitant des bois en ce temps de guerre
J'en veux faire un sur cette jolie petite cagnat si bien aménagée au fond de la forêt vierge
Cette petite cagnat que tu m'as préparée dans la forêt vierge
Ô palais plus beau que celui de Rosemonde le Louvre et l'Escurial
C'est là que j'entrerai pour faire ma plus belle oeuvre
Je serai Dieu lui-même et y ferai s'il plaît à Dieu, un homme
plusieurs hommes même, une femme plusieurs femmes même comme fit Dieu lui-même.
Ô petit palais caché de Madeleine
Tu es belle mon amour et tu es une artiste sublime toi qui as élevé, pour moi le plus beau palais du monde
Madeleine, mon architecte adoré
Je jetterai un pont entre toi et moi un pont de chair dure
comme le fer un pont merveilleusement suspendu
Toi Architecte, moi Pontife et Créateur d'Humanité
Je t'adore Architecte et toi adore le bâtisseur du pont
Sur lequel comme sur celui d'Avignon tout le monde dansera en rond
Nous-mêmes ô Madeleine nos enfants aussi et aussi nos
petits-enfants,
Jusqu'à la fin des siècles

Madeleine je prends ta bouche infiniment.

Gui

22 nov. 1915

Mon amour, j'ai reçu aujourd'hui tes lettres du 13 et du 14. C'est un lieu dit, il n'est pas sur les cartes mais c'est un trou fameux on en a beaucoup parlé dans les communiqués des 25, 26 et 27 septembre. On y a pris tout un état-major, c'est sur la gauche d'où on était. Mon amour, j'aime nos caresses à nos oreilles et j'adore tes pieds qui se crispent et que je caresse très longuement des doigts, de la bouche des dents de la langue de ma virilité. Oui je crois que chaque partie de ton corps a une âme. Mais non, amour, tu ne seras pas confuse de ta volupté tu en seras fière et tu donneras hardiment les coups de reins qu'il faut, n'est-ce pas mon. amour. Je connais tous les renseignements pr la perm. Mais dis-moi puisque les permissionnaires doivent reprendre le même bateau, y a-t-il un laps de 6 jours entre leur arrivée et leur départ, déduction faite du jour d'arrivée qui ne compte pas. En quelle classe voyagent les permissionnaires (sous-off ?). Mon amour, ta photo en mauresque avec Jean, m'a bien amusé. Tu étais enfant une vraie petite mauricaude adorable. Je comprends qu'on ait fêté ta fête et que vous vous soyez bien amusés. Oui, tu avais deviné tes jambes autour de mes reins, amour et je te sens toute contre moi. Ton coucher est le plus voluptueux et le plus chaste tableau qui soit, je l'adore. Tu m'en fais un récit exquis. Tu dois être bien jolie aussi en chemise et je te prends sauvagement dans ton vêtement de nuit que je retrousse. L'eau de Cologne sur ton parvis te fait le même effet qu'à moi sur ma virilité et sous les [illisible] surtout. Ça sent très très fort. Il faut avant de te laver à l'eau froide mon amour faire quelques mouvements pr faire circuler le sang et après te frapper de ta main ouverte pr amener le sang à fleur de peau.

Amour, parle-moi un peu de toi et de tout ton joli corps.

Nous sommes très bombardés en ce moment mais nous sommes bien abrités dans nos abris boches, cependant les pièces ne sont pas abritées. Toute la journée les obus sifflent éclatent, les éclats roulent partout.

Mon amour, je te prends passionnément sois un peu panthère après avoir reçu cette lettre. C'est quand tu es panthère que je peux inventer pour notre amour et je t'adore follement suprêmement.

EXERCICE

Vers un village de l'arrière
S'en allaient quatre bombardiers
Ils étaient couverts de poussière
Depuis la tête jusqu'aux pieds

Ils regardaient la vaste plaine
En parlant entre eux du passé
Et ne se retournaient qu'à peine
Quand un obus avait toussé

Tous quatre de la classe seize
Parlaient d'antan non d'avenir
Ainsi se prolongeait l'ascèse
Qui les exerçait à mourir

Je prends ta bouche éperdument et ta langue.

Gui

24 nov. 1915

Mon amour adoré, j'ai été deux jours sans t'écrire. Sollicité d'être officier je n'ai pu refuser. J'aurais pu le faire, mais étant donné que je suis engagé volontaire, je ne pouvais pas sans avoir l'air de mettre une restriction à mon engagement, restriction qui n'est pas en moi. D'autre part, j'en avais assez d'être sous-off et surtout ce qui prime tout, c'est que ma victoire à moi c'est toi et qu'un amour comme le nôtre exige un très grand sacrifice. Tu es la plus belle du monde, tu es mon tout et je t'adore, mon Madelon. Cet amour s'accroît sans cesse, je ne sais comment c'est possible mais c'est comme ça. Chaque jour nous unit plus. Me voilà donc officier d'infanterie, ça s'est fait avec une rapidité incroyable. Personne n'y croyait. Je venais de découvrir au trou où j'étais un nouveau cimetière dont je te parlerai quand on m'a apporté du grand quartier général mon brevet de sous-lieutenant, aussitôt on m'a compté les 400 francs d'indemnité de mise en campagne et je suis parti à la recherche de mon régiment. J'ai mis deux jours à le trouver. Le colonel m'a reçu d'une façon charmante et m'a donné une permission pr Châlons où je vais aller tout à l'heure m'équiper. Je tâcherai de te télégraphier de là-bas ma nouvelle adresse. Le commandant m'a invité à dîner hier soir homme charmant. Et j'ai passé la soirée avec le lieut. comt la 6e Cie qui est mon chef direct et le sous-lieutt mon collègue. Nous vivrons en popote à 3. Mes collègues sont charmants surtout le lieutenant, un Parisien propre neveu de notre général. La 6e Cie s'est particulièrement distinguée aux attaques de septembre où elle est entrée la lre à Tahure et a fait beaucoup de prisonniers. La vie des officiers d'infanterie autant que j'ai pu en juger par cette ire nuit, est extrêmement précaire. Les officiers couchent par terre. Il est vrai que nos ordonnances nous couvrent. Mais un sous-off d'Arti vit beaucoup plus confortablement à la guerre qu'un officier supérieur de fantassins. L'esprit est très différent et je goûte beaucoup cet esprit des officiers d'infanterie beaucoup plus crâne.

Je continue ma lettre de Châlons même où je suis allé m'équiper. Je repars ce soir. Je suis arrivé en auto, je repars en chemin de fer. – Je crois que du fait de mon passage dans l'infanterie ma permission se trouve avancée. Je répondrai demain à tes lettres adorées, je t'adore.

Ton Gui

mon adresse est :
Sous-lieutenant au 96e d'Infanterie
6e compagnie
Secteur 139.

J'ai fait la bague pour ta maman. C'est mon dernier travail dans l'arti – l'enverrai après-demain.

Gui

26 nov. 1915

Mon amour pas pu t'écrire hier pas eu le temps. Aujourd'hui journée de tailleur, rangeage d'achats dans ma cantine, nous allons en 1re ligne le 28 après-demain. Le petit nécessaire a maintenant sa place dans ma cantine. J'ai oublié de te dire que les bananes étaient arrivées le 23 exquises à point si bonnes que ce sont les meilleures que j'ai mangées et que je me suis figuré que leur parfum leur saveur, la consistance très moelleuse de leur maturité me donnait comme un avant-goût de ton parvis exquis qui est mon paradis. J'ai à répondre à tes lettres du 15, 16 et 17 – 3 lettres merveilleuses. C'est inouï comme tu écris bien ma chérie et avec quel art tu peux parler de tout avec tact et avec un sens admirable de la volupté et de moi-même. Je t'adore. Ta perfection est unique et je te remercie mon amour, pour savoir m'aimer si adorablement et exactement comme j'aime que tu m'aimes et moi, amour, t'aimé-je bien aussi ? Et comme tu souhaitais d'être aimée. Mais je te désire follement, les petites photos sont charmantes. Tu es jolie merveilleusement. Tes jambes croisées m'ont montré le dessin de tes cuisses et de tes hanches la longueur de ta taille la rondeur de ton derrière de miel et de lumière. Ne t'ai-je pas dit Madelon, la perfection unique de ton parvis, si bien fermé qu'il ne dérange en rien la perfection de ton corps joli et ta toison est ma gloire, rien que d'y penser je m'affole. – L'idée de te fumer est amusante, mais j'aime mieux te garder vraie et ne veux en rien imiter Ixion qui fit un simulacre d'étreinte avec le fantôme de nuées fait à la semblance de Junon. Je garde donc les deux photos et s'il faut respirer quelque chose de toi je fumerai ton odeur, et l'adorable fumée qui montera de ton corps si nous avons chaud après avoir fait l'amour. Tes progrès en nous sont exquis, amour. Tu es mon esclave exquise et je t'adore comme ça, ta chair bien à moi et que je puisse cruellement éveiller en toi une formidable volupté. Oui, amour nous la regarderons ma belle panthère pour la bien connaître, ô ma fée exquise qui est aussi ma Toutefleur. J'adore la jolie scène des fumées que ta nudité divine vaincra devant moi qui t'adore. Oui tout ce que tu me dis a beaucoup beaucoup de sens et tu le dis divinement, tu n'es pas seulement mon Madelon, tu es encore mon auteur préféré et je relis passionnément tes lettres. Je plains cette malheureuse femme qui ne s'aimait pas avec son mari. – C'est qu'il y a peu d'êtres qui soient faits pour s'aimer et peu tombent l'un sur l'autre ainsi qu'il nous est miraculeusement arrivé. Cette malheureuse femme sera sans doute malheureuse toute sa vie, surtout avec ce que tu me dis de son caractère. Si elle a des sens elle passera de désillusion en désillusion d'amant en amant, sans plaisir et avec la honte médiocre du vice, hors les joies admirables et libres de la vertu à qui tout est permis. Amour, ce que tu me dis de ta pudeur me montre combien tu m'as compris et combien tu connais la vertu et comme elle est en toi magnifiquement pour exalter ta vie et ta volupté en nous deux et en toute liberté. Ma chérie, je suis fier de ta pudeur à l'égard de tout ce qui n'est pas nous. Je t'adore. Moi aussi amour je suis à toi passionnément, follement, farouchement. Oui je vois bien la petite chaîne sur ton beau bras dans la photo et j'y sens aussi l'exquise palpitation de ta poitrine. Oui je tète exquisément tes seins et ma bouche parcourt tous les points au [illisible] ta toison jusqu'à la 9e porte. L'histoire du nombril m'a amusé. N'en aie pas honte, mon amour chéri. J'ai reçu amour avec une volupté profonde ta secrète caresse. – Je t'adore, j'adore ta langue et je lèche passionnément ta bouche verticale, avant l'union profonde. Tu aimeras être sur moi et aussi que je sois sur toi. J'adore les mouvements de ton derrière et je suis presque content que la mauresque te les ait montrés sans que tu susses au demeurant qu'elle te les montrait. Quelle position de mon Madelon je préfère, toutes va, et ce soir je te sens endormie près de moi le derrière tourné de mon côté et je t'envahis ainsi doucement et tu t'éveilles dans la plus grande volupté, amour je t'adore. Mais, il ne faut pas t'effrayer amour, nous serons raisonnables, mais jouirons profondément de nous, puisque mes ressources de mâle sont très grandes et que sans aucun doute tes ressources de femelle exquise le sont aussi. J'adore la très jolie histoire de la mauresque. Je caresse amour ton ventre habile, tes hanches agiles, ton derrière subtil et savoureux, je prends ton parvis parfumé de ma bouche longtemps et le remplis ensuite de ma chair durcie par le désir fou que j'ai de toi.

Gui

28 nov. 1915

Mon amour, j'ai reçu aujourd'hui tes deux lettres du 18 et du 19. Je t'adore tu es mon amour. Mais je ne sais pas où tu as pris mon amour que j'avais le nombril qui ressort. C'est une erreur. Il rentre tout à fait bien, mon amour ainsi que le tien. J'adore tes cheveux mon amour et la raie très blanche qui les partage. J'adore tes épaules admirables et ta nuque, mon Madelon exquis. J'adore tes seins, j'aime que tu n'aies pas de salières et j'adore ta taille ronde, je l'adore infiniment, je la fais plier vers moi. J'adore ton bassin, j'adore que tu sois grasse et ferme de partout j'adore ton derrière qui devient dur comme du bois vivant quand tu en tends les muscles. J'adore tes pieds mon amour. Je les adore infiniment, je les baise, je serai le dévot de tes pieds mon Madelon. J'adore tes caresses à ma 9e porte et au sceptre tu inventes d'adorables caresses. J'adore ta reptation sous moi agenouillé. J'aime tes oreilles et tes longues mains adorables je t'adore. Je prends tes bras autour de mon cou et je mets mes bras autour de ta taille.

Gui

28 nov. 1915

Mon amour, j'ai reçu aujourd'hui tes deux lettres du 18 et du 19. Je t'adore tu es mon amour. Mais je ne sais pas où tu as pris mon amour que j'avais le nombril qui ressort. C'est une erreur. Il rentre tout à fait bien, mon amour ainsi que le tien. J'adore tes cheveux mon amour et la raie très blanche qui les partage. J'adore tes épaules admirables et ta nuque, mon Madelon exquis. J'adore tes seins, j'aime que tu n'aies pas de salières et j'adore ta taille ronde, je l'adore infiniment, je la fais plier vers moi. J'adore ton bassin, j'adore que tu sois grasse et ferme de partout j'adore ton derrière qui devient dur comme du bois vivant quand tu en tends les muscles. J'adore tes pieds mon amour. Je les adore infiniment, je les baise, je serai le dévot de tes pieds mon Madelon. J'adore tes caresses à ma 9e porte et au sceptre tu inventes d'adorables caresses. J'adore ta reptation sous moi agenouillé. J'aime tes oreilles et tes longues mains adorables je t'adore. Je prends tes bras autour de mon cou et je mets mes bras autour de ta taille.

J'écoute ce que tu me dis à l'oreille. J'adore tes folies. Oui, Jean a de la veine de pouvoir aller voir sa femme. Tu as raison amour, nous ne nous quitterons pas quand nous serons mariés. Tu es mignonne comme tout d'être si stoïque sous la douleur, mon amour, moi je suis très peureux chez le dentiste. J'adore aussi quand nous dormirons dos à dos et que je t'éveillerai de mes baisers, mon amour, la caresse de ma bouche à la huitième porte aussi est à toi, parce que je n'ai jamais voulu la faire à d'autres et c'est ta beauté seule qui a entraîné ma bouche vers ton parvis et tu es la seule femme qui m'ait fait désirer cette caresse pour laquelle il faut aimer passionnément. Tu es mon tout ma Madeleine. J'adore la nouvelle odeur que tu as trouvée émanant de toi. Tu es mon amour, une cassolette unique. J'adore le manteau de volupté où tu m'enroules. Ma chérie, je baise tes chevilles gercées par le froid. Je te baise toute mon amour. J'ai oublié de te parler de Châlons, mon, amour – ville maussade pleine d'embusqués à costumes invraisemblables. D'ailleurs mon amour, réellement, c'est l'infanterie qui est l'arme méritante. Le reste... popote bourgeoise... Mais l'infanterie ! ! ! C'est inouï. Je monte demain soir en première ligne pour neuf jours. Que ton amour me protège. Je t'ai dit que c'est ma compagnie qui a enlevé seule la Butte de Tahure. Je t'adore mon amour chéri, tu es toute la beauté, la grâce du monde je prends ta bouche.

Gui

29 nov 1915

Mon amour, je n'ai pas pu t'écrire hier on avait trop à faire. À 2 h. revue par le chef de bataillon avec discours. Pour la 1re fois j'ai pris le commt de ma section. Le soir à 6 h 1/4 on est parti le sol était gelé, les soldats glissaient et tombaient comme des mouches, moi je ne sais pas comment je ne me suis pas cassé une jambe ou foulé un pied. Je n'avais que mes chaussures de cavalier sans clous et si je suis arrivé c'est miracle. C'était fantastique dans la nuit. On a repassé au trou où j'étais puis 'en avant en avant la pâle plaine décharnée, aux veines blanches que sont les boyaux, on a pris le boyau un après l'un de temps en temps le boyau cessait et on reprenait à découvert en pressant le pas. Les balles sifflaient, puis les boyaux en zigzags infinis qui mènent en première ligne. Puis en 1re ligne, on y est maintenant pr 9 jours. Les chefs de section comme moi, y sont. En cas d'attaque on a comme seule consigne de mourir plutôt que de se replier. On est bombardé par le terrible 105. Je suis dans ma cagnat. J'ai fait allumer un brasero.

C'est le seul que l'on puisse alimenter, peu de charbon. J'ai 6 heures de garde dans le boyau par 24 h. Ma cagnat est solide. J'y laisse se chauffer les hommes de section à tour de rôle quand ils ne sont pas guetteurs aux créneaux. Comme ce sont de nouvelles lignes elles ne sont pas organisées. Pas de fils de fer barbelés. Je vais les faire placer la nuit et agrandir les boyaux et creuser des cagnats pr les hommes qui n'en ont pas. Maintenant c'est la guerre, pour de bon, j'écris accroupi, sur mon genou ; cette vie va durer 9 jours. Du fond de ma cagnat, je vois le guetteur au créneau en face de moi. Il y a un joli poste d'écoute. Enfin, enfin, enfin toute la vie de tranchée. J'ai pris le quart cette nuit de 2 à 4, je le reprends de midi à 2 h. J'ai reçu ta lettre du 20. Remercie ta maman de sa très grande gentillesse. Ton programme est excellent. C'est le mien de tout mon cœur mon amour. J'ai bu amour, avec une passion folle tout le fleuve de ta source secrète que tu me donnes et je prends ta bouche jusqu'à ce que tu demandes grâce ! J'ai reçu aussi ta lettre du 21. J'espère que ma permission arrivera bientôt… J'adore sucer le lait de mon amour, ô mon amour tu es divine. J'adore les effleurements de tes mains. J'adore tes coudes et tes bras. J'adore tes odeurs secrètes. J'adore ta science sur l'art des fruits. J'attends dans l'affreuse et désolée tranchée la lettre volupté.

J'ai oublié de te dire mon amour qu'à Châlons, j'ai mangé avec le lieutt comt la Batterie de 155 court dont il est question dans la fameuse chanson du Pont de Minaucourt que j'ai publiée dans le Mercure. C'est le lieutt Daurver actuellement

Cdt la 10e Bie du 116e Rgt. Art. lourde. Alors elle était 5e Bic du 6e Rgt Art. à pied et on l'appelait batterie D. de l'initiale du nom du Commandant. L'auteur de la chanson est en partie le cuisinier de ce lieutt d'artil. (très gourmand et connaisseur en vin) ce cuisinier qui est seul resté avec son lieutt du personnel de la Bic de 155 court au moment de la chanson. Ce cuistot s'appelle Loiseau on a oublié de mentionner son nom. Détails anecdotiques sur la guerre ! Je prends ta bouche.

Gui

30 novembre 1915

Mon amour, notre deuxième jour de 1re ligne est commencé. C'est calme. Il n'y a que la inousquete-rie et l'artillerie pr le moment. Notre tranchée est prise d'enfilade et les balles y sifflent tout le temps. Je la fais creuser pr parer à cet inconvénient qui peut coûter la vie à de braves gens. À certaines heures à peu près fixes on nous bombarde des obus de 105 et quelques 77 fusants, une pièce qui doit être tout près. Mais enfin pr le moment pas de ces horribles engins de tranchée qui sont plus terribles que tout et dont on parle si peu :

Youyous ainsi nommés du bruit plaintif qu'ils faisaient entendre en venant et que les Boches sont arrivés à supprimer. Si bien qu'on ne les entend plus venir et comme ils les peignent maintenant en bleu ciel on ne les voit plus non plus.

Boîtes à merde, sortes de lits ou de grandes malles qui arrivent à une 60aine de mètres de hauteur et piquent brusquement et détruisent 200 m. de tranchée avec tout ce qui s'y trouve.

Seaux à charbon, espèce de bombes ainsi nommées de leur forme et pleines de toutes sortes de ferraille. Engin horrible.

Marie-Louise le plus grand de tous ces engins, bombe très haute et d'effets épouvantables.

Nous, nous n'avons que nos petits paniers avec les grenades à main.

La section de réserve tandis que nous veillons fabrique, les sphères, les chevaux de frise, les trébuchets pr augmenter nos défenses accessoires.

Tout ça est bien singulier et bien épouvantable. Pas plus que la vie de tranchée même. Les fantassins dorment partout, brusquement, sous la pluie, sur le sol. Ils aiment se creuser des niches de 40 centimètres de haut sur 1 m 80 de long en forme de berceau à flanc de tranchée, ils mettent leur toile de tente devant et les voilà pourvus d'un appartement où ils se trouvent bien.

Mon amour adoré pas de lettres de toi, d'ailleurs aucune lettre de personne parce que l'on ne m'a pas encore fait suivre. J'ai oublié de te dire que je t'ai envoyé avant-hier de notre train de combat deux paquets. L'un contient deux catalogues de l'Exposition Delaunay en 1913 ou 1914, l'un est à moi, tu me le garderas. L'autre porte mon ex dono pour toi. Tu y liras un de mes poèmes que j'aime le plus, « Les Fenêtres ». C'est au demeurant, un de mes livres les plus rares que cette belle édition des « Fenêtres ». Je serai content que tu l'aies, mon amour. Le second paquet contient mes éperons dont je n'ai plus besoin et que tu me garderas, ma cagoule d'artilleur qui t'amusera, mon couvre-képi, que j'ai retrouvé et qui a fait campagne sur mon képi que tu as, une petite boîte contenant la dernière bague que j'ai faite comme artilleur (ici, on n'a pas le temps !). Elle est pour ta maman, je crois qu'il faudra lui donner 1 petit coup de pâte à polir. Les papiers de la boîte sont à garder aussi. Ce sont : ma permission de Châ-ions et des notes d'achats à Châlons. Je vais tâcher de savoir quel est mon tour de permission et te l'écrirai aussitôt. J'espère que ça ne tardera pas. Comme officier je voyage en première. Je crois d'après ce qu'on m'a dit mais ce n'est pas certain que le bateau n'est pas gratuit, sans doute 1/4 de place. Mon amour, nous dormirons le moins possible pr être le plus longtemps possible ensemble. Tu es mon amour chéri. Je te prends toute profondément. Je souhaite une lettre de toi aujourd'hui. S'il m'arrivait quelque chose tu serais prévenue, car j'ai donné ton nom comme personne à prévenir. J'ai donné toi et ma mère. Mais j'ai beaucoup de confiance, certitude même qu'il ne m'arrivera rien même si on monte à l'assaut de l'affreuse butte (tu te souviens de ce qui était souligné sur le journal italien).

9 jours sans se laver, couché par terre, sans paille, sur un sol rempli de vermine, pas une goutte d'eau sinon celle qui sert aux appareils Vermorel pour vaporiser les masques à l'hyposulfite en cas de gaz. Nous avons mis des girouettes sur les parapets pr connaître la direction des vents et j'ai donné une douille de 75 à un de mes guetteurs pour frapper dessus comme sur un gong dès qu'il verra onduler les gaz. La tranchée de craie est très mauvaise et

s'éboule souvent, il faut tout le temps consolider au moyen de sac à terre. Le quart qui se répète de 6 h. en 6 h. est très embêtant mais très nécessaire, sans quoi les hommes s'endormiraient aux créneaux par la grande fatigue. Moi qui dors peu, je n'ai qu'à m'étendre sur le sol comme font ces pauvres enfants que je commande et je m'endors aussitôt.

C'est fantastique, ce qu'on peut supporter. Il n'y a guère de charbon, mais forcément on fournit la ration réglementaire des officiers. Alors j'ai pris mes deux sergents à coucher avec moi et les hommes qui ont froid peuvent se chauffer 4 par 4. De plus mon feu sert à réchauffer leur soupe. Ils sont très contents les pauvres gars. J'ai 2 sergents épatants, qui font campagne depuis le début

Jean Jean-Marie, Toulousain 33 ans, croix de guerre, proposé pr adjudant, énergique, rouspéteur, grognard mais de ter ordre

Varroqueaux (de l'Aisne, son village est envahi 20 ans) courage du lion.

Les caporaux sont moins bien, mais les sergents savent les mener.

Mon amour je prends ta bouche, je t'adore. Tu [es] mon Madelon chéri et c'est passionnément que ma bouche prend ton parvis adoré.

Gui

1er décembre 1915

Mon amour, je n'ai eu encore aucune lettre de toi ni de personne. C'est triste, si triste. Notre secteur défend l'Arbre, le plus fameux des arbres d'aujourd'hui. Si tu suis les communiqués tu sais lequel. En somme on est juste devant où nous étions en batterie. Si tu sais où, je suis content, mais si tu ne le sais pas je ne peux préciser. Un parapet de ma tranchée est construit en partie avec des cadavres... Brr ! Mon poste de commandement est un abri-caverne avec des voûtes ogivales. Mon amour je t'adore. J'ai dormi une heure cet après-midi tandis que je n'étais pas de quart. Ah ! quelle autre vie celle des fantassins que celle des artilleurs. Ceux-ci font à peine la guerre. Une vraie idylle à côté du drame nu et profondément fatal de la guerre de première ligne. Ah ! mon amour, comme je t'aurai gagnée ! Tu sais que j'ai été nommé au titre de l'active. Je me demande pourquoi tant d'honneur. Enfin ! Mais il est clair que j'irai à l'assaut un de ces jours ! Ça ne fait pas un pli ! ! et je me doute bien de l'endroit dont il s'agira ! En attendant j'organise défensivement ma section. Ce n'est pas une sinécure tandis que passe uniquement la chanson des obus des balles et les rran des marmites qui éclatent, le jjj des éclats qui tombent, les *plac* des balles qui touchent un parapet. Je t'écris ce soir 30 à 8 h. et continuerai demain cette lettre qui partira demain soir et porte la date de demain.

Mon amour, je continue ma lettre, le 1er à 4 h. Pas été ravitaillés hier. – Comme choses curieuses de tranchées il y a les pare-éclats taillés dans la tranchée et appelés éléphants selon leur forme I. Il y a les girouettes pour voir la direction du vent en cas de gaz asphyxiants. Ma cagnat ou caverne porte un écriteau avec l'indication Ville Ste Anne.

Si on a moins à faire je tâcherai de faire les ronds de serviette ces jours-ci après quoi, je crois que je ne ferai plus souvent d'objets, maintenant que je suis officier je n'en aurai plus guère les loisirs. T'ai-je dit qu'avant de quitter la position de mon ancienne Batterie au Trou-Bricot j'ai visité un autre cimetière beaucoup plus beau que le premier que je t'ai décrit. Croix très bien sculptées, aigles, inscriptions générales : celle-ci en ancien germanique et qui est peut-être tirée des *Nibelungen* « *Liewer düd as slaw* » (plutôt mort qu'esclave) et celle-ci : « *Kein Schônrer Tod ist auf der Welt als Wer vor 'm Feind erschlagen* » (il n'est pas de plus belle mort au monde que de tomber frappé devant l'ennemi). Et sur chaque tombe est avant le nom la formule suivante : « *den Helden-tod starb*... » mourut de la mort des Héros (un tel). Ici la vie est bien plus mystérieuse, fatale que dans l'artillerie où l'on s'abrite dès que ça marmite. Ici au contraire si ça marmite tout le monde sort et tant pis s'il meurt ou est blessé. Le langage des fantassins n'est pas grossier. Pauvres et braves soldats ! Leur rêve, c'est la bonne blessure (un bras coupé). Mais ils sont braves et naturellement car ils ont eu plusieurs fois à monter à l'assaut. Puis il y a le mystère des tranchées prises d'enfilade soit par le fusil mécanique, soit par le canon-revolver, soit par la mitrailleuse, le mystère des sphères, des postes d'écoute, des sapes, des bruits entendus, des dénominations inattendues pr désigner les différents points de la carte secrète. Mon amour, je t'aime, je me lave sommairement avec l'eau de Cologne que tu m'as envoyée, je fume les cigarettes qui sont bien arrivées (6 paquets dans une boîte de figues). Je porte le petit tricot que tu m'as envoyé.

Mon amour, je me suis lavé ce qui est tout à toi avec ton eau de Cologne. Tu es mon mignon chéri. Je t'aime d'une façon merveilleusement conquérante ma toute chérie. Mon amour a encore augmenté et je croyais que c'était impossible. J'espère une lettre ce soir. Ici l'aumônier joue un rôle… Les lettres doivent partir je prends ta bouche.

Gui

2 décembre 1915

Mon amour, cette lettre qui partira demain 3 décembre, je te l'écris ce soir 2 à 7 h. en attendant le ravitaillement qui n'arrive pas. Les hommes n'ont rien eu de chaud et rien à boire aujourd'hui. – Et il faut travailler tout le temps. Ah ! la vie du fantassin est pénible, plus pénible que tout ce qu'on sait. Ça n'a rien à voir avec l'artillerie. Les artilleurs sont gais, grossiers dans leurs propos, indisciplinés. Ici les gens dans la gaîté ne dépassent pas la narquoiserie, ils sont sérieux, jamais grossiers et disciplinés. Du poste d'écoute j'ai regardé les cadavres dans les fils de fer barbelés. Amour, je t'écris et t'écrivais il y a de cela 2 heures encore, mais pr pouvoir t'envoyer la lettre j'ai dû l'interrompre. Il était question de notre aumônier de Rgt soldat de 2e classe c'est un père de la Chartreuse de Parkminster, par Partridge Green, Angleterre. J'ai causé assez longtemps avec ce Chartreux pendant un quart que je prenais. Il a une grande action de consolateur sur les hommes… Mon amour, depuis les 2 heures où je ne t'ai pas écrit on a eu alerte de gaz, innocent exercice que j'aime mieux sous cette forme que la réelle. En ce moment les Boches envoient des 105 par 4, ça fait pocpocploc très vite et avec une force telle que le cœur remue à chaque tonnerre. Il remue non de peur, d'émotion choses qui n'existent plus après 15 mois de guerre, mais il remue en fait parce que le déplacement d'air secoue tout. Comme singularité presque toute ma tranchée est prise d'enfilade par un fusil mécanique boche qui fait péter la balle toutes les minutes. Elle pète jusque devant ma cagnat, cette régularité donne à l'atmosphère une sonorité mécanique qui n'est pas un des plus singuliers mystères d'ici. T'ai-je dit que nous étions 3 officiers à ma Cie. Le lieutt faisant fonction de capitaine et 2 s/lieuts chefs de section, les 2 autres chefs de section de la Cie sont l'adjudant et le sergent-major. Les 3 officiers vivent ensemble en popote, c'est un ancien cuisinier de l'Hôtel de Paris à Monte-Carlo qui nous fait à manger. Tu dois te figurer que ce n'est pas mal. Ce qui manque un peu ce sont les fruits. Notre chef de popote le s/lt Ferrier reçoit de chez lui des poissons excellents, notre lieutt reçoit toutes sortes de friandises très bonnes. La viande que nous avons de l'ordinaire est exquise. Jamais je n'en ai mangé de si bonne. Mais aujourd'hui et peut-être demain pas d'eau pas de pain pas de charbon. On ne mangera donc guère autre chose que du saucisson et du chocolat sans pain sans boire.

J'essaye d'éviter la vermine mais je ne sais si j'y parviendrai, en tout cas quand je partirai en permission je m'enduirai d'onguent gris pour tuer tous les poux si j'en ai, ce qui ne saurait tarder, le colonel en a ! Et bien enduit j'irai ainsi jusqu'à Oran où je m'habillerai je ne sais comment, (j'achèterai tout à Marseille). Aussitôt j'irai au bain me changer et il faudra, mon amour s'enquérir d'une étuve pour y faire passer dans la journée même, mon uniforme linge etc. – Il n'y a pas de poux de têtes, mais rien que des poux du corps et des poux du pubis. Les officiers d'infanterie plus soldats que ceux d'artillerie qui sont des ingénieurs après tout, sont aussi plus chiquement vêtus qu'eux, mais ils sont tous rongés par la vermine. En réalité, aucun écrivain ne pourra dire la simple horreur, la mystérieuse vie de la tranchée.

Mais assez sur cette froide et blanche et contemplative guerre de boyaux trop blancs. Je t'aime mon Madelon exquis, d'une façon enfantine et virile à la fois et l'une et l'autre vont si bien en mon cœur. Je te caresse divinement tout en faisant à tout le pays un rempart de ma poitrine. J'ai pensé aujourd'hui avec une folle ardeur à ta bouche si bien dessinée et à ta poitrine exquisément belle.

À tes longues mains que tu m'as décrites à ta longue taille. Mon amour comme je t'aime ! Ma bouche effleure tout ton corps et je broute l'adorable gazon que tu sais. Ma bouche te donne toutes les caresses uniques que tu aimes, ô mon amour, mon Madelon.

Ici, mon amour malgré le travail incessant le temps est plutôt long dans les tranchées. On y cause uniquement de la guerre, du Boche si proche, des morts ou blessés quotidiens. Le pays n'aura jamais une admiration assez grande pour les simples fantassins soldats admirables gui meurent glorieusement comme des mouches. O la solitude irréelle pour ainsi dire de l'espace entre la tranchée boche et la française. Quelle singulière chose.

Je suis exténué je prends ta bouche et te donne ma langue ma chère esclave chérie.

Gui

2 décembre au soir 1915

Je m'étais trompé de date hier, mon amour, c'était le 1er. Aujourd'hui pas de lettre encore, pas de journaux, pas de ravitaillement. Les officiers ça va encore, parce que notre cuisinier se débrouille, mais les hommes ils sont admirables d'héroïsme simple. Le ravitaillement n'arrivera je crois que cette nuit à 4 heures du matin. Je me suis fait installer une planche par les pionniers pr pouvoir écrire. Ici le temps est vraiment long. Éboulements perpétuels, les hommes ne dorment plus, travaillent tout le temps. La vie de tranchées en hiver a quelque chose de si simple qu'on sent ce que pouvait être la vie des Troglodytes de la préhistoire. Nous sommes au demeurant de véritables Troglodytes.

J'ai ici deux camarades agréables dont l'un est mon supérieur. Le lieutenant qui fait fonction de capitaine et commande la compagnie et un de mes sergents. Le premier est distingué et un causeur aimable assez au courant des choses des lettres et des arts et le second est un simple extrêmement rusé, adroit, malin et brave, il conduit très bien les hommes. Ici on sent ce que c'est que l'autorité et ce qu'elle peut faire faire quand elle est à la fois douce et ferme. Je fais coucher avec moi mes deux sergents et j'ai pris aussi un petit garçon de la classe 15 innocent et brave à qui j'apprends à lire car il l'ignore.

Mon sergent Jean-Marie est donc très bien. Il est en outre un grognard de 1re classe, mais on sent qu'on peut se fier à lui et cependant il rouspète tout le temps. Mais quel type amusant ! Mon amour les éléphants pare-éclats s'effritent de plus par la base et leur apparence d'éléphants se marque de plus en plus.

Mon amour dans l'horreur mystérieuse métallique muette mais non silencieuse à cause des bruits épouvantables des engins qui sifflent geignent éclatent formidablement notre amour est la seule étoile, un ange parfumé qui flotte plus haut que la fumée noire ou jaune des bombes qui explosent.

Il sourit au fond des sapes où il fait l'écoute anxieuse, il veille aux créneaux repérés que la balle ennemie traverse à intervalles réguliers, il plane sur le mystère ineffable des premières lignes dont l'horreur blanche fait rêver d'un paysage lunaire. Effrayante monotonie d'une vie d'où l'eau, même l'eau non potable est absente. Ô pures tranchées comme des lys qui fleurissent en terre au lieu de fleurir vers le ciel. C'est la terre même qui fleurit.

Pour utiliser le très peu de charbon que j'ai fait faire un encensoir avec une vieille gamelle percée de trous. On la balance au bout d'un fil de fer.

Écris-moi de l'amour, sois-moi ma panthère pour me remettre dans la vie de notre cher amour.

Songe à quel point dans la vie de tranchées on est privé de tout ce qui vous retient à l'univers, on n'est qu'une poitrine qui s'offre à l'ennemi.

Comme un rempart de chair vivante.

Comme on se rend compte que la guerre des artilleurs est un véritable plaisir une partie de campagne, une excursion dont les risques ne sont pas beaucoup plus grands que ceux de l'Alpinisme. Ici le lieu est solennel et désolé. La végétation ne l'orne même pas on est plus bas que terre.

Je termine ce soir mon quatrième jour de l[res] lignes. On a tué aujourd'hui un Boche qui s'était hasardé sur le parapet vers le mystère des hexaèdres, des chevaux de frise et des sphères.

Je sens vivement maintenant toute l'horreur de cette guerre secrète sans stratégie mais dont les stratagèmes sont épouvantables et atroces.

Mon amour je pense à ton corps exquis, divinement toisonné, et je prends mille fois ta bouche et ta langue.

Gui

4 décembre 1915

Mon amour, j'ai enfin tes deux lettres adorées du 23 et du 24 nov. Je crois d'après ce que je lis dans ta lettre du 23 que tu m'as écrit, datée du 22 une lettre volupté que je n'ai pas eue. Comme je t'accuse toujours réception de tes lettres tu verras facilement si je t'ai parlé de celle-là et si je ne m'abuse en la pensant égarée. Si elle est perdue tu me la remplaceras dis ? Tes 2 lettres ont transfiguré pour moi la tranchée, je t'adore. J'ai fait ma demande de permission, le colonel m'avait demandé si j'avais de la famille à Oran ou si j'y avais mon domicile légal. J'ai répondu que je comptais y aller dans la famille de ma fiancée professeur au lycée de jeunes filles d'Oran et le maire d'Oran pouvait en témoigner. J'espère qu'il le fera puisque c'est la vérité. En ce cas, je pense que ma permission ne tardera pas. Je ne demande pas mieux que la guerre finisse vite d'après ce que tu prévois, mais je n'aperçois pas encore cette fin. Je commence aujourd'hui mon 5ᵉ jour de tranchée. Boue, éboulements contre lesquels on lutte jour et nuit comme Sisyphe contre son rocher. Je t'adore, mon amour, et ton amour me console de tout. Oui, je sens tes caresses, je sens contre moi le corps souple de ma Madeleine, je te serre contre moi, nous ne faisons qu'un, je sens ta douce chaleur qui me pénètre et la douceur de tes membres qui s'enroulent aux miens et l'odeur de ton corps qui m'enivre. À moi aussi la volupté venant de toi est une, par la caresse la plus ardente et la plus profonde. J'adore tes reins qui se cambrent, ton ventre et tes seins tendus vers mon baiser. Je te prends, mon amour, avec une violence surhumaine. Je suis follement gourmand de toi, Madelon et je te dévore. J'adore tes ongles, ta porcelaine délicate. J'aime ma petite Madeleine caméléon. J'aime les ongles pointus de tes mains et les ongles ronds de tes orteils. J'adore ton cou au ton chaud. J'y mordrai follement à ce cou rond et flexible. Je dévorerai tes frisons, mon amour exquis. Je les ferai tomber de ton chignon bas. Je lécherai follement tes narines voluptueuses qui palpitent comme des moineaux dans la main.

Mon amour ce que tu m'apprends du petit ermite me réjouit follement. Je l'adore, durci comme il était. C'est bien lui, tu l'as trouvé, mon amour chéri. J'adore ta langue, ta belle langue. Oui je suis fou de tes seins et je les mange. Je donne à ta bouche ma virilité durcie. Puis je te pénètre profondément. La folle caresse que tu as inventée est exquise. Oui, amour nous avons la même nature. J'adore la dînette que tu inventes. Merci amour de ce que je prendrai pendant la perm. Je te mange. Tout jouit en moi quand je pense à toi. Oui, amour je commence à sentir l'étreinte à distance, tu commences à me la rendre sensible tant tu mets d'art voluptueux dans tes lettres. Oui tu es ma toute fleur et je t'adore, je t'adore, je prends ton derrière et je le baise de toutes mes forces et de toute ma volupté douce et insistante. Je te prends dans mes bras amour et t'empale moi debout, toi les jambes croisées autour de mes reins les bras passés autour de mon cou et mes bras et mes mains soutiennent ton superbe derrière qu'elles claquent ouvrent et en caressent la porte secrète, un doigt y pénètre pr occuper le plus de tes portes et ma bouche est attachée à la tienne, je t'adore follement, je t'aime, je te veux follement. Ta toison est la seule végétation dont je me souvienne ici où il n'y a pas de végétation. Je prends ta bouche et le petit ermite durci se donne aussi ensuite à ma bouche affolée.

Gui

Dimanche 5 décembre 1915

Mon amour, ce matin 2 messes dans le créneau qui s'ouvre en face de ma cagnat. C'est la 1re fois que la messe est dite tout à fait en 1re ligne. On l'a déjà dite dans les lignes de repli, mais pas encore en toute 1re ligne. À midi visite du colonel. Il a compris mon explication si nette et m'a dit que je partirai en permission le 3e – Il y a deux officiers avant moi – ce sera donc dans les ler jours de janvier. Et plus proche que dans l'artil. Il m'a dit de saluer pr lui, le boulevard Séguin, car c'est un vieux colonial ! Enfin cette fois-ci la permission se dessine. Amour ! Aujourd'hui septième jour de tranchées.

Il faut avoir vécu cette pénible vie pr s'en rendre compte. Amour je t'adore, mais ce qu'il y a de curieux c'est que depuis tes deux lettres tout me devient bien dans cette vie. C'est extraordinaire comme tu m'as transfiguré cette pénible chose. Peut-être irai-je à l'attaque ce soir à la tête de ma section... Mon amour je t'adore de tout mon cœur, Amour chéri, Madeleine adorée.

Le cadavre a été enlevé. Tant mieux, on s'y habituait trop. Les hommes suspendaient leur musette à ses pieds qui passaient comme des patères. J'ai regardé une partie de la nuit la photo envoyée par Anne et où, dis-tu, tu me défiais à la volupté. Tu es exquise, tu es la huitième merveille. Je t'adore et tout ce que je sais maintenant du parvis m'affole. Hier soir pas de lettres de toi, peut-être aujourd'hui.

Ta chère promesse m'enivre. Je serai ton marbre pendant ma perm. Toutes les portes m'appartiendront dis-tu. Quel heureux portier, je serai durant cette permission.

Je t'adore je baise tes seins ma bouche se croise à ton parvis, ma langue le transperce adorablement et j'adore le dur ermite de ta volupté.

Amour que je t'aime et je t'écris durci infiniment par l'amour.

Je t'aime et je prends ta bouche, ta langue et dévore tes seins.

Gui

6 décembre 1915

J'ai eu amour, l'indicible joie de ta lettre du 22, ta lettre-volupté. Je craignais qu'elle ne fût perdue. C'est, outre qu'elle est vraie, un chef-d'œuvre en soi. Tu es un amour et vraiment une intelligence très supérieure. Je suis fier de toi Madeleine et je t'adore. Et cette volupté-rêve est exquise et profonde jusqu'à la volupté victorieuse. J'adore ton désir, et la volupté spirituelle que nous ressentons si vivement l'un et l'autre. Moi aussi je suis à toi jusqu'aux pensées les plus secrètes et si je suis l'unique maître tu es toi l'unique esclave ce qui revient au même. La volupté fait jouir chaque atome de moi-même. J'adore tes cheveux qui me couvrent me caressent m'embaument.

J'adore tes yeux qui aiment mes yeux et la vue de mon corps. J'adore la caresse subtile de tes cils et de tes paupières et aussi la caresse exquisément mystérieuse de tes yeux fermés.

J'adore tes oreilles qui veulent m'entendre.

J'adore ton nez qui jouit voluptueusement de mon odeur.

J'adore ta bouche qui est le siège de ta volupté la plus précise. Ma bouche désire divinement tes lèvres. J'adore ta bouche sur tout moi. Ta bouche vampire qui a le désir de ma salive de ma sueur de mon sang. Je vais plus loin, ô Madeleine exquise, ma bouche a le désir de ta [illisible] d'amour et [illisible]. Que je t'aime follement et j'aime tes dents et ta langue.

J'adore tes mains ces fleurs exquises, ces palmes de mon oasis. J'adore tes caresses closes.

J'adore, oh ! que je les adore et les désire tes seins divinement beaux, je les mange je les caresse doucement et les suce très doucement, très peu pour ne pas les déformer. Leur forme est délicate amour il faut la garder en évitant de les froisser, en les lavant à l'eau froide et élevant les bras au-dessus de ta tête. Tes seins adorables, nous les soignerons passionnément l'un l'autre. Tu es ma beauté amour je t'adore.

J'adore ton ventre et ta croupe (parle-moi longtemps de celle-ci et de la 9e porte amour dont tu n'as pas parlé). J'adore leurs frissons j'adore le parvis exquis sur lequel tu as écrit en le comparant à un coquillage la plus belle la plus lyrique des phrases, mon adorée, et la plus juste aussi. J'adore les contractions du parvis, contractions qui sont le don le plus rare chez les femmes. Peu ont ce pouvoir. Tu l'as ô mon unique amour. J'adore ta 9e porte amour. J'adore ta toison admirable. Je t'adore toute tu es exquise et ma bouche te parcourt toute.

Ce matin écouté parler les Boches.

C'est entendu, j'attendrai sans impatience – autant que je pourrai ne pas être impatient, tes chères lettres quotidiennes. Ma permission s'approche amour. Je t'aime, c'est inouï, amour chéri. Je ne t'écrirai plus de très longues lettres jusqu'à la relève que si je trouve des enveloppes. Les autres sont dans ma cantine et à cause du mauvais temps, c'est à peine et au prix des plus grandes fatigues et difficultés qu'on fait le ravitaillement. Je prends toutes tes portes mon amour. Je suis fou de toi, je t'adore, je prends ta langue et tes seins exquis. Je te presse follement contre moi.

Gui

Avec sa lettre du 7 décembre 2015, et les deux poèmes qu'elle contient, on atteint le paroxysme de l'amour de Guillaume pour Madeleine. La mort le cerne. Elle est une maîtresse exigeante. Madeleine est son refuge, aux confins de l'abri de son sexe et de celui de son utérus. La tranchée et le poème secret alternent les fantasmes de mort du poète et ses fantasmes d'amour. La tranchée, c'est le chant de la mort. Le… poème secret, c'est le chant de l'amour.

7 décembre 1915

Ci-inclus, mon amour, le portrait des 2 Russes dont je te parlais l'autre jour et qui avaient passé par ma batterie d'alors, ils ont été trouvés par ma Cie actuelle où on m'a donné leur photo que je t'envoie.

LA TRANCHÉE

Je suis la blanche tranchée au corps creux et blanc
Et j'habite toute la terre dévastée
Viens avec moi jeune dans mon sexe qui est tout mon corps
Viens avec moi pénètre-moi pour que je sois heureuse de
volupté sanglante
le guérirai tes peines, tes soucis, tes désirs ta mélancolie
Avec la chanson fine et nette des balles et l'orchestre d'artillerie
Vois comme je suis blanche, plus blanche que les corps les
plus blancs
Couche-toi dans mon sein comme sur un ventre bien-aimé
Je veux te donner un amour sans second, sans sommeil,
sans paroles
J'ai tant aimé de jeunes gens
Je les aime comme les aime Morgane
En son castel sans retour
Au haut du mont Gibel
Qui est l'Etna dont s'éloignent vite nos soldats destinés à la
Serbie
Je les ai aimés et ils sont morts et je n'aime que les vivants Allons viens dans mon sexe plus long que le plus long serpent, long comme tous les corps des morts mis l'un devant
l'autre
Viens écoute les chants métalliques que je chante bouche blanche que je suis
Viens ceux qui m'aiment sont là armés de fusils de crapouillots de bombes de grenades et ils jouent silencieusement

Mon amour, je n'ai pas eu de lettre de toi aujourd'hui. Je t'adore. Je me demande s'il n'y aura pas de lettres perdues pour toi ou moi. Je pense que non. Je prends ta bouche.

Gui

LE... POÈME SECRET

Voilà de quoi est fait le chant symphonique de l'amour qui
bruit dans la conque de Vénus
Il y a le chant de l'amour de jadis
Le bruit des baisers éperdus des amants illustres
Les cris d'amour des mortelles violées par les dieux
Les virilités des héros fabuleux érigées comme des cierges
vont et viennent comme une rumeur obscène
Il y a aussi les cris de folie des bacchantes folles d'amour
pour avoir mangé l'hippomane sécrété par la vulve des juments en chaleur
Les cris d'amour des félins dans les jongles
La rumeur sourde des sèves montant dans les plantes tropicales
Le fracas des marées
Le tonnerre des artilleries où la forme obscène des canons
accomplit le terrible amour des peuples
Les vagues de la mer où naît la vie et la beauté
Et le chant victorieux que les premiers rayons de soleil faisaient chanter à Memnon l'immobile
Il y a le cri des Sabines au moment de l'enlèvement
Le chant nuptial de la Sulamite
Je suis belle mais noire
Et le hurlement précieux de Jason
Quand il trouva la toison

Et le mortel chant du cygne quand son duvet se pressait
entre les cuisses bleuâtres de Léda
Il y a le chant de tout l'amour du monde
Il y a entre tes cuisses adorées
Madeleine
La rumeur de tout l'amour comme le chant sacré de la mer
bruit tout entier dans le coquillage

8 décembre 1915

Au lieu de 9 jours nous en ferons 10 ou 11 ou plus même dans les ires lignes. Aujourd'hui nous avons été soumis à un bombardement épouvantable dont l'écho te parviendra sans aucun doute par les journaux. En ce moment ça continue tout le monde veille aux créneaux les autres sont baïonnette au canon. Naturellement aujourd'hui pas de lettres du tout, pas même de journaux.

Je t'aime mon amour et je te désire infiniment. Je t'ai imaginée tout le jour en regardant distraitement l'arrivée des bombes effrayantes en forme de cigare.

Quelle barbe que ces Boches ! Tu sais amour, je laisse pousser la mienne car il n'y a pas moyen dans cette vie de me raser régulièrement. J'imagine ma barbe qui, me semble-t-il (car je ne l'ai jamais portée) commence à friser, mêlée à ton admirable toison. Je t'adore, mon amour. Et je parcours tout ton corps de ma barbe naissante ; je pense à tes grains de beauté. Amour, j'ai pensé, puisque tu es si flexible que lorsque je prendrai la 9e porte par-devant tu mettras tes jambes autour de mon cou et tes pieds agiles et subtils me caresseront. Veux-tu mon amour ?

Mon amour exquis, j'ai devant moi la petite photo envoyée par Anne et ma virilité est dure comme le bois sous ton regard qui me défie à la volupté. Telle que je te vois en ce petit portrait et dans celui en peignoir qui augmente mon désir par le charme du regard doux et le corps deviné tu portes en toi toutes les beautés de l'Univers. Je te sens abandonnée comme Léda, savante comme Hélène, passionnée comme Sappho bien apprise comme Héloïse, charmante comme Agnès Sorel, ardente comme Catherine de Russie.

J'ai aussi mon amour, le désir ce soir de te voir nue devant moi accroupie mais haussant ta croupe royale que je claque. Tu es mon esclave exquise et d'une badine cinglante j'attise tes hémisphères en les caressant âprement. Tu es ma chose, mon esclave passionnée et ton parvis s'ouvre et se ferme de désir jusqu'à ce que j'en approche enfin mon moi pour calmer nos désirs brûlants. Amour, tu es à moi, je te serre passionnément, je vais et viens dans ton parvis follement et les mouvements de tes reins répondent follement aux miens.

Que tu es belle dans ces deux photos mon adorée je t'aime. Chaque jour maintenant me rapproche de la permission désirée. Je te prends de toutes mes forces. Je ceins tes reins et je prends ta bouche.

Gui

9 déc. 1915

Mon amour j'ai reçu tes trois chères lettres du 30 nov. (2 lettres) et du 1er déc. Mon amour, tu es digne de mon amour, – mais je déteste cette guerre autant que toi. J'écris à ta maman les détails de mon passage dans l'Infanterie. Inutile de le répéter ici. Ne souffre pas mon amour, peut-être qu'une blessure est nécessaire à moi aussi pour que je sois digne de toi et pur pr toi.

Si j'étais prisonnier ou disparu attends-moi. Si je meurs je te donne tout ce que j'ai et cette lettre en fait foi et sert de testament. Je ne cesse de penser à toi et il me semble, je suis sûr que ta pensée me protège mon amour et je te promets de n'être volontaire pour aucune mission périlleuse. Néanmoins il ne faut se dissimuler que le danger est permanent et excessivement grave. Notre régiment au témoignage des fourriers a dévoré 28 000 h 90 officiers depuis septembre. Mais d'autre part il vaut mieux que j'aie passé comme officier car il y aura certainement des gradés d'artil. qui passeront encore dans l'infant. et peut-être pas immédiatement officiers. Et me vois-tu sergent dans l'infant. Au demeurant, nommé temporairement dans l'infant. J'y ai été placé comme officier d'active, ce qui est singulier, car un maréchal des logis du 9e et dans le même cas que moi mais beaucoup plus jeune (22 ans) a été nommé dans la Réserve et placé comme tel dans un régiment qui attaque moins que le nôtre. De plus, une blessure heureuse pour moi pourrait terminer la guerre et me mettre à l'abri. Je t'adore Madeleine. Tu es ma femme forte. Je ne crois pas qu'il m'arrive d'accident grave ni toi non plus tu ne crois pas. C'est notre 10e jour de tranchées je crois que nous serons relevés ce soir. Je t'aime, mon Madelon. Mon amour ce que tu me dis de ton désir d'être fertilisée est si beau que je veux t'adorer à genoux. Je baise tes yeux rougis. Pauvre humanité que nous sommes. J'adore tes pieds. J'adore ta passion pour notre volupté et tes hardis coups de reins. Mais non tu n'étais pas laide, enfant, tu étais au contraire extrêmement fine et jolie. Je l'adore ma petite mauricaude chérie aux lèvres rouges aux yeux profonds et ardents. Tu es ma panthère chérie. Ce que tu me dis de l'état de la Méditerranée m'inquiète beaucoup pourvu qu'on ne m'empêche pas d'y aller en permission – tu es ma seule victoire, ma Madeleine chérie. Je voudrais calmer tes frissons en te caressant doucement. Je sens tes soubresauts, mon amour, je te prends contre moi, je te serre dans mes bras, je te dis mon Made-Ion et je suis si heureux de notre amour. J'adore ton baiser de couleuvre. Ma bouche et ma virilité prennent ton parvis exquis. J'adore ta peau sensible et électrisante, j'adore ton ventre contre le mien et les jeux de nos langues. J'aime ton âme et ton corps intacts. J'adore tes hanches qui ont fait sauter les baleines. Je prends tes hanches et tes seins et mets ma virilité dans le parvis blanc que forment tes seins serrés. J'adore tes cheveux ramenés en avant pour que ma bouche puisse bien baiser ta nuque. J'adore caresser tes cheveux avec les mains. J'adore notre volupté infinie. Ô amour, nous avons la même idée en même temps car dans ma lettre d'hier que tu trouveras avec celle-ci dans la même enveloppe tu verras que je te fais cette caresse exquise sur le gras de tes cuisses si doux au toucher et à la peau au grain si fin et ma langue, entre tes jambes écartées va chercher le parvis adoré et te fait pâmer. Je ferai chaque jour ta conquête, amour, et notre étreinte sera toujours nouvelle. Je suis l'adorateur et le dompteur de ma panthère chérie. Amour je te prends ardemment mon amour adoré, je prends ton corps follement. Hier amour et avant-hier le tir de l'artil. a été effrayant surtout celui de l'artil. boche. Ils ont fait ce qu'on a fait en sept. mais sur un tout petit secteur. Ça nous passait sur la tête mais rien chez nous. Mais en cas où ce bombardement eût été pr nous, il n'y aurait rien eu à faire. C'est ce qui est terrible dans cette guerre depuis 2 jours les hommes n'ont pas dormi. Ils s'endorment aux créneaux et je suis obligé de les secouer et de les menacer du conseil de guerre pr les secouer. D'ailleurs ce sont de braves gens, dévoués et pleins de courage. Mais ils mangent mal et pour ainsi dire pas les jours fréquents de riz qu'ils détestent. La vie de fantassin est peu enviable. Elle est à peine supportable comme officier et il y a tous les risques. Mais j'ai confiance en nous mon amour, confiance en toi en notre avenir et je t'adore follement admirablement. Tu es ma Madeleine. Je prends ta bouche.

Gui

10 décembre 1915

Mon amour adoré,

Hier vers quatre heures, une action s'est déchaînée c'était fantastique et effrayant. Le théâtre même ne peut donner une idée du bombardement effroyable qui empourpre soudain le ciel, du sifflement des obus qui passent en l'air comme des autos passant sur le sol dans une course, de l'éclatement déchirant des bombes et des torpilles, du crépitement insensé de la fusillade dominé par le tac tac tac tout proche de la mitrailleuse. Enfin ça s'est calmé, nous n'avons pas eu de mal à la compagnie, c'était proche mais pas pour nous. Le soir on a été relevés et je suis resté pr mettre la nouvelle compagnie en ligne au courant des corvées. Nuit calme je suis parti à 9 h. du matin pr arriver à 2 h. de l'après-midi. Quelle effroyable boue dans les effroyables boyaux. J'ai tes lettres adorées du 2 et du 3. Amour, tu es mon amour. Je suis donc au repos, repos si peu reposant et qui peut cesser d'un instant à l'autre, dans une cagnat où il pleut. Boue sans nom. J'adore tes deux lettres. Je t'écris tant que je peux. Le 1er officier à partir avant moi est parti aujourd'hui.

Je t'adore forte comme tu l'es. Hier j'étais découragé et ne voyais pas d'issue possible que quelque chose d'effroyable à ma situation actuelle. Aujourd'hui le bon sens a repris le dessus. Je suis heureux que tu m'aimes comme tu m'aimes, tu es ma femme adorée, ma vierge exquise. J'ai reçu aujourd'hui un livre de fou complet que je t'enverrai demain. Tu es ma femme royale. Je pense à tes caresses exquises, j'aime tes cheveux lourds. Je ne pense qu'à notre amour, tout en moi se tend vers toi mon amour tes mots sont doux sur mon cœur mon corps et mon âme, ma Madeleine. Je te donne toutes les caresses que tu veux.

Oui, ce sera un concert merveilleux que celui que je donnerai à tes sens et ce concert t'émerveillera chaque jour davantage. Tu m'interdiras, je le veux, tout ce qui ne doit pas contribuer à ton bonheur.

Ton bonheur doit être la seule chose qui compte et tu me le rappelleras sans cesse mon amour. Ma belle Madeleine, ma Madeleine d'élite. J'adore tes cheveux lourds et tes yeux très longs quand ils sont fermés et j'adore leur trait fumé. J'adore tes seins les fruits exquis de mon désir, tes seins adorables et je te fais toutes les caresses que tu aimes. Oui je crois que mon regard aura une puissance exquise sur toi mon amour et j'adore ton frisson quand je regarde au fond du parvis et tu te pâmes sans attouchements jusqu'à ce que l'étreinte t'éveille follement pr nous anéantir dans un amour exquisément las. Oui tu as raison chez nous la nudité ; on réservera l'étreinte vêtue pr les escapades. Mais je te veux aussi parfois en peignoir ou vêtement de nuit pr varier. Le retroussis sera une chose singulière comme impression mais ne les voulons-nous pas toutes mon Amour ? Mais en effet les seules vraies caresses seront mis à nus et même si tu y tiens, nous renouerons aux caresses vêtues, sauf en plein champ. J'adore notre amour et ton consentement merveilleux mon amour, mon amour. J'espère que maintenant tu as mes lettres. Mon amour, mon amour. J'adore l'artère du parvis qui bat contre ma virilité où une artère bat aussi.

J'adore aussi ta pudeur vis-à-vis de toi-même, mais regarde ton corps pour moi et parle-m'en mon amour. J'adore ton ventre et tes cuisses et moi aussi j'ai comme toi l'orgueil de la virginité.

Je pense bien que les romans n'ont aucune vertu pr nous qui en vivons un si formidable et si beau.

Oui, j'ai eu il y a quelques jours dans une lettre que tu n'as pas encore, (c'est hier je crois) l'idée du sacrifice de mon sang sans doute qu'exige la perfection paradisiaque de notre amour. J'accepte ce sacrifice Madeleine et je t'adore passionnément, nous nous adorerons toujours plus. Ma femme chérie. J'adore ma liane. Je t'aime, je te donne ma sève, ma bouche prend tes seins qu'elle adore. Je te vois te glissant dans ton lit et je tremble en imaginant ton corps souple se tordant de volupté sous mon étreinte. J'adore ta volupté calme dont tu me parles et nos toisons se mêlent exquisément, l'un sur l'autre. Tu veux une nouvelle caresse, amour. Je te prendrai comme le taureau prit Pasiphaé et parallèlement à une glace qui nous renverra notre image liée amour veux-tu ? Et auparavant je te fustigerai avec des roses odorantes. Je baise ta bouche follement exquisément.

Ton Gui

12 décembre 1915

Mon amour, Je t'envoie aujourd'hui le singulier bouquin de fou que j'ai reçu. Il y est parlé de moi à propos de mon récit de l'enterrement de Walt Whitman qui avait suscité une polémique fantastique dans le monde entier. J'y joins un porte-monnaie fabriqué par l'ouvrier en cuir de mon ancienne batterie une bague avec un bouton boche que je portais jusqu'ici et que je ne peux plus porter au cas où je serais fait prisonnier et une bague en or ciselé qui est mon cachet et que tu me garderas, tu peux la porter, elle est à toi autant qu'à moi.

Nous repartons tout à l'heure au combat, les communiqués ont dû te dire l'affaire de la tranchée prise par les Boches ces jours-ci, ce n'est pas nous qui l'avons perdue mais c'est nous qui devons la reprendre –

J'ai reçu hier le superbe paquet de tabacs cigares et cigarettes. Merci mon amour, mais maintenant que je suis officier ne te soucie plus de m'envoyer du tabac, nous en avons, comme officiers en abondance, du fin et des cigarettes.

Je souhaite de tout mon cœur l'arrivée de cette permission et je voudrais bien que nous soyons revenus de cette affaire. D'ailleurs mes hommes sont épuisés par 11 jours de tranchées.

Mon amour, je t'adore. Je ne pense qu'à toi, ton corps divin est mon soleil. Je pense à tes lèvres, à toutes tes lèvres mon amour, je pense à ton ardeur exquise à ta beauté.

Je t'aime le vaguemestre est là. J'écrirai demain.

Gui

13 décembre 1915

Mon amour adoré, 3 lettres de toi, celle du 29 nov. qui arrive en retard celles du 4 et du 5. Je t'adore. Hier j'ai passé à la 7e Cie pr remplacer l'officier parti en permission, mais ne modifie pas l'adresse, ce n'est que pour quelques jours. Nous étions en réserve. Résultat nul. Tout le monde fatigué. Mais les gros sont furieux, ils n'y viennent jamais voir dans les tranchées. Pas pu t'écrire hier soir. Dormi par terre ou plutôt pas dormi par terre... Je t'adore. J'ai maintenant tous les renseignements pour la perm. Il est probable que comme officier voyageant en ire je trouverai place dans le premier bateau partant. Donc si tu n'es pas au débarquement et que je n'ai pu te prévenir (je le ferai autant que possible) je prendrai une voiture à n'importe quelle heure et me ferai conduire à l'école de filles de Lamur. Si c'est nuit, je frapperai en t'appelant. Je crains que d'ici là cette histoire de tranchée pas reprise, mais que nous n'avons pas perdue nous, ne nous occasionne bien des misères. Les souffrances de l'infanterie sont au-dessus de tout ce qu'on peut imaginer, surtout en cette saison et dans cette sale région. Les autres armes ne font pas la guerre. – Je t'adore. Ta pensée m'anime. Hier où nous avons été à deux doigts de partir à l'assaut, je n'ai pas eu une minute de tristesse et Dieu sait. s'il y avait de braves gens et de gens braves tristes, mon lieutenant commandant de compagnie qui est le fils du capitaine Deloncle commandant le vaisseau la Bourgogne qui périt dans ton enfance et dont le naufrage fit beaucoup de bruit, m'avait donné des commissions en vue d'accident pour lui. Mon amour je n'étais pas triste, je pensais à toi. Tes cheveux sont admirables, amour, n'en dis aucun mal. Je t'adore et je prends follement ta bouche. J'adore ce que tu dis de nos étreintes. Je te rappelle que plusieurs fois déjà je t'ai demandé d'insister sur ta croupe et la 9e porte, que je connais encore mal. Je prends profondément ton parvis. J'adore la forme de ton parvis. Ma bouche follement amoureuse boit la liqueur divine que tu distilles. J'aime que tes sensations se précisent, amour ! Maintenant je jouis comme un fou en pensant à toi ! C'est merveilleux ! J'adore tes cheveux embrouillés ma très jolie. J'adore tes parties quelques parties de ta toison secrète. J'adore le parfum de tes cheveux. J'adore tes cils palpitants. Tu es mon esclave chérie. L'opinion de Bourget est fausse pour les très très grands artistes. Racine, Goethe, Hugo même, Gautier ont été très heureux par les femmes et bien d'autres. Ma solitude est avec toi, d'ailleurs je n'aime pas la solitude, je l'aime à 2 c'est-à-dire avec toi. Je t'adore, je te déshabille, je te prends follement, follement : oui, amour le 1er passage dans la 9e porte sera un peu douloureux. Mon amour je t'aime d'une tendresse enragée et je prends ta bouche.

Gui

14 décembre 1915

Mon amour, Je n'ai pas eu de lettre de toi hier, mais j'en avais eu 3 [avant-] hier. Envoie-moi chaque semaine dans une enveloppe autre que tes lettres un peu de papier à lettres et d'enveloppes pr t'écrire car nous ne pouvons pas nous ravitailler et pas nous charger non plus. La cantine est un mythe on la voit quand on est au repos et on n'est jamais au repos. Je souhaite ma permission le plus vite possible. Mon amour je t'adore, tu es mon tout, tu es moi-même. Comme j'aime que tu comprennes que ce qui est au physique est au moral. Tu es ma Madeleine toute parfaite. Si tu savais comme on est las dans cette cagnat où il pleut ! ! Mon amour tu es belle et parfaite, tu es jolie et animée tu es forte et délicate, tu es franche et subtile. Je t'adore, mon amour. T'ai-je dit que le colonel m'avait dit de saluer le boulevard Séguin de sa part ? Je t'ai envoyé hier un paquet dont je t'ai détaillé le contenu. J'ai oublié de te dire que je te renvoyais aussi la petite boussole que tu m'avais envoyée. Je veux la conserver parce que tu me l'as donnée, mais elle ne marche pas et par conséquent elle est un impedimentum. Aussi garde-la-moi. J'en ai une sur mon porte-carte, mon amour. L'horreur tragique, horrible obscure du corps à corps infernal dans les tranchées, les boyaux les entonnoirs augmente ma volupté à t'aimer, tu es pour moi beaucoup plus que ne pouvait être la terre promise pour les Hébreux. J'ai pensé ce matin longtemps avant de me lever à ton corps toisonné, j'ai imaginé l'écartement de tes jambes et la rougeur exquise du parvis béant de désir. La pointe dardée de tes seins donnait à ma bouche une ardeur nonpareille. Je t'aime aussi la tête enfouie dans les coussins creusant les reins et haussant ta croupe en rut comme une cavale qui appelle l'étalon. J'ai baisé tous tes grains de beauté et ma virilité dure comme l'acier d'un canon allait et venait dans l'antre exquis lubrifié par la sève gluante de tes désirs. Mon amour je t'ai prise aussi sur moi et pour animer encore ton ardeur je vergetais ton derrière superbement agité et pour mieux jouir de tes hanches, une glace placée au pied du lit reflétait ta croupe et ma virilité dont la belle colonne de chair disparaissait et reparaissait selon que tes fesses s'affaissaient ou se haussaient. Si tu savais comme je te désire en cet instant.

Dis-moi mon amour si la largeur de tes hanches est supérieure ou inférieure à la largeur de tes épaules. Embrasse tes pieds pour moi mon amour. Mon amour je t'adore. Je sens ta bouche prendre ma neuvième porte et ta langue y creuse un puits ardent. Puis je te prends profondément et pendant notre étreinte ton doigt bouche la 9e porte de ton Gui qui prend exquisément ta bouche et ta langue.

Gui

C'est surtout des enveloppes qu'il faut envoyer mais pas par grande quantité.

15 décembre 1915

Mon amour, j'aimerais que ma permission coïncidât avec tes vacances, mais ça ne fait rien tout de même puisque tu t'arrangeras pr être avec moi durant toute ma permission. J'ai reçu ta lettre du 6 mon amour avec tout le récit de ton voyage à Nice l'an dernier, l'histoire de l'arme, des joyaux et du maître d'hôtel. Mon amour, je t'adore, je t'aime de toute mon âme et de tout mon corps. Je ne puis que te répéter combien ton entrée dans le compartiment a été pour moi un coup de foudre dont tu t'es aperçue. J'ai adoré aussitôt ton visage passionné, tes cheveux lourds et magnifiques et ton corps svelte et plein de promesses savoureuses. J'ai deviné aussitôt tes toisons. J'ai admiré follement tes cils et l'arc si pur de ta bouche, ton regard admirable et ta voix ont complété cette prise merveilleuse de mon cœur qui fut à toi en un clin d'oeil. Te souviens-tu de la force qui fit que je parlai et que tu me répondis ? Te souviens-tu comme je me servis pr te gêner moins d'un voyageur qui était là et qui par hasard avait été au Collège Stanislas de Cannes le condisciple de mon frère ; voyant ta gentillesse un peu effarouchée je le mêlai vaguement à notre conversation pour que tu ne puisses te dérober à l'obligation d'échanger quelques phrases banales avec les voyageurs d'un même compartiment. Puis je te sentis bientôt un peu mienne et étonnée de l'être et le cœur me battit bien fort quand nous échangeâmes nos adresses, tu inscrivis toi-même la tienne sur mon carnet, et il me parut que nous échangions nos âmes, ô mon amour. J'adore ton amour de petite bête sauvage de la jungle. J'adore que tu te donnes profondément jusqu'à l'impondérable. Mon amour j'adore le petit cœur qui bat bien fort dans le parvis. Je crains que nous ne devions remonter aux tranchées demain ou après-demain, sale truc. Mon amour, copie un poème en vers libres – naturellement ni le cri « À l'Italie » ni le « Chant de l'Horizon en Champagne » mais un autre, un ou 2, mais en vers libres et envoie-les à moi ou bien directement à M. Ardengo Soffici Poggio a Caiano Florence (Italie).

Je t'adore, mon amour, tu es ma beauté, mon paradis, je te prends violemment, follement, je te désire comme jamais femme n'a été désirée tu es mon amour adoré, je prends ta bouche.

Gui

16 déc. 1915

Mon amour, J'ai reçu tes lettres du 7 et du 8. Je t'adore. Moi aussi il me tarde infiniment d'être auprès de toi. Nous remontons demain. Évidemment tout ce que dit Jean est très probable, il y a longtemps que je le sais mais je ne t'en dis rien. Que veux-tu il n'y a que les imbéciles qui s'occupent de tout cela. C'est inimaginable. Fais des provisions de courage, mon amour. Oui, j'avais entendu parler aussi des 4 jours, mais en réalité il paraît que l'hiver dernier ces 4 jours ont duré jusqu'à des 25 jours. Nous devions rester 9 jours nous y sommes restés 11 et moi 12 nuits. Maintenant, on remonte. J'adore que tu t'étires comme une très belle panthère, je t'adore couleuvre j'adore la longueur musclée de tes membres. – Nous autres cette guerre nous tasse, nous fait grossir et mollir les muscles, c'est très curieux c'est autre chose que les muscles qui s'exerce à cette guerre, ce sont la patience et le système nerveux, le reste s'amollit pour résister et la volonté devient très forte. Mon amour quand tu me parles de la volupté parle-moi aussi de ton corps que j'adore. Il me tarde follement aussi d'être ton mari. Oui si tu veux nous nous réserverons à [illisible] des jours de grande folie. Ce que tu me dis du poème des « Fenêtres » est très juste et je voudrais que tu aies lu tous les poèmes de cette époque qui sont dispersés dans les revues. Tu avais pressenti ce poème dans une de tes lettres anciennes et je te l'avais dit à l'époque. La peinture prismatique de Delaunay qu'il appelle du simultanéisme est la suite de l'impressionnisme, c'est un artiste assez vulgaire.

Je suis heureux que ta maman soit contente de la bague. – On fera tout ce que tu voudras durant ma permission. Oui, mes soldats m'aiment bien parce que je suis gai et que je ne me terre pas dans ma cagnat, que je vais les voir, les encourager, savoir comment ils mangent. Il paraît que la traversée est gratuite aussi. Entendu pour la dépêche. Mon amour je prends ton parvis follement. Je veux que tu me décrives follement ta croupe mon amour. Nous ne nous disperserons jamais amour, parce que tu es ma petite esclave pleine d'autorité et de sens, que nous nous adorons et que nous aimons notre devoir. Amour, je prends ta neuvième porte et au bout de quelques allées et venues j'envahis ton parvis profondément, longuement et nous nous pâmons.

Gui

18 décembre 1915

Mon amour, le colonel m'a fait dire de me tenir prêt à partir en permission le 23 – Ce soir nous remontons en lie ligne. Je n'ai pas eu de lettres de toi hier. – Hier en reconnaissance, boue énorme, obus. Je suis fatigué de devoir faire cette route ce soir.

Mon amour, j'ai pensé à toi toute la nuit. Tu es mon amour exquis et j'adore tout ce que tu penses de notre amour. Dès que je pourrai je télégraphierai à Lamur. En principe cette lettre doit te parvenir le jour de Noël. Je serai en route, mais avant tout je t'embrasse bien pour la Noël. Prends tous les renseignements pour les démarches que j'aurai à faire pr avoir la plus longue perme possible. Je crois que j'arriverai juste aussi pr ta permission à toi ô mon amour adoré.

Je pense à ta beauté, à ta chère beauté potelée. Je pense à ta toison, aux 9 portes adorables et au gouffre rose et blanc de ta bouche exquise.

Je pense à ta chair duvetée, à ta grande porte. Tu es délicieusement gracieuse mon amour.

Mon amour, un pâle rayon de soleil joue sur quelques pâles bouleaux. Il y a longtemps que je n'avais plus vu de soleil. Mais la boue est épaisse d'une façon inimaginable.

J'attends ce 23 avec impatience, encore 6 jours ! Et toi mon amour ? Je trouverai la réponse à Lamur.

Au reçu de cette lettre n'écris plus, mon amour, moi je te tiendrai par des télégrammes au courant de tout mon voyage. Je t'adore je t'embrasse passionnément, mon âme. Je prends ta bouche, nos langues jouent divinement et nos mains caressent nos corps. Je baise tes longs cheveux et je t'adore, amour chérie, belle, divine, ma Madeleine à moi.

Gui

20 déc. 1915

Mon amour, je n'ai pas pu t'écrire hier. Je n'ai pas eu une minute à moi. J'ai reçu ton adorable petite lettre du 13. Ce petit poulet me promet une nouvelle lettre-volupté qui arrivera peut-être aujourd'hui. Mon amour, au reçu de cette lettre écris-moi une lettre poste restante à Marseille on plutôt non, écris-moi encore ici jusqu'à ce que tu reçoives le télégramme que je suis réellement parti, parce qu'avant d'être parti on n'est pas sûr. Je suis de nouveau en première ligne. Je t'ai écrit, mon amour le 18 où je te faisais part de la reconnaissance de la veille et que nous remontions aux tranchées le soir. Donç je suis parti avec la 7e Ge le lieut qui la commandait depuis 13 mois est allé suivre un stage de mitrailleur. Moi je remplace le lieut permissionnaire après qui je dois partir et 1 nouveau capitne est arrivé. Nous sommes 2 officiers. Mon capitaine qui vient des chasseurs d'Afrique, vient du Maroc, si bien que nouveau fantassin je suis plus au courant que lui, plus nouveau que moi. Nous sommes partis à la nuit, il y avait clair de lune, la boue infâme de la veille avait séché. Comme j'avais fait la reconnaissance c'est moi qui allais en tête de la colonne. Comme je craignais la boue des boyaux nous allions à découvert. À la lisière d'un bois je vois des canonssans abri mais recouverts de serpillière, j'ai pensé ma pièce. C'est curieux. Aussitôt j'entends des voir qui chuchotent : « C'est peut-être la Cie à Kostro » (c'est l'abréviatif dont on me désignait entre sous off. à ma batterie, les hommes eux qui n'ont jamai pu dire exactement le nom prononçaient Kostro l'ex quis ou *Cointreau-Whisky* selon qu'ils étaient Picard : ou Flamands). J'ai entendu tourné la tête en un clir d'oeil arrêté la Cie et aperçu dans les arbres me anciens camarades, l'adjudant de la batterie ur nommé Benoît qui est buraliste à Carcassonne et le chef de la 3e pièce Horb cultivateur de l'Aisne, il m'ont reconnu aussitôt et j'ai vu leur émotion qui m'a fait quelque chose, surtout qu'il s'agit de gens très froids surtout Horb. La Batterie a bien avancé elle est près des secondes lignes dans un endroit dangereux et les canons n'ont pas d'abris. J'ai causé deux minutes avec mes anciens camarades et ai eu le temps d'apprendre des choses qui m'ont fait bien de la peine et dont je ne connaîtrai jamais les détails vraisemblablement, car j'ai eu à peine le temps d'échanger quelques mots avec eux et qui sait quand je les rencontrerai de nouveau ! Quoi qu'il en soit, presque toute ma pièce a été massacrée ou blessée. Mon maître pointeur Louis Déportère, de Lille a été tué. C'était un garçon au-dessus (comme âme non comme instruction) de sa condition d'ouvrier, il ressemblait aux portraits de Beethoven jeune, grand Front pur, très doux, très volontaire très sérieux. Pointeur épatant, 1er prix de tir. Je lui avais trouvé comme parrain et marraine Gaston Picard (qui rédige e Bulletin des écrivains) et sa femme que je ne connais Jas. Déportère était jeune marié et avait laissé sa femme enceinte à Lille. Il n'avait jamais pu avoir de nouvelles d'elle ni de personne de sa famille. Il y a10 jours j'ai reçu un mot de Gaston Picard, me disant que Déportère était content parce qu'il avait eu enfin des nouvelles de sa femme et d'une fille qui était née depuis la guerre…

Je ne me souviens plus, tant l'émotion fut forte des autres pertes, sauf que mon téléphoniste Montélimart a été blessé…

C'est ton amour, Madeleine, qui m'a protégé. Si j'étais resté à ma batterie nul doute que j'eusse été au moins blessé, les plus exposés étant le pointeur et le chef de pièce.

Tout cela fut dit en quelques secondes et en marche de nouveau. La relève se fit épatamment, j'avais reconnu le secteur, qui est un peu à droite d'où nous étions et plus dangereux. Hier j'ai été exténué. Nos prédécesseurs n'ayant rien fait, tout est à faire. J'ai passé la nuit à faire faire des sphères, à les faire jeter, à faire de nouveaux créneaux, placer des chevaux de frise. Mais il y a bien du travail, ces cochons de Boches nous ont lancé quelques rafales qui ont fait ébouler la tranchée. Heureusement pas de mal. Mais nous sommes mal placés et il fait clair de lune. Extrêmement dangereux pour travailler. Hier matin le colonel a passé et m'a redit que je partirai dès que l'officier permissionnaire sera rentré et vraisemblablement le 23. Je commande ici la 2e section, ma cagnat est petite mais bien et *bon augure* ! Elle est dans un petit boyau détourné qui s'appelle le boyau Paget, c'est presque Pagès, quand pourrai-je t'enfiler pour de bon mon petit boyau Pagès ! ! Ma cagnat s'appelle *Parvis Madeleine*, c'est moi qui ai fais graver cela sur la craie, à l'entrée, l'entrée est très basse à cause des bombes 50 centimètres, sur 1re marche descendante il y a mon sac et c'est là que mon ordonnance Crapouillot, le plus rigolo des petits soldats, croix de guerre pour avoir fait seul dix prisonniers à la Côte de Tahure et s'être distingué à la côte 196 est en train de coudre un bouton à ma vareuse, sur la seconde marche (chaque marche a 80 cm de longueur sur 90 de hauteur) est mon brasero allumé, car il gèle, la nuit il *y* couche le soldat tourangeau Labin qui est ouvrier en bois et m'a fait l'aménagement. Pendu à la chandelle de droite est l'appareil Draeger qu'ont maintenant les officiers contre les gaz. Il est tout prêt et plein d'hyposulfite. Sur la troisième marche ma table où je t'écris (assis sur la 2e marche). C'est sur la 3e marche que la nuit dort Crapouillot après la 4e marche est mon lit en treillage (système que j'importe de l'artillerie dans l'infanterie où on couche à même sur le sol). Voilà mon amour chéri ce qui se passe. Les Boches travaillent beaucoup mais notre artillerie les embête. Moi j'attends ma permission je t'adore. J'adore ta volupté précise. Je prends ta bouche et ta langue. Ma main gauche caresse tes seins et la droite agace le petit ermite qui se contracte et s'épanche à force, sous mon doigt, longue exquise caresse où tu t'abandonnes, tu es ma fleur exquise et ma virilité se dresse en ton honneur, ma reine exquise.

Gui

P.-S. Inscription sur la paroi de ma cagnat : Auque Segula clairon 122 d'Inf. 3e Oe 2e section : à moi les femmes à poil à moi la gnole à volonté.

Mon amour je t'adore.

Gui

22 décembre 1915

Mon amour, je suis dans l'attente impatiente. La neige a tombé une partie d'hier et la nuit. Temps de Noël avec ces pins et cette neige, il y a même les sapins. Je n'ai pas eu de lettre hier ni de toi ni de personne. Je t'adore mon amour, j'ai regardé hier le dessin de ton tétin exquis, ô mon Madelon adorable. J'ai regardé avec enivrement tes photos…

Mon chéri, nouvelle fantastique : le lieut. permissionnaire que je remplace à la 7e Cie vient de passer dans le boyau.

J'espère donc partir aujourd'hui ou demain.

Je t'adore. Je ne sais plus bien ce que je t'écris. Je suis affolé que cette permission se dessine enfin, enfin.

Mon amour, je t'adore follement, je t'aime. Je cesse ma lettre écrirai demain, je crois que je serai en route.

Je prends ta bouche et tout ton corps à moi.

Gui

25 décembre 1915

Marseille – Je prends prochain courrier.

Gui

10 janvier 1916

Marseille – Bien arrivé – Baisers.

Gui

Marseille 10 janvier 1916

Mon amour, je t'adore – Je ne sais combien comment te remercier toi ta gentille Maman et toute la famille de la délicieuse permission que vous m'avez procurée et toi amour tu es mon amour. Boa voyage, le comt d'armes était ce capitaine à terribles moustaches vu au Continental et qui amusa tant ta maman, presque tout le monde malade, même M. Six qui n'a pu faire un seul calembour. Nous sommes restés 5 pas malades. Cette nuit mer démontée 1 torpilleur a dû nous lâcher – Enfin tout s'est bien passé. Je prends le train dans une heure.

Je suis heureux de t'aimer mon amour. Tu es me' délices et je t'aime.

Je t'écrirai plus long demain.

Ma bouche sur ta bouche et nos langues mon chéri exquis jouent divinement.

Gui

… Je suis fatigué.

Écris toujours même adresse secteur 139.

Épernay, le 12 janvier 1916

Mon amour, je n'ai pu m'arrêter à Paris que jusqu'à midi hier. Depuis j'ai cherché mon régiment. Je sais maintenant où il est au repos et y serai tout à l'heure. Voyage fatigant. Il fait beau. À Paris déjeuné avec Maman, lui ai dit nos fiançailles à quoi elle ne voit rien à redire – Je t'adore mon amour chéri. Je te caresse avec douceur et j'aime ton bras s'appuyant sur le mien. Pas pu passer au *Mercure* pour parler d'un nouveau livre de vers mais ferai cela par correspondance. C'est curieux comme la lumière même à Marseille est plus sombre que celle de l'Algérie. Le vieux capitaine à moustaches a été imbuvable sur le bateau, parce que j'ai été poli avec une femme laide et effroyablement maigre d'Oran qui avait le mal de mer, il a fait des plaisanteries comme si j'avais fait la cour à cette pauvre femme. J'ai été obligé de lui dire que j'étais fiancé et que ses réflexions sans fondement me désobligeaient. Il est architecte du département de la Drôme et a passé plusieurs mois avec le frère de mon colonel à qui j'apporte par conséquent des nouvelles.

Nous avions à bord aussi l'officier d'ordonnance du Général Lyautey et un lieutenant de goumiers avec qui j'ai déjeuné à Marseille (rien que du poisson à l'Hôtel des Phocéens). J'ai pris une couchette en chemin de fer et ai bien dormi ; j'étais avec un épicier qui habite à Paris 128 rue de la Roquette et qui s'appelle Lequoy, homme qui m'a paru singulièrement bien renseigné sur les affaires politiques et militaires, peut-être n'est-ce que du bon sens mais il en a beaucoup en ce cas. La conversation avec ce personnage dispose à l'optimisme. Je viens de déjeuner à Épernay c'est 2 h et à 2 h 17 je prends un train qui va me conduire pas loin d'ici, près du cantonnement de ma compagnie. J'ai voyagé ce matin au retour de Châlons avec un officier qui allait, « pour la 4e fois, en permission ». Il fait beau temps, je pense à toi mon amour, je t'adore, je pense à notre réunion, à ta beauté, à ta gentillesse, à ton imagination que j'aime, à ton regard que j'adore à ton trouble, à tout toi mon cher très très cher amour, mon Madelon adoré. Je prends ta bouche.

Embrasse pour moi ta chère Maman et les petits.

Gui

15 janvier 1916

Mon amour, nous sommes au repos à Damery près d'Épernay et je suis juste arrivé pour être commandant de Cie à la même Cie, bien que je sois eng. de tous côtés par le Ci, par le Colel. Hier, jusqu'au général qui a fait demander pourquoi la sentinelle sur je ne sais quelle route n'avait pas de falot. Enfin pour le moment pas un instant de repos, comptes rendus sur comptes rendus. J'en ai par-dessus la tête. Heureusement que j'ai été fourrier et que je connais ainsi un peu mais suffisamment pour la contrôler la comptabilité de compagnie. En ce moment, j'ai à fournir un compte rendu pourquoi ma compagnie était hier en casque tandis que la d[ie] voisine était en képi. Hier, j'ai assisté à une scène médicale dont Molière aurait fait son profit. Enfin, ce repos, si drôle qu'il soit me fait un peu regretter les premières lignes pour la tranquillité. Au moins là-bas on n'est embêté que par les Boches, ici avec la perspective prochaine des Boches, il y a tous les désagréments de la vie de caserne… J'écris ta lettre en plusieurs fois, amour. – Je viens de recevoir ta lettre du 9 mon amour adoré et j'en suis tout chaviré… je ne sais comment te l'exprimer… il vaut mieux que je ne l'exprime pas… je t'adore… c'est tout… Nous nous adorons – Je n'ai pu m'occuper de mon livre à Paris, mais copie mon amour, je m'en occuperai par correspondance. J'ai toutes tes lettres d'avant permission. Je les ai lues et j'y répondrai peu à peu ci-joint une vue de Damery. Combien y resterons-nous je ne sais – Adrienne Lecouvreur a fait qque chose ici, peut-être y est-elle née.

Le curé de l'endroit est un homme instruit et délicat.

Mais le plus chic ici c'est mon chef de Bataillon, mon coud qui est vraiment un homme chic, brave, fin, bien élevé, un véritable gentilhomme. Je l'aime beaucoup malgré le tarabustage actuel. Et dans l'univers c'est toi que j'aime le plus, mon adoré petit Madelon aimé.

Ah ! petit Madelon, on vient de m'apprendre que les permissions pour l'Algérie sont supprimées. J'ai eu de la veine ! ! Je ne crois pas que cette décision soit définitive mais enfin ça aurait retardé ma permission, cette histoire nouvelle 1 !

Embrasse ta maman et toute la famille ô mon amour exquis. Je pense à ta beauté, à ta gentillesse. Je t'aime ma Madeleine jolie, je t'adore. Je vais t'envoyer un paquet de livres, des choses, j'ai retrouvé ma montre, comme il est inutile que j'en aie deux, je renverrai celle de Pierrot.

Je t'adore. Je prends ta bouche.

Gui

15 janvier 1911

Mon adorée, je t'aime. Mon aimée, je t'adore.

Gui

J'ai trouvé 1 paquet de dattes encore bonnes deux paquets de mandarines, j'ai pu en manger moitié d'une.

17 janvier 1916

Mon amour je reçois aujourd'hui tes lettres délicieuses du 9 et du 10. Tu as bien fait d'être aimable avec ta directrice. Tu es ma femme délicieuse. Je vais voir pr le mariage par procuration. Renseigne-toi dans quelle mesure les permissions sont supprimées pour l'Algérie. Je t'adore mon amour et tes lettres m'ont donné le cafard hier et aujourd'hui. Je chauffe tes mains, mon amour, je t'aime. Oui la mer a été terrible, paraît-il, moi je ne m'en suis pas aperçu ne pensant qu'à Oran – j'étais à Oran – et je n'ai pas eu le mal de mer.

Dis à Denise qu'elle est bien gentille.

Sois pleine de courage, mon amour. Mon amour, mon amour, je t'adore. L'histoire de ta maman m'a bouleversé. Quel est ce monsieur… Mais après tout je m'en fiche nous nous adorons.

J'ai parlé aujourd'hui au colonel pour les mitrailleuses, parce qu'on forme de nouvelles unités de mitrailleurs et comme je n'y suis pas compris quoique venant de l'artillerie… Il a été très gentil ; c'est d'ailleurs un bon chef, bon dans toutes les acceptions du terme et m'a dit qu'il y avait pensé mais voulait me familiariser un peu avec la vie du simple fantassin. Enfin, j'aimerais mieux que ça ne tardât pas trop.

Je crois qu'après-demain rentrera mon corn' de Cie et que je vais avoir pr un temps un peu plus de tranquillité.

Je t'adore et prends ta bouche mon amour.

Gui

18 janvier 1916

Mon amour, les photos sont épatantes toutes, renvoie-m'en une série, Louise a travaillé merveilleusement. Je veux évidemment de tout mon souhait qu'elle te rephotographie ma charmante. Embrasse bien ta maman pour moi mon amour, ta maman est exquise.

Je verrai toutes ces fêtes arabes après la guerre – Ce que tu penses – si tu es d'accord avec ta maman – sera bien fait. En tout cas ne quitte pas pour l'instant ta maman, et évite d'apprendre l'espagnol. Toutefois, il me semble que travailler doucement au latin-grec ne serait peut-être pas mal, mais tu sens ça mieux que moi et ta maman aussi. Mon amour, tu peux penser si je suis d'accord avec toi et si je préfère les baisers aux lettres ! ! ! Tes baisers ma chère petite esclave chérie sont ma joie. J'adore ta grâce mon amour. Les petits sont bien gentils. Et Marthe se révèle donc comme une sœur aussi bonne qu'elle est spirituelle.

Émile qui a des dispositions pour les langues devrait bien profiter de son entourage, pour apprendre sérieusement l'arabe et l'espagnol tels qu'on les parle, c'est une chose qui plus tard lui serait de la plus grande utilité. Et toi mon amour tu devrais parler un peu anglais avec une Anglaise par exemple. Il me semble que les antiques errements de l'Université française n'ont pas varié et qu'elle enseigne toujours de vagues balbutiements et de vagues syntaxes mais aucune langue vivante. C'est déplorable et il n'y a pas que cela de déplorable. Mon amour chéri, je prends ta langue, je t'adore je prends ta bouche.

Gui

19 janvier 1916

Mon amour, je me demande si nous n'irons pas un de ces jours en Orient. Enfin pr le moment marches manœuvres – Je n'ai pas de lettre de toi aujourd'hui mon amour. Je t'ai envoyé le paquet des livres, une cuvette en toile qui ne me sert pas ici – des bandes molletières noires, il les faut bleues maintenant, Émile et Pierre pourront se les partager, quelques lettres, etc. (quelques tentatives de manuscrit qui pourront resservir). Je pense à ta grâce exquise mon amour adoré et je suis un peu triste d'être si loin de toi, mon amour.

Aujourd'hui j'ai eu la visite d'un caporal du 81, chargé d'un barda terrible et monocle. C'était mon ami Gabriel Boissy, pauvre garçon, son monocle a fait sensation, ce doit être le seul caporal à monocle de l'armée française.

Je l'ai trouvé bien vieilli.

Mon amour je t'adore. Je voudrais bien que ton souhait de trois mois fût vrai, ô mon amour.

Je pense à ta grâce ma chérie au milieu des mauresques des espagnoles.

Je pense à notre fin de jour à Mers el Kébir et je suis un peu triste.

Amour, je ne sais pas bien écrire aujourd'hui. Je suis las. Je commence à être impatient, je voudrais que l'hiver fût fini.

Mon amour, je t'adore et je prends ta bouche passionnément, follement.

Ton Gui

20 janvier 1916

Mon amour, je t'ai dit que le lieutenant commandant la compagnie était rentré, mais comme il a de l'albuminurie, exempt de service et c'est moi qui continue. Aujourd'hui marche de Rgt. Notre bataillon marchait en tête, et ma Cie en tête du bataillon. Tu vois ton Gui en tête de tout le régiment sur pied de guerre avec toutes les mitrailleuses etc. J'étais ému indiciblement, à cheval naturellement un sale carcan vicieux qui avait peur de la musique des autos. Chaque fois qu'on a défilé devant le colonel, mon cheval faisait des bonds !….

Enfin tout s'est bien passé. Demain manœuvres de cadres c'est-à-dire stratégie, puis ensuite dans 2 jours on partira pour les grandes manoeuvres, c'est rigolo n'est-ce pas ?

Aujourd'hui, amour, 2 lettres de toi celles du 13 et du 14. J'ai pensé en effet à la mine du Ct du Sidi-Brahim au départ d'Oran qu'il y avait quelque chose, il n'avait pas l'air rassuré. – Je sens tes bras autour de mon cou et je t'adore, ma chérie. Tes histoires m'ont amusé et me sont précieuses. Mon chéri je t'adore. Mlle Glotz est très bien. Ton amie a fait donc une grosse bêtise.

Les petits sont très gentils. Il faut que j'aille me coucher car demain matin expérience de quelque chose. Il faut que je file de très bonne heure.

Je t'adore.

Je prends ta bouche.

Gui

21 janvier 1916

Mon amour, je t'adore, aujourd'hui la 7e Cie à laquelle j'avais été détaché m'a apporté un certain nombre de lettres de toi et les 2 lettres si gentilles de ta maman, remercie-la et dis-lui que je l'embrasse filialement. Nous partons demain pr un camp d'instruction faire des manœuvres. Ce n'est pas folâtre et je n'ai pas une minute pour écrire. Je t'adore. Je suis fatigué par tout ce tintouin. Je deviens réellement abruti par tout ce travail.

J'ai reçu aujourd'hui une lettre d'un ami réformé très longtemps et qui devenu zouave il n'y a pas longtemps, est maintenant sur le front. Cela rend à peu près la vie du simple soldat.

Je t'adore mon amour adoré. Tiens-moi au courant de tout ce que tu fais mon amour. Je n'ai pas eu de lettre de toi aujourd'hui ni hier. Je t'ai envoyé hier un autre paquet.

Le béret depuis n'est plus réglementaire mais seulement le bonnet de police (et le casque). Aussi le paquet contient le béret, des livres que je n'ai pas eu le temps de lire, il y a aussi l'album de la bataille de Champagne. Je te l'expliquerai plus tard mais tu y verras le Mesnil-lès-Hurlus Perthes Tahure le

Trou-Bricot la Cote 193 la tranchée d'York celle de Hambourg etc. etc. tous endroits dont je te parlerai plus tard.

Je traîne un roman de la feuille littéraire en poche mais n'ai pas eu le temps de rien lire.

Je prends follement ta bouche mon adorée. Je t'embrasse.

Gui

Aux Armées 22 janvier 1916

Mon amour

Je t'adore, mon amour chéri et à peine arrivé dans notre nouveau séjour, je t'écris. On a fait une longue étape. Il a pluvioté, on a marché pendant six heures.

Au bout les hommes ont trouvé leurs baraquements en planches avec des paillasses sur des lits verts (c'est bien le mot), en effet ils sont en claies de petites branches vertes. Les officiers sont au gros village à côté. La maison où je suis est épatante et l'intérieur est exquis, excepté que ma chambre est ni plus ni moins que mal, toute petite et basse avec une paillasse pour l'ordonnance. Rien pour se laver (mais on y remédie) des pommes et poires dans un coin et un superbe édredon rouge. Ne crois pas que j'y serai mal. On a couché dans de plus mauvaises conditions. Il suffit que je trouve une cuvette une serviette et tout ira bien.

On va se mettre à faire des manœuvres puis ensuite en ligne. J'ai été encore commandant de Cie pr ce déplacement. Mais pr m'habituer j'ai fait la marche à pied (très bien supporté la chose) nous étions compagnie de queue.

Jean-Marie est insupportable au repos.

Il est parti en avant avec le campement qu'il a lâché en route et le colonel l'a surpris en train de déjeuner confortablement d'un poulet. Comme il était éméché le Ct de Bataillon m'a prescrit de lui donner 8 jours d'arrêt. Je ne crois pas que ça ira plus loin comme il s'agit d'un merveilleux soldat.

Voilà amour, un peu de ma vie courante. Je t'adore, ma chérie, je pense à toi tout le temps, je pense à tes seins, à ta grâce, je t'adore.

Écris-moi ce que tu fais au lycée, embrasse ta maman gentille et les petits, dis bonjour aussi à la photographe Louise.

Je t'adore et prends follement ta bouche ta bouche ta langue.

Ton Gui

Dis à Marthe qu'elle ne doit pas te tartiner quand je suis pas là pour l'en empêcher.

24 janvier 1916

Mon amour, je suis bien en retard – je ne t'ai pas écrit hier – et parce que je n'ai pas pu, manœuvres, grandes manœuvres, c'est-à-dire la chose la plus barbe de l'univers, ce n'est pas assez de la guerre, il faut les manœuvres ; enfin ! pourvu qu'elles nous mènent à la fin et la Victoire, c'est avec plaisir qu'on se livre à ce sport esquintant. Amour, avant tout ta lettre du 18 (la dernière). Tu juges bien Anatole France, tu le juges très bien même, ses romans sont mal composés et leurs différentes parties ne se suivent pas. La comparaison des Dieux ont soif avec Le Chevalier de Maison-Rouge de Dumas père (presque le même sujet) est typique et la supériorité de conteur du vieux Dumas apparaît immédiatement. Je t'adore mon amour et t'écrirai mieux quand je pourrai – je n'ai pas le temps. Dors beaucoup, ma chérie pour tes pieds masse-les doucement des orteils au cou-de-pied pendant 2 minutes chacun le soir – et passe-les au philopode, j'oubliais encore le matin soulève-toi dix fois sur la pointe des pieds ça te fera du bien.

J'ai aussi ta lettre du 17 ne te force pas à manger du poisson.

J'ai aussi ta lettre du 15 avec ton joli poème en prose. Je t'adore.

J'ai aussi ta lettre du 16 ; ne m'envoie pas mes poèmes copiés avant que je ne te les demande.

Demain amour nous continuons comme aujourd'hui et je suis las. Je pense à ta joliesse exquise.

Mais je suis en ce moment dans un état de surmenage et j'en suis presque à souhaiter les tranchées.

J'espère que ces jours-ci j'aurai une heure ou deux de libre pour pouvoir t'écrire.

La montagne de Santa-Cruz doit être en ce moment dans tout son éclat floral. Mon amour, je t'adore. Je prends tes seins charmants et je les baise passionnément.

Je vais aller me coucher. Souviens-toi de ce que je t'ai dit de mes lettres qui portaient la mention Aux Armées et je prends follement ta bouche.

Ton Gui

25 janvier 1916

Mon amour adoré, je t'adore. J'ai reçu aujourd'hui ta lettre du 19. Non il n'y a pas de séparation par l'esprit d'avec toi et cependant j'ai en ce moment si peu de temps pour t'écrire mon amour exquis, que cela m'est comme une absence. Cependant aujourd'hui on est rentré plus tôt et j'ai plus de temps à te consacrer, aussi suis-je plus calme, comme si tu t'approchais de moi, mon Madelon. C'est même la première fois depuis mon départ d'Oran où j'ai une minute à te consacrer. J'ai repris ma section et apprends la manœuvre en la commandant. Car il y a une grande différence entre les manœuvres de l'artillerie et celles de l'infanterie.

Le village où nous cantonnons possède une église exquise où il y a un chemin de croix qui est assez intéressant, mais c'est l'église même qui est surtout belle. Une particularité curieuse de l'endroit est qu'il y a une source par maison (pas un puits une source). Elle se trouve à la cave et les habitants la tiennent très propre.

Mon amour je m'occuperai de notre mariage dès que j'aurai le temps de m'occuper de quelque chose, c'est-à-dire je pense dans une dizaine de jours. Ne m'envoie pas les poèmes maintenant car je n'ai pas le temps de m'en occuper et je ne veux pas les traîner longtemps avant que leur publication ne soit décidée. Je n'ai même pas eu le temps d'écrire au Mercure. Je t'adore mon amour. Mon amour pour les 2 ou 3 poèmes secrets dont tu parles ne t'effarouche pas car ton nom ne sera pas dessus. Tu sais qu'ils sont à toi ça suffit. Les autres nous les imprimerons pour nous.

Gui

26 janvier 1916

Mon amour tes lettres du 20 et du 21 sont là. Aujourd'hui toujours même genre de vie. Je m'y accoutume et suis moins las.

Ne parle pas de tuberculose, mon amour, nous ne serons tuberculeux ni l'un ni l'autre.

Je suis bien content que les permissions ne soient supprimées pour l'Algérie que momentanément. Mais ceux qui espèrent des permissionnaires devraient bien faire agir les journaux pour qu'on rétablisse vite ces permissions surtout pour les officiers puisqu'il y a toujours de la place pour eux dans les bateaux à l'aller comme au retour.

En ce moment les hommes se font taper sur les doigts parce qu'ils n'observent pas toujours l'obligation où l'on est de ne pas indiquer les lieux où l'on cantonne.

Il arrive même que les destinataires répètent dans leurs réponses ce nom de lieu pour indiquer qu'ils ont compris et causent ainsi du tort aux soldats auxquels ils écrivent.

On dit même que certains officiers n'ont pas toujours observé ces prescriptions (nécessaires à mon sens) et se sont vus rappelés à l'ordre.

C'est aux familles à ne jamais demander aux soldats où ils sont. Ils sont sur le front. C'est suffisant, je crois et toutes autres précisions sont de trop.

L'histoire de la démonstration de l'existence de Dieu par ton curé est épatante et je la mettrai dans le Mercure.

Mon amour chéri, je t'aime infiniment.

L'histoire du Monténégro ne m'a pas étonné du tout. Je croyais t'en avoir parlé. D'ailleurs j'en ai parlé aux officiers de ma Cie dès mon arrivée au 96. C'est étonnant comme en haut lieu on semble peu familiarisé avec la politique tortueuse des nations balkaniques même quand elles sont nos alliées.

Mon amour embrasse ta maman pour moi et les petits aussi. Dis-moi quand les permissions seront reprises. Je voudrais bien qu'elles le soient. Et ta Directrice de lycée que dit-elle. Je prends ta bouche follement.

Gui

27 janvier 1916

Mon amour, je n'ai pas de lettre de toi aujourd'hui. Il fait doux et humide. Le sol est détrempé. La marche dans les terres labourées est pénible. Les lièvres abondent. Ils bouquinent. Et quand ils détalent dans les guérets, ils ont l'air de vous narguer. Quant aux perdreaux leurs compagnies font l'exercice dans les champs et ils ne se débandent même pas à notre approche changeant tout simplement de direction par quatre au pas cadencé.

Aujourd'hui je suis fatigué. Je crois que je vais dormir profondément cette nuit.

De nouvelles je n'en ai guère sinon que l'hiver n'est pas trop mauvais jusqu'à maintenant.

Je t'ai parlé du caporal Gabriel Boissy que j'ai retrouvé dans un régiment voisin. Je le plaignais énormément le croyant dans une escouade. Il est tout simplement archiviste au train de combat de son régiment.

Je t'adore mon amour ton regard exquis ne me quitte point.

Je t'aime infiniment ma chère petite femme et prends ta bouche.

Gui

28 janvier 1916

Mon amour,

Je t'adore. Je vais avoir 48 heures de permission parce que pendant ma permission d'Algérie, on m'a perdu pas mal d'affaires et entre autres mon manteau. Aujourd'hui nous avons été présentés à un général important, il fallait être en manteau ou capote. J'ai dû venir en veste. Et mon colonel m'a dit d'aller me rééquiper. Je t'écrirai donc après-demain, vraisemblablement de Paris. Aujourd'hui donc, repos. J'ai fait ma vie anecdotique et je t'écris de notre popote.

Je n'ai pas eu de lettre de toi aujourd'hui. J'en attends demain. Ma vie anecdotique a trait à Oran. Je t'adore mon amour, tu le sais.

J'espère demain avoir une lettre de toi.

Je crois qu'il y a 2 jours maintenant que je n'ai pas eu de lettre.

Je t'embrasse, je prends ta bouche chérie et je prends profondément ton regard exquis.

Ton Gui

29 janvier 1916

Mon amour, je reçois tout d'un coup avec une enveloppe contenant du papier et des enveloppes 3 lettres de toi, tes lettres adorées des 22, 23 et 24 janvier.

L'aquarelle de Marie Laurencin est un très joli croquis d'après Goya. Il est très délicat même comme facture.

L'histoire de Jean est curieuse mais ne vous faites pas trop de bile peut-être n'y aura-t-il rien de ce côté-là.

Distrais-toi et si cette jeune fille de chez Haton n'est pas mal comme conduite et t'amuse je ne vois pas d'inconvénient à ce que tu la voies. Oui, dis à la jeune photographe Louise qu'elle ne nous a pas mal réussis et que j'espère que sa timidité à mon égard aura disparu quand je reviendrai. Parle-moi du poème de Jean. Je n'ai pas eu le temps de faire un vers depuis mon retour ; c'est fantastique comme j'ai peu de temps.

J'ai fait venir des brochures sur les mitrailleuses et n'ai pas eu le temps de m'en occuper, pas même de les parcourir.

J'ai rencontré hier soir quelqu'un de mon ancienne batterie qui m'a dit que Berthier allait aller à Fontainebleau. J'ai reçu encore une lettre charmante et très flatteuse de mon ancien capitaine (qui est passé au 9e).

Mon amour, je t'adore, tu es gentille comme tout. Ne grossis pas trop. Ne t'alourdis pas, c'est inutile. Je t'aime bien comme tu es. Je veux que tu calmes tes émotions et que le caméléon diminue un peu dans ma panthère.

Je t'ai dit que je n'avais pas lu. Si cependant en attendant qu'on serve à la popote, pendant les 2 ou 3 minutes qui précèdent le dîner j'ai pu lire dans la collection des feuilles littéraires emportées d'Oran un ouvrage remarquable intitulé Le Cœur du Poète par Henri Delatouche (c'était l'amant de Marceline Desbordes-Valmore et le 1er éditeur d'André Chénier). La première partie de cet ouvrage qui a trait à la vie de M. J. Chénier est de 1er ordre.

J'emporte toujours une feuille littéraire en poche pr avoir quelque chose à lire dans les haltes.

Mon amour, j'ai oublié de te parler de la boutargue elle était épouvantable, c'est pas fameux vraiment même pour moi qui aime le poisson.

Par contre les écorces de courge confites étaient délicieuses. J'ai encore des cigarettes. Je crois que les meilleures sont les Job à bout doré comme tu m'avais préparé.

Je voudrais aussi commencer un long poème sur la guerre. J'essayerai dans le train de commencer.

Mon amour, tu es mon délice ne sois pas impatiente maintenant.

Sois calme, mignonne et gentille.

Mon amour, je t'adore. Il faut que je cesse ma lettre parce qu'on va dîner. Je t'écrirai longuement demain et sans doute en un long poème qui sera le ler chant de ma nouvelle oeuvre.

Je t'aime, je prends ta bouche follement, ma chère petite femme chérie. Attends-moi avec moi.

Ton Gui

3 février 1916

Mon amour, je suis parti le 30 au soir et n'ai plus eu une minute pour t'écrire jusqu'aujourd'hui car je n'ai pu entrer chez moi ayant perdu les clefs et n'ayant eu le temps de m'en faire faire d'autres. J'ai fait faire un nouveau costume très chic. J'ai appris beaucoup de choses mais sans pouvoir te les écrire. Je n'ai cessé de penser à toi. Je me suis occupé de ma naturalisation et m'occuperai de notre mariage dès que je saurai à quoi m'en tenir là-dessus. Je n'ai pas du tout aimé Paris ces deux jours. J'ai tes lettres adorées des 24, 26, 27. L'histoire du flirt de Denise m'a intéressé. Mon amour je t'adore. Je t'enverrai *le Mercure* – que j'ai pris en passant.

PARIS

J'ai vu Paris dans l'ombre
Hypogée où l'on riait trop
Paris une grande améthyste
Ces soldats belges en troupe
Vieilles femmes habillées en Perrette
Après le pot au lait
L'officier-pilote raconte ses exploits
J'ai entendu la berloque
Mais quel sourire celui de celui qui eut sursis d'appel illimité
Ombre de la statue de Shakespeare sur le boulevard Haussmann
Laideur des costumes civils des hommes qui ne sont pas
partis
Les peintres travaillent
Mon cœur t'adore

Aujourd'hui marche et nous sommes ailleurs. Je t'adore mon amour, je viens d'arriver, patelin charmant. Il a plu tout le jour, nous sommes trempés mais le jour n'est pas trop triste et je ne suis pas fatigué. J'ai traversé un petit village en ruines qui était presque coquet malgré la ruine. Les habitants y vaquaient à leurs occupations et on se sentait très loin de la guerre.

J'attends des photos de Louise surtout celle où je te tiens par la taille.

Je t'écris de la popote en attendant que mon ordonnance ait reconnu ma chambre.

Enfin, je t'adore mon amour très chéri et prends ta bouche. J'espère pouvoir écrire longuement demain.

Gui

5 février 1916

Mon amour, je réponds à tes lettres des 28, 29, 30 et 31 janvier. Tant mieux que les permissions reprennent. C'est curieux que Jean soit au 38e. Les histoires des différents professeurs m'ont amusé. Les conversations illicites sont également tordantes ainsi que l'histoire de Mlle Adeline. Les histoires du curé sont en effet déplacées, mais il vaut mieux pour ta tranquillité ne point t'en mêler ; cet homme te prendrait en grippe et te causerait des ennuis. Le patelin où je suis est joli et on y a une vue merveilleuse. Je crains seulement qu'on n'y reste pas longtemps. Je loge chez de vieilles gens qui ont des fils et des gendres à la guerre aussi est-on très gentil. J'ai la plus belle chambre de la maison. Tout est ciré. Mon ordonnance n'est plus Crapouillot mais un petit Lyonnais déluré surnommé Fleur de Nave.

Je t'adore mon amour ; en passant à Paris j'ai eu l'occasion de lire dans le Times un article du meilleur critique militaire anglais, colonel Repington qui avait trait à la conscription anglaise. Cette conscription d'après lui, donnera moins d'hommes qu'on avait dit beaucoup moins même. C'est extraordinaire que les Anglais ne paraissent pas encore comprendre l'importance des grands effectifs.

Moi, je n'ai pas beaucoup de choses à dire sur ma vie ici. Il me tarde seulement de te revoir mon amour chéri. As-tu reçu d'Italie, les exemplaires de mon poème ? as-tu reçu mes paquets ? tu n'en parles pas. J'aimerais que la guerre fût moins administrative. Enfin on fait ce qu'on peut. J'ai rencontré à Paris quelques amis embusqués dans des ateliers d'aviation. Je te demande un peu. Ce sont des gens qui ont de 150 à 200 mille francs de rente. Tu vois d'ici les ouvriers ! En outre, à Paris c'est une fièvre de peinture et de sculpture. Cubisme naturellement. Ils vendent ce qu'ils veulent des prix fous. Les marchands allemands ont, paraît-il, repris leur commerce et vendent la peinture des jeunes peintres français en Amérique. Quant aux peintres de l'école ils sont mobilisés comme camoufleurs ce que je ne saurais t'expliquer maintenant car cela touche à la chose militaire. Enfin tout ça est singulier et la guerre est une curieuse et douce chose à Paris malgré les Zeppelins. J'ai un costume nouveau à godets comme tu dis, mais bleu car le kaki est pour l'armée d'Orient. On aurait dû l'adopter pour toute l'armée ou plutôt arlequiner toute l'armée ce qui est la chose la moins visible.

Je crois que Le Poète assassiné va bientôt paraître bientôt c'est-à-dire quand messieurs les imprimeurs voudront car cela ne dépend plus que d'eux.

Je t'adore mon amour et embrasse tes yeux. Tu ne me parles pas du poème de Jean.

Je prends ta bouche.

Gui

7 février 1916

Mon amour j'ai ta lettre du 30. Avant tout, je te prie de m'envoyer le petit carnet manuscrit qui contient un cours abrégé d'hippologie et aussi un compendium touchant la topographie. J'ai oublié de te parler de la boutargue qui est une chose pas agréable du tout et je comprends ton éloignement pour cette conserve. Tu diras donc bonjour à Louise et qu'elle fasse quelques photos. Ce lieu étant le lieu de naissance du Champagne il y a 2 siècles, ce vin) est bon et on en boit. J'ai été obligé de punir pour la première fois ça m'a beaucoup coûté mais c'était nécessaire. Je crois qu'il va pleuvoir, si nous rentrons tôt je tâcherai de faire un poème. C'est fantastique comme dans l'infanterie on peut peu travailler pour soi ! Rappelle-toi le nombre de poèmes faits dans l'artille, et combien en ai-je faits dans l'infanterie peut-être pas un… Si dans une de mes lettres précédentes je crois qu'il y avait un petit poème sur Paris.

LE VIGNERON CHAMPENOIS

Le Régiment arrive au cantonnement
La châsse de Sainte Hélène s'endort dans la lumière
parfumée
Un prêtre a le casque en tête
La bouteille champenoise est-elle ou non une
artillerie
Les ceps de vigne comme l'hermine sur un écu
Et le bouchon gonflé est mon obus qui cède
Bonjour soldats
Je les ai vus passer et repasser en courant
Bonjour soldats bouteilles champenoises où le sang
fermente
Vous resterez quelques jours et vous remonterez
en ligne
Échelonnés ainsi que sont mes ceps de vigne
J'envoie mon vin partout comme des soldats qui
savent
mourir
J'envoie mes bouteilles partout comme les obus
d'une charmante artillerie
La nuit est blonde ô vin blond
Un vigneron chantait courbé dans sa vigne
Un vigneron sans bouche au fond de l'horizon
Un vigneron qui était lui-même la bouteille vivante
Un vigneron qui sait ce qu'est la guerre
Un vigneron champenois qui est un artilleur
C'est aussi le soir et l'on joue à la mouche
Puis les soldats s'en iront là-haut
Où l'artillerie débouche ses bouteilles de champagne
Allons Adieu messieurs tâchez de revenir
Mais nul ne sait ce qui peut advenir

Mon amour, je prends ta bouche chérie. Je vais aller à l'exercice.

Gui

8 février 1916

Mon cher amour, je n'ai pas eu de lettre de toi hier peut-être en aurai-je aujourd'hui car je t'écris le matin, ne devant pas avoir le temps cet après-midi. J'ai pensé que pour le paquet tu l'attendais sans doute plus tôt qu'il n'a pu arriver. En effet, c'est un paquet expédié par chemin de fer. Je crois même t'en avoir expédié 2. Mais reporte-toi à mes lettres pr savoir si c'est un ou 2. En tout cas t'en expédierai un ces jours-ci avec le Mercure et une couverture qui m'embarrasse.

En ce moment il gèle tous les matins et il pleut dans la journée, je crois que l'année va être froide et pluvieuse. J'ai rencontré à Paris mon ami Max Jacob qui lui prévoit une guerre de 30 ans, c'est fou, et il prédit que 1916 sera bien plus sanglant que 1915. Hier vu une vieille grand'mère qui elle prévoit une guerre de 5 ans. Pour ce qui me concerne, il me semble que ça n'ira pas jusqu'à l'hiver prochain d'après les apparences, mais en mon for je pense encore que l'on en a jusqu'à l'autre hiver de 1918 ou fin 1917.

Voilà à peu près tout si j'ai le temps aujourd'hui vais tâcher de faire un poème.

Je t'adore ma chère Madeleine écris-moi de jolies choses car on s'embête un peu à avoir si peu de temps à soi ce n'est pas comme dans l'artille. Je prends ta bouche.

Gui

9 février 1916

Mon amour, j'ai eu tes 2 lettres du 2 fév. J'aime beaucoup le buvard de la petite Abora Giazo. Mais si mon amour, tous les poèmes doivent être recopiés sauf la plupart des poèmes secrets, c'est pourquoi j'en ai marqué un certain nombre. Le « Cri à l'Italie » évidemment, ces poèmes qu'il est naturel de recopier je ne les ai pas marqués. Quant au poème précieux il n'est pas autant que je m'en souvienne à recopier et pour ce qui est des 2 autres poèmes envoyés en Italie je ne vois pas ce qu'on pourrait y ajouter. L'histoire des 3 jours d'exclusion pour l'élève qui entretenait une correspondance amoureuse avec un élève du lycée m'a paru fameuse, pour peu que l'exclusion de l'élève mâle coïncide avec celle de l'élève femelle ils vont pouvoir réaliser leurs vœux épistoliers. Ils doivent être enchantés de cette punition. La petite fille qui a écrit au vieillard me paraît plus excessive et je n'aime pas beaucoup ces amours disparates. Mais oui mon amour ça ne me fait rien que tu ne saches pas quelque chose. Alors cette pauvre Marthe a été punie injustement, avec le fond que je lui connais ça a dû lui être un peu égal, car elle regarde les choses avec une certaine philosophie. Hier la décision portait que les permissions allaient être rétablies sous certaines conditions et que dès maintenant, il y avait des permissions pour les cas exceptionnels, mais enfin les permissions mêmes ne sont pas rétablies et quelles peuvent bien être les conditions !

Raconte-moi dans une lettre l'histoire de ce professeur de ton lycée qui fut invitée à faire une confession en Angleterre et déçut les Anglais en ne la faisant pas. Je ne me souviens plus de cette histoire dont il y a quelque chose de joli à tirer.

Mon amour il neige. Je n'ai pas été à l'exercice ce matin, mais peut-être irons-nous cet après-midi, je tousse un peu, mais chez moi les toux sont surtout nerveuses et passent vite. Il neige assez fort même. Je t'adore et prends ta bouche.

Gui

10 février 1916

Mon amour très chéri pas de lettre de toi aujourd'hui. Je t'adore, mais ne t'étonne pas ne t'inquiète pas de la brièveté (en toute façon) de mes lettres, vraiment on n'a pas de temps ! c'est fantastique.

Dans l'artille, pouvais écrire comme voulais. Aux tranchées c'était moins épicurien mais enfin on pouvait faire sa lettre, maintenant pas possible jamais le temps. Aujourd'hui j'étais de jour à la Cie. Demain c'est la Cie qui est de gd jour au Rgt, après-demain elle sera de petit jour au Bataillon. Demain manœuvre de cadres, il y a toujours quelque chose. Cet après-midi je pensais être libre, crac conférence sur les gaz. Je t'écris la nuit, c'est la 1re fois depuis longtemps car depuis qu'on est au repos je dors beaucoup mieux à cause de la fatigue donc je t'ai [dit] hier, neige et exercice dans neige, pieds humides je tousse j'éternue mais je vais bien. Changé encore d'ordonnance, Thibaut, dit Fleur de Nave ayant fait une blague (pas à moi) j'ai pris un grand diable nommé Roux, très brave type, moins intelligent que l'autre mais plus dévoué.

Mon petit amour n'attends en ce moment rien de très amoureux dans mes lettres. Je t'adore, mais n'ai ni loisir ni expression pour l'exprimer. Mais tu sais que je t'aime dis, mon amour chéri et gentil. Je crois que la guerre va devenir extrêmement violente, mais peut-être pour finir. Je fais un poème « Du coton dans les oreilles », mais ai à peine commencé aujourd'hui pendant conférence. Tâcherai finir demain.

T'envoie une photo, moi en casque. Et les photos de Louise ? et mes paquets ? arrivés, dis mon amour très chéri.

Je t'adore et je t'aime et je te prends ardemment mon Madelon.

Ton Gui

11 fév. 1916

Mon amour je t'adore je t'envoie d'autre part le long poème que j'ai enfin terminé et que je vais envoyer à Paris. (Je t'envoie le brouillon.)

Je t'adore ma jolie chérie, pas de lettre de toi aujourd'hui, voudrais savoir si tu as reçu paquets, je vais en envoyer un autre. – Je t'adore, mais aujourd'hui suis fatigué du poème. Suis très enrhumé, c'est pourquoi j'ai pu rester enfermé à écrire le poème. Maintenant je suis fatigué. Mais je t'aime tout plein ma chérie et t'embrasse en baisant ta bouche.

Gui

DU COTON DANS LES OREILLES

Tant d'explosifs sur le point VIF !
? Les points d'impacts dans mon âme toujours en guerre Ton troupeau féroce crache du feu • Écris un mot si tu l'oses
OMEGAPH ONE
Et ceux qui revinrent de mort
Ne s'attendaient qu'à la pareille
Et tout ce qui venait du Nord
Allait obscurcir le soleil
Mais que voulez-vous c'est son sort
Allô la truie

C'est quand sonnera le réveil

Courage
Ivresse
Vie
Tralala
AllO
caverne-abrI
amouR
France

POPULO
ALLO ALLO
ALLO ALLO
ALLO ALLO

RF

AVENIR
SOUVENIR
LA TRUIE
LA TRUIE

La sentinelle au long regard
La sentinelle au long regard
Et la cagnat s'appelait

LES CÉNOBITES TRANQUILLES

La sentinelle au long regard
La sentinelle au long regard
Allô la truie

Tant et tant de coquelicots
D'où tant de sang a-t-il coulé
Qu'est-ce qu'il se met dans le coco
Bon sang de bois il s'est soûlé
Et sans pinard et sans tacotl
Avec de l'eau
Allô la truie
Le silence des photographes
Mitrailleuses des cinémas
Tout l'échelon là-bas piaffe
Fleurs de feu des lueurs-frimas
Puisque le canon avait soif

Allo
La truie
Et les trajectoires cabrées
Trébuchements des soleils-nains
SUR TANT de chansons déchirées
Il a l'Étoile du Benin
Mais du singe en boîtes carrées
Crois-tu qu'il y
aura la guerre
Allô la truie
Ah ! s'il vous plaît
Ami l'Anglais
Ah ! qu'il est laid
Ton frère, ton frère ton frère de lait
Et je mangeais du pain de Gênes
En respirant leurs gaz lacrymogènes
Mets du coton dans tes oreilles
D'siré
Puis ce fut cette fleur sans nom
À peine un souffle un souvenir
Quand s'en allèrent les canons

Au tour des roues heure à courir
La baleine a d'autres fanons

(Éclatements qui nous fanons)

Mais mets du coton dans tes oreilles

Évidemment les fanions des signaleurs

Allô la truie

(Ici la musique militiare joue quelque chose Et chacun se souvient d'une joue rose Parce que même les airs entraînants Ont quelque chose qui étreint le cœur Lorsqu'on les entend à la guerre)
Allô la truie

Mettez du coton dans vos oreilles
Ne prenez pas les feuillées
Pour autre chose qu'elles ne sont

Comme faisaient pas mal d'auteurs
avant
la guerre

mettez du coton dans vos oreilles
Ce fut bien quand sonna le réveil

Et la et la
puis pluie d' nuit
regardez si au la
tomber douce tres pluie
la la souvenirs tout
pluie pluie qui cela
si se c'
tendre ressemblent est
la Madeleine une
pluie reviennent crème
si sur au
– douce l'eau chocolat
précieuse
ô
pluie

si
douce
la
pluie
si
douce
ô
Madeleine
la
pluie
si
douce

Les longs boyaux où tu chemines

Adieu les cagnats d'artilleurs

Tu retrouveras

La tranchée en Première ligne
Les éléphants des pare-éclats
Une girouette maligne
Et le regard des guetteurs las
Qui veillent le silence insigne

Ne vois-tu rien venir
au
Pé
ris
co
pe
La balle qui froisse le silence
Les projectiles d'artillerie qui glissent
Comme un fleuve aérien

Ne mettez plus de coton dans les oreilles

Ça ne vaut plus la peine

12 février 1916

Mon amour, je t'adore, j'ai reçu de toi des tas de lettres, les vers de Jean, le paquet avec le tabac les cigarettes et le tricot, les photos aussi sont arrivées, tu es mon amour mais j'ai trop mal à la tête pour répondre aux lettres en détail, le ferai demain, lirai après le poème de Jean.

Pour le tabac, mon amour, tu as pris trop cher, je prenais celui à 1 fr 75 c'est très suffisant. Pour les photos il y en a qui m'ont dit qu'elles ne sont pas virées demande à Louise Décor car je n'y connais rien. Mon amour je t'adore. On lit tellement les lettres en ce moment que je n'ose plus me livrer à mes épanchements comme avant. Mais le cœur y est mon amour exquis, mon joli Madelon et dès que cela me reviendra naturellement tu le verras. Mon amour, en ce moment je suis désorienté dans cette vie précaire du fantassin. Mais je t'adore mon chéri. Je ne veux pas qu'il te vienne des idées quelconques mon chéri. Je t'envoie un nouveau petit poème, je vais en refaire pour toi d'ailleurs le long d'hier est pour toi mon amour exquis.

Je vois avec peine qu'il fait mauvais à Oran, ici il gèle sur la neige, je suis un peu grippé ai mal à la tête. Je savais que les soldats de Salonique pouvaient télégraphier, en effet, on resterait trop longtemps sans nouvelles d'eux s'ils ne pouvaient se servir du télégraphe.

Mais je t'adore mon amour chéri toutes tes histoires de lycée m'amusent mais c'est toi mon amour que j'aime par-dessus tout, je pense à ton regard mon chéri et voudrais tant le revoir. Je crois que les permissions pour l'Algérie sont rétablies et j'en suis bien content mon amour.

En tout cas, je crois que pour les officiers il n'y aura pas d'encombrement et que notre permission ne sera pas retardée.

Mon petit amour, je pense à ton gentil regard et à ton rire, je te parlerai demain de l'histoire du bain-maure qui a l'air de sortir des Mille et une nuits ou de Casanova.

Que tu racontes bien mon amour chéri !

Je t'aime, va, il n'est pas besoin que je te le dise pour que tu le saches et il faut que je te le dise pour que tu sois caressée par mes paroles.

Je t'adore mon amour. Je prends ta bouche.

Gui

AUSSI BIEN QUE LES CIGALES

Gens du Midi gens du midi vous n'avez donc pas
regardé les cigales que vous ne savez pas creuser que
vous ne savez pas vous éclairer ni voir Que vous
manque-t-il donc pour voir aussi bien que les cigales
Mais vous savez encore boire comme les cigales ô gens
du Midi gens du soleil gens qui devriez savoir creuser et
voir aussi bien pour le moins aussi bien que les cigales
Eh quoi ! vous savez boire et ne savez plus pisser
utilement comme les cigales le jour de gloire sera celui
où vous saurez creuser pour bien sortir au soleil

creusez voyez buvez pissez comme les cigales gens
du
Midi il faut creuser voir boire pisser aussi bien
que les
cigales pour chanter comme elles
LA JOIE ADORABLE DE LA PAIX SOLAIRE
Guillaume Apollinaire

13 février 1916

Mon amour adoré je réponds donc à tes lettres des 3, 4, 5, 6 fév. venues hier. Aujourd'hui n'en ai pas eu. J'ai lu les vers de Jean, pleins de talent, de générosité et d'une riche sève poétique, et pleins de vérité aussi. D'abord, l'histoire de Denise est embêtante, mais enfin ce n'est pas le diable !

Il est vrai que l'on peut y voir un défaut de surveillance. Maintenant cette élève a peut-être fait ça 2 ou 3 fois en tout et sans penser à grand-chose de mal.

Le bain turc dont tu me parles n'est pas comme je le pensais, va plutôt à celui de Gambetta (est[-ce] à Gambetta qu'il est ?), je veux parler du tout neuf du côté de la falaise, il me semble qu'il doit être plus comme je pense que celui que tu dis. En tout cas la terre qui permet de débrouiller les cheveux est à retenir et tu devrais bien savoir ce que c'est.

Les Praille ? Est-ce la jeune fille blonde qui est entrée chez Haton ?

L'histoire de l'oeil m'a amusé aussi parce que tu trouveras une histoire semblable intitulée « L'OEil bleu » dans mon livre *Le Poète assassiné* qui est sous presse. Le conte a d'abord paru dans *Le Matin* en 1911.

Mais non laisse le fond blanc pour la photo, c'est ce qu'il y a de mieux et c'est plus simple. Le meilleur goût, c'est l'ordre naturel et surtout ce qui est.

Je veux que tu sois plus forte mon amour, que tu ne te crées pas de fantômes ni rien.

T'ai expédié un nouveau paquet hier avec une couverture que j'avais en trop.

Le sac de couchage est trop volumineux, mon amour, je ne pourrai le transporter à la tranchée, il ne me servira que dans les demi-repos en arrière des lignes. Mais il est trop gros pr les tranchées et puis dans les tranchées le sac de couchage n'est pas de mise on dort avec ses souliers et à peine une heure de suite – Le sac de couchage c'est bon et possible dans l'artillerie mais enfin au demi-repos ce sera très utile. Laisse ta directrice tranquille, qu'est-ce que ça peut bien te faire qu'elle soit loyale ou non.

Je n'ai jamais rien lu de Farrère alors je ne peux guère en parler, ce que tu dis de Mme de Sévigné me paraît marqué au coin du bon sens.

As-tu ou non reçu mon ou mes paquets ?

Il y avait justement *Les Plus Belles Pages* de St-Simon dedans. L'histoire des chats pelés est très jolie, il me semble même qu'elle doit être ancienne, mais je ne me souviens plus d'où elle vient, Tabourot Seigneur des Accords, sans doute ? Ton curé est un homme épatant, c'est un prêtre à la mode ancienne comme je les aime. Ces curés-là sont très utiles et les instituteurs devraient être taillés sur ce patron-là, malheureusement ils sont plutôt en général taillés sur le patron clergyman pauvre.

Mon Madelon ne sois pas nerveuse amour, tu sais que je t'aime, que je t'adore. Sois bien gentille, sois calme. Je t'embrasse partout mon trésor, tes pieds tes mains ta bouche tes yeux ton front tes cheveux, ne sois pas impatiente. Sois calme, ne me bouleverse pas par ces impatiences qui ne sont pas bien.

Je suis en ce moment dans un état de chasteté morale très grand, non qu'il y ait un voeu, mais cela doit venir de toutes ces manœuvres, de ce qu'on n'est jamais seul, de ce qu'on a si peu de temps à soi.

Je pense à toi ma chérie et en ce moment c'est surtout ton sourire qui m'apparaît, ton sourire frais. Tu sais que je suis encore grippé. Je ne fume pas. Ça va mieux qu'hier et demain ou après-demain il n'y paraîtra plus.

Je voudrais bien que cette guerre montrât enfin son derrière. Mais enfin je crois qu'il n'y faut pas encore songer.

Je t'embrasse ma chérie et prends longuement ta bouche.

Gui

14 février 1916

C'est absolument fou mon amour que tu n'aies rien le 9 f. depuis le 29 janv. Mon amour chéri, évidemment maintenant tu as de mes nouvelles.

Mais je t'adore mon petit Madelon chéri console-toi. Vois dès que je suis plus libre plus tranquille comme maintenant que je suis grippé et ne vais pas à l'exercice je t'écris longuement comme quand j'étais artilleur. Tu es mon amour chéri, ne t'affole pas, toi surtout ne t'affole pas, sois calme, je t'en prie. Tu es ma mignonne, tu le sais. Je t'adore, sois gentille, sois mignonne.

Je t'embrasse de toutes mes forces mon petit amour exquis. Sois calme et gentil. Mon amour chéri, je ferai l'impossible pour t'écrire longuement. J'ai reçu aujourd'hui le nouveau costume que j'ai fait faire à Paris.

Je t'envoie la note afin que tu te rendes compte des prix parisiens.

Mon amour, tu es calme maintenant, la vue de ces prix élevés t'a bien un peu calmé dis, mon Madelon. Dis mon chéri. Enfin ma Madeleine sois moins nerveuse, moins sensitive. Je voudrais bien savoir si tu as reçu les paquets ou non. C'est bien extraordinaire tout de même qu'ils ne soient pas arrivés ! J'espère que le temps s'est remis au beau en Algérie, ici il ne neige plus mais il a fait des orages. Je suis aphone aussi, mon chéri et je me soigne comme je peux, il y a un major très gentil qui fait son possible pour me guérir et j'espère que dans 2 ou 3 jours il n'y paraîtra plus. Je n'ai pas fumé ces jours-ci aussi le tabac est-il encore intact je ne le fumerai que quand je serai tout à fait bien.

Je t'embrasse partout mon petit Madelon très chéri et te câline bien longtemps pour que tu n'aies plus le cœur gros.

Ton Gui

18 fév. 1916

Je t'écris, mon Amour, d'Épernay, où je suis venu passer une demi-journée. Il pleut. Le temps est d'une tristesse navrante. Nous quitterons Hautvillers dans 2 ou 3 jours (dimanche 20). Vraisemblablement, nous allons du côté de Soissons (à Fismes). On dit que c'est mauvais, d'ailleurs je crois que tout le front nord est maintenant mauvais. En tout cas, nous sommes division volante et ce n'est pas pour rien qu'on aura laissé la division deux mois au repos.

Fais-tu attention aux l^{ies} lettres de chaque ligne dans mes lettres où il y a en tête *Aux Armées*. Dorénavant faudra regarder les i^{res} et dernières lettres de chaque ligne jusqu'à l'alinéa. Je suis très enroué, et j'ai une extinction de voix. Je t'adore, mon petit Madelon chéri, écris-moi longuement en disant toujours tout.

Pr les mitrail. rien de nouveau. Je crois qu'il passera pas mal d'eau sous les ponts avant que j'y sois. Pr le reste aussi. Je t'écrirai ce soir encore – Je t'adore, et t'embrasse partout. Ne mets pas de nom de lieu dans tes lettres. Elles sont toutes lues en ce moment. Fais comprendre que tu as compris quand tu as compris.

20 février 1916

Mon amour, Je t'écris d'un hameau. Je n'ai pas eu le temps d'écrire hier, et peut-être serais obligé d'interrompre ma lettre tout à l'heure pr service.

J'ai à répondre à tes lettres des 7, 11, 12, 13. L'histoire de l'élève prenant de l'éther m'a paru bouffonne en effet.

J'espère que maintenant ton rhume est guéri. Moi je suis encore très enrhumé.

Il y a de jolies choses d'André Theuriet je le trouve pour ma part supérieur à Bazin. Au reste Theuriet est un poète dont les notations de nature ont une saveur. Cela tient du roman anglais à cottage, thé etc.

J'aime ton amour, ma chérie ma chérie, tes photos (une de Narbonne et celle où tu avais 18 ans) se sont collées et complètement abîmées dans ma poche… Je suis assez fatigué en ce moment. Il pleut tout le temps ; l'humidité, le froid et la perspective de recoucher par terre tout cela n'est guère engageant, mais enfin, il le faut bien et je crois que dans 2 ou 3 jours je n'y penserai plus.

Je suis dans un hameau, t'ai-je dit plus haut, et je loge chez de braves paysans. Je t'écris de la salle commune.

Il y a sur la cheminée où la marmite de la famille bout suspendue à sa crémaillère, il y a dis-je un petit pot en faïence à reflets métalliques, je crois que c'est anglais du temps du second Empire.

Il y a aussi un lit Louis-Philippe à demi-colonnes avec des cuivres, puis une horloge paysanne dans le genre de celles qui sont dans les cafés arabes, mais le balancier de cuivre ne comporte aucun motif et le cadran est enchâssé dans du cuivre repoussé et découpé où sont représentées des gerbes avec la devise hora fugit (l'heure passe) au plafond aux poutres visibles sont suspendues des flèches de lard et il y a de grandes armoires à linge anciennes.

À l'extérieur de la maison verdie par la bouillie bordelaise comme toutes les maisons de cette région, grimpent des ceps.

Il n'y a pas de cuivre. D'ailleurs on ne voit plus guère de batterie de cuisine en France, tout depuis quelques années a été remplacé par des casseroles en émail. Nous avons mangé dans une maison plus pauvre que celle où j'habite.

On nous y a fait goûter du miel brun du pays et qui a le goût de mélisse. Peut-être me trompé-je mais je crois que c'est bien ça.

Je suis aujourd'hui dans un état de grande mélancolie. L'horloge marque 5 h. moins le quart, heure blanche et froide.

Je pense à la mer si bleue et aux montagnes mauves d'Oran.

La nuit va descendre mais sans les couleurs crépusculaires qui donnent un charme de féerie aux côtes méditerranéennes quand la nuit se dispose [à] venir secouer ses violettes sur l'Afrique où tu t'endors ma douce chérie.

Je te prends doucement dans mes bras et je te caresse tandis que tu me regardes avec tendresse.

Ton Gui

23 fév. 1916

Mon amour très chéri,

J'ai de tes lettres. Je t'adore mon petit Madelon. Il fait froid, il a neigé toute la journée.

J'ai fait ce soir un petit tour vu de jolis balcons, jolie maison à mansarde, et avant, marché dans les terrains labourés.

Le pays est plantureux et plein d'agréables perspectives. Mais enfin c'est toujours la guerre.

Les habitants, car il y en a, sont habitués. Nous aussi d'ailleurs.

J'ai commencé la lecture d'une chose bien démodée et bien tordante : *Les Chasses du fameux tueur de lions Gérard*. En ce temps-là les lions devaient se balader du côté de Lamur !

J'ai vu aussi un journal qui m'a montré que les Boches doivent travailler salement l'opinion. Ce journal qui s'appelle *Le Journal du peuple* est à mon avis une ignominie et que de choses louches il révèle ! Ça m'a dégoûté.

Ah ! la suppression de la presse aurait été à mon sens plus habile que sa censure et le trop grand nombre d'embusqués permet à ce mauvais état d'esprit sûrement entretenu, attisé pour ainsi dire, de se faire jour.

D'un côté on voit trop de particularisme réactionnaire chercher à monopoliser le patriotisme, d'un autre côté les journaux bourgeois racontent des fumisteries comme si les soldats étaient assez bêtes pour les croire. Ces 2 extrêmes ont facilité la naissance d'un mauvais esprit qui perce et qu'on devrait vite étouffer de n'importe quelle façon mais le supprimer.

On n'imagine pas ce que les cajoleries faites aux neutres nous font du tort.

Aimables et inflexibles voilà ce que devraient être nos gouvernements à l'égard des neutres.

Jean ne doit pas être mal à Salonique.

Vous a-t-il écrit depuis son arrivée ?

Comment vont les petits ?

Je te prends doucement dans mes bras, mon amour et te berce, je t'aime.

Ton Gui

Aux Armées 23 fév. 1916

Mon amour très chéri,

Flapi par 3 jours de marche. Le repos est fini.

Serons-nous dans un bon secteur ? J'ai guéri ma grippe avec du rhum et je vais bien maintenant. Suis frais et dispos.

Pendant tout ce temps, mon amour pas pu t'écrire. On est comme inexistants, des Bohémiens. Je lisais tes lettres et n'avais pas le temps pas la force de répondre. J'ai couché dans des hameaux invraisemblables. Il me semble même que je t'ai écrit en route, mais n'en suis pas sûr. Si bien qu'en tout ceci je vis dans un rêve. Il me semble que je traîne mes pieds dans la boue des grands chemins depuis un temps infini. Je deviens un automate, sans pensée véritable. J'oublie les noms. Si tu veux te rendre compte de cela lis *Servitude* et *Grandeur militaires* de Vigny. Quelle admirable chose ! quel livre. Dire que je n'avais pas lu cet ouvrage qui est peut-être le chef-d'oeuvre de la littérature française au 19e siècle. Je le lis par petits bouts avant de dormir et il détruit l'admiration (moyenne au demeurant) que j'avais pour Villiers de l'Isle-Adam qui sort entier de là. Mais Vigny quel merveilleux conteur qui pense et sait, dire que la scène historique du pape et de Napoléon n'est que là. Dire que chaque ligne de ce livre est un merveilleux enseignement. Que je regrette de ne m'être pas pénétré de cette merveilleuse chose avant la guerre. Comme je l'eusse encore mieux connue que je ne la connais.

Toi mon amour sois calme, ne m'écris pas de choses inquiètes. Sois gentille. Écris-moi des choses littéraires ou autres qui peuvent élever nos pensées.

Mais mon amour *Le Poète assassiné* n'est pas un livre terrible ; c'est un recueil comme *L'Hérésiarque* mais qui contient plus de choses humoristiques que *L'Hérésiarque*. Il a pris titre de la première nouvelle qui est plus longue au demeurant que celles de *L'Hérésiarque* et d'un genre nouveau, c'est un essai de nouvelle lyrique je l'ai tenté déjà dans « Que Vlove ? » et « La Serviette des poètes » et ici c'est une tentative de nouvelle plus lyrique avec un élément de satire. J'oublie si vite en ce moment que j'ai complètement oublié les poèmes sur « Paris » et « Le Vigneron » dont tu me parles. L'histoire des Praille m'a amusé mais je n'aime pas autant Maupassant qu'on fait d'habitude. Je ne sais pourquoi par exemple, mais c'est comme ça. C'est un conteur vigoureux mais son ton est à mon avis de ce ton bourgeois de nouvelles journalistiques du 19e siècle qui ne me plaisent point quoique j'en reconnaisse les mérites.

Ne te préoccupe pas des permissions maintenant puisque je ne suis pas au moment d'en avoir.

Je ne me souviens plus de l'histoire de la femme du chef de gare.

D'autre part, mon cher Madelon, ta jalousie n'est pas gentille. Je te défends d'être jalouse.

J'ai vu ce matin une jolie porte Louis XIII pas mièvre du tout, à gauche une femme mythologique à demi nue avec tunique sous les seins jusqu'à mi-jambes et de l'autre côté un personnage Louis XIII costume du temps du Menteur de Corneille.

Hier dans un autre patelin une église pas très curieuse mais avec une jolie sculpture encastrée dans la muraille.

Je crois que bientôt, j'aurai le temps de t'écrire très longuement et d'écrire longuement pour moi aussi. Je prends ta bouche.

Gui

25 fév. 1916

Mon amour,

J'ai reçu les cigarettes et le carnet.

Les permissions pr l'Algérie sont rétablies.

Je n'ai pas le temps de t'écrire longuement, mon petit amour chéri.

Je le ferai dès que je pourrai.

Neige, rhume mais ne t'inquiète pas surtout ne t'inquiète pas.

En effet la guerre devient violente. Ce sont peut-être, qui sait ses dernières convulsions.

Je t'enverrai désormais, des cartes ou enveloppes avec des cachets de secteur postal pr en faire collection. Ramasse-les aussi. Il faut les enveloppes ou les cartes entières.

Je t'adore.

Ton Gui

27 fév. 1916

Mon amour, balade dans la neige. J'ai tes lettres des 19 et du 20 – l'histoire de la dame à l'esprit ouvert et de sa bonne est drôle. À ce propos, sais-tu bien ce que signifie l'expression « en bataille » que tu as employée à propos du nez de cette dame ? Cette expression s'applique à une formation de cavalerie, dans l'infanterie on dit « en ligne ». Le contraire est en colonne. Les gendarmes portaient le bicorne « en bataille » les généraux le portent « en colonne ». Tu es mignonne comme tout, mon amour et ta lettre est très très gentille. Je vais cesser de t'écrire parce que je suis fatigué et vais aller me coucher. Demain je ne sais où nous irons. Peut-être pas dans un bon endroit. Je t'embrasse ma chérie. Je t'embrasse gentiment. Je ne veux pas que Marthe t'arrache les cheveux. Je ne comprends pas qu'une fille si spirituelle qu'elle et qui a un sens si fin de la coquetterie s'amuse à se déformer le nez, arracher les cheveux etc.

Quand je viendrai en permission c'est moi qui la tartinerai d'importance mais pas sur le visage.

Je t'embrasse passionnément, Louise est bien gentille de faire de la jolie photographie.

Je prends ta bouche.

Gui

28 février 1916

Mon amour, je t'avise en toute hâte de notre changement de secteur postal. C'est maintenant Secteur 130 (cent trente).

Je t'écrirai plus longuement demain je l'espère.

Ton Gui à toi

6 mars 1916

Mon amour
ne t'inquiète pas. Je n'ai pas eu le temps d'écrire. Dès que je pourrai le ferai. J'ai reçu tes chères lettres. Écris toujours et ne t'inquiète pas.

Il fait froid. Il y a de la neige, je ne suis plus grippé. Je vais très bien mais n'ai pas de temps du tout.

Baisers.

Ton Gui

Remets secteur 139

10 mars 1916

Mon amour, j'ai tellement marché que je n'ai pu écrire. Une carte il y a quelques jours. C'est tout. J'ai eu tes lettres exquises. J'ai vu la ville royale, sa cathédrale et j'ai ramassé des fragments de vitraux. J'ai vécu 2 jours de cette vie singulière de la ville sous les obus. J'ai visité la cathédrale avec le gardien M. Huart l'architecte et M. Gulden, un Anglais propriétaire de la marque Heidsieck. J'ai déjeuné au Lion d'Or en face, à l'intérieur la cathédrale a peu souffert au-dehors tout ce qui était fait en bois a brûlé. Un seul obus de 77 a troué la voûte d'un très petit trou qu'on ne voit qu'à peine près d'un pilier. À l'intérieur les boiseries Louis XV près du porche ont brûlé (incendie pas obus) et ont découvert des statues que le feu a malheureusement très endommagées, la rose de vitrail qui était si belle a été en partie détruite du fait de l'incendie, les vitraux du chœur, dits de St Louis (1227) sont quasi intacts ainsi que l'ecclesia remensis. Du reste de nos cantonnements n'ai rien à dire et n'en peux parler mais vu la jolie église. Nous repartons demain sur les routes du front et cette situation d'Errant vous crée une mentalité très détachée de tout.

J'ai fait aujourd'hui (ce matin) quelques petits poèmes pr peintres. Il y avait longtemps que je n'avais plus rien fait.

POÈMES PR PEINTURES

I

2 lacs nègres
Entre une forêt
Et une chemise qui sèche

II

Bouche ouverte sur un Harmonium
C'était une voix faite d'yeux
Tandis qu'il traîne de petites gens

III

Une petite vieille au nez pointu
J'admire la bouillotte d'émail bleu
Une femme qui a une gorge épatante

IV

Un monsieur qui se rase près de la fenêtre
Il est en bras de chemise
Et il chante un petit air qu'il ne sait pas
très bien
Ça fait tout un opéra

INSCRIPTION À BRODER SUR UN COUSSIN
(avec d'autres ornements)

Je suis la discrète balance
De ce que pèse la beauté

INSCRIPTIONS PR DES GRAVURES

I

Vous qui m'écoutez Belle
Bien que je sois bien loin

II

Comme un grave empereur
Qui saurait l'avenir

III

Une créole à la Havane
Créée par Dieu l'amour la damne

IV

Allô la Destinée
Comment envoyer des baisers

Mon amour chéri, on avait parlé avec ta mère, de la D.E.S., la Déesse comme on dit et on n'avait pas trouvé la signification de cette abréviation païenne ; ça signifie Direction des Étapes et Services.

Je t'adore mon amour et ferme ma lettre parce que je dois faire ma cantine.

Je t'aime mon amour.

Gui

11 mars 1916

Mon amour, j'ai reçu les jolis journaux de tes frères et ta gentille lettre. Je t'adore et pense à toi, ma chérie nous faisons partie maintenant d'un corps d'armée où pr les officiers les permissions de 6 jours sont réduites à 8 jours délais compris quelle que soit la distance. Je souhaite donc que nous quittions ce corps d'armée au plus vite. Enfin d'ici à ma permission on verra, je n'y suis pas encore. Un petit poème :

L'AVENIR

Soulevons la paille
Regardons la neige
Écrivons des lettres
Attendons des ordres

Fumons la pipe
En songeant à l'amour
Les deux tours sont là
Regardons la rose

La fontaine n'a pas tari
Pas plus que l'or de la paille ne s'est terni
Regardons l'abeille
Et ne songeons pas à l'avenir

Regardons nos mains
Qui sont la neige
La rose et l'abeille
Ainsi que l'avenir

Mon amour je t'adore c'est tout ce que je sais te dire car je n'ai pas grand-chose à te dire aujourd'hui nous sommes dans une attente énervante.

J'ai causé hier avec un curé bleu intelligent il m'a dit sur cette guerre les choses les plus justes. Le bon sens s'est réfugié dans le cerveau des femmes et des vieux prêtres.

J'ai un sommeil presque insurmontable et je me demande si j'aurai le loisir de dormir. La neige s'étend partout, on dirait une nuit de Noël.

Je t'embrasse tout plein ma chérie, ma rose.

Ton Gui

13-3-16

Mon amour, je n'ai pas eu de lettre de toi hier, aujourd'hui je ne sais pas encore. Nous sommes dans un lieu dont je n'ai pas le droit de te dire le nom mais dont le surnom est le pot de chambre de la France, de même que Lucques en Italie était autrefois appelé l'urinal des nuées. À propos de choses de cet ordre fais remarquer à Pierre que son journal s'intitule un peu trop bizarrement Peter ce qui n'est tolérable que pour un journal de l'Artillerie du front. Tout le monde n'est pas obligé de savoir que c'est la traduction boche de son nom de Pierre. L'idée de baptiser un journal d'un petit nom est assez amusante. Je ne lui connais qu'un seul précédent et encore à l'état de projet seulement. Avant la publication d'*Excelsio*r Pierre Latine qui le fonda lui cherchait un titre et s'était arrêté à celui d'Edgard ou d'Edmond, je ne sais plus bien lequel. Bref le fait parut tellement singulier qu'il choqua et le titre d'*Excelsior* fut définitivement choisi. Je t'écris sur une table ronde où est étalée une toile cirée ronde contenant une représentation populaire du médiocre tableau du Louvre représentant Rouget de Lisle chantant la

Marseillaise chez Dietrich maire de Strasbourg on y trouve en rond la musique et tous les couplets de la *Marseillaise*.

Je ne sais s'il y [a] en ce moment des courriers pour l'Algérie, je le souhaite mon amour et voudrais bien voir finir cette guerre.

C'est bien gênant de ne pouvoir donner des noms de patelins. En te parlant de Reims j'ai oublié de te dire une des choses qui m'a le plus frappé dans cette ville maintenant déserte. C'est sur l'infiniment déserte place d'Erlon où débouchent des rues marmitées comme la rue de l'Arquebuse sur cette grande place donc une douzaine de fiacres stationnent stoïques attendant l'improbable client, les cochers classiquement coiffés du chapeau haut de forme blanc vivent sans doute d'amour et d'eau fraîche.

Dans un patelin quitté il y avait à la popote 4 gravures Louis-Philippardes bien amusantes : histoire d'un jeune homme perdu par le billard. 1re image. Il arrive à Paris et fait la noce 2e Il joue au billard il triche et est découvert c'est-à-dire déshonoré 3e il devient voleur ou plutôt cambrioleur. Il est au bagne à Toulon et tandis qu'il est sur le quai un père de famille le montre à ses enfants pour qu'ils ne suivent pas cet exemple.

Je t'adore mon amour, mon gentil Madelon et prends ta bouche.

Gui

14-3-1916

Mon cher amour,

Je reçois deux lettres de toi. On va en ligne tout à l'heure. Je t'écris en toute hâte. Casqué ne sais pas bien ce que l'on va faire. En tout cas je te lègue tout ce que je possède et que ceci soit considéré comme testament s'il y avait lieu.

Enfin j'espère que pour le moment il n'y aura rien. Je t'adore. Il fait un très beau temps.

Je veux que tu sois forte en ce moment et toujours.

Ton Gui

Kostrowitzky s/lieutt au 96e Infanterie 6e Cie

Aux Armées 14 mars 1916

Secteur 139

15-3-16

Mon amour,

Pas dormi de la nuit.

Pas de description possible. C'est inimaginable. Mais il fait beau. Je pense à toi. On couche tout à fait à la'belle étoile. Vu ce matin un gentil petit écureuil qui grimpait qui grimpait.

Je suis fatigué et gai à la fois. J'ai la bouche pleine de sable. Je ne sais pas si on aura des lettres ce soir. Je le souhaite.

Ton Gui

17 mars 1916

Guillaume note dans son carnet : « Bombardement. À 4 heures un 150 éclate à 20 mètres, un éclat perce le casque et troue le crâne. »

18 mars 1916

Mon amour, J'ai été blessé hier à la tête par un éclat d'obus de 150 qui a percé le casque et pénétré. Le casque en l'occurrence, m'a sauvé la vie. Je suis admirablement bien soigné et il paraît que ce ne sera pas grave. J'écrirai quand je pourrai.

Ton Gui

Ambulance 1/55 Secteur 34.

19-3-16

Mon amour, je ne vais pas mal cependant j'ai toujours cet éclat dans la tête qui n'a pas pu être retiré.

Je t'adore mon amour, mais je suis trop fatigué pr écrire.

Il vaut mieux que je ne le fasse pas.

Je t'adore.

Gui

Mon amour,

Je vais être opéré ce matin.

Je t'envoie ma nouvelle adresse :
s/lieutt G. de K blessé
Hôtel Dieu
Château-Thierry
(Aisne)

22-3-16

Mon cher amour,

Pour le moment tout va bien et après radiographie il n'y a pas lieu de repratiquer l'opération qui avait déjà été faite à l'ambulance le 18 à 2 h. du matin – Je ne sais pas encore si je serai évacué à l'intérieur, car les blessures à la tête sont vite guéries.

J'ai été blessé juste au-dessus de la tempe droite et je l'ai échappé belle.

Je suis fatigué.

Je t'adore mon amour et prends ta bouche.

Gui

24-3-16

Mon amour, je vais mieux et quitterai Château-Thierry demain. Si je vais à l'intérieur j'aurai sans doute un congé de convalescence sinon j'aurai ma permission et irai te voir. Ça me fatigue d'écrire. Je t'adore mon Madelon.

Gui

25-3-16

Mon amour,

Comme ma fièvre n'avait pas baissé hier soir je ne serai pas évacué aujourd'hui mais mardi sans doute.

Je t'adore mon chéri et il me tarde d'avoir de tes lettres je n'en ai pas depuis ma blessure.

Aujourd'hui ça va mieux je le verrai surtout ce soir car c'est le soir que la fièvre augmente.

Je t'adore.

Gui

Château-Thierry, 27 mars 1916

Tout va bien serai évacué demain Paris télégraphierai adresse. – Je t'aime.

Gui

28-3-16

Mon amour,

Je ne vais pas mal, il faut que ma blessure se ferme, mais ne t'inquiète plus. Je serai évacué à Paris aujourd'hui, où l'on achèvera de me soigner. Je t'adore.

Gui

Plus de lettres de toi depuis le 16.

Cachet postal du 30-3-16

Mon amour, je suis un peu fatigué par le voyage et je n'écrirai pas longuement. Je suis très bien au Val de Grâce à Paris. Je t'adore j'espère te voir bientôt. Ma plaie va bien ce n'est déjà presque plus rien. Les plaies à la tête guérissent vite. Je t'adore.

Gui

Voici mon adresse :
s/l G. de K
1er Blessés
Hôpital du Val de Grâce
Paris

2 avril 1916

Mon amour,

Je dois peu écrire et peu lire.

Je suis à l'Hôpital du Val de Grâce (len blessés). Je te le télégraphie pour te rassurer mais je ne te l'ai pas encore télégraphié parce qu'il est probable. que j'irai à l'Hôpital du Gouvernement italien, 41 quai d'Orsay dans peu de jours je te télégraphierai aussitôt. Il fait temps magnifique et je vais mieux, mais me fatigue vite.

Je t'adore et t'embrasse.

Gui

6-4-16

Mon amour

Je vais beaucoup mieux. Mais ça me fatigue encore d'écrire.

C'est pourquoi ne m'en veuille pas ma chérie.

Il fait beau les 1ers jours de mon arrivée ici maintenant il fait un sale temps, un vrai temps de zeppelin. Ma plaie se ferme petit à petit, ça va bien.

Par exemple je ne sais si on me donnera une longue convalescence. J'ai été blessé au Bois des Buttes, près de Berry-au-Bac un bien sale coin.

Il y a maintenant plusieurs jours que je n'ai pas de lettre de toi.

Écris vite.

Embrasse toute la famille pour moi.

Je t'adore.

Ton Gui

12 avril 1916

Paris

Suis hôpital gouvernement italien 41 Quai d'Orsay reçu paquet – Je t'aime.

Gui

12 avril 1916

Mon amour,

Tes lettres m'arrivent maintenant régulièrement, mais il est clair que tout le paquet de lettres qui devait me parvenir a été perdu.

Je sors un petit peu, c'est dire que je vais mieux mais il se passera bien quelque temps encore avant que ma plaie soit fermée.

J'ai quitté le Val de Grâce pr l'H. du Gouv. Italien où l'on est beaucoup mieux, nous n'y sommes au demeurant qu'en petit nombre. L'infirmier est mon ami Serge Jastrebzoff qui est un cœur d'élite et nous sommes soignés par l'ambassadrice Mme Tittoni qui est une dame charmante dans le genre de ta maman. Je ne t'avais pas écrit que. j'avais été à Reims. J'ai été blessé au Bois des Buttes à l'ouest du Choléra et de Berry-au-Bac.

Tes lettres sont exquises ma chérie.

Je crois que tu m'as parlé de parents à toi qui étaient en Bretagne à Quimper, je crois. Mon ami Max Jacob qui est de Quimper m'en a parlé aussi.

Envoie-moi les vers pour le volume qui paraîtra je crois au Mercure.

Je t'écrirai plus longtemps demain parce que je suis fatigué.

Je t'aime.

Gui

19 avril 1916

Pas entreprendre voyage maintenant.

26 avril 1916

Paris

Envoie poèmes recopiés ne t'inquiète pas mais je ne dois pas écrire encore je ferai écrire demain. Je t'aime.

Gui

1er mai 1916

Mon amour chéri.

Je ne dois pas écrire en ce moment ni sortir, j'allais bien ma plaie est presque cicatrisée. J'adore tes lettres exquises mais ne faut pas t'alarmer. On m'a interdit de sortir parce que j'ai eu quelques accidents comme évanouissements et troubles du côté gauche, la main gauche surtout. Mais on pense que ce ne sera rien. Aussi ne t'inquiète pas. Je tâcherai [de] me procurer cartes postales pr t'écrire un mot chaque jour mais n'ai personne sous la main.

L'ambassadrice d'Italie qui me soigne est une bonne dame exquise mais je n'ose lui demander d'écrire pr moi.

Je suis fatigué aussi ne m'envoie pas des télégrammes qui m'émeuvent trop.

Attends mes nouvelles sans t'émouvoir mon chéri.

Je t'embrasse.

Gui

2 mai 1916

Paris
Reçu poèmes. Lettres suivent.

Gui

11 mai 1916

Paris
Opération effectuée excellentes conditions vais aussi bien que possible.

Gui

Mai 1916

Puisque je t'aime.

11 juillet 1916

Mon amour,
Je sors promener mais dois écrire peu sans quoi trop de fatigue.

Gui

26 août 1916

Ma chère Madeleine,
Ne viens pas surtout, ça me donnerait trop d'émotion.

Ne m'écris pas de lettres tristes surtout non plus ça me terrifie.

Je vais t'écrire toutes les semaines. Écris-moi aussi ainsi parce que l'arrivée de toute lettre m'effraie. Je ne peux voir personne que je connaisse. Je n'écris ni à mon frère ni à maman et je n'ai pas vu maman depuis le 15 avril. Elle est désolée mais je ne peux pas. Je suis devenu très émotionnable et ça ne s'apaisera que lentement.

Envoie-moi mes notes, mon livre d'artilleur, car il est probable qu'on me fera repartir dans l'artillerie, ma bague cachet en or que je peux remettre et la bague avec le bouton boche ronde.

Je vais faire des rangements pr passer le temps et donner si je puis les mettre au point ou sinon tels quels les vers au Mercure pr un volume. Je suis dégoûté de Paris, on s'y occupe si mal de la guerre, je suis désespéré de ça.

Ça durera encore au moins trois ans à mon idée. Très, très embêtant.

Ne m'envoie personne car les visites des gens que je ne connais pas me font peur. M. Gui est sans doute très gentil, mais ça me fait trop d'émotion quand je ne connais pas.

Mais je crois que je peux travailler un peu. Vais essayer. Mais tout me paraît compromis dans ce désastre si long. Toutes les places sont prises par les embusqués pas grand-chose à faire pr ceux qui ont fait la guerre.

Je t'embrasse mille fois.

Gui

16 sept. 1916

Mon petit Madelon,

J'ai été plutôt mal ces derniers temps à cause de la venue de l'automne. J'ai beaucoup beaucoup d'étourdissements et je suis devenu très irritable. J'ai reçu le paquet dont je te remercie. Il ne contient pas les notes en question ; ce ne sont pas des notes d'Artillerie, mais prises tandis que j'étais artilleur. Ce sont des propos de canonniers que j'avais notés et dont je voudrais me servir. Je voudrais aussi ma carte et les lettres de Dupont que je voudrais montrer à sa famille qui les recueille, car il a été tué de 17 éclats d'obus à Douaumont. Je voudrais aussi les 2 aquarelles de M. L. que je veux renvoyer car des gens qui sont revenus d'Espagne lui attribuent des sentiments que je ne puis admettre et je préfère renvoyer cela. Je voudrais aussi le 2e exemplaire de Case d'Armons que tu as et dont je voudrais faire hommage à Mme Tittoni, plus des livres que tu as à moi notamment un ouvrage sur le folklore de la Marne, et un annuaire de la Marne et de l'Aisne dont j'ai besoin pr faire des articles. Mon régiment a été à la peine et à l'honneur. Je crois qu'il n'en reste plus guère. Mais le drapeau a été décoré. Mes compagnons de guerre sont presque tous morts. Je n'ose même pas écrire au colonel pr lui demander des détails. Il a été blessé lui-même m'a-t-on dit.

Le frère de mon ami Berthier a été tué quelques jours après avoir été nommé sous-lieutenant.

Tout cela est assez macabre et devant une aussi horrible évocation je ne sais qu'ajouter.

Je t'embrasse.

Gui

Cachet postal du 9-10-16

Je suis très fatigué, parce que j'ai fait un effort pr écrire une préface à un catalogue de peinture. Il fait temps gris et mauvais. Bien reçu tout. Il manquait le livre de Soffici. Mais j'avais peut-être oublié d'en parler dans ma lettre.

Mille baisers. J'écrirai dans 2 ou 3 jours.

Gui

23 novembre 1916

Ma chère petite Madeleine.

Je suis fatigué et il y a si peu d'amitiés pour moi en ce moment à Paris que j'en suis navré.

L'égoïsme est partout. Je vais beaucoup mieux mais avec de grands étourdissements encore et une impotence fonctionnelle du bras gauche.

Je ne suis plus ce que j'étais à aucun point de vue et si je m'écoutais je me ferais prêtre ou religieux. Je suis si éloigné de mon livre qui vient de paraître que je ne sais même si je te l'ai fait envoyer [1]. Sinon avertis-m'en. Je te le ferais envoyer aussitôt.

Je t'embrasse mille fois.

Gui

4

Jeanne, l'inaccessible marraine

Jeanne Burgues a 29 ans en 1915. Elle est professeur de lettres et fille d'enseignant et elle est la nièce de l'écrivain régionaliste Jean-Charles Brun. Admissible à l'École normale supérieure de Sèvres, elle a épousé le docteur Georges Burgues, médecin de renom à Montpellier. Elle entre en contact avec Guillaume par l'intermédiaire d'Émile-Georges Léonard, un historien chartiste, affecté comme le poète au 38e Régiment d'artillerie de Nîmes.

Léonard devient l'ami du poète et découvre son incroyable capacité à détecter les trésors de l'art moderne. Séduite par les œuvres du poète et par ses critiques d'art, Jeanne-Yves Blanc lui adresse un quatrain le 5 avril 1915 :

Vous allez allonger la geste de vaillance
Des héros polonais au sol de nos aïeux
Recevez en partant pour les sorts hasardeux
Ce quatrain espérant d'une femme de France.

Quelques mois plus tard Guillaume lui répond en lui envoyant quelques vers :

Bien qu'il me vienne en août votre quatrain d'avril
M'a gardé de tout mal et de toute blessure

Votre douceur me suit durant mon aventure
Au long de cet an sombre ainsi que fut l'an mil

Je vous remercierai s'il se peut je l'assure
Quand nous aurons vaincu le Boche lâche et vil
Dont la vertu française a ressenti l'injure

C'est Guillaume qui conseille à Jeanne de féminiser son pseudonyme. Yves Blanc devient alors Jeanne-Yves Blanc pour se transformer en marraine de guerre, et rejoindre le cortège des muses d'un poète combattant en grand manque de femmes. Ils vont échanger une trentaine de lettres, entre le 16 juillet 1915 et la mort du poète. Apollinaire considérait les vers de Jeanne comme un talisman contre les blessures.

Aux armées le 7 septembre 1915
secteur postal 80

Vous êtes, Madame beaucoup trop indulgente pour mes vers. Le charme des vôtres, un charme n'est-il pas un talisman ? m'a véritablement, je le crois, gardé du danger. Votre douceur, la vôtre et non celle de toutes les femmes de France, me suit sans aucun doute, je la retrouve entière dans la gentille lettre que vous m'avez envoyée. Je ne veux pas faire attendre la petite fille que vous êtes et que je cherche en vain à me figurer et je vous envoie mes remerciements pour la jolie lettre. Le quatrain me suit toujours il ne me quittera plus. Je suis infiniment touché des éloges que vous voulez bien donner à mes vers. Vous n'êtes pas indiscrète le moins du monde et je le suis bien plus en vous demandant de me faire un peu connaître celle dont la douceur me suit. Mais je devine qu'il y a en vous des tristesses qu'il faudrait pouvoir consoler. Et c'est avec un respect infini et une reconnaissance très grande que je vous prie, madame et chère poétesse, de daigner me croire votre serviteur.

Guillaume Apollinaire

17 septembre 1915

Chère Madame,

Je ne connais pas « l'allure » des correspondances de « marraine » à « poilu ». Vous m'avez témoigné de l'intérêt et avec une grâce incomparable, ce qui m'a beaucoup touché. Vous jugerez vous-même de l'allure de notre correspondance et m'en écrirez, s'il vous plaît, ou cesserez de m'écrire selon votre bon plaisir qui, en ce cas, doit être respecté et non mon agrément. Vous me flattez évidemment pour ce qui concerne la distinction de mon esprit. Au cas où elle existerait, elle s'aperçoit peu dans mes lettres et se trouverait plutôt dans mes livres.

Dans la vie, je n'ai pas plus de distinction que n'en ont la plupart des hommes. Je suis souvent orgueilleux, ce qui est une forme de la sottise. Je suis autoritaire, très autoritaire et cependant très doux, je ne suis plus un tout jeune homme puisque je viens d'entrer dans ma trente-cinquième année. Pour le reste je suis un poète. Voilà pour moi, comme disent les conteurs arabes. Émile Léonard m'a, en effet, écrit que votre père était un savant de premier ordre et m'a mentionné son ouvrage sur Cyrano qui fait autorité. J'entends qu'un père aussi remarquable vous laisse de si grands regrets.

J'ai la volonté d'être un poète nouveau et autant dans la forme que dans le fond mais au rebours de quelques modernes non fondés en leur art j'ai le goût profond des grandes époques c'est vous dire que j'honore infiniment le Grand Siècle et particulièrement dans ceux qu'avec raison on appelle les classiques. Et fervent de Racine, de La Fontaine j'ai pour Malherbe et pour Maynard l'admiration qui convient à ces merveilleux versificateurs.

Je goûte même infiniment Motin et bien d'autres comme ce Cyrano qui vous est cher. Ne vous peignez donc pas puisque le courage vous manque et laissez-moi dans l'ignorance. Et quand vous voudrez me faire connaître ce que vous pensez de vous je modèlerai mon opinion sur la vôtre. Il est certain que ce que je vous ai dit de votre quatrain pourrait passer pour un madrigal. Les circonstances où je vous l'ai dit ne permettent cependant pas de se tromper.

Mais il ne tient qu'à vous, madame, de faire que ce n'ait été là qu'un madrigal, bien sincère pourtant. Si vous êtes sceptique en matière de sentiment où est donc cette naïveté provinciale dont il vous plaît de vous vanter et dont je ne veux pas vous flatter. Je vous enverrais bien des vers, mais moi aussi je sais si peu de vous !.... Aujourd'hui mon âme n'a pas d'intérêt et pas plus pour moi que pour vous. Il est vrai que l'action va décider du sort de la guerre, du moins je le crois et pendant quelques jours, vivant de nos vivres de réserve, nous allons le visage voilé sous la cagoule être séparés du reste de l'univers. Ni lettres ni rien qui viennent de l'arrière. Mais j'aime, madame, votre réserve délicate qui prouve non naïveté ni scepticisme mais une rare qualité d'âme. C'est pourquoi je vous prie de permettre que vous offrant mes hommages respectueux je vous baise la main et de me croire votre reconnaissant.

Guillaume Apollinaire

28 septembre 1915

Le talisman en rimes m'a protégé, merci. La victoire est acquise. Vous en connaissez plus de détails que moi qui ai canonné sans trêve pendant six jours. Maintenant on attend les avant-trains pour aller ailleurs. Je suis éperonné, casqué, j'ai le revolver au côté et, sitôt mon cheval revenu de l'échelon, en selle !

Ce que j'aime le mieux de moi, c'est « L'Hérésiarque et Ge » (en prose, Stock, 1909) et « Alcools » (Poèmes, Mercure de France, 1913). Théophile est un poète exquis, je connais mal des Barreaux sauf un fameux sonnet athée qui lui est attribué ; je crois avoir moins aimé Tristan. C'est que j'aime trop Racine pour goûter quelqu'un qu'on a voulu lui comparer.

Confidence pour confidence : vous savez mon prénom et je ne sais pas le vôtre et le verbe précise l'image je n'ai même pas l'image. Vous me flattez infiniment en me conviant à être de vos amis. Je le suis donc, ma chère amie.

Je n'ai pas de système poétique ou plutôt j'en ai beaucoup. Si vous pouviez trouver les numéros de juin et de juillet des « Soirées de Paris », vous verriez ce que j'ai inventé de plus nouveau pour ce qui touche à l'art poétique. Qu'il vous plaise donc de choisir pour moi un bouquet lyrique que je lirai avec un grand plaisir…

Je baise cette main à qui votre « âme » a dicté je lirai avec un grand plaisir…

G. A.

8 octobre 1915

L'INCONNUE

O lueurs soudaines des tirs,
Cette beauté qu'il imagine
Faute d'avoir des souvenirs
Tire de vous son origine,

Car elle n'est rien que l'ardeur
De la bataille violente ;
Et de la terrible lueur
Il s'est fait une muse ardente.

Jeanne, il relit éperdument
Les quatre vers dictés par elle.
Qu'il est brûlant ce talisman
Dont l'ardeur est presque mortelle.

Mon imagination va peut-être vite en effet et je vous remercie de m'avoir prévenu. Toutefois il est peut-être injuste de reprocher une imprudence à un soldat.

D'autre part la mention que vous faites « d'un affreux laideron » me garantit qu'il ne s'agit point de vous. Les « affreux laiderons » ne sont pas au demeurant toujours désagréables et il en est de bien agaçants.

Le talisman a désormais plus de vertu puisqu'à l'ardeur qui lui était propre vous joignez celle de l'amitié. Je vous envoie aujourd'hui un petit poème. Ce prélude de notre amitié poétique vous montrera combien je pense à vous.

Néanmoins notre intimité est encore trop incertaine pour que j'aie trouvé le ton. Il viendra peu à peu.

> Je suis brave et j'ai peur de vous
> Plus savante que Mirandole
> Dictionnaire de Trévoux
> Et ceux qui sont sous la Coupole

Songez qu'on m'a armé contre les Boches, gens balourds et nullement contre les grâces légères de votre esprit, puisqu'au moins l'éloignement et l'ignorance où je suis de votre beauté me garantissent contre les blessures qu'elle pourrait faire à mon cœur qui n'aurait qu'à souffrir en silence. Que pourrait votre talisman contre de tels coups si la destinée me les réservait.

J'avoue que je suis bien inquiet sur ce point. J'affronte un danger plus grave à tout prendre que celui de la guerre.

Avouez, grande et brune amie, que j'ai un certain courage. J'attends vos vers avec une grande curiosité. Nul doute que leur lecture me cause un très grand plaisir. Je me réserve de les goûter et de ne les pas juger. Car j'espère bien que ce ne seront pas des conseils que vous me demanderez. Je suis incapable d'en donner, mais je vous promets de jouir pleinement de toute la beauté qu'ils contiennent.

Et, mon amie, je baise une seconde fois votre main.

G. A.

18 octobre 1915

Ma chère précieuse qui n'êtes point ridicule, c'est à vos chers « souffrants » que je mets mes hommages en vous priant d'excuser le Trévoux. Je pense bien au demeurant que vous n'êtes pas un vieux bouquin…

Pour ce qui est de mes idéogrammes ils ne ressortissent à aucune formule, mais répondent à d'importantes nécessités poétiques que vous ne comprenez pas encore. La meilleure façon d'être classique et pondéré est d'être de son temps en ne sacrifiant rien de ce que les Anciens ont pu nous apprendre. Envoyez-moi le numéro des « Soirées de Paris » que je n'ai plus bien dans la tête et je vous le renverrai avec des explications qui ne sont point nécessaires, certes, mais que votre esprit révolté accueillera j'espère avec cette bonne grâce qui est la vôtre… Et cependant vous estimez Fantômas en son genre.

Quant au dessin de Zayas qui est intitulé « Guillaume Apollinaire » la couverture vous enseigne que c'est une caricature. Le mot table ne ressemble pas du tout à une table et cependant il vous suggère l'idée d'une table. Comprenez-vous un peu de quelle essence est cette caricature qui ne peut gêner ma femme, puisque je ne suis pas marié ? Je vous remercie d'écrire franchement. Je le fais aussi. Vous le voyez bien, et quant à penser quelque chose de notre correspondance est-ce que le papillon pense à la brûlure quand il se laisse attirer par la flamme ? J'ai pour vous une amitié déjà bien tendre, allez.

J'aime beaucoup votre « Escadrille des rêves », c'est un poème charmant, plein d'images neuves, jolies et tendres et quel vers exquis que *Sur le miroir dormant des silences pieux.*

J'aime tout autant le poème suivant « Du passé et du rêve » : les deux premières strophes et encore plus la dernière sont tout à fait jolies. Vous êtes vous-même, je crois cette « fille nubile » dont vous parlez. Il y a beaucoup d'émotion dans ces deux pièces. Vous avez beaucoup de talent et très personnel que vous développerez encore. Je n'ai pas à vous dire ce qui ne m'a pas plu parce que rien ne m'a déplu et ce qui est moins délicieux à certains endroits ne me regarde pas... Il est de vous aussi et porte votre marque. Vous avez trop de talent pour qu'on vous corrige et rien n'est à corriger en cela. Voilà, « dixi » et vous pouvez m'en croire. Je suis d'ailleurs content que vous ayez du talent. Notre correspondance peut être ainsi plus libre, plus confiante. Talent jeune, réel, fondé, car vous êtes savante (et non pédante) et très féminine, ma chère amie. Le sonnet « Croix Rouge » a moins d'importance et la pointe hérédiesque, presque héraldique, n'en fait que souligner la banalité. Les poèmes de circonstance sont souvent loin de la poésie et surtout de la vôtre qui est rêve, émotion, sentiment.

Voilà, chère Yves Blanc. Écrivez vite, vous écrivez bien rarement au demeurant et souffrez que je vous gronde. Je n'en ai pas le droit, c'est vrai, aussi pardonnez-moi et obéissez-moi.

G. A.

30 octobre 1915

Je trouve vos lettres trop rares. Excusez mon papier de ce soir, je n'en ai pas d'autre, les marchands sont loin de nous et je n'en pourrai avoir que dans deux ou trois jours. Mes idéogrammes sont assez clairs et après tout n'ont aucun besoin de commentaires. C'est la partie la plus neuve de mon œuvre d'avant la guerre si neuve que depuis la guerre on idéogrammatise la topographie et les communiqués vous apportent constamment le nom d'ouvrages ennemis ou nôtres baptisés d'après leur forme : le trapèze, le trident, le poignard, etc, et j'aime cette nouveauté de mon esprit. Pour ce qui est de la poésie libre dans « Alcools » il ne peut y avoir aujourd'hui de lyrisme authentique sans la liberté complète du poète et même s'il écrit en vers réguliers c'est sa liberté qui le convie à ce jeu ; hors de cette liberté il ne saurait plus y avoir de poésie. Si vous ne reconnaissez pas cette vérité essentielle votre esprit étouffé dans les limites d'une convention qui n'a plus de raison d'être ne pourra se développer. En effet on imaginerait difficilement une nouvelle manière de faire l'amour ou de manger, parce que ce sont là des choses naturelles et qu'essentiellement la seconde se fait par la bouche mais la versification, la langue française elle-même sont conventionnelles au point qu'on peut écrire en prose et s'exprimer en lapon, voire en espéranto. Ces conventions sont essentiellement caduques, car l'homme et l'artiste en particulier a besoin de naître et ici cela s'appelle renaître ou bien revenir aux principes. C'est cela qui est essentiel. Le moment de revenir aux principes du langage n'est pas encore venu, mais il viendra, et à ce moment la pureté de telle ou telle langue ne pèsera pas lourd. Les conventions sont une sorte de pudeur, la passion ignore la pudeur et le poète, l'artiste, sont des gens essentiellement passionnés auxquels il est nécessaire d'oublier la pudeur et les autres conventions qu'ignore la vie ou du moins dont elle ne proclame pas la nécessité.

Vous-même n'avez-vous pas une tendance bien moderne à l'idéogramme, hors même de l'écriture alphabétique, quand vous abrégez vos mots et employez le signe + ? En tous cas, vous sentez ma poésie et je vous suis bien reconnaissant de vous laisser prendre à ce que j'ai ressenti moi-même jusqu'à l'enivrement.

J'adore que vous soyez paresseuse. Si les femmes souffrent plus par l'amour c'est qu'elles jouissent aussi plus que les hommes.

Ce n'est point Heredia mais vous-même que je malmenais, ma chère amie, pour me l'avoir rappelé quand vous avez un talent personnel. Mais ça n'a aucune importance, car les poètes personnels rappellent parfois d'autres poètes. Cela arrive sans que l'on encoure un blâme et pardonnez-moi de vous avoir chagrinée. Ainsi sans être Chérubin j'ai une jolie marraine, j'ai une marraine « que mon cœur, que mon cœur a de peine » de ne la point voir et c'est plutôt en passant par Beaumarchais et l'Espagne de son Figaro de la Folle Journée que vous êtes venue de l'idée première de « marraine » à penser à l'hidalgo cubain Heredia. – Pour connaître vos traits il faudra donc que j'attende plusieurs années ! ! Je n'ai pas le cœur de faire des vers aujourd'hui, il fait un froid de loup. J'ai une mauvaise bougie en paraffine qui éclaire mal, je suis gelé dans un affreux trou creusé dans la craie, pardonnez-moi mon amie. Pour l'amitié comme pour les vers le temps ne fait rien à l'affaire. Je suis triste aujourd'hui et cependant bien heureux de vous savoir belle.

L'hiver revient mon âme est triste
Mon cœur ne sait rien exprimer
Peut-être bien que rien n'existe
Hiver de tout hiver d'aimer
Où ta peine seule résiste

Et pourquoi donc mon cœur bat-il
Par la tristesse qu'il endure
Toi que j'appelle ô cœur gentil
Ne sais-tu pas que je m'azure
Pour te rejoindre plus subtil

Je suis le bleu soldat d'un rêve
Pense à moi mais perds la raison
Vois-tu le songe qui s'achève
Se confond avec l'horizon
Chaque fois que ton œil se lève

Ainsi ma belle marraine, pardonnez-moi de ne pas trouver aujourd'hui l'accent de l'« Adieu », mais je ne peux commander à mon inspiration. À propos de Tristan, je me souviens d'une Ode à la mer, belle chose. J'ai lu tout cela à la bibliothèque de Versailles, riche en premières éditions des poètes du XVIIe siècle. Vous parlez ma chère amie de réalisation grossière après un flirt sincère ; peut-être que si la réalisation n'était pas grossière, les amants n'auraient-ils pas de désillusion, mais en général on s'occupe si peu d'embellir l'amour ; puis, il arrive que la femme n'y met pas du sien et que la pudeur mal entendue décourage les bonnes volontés. Et puis comment s'étonner que les amours aient une fin quand notre vie en a une. Il ne faut pas demander à l'amour plus qu'il ne doit donner et ceux qui sont raisonnables, c'est-à-dire les poètes, mettent à profit les souffrances de l'amour en les chantant. Mais vous êtes mariée et mon cœur est bien à l'abri près du vôtre.

Quand j'irai en permission, Dieu sait quand ! j'irai sans doute en Algérie. Je m'embarquerai, je crois, à Port-Vendres qui n'est peut-être pas très éloigné de Montpellier et peut-être voudrez-vous bien me venir voir à l'aller ou au retour. Ce me serait une bien grande joie d'avoir vu ma marraine.

Écrivez-moi vite, ma chère marraine, entre temps j'espère avoir pu faire des vers qui vous plaisent. En attendant quoi, je vous prie de m'envoyer les vôtres. Le tour de votre esprit me ravit, car vous êtes poétesse vraiment et, vraiment femme ; c'est-à-dire très simple, et que j'aime cela. Je vous baise la main.

G. A.

7 novembre 1915

Ma chère amie,

J'ai reçu le livre et la lettre. J'ai lu le livre. C'est exquis. C'est un vrai petit chef-d'œuvre. Vous avez, mon amie, beaucoup de talent et vous le savez bien. Ce qu'il y a de plus curieux, c'est qu'à la lecture j'ai reconnu que votre esprit n'allait pas sans parenté avec le mien et notamment pour la sensualité. S'il vous était donné de lire « L'Hérésiarque », vous reconnaîtriez cela, je crois. De même pour la curiosité nous nous ressemblons assez, mais votre connaissance complète du XVIIe siècle dépasse ce que moi qui ne le connais que superficiellement pourrais donner sur ce sujet et il y a là même une volonté que j'admire ; l'ouvrage est complet, bien conçu, toutes les ressources, toutes les faces y sont et bien mises en valeur. Il y a une imagination charmante et beaucoup de sentiment. Le roman de mademoiselle de l'Espine est exquis, les personnages historiques sont bien dépeints et que les livres du pauvre M., si pédants et si peu dépouillés du fatras et du mauvais style qui les rend burlesques, tombent au prix du vôtre. Réellement, depuis longtemps aucun livre ne m'avait donné tant de plaisir, c'est un des meilleurs romans de reconstitution qui soit et le meilleur qu'une femme ait écrit. C'est exquis, il y a là du goût, de l'érudition, du raffinement, de la vie, de la force et de l'art, en un mot, et de la meilleure qualité, vous grandirez beaucoup en votre art. La fin est très belle. Les personnages sont merveilleusement campés. Votre maître Tallemant qui n'avait pas votre poésie serait content s'il le pouvait lire. Je place « l'Histoire de la Maison de l'Espine » à côté du « Salammbô », de « Aphrodite », de la « Nichina » d'Hugues Rebell et d'« Hassan le janissaire » de Léon Cahun.

Exquise amie, vous avez eu raison de m'envoyer ces précieuses épreuves, ô précieuse consommée, je les ferai relier après la guerre, mais comme vous êtes loin des préjugés et que vous les comprenez en pouvant parler comme vous faites ! Je sens vraiment en vous une âme-sœur. O le joli roman ! Mais que votre âme doit être curieuse, j'ai essayé de deviner vos sentiments, j'avoue qu'ils m'ont échappé. Merci donc et vous n'imaginez point le plaisir délicat et charmant que m'a procuré votre livre… J'y repense, vous êtes surtout Mademoiselle de l'Espine, mais je vous souhaite plus de bonheur qu'il ne vous a plu de lui en concéder, *Jeanne, cruelle Jeanne…* Pardonnez-moi ma lettre décousue écrite par terre, par Le froid car nous sommes sous nos petites toiles de tentes. Nous changeons de positions. C'est la vie des camps et pardonnez-moi si la vie des camps m'a peut-être rendu grossier sans que je m'en doute, j'exprime parfois trop librement ce que je ressens.

Je vous ai promis des vers, mais le moyen d'en faire en ce moment ? Votre livre m'a été une délectable distraction, mais quant à écrire, faire des vers, il n'y faut pas penser en ce moment. Les commodités de toutes sortes on les a bannies et juste dans mes sacoches de cheval quelques feuilles de papier quadrillé que ma boîte à graisse a touchées.

Votre lettre a été une idée inspirée du ciel car elle a accéléré notre correspondance. J'espère que vous répondrez à ma lettre que vous recevrez avant celle-ci et qui vous est parvenue après votre envoi. Vous ne serez jamais assez orgueilleuse de vous mais de grâce ne m'appelez plus maître…

Le sale temps et la longue guerre.

Répondez-moi de façon à ce que si cela ne vous ennuie pas nous ayons plus souvent de vos nouvelles et dites-moi à quoi vous travaillez…

Dévotement.

Guillaume Apollinaire

19 novembre 1915

Ma chère marraine, Puisque vous voulez bien admettre des circonstances atténuantes à mon impertinence, je la veux préciser en vous priant de m'indiquer la limite de vos préjugés afin que je ne déborde pas les frontières que vous assignez à notre correspondance. N'oubliez pas toutefois que, ma marraine de guerre, vous avez envers moi des devoirs. Mais je n'ai pas à vous les dicter, et votre bon sens me gêne trop désormais… À propos de ce que je vous écrivais de votre talent et de votre livre, je conçois que mes idées puissent fort bien ne pas ressembler à celles que vous avez là-dessus, mais je ne vois pas quel intérêt vous trouvez à vouloir que je change les miennes qui vous sont plus favorables que les vôtres mêmes.

Guillaume Apollinaire

Ma petite marraine,

Après la méchante lettre d'hier vous m'avez fait l'agréable surprise de m'en écrire une beaucoup plus gentille. Il est donc entendu qu'il ne faut point chercher à vous voir dans « l'Histoire ». Néanmoins j'ai assez l'habitude des choses littéraires pour deviner ce qui est de l'auteur et de ses goûts dans un récit quel qu'il soit, et bien que je ne vous connaisse point personnellement, petite marraine, votre esprit, vos goûts mêmes me sont plus familiers, osé-je dire, qu'à vous-même.

Au nom de la liberté dont vous vous réclamez vous pourriez refuser de vous servir de gaz, d'électricité, de chemins de fer, etc. Cependant, croyez-m'en, la poésie dont vous me parlez n'a plus qu'une importance secondaire et si l'on y peut faire avec du talent de fort belles choses, elles s'éloignent trop de l'humanité pour n'être plus après tout que des jeux d'érudits ou même de gens de goût, personnages de bien peu d'importance et c'est n'avoir aucune ambition littéraire que s'adresser à une demi-douzaine de gens de mêmes goûts et de même nation. Moi je n'espère pas plus de 7 amateurs de mon œuvre mais je les souhaite de sexe et de nationalité différents et aussi bien d'état : je voudrais qu'aimassent mes vers un boxeur nègre et américain, une impératrice de Chine, un journaliste boche, un peintre espagnol, une jeune femme de bonne race française, une jeune paysanne italienne et un officier anglais des Indes.

Mais quelle pauvre littérature à mouler désormais pour un poète dans la vieille versification !

Voyez-vous un Tolstoï, un Dostoïewsky, un Balzac, un Zola, et plus loin un Rabelais se bornant à versifier avec un dictionnaire des Rimes. Mais le parangon des poètes français La Fontaine tout classique qu'il fût… je n'insiste pas, tant tout cela est évident.

La rapidité, cause initiale de vos abréviations idéogrammatiques ou sténogrammatiques comme vous voudrez, confirme leur existence et n'est point un argument contre moi.

Je vous dédie donc, mon amie, le poème de ce coup d'éventail dont le svastica marque la douceur bienheureuse. Au demeurant vous voyez bien mon amie que je suis pris par une autre et plus neuve beauté que non pas l'ancienne versification.

Mais je baise respectueusement ces doigts que vous me tendez

Et leurs visages étaient pâles
Et leurs sanglots s'étaient brisés
Après la neige aux blancs pétales
Comme des mains sur des baisers
Tombaient les feuilles automnales

28 novembre 1915

Petite marraine, je ne puis vous écrire longuement aujourd'hui, car j'ai beaucoup à faire, venant d'être promu officier. Mais non, il n'y a point de sarcasme en moi, surtout à votre égard, un peu de peine que le gentil sourire a dissipé. Je n'ai point d'impatiences pédagogiques. J'irai volontiers à Montpellier mais pas maintenant : vous n'imaginez point, marraine, je suppose, que j'aie fait vœu de chasteté. C'est pourquoi je n'irai pas à Montpellier passer ma permission. Je suis content que vous ayez bien compris « L'Hérésiarque » et les qualités que vous y avez trouvées je les trouve aussi, d'une façon plus féminine mais non moindre, dans l'« Histoire de l'Espine ». Il faut travailler et ne point vous rebuter, ni vous décourager. Votre roman par lettres doit être charmant. Vos vers sont délicieux. Je lis dans la « Vie anecdotique » du « Mercure » un peu de ma vie actuelle, parfois la censure coupe un morceau, mais ça ne fait rien. Ne craignez point que je veuille vous agacer par des déclarations d'amour. Je me méfie d'un sentiment qui m'a beaucoup fait souffrir et comme je ne dois pas vous voir de sitôt, je me livre à une correspondance agréable et désintéressée... Je baise vos mains de songe.

G. A.

5 décembre 1915

Ma chère amie, j'ai reçu votre lettre écrite huit jours avant celle à laquelle je réponds. J'y ai répondu en vous annonçant ma promotion dans l'infanterie comme sous-lieutenant. Je suis depuis six jours déjà dans la tranchée de première ligne dont l'horreur ne se peut décrire, encore moins imaginer. De ces abîmes blancs, pleins d'eau, arrosés par la pluie métallique et puante des plus redoutables engins de guerre, je vous envoie le témoignage affectueux de mon amitié pour vous ma petite marraine bien apprise.

G. De Kostrowitzki
sous-lieutenant au 9e d'infanterie
6e Compagnie

Secteur 139

6 décembre 1915

Je vous écris avec la seule chose que j'aie sous la main, mon amie. Vos déductions sur mon physique et mon moral s'accordent, je crois, presque entièrement avec la réalité. Toutefois je ne suis pas extrêmement grand (i mètre 72). Je vous enverrai ma photographie dès que j'en aurai une Je fume ainsi que vous l'avez deviné, j'ai les cheveux plutôt blonds foncés et cendrés que bruns avec le poil plutôt fauve. Mes yeux sont moins beaux, moins sombres et moins jaloux que lorsque j'écrivais la nouvelle sur Laquedem. Maintenant mes yeux sont de couleur noisette. Ils ne sont plus jaloux.

Je baise vos mains de songe, mon amie.

G. A.

20 décembre 1915

Bien, bien, Marraine, ne vous fâchez pas, je ne suis plus ombrageux et vous suis très reconnaissant de l'intérêt que vous voulez bien me témoigner.

Je vous enverrai une photo quand j'en aurai une. Quand ? La vie de fantassin ne s'imagine point, surtout dans l'armée où nous sommes et vous savez où puisque les gens de Montpellier v sont aussi. Les cantines des officiers ne nous rejoignent jamais, nos repos étant de plus grandes fatigues et une vie encore plus... que d'être en ligne. En somme, on ne sort jamais des tranchées. Si on nous changeait de région la vie changerait ; il y a des secteurs où l'on est, paraît-il, bien. Il y a civils et civiles assez près des lignes. Ici c'est le désert désolé des paysages infernaux si l'on se donne la peine d'en imaginer...

Je vous envoie mes meilleurs souhaits pour Noël et pour le premier de l'an.

Guillaume Apollinaire

18 janvier 1916

Ma chère petite marraine, me voici de retour d'une longue permission, longue parce que je l'ai passée en Algérie ; mais officiellement elle était de 6 jours seulement comme toutes les permissions. J'ai trouvé les délicieux bonbons, je suis très gourmand mais je ne me souviens pas d'avoir jamais mangé d'aussi bons bonbons. Les cigarettes et les cigares sont excellents ; ce sont également, ou plutôt c'étaient, mes cigarettes favorites. J'avais égaré votre adresse (en permission) je la retrouve et vous écris pour vous souhaiter une bonne année, beaucoup de bonheur, beaucoup de poésie et de travail heureux. Je vous écrirai chaque fois que je recevrai une lettre de vous. Aussi ne tenez pas compte du retard de celle-ci et écrivez-moi vite pour me dire que vous allez bien et me dire aussi ce que vous faites, ce que vous écrivez, ce que vous lisez. Je vous baise la main. Votre filleul de guerre.

Guillaume Apollinaire

Aux armées 25 janvier 1916

Ma chère marraine, copiez-moi les « sonnets nonchalants » et me les envoyez, voulez-vous ? Ils me récréeront et me toucheront sans aucun doute. Je n'ai pas lu « Les rencontres de M. de Bréot » de Régnier mais la monotonie de cet auteur de talent mais trop convenu, sinon trop châtié, m'a toujours éloigné de sa prose et je n'aime de lui que ses premiers vers et notamment un joli poème intitulé : « La Galère ». Pour ce qui est de Rosny, il n'est pas assez châtié précisément et je trouve que les premiers ouvrages des deux Rosny étaient supérieurs à ceux de l'aîné seul, un peu trop populaire à mon sens. Quand ils étaient deux, les Rosny n'étaient pas sans intérêt ; leur style scientifique avait quelque chose de rigolo, une écriture artiste pour l'école du soir. Je baise vos mains de rêve.

Votre Guillaume Apollinaire

4 février 1916

Certes, chère amie, il faut continuer à travailler, je vous le dis en toute sincérité. Vous êtes extraordinaire de le demander. Je vous enverrai une photo quand j'en aurai. Si vous en avez il faut aussi m'en envoyer une. Je voudrais encore savoir, chère amie, ce qu'est devenu Léonard qui ne m'a plus écrit et dont je n'ai plus l'adresse. Le métier de téléphoniste est assez dangereux. Écrivez-moi bien des choses sur vous... Je vous baise la main.

Guillaume Apollinaire

26 mars 1916 (dicté à l'infirmier)

Ma chère marraine,

Je ne vous ai plus écrit parce que vous avez laissé ma dernière lettre sans réponse. Je suis blessé à la tête et en traitement à l'hôpital de Château-Thierry (Hôtel-Dieu) où vous pouvez m'écrire. Cette blessure me donnera l'occasion de faire votre connaissance quand je retournerai au dépôt.

J'ai été blessé sans doute parce que vous n'avez plus pensé à moi et qu'ainsi le talisman ne pouvait pas agir.

Écrivez-moi vite et faites si vous voulez un petit poème sur mon casque qui s'est laissé percer pour me sauver la vie.

Je vous baise la main et vous prie de me croire votre filleul reconnaissant.

Ma chère petite marraine,

Vos vers sont exquis, je les adore, mais je ne peux pas écrire à cause de certains troubles consécutifs à ma blessure.

Vous, écrivez-moi cependant si vous voulez bien.

Guillaume Apollinaire

Ma chère petite marraine, Vos vers sont exquis, je les adore, mais je ne peux pas écrire à cause de certains troubles consécutifs à ma blessure. Vous, écrivez-moi cependant si vous voulez bien. Guillaume Apollinaire. sans date (avril 1916) Hôpital du Gouvernement italien 41, quai d'Orsay.

25 juillet 1916

Ma chère petite marraine,

Je vous remercie de ne pas m'avoir oublié. Je vais un peu mieux mais suis encore très fatigué et ne peux guère écrire. J'ai été opéré deux fois et il me semble que ma trépanation du 9 mai ait donné de bons résultats. Pour le demeurant je me suis réhabitué à la vie de Paris qui a peu changé pendant la guerre. Je suis encore très nerveux, irascible à l'excès, j'en ai paraît-il pour plus d'un an à me remettre du traumatisme capital qui a manqué me faire mourir. J'ai appris avec peine la blessure de Léonard ; pourvu que son bras se remette et qu'on n'ait pas été obligé de l'amputer. Au revoir ma chère petite marraine. J'envoie aussi un mot à Léonard pour l'assurer de mon amitié et de mon souvenir.

Votre filleul reconnaissant.

Guillaume Apollinaire

Hôpital du gouvernement italien
4 août 1916

Ma chère amie, votre lettre m'a fait un grand plaisir. Vous ne voudriez point que j'oubliasse l'aimable petite marraine qui est aussi un délicieux poète.

Je ne suis pas de votre avis touchant le lieu où l'on habite et le jour où l'on est. Je n'ai jamais désiré de quitter pour ma part le lieu où je vivais et j'ai toujours désiré que le présent quel qu'il fût perdurât.

Rien ne détermine plus de mélancolie chez moi que cette fuite du temps. Elle est en désaccord si formel avec mon sentiment, mon identité, qu'elle est la source même de ma poésie.

Cette façon d'être content de mon sort ne m'empêche nullement de formuler des souhaits, au demeurant. Souhaits modestes : pouvoir définitivement habiter le Midi, être libre de ne rien faire afin d'être libre de travailler à mon aise. C'est ainsi qu'encore j'aimerais être à Mosset en ce moment, et pouvoir baiser la main de ma jolie marraine.

Mais vous ne m'avez pas donné de nouvelles de Léonard ?

Je vous garde, ma chère amie, la plus vive reconnaissance et en même temps beaucoup d'admiration pour le poète que vous êtes et que je voudrais que l'on connût.

Guillaume Apollinaire

Hôpital du gouvernement italien
Octobre 1916

Ma chère petite marraine,

Vous m'avez envoyé des vers si exquis que je n'ose vous en envoyer de ma façon actuellement car c'est avec une grande peine que j'arrive à faire des choses sans intérêt. Je suis trop fatigué encore. J'ai reçu une lettre du gentil et brave Léonard et les souvenirs qu'elle a évoqués m'ont fait plaisir. Vous recevrez ces jours-ci, ma chère petite marraine, mon livre du « Poète Assassiné » je crois bien que vous en avez déjà lu les épreuves qui sont entre les mains de Léonard,

L'approche de l'hiver me fait souffrir et me rend soucieux.

« Les beautez » deviennent rares à Paris, ou du moins c'est mon avis. Je crois qu'elles ont émigré en pays neutre, il y en a même qui sont demeurées dans les pays envahis.

Mais Saint-Sébastien, la « season » romaine (une nouveauté dans le monde !) en retiennent un grand nombre. Jamais les femmes n'ont autant voyagé.

Toutefois il y a encore des femmes en France, témoin cette histoire qui vous fera rire, ma chère petite marraine, aux dépens de vos commères :

un sous-lieutenant blessé, soigné dans mon hôpital, avait fait paraître dans la Vie Parisienne une annonce où il demandait une marraine. En trois jours il reçut 229 lettres. J'aurais voulu les lire toutes mais le sot les brûla aussitôt et je les lui demandai trop tard.

J'en lus une seule, assez drôle ma foi ! Quant à celles qu'il distingua, elles défilèrent à l'hôpital et je n'ai jamais vu un défilé aussi extraordinaire de femmes laides.

La guerre se traîne comme je fais et tout cela est triste. Vous dans votre jolie ville vous jouissez au moins du beau soleil que nous n'avons plus. J'espère avoir le plaisir de vous voir un jour ma chère marraine et en attendant je vous baise la main.

Guillaume Apollinaire

Hôpital du gouvernement italien
23 novembre 1916

Ma chère petite marraine, je suis bien persuadé de ce que vous me dites : les marraines inconnues ne sont pas toutes laides. J'ai été si fatigué que je n'ai pu ni écrire ni envoyer le livre, je le fais cette semaine.

Apprêtez un bouquet fait d'ache et d'immortelles
Le mois qui court encor ne s'achèvera pas
Sans que votre poète apporte son trépas
Comme une fleur d'automne à vos pieds fleurs
plus belles

Mais écrivez-moi plus souvent, sans quoi vous ne me laisseriez que le loisir de chanter comme Chérubin dont je n'ai malheureusement plus l'âge :

> J'avais une marraine
> Que mon cœur que mon cœur a de peine

Ici la vie s'écoule, sinon monotone, du moins sans beauté. La Seine monte un peu sous les fenêtres de l'hôpital et mon ami le docteur Mardrus que je vois souvent me donne par ses récits la nostalgie de son Orient.

Je baise les belles mains dont je devine l'harmonieuse forme et je suis,

Votre filleul dévoué.

Guillaume Apollinaire

18 janvier 1917

Ma chère petite marraine, je suis tellement en retard avec vous que je n'ose plus vous demander pardon et que je ne sais plus si je vous ai souhaité la bonne année. Si non recevez mes vœux. J'ai connu Chadourne il y a longtemps. Il était venu me voir pour une revue « Le Voile de Pourpre » qu'il fondait et je lui donnai des vers. Il a été soigné à l'hôpital italien où je suis et où il revient parfois, mais je le retrouvai au Val-de-Grâce, où on l'avait évacué pendant que je m'y trouvais. Depuis longtemps au demeurant, je ne le vois que rarement car nous demeurons loin l'un de l'autre et je ne lui écris pas car je ne sais le numéro de la maison où il habite. C'est un homme délicat et un italianisant distingué. Je prends vos deux mains, ma chère petite marraine, et je les baise pieusement.

Guillaume Apollinaire

19 septembre 1917

Ma chère marraine et amie, il est vrai que mon voyage m'avait bien fatigué, mais j'ai gardé de notre entrevue une excellente impression. Si bien que j'ai signalé votre talent poétique à Jean de Gourmont qui doit vous demander un poème pour l'Almanach des Lettres et des Arts luxueusement édité par Poiret. Vous voyez que mon amitié est diligente… Je vous remercie de m'avoir envoyé mon poème et le vôtre qui me montre que vous avez compris le divertissement dont il s'agissait. C'est pourquoi je vous envoie l'expression vive de mon amitié et vous baise la main.

Guillaume Apollinaire

P. S. J'ai égaré votre adresse.

Hôpital complémentaire
du Val-de-Grâce n° 11
31 janvier 1918

Ma chère amie, je suis au lit depuis plus d'un mois : une pleuro-pneumonie m'y a couché. Je vais mieux et j'attends avec impatience qu'on me laisse me lever. Je vous eusse écrit plus souvent si j'avais eu votre adresse que vous m'aviez donnée et qui n'était pas, je crois, située à Montpellier. Labor improbus… C'est pourquoi il ne faut point vous décourager en apprenant qu'à cause des difficultés papetières et typographiques, l'Almanach des Lettres et des Arts n'a pas paru cette année. Jean de Gourmont garde votre poème pour l'an prochain si les difficultés sont moins grandes que cette année. Vous avez eu raison de publier des poèmes dans les revues provinciales. J'ai parlé de votre talent poétique à M. Crouzet directeur de la « Grande Revue ». Il attend de vos vers et vous avez les plus grandes chances qu'il en publie si vous suivez exactement mes conseils. Envoyez-lui, en lui rappelant que je lui ai parlé de vous, une vingtaine de poèmes. Il est absolument nécessaire qu'ils aient trait à la guerre ou du moins qu'ils s'y rattachent. C'est ainsi que le sonnet sur mon casque conviendrait parfaitement à « La Grande Revue » ainsi que le quatrain talisman. Après cela qu'Apollon vous favorise, Guillaume Apollinaire a fait ce qu'il a pu. Il est absolument regrettable que vous ayez adopté un pseudonyme masculin. C'est du moins mon sentiment. Je vous souhaite bon an et vous baise la main.

Guillaume Apollinaire

Ministère des colonies, cabinet du ministre
Paris, le 10 mai 1918

Ma chère marraine, Ma longue maladie, puis mon passage de la Censure au ministère des Colonies, mon mariage encore et mille autres occupations m'ont empêché de vous écrire. Je n'ai vraiment pas eu une minute à moi. J'espère que vous avez eu des nouvelles de M. Crouzet. Si non dites-le moi. Je m'efforcerai de faire passer vos vers. Envoyez-m'en quelques-uns. Je les ferai passer dans de petites revues à défaut des grandes. Je ne suis pas encore bien remis de ma congestion pulmonaire. J'ai, en outre, une sorte de maladie de peau causée par une intoxication alimentaire que l'on me soigne en ce moment. Vous voyez que je n'ai que peu de temps à moi. Joignez à cela que je me lève à 5 heures du matin pour aller au journal l'Information traduire les journaux anglais vous aurez une idée des occupations qui peuvent remplir ma journée. Je regrette de n'avoir point vu ici Léonard. Si vous l'apercevez, soyez assez bonne pour lui demander de m'écrire. J'ai reçu la photographie. Elle est ressemblante et charmante. Il a fait longtemps un temps anti-gotha. Mais de nouveau il fait beau. On renaît. D'autre part, les gothas peuvent aussi revenir. Et cela compense-t-il ceci. On verra bien ; sur quoi je vous envoie mes compliments très amicaux et plus doux encore que n'est la saccharine. Je vous baise la main.

Guillaume Apollinaire

Chambre des députés
16 juillet 1918

Ma chère amie, Ce serait avec plaisir que j'aurais fait le voyage de Troyes avec ma femme, mais pour le moment les permissions sont suspendues et la Bertha m'a forcé à envoyer ma femme en Bretagne il y a déjà plus d'un mois… J'ai reçu la coupure et une lettre de Léonard. Je lui ai – comme promis – dédié un poème nîmois de « Calligrammes », mais je n'arrive pas à lui répondre, ni à lui ni à personne. Je suis accablé de travail et ne puis même plus travailler pour moi, Je vous envoie le souvenir très reconnaissant et très respectueux de votre filleul. Vos poèmes paraîtront à Paris.

Guillaume Apollinaire

7 août 1918

Kervoyal par Damgan (Morbihan) jusqu'au 20, après à Paris

Ma chère marraine, comme c'est dommage ! et envoyez aussi mes excuses à votre mari que j'eusse été heureux de connaître. Mais j'espère que la première fois que l'occasion se présentera je saurai la mieux saisir aux cheveux. J'ai écrit à Léonard. Je suis en permission de 21 jours depuis le 27 juillet. L'an prochain j'enverrai peut-être ma femme dans le midi. Je suis au bord de l'océan, ou plutôt nous sommes, puisque je suis auprès de ma femme. J'avais un très grand besoin de repos.

Parlez-moi toujours de votre projet. Je suis certain que vous l'expliquerez très clairement même par lettre. Envoyez mes amitiés – avant la lettre – à votre mari. Je vous envoie celles de ma femme et vous baise la main.

Guillaume Apollinaire

Kervoyal 24 octobre 1918

Ma chère marraine, je pense qu'à Paris vous aurez plus de retentissement. Écrivez donc en indiquant le nombre de pages à M. François Bernouard, 71 rue des Saint-Pères, de ma part. Il est imprimeur, éditeur, poète lui-même. Je vous ferai une préface. Vous me préviendrez quand la chose sera décidée. Je rentre à Paris ce soir. Je vous baise la main.

Guillaume Apollinaire

Ministère des colonies
Sans date (octobre 1918)

Chère amie, J'ai écrit à Bernouard. Je le verrai bientôt. Je suis extrêmement pris. Excusez-moi de ne pas vous écrire plus longuement. Je le ferai quand il sera possible. Hommages.

Guillaume Apollinaire

5

Jacqueline, la jolie rousse

Depuis sa blessure, depuis son retour du front en mars 1916 Guillaume Apollinaire garde une santé précaire. Il reste affaibli après avoir été gazé et trépané. Jugé inapte en juin 1917, il est maintenu sous les drapeaux et affecté à la censure.

Au cours de l'été 1916, le poète retrouve par hasard Amélia, dite Jacqueline Kolb, une jeune fille qu'il a connue avant la guerre. Elle a été la compagne du poète Jules Gérard Jordens, tué au moment où Guillaume a été blessé. Celle que tout le monde appelle Ruby, la jolie rousse, est peintre à ses heures. Elle devient pour Guillaume la compagne de sa convalescence et de sa reconstruction. Il l'épouse le 2 mai 1918, six mois et sept jours avant sa mort, à l'église Saint Thomas d'Aquin. Picasso et Vollard sont ses témoins. Jacqueline Apollinaire est la seule femme qui ait porté le nom du poète.

Tout se passe comme si la guerre et sa blessure avaient refermé la porte de la jeunesse de Guillaume, lui faisant atteindre une sorte d'âge de raison. Jacqueline semble à première vue n'être pour lui une sorte de baume apaisant. Une infirmière plus physique que métaphysique. Mais elle fut beaucoup plus. Point n'est besoin de correspondances entre Guillaume et Jacqueline, puis qu'ils vivent ensemble. Seules quelques poésies sans doute remises en mains propres. Et Jacqueline Apollinaire ne ménagera pas ses efforts après la mort de son mari, pour que ses œuvres inédites soient publiées et ne restent pas dans l'oubli. Elle aura donc été aussi sa « bonne fée » à titre posthume.

LA JOLIE ROUSSE

Me voici devant tous un homme plein de sens
Connaissant la vie et de la mort ce qu'un vivant
peut connaître
Ayant éprouvé les douleurs et les joies de l'amour
Ayant su quelquefois imposer ses idées
Connaissant plusieurs langages
Ayant pas mal voyagé
Ayant vu la guerre dans l'Artillerie et l'Infanterie
Blessé à la tête trépané sous le chloroforme
Ayant perdu ses meilleurs amis dans l'effroyable
lutte
Je sais d'ancien et de nouveau autant qu'un homme
seul
pourrait des deux savoir
Et sans m'inquiéter aujourd'hui de cette guerre
Entre nous et pour nous mes amis
Je juge cette longue querelle de la tradition et de
l'invention
De l'Ordre et de l'Aventure

Vous dont la bouche est faite à l'image de celle
de Dieu
Bouche qui est l'ordre même
Soyez indulgents quand vous nous comparez
À ceux qui furent la perfection de l'ordre
Nous qui quêtons partout l'aventure

Nous ne sommes pas vos ennemis
Nous voulons vous donner de vastes et étranges
domaines
Où le mystère en fleurs s'offre à qui veut le cueillir

Il y a là des feux nouveaux des couleurs jamais vues
Mille phantasmes impondérables
Auxquels il faut donner de la réalité
Nous voulons explorer la bonté contrée énorme où tout se tait
Il y a aussi le temps qu'on peut chasser ou faire revenir
Pitié pour nous qui combattons toujours aux frontières
De l'illimité et de l'avenir
Pitié pour nos erreurs pitié pour nos péchés

Voici que vient l'été la saison violente
Et ma jeunesse est morte ainsi que le printemps
O Soleil c'est le temps de la Raison ardente
Et j'attends
Pour la suivre toujours la forme noble et douce
Qu'elle prend afin que je l'aime seulement
Elle vient et m'attire ainsi qu'un fer l'aimant
Elle a l'aspect charmant
D'une adorable rousse

Ses cheveux sont d'or on dirait
Un bel éclair qui durerait
Ou ces flammes qui se pavanent
Dans les rose-thé qui se fanent

Mais riez riez de moi
Hommes de partout surtout gens d'ici
Car il y a tant de choses que je n'ose vous dire
Tant de choses que vous ne me laisseriez pas dire
Ayez pitié de moi

Ô ma jeunesse abandonnée
Comme une guirlande fanée
Voici que s'en vient la saison
Et des dédains et du soupçon
Le paysage est fait de toiles
Il coule un faux fleuve de sang
Et sous l'arbre fleuri d'étoiles

Un clown est l'unique passant
Un froid rayon poudroie et joue
Sur les décors et sur ta joue
Un coup de revolver un cri
Dans l'ombre un portrait a souri
La vitre du cadre est brisée
Un air qu'on ne peut définir
Hésite entre son et pensée
Entre avenir et souvenir
Ô ma jeunesse abandonnée
Comme une guirlande fanée
Voici que s'en vient la saison
Des regrets et de la raison

Conclusion

Dieu que la guerre est jolie

Comme Antoine de Saint Exupéry, à une guerre de différence, Guilllaume Apollinaire est un poète soldat : Saint-Exupéry l'aviateur. Apollinaire l'artilleur devenu fantassin par courage et pour mieux encore faire l'amour à la mort, la séduire en la bravant. Son cœur est sa caserne. Dans sa correspondance amoureuse, l'auteur des Onze mille verges *donne une prolongation à son roman pornographique dans la vraie vie, sachant que sa source d'inspiration ne doit rien cette fois à Edmond Dumoulin ou encore aux* Exploits d'un jeune Don Juan, *traduction libre ou adaptée par ses soins du livre érotique allemand anonyme* Kinder-Geilheit oder Geständnisse eines Knaben. *Les poèmes d'amour les plus touchants de Guillaume Apollinaire sont ceux où il courtise la guerre et la mort en arrivant à célébrer leur beauté, sous la fange de leurs masques et de leurs atours.*

On connaît bien L'Adieu du cavalier *(Ah Dieu ! Que la guerre est jolie !) poème expédié par lettre à une amie, Louise Laure-Favier le 20 août 1915, à Madeleine le 3 septembre, et à Lou le 20 septembre. Apollinaire y fait. Il y fait selon sa biographe Annette Becker, « l'apologie de la vie dans la mort. L'apologie de la paix dans la guerre ». Mais il faut évoquer* Merveille de la Guerre, *poème jamais envoyé à Madeleine et publié dans* Calligrammes.

OBUS COULEUR DE LUNE
– MERVEILLE DE LA GUERRE

Que c'est beau ces fusées qui illuminent la nuit
Elles montent sur leur propre cime et se penchent pour regarder
Ce sont des dames qui dansent avec leurs regards pour yeux bras et cœurs

J'ai reconnu ton sourire et ta vivacité
C'est aussi l'apothéose quotidienne de toutes mes Bérénices dont les chevelures sont devenues des comètes
Ces danseuses surdorées appartiennent à tous les temps et à toutes les races
Elles accouchent brusquement d'enfants qui n'ont que le temps de mourir

Comme c'est beau toutes ces fusées
Mais ce serait bien plus beau s'il y en avait plus encore
S'il y en avait des millions qui auraient un sens complet et relatif comme les lettres d'un livre
Pourtant c'est aussi beau que si la vie même sortait des mourants

Mais ce serait plus beau encore s'il y en avait plus encore
Cependant je les regarde comme une beauté qui s'offre et s'évanouit aussitôt
Il me semble assister à un grand festin éclairé a giorno
C'est un banquet que s'offre la terre
Elle a faim et ouvre de longues bouches pâles
La terre a faim et voici son festin de Balthasar cannibale

Qui aurait dit qu'on pût être à ce point
anthropophage
Et qu'il fallût tant de feu pour rôtir le corps humain
C'est pourquoi l'air a un petit goût empyreumatique qui n'est ma foi pas désagréable
Mais le festin serait plus beau encore si le ciel y
mangeait avec la terre
Il n'avale que les âmes
Ce qui est une façon de ne pas se nourrir
Et se contente de jongler avec des feux versicolores

Mais j'ai coulé dans la douceur de cette guerre avec
toute ma compagnie au long des longs boyaux
Quelques cris de flamme annoncent sans cesse
ma présence
J'ai creusé le lit où je coule en me ramifiant en
mille petits fleuves qui vont partout
Je suis dans la tranchée de première ligne et cependant je suis partout ou plutôt je commence à
être partout
C'est moi qui commence cette chose des siècles à venir
Ce sera plus long à réaliser que non la fable d'Icare
volant

Je lègue à l'avenir l'histoire de Guillaume
Apollinaire
Qui fut à la guerre et sut être partout
Dans les villes heureuses de l'arrière
Dans tout le reste de l'univers
Dans ceux qui meurent en piétinant dans le barbelé
Dans les femmes dans les canons dans les chevaux
Au zénith au nadir aux 4 points cardinaux
Et dans l'unique ardeur de cette veillée d'armes

Et ce serait sans doute bien plus beau
Si je pouvais supposer que toutes ces choses dans
lesquelles je suis partout
Pouvaient m'occuper aussi
Mais dans ce sens il n'y a rien de fait

Car si je suis partout à cette heure il n'y a cependant
que moi qui suis en moi

Le 1er août 1915, Apollinaire écrivait à son amie Sonia Delaunay, sur une carte militaire : « Je suis sur le front depuis la veille de Pâques. J'ai même été déjà avec ma batterie dans 3 secteurs bien différents. J'habite un trou, une région sans village, sans verdure, sans habitants, sans eau. Il n'y a que des rats des mouches et des Boches devant nous. C'est tout et c'est assez. Les seuls oiseaux ici ce sont les oiseaux métalliques qui ne cessent de traverser le ciel. Jusqu'à maintenant pas de casse et je me porte très bien, mon cheval aussi. J'ai bien reçu le colis mais je m'étais toujours demandé qui me l'avait envoyé, je vous en remercie, il contenait des choses excellentes et d'une couleur merveilleuse. J'ai les spectacles aussi tout merveilleux surtout la nuit. La guerre est une chose charmante ! »

C'est en faisant l'amour à la mort et à la guerre que Guillaume Apollinaire écrit son testament poétique : sa plus belle lettre d'amour à l'avenir et au renouveau de la langue des poètes.

LA TÊTE ÉTOILÉE – LA VICTOIRE

Un coq chante je rêve et les feuillards agitent
Leurs feuilles qui ressemblent à de pauvres marins

Ailés et tournoyants comme Icare le faux
Des aveugles gesticulant comme des fourmis
Se miraient sous la pluie aux reflets du trottoir

Leurs rires amassés en grappes de raisin

Ne sors plus de chez moi diamant qui parlais
Dors doucement tu es chez toi tout t'appartient
Mon lit ma lampe et mon casque troué

Regards précieux saphirs taillés aux environs de Saint-Claude
Les jours étaient une pure émeraude

Je me souviens de toi ville des météores
Ils fleurissaient en l'air pendant ces nuits où rien ne dort
Jardins de la lumière où j'ai cueilli des bouquets

Tu dois en avoir assez de faires peur à ce ciel
Qu'il garde son hoquet

On imagine difficilement
À quel point le succès rend les gens stupides et tranquilles

À l'institut des jeunes aveugles on a demandé
N'avez-vous point de jeunes aveugles ailés

Ô bouches l'homme est à la recherche d'un nouveau langage
Auquel le grammairien d'aucune langue n'aura rien à dire

Et ces vieilles langues sont tellement près de mourir
Que c'est vraiment par habitude et manque d'audace
Qu'on les fait encore servir à la poésie

Mais elles sont comme des malades sans volonté
Ma foi les gens s'habitueraient vire au mutisme
La mimique suffit bien au cinéma
Mais entêtons-nous à parler
Remuons la langue
Lançons des postillons
On veut de nouveaux sons de nouveaux sons de nouveaux sons
On veut des consonnes sans voyelles
Des consonnes qui pètent sourdement
Imitez le son de la toupie
Laissez pétiller un son nasal et continu
Faites claquer votre langue

Servez-vous du bruit sourd de celui qui mange sans civilité
Le raclement aspiré du crachement ferait aussi une belle consonne

Les divers pets labiaux rendraient aussi vos discours claironnants
Habituez-vous à roter à volonté
Et quelle lettre grave comme un son de cloche
À travers nos mémoires

Nous n'aimons pas assez la joie
De voir les belles choses neuves
Ô mon amie hâte-toi
Crains qu'un jour un train ne t'émeuve
Plus
Regarde-le plus vite pour toi
Ces chemins de fer qui circulent
Sortiront bientôt de la vie
Ils seront beaux et ridicules
Deux lampes brûlent devant moi
Comme deux femmes qui rient
Je courbe tristement la tête
Devant l'ardente moquerie
Ce rire se répand
Partout
Parlez avec les mains faites claquer vos doigts
Tapez-vous sur la joue comme sur un tambour
Ô paroles
Elles suivent dans la myrtaie
L'Éros et l'Antéros en larmes
Je suis le ciel de la cité

Écoutez la mer

La mer gémir au loin et crier toute seule
Ma voix fidèle comme l'ombre
Veut être enfin l'ombre de la vie
Veut être ô mer vivante infidèle comme toi

La mer qui a trahi des matelots sans nombre
Engloutit mes grands cris comme des dieux noyés
Et la mer au soleil ne supporte que l'ombre
Que jettent des oiseaux les ailes éployées

La parole est soudaine et c'est un Dieu qui tremble
Avance et soutiens-moi je regrette les mains
De ceux qui les tendaient et m'adoraient ensemble
Quelle oasis de bras m'accueillera demain
Connais-tu cette joie de voir des choses neuves

Ô voix je parle le langage de la mer
Et dans le port la nuit des dernières tavernes
Moi qui suis plus têtu que non l'hydre de Lerne

La rue où nagent mes deux mains
Aux doigts subtils fouillant la ville
S'en va mais qui sait si demain
La rue devenait immobile
Qui sait où serait mon chemin
Songe que les chemins de fer
Seront démodés et abandonnés dans peu de temps
Regarde

La victoire avant tout sera
De bien voir au loin
De tout voir
De près
Et que tout ait un nom nouveau

Il faut explorer encore d'autres poésies non jointes à des lettres.

En 1917, la mort réapparaît dans Sanglots, *et dans* Couleurs du temps, *un drame en trois actes et en vers. Puis elle resurgit encore en mars 1918, dans* La promenade de l'ombre *publié dans* Excelsior.

SANGLOTS
9 AVRIL 1917

Notre amour est réglé par les calmes étoiles
Or nous savons qu'en nous beaucoup d'humains respirent
Qui vinrent de très loin et sont un sous nos fronts
Souviens-t-en cher orgueil de tous ces souvenirs
Des marins qui chantaient comme des conquérants
Des gouffres de Thulé des tendres cieux d'Ophir
Des malades maudits de ceux qui fuient leur ombre
Et du retour joyeux des heureux émigrants.
Tu ne la briseras la chaîne de ces causes
Qui sont les effets d'autres causes
Voici voici nos mains que la vie fit esclaves
Ainsi vont toutes choses
Et rien ne sera libre jusqu'à la fin des temps
Laissons tout aux morts
Et cachons nos sanglots

C'est la chanson des rêveurs
Qui s'étaient arraché le cœur
Et le portaient dans la main droite
De ce cœur il coulait du sang
Et le rêveur allait pensant
À sa blessure délicate
Et douloureuse et nous disait
Mon pauvre cœur mon cœur brisé
Pareil au cœur de tous les hommes
Est mort d'amour ou c'est tout comme
Est mort d'amour et le voici
Arrachez donc le vôtre aussi.

La mort vient qui ne trouve pas juste
Que quelqu'un vous vous ou bien moi
Échappe à sa domination
Il est temps encore de partir
Bientôt l'on verra bondir la mort
Oui elle bondira jusqu'ici

Comme un tigre affamé au milieu
D'un troupeau éperdu de captives
Venez vite Au sud à l'est au nord
Coule le sang des antagonistes
Et leurs grandes ombres atroces
Obscurciront bientôt l'horizon
À l'ouest c'est la mer incertaine
Que sillonnent de nouveaux poissons
Au-dessus de nos têtes enfin
Des oiseaux de métal et de bois
Planent menaçants il faut partir
Il essaye de les entraîner.

C'est ici qu'a eu lieu la bataille
Il est tombé frappé à la tête
Elle trouve la croix sous laquelle repose son fils
Mon fils te voilà sous cette croix
Te voici mon joyau précieux
Te voici mon fruit blanc et vermeil
C'est mon fils c'est mon enfant c'est lui
Fils tu n'es plus rien que cette croix
C'est mon fils c'est mon enfant c'est toi
Ô très belle fontaine vermeille
Te voilà tarie à tout jamais
Ô toi dont la source était en moi
C'est mon fils c'est mon enfant c'est toi
Tu dors dans ta pourpre impériale
Teinte du sang que je t'ai donné
Ô fils beau lys issu de ma chair
Floraison exquise de mon cœur
Mon fils mon fils te voilà donc mort
À ton front une bouche nouvelle
Rit de tout ce que ce soir j'endure
Parle sous terre bouche nouvelle
Que dis-tu bouche toujours ouverte
Tu es muette bouche trop rouge

Ô Fiancé si beau si fort
Toi qui mourus vêtu de bleu

Un morceau de ciel enterré
Et comme ton corps doit être lourd
Déjà je plie sous ton souvenir
Ô mon fils je t'ai porté jadis
Lorsque tu ne pesais presque rien
Et je n'ai plus de lait pour nourrir
Ta mort comme j'ai nourri ta vie

Mon amour pour toi contient tout
Les grandes raisons de ta mort
Et cet avenir qui naît d'elle
Mais réponds réponds que tu m'aimes
Ô mon fiancé je suis vierge
Mais tout ton sang repose en moi
Tu m'as fécondée en mourant
Je sens en moi tout l'avenir

Adieu Adieu il faut que tout meure

LA PROMENADE DE L'OMBRE
MARS 1918

C'était un peu avant midi. Je vis venir une ombre. Mais, pour mon étonnement, elle ne dépendait d'aucun corps et s'avançait librement, toute seule.

Elle était couchée en biais sur le sol. Passait-elle près d'un trottoir, elle prenait soudain deux plis et, parfois, près d'un mur, elle se mettait toute droite comme pour défier quelqu'un, le soleil peut-être, elle dont aucun corps ne lui offusquait la vue.

Je me mis à la suivre au moment où elle disparaissait au tournant d'une rue très déserte, où il me sembla qu'elle ne s'engageait pas sans hésitation.

Mais ne faut-il pas la décrire, ou plutôt parler de son contour ? On sait qu'une ombre varie, maigrissant ou s'allongeant démesurément et, au contraire, se tassant parfois jusqu'à prendre l'apparence d'un pot à tabac. Pour ce qui concerne cette ombre esseulée dont je parle, lorsqu'il paraissait qu'elle eût son apparence la plus normale, cette ombre avait quelque chose d'un homme jeune et bien fait, dont la moustache montrait parfois une pointe et dont le profil était pur.

Une jeune fille parut au bout de la petite rue où nous nous étions engagés et, quand l'ombre fut auprès d'elle, elle grimpa pour ainsi dire contre elle comme pour la baiser au front.

La jeune fille tressaillit et se tourna aussitôt, mais l'ombre avait passé, et, là-bas, s'éloignait en glissant, en rampant sur le pavé inégal de la ruelle.

La jeune fille, dont le visage était triste et calme comme celui de ceux qui ont perdu quelqu'un à la guerre, retint un cri et il me sembla que sur son visage se mêlaient la joie et le regret...

Puis son visage redevint résigné, et ses yeux suivaient ardemment la reptation de l'ombre bleuâtre.

« La connaîtriez-vous donc, demandai-je à la jeune fille, la connaîtriez-vous donc cette ombre bleue, cette ombre solitaire ?

– Vous l'avez vue aussi ! s'écria-t-elle. Vous l'avez vue comme moi ou plutôt nous l'apercevons là-bas cette tache vivante et subtile, ce reptile immatériel dont les contours sont humains.

« J'ai cru la reconnaître. Je ne l'ai pas cru seulement, je l'ai reconnue. J'ai retrouvé les contours de son visage, sa petite moustache fine, mais point de regard.

« Je l'ai reconnu. Il n'a pas changé depuis sa dernière permission. Nous nous étions fiancés et nous devions nous marier lors de la permission prochaine. Mais un éclat d'obus l'a frappé en plein cœur. Ils l'ont tué ; toutefois, vous le voyez, son ombre n'est point morte. Elle survit plus concrète qu'un souvenir et plus subtile aussi. »

La jeune fille s'éloigna, et dans ses yeux flamboyait tout l'amour de son cœur ardent.

L'ayant saluée, je courus après l'ombre. Elle s'en allait étroitement liée aux accidents du terrain sur lequel elle se mouvait. Je la revis près de l'église de la petite ville ; je la revis dans la rue principale où elle se faufilait entre les passants qui ne remarquaient point sa forme bleuâtre à tout instant modifiée.

L'ombre flânait. Elle s'arrêtait aux boutiques et semblait prendre un plaisir extrême à cette promenade dans des endroits familiers. Parfois, elle disparaissait pour ainsi dire au milieu d'autres ombres de passants, et il me parut bien qu'il n'y avait aucune différence entre elles.

Dans le jardin public où je la suivis, elle s'attacha de préférence aux rosiers, en cette saison chargés de fleurs. On eût dit qu'elle en respirait l'ineffable odeur, et des sanglots semblaient la secouer de la tête aux pieds.

Ce ne fut pas sans émotion que j'assistai au chagrin de l'ombre. J'eusse voulu la consoler, lui donner un baiser de paix comme les premiers chrétiens s'en donnaient entre eux. Mais son mystère m'échappait, et je ne pus à un moment donné que mêler ma propre ombre à cette apparence inconsistante.

Je me reculai aussitôt de peur de la piétiner. Je craignais de lui faire mal. Je sentais une immense pitié pour son abandon. Mais soudainement, par une correspondance inexplicable, il me parut qu'elle me donnait à entendre qu'elle était heureuse et que ses sanglots n'étaient que des sanglots de bonheur, qu'il y avait en elle une vie immortelle qui lui permettait de survivre au corps disparu et de se mêler à tout ce que celui-ci avait chéri. Le bonheur de cette ombre était fait de sa présence en ces lieux qu'elle avait hantés.

Je ne m'y trompai point, et une joie tendre m'envahit. J'assistai dès lors, en souriant, aux jeux de l'ombre au milieu des parterres fleuris et sur les pelouses verdoyantes.

Quand je la vis s'éloigner du jardin public, je la suivis encore au cimetière où elle m'entraîna jusqu'à une tombe où la place de son corps avait été marquée et où il ne reposera point.

Elle revint ensuite à travers la ville, et c'est là qu'après le crépuscule la nuit nous surprit.

Cette ombre devint peu à peu plus indistincte. Je perdis finalement sa trace au milieu des ténèbres.

Mais je compris combien est vaine la mort et qu'elle atténue à peine la présence. Ceux qui sont morts ne sont pas des absents.

L'ombre intacte et solitaire qui parcourait les rues de la petite ville n'a pas moins de réalité que l'ombre intérieure dont nous pouvons suivre les contours projetés sur la mémoire et dont la subtilité bleuâtre épouse le souvenir.

Et la mort rattrape le poète dans les fièvres de la grippe espagnole qui va tuer plus encore que la guerre, et qui l'étreint deux jours avant l'armistice du 11 novembre 1918. Alors que ses amis viennent se recueillir sur sa dépouille, les Parisiens défilent sous ses fenêtres en criant « À mort Guillaume ! », faisant référence non au poète mais à l'empereur Allemand Guillaume II qui a abdiqué le même jour.

Selon Jean Tortel, Apollinaire est bel et bien cet alchimiste, « Celui qui change les obus en mimosas, la guerre en féerie, la pipe et l'œillet en fusées de mots, la fusée en sein rosé de la bien-aimée ».

LA FEMME ASSISE

La guerre même a augmenté le pouvoir que la poésie exerce sur moi et c'est grâce à l'une et à l'autre que le ciel désormais se confond avec ma tête étoilée.

Lettre à André Level
3 décembre 1915

La vie du fantassin du front, officier, sous-officier ou soldat est ce qu'il y a de plus mystérieux au monde, de plus désolé et de plus héroïque ! Et je vous fais grâce de ce qu'est la guerre même, et dont l'horreur, le mystère et la sauvage beauté sont indescriptibles. Imaginez des maçonnages de cadavres, imaginez le vol et l'éclatement incessant des bombes et des torpilles, le sifflement et le claquement des balles. C'est une vie ascétique et théâtrale à mon sens et chose bizarre la fable et la musique de *Parsifal* rendent bien cette impression de sublime abandon et de guet qui ne se ralentit point, d'infinie chasteté, de monotonie blanche et métallique.

TRISTESSE D'UNE ÉTOILE

Une belle Minerve est l'enfant de ma tête
Une étoile de sang me couronne à jamais
La raison est au fond et le ciel est au faîte
Du chef où dès longtemps Déesse tu t'armais

C'est pourquoi de mes maux ce n'était pas le pire
Ce trou presque mortel et qui s'est étoilé
Mais le secret malheur qui nourrit mon délire
Est bien plus grand qu'aucune âme ait jamais celé

Et je porte avec moi cette ardente souffrance
Comme le ver luisant tient son corps enflammé
Comme au cœur du soldat il palpite la France
Et comme au cœur du lys le pollen parfumé

Bibliographie

Denis Bordat et Bernard Veck, *Apollinaire*, Hachette, 1983.
André Parinaud, *Apollinaire*, J.-C., Lattès, 1994.
Pascale Pia, *Apollinaire Écrivains de toujours*, Seuil, 1995.
Laurence Campa, *Apollinaire la poésie perpétuelle*, Découvertes Gallimard, 2009.
Laurence Campa, *Apollinaire*, Gallimard, 2013.
Annette Becker, *La Grande Guerre d'Apollinaire : Un poète combattant*, Tallandier 2014.

Œuvres de Guillaume Apollinaire

Lettres à sa marraine : 1915-1918, Gallimard, 1951.
Œuvres poétiques complètes, La Pléiade Gallimard, 1956.
Guillaume Apollinaire, André Level : lettres, Lettres modernes, 1976.
Correspondances avec son frère et sa mère, Corti, 1987.
Correspondance Apollinaire Cocteau, J.-M. Place, 1991.
Correspondance Apollinaire Picasso, Gallimard, 1992.
Œuvres en prose complètes, La Pléiade Gallimard, 1993.
Correspondance Apollinaire Jules Romain, Gallimard, 1994.
Lettres à Madeleine/Tendre comme le souvenir, Gallimard, 2005.
Mon cher petit Lou : Lettres à Lou (28 septembre 1914-2 janvier 1915), Gallimard, 2014.

Annexes

1
Chronologie

26 août 1880 – Naissance de Guglielmo Alberto Wladimiro Alessandro Apollinare de Kostrowitzky, déclaré à la mairie sous le nom italien d'emprunt Dulcigny, d'un père inconnu et d'une mère voulant rester anonyme, et reconnu quelques mois plus tard devant notaire sous le nom de Guglielmo Alberto Wladimiro Alessandroi Apollinare de Kostrowitzky

1887 – Angelika Kostrowicka s'installe avec ses deux fils à Monaco. Elle y est fichée comme femme galante et gagne sa vie comme entraîneuse au Casino.

1887-1895 – Guillaume est placé en pension et effectue ses études chez les Maristes au collège Saint-Charles de Monaco.

1895 1897 – Guillaume est inscrit aux lycées de Cannes et de Nice où il se révèle un bon élève, mais échoue au baccalauréat. Il écrit des poèmes sous le pseudonyme de Guillaume Macabre.

1899 – Après avoir vécu à Monaco, Guillaume s'installe avec sa mère à Paris, et passe ses vacances en Belgique à Stavelot dans un hôtel dont il repart à la cloche de bois.

1899 – À Paris, Guillaume devient employé de banque, sténographe et nègre littéraire.

1900 – Guillaume publie ses premiers articles et ses premiers poèmes.

1901-1902 – Guillaume est précepteur pour la vicomtesse Élinor de Milhau, d'origine allemande et veuve d'un comte français. Il tombe amoureux de la gouvernante anglaise de ses enfants, Annie Playden qui se refuse à lui.

1902 – Après sa période Rhénane, Guillaume revient à Paris et redevient employé de banque.

À partir de 1902 – Guillaume travaille pour divers organismes boursiers et publie parallèlement contes et poèmes dans des revues. Il prend à cette époque pour pseudonyme Apollinaire d'après le prénom de son grand-père maternel, Apollinaris, qui rappelle Apollon, dieu de la poésie·

1904 – Tout en multipliant les activités littéraires, « Kostro » devient rédacteur en chef du *Guide des rentiers* et publie *L'Enchanteur pourrissant*.

1905 – En janvier, Guillaume rencontre Picasso et devient un hôte assidu du Bateau-Lavoir. Il y fait la connaissance de Max Jacob.

1907-1908 – Guillaume rencontre Marie Laurencin et commence à vivre de sa plume. Il s'intéresse de plus en plus à la critique d'art. Il exalte les peintres nouveaux. Il s'impose comme poète, journaliste, critique d'art et conférencier.

1909 – Guillaume publie la *Chanson du Mal Aimé*.

1911 – Guillaume collabore avec et *L'Intransigeant* et *Paris Journal*.

1911 – Guillaume est accusé à tort de complicité dans l'affaire du vol de la Joconde et passe une semaine à la prison de la Santé.

1912 – Marie Laurencin rompt avec Guillaume qui s'installe au 202, boulevard Saint-Germain à Paris.

1913 – Publication d'*Alcools*.

1914 – Guillaume rencontre Louise de Coligny-Châtillon avec laquelle il échange 220 lettres et 76 poèmes avant de rompre avec elle en mars 1915 sans pour autant cesser de lui écrire. Il s'engage dans l'armée française pour la durée de la guerre.

Janvier 1915 – Guillaume rencontre Madeleine Pagès avec laquelle il entame une idylle de papier. Elle devient sa fiancée épistolaire en août 1915. Il continue à écrire à Lou.

Avril 1915 – Guillaume part pour le front. Il reçoit avec trois mois de retard les vers de la poétesse Jeanne Burgues-Brun alias Yves Blanc, qui devient sa marraine de guerre mais qui ne sera jamais sa maîtresse. Il écrit aux trois femmes depuis les tranchées : Louise, Madeleine et Jeanne. Le brigadier Apollinaire est transféré à sa demande de l'Artillerie à l'infanterie et devient sous-lieutenant.

9 mars 1916 – Le sous-lieutenant Guillaume Apollinaire est naturalisé français.

17 mars 1916 – Le sous-lieutenant Apollinaire est blessé à la tempe par un éclat d'obus.

10 mai 1916 – Le sous-lieutenant Apollinaire est trépané.

1917 – Guillaume Apollinaire renoue avec les milieux artistiques et reprend ses activités littéraires et journalistiques. Il est détaché à la censure militaire. Il collabore à de multiples revues poétiques. Il crée le terme de sur-réalisme qui apparaît dans une de ses lettres à Paul Dermée.

1918 – En janvier, Guillaume Apollinaire est hospitalisé au Val-de-Grâce avec une congestion pulmonaire. En mai, Guillaume épouse Amélia, dite Jacqueline Kolb ou encore « Ruby ». En juillet, il est promu Lieutenant. En novembre, il doit s'aliter atteint par l'épidémie de « grippe espagnole ». Il meurt le 9 novembre. Il est enterré au cimetière du Père-Lachaise.

2

Que sont-elles devenues ?

Marie Laurencin

Après une seconde aventure avec l'écrivain marchand d'art Pierre Roché, Marie Laurencin épouse le 21 juin 1914 le baron Otto von Wätjen. Par son mariage, elle devient riche, allemande et baronne. Marie Laurencin, comme tout citoyen franco-allemand, est déchue de sa nationalité française et son couple se retire à Madrid où elle apprendra la mort de Guillaume. Dans les années vingt, elle entame une brillante carrière de femme peintre divorcée, assumant son homosexualité avec Nicole Groult. Malgré un cancer de l'estomac en 1923, elle mène une carrière très prolifique et devient une artiste reconnue, réalisant de nombreuses illustrations pour Gide et Lewis Caroll par exemple, mais aussi des décors pour des ballets comme « Les biches ». Alors que Marie Laurencin est consacrée en recevant la Légion d'honneur en 1935 et en présentant 16 de ses œuvres lors de l'exposition universelle de 1937, la Seconde Guerre mondiale éclate. Elle continue toutefois ses portraits durant cette dure période et publie en 1942 *Le carnet des nuits*. Sa santé se fait alors plus fragile et elle reste marquée par son arrestation à la fin de la guerre même si elle est relâchée par la suite. À partir de 1945, Marie Laurencin s'affaiblit, mais continue de réaliser plusieurs œuvres entre différentes retraites. Elle meurt en 1956 d'une crise cardiaque à l'âge de 72 ans.

LOUISE DE COLIGNY-CHÂTILLON

Après leur rupture, Lou et Guillaume se sont revues une seule fois place de l'Opéra à Paris en 1917 : « Entrevue navrante pour tous deux. Une sorte de fuite intime de part et d'autre. » Lou fut la compagne du notaire Charles Cousin, de deux ans son cadet, qui mourut en 1926. En 1947, elle fit publier chez l'éditeur suisse Pierre Cailler les 76 poèmes et bouts rimés extraits de la correspondance d'Apollinaire. Cet ouvrage, présenté sous le titre *Ombre de mon Amour*, titre imaginé par Apollinaire pour un futur recueil, fut vivement contesté par sa veuve Jacqueline et fut réédité plus tard sous le titre *Poèmes à Lou*. Lou est morte à Genève le 7 octobre 1963 et repose auprès de Charles Cousin à Paris au cimetière de Passy.

MADELEINE PAGÈS

Guillaume avait commencé à prendre ses distances vis-à-vis de Madeleine après son séjour à Oran fin décembre 1915. Madeleine ne s'est jamais mariée. Elle a continué d'enseigner les lettres dans des lycées de jeunes filles, à Saint-Cloud jusqu'en 1949 puis à Nice. Elle est morte à Antibes le 2 mars 1965.

JEANNE BURGUES-BRUN

Guillaume Apollinaire l'appelait son « talisman ». Celle qui fut sa marraine de guerre était elle-même écrivain et poète. Elle est entrée en 1935 à l'Académie des Sciences et Lettres de Montpellier, dont elle est restée membre jusqu'à son décès en 1970 à Paris.

JACQUELINE KOLB

Jeune mariée et veuve à 27 ans, Amélia Emma Louise Kolb, dite Jacqueline Kolb ne s'est jamais remariée. Elle a essayé toute sa vie de valoriser l'œuvre de son mari en aidant toute la communauté intellectuelle qui le voulait à publier ses œuvres posthumes. Elle est morte le 21 août 1967 à l'âge de 75 ans.

Table

Annexes

CET OUVRAGE A ÉTÉ COMPOSÉ
EN PALATINO CORPS 10.5
PAR NORD COMPO
À VILLENEUVE-D'ASCQ.

ACHEVÉ D'IMPRIMER
PAR CPI BUSSIÈRE
À SAINT-AMAND-MONTROND, EN MARS 2020,
POUR LE COMPTE DU PASSEUR ÉDITEUR.

Dépôt légal : mars 2020.
N° d'imprimeur : 2050797
Imprimé en France.